献给北京大学建校一百二十周年

申　丹 总主编

方李邦琴北京大学人文学科文库出版基金赞助
国家社科基金重点项目

北大欧美文学研究丛书
申丹 主编

改革开放30年的外国文学研究

（第三卷）专题研究

罗 芃 主 编
刘 锋 秦海鹰 执行主编

图书在版编目 (CIP) 数据

改革开放 30 年的外国文学研究 . 第三卷，专题研究 / 罗芃主编 . —北京：北京大学出版社，2018. 5

（北京大学人文学科文库・北大欧美文学研究丛书）

ISBN 978-7-301-29436-9

Ⅰ . ①改… Ⅱ . ①罗… Ⅲ . ①外国文学—文学研究 Ⅳ . ① I106

中国版本图书馆 CIP 数据核字 (2018) 第 061003 号

书　　名	改革开放 30 年的外国文学研究（第三卷）专题研究 GAIGE KAIFANG 30 NIAN DE WAIGUO WENXUE YANJIU
著作责任者	罗　芃　主编
责任编辑	刘　爽
标准书号	ISBN 978-7-301-29436-9
出版发行	北京大学出版社
地　　址	北京市海淀区成府路 205 号　100871
网　　址	http://www.pup.cn　　新浪微博：@ 北京大学出版社
电子信箱	nkliushuang@hotmail.com
电　　话	邮购部 62752015　发行部 62750672　编辑部 62759634
印 刷 者	三河市北燕印装有限公司
经 销 者	新华书店
	650 毫米 ×980 毫米　16 开本　28.75 印张　530 千字 2018 年 5 月第 1 版　2018 年 5 月第 1 次印刷
定　　价	85.00 元

《改革开放 30 年的外国文学研究》编撰人员

主编:罗　芃

执行主编:刘　锋　秦海鹰

各语种文学分组负责人

英美文学组:刘　锋

德语文学组:黄燎宇

法国文学组:杨国政

西班牙语文学组:王　军

俄罗斯文学组:查晓燕

阿拉伯文学组:林丰民

日本文学组:于荣胜

南亚文学组:姜景奎

撒哈拉以南文学组:魏丽明

西方文论组:秦海鹰

撰写人

序言

刘　锋、秦海鹰

(第一卷)文献综述(上)

第一章　英美文学研究

第一节　早期英国文学研究(古英语时期至17世纪初):郝田虎

第二节　17世纪英国文学研究:李正栓、李圣轩

第三节　18世纪英国文学研究:苏　勇

第四节　19世纪英国文学研究:卢　炜

第五节　20世纪英国文学研究:张　源

第六节　美国文学研究:毛　亮

统稿人:刘　锋

第二章　德语文学研究

第一节　18世纪之前德语文学:罗　炜

第二节　从浪漫派到流亡文学:吴晓樵

第三节　现当代文学部分(1945年以后文学):潘　璐

统稿人:黄燎宇

第三章　法国文学研究

第一节　中世纪法国文学研究:杨国政

第二节　16世纪法国文学研究:杨国政

第三节　17世纪法国文学研究:罗　湉

第四节　18世纪法国文学研究:罗　湉

第五节　19世纪法国文学研究:张　怡

第六节　20世纪法国文学(上):高　冀

第七节　20世纪法国文学(下)

一、存在主义:王　梓

二、新小说：王晓侠

三、现当代文学：魏柯玲

统稿人：杨国政

第四章 西班牙语文学研究

第一节 西班牙语文学研究综述

“总论”部分：王 军

“中世纪—19世纪西班牙文学”部分：程弋洋

“塞万提斯研究”“20世纪西班牙文学”部分：王 军

第二节 拉丁美洲西班牙语文学研究

“总论”部分、“古印第安文学述评”“征服、殖民时期的文学”“独立革命时期的文学”“浪漫主义文学”“现实主义文学”“现代主义文学”“先锋派小说”“后现代主义诗歌”“后‘爆炸’文学”部分：路燕萍（其中“总论”部分与范晔共同完成）

“先锋派小说”部分中的“阿斯图里亚斯”“卡彭铁尔”“鲁尔福”和“博尔赫斯”，以及“新小说”部分中的“文学爆炸四杰：科塔萨尔、马尔克斯、富恩特斯、略萨”及“何塞·多诺索”：范 晔

“拉丁美洲戏剧”部分：卜 珊

统稿人：王 军

（第二卷）文献综述（下）

第一章 俄罗斯文学研究

查晓燕、彭甄、吴石磊；前期资料搜集人：许世欣、叶芳芳

统稿人：查晓燕

第二章 阿拉伯文学研究

“总论”部分：林丰民

第一节 以书为载体的阿拉伯文学研究：王 婧

第二节 以论文和学术文章为载体的阿拉伯文学研究：徐 娴

统稿人：林丰民

第三章　日本文学研究
第一节　日本古典文学研究:丁　莉
第二节　日本近代文学研究:李　强
第三节　日本现代文学研究:于荣胜
第四节　日本当代文学研究:翁家慧
统稿人:于荣胜
第四章　南亚文学研究
曾　琼
第五章　撒哈拉以南非洲文学研究
魏　崴、杨梦斌
统稿人:魏丽明
第六章　西方文论研究
第二节　“形式主义与‘新批评’”部分和第六节“结构主义、叙事学、结构诗学”部分:彭　甄;前期资料搜集人:许世欣、叶芳芳
本章其余部分:张　锦
统稿人:秦海鹰

(第三卷)专题研究

撰写人员在各篇文章内标明

总　序

袁行霈

人文学科是北京大学的传统优势学科。早在京师大学堂建立之初，就设立了经学科、文学科，预科学生必须在五种外语中选修一种。京师大学堂于1912年改为现名，1917年，蔡元培先生出任北京大学校长，他“循思想自由原则，取兼容并包主义”，促进了思想解放和学术繁荣。1921年北大成立了四个全校性的研究所，下设自然科学、社会科学、国学和外国文学四门，人文学科仍然居于重要地位，广受社会的关注。这个传统一直沿袭下来，中华人民共和国成立后，1952年北京大学与清华大学、燕京大学三校的文、理科合并为现在的北京大学，大师云集，人文荟萃，成果斐然。改革开放后，北京大学的历史翻开了新的一页。

近十几年来，人文学科在学科建设、人才培养、师资队伍建设、教学科研等各方面改善了条件，取得了显著成绩。北大的人文学科门类齐全，在国内整体上居于优势地位，在世界上也占有引人瞩目的地位，相继出版了《中华文明史》《世界文明史》《世界现代化历程》《中国儒学史》《中国美学通史》《欧洲文学史》等高水平的著作，并主持了许多重大的考古项目，这些成果发挥着引领学术前进的作用。目前，北大还承担着《儒藏》《中华文明探源》《北京大学藏西汉竹书》的整理与研究工作,以及《新编新注十三经》等重要项目。

与此同时,我们也清醒地看到,北大人文学科整体的绝对优势正在减弱,有的学科只具备相对优势了;有的成果规模优势明显,高度优势还有待提升。北大出了许多成果,但还要出思想,要产生影响人类命运和前途的思想理论。我们距离理想的目标还有相当长的距离,需要人文学科的老师和同学们加倍努力。

我曾经说过:与自然科学或社会科学相比,人文学科的成果,难以直接转化为生产力,给社会带来财富,人们或以为无用。其实,人文学科力求揭示人生的意义和价值,塑造理想的人格,指点人生趋向完美的境地。它能丰富人的精神,美化人的心灵,提升人的品德,协调人和自然的关系以及人和人的关系,促使人把自己掌握的知识和技术用到造福于人类的正道上来,这是人文无用之大用!试想,如果我们的心灵中没有诗意,我们的记忆中没有历史,我们的思考中没有哲理,我们的生活将成为什么样子?国家的强盛与否,将来不仅要看经济实力、国防实力,也要看国民的精神世界是否丰富,活得充实不充实,愉快不愉快,自在不自在,美不美。

一个民族,如果从根本上丧失了对人文学科的热情,丧失了对人文精神的追求和坚守,这个民族就丧失了进步的精神源泉。文化是一个民族的标志,是一个民族的根,在经济全球化的大趋势中,拥有几千年文化传统的中华民族,必须自觉维护自己的根,并以开放的态度吸取世界上其他民族的优秀文化,以跟上世界的潮流。站在这样的高度看待人文学科,我们深感责任之重大与紧迫。

北大人文学科的老师们蕴藏着巨大的潜力和创造性。我相信,只要使老师们的潜力充分发挥出来,北大人文学科便能克服种种障碍,在国内外开辟出一片新天地。

人文学科的研究主要是著书立说,以个体撰写著作为一大特点。除了需要协同研究的集体大项目外,我们还希望为教师独立探索,撰写、出版专著搭建平台，形成既具个体思想，又汇聚集体智慧的系列研究成果。为此，北京大学人文学部决定编辑出版“北京大学人文学科文库”，旨在汇集新时代北大人文学科的优秀成果，弘扬北大人文学科的学术传统，展示北大人文学科的整体实力和研究特色，为推动北大世界一流大学建设、促进人文学术发展做出贡献。

我们需要努力营造宽松的学术环境、浓厚的研究气氛。既要提倡教师根据国家的需要选择研究课题，集中人力物力进行研究，也鼓励教师按照自己的兴趣自由地选择课题。鼓励自由选题是“北京大学人文学科文库”的一个特点。

我们不可满足于泛泛的议论，也不可追求热闹，而应沉潜下来，认真钻研，将切实的成果贡献给社会。学术质量是“北京大学人文学科文库”的一大追求。文库的撰稿者会力求通过自己潜心研究、多年积累而成的优秀成果，来展示自己的学术水平。

我们要保持优良的学风，进一步突出北大的个性与特色。北大人要有大志气、大眼光、大手笔、大格局、大气象，做一些符合北大地位的事，做一些开风气之先的事。北大不能随波逐流，不能甘于平庸，不能跟在别人后面小打小闹。北大的学者要有与北大相称的气质、气节、气派、气势、气宇、气度、气韵和气象。北大的学者要致力于弘扬民族精神和时代精神，以提升国民的人文素质为己任。而承担这样的使命，首先要有谦逊的态度，向人民群众学习，向兄弟院校学习。切不可妄自尊大，目空一切。这也是“北京大学人文学科文库”力求展现的北大的人文素质。

这个文库第一批包括：

“北大中国文学研究丛书”（陈平原 主编）

“北大中国语言学研究丛书”（王洪君 郭锐 主编）

“北大比较文学与世界文学研究丛书”（陈跃红 张辉 主编）

“北大批评理论研究丛书”（张旭东 主编）

“北大中国史研究丛书”（荣新江 张帆 主编）

“北大世界史研究丛书”(高毅 主编)
“北大考古学研究丛书”(赵辉 主编)
“北大马克思主义哲学研究丛书”(丰子义 主编)
“北大中国哲学研究丛书”(王博 主编)
“北大外国哲学研究丛书”(韩水法 主编)
“北大东方文学研究丛书”(王邦维 主编)
“北大欧美文学研究丛书”(申丹 主编)
“北大外国语言学研究丛书”(宁琦 高一虹 主编)
“北大艺术学研究丛书”(王一川 主编)
“北大对外汉语研究丛书”(赵杨 主编)

此后,文库又新增了跨学科的“北大古典学研究丛书”(李四龙、彭小瑜、廖可斌主编)和跨历史时期的“北大人文学古今融通研究丛书”(陈晓明、王一川主编)。这17套丛书仅收入学术新作,涵盖了北大人文学科的多个领域,它们的推出有利于读者整体了解当下北大人文学者的科研动态、学术实力和研究特色。这一文库将持续编辑出版,我们相信通过老、中、青年学者的不断努力,其影响会越来越大,并将对北大人文学科的建设和北大创建世界一流大学起到积极作用,进而引起国际学术界的瞩目。

2017年10月修订

丛书序言

北京大学的欧美文学研究具有深厚的历史积淀，承继五四运动之使命，早在1921年便建立了独立的外国文学研究所，系北京大学首批成立的四个全校性研究机构之一，为中国人文学科拓展了重要的研究领域，注入了新的思想活力。新中国成立之后，尤其是经过1952年的全国院系调整，北京大学欧美文学的教学和研究力量不断得到充实与加强，汇集了冯至、朱光潜、曹靖华、杨业治、罗大冈、田德望、吴达元、杨周翰、李赋宁、赵萝蕤等一大批著名学者，以学养深厚、学风严谨、成果卓越而著称。改革开放以来，北大的欧美文学研究进入了新的历史发展时期，形成了一支思想活跃、视野开阔、积极进取、富有批判精神的研究队伍，高水平论著不断问世，在国内外产生了重要的学术影响。21世纪之初，北京大学组建了欧美文学研究中心，研究力量得到进一步加强。北大的欧美文学研究人员确定了新时期的发展目标和探索重点，踏实求真，努力开拓学术前沿，承担多项国际合作和国内重要科研课题，注重与国内同行的交流和与国际同行的直接对话，在我国的欧美文学研究中发挥着越来越重要的作用。

为了弘扬北京大学欧美文学研究的学术传统，促进欧美文学研究的深入发展，北大欧美文学研究中心在成立之初就开始组织撰写“北大欧美文学研究丛书”。本套丛书涉及欧美文学研究的多个方面,包括欧美经典作家作品研究、欧美文学流派或文学体裁研究、欧美文学与宗教研究、欧美文论与文化研究等。这是一套开放性的丛书,重积累、求创新、促发展,旨在展示多元文化背景下北大欧美文学研究的成果和视角,加强与国际国内同行的交流,为拓展和深化当代欧美文学研究做出自己的贡献。通过这套丛书,我们也希望广大文学研究者和爱好者对北大欧美文学研究的方向、方法和热点问题有所了解;北大的欧美文学研究者也能借此对自己的学术探讨进行总结、回顾、审视、反思,在历史和现实的坐标中确定自身的位置。此外,我们也希望这套丛书的撰写与出版能有力地促进外国文学教学和人才的培养,使研究与教学互为促进、互为补充。

这套丛书的研究和出版得到了北京大学、北京大学外国语学院以及北京大学出版社的大力支持。若没有上述单位的鼎力相助,这套丛书是难以面世的。

2016年春,北京大学人文学部开始建设"北京大学人文学科文库",旨在展示北大人文学科的整体实力和研究特色。"北大欧美文学研究丛书"进入文库继续出版,希望与文库收录的相关人文学科的优秀成果一起,为展现北大学人的探索精神、推动北大世界一流大学建设、促进人文学术发展贡献力量。

申　丹

2016年4月

目 录

(二)文学史与翻译

(三)文学理论与概念

(四)国别研究的整体反思

序　言

本书是国家社科基金重点项目“十一届三中全会以来外国文学研究30年”的研究成果。这一项目旨在系统地检阅改革开放以来我国外国文学研究的基本状况，就其性质和定位而言，可归入学科史的范畴。迄今为止，国内高校和研究机构已开展过两个大型研究项目，梳理和总结中华人民共和国成立六十年来外国文学研究的发展情况。其一是陈众议主持的“当代中国外国文学研究(1949—2009)”项目。该项目追溯了“五四”以来外国文学研究的发展情况，在此基础上描述了中华人民共和国成立以来国别、区域或语种文学研究、外国文学翻译、外国重要文艺理论思潮在中国的接受、外国文学教材建设等问题。[①] 其二是申丹、王邦维主持的“新中国60年外国文学研究”国家社科基金重大项目。该项目规模庞大，共分八个子课题展开，包括“外国文学作品研究之考察与分析”(下分诗歌与戏剧研究和小说研究)、“外国文学流派研究之考察与分析”“外国文学史研究之考察与分析”“外国文论研究之考察与分析”“外国文学翻译之考察与分析”“外国文学研究分类考察口述史”“外国文学研究数据库”和“外国文学研究战略发展报告”。整个项目将外国文学研

① 参见陈众议主编：《当代中国外国文学研究(1949—2009)》，中国社会科学出版社2011年版。

究分成不同的领域或专题分别加以考察,力图“以新的方式探讨新中国成立后60年外国文学研究的思路、特征、方法、趋势和进程,对重要问题做出深度分析,从新的角度揭示外国文学研究的得失和演化规律,对未来的外国文学研究进行前瞻性思考,以求推进我国外国文学研究的学术史建构”①。从时间范围来看,这些研究项目同样涵盖了改革开放以来的外国文学研究,但其成果具有通史的性质,改革开放以来的外国文学研究被当作中华人民共和国成立以来外国文学研究的一个阶段来处理,从而就被置于一个广大的背景下来审视,其意义自不待言。相形之下,本项研究更多地具有断代史的性质,虽则仍要以改革开放以前的外国文学研究为必要参照,但其焦点更为集中,可以照顾到更多的细节,并透过对细节的充分梳理和评估,为改革开放以来的外国文学研究提供比较系统的概览。通史研究和断代史研究的侧重点各不相同,但两者之间无疑存在着互补的关系。

党的十一届三中全会是我国当代史上的一个重大事件,标志着改革开放的开始,对我国的政治、经济、社会、文化生活产生了全方位的影响。外国文学研究作为我国文化建设的一部分,作为中外文化交流和互动的一个重要渠道,也经历了相当大的变化。对三十多年来外国文学研究的状况予以系统总结,可以从一个侧面反映我国文化建设的整体发展情况。与此同时,本项研究又具有内在的学科意义,能够在一定范围内揭示三十多年来外国文学研究的进程、变化、特点以及未来发展趋向。按其性质和目标而言,本项研究不可避免地含有一个历史纵深的视角,如果不能对改革开放以前的外国文学研究有一个总体把握,就无法确切地认识和评价改革开放以来外国文学研究的新格局。由于这个缘故,虽然本项研究并

① 参见申丹、王邦维:《新中国60年外国文学研究》,总导言,北京大学出版社2015年版。该书共分六卷七册,各卷册标题依次为:“外国诗歌与戏剧研究”“外国小说研究”“外国文学流派研究”“外国文学史研究”“外国文论研究”“外国文学翻译”和“口述史”。除陈众议和申丹分别主持的两个项目外,国内还出版过几部外国文学学术史的专著,如王向远著《东方各国文学在中国》(江西教育出版社2001年版)、龚瀚熊著《西方文学研究》(收入“二十世纪中国人文学科学术研究史丛书”,福建人民出版社2005年版)等,但这些专著只涉及东方或西方文学研究,而没有涵盖外国文学研究的全部分支领域。

不过多地直接涉及改革开放以前的外国文学研究，但其作为一种隐含的参照，则始终在场。国内研究者通常以党的十一届三中全会的召开为界，将中华人民共和国成立以来的外国文学研究分成前后两个时期。不过，这两个时期的关系要比任何笼统的划界都更为复杂，其间不仅发生了显而易见的变化，而且也存在着十分重要的连续性，需要在全面了解两个时期外国文学研究的特点的基础上，透过比较视野予以把握。另一方面，在当今国际化趋势日益加强的背景下，还需要参照国外（尤其是对象国）相关学科领域的发展来审察我们自己的研究工作，发现相同或相异的问题意识、选择的理由、影响的方式、研究水准的高下等。鉴于外国文学研究与其他人文、社会学科之间存在着相互影响、相互渗透的关系，因而就有必要结合语言学、哲学、历史学、心理学、社会学、宗教学等学科来对它加以综合性审视。总而言之，对改革开放以来的外国文学研究进行考察，是一项蕴含着多方面复杂联系的工作。尽管在本项研究中，这些联系未必明确地呈现出来，但它们作为始终一贯的潜在视域，直接影响到考察工作的诸多环节，如选材、判断、分析、解释、评价等。离开了这种深切的比较意识，对改革开放以来外国文学研究的发展进程和独特品质就不可能形成确切的认知。

我国的外国文学研究，若从始于五四新文化运动时期的大规模引介算起，已经历了一个世纪的发展。中华人民共和国成立以前的30年是外国文学研究的草创阶段，学科建制初步形成，大学的外文系成为外国文学研究的制度性依托，培养了一批优秀的专门研究人才。这批学者在中华人民共和国成立以后成为外国文学研究的中坚力量，他们做了大量的引介、普及和研究工作，同时又通过系统、规范的教学活动培养了新一代研究工作者，进一步确立了外国文学作为一门独立学科的地位。不过，如同人文社会科学的其他领域一样，当时的外国文学研究与意识形态的要求高度吻合，很难按学科的自律逻辑展开，研究对象、方法和视角相对单一，分析和评论经常不是从文本实际出发，而更多的是为一种既定的意义系统提供佐证或辩护。现实主义，尤其是批判现实主义作家受到几乎是压倒性的关注,而素朴的社会学方法则成为主流研究方法。这个时期的外国文学研究无疑具有鲜明的时代印记,对它很难采取非此即彼的评价方式,或许将它看作特殊的历史条件下学科积累的一个必要环节,才更加符合事实。

改革开放以后,在思想解放的大气氛下,外国文学研究也与其他人文学科一样呈现出不同于既往的崭新格局,其涵盖范围急剧扩大,昔日被有意无意排除在外的作家、作品进入研究者的视野,日益成为外国文学鉴赏、诠释、分析和评论的焦点,而最引人注目的就是西方现代派文学的大量引介,丰富了人们对外国文学的认知。与此同时,经典作家、作品也在一种新的视角下得到重新评价,不仅对研究文本的选择突破了思想内容的限制,文学形式、文学手法、文学修辞等原本被刻意回避的层面也受到特殊关注。尽管这个过程始终伴随着争议、辩难甚或批判,但就其基本发展轮廓来看,开放和多元毕竟已成为不可遏制的趋势。加上20世纪80年代“文化热”引入的大量西方学术资源,文学文本被置于广泛的思想联系中来观照和评价,呈现出更复杂、更微妙的意义层次。20世纪90年代以来的外国文学研究基本上沿着这一轨迹往前推进,当然涉及的范围更加广泛,新的研究课题层出不穷,如后现代文学、族裔文学、生态文学等,都引起了普遍关注。尽管从学理上看,有些研究对象以及研究本身的价值还可以争论,见仁见智,不足为奇,但一个基本倾向是,外国文学研究日益按其内在的学科逻辑来进行,在规范性、系统性、累积性等方面都有显著的进展。随着学科建制的不断完善,形成了一支涵盖了外国文学各领域的学科队伍,除传统上受到较多关注的欧美文学和俄罗斯文学以外,东方文学、拉美文学、非洲文学的研究也达到了一定的规模,专业化程度越来越高。

除此而外,现代西方文论的引介和研究也在不断加强。从20世纪80年代开始,形形色色的西方文论开始进入研究者的视野,如精神分析文论、俄国形式主义、英美新批评、结构主义、神话原型批评、西方马克思主义文论、接受美学、叙事学理论、解构主义、女性主义、新历史主义等。

随着研究者对现代西方文论了解的深入,也出现了一些带有批判性反思的成果。可以说,无论在广度上,还是在深度上,文论研究都取得了长足的进展,成绩不可小觑。不过,在此过程中,对新理论、新思潮的追逐也渐成风尚,甚至产生了一呼百应的效果。例如,在相当一段时间内,研究者的关注焦点主要集中在后现代主义上,范围所及,几乎囊括了后现代主义的所有方面。围绕一种理论思潮形成研究热点,的确有助于凝聚研究资源,将讨论不断推向深入,但也有可能出现相反的情况,因为处在一种热烈的氛围中,研究者往往很难认真推究一个问题的前因后果及诸多逻辑环节,而一旦热潮过去,这个问题又随之被弃置一旁了。20世纪90年代的"后现代热"就属于这种情况,虽然有深度的研究并非完全付诸阙如,但总体来看,后现代主义研究的成果质量远远不能与后现代主义受到的普遍关注相匹配。进入21世纪以来,人们对后现代主义的兴趣逐渐减弱,热潮不再,但这并不意味着,对后现代主义的研究已经完结。不管是好是坏,后现代主义作为20世纪后半叶西方社会的一种突出的文化现象,其影响和效应仍将以某种方式长期存在。不仅如此,透过后现代主义的视野反观现代主义,也有可能看到许多从前看不到的东西,因为正如不少学者指出的,后现代主义与现代主义并非截然断裂的关系。对于诸如此类的问题,现在也许到了做进一步深入检讨的时候了。

本项目分两个阶段予以实施。第一阶段主要做了文献梳理的工作,旨在按外国文学各分支领域并围绕若干重点问题,为改革开放以来的外国文学研究提供一个发展梗概。第二阶段以第一阶段的工作为基础,选择若干具有典型意义的专题,做较为集中的探讨。我们希望通过这种点面结合的方式,既比较系统地呈现三十多年来外国文学研究的成果,同时又借助若干个案对这些成果进行更细致的分析,以期从特定的视角见出外国文学界在某些具体问题的研究中所取得的成绩,以及存在的种种问题。我们充分地意识到,无论是文献综述,还是专题讨论,都必然带有高度的选择性。改革开放以来的三十多年里,外国文学领域已积累了相当丰富的文献资源,专著、论文的数量不可胜计,所涉及的分支领域也远非此前任何时期的外国文学研究所能比拟。要对汗牛充栋的文献进行梳理,就必须在多个层面上(如研究者所研究的作家作品、所关注的问题、探讨问题的方式等)做出选择,因而真正意义上的全面性只是遥不可及的理想。第一阶段的文献综述尚且如此,第二阶段的专题讨论就更不可能面面俱到了;事实上,这一阶段的工作仅仅具有举隅的性质,从中或可约略看出,对某个作家、某部作品或某个文学现象的探究是如何一步一步向前推进的。如果说第一阶段的工作更注重资料性,第二阶段的工作则更注重对资料的消化、分析和解释;就此而言,两个阶段的工作是相互补充的。

与项目实施的两个阶段相应,本书分成三卷。第一、二卷按国别或语种将改革开放以来的外国文学研究分成如下几个分支来进行考察:英美文学研究、德语文学研究、法国文学研究、西班牙语文学研究、俄罗斯文学研究、阿拉伯文学研究、日本文学研究、南亚文学研究、撒哈拉以南非洲文学研究。文论研究主要涉及20世纪几个主要欧美国家的文论,在此作为单独一章,并在"西方文论研究"的总标题下按流派加以考察。鉴于前两卷侧重于对三十多年来外国文学研究的一般发展状况进行考察,因而在编排内容时,原则上可采取编年史的形式,按论文或专著的出版时间排列顺序,例如以某个年份为单位,描述和总结当年的研究成果。这无疑有助于读者方便地了解某个特定时段研究者的兴趣方向,并对该时段的研究成果形成一个总体印象。但另一方面,这样做也可能造成支离之弊,因为在这种安排下,对同一作家、作品或文学现象的研究就必须按论文或专著的出版时间置于不同的年份分别加以描述。经反复考虑,我们以为比较可取的做法是按对象国文学史的线索来编排各章内容,围绕各个时期的重要作家、作品或文学现象,简要描述三十多年来我国外国文学界对其所做的研究。将三十多年来外国文学界对某个具体作家、作品或文学现象所做的研究作为一个整体来处理,有助于透过发展的视野见出相关研究的连续性脉络。不过,由于不同语种文学(尤其是东方各语种文学)的研究状况不尽相同,这一原则很难始终一贯地予以贯彻,容有变通的情况。前两卷的考察对象以论文为主,取材范围包括几家专业的外国文学期刊,但也同时兼顾各类专著,以及刊载于各种综合性学刊的研究论文。由于涉及的文献数量庞大,我们只能根据具体情况做出适当的取舍,选择若干论文或论著来简要描述其基本观点,而对其余的大量论文或论著则仅列其名。

在前两卷的文献梳理和全景考察的基础上,第三卷的专题研究不再以区域或国别为框架,而是以个案和问题为中心,分为“作家作品”“文学史与翻译”“文学理论与概念”“国别研究的整体反思”四个板块,分别选取30年来我国外国文学研究中具有典型意义的作家、作品、流派、现象、概念、问题等进行深度探讨。“作家作品”是第三卷中占比最大的板块,以所论作家的出生年代为各章编排顺序,在时间上跨越了16世纪至20世纪,在空间上覆盖了西方文学和东方文学,依次涉及:莎士比亚(1564—1616)、莱辛(1729—1781)、歌德(1749—1832)、司汤达(1783—1842)、乔治·爱略特(1819—1880)、罗斯金(1819—1900)、契诃夫(1860—1904)、泰戈尔(1861—1941)、纪德(1869—1951)、普列姆昌德(1880—1936)、卡夫卡(1883—1924)、纪伯伦(1883—1931)、杜拉斯(1914—1996)和村上春树(1949—)。这些作家在各自的国家或区域的文学中都具有很高的代表性,但本项目把他们作为个案来考察,则主要是针对他们在我国30年外国文学研究中的特殊意义,目的是对他们在我国的接受、传播、翻译、误读等具有中国特色的现象进行反思和总结。本项目作为外国文学研究之研究,不仅要把作家作品当作个案来考察,还要把一些更具有源头性或基础性的问题当作个案来深思。这些问题大至某个学科门类的建立和命名,小至某个理论概念的接受和流变,当然还包括外国文学的汉译,都会牵连出一些具有中国特色的现象和难题。我们作为一个有自己语言、文化和思想传统的中国“他者”,在进入外国文学这个广阔研究领域时必然带有我们特有的目光、问题、优势或障碍。这便是“文学史与翻译”和“文学理论与概念”这两个板块的设计意图。“文学史与翻译”板块的三篇论文分别探讨了东方文学史的编写问题和西班牙语文学在我国的翻译出版历程以及英国诗人济慈作品的中译个案。“文学理论与概念”板块中的两篇论文各有侧重,一个涉及文论教材的编写,一个涉及文本概念,都探讨了西方文学理论在中国的旅行和本土化问题。最后一个版块分别以法国文学、美国文学和荒诞派戏剧为案例,提供了国别研究和流派研究的整体综合考察,是对单一的作家作品研究的重要补充。因研究力量所限,第三卷的选题不可能面面俱到,只可能具有抽样性质,但就其学术性和反思性而言,这些专题论文是第一阶段充分的资料调研后的必要延伸和结果,其中各章对每个个案所进行的深度分析和反思,对我国今后的外国文学研究的方向和重点提供了多层面的启发和指南,从中可以看出,改革开放所带来的大环境的变化对外国文学研究的诸多层次都有着直接或间接的影响。

通过本项目的考察,我们希望对改革开放以来三十多年里的外国文学研究有一个宏观的、总体的把握。首先应该肯定的是,这三十多年的外国文学研究无论在深度上还是在广度上都取得了前所未有的进展。改革开放前,如同人文社会科学的其他领域一样,外国文学研究深受时代政治风向的左右,评论的对象和视角单一,主要聚焦于少数几个具有进步倾向的作家及其作品,尤其在苏联模式的影响下,政治和社会学诠释成为主导研究进路,文学作品被当作某种特定意识形态的注解。当然,这个问题也要辩证地看待。外国文学与社会、政治的关系确实是外国文学研究的一个不可忽视的维度,就其本身而言,这类研究并非毫无意义,因为文学之为文学,就在于它涵盖了人类生活的一切基本面向。相应地,文学研究必须将其触角伸展到文学的全部意义层次,其中也包括文学的社会和政治内涵。除此而外,那个时期的外国文学翻译也取得了不容低估的实绩,经过老一辈学者和翻译家的不懈努力,许多外国经典文学作品都有了质量上乘的中译本。撇开公众阅读生活不谈,从专业外国文学研究的角度来看,这些译本提供了比较信实的基础性原典,即便通晓外国语文的研究者也经常需要参考它们,以期更确切地把握原著的意义。但另一方面,我们也应该看到,文学研究之不同于哲学、史学、政治学、社会学等学科,必定有其不可替代的独特品质,如果抛弃了文学的“文学性”,它就失去了作为一个学科的存在理由。改革开放后,老一辈学者敏锐地意识到这个问题,并且对此作了充分的探究，例如杨周翰先生的《新批评派的启示》就隐含着对前几十年主要从社会和政治视角切入外国文学的方法的深度反思。[1] 如果说改革开放以后的外国文学研究有什么不同于既往的特点的话，那就在于研究题材、方法和视角的多元性和开放性。除了文学的政治、社会层面外，其形式、语言、修辞等层面也备受重视，形式与内容的关系在更加符合文学特性的视野下获得了重新定位。随着研究的逐步深化和学科的不断成熟，研究者早已不满足于单纯、笼统的引介，而是运用各种不同的方法，从哲学、社会学、政治学、宗教学、文化学、语言学、叙事学等层面上细致解读和挖掘作品的文本细节。这类研究极大地丰富了文本阐释，呈现出意义的多元性、发散性和跨学科性。随之而来的是学科自律性的不断强化，研究者摒弃了先入之见，更多地按学科的内在逻辑寻找、发现和解决问题，学理探究被置于其应有的地位上。国外的最新研究成果被源源不断地引入，充实了研究资源，更新了研究手段，拓展了研究者的视野。这是一个值得庆幸的发展进程，对外国文学研究起了不可估量的推动作用。

改革开放以来的三十多年里，通过新老两代外国文学研究者的共同努力，大量的外国理论思潮、方法论和学术研究成果被陆续引入，加上与国外同行交流的日益增多，我国的外国文学研究获得了一个与国际对接的发展契机，研究者可以站在一个新的起点上推动学科的发展。不过，我们也应当注意到，这样大规模的引入在打开研究者视野的同时也产生了一系列新的问题，其中的一个突出问题就是跟风、逐异。前已提及，后现代主义理论和文学在20世纪90年代曾在外国文学界掀起了一个研究热潮，论著、论文大量发表，但从总体上看，研究者大多不去深究后现代主义在西方社会和文化中的来龙去脉，更谈不上对它进行深度的批判性反思，甚至有论者简单地断定，后现代主义是一个全球性思潮，其流风所及，中国也已经进入了后现代。又比如，曾经有一段时间，美国华裔文学在外国

---

① 《国外文学》1981年第1期。

文学界成为一个焦点问题,很多学者积极参与到华裔文学的引介和研究中去。无可否认,美国华裔文学对于了解作为少数族裔的美国华裔的生存状况、意识形态、文化理念、文学表达等有着重要的价值,但美国华裔文学的一些根本问题,如华裔文学在当代美国文学中的位置、其本身的文学成就等,却经常遭到忽略。不仅如此,研究者的兴趣主要集中在少数几个华裔作家身上,致使华裔文学的整体面貌难以充分地呈现出来,对华裔文学的文学价值的评判更是相关研究的薄弱环节。

除此而外,经典作家、作品的研究还有待于进一步加强。鉴于国内外在经典作家、作品的研究方面已经积累了丰富的成果,要想在研究中取得新的突破,就变得日益困难。由于这个原因,经典作家、作品经常被刻意地回避,而过去研究较少的作家、作品则受到重视,有时甚至受到了与这些作家、作品在文学史上的地位极不相称的重视。自然,这类研究成果中的某一些确有填补空白的意义,其本身无可厚非,但如果只是为了新成果的产出,就将大量的研究资源集中于此,那就不免有本末倒置的嫌疑。在外国文学研究领域,这个问题是实实在在地存在的,只要看看国内的重要专业学术期刊,就可以发现,像埃斯库罗斯、但丁、薄伽丘、莎士比亚、弥尔顿、伏尔泰、歌德、狄更斯、托尔斯泰、泰戈尔等伟大作家的研究只占极小的比例,与这些作家在文学史上的地位呈负相关。当然,我们也要看到,最近若干年情况发生了一些变化,对经典作家、作品的重视程度有了一定的提高,这是一个应当进一步推动的良好趋势。如所周知,经典是经过时间过滤后的文学中的精华,提供了文学传承的最基本的线索,理应成为外国文学研究的重点。经典作家的作品一般都有深度的思想含量。文学理论家韦勒克和沃伦曾说,文学史与思想史之间存在着平行关系。[①] 如果此言不虚,在这种平行关系中,经典作家、作品无疑居于中轴的地位。经典作家通过自己的作品来表达对哲学、历史、社会、文化等的观点,更有不少经典作家不但通过文学作品,而且还通过思想论著深刻地切入时代问题。举例来说,英国浪漫主义

① 韦勒克、沃伦:《文学理论》,刘象愚等译,生活·读书·新知三联书店1984年版,第114页。

文学家柯尔律治就不仅从事文学创作，而且还写了大量的宗教和政治论著，其思想的深度不亚于同时代其他思想家，以至于穆勒将他与哲学家边沁相提并论，认为他们两人是那个时代最有原创性的思想家。在目前的外国文学研究中，经典作家作为思想家的层面还较少引起关注，这或许是外国文学研究中一个应该加强的环节。

另外一个问题是，东方文学与西方文学的研究成果严重失衡。相较于西方文学研究，东方文学研究尚未达到与其地位相匹配的规模。东方文学涉及的语种较多，而这些语种的文学所受到的重视程度又各个不一。相对而言，日本文学、印度文学、阿拉伯文学更受重视，其所以如此，或许与通晓相关语言的研究者人数较多有一定的关系，其他语种的文学则缺乏充实的研究力量，研究成果更是极度贫乏。这一情况已引起国家文教部门的重视，从 2012 年起，教育部陆续在各高校培育了一批国别与区域研究基地，加大对东方语言、文学学科的扶持力度。我们希望类似的制度性支持能够持续下去，并产生出全方位的效应，使外国文学各分支领域能得到更加均衡的发展。

总起来说，本项目试图将描述与分析、综述与讨论、资料性与学术性有机地结合起来。我们希望通过对改革开放以来外国文学研究状况的全面调研获得充分的一手资料，将外国文学研究置于一个动态的长程视野中进行综合、考察和分析，既如实地反映和评价已有的成就，又对存在的问题做出一定的反思。鉴于本项研究的全局视野，它不仅具有单纯的回顾性质，更有一个向未来延伸的层面，可以为外国文学学科的未来发展提供鉴照，同时也帮助研究者了解和掌握各个具体的分支领域的研究现状，从而在更高层次上推进相关领域的研究。

本研究项目得到北京大学外国语学院王建教授的大力支持，他在项目实施的初期还做过大量的组织工作。北京大学人文学部主任申丹教授一直关注项目的进展，并慨然将项目成果纳入她所主编的丛书中。北京大学出版社张冰主任以及初艳红、朱房煦、兰婷、刘爽女士对本书的出版做了大量具体、复杂、琐碎的工作，若无她们的积极推动，本书的出版定将是遥遥无期。在此，谨向对本书的撰写和出版提供各种形式帮助的专家、学者和编辑人员表示由衷的谢忱。

（一）作家作品

政治与全球化语境下的莎士比亚

徐　嘉

一

1623年，本·琼生为莎士比亚（1564—1616）《第一对开本》(*First Folio*)题词："他不属于一个时代，而是属于所有的世纪(Not of an age, but for all time)。"[①]但莎士比亚不仅超越了时间，还跨越了空间。自18世纪莎士比亚的经典化以来，莎士比亚的影响不仅遍及英国本土，还扩展到了全世界，甚至外太空。"1787年，英国天文学家威廉·赫谢尔(William Herschel)将天王星的两颗卫星分别命名为提泰妮娅和奥伯朗——莎士比亚《仲夏夜之梦》中的仙后与仙王。"[②]而借助电影、电视剧、互联网等新传媒的传播，莎士比亚在全世界的影响更为立体而丰富。

莎士比亚研究的世界性，一方面来自于莎剧自身的包容性。莎剧大都并非原创，而是取材自希罗神话、英国历史以及伊丽莎

---

① Ben Jonson, "Preface", *Mr. William Shakespeare's Comedies, Histories, & Tragedies Published According to the True Original Copies*, London, 1623, STC (2nd ed.) / 22273, img. 9.

② Tom Hoenselaars, "International Encounters", *The Cambridge Guide to the Worlds of Shakespeare: The World's Shakespeare, 1660—Present*, Vol. 2, ed. Bruce R. Smith, New York: Cambridge UP, 2016, 1033.

白时期流行的传奇和戏剧,故事背景涵盖希腊、罗马、英国、法国、意大利、叙利亚等许多国家和地区,剧中角色亦来自诸多地区、民族和种族。丰富的包容性,让莎剧具备了超越语言的影响力,正如王佐良所言:“莎士比亚的好处,正在于他不会让人失望。他无所不包,什么样的人都会在他身上找到喜欢的东西。”[①]与此同时,作为英语世界文化输出的经典,莎士比亚在全球化的语境中增加了力量,而来自非英语世界的视角也丰富了英国本土的莎士比亚研究。1815 年,德国作家歌德的《说不尽的莎士比亚》(*Shakespeare ad Infinitum*)出版后,至今被各国学者引为莎评经典;近年来,尤其是“20 世纪后半叶以来,外国的、非英语元素逐渐开始滋养英国导演的作品,如布莱希特的作品、简·柯特的评论和彼得·布鲁克在巴黎的国际化演出”[②]。

1839 年,林则徐派人将英国人休·慕瑞(Hugh Murray)所著的《世界地理大全》(*Cyclopaedia of Geography*)编译成《四洲志》,该书第 28 节谈及“沙士比阿(莎士比亚)、弥尔顿、士达萨、特弥顿”等“工诗文、富著述”[③],这是莎士比亚的名字首次在中国出现。1921 年,田汉翻译了《哈姆雷特》,这是最早的莎剧中译本。但在田汉译本出版前八九年,莎剧就已在中国舞台上演。[④] 此后,在中国的各个历史阶段,无论在舞台还是在书斋,都不难看见莎士比亚的影响。无论是新文化运动中作为“中国新文化身份塑造”一部分的莎士比亚[⑤],在 20 世纪五六十年代政治浪潮中“研究

---

① 王佐良:《莎士比亚在中国的时辰》,《外国文学》1991 年第 2 期。

② Tom Hoenselaars, “International Encounters”, *The Cambridge Guide to the Worlds of Shakespeare: The World's Shakespeare, 1660 — Present*, Vol. 2, ed. Bruce R. Smith, New York: Cambridge UP, 2016, 1037.

③ 李伟昉:《接受与流变:莎士比亚在近现代中国》,《中国社会科学》2011 年第 5 期。

④ 汪义群:《莎剧演出在我国戏剧舞台上的变迁》,《莎士比亚在中国》,上海文艺出版社 1987 年版,第 91 页。

⑤ 程朝翔:《中国新文化身份塑造中的莎士比亚》,《英美文学研究论丛 24》,2016 年第 1 期。

死人、古人、洋人要冒极大风险”的莎士比亚[①]，还是“文革”中“被打成封资修”“归入扫荡之列”，以至于“出版社已经打成纸型的《莎士比亚全集》被迫堆积在仓库里，一睡十几年”[②]，中国的莎士比亚研究一直被打上了明显的政治烙印。福柯曾在《词与物：人文科学考古学》中批评西方人的中国想象：“在我们的梦境中，难道中国不恰恰是这一幸运的空间场地(privileged site of space)吗？在我们的想象中，中国文化是最谨小慎微、最为秩序井然的，最最无视时间的事件，但又最喜爱空间的纯粹展开。”[③]中国人对于莎士比亚的想象莫不如是。事实上，自莎士比亚传入中国，中国人的莎士比亚研究始终与政治和权力话语相结合，彰显出鲜明的民族性和本土性。正如海登·怀特所指出的：“历史话语并非以一个形象或一个模式与某种外在‘现实’相匹配，而是制造一个言语形象、一种话语的‘事物’，当我们把注意力集中于它并阐明它的同时，它又干扰着我们对其假定指称对象的知觉”[④]，对于英国人来讲，“第一次世界大战真正让政治精英们完全认识到了莎翁作为国家象征的价值，值得官方来推广和支持”[⑤]；对于德国人来讲，在18－19世纪浪漫主义运动的推动下，莎士比亚成为德国的三大“国学经典”之一[⑥]，而纳粹德国也曾利用《威尼斯商

---

① 李伟民：《阶级、阶级斗争与莎学研究：莎士比亚在二十世纪五六十年代的中国》，《四川戏剧》2000年第3期。

② 曹树钧：《改革开放30年与中国莎学事业的发展》，《2008年度上海市社会科学界第六届学术年会文集》(哲学－历史－文学学科卷)，2008年，第124页。

③ 福柯：《词与物：人文科学考古学》，莫伟民译，上海三联书店2002年版，第6页。

④ 海登·怀特：《“描述逝去时代的性质”：文学理论与历史写作》，《文学理论的未来》，拉尔夫·科恩主编，程锡麟等译，中国社会科学出版社1993年版，第34页。

⑤ Monika Smialkowska, "Tercentenry Shakespeare: Britain and the United States, 1916", *The Cambridge Guide to the Worlds of Shakespeare: The World's Shakespeare, 1660—Present*, Vol. 2, ed. Bruce R. Smith, New York: Cambridge UP, 2016, 1113.

⑥ Bettina Boecker, "Shakespeare and German Romanticism", *The Cambridge Guide to the Worlds of Shakespeare: The World's Shakespeare, 1660—Present*, Vol. 2, ed. Bruce R. Smith, New York: Cambridge UP, 2016, 1254.

人》推行反犹主义和种族灭绝政策[①];对于美国人来讲,“由于清教文化影响,直到1751年美国才有专业的莎剧表演,但18世纪末莎士比亚已经成为国家新剧场文化的主要话题,尽管美国人依然对英国的东西心存敌意”[②];在阿拉伯世界,“巴萨姆(al-Bassam)的《哈姆雷特》震撼地将莎士比亚的故事框架明确地填入了全球化中的阿拉伯世界对公共空间的迫切需求,填入了操控公共空间的机构,如卡塔尔半岛电视台新闻频道,武器贩子,政客和大国”[③]。中国的莎士比亚研究,亦与中国的政治、历史和文化史息息相关,而透过1978年以来的莎士比亚研究,我们也可以一窥新时期中国文化政策的流变。

二

1977年12月全国出版工作座谈会召开,一些曾在“文革”中被批为“封、资、修”和“毒草”的外国文学作品得以重印发行。1977年12月,人民文学出版社率先出版了莎剧《哈姆雷特》《雅典的泰门》和《威尼斯商人》,1978年1月、4月和10月,又分别推出了《亨利四世》《温莎的风流娘儿们》和《李尔王》。作为“文革”之后首批出版的英美文学作品,这些莎剧具有划时代的意义——在一年前,“1976年,我国出版的外国文学翻译作品只有3种,分别为《朝鲜诗集》、苏联的《钢铁是怎样炼成的》和玻利维亚的《青铜的种族》,没有英美文学翻译作品正式出版”[④]。

---

① Sabine Schülting, “Iconic characters: Shylock”, *The Cambridge Guide to the Worlds of Shakespeare: The World's Shakespeare, 1660—Present*, Vol. 2, ed. Bruce R. Smith, New York: Cambridge UP, 2016, 1325.

② Douglas Lanier, “Shakespeare and Popular Culture”, *The Cambridge Guide to the Worlds of Shakespeare: The World's Shakespeare, 1660—Present*, Vol. 2, ed. Bruce R. Smith, New York: Cambridge UP, 2016, 1263.

③ Sameh F. Hanna, “Shakespeare's Entry into Arabic World,” *The Cambridge Guide to the Worlds of Shakespeare: The World's Shakespeare, 1660—Present*, Vol. 2, ed. Bruce R. Smith, New York: Cambridge UP, 2016, 1391.

④ 孙会军、郑庆珠:《新时期英美文学在中国大陆的翻译(1976—2008)》,《解放军外国语学院学报》2010年第2期。

1978年,《莎士比亚全集》共11卷面世,这是"文革"后出版的第一部英美文学全集,囊括了全部37部莎剧(包括朱生豪未完成的6部)和诗作。从时间上看,《莎士比亚全集》的出版虽略早于十一届三中全会的召开,但仍可算作"文革"结束、十一届三中全会召开的先声之作。孙会军等感叹:

> 文革结束后的第一年,即1977年,外国文学界和翻译界就开始复苏。那时,"实践是检验真理的唯一标准"问题尚未提出,"两个凡是"尚未推倒,外国文学、翻译界的学者却敢为天下先,为别人所未为,突破了文革时期的严格限制,出版了上述外国文学译著,表现出了少有的先见和勇气。①

"文革"之后,莎士比亚译本的率先推出,一方面是因为莎翁在西方文学史上的重要地位及剧本的可读性;另一方面也是受到社会意识形态的影响,体现了出版社选择外国文学图书的谨慎态度:

> 当时出版的5本书都具有一定的"安全系数"。古希腊神话与阿拉伯民间故事集,不具有多少意识形态色彩,相对来说比较安全。果戈理的《死魂灵》的安全系数来自于译者鲁迅,因为鲁迅是文革中未倒的旗帜。而《哈姆雷特》、《雅典的泰门》和《威尼斯商人》的作者莎士比亚则是马列文论中屡受称赞的作家。(赵稀方,2003:3)稍晚,1978年10月,由三联书店出版的由董乐山翻译的《"我热爱中国"——在斯诺生命的最后日子里》也是一个典型的例子。众所周知,斯诺一直以来被视为中国共产党的朋友。②

此外,《莎士比亚全集》的出版准备工作早在"文革"前就已完成,出版起来也较便利。1964年,时任人民文学出版社外国文学编辑的施咸荣邀请吴兴华、方重、方平、章益、杨周翰等校订、增补了朱生豪译本,并基本完成了

---

① 孙会军、郑庆珠:《新时期英美文学在中国大陆的翻译(1976—2008)》,《解放军外国语学院学报》2010年第2期。

② 同上。

出版准备工作。但由于国内政治形势发生变化,该书一搁置就是十几年。郑效洵曾提及:

> 《莎士比亚全集》十一卷,是文革以后才出的,实际上是我与施咸荣两人文革前在那里就准备好的,从全书的组织翻译、补译、校订,到编辑、注释,甚至连封面、插图(后来丢了)、序言都准备好,纸板都打好了,只等印了,突然不让印,就搁下了。当时要出这套书是为了纪念莎士比亚诞辰四百周年,是世界性的纪念活动,当时《泰晤士报》和BBC都发出消息说人民中国要出莎翁全集,但是我们突然不能出。①

1977—1979年莎剧单行本和1978年《莎士比亚全集》的出版,不仅有助于将莎剧介绍给广大中国读者,还具有拨乱反正的重要意义。在1979年底召开的中国文学艺术工作者第四次代表大会上,邓小平指出:"我国古代的和外国的文艺作品、表演艺术中,一切进步的和优秀的东西,都值得借鉴和学习","坚持百花齐放、推陈出新、洋为中用、古为今用的方针,在艺术创作上提倡不同形式和风格的自由发展,在艺术理论上提倡不同观点和学派的自由讨论"。② 从这个角度上讲,曾被批为"死人、古人、洋人"的莎翁作品重新回到大众视野,标志着"文革"后我国政府对文艺工作、古代文化和西方文化态度的转变。

此后,一系列莎剧单行本和选集相继出版,尤其是四大悲剧的重译和再版方兴未艾。这些译本主要由人民文学出版社和上海译文出版社编辑、出版。1988年,人民文学出版社出版了卞之琳译《莎士比亚悲剧四种》,包括《哈姆雷特》《奥瑟罗》《里亚王》和《麦克白斯》,该书后被评为社科院1977年建院以来至1991年的优秀科研成果。③ 上海译文出

---

① 《北京图书馆馆刊》1995年1/2期,转引自李伟民:《阶级、阶级斗争与莎学研究:莎士比亚在二十世纪五六十年代的中国》,《四川戏剧》2000年第3期。

② 邓小平:《在中国文学艺术工作者第四次代表大会上的祝词(一九七九年十月三十日)》,《文艺理论与批评》1997年第3期。

③ 《中国社科院外国文学所一批优秀科研成果获奖》,《世界文学》1994年第1期。

版社于1979年出版了方平译《莎士比亚喜剧五种》，包括《仲夏夜之梦》《威尼斯商人》《捕风捉影》《温莎的风流娘儿们》和《暴风雨》，1980年出版了方平译《奥瑟罗》；1979—1985年出版了曹未风译莎剧单行本10本；1991—1995年出版了孙大雨的诗体莎剧译本《罕秣莱德》《黎琊王》《奥赛罗》《麦克白斯》《萝密欧与琚丽晔》和《暴风雨》单行本，并于1995年将《罕秣莱德》《黎琊王》《奥赛罗》和《麦克白斯》结集为《莎士比亚四大悲剧》出版。此外，1982年，中国戏剧出版社出版了林同济译《丹麦王子哈姆雷特的悲剧》；1984年复旦大学出版社出版了陆谷孙主编的《莎士比亚专辑》，其中收录了杨烈译《麦克白斯》；1991年和1996年，浙江文艺出版社和河北人民出版社分别出版了卞之琳的诗体译本《哈姆雷特》。总的来说，经过这个阶段的出版，莎士比亚的译本种类更加丰富多样。

值得注意的是，尽管出现了诸多新译本，但朱生豪译《莎士比亚全集》却依然是迄今为止中国发行量最大、影响最广的一套莎士比亚作品全集。1988年，朱生豪译《莎士比亚全集》第二版的发行量超过了一百万套，但仍然无法满足读者的需求。张晓洋记述了朱译本发行的盛况："一位长春的朋友写信告诉我，凌晨5点，长春的大书店门口就已排起长龙，因为新版朱生豪译《莎士比亚全集》将在当天上市……但我的那位朋友很失望，因为等他排到收银台时，书已经卖光了。"①据李伟民统计，"不算没有经过改译重校而冠以莎士比亚全集之名和重印出版的众多版本，仅翻译或经过改译增补重校的《莎士比亚全集》就有5套，它们分别是朱生豪等译（1978年人民文学版），朱生豪、虞尔昌译（1957年台北世界书局版），梁实秋译（1967年台湾远东图书公司版），朱生豪等译（1997年新时代版），朱生豪等译（1998年译林版），方平主编、主译（2000年河北教育版）"②。辜

① Zhang Xiaoyang, *Shakespeare in China: A Comparative Study of Two Traditions and Cultures*, Newark and London: Delaware UP and Associated University Press, 1996, 128.

② 李伟民:《中国莎士比亚翻译研究五十年》,《中国翻译》2004年第5期。

正坤则认为,完整中文版的莎士比亚全集有4种,即人民文学出版社版、译林出版社版、台湾远东图书公司版和河北人民出版社版。[①] 但实际上,以上全译本大致可归入三类——以朱生豪为第一译者的增补本和修订本、梁实秋译本和方平译本——而一些所谓的新全集译本,只不过是重复翻印,即便对朱生豪译本的某些翻译问题和人名、地名有所修订,改动也并不大。[②]

朱译《莎士比亚全集》在中国大陆一枝独秀,不仅因为它是中国人最早接触到的一套莎剧全译本,还体现出经济体制改革对中国社会的影响。随着中国的经济体制改革日渐深入,1984年11月,文化部下发了《关于调整图书定价的通知》,提出在"保本微利"的原则下,调整图书定价的管理体制和定价标准,逐步下放图书的定价权,规定地方的图书定价由地方管理。[③] 此后,经济因素对出版业的影响逐渐显现。在2000年出版的12卷《新莎士比亚全集》的"后记"中,方平提及,推出莎士比亚诗剧全集的想法,早在1989年的英语诗歌翻译座谈会上就产生了:"出席这次座谈会的翻译界前辈孙绳武先生会后特地给我鼓励,表示愿意设法创造机会。他回北京后,当真很热心地作了努力,和国家出版社联系,可惜那时候受了经济浪潮的冲击,严肃的文化事业很不景气,一落千丈,出版社已不再具有当年的魄力,没有信心,或者没有兴趣承担这样宏大的长远规划了。"[④] 朱译《莎士比亚全集》持续热销,一本难求;而莎士比亚新译本却少有人问津,出版无门。这一局面的产生,一方面是因为当时"严肃的文化事业不景气",以琼瑶、金庸为代表的言情小说和武侠小说大行其道;另一方面也

---

① 辜正坤、鞠方安:《〈阿登版莎士比亚〉与莎士比亚版本略论》,《中华读书报》2008年4月16日第11版。

② 2016年,外研社将推出"皇家版"莎士比亚新译本,因本文写作时间所限,并未包括在内。

③ 方厚枢、魏玉山:《中国出版通史·中华人民共和国卷》,中国书籍出版社2008年版,第238页。

④ 方平:《后记》,《新莎士比亚全集(第十二卷):诗歌》,河北教育出版社2000年版,第504页。

是由于出版业经营模式的转变，经济效益替代社会效益，成为出版社的关注重点。由于担心新译本“叫好不叫座”，出版社也不愿花费人力和物力推出新译本，宁愿再版、再印读者较为熟悉、更愿购买的朱译《莎士比亚全集》。

其次，版权因素可能也阻碍了莎士比亚新译本的产生。1992 年，中国成为《伯尔尼保护文学和艺术作品公约》和《世界版权公约》的成员国。根据《伯尔尼公约》，在作者的有生之年直至其死后 50 年内，出版社如要翻译其作品，不但要向原作者或其作品的原版权所有者购买版权，还要支付翻译、出版、发行等其他费用，这就使得新译本的成本增加。由于朱生豪逝世已超过 50 年，朱译本已进入公共使用领域，无需支付版权费用，考虑到世界名著永久的文学价值、商业价值，再加上降低成本的现实需要，一些出版社不约而同地将目光投向朱生豪的莎剧译本，并对其进行修订、增补出版，而非出版新译本。①

再次，社会政治因素也影响了莎士比亚译本在中国的传播。1967 年，梁实秋译莎士比亚的 37 部戏剧全集，由台北远东出版社出版；一年后，梁实秋又译完 3 本莎士比亚诗作，至此，在长达 38 年内完成了 40 部莎氏全集的翻译。但由于海峡两岸的关系紧张，梁译本一直未能在中国大陆公开出版。1995 年，随着两岸的经济和文化交流日渐紧密，中国广播电视出版社出版了梁实秋译《莎士比亚全集》共 10 册。这是 1949 年以来，梁译莎作首次在大陆公开出版，不仅丰富了大陆读者的莎士比亚译本选择，而且是海峡两岸文化界的一次重要交流，体现出政治对译本的影响。

三

1978 年 3 月，朱维之在《天津师范学院学报》发表了《莎士比亚和他

---

① 温年芳：《系统中的戏剧翻译——以 1977—2010 年英美戏剧汉译为例》，上海外国语大学博士学位论文，2012 年，第 181—182 页。

的〈威尼斯商人〉》,这是“文革”之后的首篇莎评。[1] 1979 年和 1981 年,杨周翰主编的《莎士比亚评论汇编》上、下卷先后出版,系统地介绍了国外的莎评成果,是这一时期的代表性莎评书籍。由于莎士比亚文评众多,无法一一罗列,下文仅以《威尼斯商人》为例,讨论 1978 年以后各个时期中国莎评的特点及转向。

70 年代末至 80 年代中期,中国的莎士比亚批评从一开始的以意识形态批评为导向,逐渐向美学和哲学批评过渡。这一时期,中国学者讨论最多的莎剧就是《威尼斯商人》;讨论最多的角色是《威尼斯商人》中的夏洛克。对《威尼斯商人》的热衷,可能是因为该剧取材自民间故事,易为“非西方语境下”的中国读者和观众接受,也可能是因为“一磅肉”故事的残酷性,较为符合当时“以阶级斗争为导向”的文化策略。1978 年 3 月和 4 月,朱维之发表了《莎士比亚和他的〈威尼斯商人〉》和《论〈威尼斯商人〉》两篇论文[2],开篇就肯定了莎士比亚的文学地位,指出:“马克思和恩格斯在著作中常引用它的情节、人物和台词,多至数十次。”[3]朱文将夏洛克定位为“世界文学史上一个著名的剥削者的典型”,同时肯定了莎士比亚“娴熟的戏剧技巧”。[4] 1979 年,贺祥麟的《威尼斯商人浅论》也肯定了该剧的艺术价值、语言魅力和剧中“文艺复兴时期人文主义者所津津乐道的坚贞的爱情与纯真的友谊”,但同时指出:“在剧本里这些仍然只占次要地位,只属次要矛盾。全剧的基本矛盾毫无疑问是安东尼奥与夏洛克间的你死我活的斗争”,“莎士比亚笔下安东尼奥与夏洛克的矛盾,从阶级本

---

① 朱维之:《莎士比亚和他的〈威尼斯商人〉》,《天津师范学院学报》1978 年第 1 期。

② 有学者认为,《论〈威尼斯商人〉》是“文革”之后发表的首篇莎评,但朱维之在文末注明“曾载《天津师院学报》1978 年第 1 期,此次发表时又经作者作了较大的修改”,表明这篇作品实际上发表在后。

③ 朱维之:《论〈威尼斯商人〉》,《外国文学研究》1978 年第 1 期。

④ 同上。

质来看，事实上是资本主义原始积累时期商业资本与高利贷资本的矛盾”。[①] 同年发表的陈淳的《〈威尼斯商人〉选场分析》同样高度评价了该剧“扣人心弦的情节”“个性鲜明的人物”和“丰富生动的语言”，但在阶级斗争的大框架下，陈文仍然强调，该剧的基本冲突是“商业资本家”（安东尼奥）和“高利贷者”（夏洛克）两个“资产者”的矛盾，并将三对青年人的爱情定调为“冲破封建社会的准则，表现个性解放的要求，还是有其进步意义的”[②]。总的来讲，70 年代末至 80 年代初的莎士比亚文评仍将意识形态批评置于主导地位，但大都在阶级斗争的框架下肯定了《威尼斯商人》的艺术价值。

1985 年以后，中国学者对莎士比亚的关注不再限于《威尼斯商人》《哈姆雷特》《李尔王》《奥赛罗》等几部莎剧，而是拓展到莎士比亚的历史剧、市井喜剧和晚期戏剧，对剧作的讨论也更加深入。同样以《威尼斯商人》为例。这一时期的研究者基本上已经摈弃了阶级斗争的框架，最明显的表现就是：大多数研究者已不再将夏洛克视为“剥削者”，而是将夏洛克视作一个“悲剧人物”，全面而宽容地思考夏洛克形象的由来和意义。其次，研究主题更加广泛，除了讨论该剧的人物、情节和意识形态，还涉及人性、宗教、民族、种族、法律、经济、同性情欲、权力动态等诸多主题。再次，研究方法更加多样，除了马克思主义文学理论，还引入了阐释学、女性主义、新历史主义、后殖民主义、生态主义等诸多文学批评理论。随着语言学研究的兴起，一些学者还将语用学、批评话语分析理论和认知学运用于文本分析中，讨论该剧的话语结构、翻译策略和意义。最后，一些学者关注了《威尼斯商人》在中国的接受，讨论了该剧在中国各个时期的传播、翻

---

① 贺祥麟：《〈威尼斯商人〉浅论》，《广西师范大学学报》（哲学社会科学版）1979 年第 2 期。

② 陈淳：《〈威尼斯商人〉选场分析》，《北京师范大学学报》（哲学社会科学版）1978 年第 2 期。

译和教学。[①]

这一时期的莎士比亚研究之所以丰富多彩、日益深入,不仅源自研究者的自身兴趣与学术积累,还与改革开放后中国的社会变化相关。“进入20世纪80年代以来,由于社会环境的变化,特别是社会政治文化环境与文学讨论语境的转变,使人们有可能从爱情的角度、友谊的角度认识其主题。”[②]而“文革”后中国政府尊重知识、提倡教育的政策也调动起了文学爱好者和研究者对于莎士比亚研究的激情,不仅拓宽了中国莎士比亚研究的群众基础,还引导莎士比亚研究逐渐走向学科化、规范化、专业化。1983年5月,国务院学位委员会、北京市人民政府联合召开博士和硕士学位授予大会,这是中华人民共和国第一次依靠自己的力量培养博士和大批硕士并授予学位。1985年5月,邓小平在全国教育工作会议上作了题为《各级党委和政府要把教育工作认真抓起来》的讲话,指出:“一个十亿人口的大国,教育搞上去了,人才资源的巨大优势是任何国家比不了的。有了人才优势,再加上先进的社会主义制度,我们的目标就有把握达到。”[③]

---

① 这一时期的莎评论文很多,在此不一一列举。对夏洛克形象的讨论如王述文:《论夏洛克形象的多重性》,《外国文学研究》1999年第3期;陈俊:《夏洛克:一个悲剧性人物——重读〈威尼斯商人〉》,《武汉大学学报》(人文社科版)2001年第4期;张丽:《近十年来夏洛克形象研究回顾与思考》,《齐鲁学刊》2005年第6期;何小颖:《夏洛克的命运 犹太人的悲剧——〈威尼斯商人〉重读》,《重庆科技学院学报》(社会科学版)2009年第9期。对《威尼斯商人》主题、研究方法、研究视角的讨论如徐振:《孤独的双生子——〈威尼斯商人〉中安东尼奥和夏洛克的镜像关系》,《国外文学》2014年第1期讨论了剧中的民族、宗教和同性恋话题;黄福武:《莎翁名剧〈威尼斯商人〉的文本解读——兼论犹太律法的发展》,《山东大学学报》(哲学社会科学版)2007年第4月、冯伟:《夏洛克的命运 犹太人的悲剧——〈威尼斯商人〉重读》,《国外文学》2013年第2期讨论了剧中的法律问题;李江:《〈威尼斯商人〉与中世纪西欧的犹太人问题》,《南昌大学学报(人文社会科学版)》2008年第1期讨论了剧中的犹太人问题;朱静:《新发现的莎剧〈威尼斯商人〉中译本:〈剜肉记〉》,《中国翻译》2005年第4期讨论了女性译者和基督教对译本的影响;李伟民:《从单一走向多元:莎士比亚的〈威尼斯商人〉及其夏洛克研究在中国》,《外语教学》2009年第5期讨论了该剧在中国的接受史;陈红薇:《〈夏洛克〉:文化唯物主义视野下的莎剧再写》,《外语教学》2015年第1期讨论了该剧在“后大屠杀”历史坐标下的改编与重写。

② 李伟民:《从单一走向多元:莎士比亚的〈威尼斯商人〉及其夏洛克研究在中国》,《外语教学》2009年第5期。

③ 邓小平:《邓小平文选》第3卷,人民出版社1993年版,第120页。

在莎剧研究者、爱好者、读者和观众的共同推动下，再加上1986年莎士比亚戏剧节的成功举办，80年代中后期，中国出现了"莎士比亚热"(Shakespeare Craze)，"阅读莎剧成为一种时尚……中国大地上出现了许多'文学沙龙'，而莎士比亚正是一个主要话题。在这些莎士比亚的爱好者中，有学生、文员、工人、工程师，也有战士"①。

在一片大好景象中，一些学者也清醒认识到中国莎学研究的薄弱现状。陆谷孙指出：

> 在一些莎学论文中粗线条的印象主义尚占相当比重；有些从比较文学角度撰写的论文往往满足于寻找莎剧同我国某一出戏在人物、情节等方面的"形似"，不太去触及埋在两种文化沉淀深处的东西；某些研究工作者迄今仍得借助中文译本去熟悉莎剧，了解国外的莎评；在若干高等院校的外语专业，莎剧课程尚未用英语开设；我国的莎学队伍人数有限，在这些学者中间，有的沿用传统的性格分析法，有的师承别、车、杜，有的——特别是近年来派出留学或在国内由美、英、加等国专家授课的中青年学者——则比较熟悉并倾向于现当代西方的评论方法，因此在莎评领域内似乎还缺乏一个"公分母"，常常是各说各的，就像永不相交的平行线；由于难得交锋，引不起争鸣，真正的繁荣局面尚未出现。②

进入21世纪，随着诸多硕士、博士、留学回国人员参与到莎士比亚研究中来，莎学论文的研究方法更为多样，对于原著文本的研究更加细致，这一时期的莎评呈现出视野宽、视角多、方法新的特点，中国的莎评成果也逐渐与世界接轨，陆谷孙所提的薄弱情况已得到了一定程度的改善。1997年，《河滨版莎士比亚全集》收入了新确认的莎翁历史剧《爱德华三世》，与此同时，中国的莎士比亚学者也关注到这一学术动态，孙法理翻译了该

---

① Zhang Xiaoyang, *Shakespeare in China: A Comparative Study of Two Traditions and Cultures*, Newark and London: Delaware UP and Associated University Press, 1996, 128.

② 陆谷孙：《帷幕落下的思考》，《莎士比亚在中国》，上海文艺出版社1987年版，第32页。

剧，孙法理、张冲等在1998—2000年讨论了该剧的主题和艺术特色。2008年，人民大学出版社引进了阿登第三版莎士比亚版权，出版了十部莎剧的全英文影印版。至此，莎士比亚在中国不仅有了诸多译本，也有了原汁原味的英文注释本。这不仅意味着我国莎剧爱好者英语水平的提高，也从一个侧面反映出莎剧爱好者和研究者研究水平的提高。

随着莎士比亚研究的不断深入，我国的学术界也出现了对莎士比亚经典地位的反思。一批学者将研究领域向前拓展至中世纪、向后拓展至18世纪，研究了莎士比亚的素材和莎士比亚经典化的过程，另一些学者注意到了莎士比亚同期的戏剧家如马洛、琼生、斯宾塞、米德尔顿等的优秀戏剧作品，希望唤起学界对整个早期现代时期英国文学研究的关注。郝田虎指出："1978年是弥尔顿诞辰370周年，2011年是钦定本圣经出版400周年。二者并未在中国学界掀起哪怕微小的波澜，这固然是因为莎士比亚的一枝独秀和宗教问题的敏感性，但也可以标示除莎士比亚外早期英国文学研究在以经济建设为中心的新时期中国事实上微不足道的地位。"①与此同时，随着英美文论和研究方法的影响越来越大，也有学者提出了意识形态上的警告："新时期以来，随着西方各种形式主义文学理论的引入和运用，我们的文学接受又出现了用张扬文学独立价值来消解社会历史批评的倾向，颠覆其原有的合理价值，在某种程度上造成了文学批评中精神与道德的缺失，使得原本合理需要的审美性变成了失根的片面追求，这是文学批评不成熟的表现。"②在20世纪80年代，为避免故步自封，陆谷孙提醒研究者："让域外文化消蚀、吞噬民族文化的自我固然不足为训，顽强地扩展自我致使域外文化的个性失落，也是不足取的。"③如今，面对域外各种新理论和新方法的不断涌入，中国莎士比亚研究的主体性何在？陆谷孙的提醒，同样值得今天的研究者思考。

---

① 郝田虎：《改革开放初期中国的莎士比亚及早期英国戏剧研究述评》，《英语广场(学术研究)》2015年第5期。

② 李伟昉：《接受与流变：莎士比亚在近现代中国》，《中国社会科学》2011年第5期。

③ 陆谷孙：《帷幕落下的思考》，《莎士比亚在中国》，上海文艺出版社1987年版，第39页。

四

1979年4月,上海青年话剧团复演《无事生非》;10月,英国老维克剧团在京沪两地演出《哈姆雷特》(卞之琳译本,北京人民艺术剧院同声翻译);同年,电影《王子复仇记》复映,揭开了"文革"后莎剧改编以及中外戏剧、电影界交流的序幕。[①]

20世纪80年代,研究者基本摈弃了文艺创作以阶级斗争为纲的思想,但这一时期国人对莎剧中的爱情和人性的认识仍有局限。1980年9月7日,针对中国青年艺术剧院公演的莎士比亚喜剧《威尼斯商人》,《北京晚报》发表了一位"自认为并不封建"的国家干部的来信,指责剧中演员在"大庭广众之下搂搂抱抱、挨脸接吻,实在违反公德,有伤风化"。还有读者来信对剧中台词"天哪,我们还没有当丈夫先就当上王八了!"不满,认为"俗不可耐,不堪入耳"。对此,该剧的一位演员感叹道:"没想到争论的焦点竟发生在这些问题上,实在感到遗憾,这大概也是一种悲剧吧。"[②]

80年代中期,越来越多的中国学者提出了这样的设想:莎士比亚的"苏联化""美国化"早就在苏联和美国提出过了,并且引起了世界注目;那么莎士比亚的"中国化"能不能走得通?[③] 1983年,曹禺在《人民日报》撰文,指出:"我们研究莎士比亚有一个与西方不尽相同的条件,我们有一个比较悠久的文化传统,我们受不同于西方的文学哲学美学社会条件和民族风气的影响。"[④]此后,莎剧在中国的改编逐渐倾向于与伊丽莎白时期的剧场文化分离,走向了本土化、民族化的道路。20世纪80年代中期,"莎士比亚在中国"成为国内外莎评的热点话题,尤其是中国的戏曲莎剧引发了广泛兴趣。仅在莎士比亚研究的权威期刊《莎士比亚季刊》(*Shakespeare Quarterly*)上,1984年度第35期和1986年度第37期的

---

① 曹树钧、孙福良:《莎士比亚在中国舞台上》,哈尔滨出版社1989年版,第229页。

② 转引自李伟民:《莎士比亚喜剧批评在中国》,《国外文学》2006年第2期。

③ 孔耕蕻:《莎士比亚:评论、演出及其"中国化"》,《外国文学研究》1986年第4期。

④ 孟宪强:《中国莎学简史》,东北师范大学出版社1994年版,第253页。

“目录卷”,就收入了中国莎学著作和莎研论文目录注释44条。[①]

1986年4月10—23日,为纪念莎士比亚逝世370周年,中国莎士比亚研究会主办的中国首届莎剧节在上海和北京两地举行,共演出25台莎剧(上海16台、北京9台),“演出方式分话剧、改编剧、英语剧三种,而改编的剧种包括话剧(《黎雅王》)、京剧(《奥瑟罗》)、昆剧(《血手记》即《麦克白斯》)、越剧(《冬天的故事》)、《第十二夜》、《无事生非》”[②]。其中,京剧《奥赛罗》可算是莎士比亚戏曲化的一个范例。编导邵宏超和郑碧贤将原作改编成包括唱、念、做、打、舞的八场京剧脚本,扮演摩尔人奥赛罗的马荣安史无前例地涂着黑脸、穿着西方戏服出现在京剧舞台上,引发了国内外学者的激烈讨论。时隔8年之后,在1994年上海国际莎剧节上,数部戏曲莎剧作品亦博得了国际莎协主席波洛克班克(J. Philip Brockbank)的喝彩。波洛克班克在国际莎学权威杂志《莎士比亚季刊》上撰文《莎士比亚的文艺复兴在中国》(“Shakespeare Renaissance in China”),感叹“莎士比亚在英格兰已如冬日,但在中国正值春天”。[③] 这篇文章常被国内学者引用,激励着一代又一代中国学者探索莎剧的戏曲化之路。但若考虑到中国莎士比亚研究的落后状况以及外国学者对中国戏曲的陌生,这样的赞誉是否被放大了?我们暂可存疑。陆谷孙曾隐晦地表示:“用我国传统戏曲的样式表演莎剧……观众中的外国人对这类尝试尤感兴趣”[④]。亚历山大·黄则毫不讳言:“对于那些既不会说中国话又不懂戏曲身段含义的人来讲,莎士比亚的戏曲化通常被认为是‘极为本土化’的。”[⑤]

进入21世纪,莎士比亚戏曲化的种类越来越多。“在中国人民共和

---

① 王忠祥、杜娟:《〈外国文学研究〉与莎士比亚情结——兼及中国莎士比亚研究》,《外国文学研究》2004年第5期。

② 王佐良:《莎士比亚的时辰》,《外国文学》1991年第2期。

③ J. Philip Brockbank, “Shakespeare Renaissance in China,” *Shakespeare Quarterly* 39, no. 2, (1988): 195—204.

④ 陆谷孙:《帷幕落下的思考》,《莎士比亚在中国》,上海文艺出版社1987年版,第35页。

⑤ Huang, Alexander C. Y., *Chinese Shakespeares: Two Centuries of Cultural Exchange*, New York: Columbia UP, 2009, 169.

国成立六十多年的时间里，包括话剧、京剧、昆曲、川剧、越剧、黄梅戏、粤剧、沪剧、婺剧、豫剧、庐剧、湘剧、丝弦戏、花灯戏、东江戏、潮剧、汉剧、徽剧、二人转、吉剧、客家大戏、歌仔戏、歌剧、芭蕾舞剧等 24 个剧种排演过莎剧，这在外国戏剧改编为中国戏曲中可谓是绝无仅有的特殊例子。"[①] 戏曲莎剧的创新性赢得了大多数学者的认可："中国戏剧与莎士比亚戏剧在碰撞中寻求对话、交流，在保持莎剧神韵的前提下，充分发挥中国戏曲的特点，莎士比亚戏剧在舞台上眼花缭乱的变脸，使中国戏曲与莎剧无论在内在精神和外在形式上都令人耳目一新。"[②]但在连连叫好中，也有一些中外学者却发出了质疑之声。争执的焦点主要在于：

第一，莎士比亚戏曲化的可能性。黄临佐从舞台布景、服装、音乐、舞台效果等方面的表现方式入手，分析了莎剧与我国传统戏曲的异同，乐观地表示："我们在中国戏曲舞台演出中，可以举出许多具有惊人应变能力的技巧，倘将它们应用到莎剧演出中，便能以极简单的方法解决那些复杂的问题。"[③]李伟民则从莎剧本身的特点出发，认为"莎士比亚戏剧比许多外国戏剧更适合改编为戏曲……原因就在于莎剧具有高度的大众性、民间性和雅俗共赏的特质，它们决定了来自于西方的莎剧和东方自身戏曲之间蕴涵着相当的一致性、和谐性和可复制性。"[④]但表现方式的共通之处是否决定了莎剧可以被戏曲化？或曰，莎剧在多大程度上可以被戏曲化？马焯蓉讨论了中西民族性格、宗教信仰、典章制度和风俗人情的差异，认为莎剧改编不应"生硬地插入中国古代特有的文化历史土壤中"，否则"就会出现中体西身的矛盾，结果是不伦不类"。[⑤] 陆谷孙则强调要从

---

① 李伟民：《借鉴与创新：中国莎士比亚研究和演出的独特气韵——纪念莎士比亚逝世 400 周年》，《河南大学学报（社会科学版）》2016 年第 3 期。

② 李伟民：《中国莎士比亚批评史》，中国戏剧出版社 2006 年版，第 393 页。

③ 黄临佐：《莎士比亚剧作在中国舞台演出的展望——在首届中国莎士比亚戏剧界学术报告会上的发言》，《莎士比亚在中国》，上海文艺出版社 1987 年版，第 7－12 页。

④ 李伟民：《中国戏曲莎剧与莎剧现代化》，《闽江学院学报》2006 年第 1 期。

⑤ 马焯荣，《谈"莎味"与"中国化"之争》，《莎士比亚在中国》，上海文艺出版社 1987 年版，第 47－51 页。

改编的具体实践入手:虽然“我国传统戏曲与莎士比亚诗句有不少重合或相通之处”,但是“两者的重合或相通多数发生在舞台空间的范畴,很难通过引申来证明两者在思维空间上也一定那么相似”,因此,“在融合两者的时候就尤其需要审慎,最好拿一个一个的剧种和一部一部的莎剧反复进行实验,实事求是的评估得失,以极大的坚韧探索两者之间最大的匹配可能,寻求最强的亲和反应”①。

第二,戏曲莎剧是否有助于莎剧普及。曹树均认为:“将莎士比亚剧作改编成戏曲上演,这是二十世纪中国舞台上独具特色的现象,也是中国戏剧艺术家向十二亿中国人民普及莎士比亚戏剧的一个重要途径。”②一向提倡莎剧戏曲化的导演黄临佐也表示:“如果我们在向中国观众介绍这位戏剧诗人的作品时,能借用一些中国戏剧的技巧,无疑可以为世界剧坛做些贡献。”③还有学者认为,莎剧也有助于戏曲,“戏曲演出莎剧……帮助戏剧工作者突破斯氏体系的演出方式”④。但在具体实践中,由于部分莎剧戏曲对原剧做了简单化处理,并不足以呈现原作的丰富性和复杂性,与原作精髓相距甚远,很难达到普及莎剧的目的。此外,如何以戏曲普及莎剧中的某些角色(如弄人和小丑)和精神内涵(如悲剧)?这也是在莎剧戏曲改编中会遇到的难题。⑤ 最后,21世纪的中国观众(尤其是年轻观众)是否足够熟悉中国戏曲?是否需要通过戏曲来了解莎剧?这同样是新时期的导演和演员们需要面对的时代问题。

---

① 陆谷孙:《帷幕落下的思考》,《莎士比亚在中国》,上海文艺出版社1987年版,第36—37页。

② 曹树均:《二十世纪莎士比亚戏剧的奇葩:中国戏曲莎剧》,《戏曲艺术》1996年第1期。

③ 黄临佐:《莎士比亚剧作在中国舞台演出的展望——在首届中国莎士比亚戏剧界学术报告会上的发言》,《莎士比亚在中国》,上海文艺出版社1987年版,第14页。

④ 张君川:《序》,载曹树均、孙福良:《莎士比亚在中国舞台上》,哈尔滨出版社1988年版。

⑤ 陆谷孙:《帷幕落下的思考》,《莎士比亚在中国》,上海文艺出版社1987年版,第39页。

第三,"中国化"与"莎味"之争。莱维(Murray. J. Levith)评论道:"比起其他所有国家,中国人似乎更愿意让伟大的艺术家来传递自己的意识形态,而非原汁原味地传递出作者本意。"①从上下文来看,莱维主要讨论的是政治因素对中国莎士比亚研究的影响。但在实践中,语言障碍才往往会迫使中国导演放弃打磨台词,聚焦情节和视觉效果。亚历山大·黄注意到,中国的莎剧改编通常过于强调"视觉上的美感"(visual beauty)。罗斯维尔(Kenneth Rothwell)则总结为,母语不是英语的电影人"热衷于以奢华的电影效果重新呈现戏剧,就像在拍无声电影",而这种做法的危险在于,长此以往,"亚洲的戏剧和电影,会被当作纯粹的视觉奇观(spectacle)"②。同理,莎剧的戏曲化也不应只追求视觉效果——"戏曲莎剧应该有更高的艺术追求,单纯求新求奇反而会导致莎剧本身的贬值"③。

到底是要在中国舞台上呈现出一个原汁原味的伊丽莎白时期英国的莎士比亚,还是改造出一个中国化的莎士比亚?王佐良的态度可能最为客观公允:"从世界戏剧史来看,改编也是经常进行的,有益的。莎士比亚本人就不是一个'纯粹的'一切独创的艺术家,而是以改编起家、正是在改编中显出真本领(《哈姆雷特》就是一例)的戏院中人。"这一观点也得到了一些国外专家的认同。在2010年的一次采访中,大卫·卡斯顿(David Kastan)谈及中国的莎剧改编,中肯地表示:"每种文化都会从自己的立场出发,对莎士比亚做出特定的解读……但我认为,最好确定其中有对话:我们必须尽可能地悉心倾听过去的声音,避免只是以己度人。"④

除了戏曲化的尝试,莎士比亚也越来越多地出现在中国的话剧舞台、

---

① Murray J. Levith, *Shakespeare in China*, London and New York: Continuum, 2004, 137.

② Huang, Alexander C. Y., *Chinese Shakespeares: Two Centuries of Cultural Exchange*, New York: Columbia UP, 2009, 234.

③ 李伟民:《中国戏曲莎剧与莎剧现代化》,《闽江学院学报》2006年第1期。

④ 田俊武:《莎士比亚:研究、争议与全球化语境下的再审视——耶鲁大学莎士比亚研究专家大卫·卡斯顿教授访谈录》(英文),《外国文学研究》2012年第2期。

商业电影和校园戏剧中。林兆华执导的《哈姆雷特》《理查三世》《大将军寇流兰》等采用后现代的表现手法,借助现代舞台造型、灯光、音乐等多媒体手段,通过时空的自由转换以及对象征、隐喻、荒诞变形等手法的运用来重新诠释莎剧[①],获得了票房和口碑的双丰收。2006年,冯小刚的《夜宴》、胡雪桦的《喜马拉雅王子》等商业电影采取明星加盟、套用/借助莎剧故事的方式,也引起了国内外的广泛关注,但此类题材往往反响不佳。如《夜宴》被认为是在"武侠电影"的框架下重新包装了《哈姆雷特》,但大多数国内影评人都指责影片"是拍给老外看的",而"几乎所有的欧洲评委都觉得这个故事太过莎士比亚,不像是中国电影,吸引不了外国观众"。[②]此外,随着大学英文剧社逐渐活跃,校园莎剧演出也在高校学生中形成了一定的影响,"甚至有一些高校已经把举办'莎士比亚戏剧演出'作为经常性的活动固定下来了"[③]。各类莎剧比赛往往由外语学院承办,主要目的是锻炼学生的英语水平,在舞台表演、创新性上明显不足。

相比20年代效仿日本的戏剧改良运动,70年代学习苏联的现实主义戏剧模式,当今的中国人已经开始摸索自己的方法理解和呈现莎士比亚。但是必须承认的是,"在中国莎剧改编的话剧舞台上,剧本普遍被边缘化了,与原著只是似有关联,戏剧理论的指导意义亦变得微乎其微,导演开口闭口只谈感觉,不谈什么主义和理论"[④]。这种现象并非中国独有,而是一场几乎"全球性的剧场本土化"(a global vernacular in theater)。[⑤] 这种情况也引发了中国戏剧界对莎剧经典地位的集体焦虑:由于西方现代戏剧思潮和研究方法的涌入,莎剧在中国戏剧界正走向没

---

① 郭英剑、杨慧娟:《20世纪80年代以来中国戏剧舞台上的莎士比亚》,《英美文学研究论丛》2009年第1期。

② Huang, Alexander C. Y., "Prologue", *Chinese Shakespeares: Two Centuries of Cultural Exchange*, New York: Columbia UP, 2009, 234.

③ 李伟民:《改革开放三十年中国大学的莎士比亚戏剧演出》,《徐州师范大学学报》(哲学社会科学版)2010年第3期。

④ 孙艳娜:《莎士比亚在中国话剧舞台上的接受与流变》,《国外文学》2014年第4期。

⑤ Huang, Alexander C. Y., "Prologue", *Chinese Shakespeares: Two Centuries of Cultural Exchange*, New York: Columbia UP, 2009, 20.

落。曾经辉煌一时的“上海莎士比亚戏剧节”，自 1994 年至今，已有 16 年没再举行。“不管由于什么原因，这反映出莎士比亚戏剧在我国受关注度在降低，至少是被懈怠。先前有过的热情和盛况仿佛一去不再复返。”① 如何才能使莎剧继续在中国健康、蓬勃地发展下去，是戏剧界必须及早重视的问题。

陆谷孙曾引用德莱顿的名言“在所有现代的或许还包括古代的诗人中间，此人(莎士比亚)的心灵最为宽广，包含一切而无疑”，提醒研究者“研究或表演莎士比亚戏剧的人理应有这样一种宽广的莎士比亚心灵或襟怀”②。总体而言，改革开放以来莎士比亚研究主题、方法和视角的转向，反映出中国人对西方经典的态度变化，也从一个侧面反映出改革开放后中国人愈加宽广的心灵与自信。有学者评论道：“由于各个不同历史阶段的侧重点均具有鲜明的时代特征，且与政治因素有着太多的纠葛，以至于招致国外学界对中国莎学的政治功利性非议不断，误解否定‘具有中国特色的莎学理论体系’。”③但随着改革开放的日益深入，莎士比亚研究一方面逐渐走向大众，一方面也走向学术化和专业化，并逐渐被国外学者熟悉和理解。中国的莎士比亚研究虽然越来越多地参与到全球语境下的学术讨论之中，但相比英国本土、美国、德国和日本等国，中国的莎士比亚研究仍有很大的上升空间，表现为英美莎评对中国的单向影响较大，但中国对世界莎评的贡献非常有限。此外，在全球化的语境下，中国的莎士比亚研究也不免受到影响，表现为中国的莎评与改编既与世界莎学潮流大致同步，也努力关注莎士比亚的中国化，寻找中国学者的自身特色和主体性。

---

① 马玥：《基于莎士比亚戏剧的导演与表演教学研究——以美国耶鲁大学戏剧学院为例》，上海戏剧学院研究生学位论文，2010 年，第 24 页。

② 陆谷孙：《帷幕落下的思考》，《莎士比亚在中国》，上海文艺出版社 1987 年版，第 40 页。

③ 孙艳娜：《二十世纪中国政治文化语境里的莎剧文学评论》，《戏剧文学》2011 年第 4 期。

莱辛：一位德国启蒙者在中国的面相

卢白羽

欧洲18世纪启蒙运动无论在社会形态、哲学还是文学层面，都是欧洲历史上的一个重要阶段，尤其因为它的余波至今仍作用于我们现代社会，其研究价值毋庸赘言。德国启蒙文学是德国文学史的重要篇章，而莱辛(1729—1781)作为德国文学启蒙运动的领军人物，其创作领域涉及戏剧、诗歌、美学、神学、哲学，一直是德国日耳曼学研究之重点。中国的莱辛研究，由于历史机缘巧合，起步很早。1949年中华人民共和国成立之后，按照马克思主义文艺理论，莱辛是启蒙运动反封建、反教会的斗士，代表着资产阶级上升时期的进步力量，莱辛的一些重要作品也得以翻译，使得我国读者对这位启蒙运动的斗士并不陌生。改革开放以来，我国外国文学研究更是蓬勃发展，一方面开始系统地翻译莱辛的作品；另一方面，在积极引进介绍国外莱辛研究的同时，我们也开始有意识地从自己的视角来阐释莱辛的作品，致力于发展中国自己的莱辛研究进路，体现出我国德国文学研究者从自身背景和需求出发而研究的自觉本土意识。

一、1978年以前的莱辛研究

国内的莱辛研究起步应该从五四前后任教于北大德语系的

德国莱辛专家欧内克(Waldemar Oehlke)算起。[①] 他在赴北大任教之前撰写的《莱辛及其时代》(*Lessing und seine Zeit*,1919)至今仍是莱辛研究的权威论著。欧内克在北大执教期间致力于介绍和推广德国古典文学,当时和后世的中国日耳曼学者都深受其学术影响。在他的影响与带动下,时任北大德文系主任的杨丙辰值莱辛诞辰200周年际,将莱辛的著名喜剧《明娜·冯·巴尔海姆》译出。[②] 同年,吴宓还在《大公报》(文学副刊)第55期发表了题为《雷兴诞生二百周年纪念》的文章。

欧内克培养的学生商章孙(承祖)是第二代日耳曼学者中当之无愧的莱辛专家[③],翻译了莱辛的著名市民悲剧《爱美丽雅·迦洛蒂》(1956)[④],并为之撰写了一篇后记。在当时国内莱辛研究一片空白的情况下,这篇后记可算是中华人民共和国最早的莱辛研究成果。商章孙援引恩格斯对18世纪德国现状的批判以及对德国启蒙运动的评价,认为莱辛是运用批判的方式为德国"未来的资产阶级革命准备下条件",他的主要成就在于:清除法国封建宫廷文学在德国的势力、号召学习莎士比亚的现实主义、建立现实主义的美学体系、揭露德国封建专制政权以及宣扬宗教宽容的人道主义。1958年以及后来1991年出版的两部德国文学史[⑤]对莱辛的评价基本上沿袭了商承祖的这一定位。另外,莱辛的著名喜剧《明娜·封·巴尔海姆》也由海梦和阮遥于1961年翻译出版。[⑥] 在很长一段时间内,这是我国仅有的两部莱辛戏剧作品译本。

---

① 主要参看吴晓樵:《五四后任教北京大学的德文洋教习欧尔克》,《博览群书》2006年第1期。

② 雷兴:《弥娜·封·巴伦赫尔穆,一名军人之福》,杨丙辰译,朴社1927年版。

③ 参看叶隽:《文章犹在未尽才——日耳曼学者商承祖的遗憾》,《中华读书报》2008年10月22日,第19版。

④ 莱辛:《爱美丽雅·迦洛蒂》,商章孙译,新文艺出版社1956年版。

⑤ 冯至、田德望、张玉书、孙凤城、李淑、杜文堂编著:《德国文学简史》,人民文学出版社1958年版。其中介绍莱辛的篇幅长达18页(第90—107页);余匡复的《德国文学史》在第二章启蒙运动时期文学中单独辟一节介绍莱辛(第四节"德国启蒙运动的主要代表莱辛",第87—110页),突出了莱辛在德国文学史上的重要地位(其他专门介绍的德国作家仅有歌德、席勒、海涅)。参看余匡复:《德国文学史》,上海外语教育出版社1991年版,2013年修订增补版。

⑥ 莱辛:《敏娜·封·巴尔海姆》,海梦、阮遥译,上海文艺出版社1961年版。

在莱辛的理论研究方面,1978年之前主要是对莱辛著名的美学论著《拉奥孔》的译介,其中最著名的当属朱光潜翻译的《拉奥孔》。[①] 据朱光潜译后记,此译本早在1965年便已译完,不幸遭遇“文革”浩劫,直到1979年才得以出版。他撰写的译后记开启了我国《拉奥孔》研究的先河。朱光潜在译后记中从社会史和思想史两方面详细介绍了《拉奥孔》的成书背景,尤其突出了《拉奥孔》与同时期另一位德国古典主义美学理论大家温克尔曼的思想史论争背景。朱光潜敏锐地看出,莱辛并不是纯粹为了确立艺术门类的标准而划分诗画界限,这一划分的背后其实是他要求践行变革的市民阶级世界观与要求妥协静观的人生观之间的对立。[②] 朱光潜还在每章末尾扼要注明本章的主要论点以及各章前后发展的线索,将自己的研究心得融入到翻译之中,这已经算得上是某种程度上的注疏。

1978年之前另一个重要的《拉奥孔》研究则是钱锺书的文章《读〈拉奥孔〉》。[③] 钱锺书提出了进行中外文学(理论)比较的方法论:借重西方的思想精华,反观自身,重新发掘其中的深刻意蕴,“对习惯事物增进了了解……从老相识进而为新或真相知”。[④] 他对《拉奥孔》的解读也正是从这一基点出发。钱锺书罗列出《拉奥孔》关于诗画异质的观点,再旁征博引中国传统诗画观,或佐证之,或深化之,或批驳之。以“拿来主义”的态度,系统并深化了中国传统诗画论。此一进路至今不失为中国比较文学研究方法论方面的重要借鉴。1978年以后大量以《拉奥孔》为视角审视中外诗画论异同处的文章,大都没有超越钱锺书厘定的理论框架。钱锺书的拿来主义虽对中国传统文艺理论建设具有指导意义,但同时也有忽视文艺理论产生的背景及其自身内在逻辑的危险,从而对文本产生“创造

---

① 朱光潜早在1924年的第一篇文学论文《无言之美》中就简短提到过《拉奥孔》,足见其对《拉奥孔》用功之深。

② 参看朱光潜:《拉奥孔》,人民文学出版社1979年版,第239页。

③ 钱锺书:《读〈拉奥孔〉》,《文学评论》1962年第5期,后经增补收入《七缀集》,上海古籍出版社1982年版。此处所引为三联书店2002年版,第33—61页。

④ 钱锺书:《七缀集》,第35页。

性误读”。[①]

莱辛的另一部著名理论著作《论寓言》由张玉书选译了最重要的第一、第二部分。[②] 由于这部论著名气不如《拉奥孔》响亮,虽然它与《汉堡剧评》并列为莱辛文艺理论的重要论著,却几乎没有受到学界的青睐。

1978年以前引介的国外莱辛研究主要还是集中在马克思主义文论上。除散见于文学史和译著前言的德国早期马克思主义者弗朗茨·梅林关于莱辛的只言片语外,另有辛未艾所译《车尔尼雪夫斯基论文学》中有关莱辛的文章《莱辛,他的时代,他的一生与活动》[③],是一部讲述莱辛生平的文集。在论及莱辛作为德国启蒙运动旗手的伟大人格时,频繁被文学史和各类研究文章援引。[④]

二、1978年以后的莱辛研究

改革开放以来,百废待兴。德语文学研究领域里也开始在20世纪60年代的研究基础上蓬勃发展。以莱辛研究为例,改革开放以后开始出现真正意义上的研究文章,莱辛作品的移译也开始向系统性、学术研究型方向发展。本文主要从作品翻译、莱辛研究、国外研究引介这三方面来介绍改革开放以来我国的莱辛研究。

(一)作品翻译

1980年由上海译文出版了《莱辛戏剧二种》,将《爱米丽雅·伽洛蒂》(1956年译)和《明娜·冯·巴尔赫姆》(1961年译)合为一册,重新出版。

---

① 王彬彬撰文复原钱锺书所引文论的典出背景,指出了钱锺书误读所在。参见王彬彬:《钱锺书两篇论文中的三个小问题》,《文艺研究》2008年第3期。

② 莱辛:《论寓言》,张玉书译,田德望校,《古典文艺论丛》(七),人民文学出版社1964年版,第127—160页。

③ 车尔尼雪夫斯基:《车尔尼雪夫斯基论文学》,辛未艾译,人民文学出版社上海分社1965年版,第259—496页。

④ 比如李衍柱的《西方美学经典文本导读》(北京大学出版社2006年版)还援引车氏的研究来解读莱辛的作品。

施种为此书编撰了前言,他简要介绍了莱辛的生平,运用马克思文艺理论,将这两部作品解读为处于资产阶级上升阶段的作家莱辛对腐朽的封建专制主义的讽刺与鞭挞,以及对资产阶级自身软弱性的批判。此外,还结合莱辛《汉堡剧评》里的悲剧理论来阐释《爱米丽雅》在内容、语言方面的革新。大体来说,对两部戏剧的阐释仍然延续了1978年以前的框架。

同年,人民文学出版社出版了由高中甫翻译的《莱辛寓言》。译者在前言中将莱辛的理论论述与文学创作实践结合起来相互观照,并援引梅林和托马斯·曼对莱辛的评价,突出莱辛采用寓言这一文体针砭现实的斗士形象。

莱辛另一部重量级文艺理论作品《汉堡剧评》1981年由张黎译出。[①]张黎为《汉堡剧评》撰写的前言[②]向读者介绍了《汉堡剧评》产生的社会历史背景以及当时德国的戏剧发展状况,并从《汉堡剧评》方法论的特点(论争性质与比较研究)入手向读者介绍了《汉堡剧评》的内容。

《汉堡剧评》译本的问世以及朱译《拉奥孔》为我国文艺理论专业甚至哲学专业的莱辛研究奠定了坚实的文本基础,从而使得莱辛不仅是德语文学研究的专属地,也使得国内的跨学科莱辛研究成为可能。具体的研究状况将在后面详细介绍。

由此可见,在我国,若想让德语文学渗透于各学科研究之中,并在那里生根发芽,从而最终发展出具有本土意识的德语文学研究,翻译是这一漫长过程中的第一步。精良的译本是德语文学研究的根基。只有根基扎实了,才能在上面筑起华堂美厦,若根基不实,最终也是沙地盖楼,摇摇欲坠。

较系统地翻译莱辛作品是“西方传统·经典与解释”系列下的《莱辛集》。在“《莱辛集》出版说明”里,主编刘小枫阐明了他编订莱辛作品集的缘起:列奥·施特劳斯对莱辛的重视。刘小枫主要关心的是莱辛作为一

---

① 莱辛:《汉堡剧评》,张黎译,上海译文出版社1981年版。

② 此前言以《莱辛〈汉堡剧评〉成书的背景及其方法问题》发表于《外国文学研究》1980年第四期。

个启蒙时代的领军人物,如何"竭力修补传统和谐社会因启蒙运动的兴起而产生的裂痕"。[①] 因此,《莱辛集》从一开始就不是将视线局限在文学和文艺理论领域,而是把莱辛还原为包括哲学家、神学家、古文史学家的多重身份。"出版说明"还强调了莱辛作品的现实意义:莱辛"对于现代民主(市民)社会问题的预见","对纠缠着20世纪的诸多政治—宗教—教育问题",有着深刻的洞察。[②] 我们对莱辛的研究可谓任重而道远。尤其在当今,莱辛研究在西方已渐趋冷却的情况下,我国的莱辛研究正具有初生的活泼生命力。另外,此一选集的特点还在于,它选取了当下最权威的莱辛全集(Wilfried Barner/Klaus Bohnen 编:*Lessing Werke und Briefe in* 12 *Bänden*, Frankfurt/Main 1985—2003)作为底本,且将这一版本代表德国语文学界一流研究成果的笺注、成文史、接受史、结构内容解析等一并迻译,为国内研究者提供了极佳的参考。现已出版的莱辛作品有:《历史与启示·莱辛神学文选》(2006年,朱雁冰译)、《莱辛剧作七种》(2007年,李健鸣译)、《论人类的教育·莱辛政治哲学文选》(2008年,朱雁冰译)、《关于悲剧的通信》(2010年,朱雁冰译)、《智者纳坦(研究版)》(2011年版,朱雁冰译)。

以《智者纳坦(研究版)》为例。《智者纳坦》是莱辛戏剧创作生涯的集大成者。此译本几乎保留了德语版本的所有注释,不仅包括对文意的澄清,注明用典的出处,联系莱辛的其他著作来阐明发挥莱辛的思想,并且还在相应段落摘录出德国莱辛研究的最新成果。另外,此译本还译出原版本所附"文本基础""成文经过""素材、来源与结构""关于素材、来源与结构的文献""接受与影响""关于接受与影响的文献"。此外,《研究版》还从德国著名的权威论文集《研究之路》(*Wege der Forschung*)《莱辛卷》中选译三篇论文,以及 *Interpretation* 学刊的两篇文章,作为"解析"部分。以经典注疏方式来翻译德国文学作品,这在国内似乎尚属首例。鉴于我

---

① 刘小枫:《〈莱辛集〉出版说明》,《历史与启示 莱辛神学文选》,华夏出版社2006年版,第2页。

② 同上。

们研究水平的局限,尚不能推出国内日耳曼学者自己的注疏,因此,迻译已有的权威德文注疏本是这一过渡时期不错的权宜之计。这种偏向学术研究而非纯文学赏读的翻译形式,为我国的莱辛研究打下扎实的根基,也开拓了我们的研究视野,更为非德语的文学研究者们打开方便之门,可资外语文学经典翻译借鉴。

另外,《德语文学与文学批评》第三卷[①]虽以介绍魏玛古典文学为重点,却因为莱辛作为"启蒙运动的主将……为魏玛古典文学发展排除障碍,扫清道路,树立了榜样"[②],而选译了《智者纳坦》的指环寓言一幕、《菲洛塔斯》,并重印了几则寓言与《论寓言》。每篇译文后面均附有阐释性简介。比如,秦文汶[③]以《智者纳坦》的核心"戒指寓言"为切入点,提炼出"理性宗教"与"博爱"这两个关键词,概括了莱辛研究对这部剧的经典阐释——虽然以牺牲文本的复杂性为代价,仍不失为进入这部多声部作品的捷径。整体而言,此书收录的莱辛研究均属中规中矩的保守之作。

(二)国内介绍、阐释

1. 文学作品

1978年以后国内的莱辛研究必须放在国内的德国启蒙时代文学研究的大背景之下来考察。而在这方面的重大理论突破无疑是对启蒙时代文学的全面重新评价与认识。之前从马克思文艺理论出发,将启蒙时代理解为处于上升时期的资产阶级取代腐朽没落的封建阶级在文学上的反映,1978年以后,尤其在2000年之后,学界更加注重启蒙时代本身的复杂性、多样性。由此在对具体作家作品的分析上呈现出贴近文本,研究视

---

① 张玉书、卫茂平、朱建华、魏育青、冯亚琳主编:《德语文学与文学批评》第3卷,人民文学出版社2009年版。

② 同上书,第1页。

③ 秦文汶:《"小子们哪,你们当彼此相爱!"——莱辛名剧〈智者纳坦〉及其中的戒指寓言》,《德语文学与文学批评》第3卷,第29—41页。其他阐释还包括:张玉书:《评莱辛的独幕悲剧〈菲洛塔斯〉》,第67—68页;廖峻:《简评启蒙思想家莱辛及其动物寓言》,第108—115页。

角也更加丰富等特点。①

由范大灿主编的五卷本《德国文学史》可算是 1978 年以后德语文学研究史上的重要事件。其中第二卷介绍 18 世纪德国文学,分为"启蒙运动""古典文学"和"晚年歌德的创作"三章。作者范大灿在前言中讨论了德国 18 世纪文学崛起于欧洲文学之林的原因,并在很大程度上颠覆了之前国内德国文学史的书写模式以及对 18 世纪德国文学在同时期欧洲文学中所处地位的评价。

之前文学史里一直被认为是德国资产阶级软弱的地方,比如不过问政治与现实社会,只关心精神与文化,关注抽象与理论,关心人以及与人有关的普遍问题,封建宫廷不重视栽培本国文学等德国社会、经济发展落后的特点,都成为德国文学得以迅猛发展的合适土壤,使得"德国作家无论在人文知识的积累,还是在静观思辨的深度和广度上,都领先于欧洲其他国家的作家,在这一背景下,德国文学也占到欧洲文学的前列"。②

其次是重视启蒙运动复杂性。前言中重点强调:"启蒙运动不是一场理性主义运动"。③ 启蒙文学不再仅仅是资产阶级运用理性反封建、反教会专制的文学运动,而是本身就充满着创造性矛盾的复杂统一体。在评价以莱辛为代表的启蒙运动鼎盛期(1748—1770)时,范大灿提出,启蒙运动在这一阶段开始重视经验、情感、感官感知等所谓理性的对立面,而将之视为理性不可缺少的部分,启蒙运动追求的是经由理性净化的道德,然而却是自然、发自内心的情感和欲求。松掉启蒙文学与理性的捆绑,不是说启蒙文学就不重视理性,更重要的是它同时也打破了德国启蒙文学与一系列意识形态化概念的单一维度,如反封建、反教会等。这一趋势开启了 21 世纪德国莱辛研究的多理论视角的繁荣局面。

《德国文学史》中的莱辛一节是目前国内最全面、最系统的莱辛介绍和阐释。比如,书中首次向国内介绍了莱辛的喜剧观,并一反之前以阶级

---

① 本文尽量选用核心期刊的研究文献,以期呈现国内莱辛研究的最高水平。

② 范大灿:《德国文学史》第 2 卷,译林出版社 2006 年版,第 4 页。

③ 同上。

斗争、社会批判为经纬的阐释模式,以“平衡情与理”这一主线来分析《明娜·封·巴尔海姆》这一喜剧,社会批判则放到较次要的地位,让人耳目一新。对市民悲剧《萨拉·萨姆逊小姐》的阐释弱化了资产阶级与封建阶级斗争的一面,着重于阐发两个阶层道德观、价值观上的冲突。在阶级斗争文学史观眼中的“资产阶级软弱性”也被阐释为基于“人人平等”的启蒙视角下市民道德自身内部的“专制”印记。这种超越阶级斗争阐释模式的尝试也见于对《爱米丽娅·伽洛蒂》的介绍:国内以往的阐释都视亲王为封建专制君主暴虐的象征[①],范大灿版的《德国文学史》则认为亲王并非十恶不赦的恶棍,而不过是一个普通人,他对爱米丽娅用情不可谓不真,可以说,亲王身上带有“市民特征”。另一方面,爱米丽娅的父亲,信奉道德至上的奥多阿多,在自己的市民家庭里推行的恰恰正是“专制主义”。如此阐释,封建贵族与资产阶级之间的价值观对立消解了,两个阶层的价值观甚至出现了相互渗透的现象。

另外值得一提的是,译林版的《德国文学史》还突出了莱辛神学家和历史哲学家的身份,介绍了他的《论人类的教育》等神学哲学作品,为理解莱辛的其他文学作品提供了另一层视角。

王炳钧的论文《文学研究中的历史人类学视角》[②],以德国80年代后期开始兴起的历史人类学为视角,结合德国日耳曼文学研究界最新的理论成果,将莱辛的市民悲剧《爱米丽雅·伽洛蒂》解读为启蒙时期经典的文化文本案例,探讨了启蒙时期的感知模式以及行为模式。历史人类学瓦解、颠覆了启蒙时期进步乐观的历史哲学以及理性主义等启蒙时期价值观。它首先关心的是人的身体。“对身体的发现标志着二元对立的理性时代的危机,标志着对感性的发现。”[③]作者分析《爱米丽雅·伽洛蒂》主要人物对感官(视觉、听觉、触觉、语言能力等)的掌控

---

① 余匡复:《德国文学史》,上海外语教育出版社,1991年版第105页。

② 王炳钧:《文学研究中的历史人类学视角》,《外国文学》2005年第4期。该论文在全国“20世纪外国文学与批评理论的回顾与反思”会议上宣读。

③ 同上。

力体现出“以身体为基础的权力实践”[①]:王子对感官的掌控象征着他的强权,体现出权力与占有欲;爱米丽雅则不敢运用可以主动控制距离,为自己定位的视觉感官,而选择了功能相对被动的听觉感官,也即她丧失了对感官的主动操控,这表明了她性格的懦弱——而这种懦弱又不单是个体差异,而是“特定历史时期中家庭与社会权力结构的双重牺牲品”。[②]

郑萌芽的论文《论〈明娜·冯·巴尔赫姆〉中身体感知的启蒙问题》[③],同样从历史人类学的身体感知这一视角入手,分析莱辛的著名喜剧《明娜·冯·巴尔赫姆》。作者也强调不能将启蒙运动等同于理性主义,“启蒙精神指的不仅是人要学习运用自己的理性,还包括学习运用自己的感官与体验自己的情感,由此成为一个‘完整的人’”。[④] 文章认为,《明娜》讲述了主人公台尔海姆从丧失自我认同到恢复对感知的自主运用,进而获得全新自我认同的过程。剧本表达了18世纪下半叶的德意志对构建感知整体性的呼吁。

卢白羽的文章《莱辛笔下的“真戏”与“假戏”》[⑤]回归到传统文本细读的方式。文章详细还原戏剧事件发生的社会、法律、经济、政治等历史背景,对于我们深入了解人物行动的动机,进而深入了解这部喜剧创造了有利条件。文章阐明了喜剧《明娜·冯·巴尔赫姆》的男主角台尔海姆的悲剧处境,指出台尔海姆的症结不在于理性与感性的失衡,而是他在现代功能型社会中丧失对自己行动之掌控力,进而丧失对自己道德践行能力的信心。文章结合莱辛《汉堡剧评》的悲剧理论,解释了女主人公明娜的“戏中戏”如何通过悲剧“净化激情”的机制,激发台尔海姆重获对自己道德践

---

① 王炳钧:《文学研究中的历史人类学视角》,《外国文学》2005年第4期。该论文在全国“20世纪外国文学与批评理论的回顾与反思”会议上宣读。

② 同上。

③ 《外国文学》2012年第1期。

④ 同上。

⑤ 卢白羽:《莱辛笔下的“真戏”与“假戏”——喜剧〈明娜·冯·巴尔赫姆〉中台尔海姆的悲剧与明娜的“悲剧”》,《国外文学》2013年第1期。

行能力的信心。

近年来,莱辛研究又出现了新趋势:国内研究已经不再满足于跟随德国文学研究亦步亦趋,而是希望利用“局外人”的有利立场,发出与德国文学研究学界不同的声音。本文仅列举几篇较有代表性的文章,借以管中窥豹。

黄燎宇的文章《莱辛的深刻,莱辛的天真——对〈智者纳旦〉的冒险解读》发表在国内极具影响力的期刊《读书》杂志。[①] 文章另辟蹊径,颠覆了《智者纳旦》的传统解读,重新审视这一文化经典提出的宗教宽容之前提的可操作性。作者首先提出这一可能性:莱辛首先是作为思想家、文化—政治符号而闻名于将启蒙神圣化、工具化的德国。[②] 作者剖析了作为启蒙核心理念之宗教宽容在《纳旦》中的具体实现:莱辛认为,宗教宽容的必要前提是:各启示宗教放弃自己作为选民的“优先意识”,悬置理论和教条,代之以实践理性以及普遍人性。[③] 作者指出,所谓“人性”也不过是启蒙时代世俗化之后的市民阶级的人道主义,其“普适性”值得商榷[④];另一方面,莱辛呼吁各大宗教放弃各自的“优先意识”在作者看来也是不现实的,是莱辛的“天真”。因为对于天启宗教来说,放弃优先意识就等于是放弃自我,消解自我。[⑤] 另外,作者还进一步指出莱辛宽容对象仍局限于三大宗教,并未考虑到无神论者、多神论者,乃至中国的儒释道。总之,作者对德国启蒙思想的经典表述《智者纳旦》的颠覆性、创造性解读,旨在打破文学阐释领域里“以西方、欧洲为中心的世界(格局)”[⑥],为中国的启蒙时期德语文学研究提供“思考的酵母”(莱辛语)。

---

① 见黄燎宇:《思想者的语言》,三联书店2013年版,第212—228页,原载《读书》2011年第11期。

② 同上。

③ 同上。

④ 同上。

⑤ 同上。

⑥ 同上。

刘小枫的文章《市民悲剧博取谁的眼泪》[①]从思想史角度考察莱辛的悲剧理论与卢梭中的启蒙人性论(道德的可完善性和道德教化的可能性)之间的隐秘联系。"宽宏大度"的德性是否属于新兴市民的德性,或说新兴市民悲剧的主角是否适合用来展现"大度"这一德性,在作者眼中不单单是戏剧美学问题,更是政治哲学问题。[②]《悲剧通信》的核心被转移为讨论启蒙哲人提出的人类普遍教化和普遍人性这些理念是否站得住脚等政治哲学的问题。刘小枫的这种解读拓宽了莱辛研究的视角,开辟出国内莱辛研究政治哲学解读角度的可能性,而不仅仅局限于德国文学或美学理论之内。

张辉的文章《亚里士多德的准绳》[③]考察莱辛对亚里士多德《诗学》的理解,进而考察莱辛如何理解古人。作者指出,与同时代人从自己的视角出发理解古人不同,莱辛尝试从古人的角度来理解古人:这意味着不轻易否定古人,打破现代学科设置的藩篱,以"纠正由于现代学科偏见所导致的对古典诗学的片面解读"。[④] 他的另一篇文章,《画与诗的界限,两个希腊的界限——莱辛〈拉奥孔〉解题》[⑤]也同样不单从符号美学的角度来看待莱辛对画与诗的区分,而是从中看出莱辛以行动的希腊观来纠正温克尔曼的片面的静穆希腊观。作者将莱辛定义为"一个在启蒙中以古代为镜反思启蒙的启蒙者……更多期望对启蒙本身的问题及其带来的结果有清醒认真的思考,做一个启蒙的诤友而非随从,保持古典意义上的理性的智慧与清明、克制与谨严"。[⑥] 作者认为,没有了对古代的正确理解(即以

---

① 刘小枫:《市民悲剧博取谁的眼泪——莱辛〈悲剧通信〉与卢梭的因缘》,《古典研究》2010年第4期。刘小枫和张辉的文章属于"文艺理论"的范畴,因这里讨论国内研究开始出现的对西方主流研究方向的反思这一特征,故提前一并论述。

② 同上。

③ 张辉:《亚里士多德的准绳——论莱辛〈汉堡剧评〉对〈诗学〉的解释》,《北京大学学报》(哲学社会科学版)2012年第1期。

④ 同上。

⑤ 张辉:《画与诗的界限,两个希腊的界限——莱辛〈拉奥孔〉解题》,《外国文学评论》2011年第2期。

⑥ 同上。此一观点与刘小枫对莱辛的定位不谋而合。

古人的方式理解古人),现代精神将处于“尴尬的无根状态”。[1] 因此,理解古人并不是“泥古”,而是为了更好地理解我们身处的现代性的困境与契机。另外,张辉在《莱辛〈拉奥孔〉中的荷马史诗》[2]一文中认为《拉奥孔》的“隐匿”重心其实是在荷马史诗中体现出的人性观:既要反抗新理性主义压抑人的自然情感,正视人性本身的脆弱性,也要敬畏高于自身的存在,对抗取消了高低贵贱的平等主义,两者应相互补充,不可偏废。[3]

2. 文艺理论

有了文艺大家钱锺书与朱光潜开创的先河,莱辛的《拉奥孔》一直是国内文艺理论钟爱的研究对象。另外,西方文论史类著作一般也会评价莱辛的《拉奥孔》和《汉堡剧评》,这也为莱辛的理论作品成为美学、文学理论领域的研究对象奠定了基础。[4] 我国的《拉奥孔》研究大有“墙内”开花“墙外”香的趋势:文艺理论专业发表的论《拉奥孔》论文的数量远远多于德语文学研究专业。朱光潜认为莱辛与温克尔曼的论争本质上是两种伦理观之间的斗争,这一观点在前文介绍的张辉的文章中有所延续与拓展。其余的《拉奥孔》研究基本上延续钱锺书关于中西诗画观的比照这一研究路数。

刘剑的文章《“古今之争”中的莱辛及其〈拉奥孔〉》[5]是2000年以来不可多得的比较公允且深入地评价《拉奥孔》莱辛和温克尔曼论争的文章。作者首先廓清了莱辛的“诗画异质”与我国的古典“诗画同律”之间的区别:一个从艺术创作,另一个从艺术欣赏角度出发。并且莱辛也认同在艺术欣赏层面诗画可以共臻相同境界。作者认为,就审美趣味而言,莱辛

---

① 张辉:《画与诗的界限,两个希腊的界限——莱辛〈拉奥孔〉解题》,《外国文学评论》2011年第2期。

② 张辉:《莱辛〈拉奥孔〉中的荷马史诗》,《文艺理论研究》2012年第1期。

③ 同上。

④ 例如我国经典的文艺理论教材《西方文艺理论名著选编》,伍蠡甫,胡经之主编,北京大学出版社1985年第一版,2003年又出修订版。

⑤ 刘剑:《“古今之争”中的莱辛及其〈拉奥孔〉》,《集美大学学报》(哲学科学科学版)2009年第12卷第4期。

较多体现出新古典主义美学为美学立法则与规矩的旨趣,而温克尔曼则同情瑞士人重感官体验的经验派,他代表了美学趣味的未来发展方向;然而就分析方式而言,莱辛对符号学等方面鞭辟入里的论述则昭示了后来现代美学与古典理性美学(黑格尔)的方向;在对人的理想上,温克尔曼认同与高贵、隐忍、静穆的古典理想,莱辛则认同有个性、有勇气、用行动改造现实的人,开启了现代对于人性和个性更富包容性的理解。然而莱辛片面地将雕塑中的"真"等同于表情的真实,则没能预见到讲究"魔性精神"和"生气灌注"的后世。

罗杰鹦认为,我国学者对《拉奥孔》的研究是从介绍与认同到批评与对抗,这说明学界对《拉奥孔》的研究视野正逐步拓宽,认识逐步走向深入,方法逐步多样。[①] 中西诗画论的对比研究主要集中在对比莱辛《拉奥孔》提出的"诗画异质说"和苏轼评摩诘"诗中有画,画中有诗"的"诗画同律论"[②]。大多数研究都认为两者是中西文化各自封闭发展的产物,不能用一方的理论来印证或驳斥另一方的理论。主要因为:莱辛所言诗指的是史诗、叙事诗,而苏轼所言诗所指却是山水诗,莱辛所论之画是西方重写实的油画,苏轼所论却是中国重写意的士人画;西方艺术基于模仿说,讲求真实、准确地再现历史的精确性,而中国的诗画讲求抒写胸臆,追求象外之意[③];所有这些差异又可以追溯到中西文化之间的差异,也即:中国传统思维注重和合、互补,对立中的同一,是一种整体有机思维,而西方诗画论的思维基础是分析型思维,强调差异、界限、区别。[④] 另一方面,中

---

① 罗杰鹦:《鸟瞰他山之石——莱辛〈拉奥孔〉在中国的接受和研究历程》,《新美术》2007年第5期。

② 同上。

③ 参看陈冰、葛桂录:《"诗画同律"和"诗画异质"——苏轼和莱辛诗画观的历史文化内涵比较》,《淮阴师专学报》1993年第15卷第4期;刘润芳:《从〈阿尔卑斯山〉看中西诗画观》,《解放军外国语学院学报》2002年第2期;宋雄华:《中西诗画论之文化基因比较》,《华中师范大学学报》(人文社科版)2002年第3期;徐伯鸿:《略谈"诗中有画"问题研究中的两个误区》,《南阳师范学院学报》(社科版)2006年第7期;吕睿:《中西诗画观的异同比较——以莱辛与苏轼的诗画观为例》,《昆明师范高等学校学报》2006年第28(2)期。

④ 宋雄华,同上。

西之间也有暗合的地方。比如中国传统山水诗不同于西方状物诗,而通常是“移步换景”,并且诗人在用字上也注重静中生动的意境;再则,汉语自身象形、凝练的特点迥异于西方表音的文字系统,可以达到莱辛归入到绘画中的“瞬间性”的效果。[①] 可以说,中国诗人在创作中实现了莱辛诗画理想的融合,做到了“诗中有画”。蒋寅[②]批评了文艺理论界在诗画“同律”抑或“异质”这一论题上叠床架屋的重复科研之弊病。他重新思考了“诗中有画”论提出的背景,认为其说“乃是经受美术熏陶的读者用一种特定的欣赏方式(画家的认知框架)去读王维的结果”[③],突出了此说中接受者的重要性。

《汉堡剧评》是莱辛的另一部影响深远的戏剧理论著作。相较于《拉奥孔》,对《剧评》的接受在国内就要冷清得多。张黎在其《汉堡剧评》译本中撰文介绍了《剧评》成书的社会政治条件以及德国当时戏剧发展水平和汉堡剧院成立的前因后果。[④] 文中简要罗列出的几点都成为后来介绍阐释《剧评》的起点:市民悲剧以及现实主义戏剧理论的先驱、对法国新古典主义的批判、对狄德罗和莎士比亚的接受、亚里士多德的悲剧理论(净化说)等。比较详细、客观而系统地阐释《汉堡剧评》理论的是王在衡的文章《市民主义文论〈汉堡剧评〉》[⑤]。该文的主要贡献是阐明了一直被国内研究所忽视的《剧评》的重要概念“内在可能性”的内涵及其外延,也提到了莱辛的“天才说”。值得注意的是,《剧评》的研究文章大多刊载于戏剧理论而非文学理论期刊上。可见,国内戏剧(研究)界对《剧评》的兴趣要远远高过文学研究界[⑥],其研究重心主要集中在:比照狄德罗与莱辛的现实

① 刘润芳:《从〈阿尔卑斯山〉看中西诗画观》,《解放军外国语学院学报》2002年第2期。

② 蒋寅:《对王维“诗中有画”的质疑》,《文学评论》2000年第4期。

③ 同上。

④ 张黎:《莱辛〈汉堡剧评〉成书的背景及其方法问题》,《外国文学研究》1981年第4期。

⑤ 王在衡:《市民主义文论〈汉堡剧评〉》,《昆明师专学报》(哲学社会科学版)1990年第2期。

⑥ 在德国,《剧评》研究基本上还是文学研究领域内。相比之下,对《剧评》中表演艺术部分的重视就不如国内。

主义戏剧理论[1]和莱辛的表演艺术理论[2]。篇幅所限,本文且以后者为例。[3] 在论及莱辛的表演艺术观,所有论文都抓住了重心,即体验派和表现派之争。[4] 演员在表演的时候是否应该在内心激起同样的感情?内心没有相应的情感的演员是否能凭借演技而感动观众?莱辛敏锐地观察到,正如内在情感可以激发外部动作,外部动作也可以引发内部情感。从德国文学研究的角度来看,若在启蒙时代人类学背景下考察莱辛的这一观点或许会有所收获。另外,遗憾的是,莱辛戏剧理论的重点——同情说与净化论在研究文献里却鲜有提及。[5] 我们应该看到,莱辛之所以要求戏剧塑造混合的性格、贴近现实的性格,目的是要博得观众的同情,并藉由同情而使观众的激情得到"净化"——莱辛认为这才是戏剧的最终目的:净化后的激情是人积极行善的前提。戏剧由此而在伦理领域内发挥作用——这正是启蒙文学之旨归。

三、对国外研究的引介

对国外研究成果的引介是外国文学研究很重要的组成部分。了解国外同行的研究成果,不仅免去了重复科研、叠床架屋之虞,也拓展了我们的科研视野。总的说来,80 年代之前,我国对国外研究成果的介绍由于意识形态的关系,翻译了马克思主义文艺理论家车尔尼雪夫斯基和梅林的莱辛研究。进入 21 世纪后则呈现出多元化的趋势:德国、美国的最新

---

① 比如曹俊峰:《狄德罗和莱辛的戏剧观》,《复旦学报》(社会科学版)1980 年第 5 期;谷荣林:《狄德罗与莱辛:现实主义戏剧理论的先驱》,《戏剧》(中央戏剧学院学报)2006 年第 2 期。

② 胡健:《莱辛论戏剧表演艺术》,《戏剧艺术》1985 年第 2 期;冯钢:《先驱者的光芒——论〈汉堡剧评〉的表演艺术观》,《戏剧》1998 年第 1 期;吴喜梅:《小议莱辛论戏剧表演艺术》,《湖北广播电视大学学报》2006 年第 6 期。

③ 近年来,《汉堡剧评》中的莎士比亚研究也引起了国内学者的注意,如李伟民:《莎士比亚戏剧:一种艺术创作原则——莱辛对莎剧审美价值的认知》,《外语与外语教学》2010 年第 2 期。

④ 吴喜梅:《小议莱辛论戏剧表演艺术》,《湖北广播电视大学学报》2006 年第 6 期;胡健:《莱辛论戏剧表演艺术》,《戏剧艺术》1985 年第 2 期;冯钢:《先驱者的光芒——论〈汉堡剧评〉的表演艺术观》,《戏剧》1998 年第 1 期。

⑤ 就笔者所见,专门探讨莱辛对亚里士多德悲剧理论阐释的研究文章仅有张葆成的《莱辛释亚里士多德悲剧功用论》,《外国文学评论》1989 年第 2 期。

研究成果兼收并蓄,研究领域也从文学、美学扩展到历史哲学、神学、政治哲学等领域。

张玉书、韩耀成、高中甫翻译的德国早期马克思主义者弗朗茨·梅林的文艺论文集《论文学》[①],其中对莱辛的著名戏剧《爱米丽雅·伽洛蒂》、《明娜·封·巴恩海姆》以及《智者纳旦》分别撰文分析。然而,这部文集的引用率很低。梅林的某些精到的阐释也没有被我国莱辛研究所吸收,实乃一大憾事。

美国著名比较文学家韦勒克(René Wellek)的《近代文学批评史》第一卷(古典主义时代)第八章"莱辛及其先驱"详细介绍了启蒙前期德国美学状况,并以中肯的笔触爬梳莱辛作为批评家的事业。[②] 该研究也几乎被国内研究遗忘。

进入21世纪,我国引入了第一本国外莱辛研究专著《莱辛思想再释——对启蒙内在问题的探讨》[③]。该书的意义主要在于,将国内莱辛研究的目光从单一的美学、文学转移到神学、哲学上来,丰富了我们的研究视野。为我国的莱辛哲学、神学研究提供了参考文献。作者将启蒙运动理解为理性主义和经验主义的角斗场,而莱辛的神学创新正是产生于这场争斗。[④] 刘小枫主编的《古典诗文绎读》(西学卷,现代编)收入莱辛三部作品的阐释文章(2009)。[⑤] 其中两篇均选自《解释》(*Interpretation*)学

---

① 梅林:《论文学》,张玉书、韩耀成、高中甫译,人民文学出版社1982年版。

② 韦勒克:《近代文学批评史,1750—1950》,第1卷(古典主义时代),杨岂深、杨自伍译,上海译文出版社1987年版,第192—233页。

③ 维塞尔(Leonard P. Wessel):《莱辛思想再释——对启蒙内在问题的探讨》(英文书名为:*Lessing's Theology. A Reinterpretation*),贺志刚译,林和生审校,华夏出版社2002年版。这本译著被收入刘小枫主编的"西方思想家研究系列"。

④ 对此书的评价可参看邓晓芒撰写的前言(《莱辛思想再释》,同上,第1—8页)和刘锋的书评《20世纪上半叶莱辛神学思想研究管窥》,《国外文学》2002年第3期,第125—128页。刘锋的书评其实是对国外20世纪上半叶莱辛神学思想研究的概述(主要集中在莱辛神学思想中理性与启示、内在性与超验性的矛盾上),具有很高的参考价值。

⑤ 《古典诗文绎读》(西学卷,现代编),刘小枫选编,华夏出版社2009年版。三篇论文分别为:朱雁冰译《〈智者纳坦〉中的理性之家》;郭振华译《为什么要读〈恩斯特与法尔克〉》;卢白羽译《谄媚者与历史哲人》。

刊,其政治哲学的研究重心可见一斑。

此外还有美国莱辛专家贝格哈恩(Klaus L. Berghahn)《以批评为启蒙,以批判为批评》的论文[①],系统地剖析了莱辛的文学批评事业。

其他译介作品还包括德国著名哲学家狄尔泰的名著《体验与诗》中的莱辛部分[②],德国神学家汉斯·昆(Hans Küng)与日耳曼学者瓦特·延斯(Walter Jens)合著的《诗与宗教》中的两篇文章,分别从神学和文学研究的角度来阐释莱辛剧作《智者纳坦》[③],以及托马斯·曼著名的《论莱辛》[④]。

总的说来,国内莱辛研究对21世纪以后译介研究成果的引用率不高,基本上还是局限于80年代之前的马克思主义文论。一些经典的英文研究文献[⑤]也没有得到应有的重视。他山之石可以攻玉,要提高我们自身的水准,就必须积极吸收国外优秀的研究成果。在这方面,与其他学科(比如西哲)相比,我们可以说尚未真正起步。

综上,我国的莱辛研究尚还处于起步阶段,对莱辛作品的解读还不够广泛、深入。这在很大程度上与我国对德国启蒙文学研究的滞后状况相关。目前我们的当务之急,首先是继续开展莱辛著作的翻译工作,使得莱辛不再是德语专业学术圈的专权,而是成为汉语学界共享的精神财富;其次,应该加大引进国外优秀研究成果的力度,精选一些莱辛研究的权威著

---

① Klaus L. Berghahn:《以批评为启蒙,以批判为批评——莱辛的文学批评》,胡蔚译,《国外文学》2012年第1期。

② 狄尔泰:《体验与诗——莱辛,歌德,诺瓦利斯,荷尔德林》,胡其鼎译,北京:商务印书馆2003年版。

③ 汉斯·昆:《启蒙进程中的宗教》,汉斯·昆、瓦特·延斯:《诗与宗教》,李永平译,北京:三联书店2005年版;瓦特·延斯:《“纳坦的思想一直就是我的思想”》,同上。

④ 托马斯·曼:《歌德与托尔斯泰》,朱雁冰译,浙江大学出版社2013年版。

⑤ 比如在北京大学图书馆里都可以借阅到的 *A Companion to the Works of Gotthold Ephraim Lessing*(《莱辛作品指南》),Barbara Fischer 和 Thomas C. Fox 编,Camden House 出版,2005年,以及《拉奥孔》研究的权威著作 David E. Wellbery, *Lessing's Laokoon. Semiotics and Aesthetics in the Age of Reason*(《莱辛的〈拉奥孔〉——理性时代的符号学与美学》),Cambridge University Press 出版,1984年。

作或论文来翻译。就目前我国莱辛研究而言,吸收国外优秀研究成果,仍然是提高整体科研水准的最佳选择;在充分了解和消化国外研究状况的前提下,我们应该以自身的历史、文学经验为视角,反思西方研究,最终在世界日耳曼文学研究界发出我们自己的声音。

中国，浮士德何为？

——当代中国启蒙话语中的歌德《浮士德》

胡　蔚

一

每个时代和每种文化都有自己的浮士德，或者说，每位读者创造了自己的浮士德。正如伽达默尔在《真理与方法》中的宣称：一部作品的真正含义并非由作者决定，也不能由作品的原初读者获得，它的意义在其被阅读和接受的过程中得以确立，它的审美价值也在这过程中得以证实。真正的艺术作品会随着时代的变迁，而使自身的意义在接受史中充分展开。文学经典的审美价值正是体现在文本的开放性中，也就是说，体现在“文本视域”与“读者视域”的“融合”（Horizontverschmelzung）中[1]。一战后的1919年，试图为西方文明把脉的斯宾格勒在《西方的没落》用求知欲和行动欲旺盛为特征的“浮士德精神”（das Faustische）为西方文化画像，与阿波罗式的古典文明相对应，并预言了西方文化在到达它的“文明阶段”之后将走向没落。而事实上，当浮士德传奇的影响力随着西方现代文明的扩张而不再

[1] 汉斯-格奥尔格·伽达默尔：《真理与方法——哲学阐释学纲要》（*Wahrheit und Methode. Grundzüge einer philosophischen Hermeneutik*）第三版，莫尔出版社1972年版。

局限于西方之时,这则西方神话便演变成为一则关于现代人的神话,讨论的是启蒙后人类的共同命运。浮士德故事丰富的内涵在将近五百年的接受史中逐渐展开,而主人公浮士德的命运在历史上的几度沉浮,也充分显现出启蒙话语的多元维度和内在张力。

浮士德的原型是民间传说中生活于15—16世纪德意志地区的炼金术师,游历四方,据传为探索世界的本源而与魔鬼结盟,最后灵魂被魔鬼攫取。1587年,法兰克福出版商斯皮思(Johannes Spiess)最早将浮士德传说付印出版。[①] 浮士德因为沉湎于求知欲而出卖灵魂,正是文艺复兴时代精神的反映,然而对宗教改革后恪守虔敬传统的德国人来说,无节制的知识欲已经是受到了魔鬼的诱惑。无论是1587年出版的《浮士德博士传奇》,还是1599年魏德曼(Georg Rudolf Widmann)和1674年普费策(Nikolaus Pfitzer)的德语浮士德故事,都是劝人信神的宗教教导书。相对于16世纪的德国,同时期的英国更为开明,随着实验科学和经验哲学的发展,启蒙理性已经逐渐形成传统。马洛(Christopher Marlowe)在他著名的剧本《浮士德博士的悲剧》[②]中强化了浮士德的反抗神权的细节,指出了启蒙的原罪所在——试图用理性僭越神的领域。

然而,与魔鬼结盟者自然是罪不可恕,追求真理也要下地狱么?这便是浮士德传说中令人惶惑和不安之处。18世纪的德国,莱布尼茨-沃尔夫的启蒙理性哲学思想体系影响日增,然而与法国启蒙运动中的理性专制主义和无神论倾向不同,德国启蒙思想家力图协调理性与信仰,而不是简单否定基督教的精神内涵。德国启蒙运动的旗手莱辛在他未完成的浮士德剧本中,第一次让浮士德免除了下地狱的命运。莱辛把人的认知欲称为天主恩赐给人类的"最高贵的冲动",人为了获得真理而付出的不懈

---

① 《约翰·浮士德博士故事集——一位四处漫游的魔法师和黑色艺术家》(*Historia von D. Johann Fausten, dem weitbeschreyten Zauberer und Schwartzkünstlern.*),斯皮思出版社1587年版。

② 克里斯朵夫·马洛:《浮士德博士的悲剧》(*The Tragical History of the Life and Death of Doctor Faustus*),1589年。

努力值得赞美，然而“纯粹的真理只是属于天主”①。

歌德（1749—1832）从18世纪70年代开始动笔写作《浮士德》，1808年发表《浮士德第一部》，1831年去世前一年完成《浮士德第二部》，共12111行。歌德时代的人们已经不再认为能够从本质上认识世界和谐秩序的真理，却能够通过大千世界的寓相获得领悟。歌德将世界比做“神性的生动衣裙”（der Gottheit lebendiges Kleid，第509行），“一切无常世相/无非是个比方”（Alles Vergängliche / ist nur ein Gleichnis，第12105行）。浮士德题材在歌德这里摆脱了劝诫教诲的单一功能，成为文学象征。

歌德以后的浮士德都是与歌德《浮士德》的对话，1871年德意志帝国成立之后，“浮士德精神”变身为支持帝国殖民主义扩张的意识形态，成为民族主义自我神话和自我膨胀的代名词。② 随后，无论第一次世界大战、魏玛共和国，还是纳粹时期，形形色色的民族主义和意识形态都暗中绑架了“浮士德精神”。希特勒声称自己尽管不喜欢歌德，但因为“太初有为”这句话符合纳粹党的意识形态，而倾向于“原谅”歌德。社会主义阵营的苏联和东德同样也将浮士德意识形态化，将其塑造为推翻封建主义的无产阶级解放者。东德执政党总书记乌尔布里希特（Walter Ulbricht）号召人民：“如果你们想知道前进的道路通往何方，读读歌德的《浮士德》和马克思的《共产党宣言》吧！”“自由的土地上生活着自由的人民”（Auf freiem Grund mit freiem Volk，第11580行）成了社会主义乌托邦的美好愿景。此种解读方式全然不顾原著中明显的讽刺——浮士德此时已被“忧愁”女神吹瞎了眼睛，误将小鬼为他掘墓的声音当做围海造田的工程。而歌德对人类命运的隐忧也早已定格在他对《浮士德》的“悲剧”性规

---

① 莱辛：《第二次自我辩护》（*Eine Duplik*）（1778），韦尔弗利特·巴尔纳主编：《12卷莱辛作品与书信集》（*Werke und Briefe in zwölf Bänden*），第8卷《作品集（1774—1778）》（*Werke 1774—1778*），阿尔诺·施尔松主编，德意志经典作家出版社1989年版。

② 汉斯·施韦尔特：《浮士德与浮士德精神——德意志意识形态史中的一章》（*Faust und das Faustische. Ein Kapitel deutscher Ideologie*），恩斯特·柯莱特出版社1962年版。

定上。

怀疑的声音也一直存在，引发争议最大的莫过于对剧末"救赎"的疑问——为何这个身上背负几条人命的魔鬼结盟者浮士德，可以逃脱下地狱的命运？歌德在"天堂序曲"中借用《旧约》里《约伯纪》中天主和魔鬼的赌约作为整部诗剧的线索，天主认定"人在追求时，就会迷误"（Es irrt der Mensch so lang' er strebt，第317行），魔鬼的诱惑是天主刺激倦怠的人性走向行动的工具，而剧末天使的接引则意味着，浮士德的绝望与追求、沉沦与获救，没有脱离上帝的意志。在救赎的一幕中，天使高歌"一直努力追求的人，我们可以将他解救"（Wer immer strebend sich bemüht / Den können wir erlösen，第11937－11938行），来自上天的"爱"是解救的动力。也就是说，浮士德是上帝应许之人，或者说他就是上帝所应许的现代人性，而不计代价追求成功的马基雅维利主义是不懈追求（streben）的浮士德精神中的应有之义。魔鬼自述"欲求恶却成就了善"（die stets das Böse will und stets das Gute schafft，V. 1335ff.），而浮士德可谓是"欲求善而导致了恶"。暴力以启蒙的名义横行，自由容忍了极权的产生，《浮士德》中揭示的二元性正可以为阿多诺和霍克海姆的《启蒙辩证性》背书。到了全球化的今天，在哈贝马斯发起的"未完成的现代性"讨论中，浮士德作为"Global Player"①（全球参与者）的代言人具有新的寓意，成为忙碌终日、永不停息的现代人的写照。

对于浮士德在接受史中的变形记，歌德早就有所预感，他在1831年9月8日完成终稿后，致信友人布瓦瑟瑞（Sulpiz Boisserée），用谐谑的口气说道："我的《浮士德》已经成为它所变成的模样。尽管还会有足够多的问题产生，（作品）绝不可能给每个问题提供答案，这对那些通过脸色、手势和轻微的暗示来理解作品的人倒是值得高兴的事。他们从中将会发现

---

① 米夏埃尔·耶格：《全球玩家浮士德或曰当下的消失。论歌德的现实意义》（*Global Player Faust oder Das Verschwinden der Gegenwart. Zur Aktualität Goethes*），K&N出版社2013年版。

的东西,甚至比我自己知道的还多。”[①]

二

浮士德东渡中国后会呈现出何种面相?这一文学形象所承载的含混多义的象征意义在错综复杂的中国启蒙进程中又以何种形式显现出来?从19世纪下半叶开始兴起的西学东渐之风中,尤其是在以“民主和科学”为口号的新文化运动之后,无论是倡导全盘西化,还是主张弘扬国故的保守主义知识分子,都感到外来的价值理念与本土的文化传统之间的巨大张力,一系列古今中西之争,主观动机上都怀着一种协调“科学理性”的西方启蒙精神与中国伦理文化的良好愿望,不同的解读方式反映了解读者的学术思路、个人性情、政治文化立场和时代精神的烙印。国势衰微、外族入侵下的民族危亡又是20世纪初中国启蒙学者不同于欧洲启蒙先驱的历史条件,中国知识分子在启蒙与救亡之间进行着复杂而具有创造性的奋争。[②]

歌德作为德意志文化的标志性人物,其汉译作品及其研究数量之众多、思想流布之广泛、介入中国文化之深入,在德语作家中无出其右者。《浮士德》进入中国知识界视域之后,立即获得了一流学者的重视。民族文化保守主义者辜鸿铭“看见孔子的精神和学说几千年后又出现在了歌德身上”[③],1901年在《张文襄幕府纪闻》中用《周易》乾卦爻辞“天行健,君子自强不息”来翻译《浮士德》精神;另一位文史大家王国维在《〈红楼梦〉评论》(1904)中将《浮士德》推为“欧洲近世文学第一者”,将《红楼梦》与《浮士德》作比,都是“彻头彻尾之悲剧”,“以其描写博士法斯德(即浮士

---

① 歌德:《歌德论浮士德》(*Goethe über seinen Faust*),汉堡版《歌德文集》(*Werke. Band 3, Dramatische Dichtungen I. Hamburger Ausgabe*),艾利希·特隆茨主编,贝克出版社1996年版,第466页。

② 参见舒衡哲:《中国的启蒙运动:知识分子与五四遗产》,李国英等译,山西人民出版社1989年版。

③ 勃兰兑斯:《辜鸿铭论》,林语堂译,《中国人的精神》,黄兴涛、宋小庆中译本附录,海南出版社1996年版。

德)之苦痛及其解脱之途径最为精切故也。若《红楼梦》之写宝玉，又岂有异于彼乎?”面对同样一个浮士德，两位学者着眼点迥然不同，前者看到的是“自强不息”，重的是事功，将西方启蒙思路与中国儒家内圣外王之道契合;后者看到的是“人生之痛苦及解脱之途径”，不仅符合诸宗教求解脱之道，也从叔本华《意志及观念之世界》中找到了伦理学的依托，正是其在《论近年之学术界》(1905)所述“学术当破中外之见，毋以为政论之手段”主张的体现。

五四运动秉承了启蒙运动对人性的信念和个性张扬的推崇，这鲜明地体现在同时期的浮士德解读中。浮士德身上既有奋发进取的理性精神和不断追求完美的生命意识，又有现代意义的怀疑精神和批判意识，与五四一代知识分子精神上高度契合。五四运动前后，译介和研究歌德的工作已经系统展开，尤其是1922年和1932年举行的歌德忌辰纪念活动在文化界掀起了持续的“歌德热”。到1949年，歌德的代表作都有了中译本，《浮士德》有莫苏(1926)、周学普(1935)、郭沫若(1928第一部译本，1947全译本)为译者的三个全译本出版，其中以郭沫若的译本流布最广。文人学者发表于论文集和报章中的《浮士德》研究和述评层出不穷，且涉及文本、电影、戏剧表演各个领域，也有国外学者的论文被译介到国内。深受歌德影响的美学家、诗人宗白华在与郭沫若、田汉的通信集《三叶集》中推崇歌德为“人中之至人”，在《歌德之人生启示》一文中，认为歌德的人格与生活之意义是给启蒙后失去信仰的人们以信心，“给予近代人生一个新的生命情绪”，是对“生命本身价值的肯定”。而浮士德是歌德人生情绪最纯粹的代表，他在人生各个阶段的各种尝试，并非真正的“迷途”，而是有限生命中的各种倾心尝试，为的是趋向无限，浮士德的最后得救也肯定了人生永恒努力的价值。① 同时在中国积贫积弱、亡国亡种的民族危机下，浮士德精神成为一帖救亡良药，张闻天在长文《哥德的浮士德》中，期

① 宗白华:《歌德之人生启示》，周冰若，宗白华主编:《歌德之认识》，钟山书局1933年版。

望用浮士德“自强不息”的人生观警醒“保守苟安”的中国民众[①]；冯至回忆1939年在西南联大教书，躲避日军空袭之余研读歌德的情景，将《浮士德》看作“一部肯定精神与否定精神斗争的历史”，用“天行健，君子以自强不息”来概括浮士德的一生，从中得到“不少精神的支持”。[②] 值得注意的是，从对浮士德的解读中可以看出，个人启蒙与民族救亡并没有构成冲突，而且从启蒙的立场看，是高度统一的——五四启蒙运动本就是为了民族自救，为了面对西方强国的强势入侵而掀起的。

中华人民共和国成立以后，文艺研究以国家意识形态为纲，文学为政治服务成为不可僭越的红线，在历次思想政治斗争中，尊崇个性和自由的启蒙话语成为禁忌。恩格斯对歌德的评价成为定论，他在驳斥卡尔-格律恩《从人的观点论歌德》时说道：“歌德心里经常发生着天才诗人与法兰克福市参议院的谨慎的儿子或魏玛的枢密顾问官之间的斗争(……)因此，他有时候是伟大的，有时候是渺小的；有时候是反抗的、嘲笑的、蔑视世界的天才，有时候是拘谨的、满足于一切的、狭隘的小市民。”[③]1958年“大跃进”期间由北大西语系德语专业师生撰写的《德国文学简史》将《浮士德》概括总结为“西欧三百年历史的总结，资产阶级进步思想的顶峰”[④]。郭沫若1947年初版的全译本《浮士德》在50年代被两次重印，郭沫若在初版前言《浮士德简论》中将《浮士德》结尾填海造田的扩张，解读为歌德晚年“人民意识的觉醒”，体现了“歌德从早年的个性主义向利群主义的转变，(……)它最后的一幕已经超越了资产阶级的局限，有许多理想是符合我们社会主义的要求的”[⑤]。这一转变也正是以郭沫若为代表的中国知识分子在这一阶段自我认知从个人主义到国家主义的转变。浮士德成为了带领人民开天辟地的英雄——这是浮士德形象在社会主义中国前30

---

① 闻天：《哥德的浮士德》，《东方杂志》，上海商务出版社，1922年8—9月。

② 冯至：《〈论歌德〉的回顾、说明和补充》，冯至：《论歌德》，上海文艺出版社1988年版，第2、4页。

③ 《马克思恩格斯列宁斯大林论文艺》，人民文学出版社1953年版，第40页。

④ 冯至、田德望等：《德国文学简史》，人民文学出版社1958年版。

⑤ 郭沫若：《浮士德简论》，歌德：《浮士德》，郭沫若译，群益出版社1947年版。

年中,也是它在苏联和社会主义东德的标准面相,其影响一直延伸到80年代。

三

改革开放以后,五四启蒙思想和精神逐步复苏。伴随着器物层面和制度层面现代化改革的深入,中国思想界对于启蒙的讨论和反思经历了80年代的新启蒙运动,90年代以后的启蒙反思,以至21世纪以后出现的反启蒙倾向,直至今日,方兴未艾。[①] 改革开放后,中国歌德研究已经形成了老中青三代的研究队伍,先后以1982年、1999年和2009年歌德忌辰和诞辰纪念日为契机召开了研讨会,出版歌德文集和论文集,歌德戏剧研究也在深度和广度上获得了前所未有的拓展,根据知网的统计,以歌德《浮士德》为主题的论文,有九百余篇,且在90年代以后,呈现出加速增长的态势。[②] 在这30年中,《浮士德》出现了五个新的全译本,译者分别是:董问樵(复旦大学出版社,1982)、钱春绮(上海译文出版社,1982)、樊修章(南京译林出版社,1993)、绿原(人民文学出版社,1994)、杨武能(安徽文艺出版社,1998)。90年代以后,《浮士德》三次被搬上中国舞台,分别由国内老中青三代导演中的旗帜人物徐晓钟(2009)、林兆华(1994)、孟京辉(1999)执导,他们的舞台诠释赋予了《浮士德》新的中国意义,也证明了《浮》剧的经典性和现实性。浮士德精神在当代中国启蒙话语中几度沉浮,尤其体现在文艺批评和舞台实践中。

"文革"以后,70年代末开始的思想解放运动,以及随即在思想界出现的人道主义思潮,可以看做启蒙精神复苏的突出表现。面对"文革"造成的满目疮痍,党内知识分子回到马克思主义原典中寻找理论支持,提出

---

① 在研究当代中国思想史的学者许纪霖看来,"文革"后的中国启蒙讨论经历了80年代的启蒙时代,90年代的启蒙后时代和21世纪的后启蒙时代。参见许纪霖:《启蒙如何起死回生:现代中国知识分子的思想困境》,北京大学出版社2011年版。

② 对中华人民共和国成立后歌德戏剧的研究考察,参见胡蔚:《新中国六十年歌德戏剧研究》,《同济大学学报》(社会科学版)2013年第6期。

“人是马克思主义的出发点”“文革是社会主义的异化”等观点。早在1980年，范大灿发表在《外国文学评论》上的论文《人类的前景是光明的——读歌德的诗剧〈浮士德〉》[①]便摆脱了阶级论的束缚，弘扬马克思主义理论框架下的人道主义，指出全剧的主旨是探索“人类的命运”，“启蒙后的人是走向光明还是走向黑暗，他是有希望的还是没有希望的”，浮士德被救赎的命运，说明歌德对人类前景充满信念。随后《读书》上发表的两篇论文《乐观的悲剧——从〈浮士德〉是否悲剧谈起》（卫文珂，1983年第8期）、《乐观的哲学——从〈浮士德〉谈歌德的哲学思想》（简明，1984年第3期）同样在马克思主义辩证唯物史观的框架下，肯定人的价值。简明指出浮士德“对真理锲而不舍的追求和永不停息的探索”，这个精神是“人类得以不断发展的最根本的精神，是整个人类的象征”，然而“浮士德个人的命运是悲剧的，是人类发展的一个有限阶段的代表”，“自由的土地上住着自由的人民”的理想社会，只有到共产主义阶段才能实现。简明引用卢卡契作为立论依据：“个别小宇宙中的悲剧，构成了通向揭示人类大宇宙中不停顿的进步的道路”，“整个人类就是在个人的毁灭中向前迈进的”。[②]

虽然启蒙精神的复苏并非一帆风顺，到80年代中期，已经在思想界形成了新时期的“发展共识”和“人的共识”，弘扬人的“主体性”，宣扬欧美模式的“现代性”，是新启蒙运动的核心概念。李泽厚的“主体性”意识在康德哲学的基础上对个体的“主体性”意义进一步发挥：“应该看到个体存在的巨大意义和价值将随着时代的发展而愈益突出和重要，个体作为血肉之躯的存在，随着社会物质文明的进展，在精神上将愈来愈突出地感到自己存在的独特性和无可重复性。”[③]

---

① 范大灿：《人类的前景是光明的——读歌德的诗剧〈浮士德〉》，《外国文学评论》第二辑，外国文学出版社1980年版。

② 马克思主义文艺理论家卢卡契代表了马克思主义从人道主义出发的观点，对当时国内的浮士德研究具有指导作用。参见卢卡契：《〈浮士德〉研究》，范大灿译，《卢卡契文学论文选》，人民文学出版社1986年版。

③ 李泽厚：《康德哲学与建立主体性论纲》，《批判哲学的批判》，人民出版社1984年版。

杨武能在90年代的论文《〈浮士德〉面面观》[1]中,列举了四个观点,颇能代表当时中国学界对浮士德的普遍认识:首先,浮士德就是歌德本人;其次,浮士德具有德国人严肃深沉彻底的特征;第三,浮士德是近代西方文化和新兴资产阶级的象征;第四,浮士德是“人类杰出的代表”,“肯定人生、人性、人欲的浮士德精神是欧洲新兴资产阶级知识分子的人生态度和先进世界观”。这些观点固然有些仍待商榷,但对于浮士德精神中“人性”的重新关注是启蒙在文艺批评中重新获得话语权的象征。五四一代中,已有宗白华等人敏锐地捕捉和讴歌了浮士德旺盛的“生命意识”。蒋承勇的论文《浮士德与欧洲“近代人”文化价值核心》(《外国文学评论》,2007年第2期)聚焦浮士德这个形象身上的“人”的深沉含义,并给予历史的界定和客观的评价:“歌德追寻完全的人和世俗的人的过程,就是表现自然天性,实现自然欲望,获得人生最丰富体验的过程。浮士德身上无尽的自然欲望与生命意志、强烈的个体意识和自我扩张意识、永不满足的追求精神以及在道德理想和理性精神制约下难以消解的内心矛盾,是歌德自身文化性格之反映,也是欧洲近代人文化价值核心之表征。”

到了90年代以后,国内学界对启蒙的接受逐渐深入到知识论层面,认识到西方的现代性传统是一个具有内在紧张和冲突的结构。而随着国内市场经济的发展,知识分子对现代化过程中人文价值和意义世界的失落,充满了忧虑,从现代化的期望过渡到了对现代性的反思,而西方学术传统中反思启蒙的思想资源也逐渐为国内学界重视。

面对“物欲横流,竞争残酷,人文精神丧失的当今时代”,杨武能在《何只“自强不息”!——“浮士德精神”的反思》[2]一文中发现了《浮士德》剧中“自强不息”之外的“以仁爱为核心的人道主义精神”,认为浮士德的“高尚精神和高贵品德”体现了“人的神性——高贵,善良和乐于助人”。认为浮士德“仁爱”的观点恐怕会招来反击,他薄情寡义的负心汉形象显然更

---

① 杨武能:《〈浮士德〉面面观》,《走近歌德》,河北教育出版社1999年版。

② 《外国文学研究》2004年第1期。

为深入人心，但是对“自强不息”的反思不仅仅是时代的要求，也是原著文本的内在应有之意，只是在各种意识形态的解读方式中被遮蔽了。

“反思”首先发生在美学领域，僵化的教条主义认定社会主义现实主义是进步的，浪漫主义是“反动腐朽”的。1979 年，冯至撰写了“文革”后的第一篇长篇论文，分析《浮士德》的海伦娜悲剧[①]，文章认为这是一部浪漫主义梦幻剧，体现了古希腊美学理想与中世纪浪漫精神的结合，进而指出歌德并非纯粹的现实主义者。这篇论文延续了冯至以小见大、细密翔实的论述风格，且着眼于歌德晚年思想史定位，视野更为开阔。在当时“拨乱反正”的背景下，身为“中国外国文学学会”会长的冯至重新定位歌德美学思想，正面评价浪漫主义，对于“文革”后歌德研究的重新展开与路径选择，意义重大。韩瑞祥、仝保民的论文《〈浮士德〉悲剧第一部的浪漫主义色彩》[②]则是延续了冯至的思路。

对于浮剧“神学”内涵的研究体现了“反思”的深入。肖四新在《戏剧》1999 年第 4 期上撰文指出浮士德“追求——失败——获救”的人生历程与新教关于人的本质与人生意义的认识具有一致性，新教神学中认为人的救赎是以人的“主体性的临在”为前提的，《浮士德》最强有力的精神力量不在于它摒弃信仰，而在于它用诗性的形式所宣扬的“新宗教”与新教由人至神的信仰形式基本一致。如果说，肖的观点是为浮剧中“人的宗教”寻找神学的依据，谷裕在其论著《隐匿的神学——启蒙前后的德语文学》中将基督教神学作为纠正人类理性偏差的更高理念，她在论述《浮士德》一章中认为浮剧的宗教剧框架象征着启蒙理性的发展和完善始终也必须服从神的秩序和意志；浮士德得到救赎的场景尽管充满悖论和不确定性，然而象征着爱的永恒女性的引导给予人们希望和信心，“启蒙的意

① 冯至：《〈浮士德〉海伦娜悲剧分析》，《外国文学研究集刊》第二辑。冯至在 1948 年发表的论文集《歌德论述》（南京中正书局）是中国首部研究歌德的专著，其中两篇论文系统考察《浮士德》里的魔鬼和“人造人”形象，以形象研究带起思想史研究，以小见大，言微意深，显然得益于其留学德国期间德国语文诠释学训练。

② 《外国文学》1999 年第 3 期。

义并未被彻底颠覆”。[①]

对浮剧启蒙意义又一深层次的反思从思想史的角度展开：傅守祥2004年发表的论文指出《浮士德》通过梅菲斯特传递出现代洞察和现代反省，是对人自身力量、自我价值的怀疑，宣告了现代主义对人文传统的颠覆，因此，作为理性悲剧的浮剧揭示的是“启蒙精神的高度与限度”。[②]叶隽从定位歌德思想史的目的出发，在专著《歌德思想之形成——经典文本体现的古典和谐》(2010)意识到了歌德身上的“一元二魂”反映了“思想的自我矛盾”，但与《麦斯特的漫游时代》中庸调和的“古典思脉”不同，在《浮士德》中依然选择了“理性路径”。[③]

如果说大多数学者从美学、神学和思想史三个维度对浮士德精神“自强不息”“力行”哲学的反思，都是在启蒙辩证法的框架中进行，没有从根本上否定启蒙运动对人的理性的信念，那么，吴建广2008年以后发表的系列论文[④]中对《浮士德》的“反启蒙”式解读则具有颠覆意义。吴建广以德意志思想传统中从“路德、莱辛、赫尔德、哈曼到海德格尔、伽达默尔”的“反人本主义思潮”为理论依据，认为浮剧是人本理性与神性秩序对抗而导致的悲剧，浮士德因为“认识欲、淫欲、虚拟欲、僭越欲、创世欲”而罪孽深重，最后的救赎场面也不过是浮士德临死悔罪而产生的幻觉，即“濒死意念”，也就是说，浮士德的灵魂并没有获得天使的拯救。文章认为歌德批判了“人是万物的尺度”的人本主义意识形态，回归到了“德意志浪漫精神的故乡”。浮士德终于在中国被驱下了神坛，从自强不息的英雄变成了十恶不赦的罪人。然而，对权威观念的批评和解构，正得益于以怀疑和批

---

① 谷裕：《隐匿的神学——启蒙前后的德语文学》，华东师范大学出版社2008年版，第182—202页。

② 傅守祥：《启蒙精神的高度与限度——试论理性悲剧〈浮士德〉的启示意义》，《思想战线》2004年第2期。

③ 叶隽：《歌德思想之形成——经典文本体现的古典和谐》，中央编译出版社2010年版。

④ 吴建广：《被解放者的人本悲剧——德意志精神框架中的〈浮士德〉》，《外国文学评论》2008年第3期；《人类的界限——歌德〈浮士德〉之“天上序曲”诠释》，《德国研究》2009年第1期；《濒死意念作为戏剧空间——歌德〈浮士德〉“殡葬”之诠释》，《外国文学评论》2011年第2期。

评为内核的启蒙精神，吴文的观点固然是“反启蒙”的，其对已经僵化的浮士德“自强不息”形象的颠覆依然合乎启蒙之道。批判人本主义的虚妄固然有理，且在当下中国躁动不安的时代精神里尤其具有现实意义，然而矫枉过正则容易走向另外一种虚妄。

四

90年代以来，歌德《浮士德》分别被徐晓钟、林兆华、孟京辉三代导演搬上戏剧舞台，他们对浮士德形象截然不同的舞台塑造较之文艺评论更加直观地显现出当代中国启蒙话语的内在张力。

1994年，正值市场经济大潮席卷中国，林兆华在中央戏剧学院实验剧场上演了《浮士德》，宣传页上标明：这次演出是“对变化莫测的话剧市场和观众需求的抗争”。这是一次充满现代感和实验性的舞台诠释：摇滚乐团鲍家街43号加盟演出、荒凉空旷的舞台、皮影戏的手法、各种具象与抽象的拼贴。演员的配置也别具匠心：女演员娄乃鸣扮演梅菲斯特，凸显其阴沉狡诈；浮士德由倪大宏和韩童生两个演员饰演，一个是灰衣旧鞋、蓬头垢面的书生，一个是招摇过市、躁动不安的款爷，代表浮士德身上两个矛盾的灵魂：一个沉湎于粗鄙的情欲，一个向往着崇高的性灵，这是一个在性格对峙中痛苦挣扎的现代人形象，全剧传达出一种对喧嚣浮躁现实的冷峻的批判意识。

新锐导演孟京辉选择在新千年跨年之际在北京人艺小剧场公演了《盗版浮士德》，剧如题名，旨在解构经典。故事放在当代场景中，大学教授浮士德在酒吧邂逅甘泪卿时，巧遇电视台导演魔鬼梅菲斯特，浮士德不仅上了电视，当上了电视选美大赛主任，还登上了月球。剧本试图通过“恋爱，选美，兴国，登月”四个情节展示“知识分子对爱、美、权力和不朽的追求”，探讨“知识分子的精神架构”。与林兆华版《浮士德》剧的严肃现代风格不同，这是一次符合市场期待和大众趣味的舞台呈现，充满了逗趣搞笑的元素，原剧的庄严内涵和严肃的启蒙反思因为夸张的画面感、诙谐幽默的表演解构，达到了一种荒诞反讽的效果，盗版的浮士德成为游戏人间的犬儒主义者。这或许验证了许纪霖忧心忡忡的观察:“到了2000年之后,(……)启蒙已经过时了,其中有三股思想势力,包括国家主义、古典主义和多元现代性的思潮解构了启蒙,物质主义、犬儒主义、虚无主义盛行。”①

徐晓钟导演执导的《浮士德》2008年上演,只上演了第一部“爱情悲剧”和第二部的开头。徐晓钟的导演秉持忠于原著的精神,采用传统诗剧的形式,注重表演技巧。上海话剧中心为了完美呈现导演的创作意图,在人员配置、舞台布景上都全力动员,不计工本,服装设计参照了文艺复兴时期欧洲人的装束,以呼应导演现实主义创作风格。据媒体报道,徐晓钟导演不顾81岁高龄执导《浮士德》是为了完成黄佐临导演20年前所托,可以说这是一场迟到的演出,其精神内核属于80年代的新启蒙运动:导演为浮士德确立的“形象种子”是“漫漫大海的苦行者”,“漫漫大海”是漫长曲折的人生之意,“苦行”是苦苦追求,探寻目标之意。吕效平的文章《悲剧?或者新古典主义的正剧》指出,徐晓钟导演强调的是人生和人性的正面价值,并没有“敲开歌德原著的悲剧内核”,是附会给《浮士德》的“正剧解读”。吕文称这是一种屈服于当代思想惯性的“社会主义古典主义”的阐释,看不到原剧的怀疑与否定精神和悲剧性本质,放弃了精神自由的高度,匍匐于“当代真理”的催眠,而满足于挖掘正面的、积极的、榜样的、有教育意义的东西。② 如果说80年代的启蒙话语是重归“人道主义”,20年后,启蒙的锋芒则指向了业已僵化的单向面的“人道主义”解读,吕文呼唤的正是自由思考与独立批评的启蒙精神。

改革开放后的启蒙话语在短短的三十几年时间里,经历了从主体性的高扬到对启蒙理性的反思乃至全面否定,歌德的《浮士德》在中国的接受经历了“对现代化的讴歌”到“对现代性的反思”,浮士德在中国的形象

① 许纪霖:《启蒙如何起死回生:现代中国知识分子的思想困境》,北京大学出版社2011年版。

② 吕效平:《悲剧?或者新古典主义的正剧——论歌德的〈浮士德〉与徐晓钟的〈浮士德〉》,《文艺争鸣》2010年第7期。

也随之从“自强不息”的社群主义英雄，寻找出路的迷茫知识分子跌落到了罪孽深重的恶人或是游戏人生的犬儒主义者。反观西方现代思想史，反启蒙思潮与启蒙运动如影随形，却无法改变启蒙运动塑造了现代社会核心价值的事实。以中国专制历史之久，启蒙运动更是举步维艰，而当代中国现代思想传统和西方现代伦理学的困境，学界反思和质疑启蒙的能力和勇气都得益于启蒙精神，是启蒙运动的应有之义。

司汤达研究的“红”“黑”“白”

王斯秧

司汤达(1783—1842)既是现实主义文学的代表,又是浪漫主义的重要作家。独特的双重标签恰好印证了作家对社会与人性的深刻认识与捕捉。他认为小说应该再现时代本质,同时更要关注人心的真实,暗示现实的种种可能。他把敏感视为生活与审美最重要的品质,甚至是划分灵魂高下的首要标准,在小说中注重细致的心理分析和描绘强烈的情感。司汤达还有着突显性情、极具个人特色的风格。他不是字斟句酌、精当考究的那类作家,而是创作随性而至,行文迅捷,笔触轻灵,词句简练。由于其作品独特的节奏与气韵,他被一些研究者称为“最难模仿的作家”。

司汤达在文学史上的经典地位自19世纪末得到确认,评论界对其作品的研究热情经久不衰。20世纪法国曾出现两次司汤达研究的高峰,第一次是在五六十年代,涌现出一大批以现象学和原型批评为方法的经典评论,研究作者的复杂人格、自我意识在作品中的体现、作者与人物之间微妙的关系、独特的叙述方式及其局限。七八十年代结构主义盛行时期,司汤达的作品因其随性自由的风格不能为热门文学理论提供素材而受到冷落。90年代以来是司汤达研究的第二次高峰。研究者从美学、艺术史等多个全新角度解读司汤达作品,例如从美学角度及其在19世纪初的重新定义,研究司汤达作品中的浪漫主义的嘲讽、喜剧性、活力等概念;对叙事形式的历史研究与诗学研究,从叙事时间、叙述者身份、叙事语声、小说与戏剧的关系等层面进行文本分析;文学场域的社会学研究,从回忆录、游记、历史文献等资料中发掘作家与文类体系的联系;对司汤达手稿的关注与发掘也发展了文本发生学研究。

在中国,司汤达是读者与研究者最熟悉的外国作家之一。《红与黑》自 1944 年首次译成中文,一直位于最重要的世界名著之列。众多翻译家都把这部作品作为一试身手的试金石,一译再译,有研究者认为“《红与黑》的翻译,代表着我国目前法国文学翻译界的最佳水平”[①]。这是国内司汤达研究得天独厚的条件。但是国内研究与国外研究的重心不同,整体来说,法国与世界研究涉及司汤达思想的各个侧面和全部作品,中国研究者却对《红与黑》情有独钟;在研究角度上,国外研究从传记研究、主题批评、心理学、叙事学、美学、艺术史等各个角度切入作品,国内研究主要在社会学和翻译学两大领域进行。其中的发展历程与原因,将是本文探讨的对象。

一、《红与黑》研究的“红”与“黑”

《红与黑》这部小说之所以受到中国读者与评论界如此的关注,除去作品本身的文学价值,它在数次政治运动中颠沛起伏的命运和几代法语学者的译介工作也许是最重要的两个原因。

《红与黑》的大名首先应该归于其政治历史内涵。小说以 1830 年前后波旁王朝复辟时期为背景,正是社会风云变幻、各阶层斗争错综复杂的时期。“文艺是时代的风雨表”,中国研究者看重小说所描绘的历史背景,把于连这一出身平民的人物社会地位的上升轨迹视为观察与批评阶级斗争的绝佳范本。1949—1978 年间对于作品的研究有一个鲜明的特点,那就是鲜明的政治立场,采取阶级分析的观点。在那个“现实主义至上”“以阶级斗争为纲”的时代,研究者注重阶级分析和文学的认识价值,从作品

① 许钧:《文字 · 文学 · 文化——〈红与黑〉汉译研究》,译林出版社 2011 年版,第 23 页。

中剥离出政治性,把它作为阶级斗争的工具,站在自己的立场加以利用。反对者斥之为最毒的“毒草”“黄色小说”,美化野心家、两面派,宣扬资产阶级的腐朽生活方式等等,罄竹难书。小说在历次运动中屡受批判:60年代初,在声势浩大的批判修正主义运动中,《红与黑》与巴尔扎克的《高老头》、托尔斯泰的《复活》并称,成为重点批判对象;“四人帮”垮台后,因为曾受到“四人帮”的举荐,于连的形象又和“四人帮”联系在一起:“四人帮的人生观与于连一脉相承,他们腐朽的生活方式与于连一拍即合,而他们的政治视野比于连更大,阴谋手段更为毒辣”[①]。反之,拥护者则强调作品的批判功能:“这部政治小说对于贵族社会腐朽生活的揭露,对于资产阶级的唯利是图的性格的批判,对于教会罪恶行径的抨击……可以帮助我们研究历史上的阶级斗争,特别是反动阶级的复辟教训,用马列主义观点加以批判的总结,以作为我们巩固无产阶级专政,防止资本主义复辟的借镜”[②]。这种与政治紧密相连的解读方式,反映了时代特色,其影响一直延续至今,后文将详细讨论。

如果说在前一阶段,《红与黑》因其黑色的“恶名”而深入人心,90年代围绕《红与黑》所展开的翻译大辩论再一次把作品的知名度推向高峰,使《红与黑》的翻译红极一时。自1944年赵瑞蕻的《红与黑》中译本问世以来,罗玉君、郝运、闻家驷、郭宏安、罗新璋、张冠尧、许渊冲等著名翻译家一再复译,加上海峡对岸的黎烈文译本(1978年),至今已有28个中文译本。除去部分抄袭拼凑之作,每一个译本都倾注了译者的心血,体现出译者对翻译的不同认识与追求,风格各异。多位译者与许钧、袁筱一等翻译理论家纷纷发表对译文风格选择、文本内容与原作关系的思考,由此引发一场范围广大、影响深远的翻译大讨论。为了调查译文的接受情况、了解读者的审美要求与期待,南京大学西语系翻译研究中心和《文汇读书周报》还组织了《红与黑》汉译读者意见征询,受到广泛关注,成为翻译研究

---

① 邵鹏健:《试论〈红与黑〉》,《南昌大学学报》(人文社会科学版)1978年第3期。

② 钟世文:《也评〈红与黑〉》,《华中师范大学学报》(人文社会科学版)1975年第1期。

史上意义重大的事件。与此相关的论文、谈话、通讯、座谈等资料均收录于许钧主编的《文字・文学・文化——〈红与黑〉汉译研究》中。

小说受到众多翻译家的追捧，从侧面反映出作品的魅力与不尽的价值。译者追寻各自心中的《红与黑》，希望给读者一部尽可能接近原文，甚至“超越原文”的译作，百家争鸣有助于推动译文整体水平的提高。小说的翻译与研究也在一种良好的互动关系中进行。众多译本与译者的争鸣、讨论为不懂法文的外国文学研究者提供了接近、理解司汤达的可能性。同时，译文的语言风格不仅涉及原文风格、翻译标准的探讨、翻译理论与实践的各个层次，还涉及译者对原文的理解，自然避不开对原著内容、人物形象等的关注，由此也促进了对司汤达作品内容及其文体风格的研究。除许钧从翻译理论与实践各个层次思考译文的多篇论文之外，有多位研究者进行过原文与译文的对比研究，如王文利的《叙述形式的意义——关于〈红与黑〉汉译的一点思考》①从叙事学的角度分析《红与黑》中于连与德瑞纳夫人初次见面的场景，从聚焦和时态两方面比较不同译文对原文的处理，为评价译文提供了客观可行的依据，避免了流于主观的印象式评判。

综上所述，除去《红与黑》作为经典本身的文学价值，它在中国居高不下的知名度还取决于本土原因，政治运动、译介出版，都曾为这股热潮推波助澜。这些因素一方面提高了作品的知名度，有助于强化作品的经典地位，推动作品的阅读与研究；另一方面也造成根深蒂固的成规定见，机械的“阶级属性”“人物本质”“主导因素”等思维范式局限了研究者的思路，导致部分论文继承特定历史时期的老腔调，得出简单片面的论断。

《红与黑》的翻译红极一时的同时，《红与黑》的研究也迎来热火朝天的局面。1978 年是一个分水岭。柳鸣九于 1980 年发表的《〈红与黑〉和两种价值标准》②可视为分水岭的一个路标。论文分析了这部作品屡屡

---

① 《法国研究》1997 年第 2 期。

② 《读书》1980 年第 6 期。

成为运动对象的原因,并以马克思主义为武器为之辩护,认为这是反映时代本质、揭示阶级斗争规律的伟大作品。虽然论文仍是从阶级定性的角度切入,但在政治内容之外还肯定了作家对社会关系的深刻理解、把握历史本质的功力与刻画人物的深度,预示着即将到来的作家作品研究。此后,一部分研究者的注意力开始转移到作者创作及文本的相关具体问题上,研究方法和角度开始多样化,从人物形象、心理描写、作品主题、文体风格等多个角度研究作品。

研究侧重点的变化,首先从于连形象研究上体现出来,尽管此时大部分研究的切入角度仍然是社会历史学,但阶级意识逐渐淡化,社会批判减弱,不再强调定性,对人物的分析从阶级属性转向人性本身的复杂性,同时关注人物形象构建的生存环境和活动境遇。1981 年丁子春的《论〈红与黑〉中于连的形象》[1]指出于连又“红”又“黑”的形象,这就打破了过去非黑即白的划分,承认小说人物的复杂性,在他身上看到叛逆、野心、进取与虚假贪婪等多重特性的融合。汪梧封于 1984 年发表的《于连形象新探——纪念斯丹达诞生二百周年》[2]同样抛弃非敌即友的机械二分法,把于连视为个人英雄主义的典范。蒋承勇于 1987—1990 年接连发表三篇论文,体现出现象学理论和结构主义研究方法的影响,对此前风行的环境决定性格、文学复制现实等观点提出质疑。《以系统的自组织原理看于连性格的自在性与自主性》[3]强调人物内在动因的影响,运用哲学、心理学理论,并使用简单的结构图示辅助文本分析,研究角度与方法令人耳目一新。《论司汤达小说的内倾性》[4]指出司汤达小说侧重内部世界,并从心理变化构成小说内在情节、披露人物深层心理和性格自主运动三方面探讨了这种内倾性及其美学意义。《司汤达小说:反映的变形》[5]在司汤达

---

① 《杭州大学学报》1981 年第 2 期。
② 《法国研究》1984 年第 1 期。
③ 《外国文学评论》1987 年第 2 期。
④ 《外国文学评论》1989 年第 1 期。
⑤ 《外国文学研究》1990 年第 2 期。

的众多小说人物身上发现了由几个共同元素构成的深层架构，即原型，这实际上是作家本人深层意识中潜在的心理模式的外化，而主体意识渗透的程度不同使众多变体出现了自己的个性特征与个性意识。因此作者反对把司汤达归为简单复制现实的作家，进而对文学反映现实提出思考。

蒋承勇的系列论文属于国内研究的一个关注热点——司汤达小说中的心理分析。该领域研究从多个角度展开，如社会关系和阶级冲突对性格的影响，情感与行动的联系，激情的分析等等，注重理论支撑，最常采用的两种方法是精神分析和原型研究。

农方团围绕着司汤达的心理描写做了系统的研究，分别探讨司汤达心理分析倾向形成的原因、心理描写的风格手法及其新意：涵盖人的精神世界和社会心理，使小说中的“现实”具有更深广的意义。[1] 有些研究者提炼出小说人物的精神特性，如姜书良在《激情：司汤达小说人物性格论》[2]中用“激情”统摄小说人物性格，强调其复杂性，主张把司汤达小说的激情性格作为一个多元和多层次的完整结构来考察；郭珊宝的《心理小说中的“力学”研究》[3]则强调“力”，即人物强有力的性格迥异于同时代浪漫主义文学柔弱感伤。论文提出心理“力学”，试图借用物理学概念解释小说中种种心理描写的技巧，并对爱情心理和英雄心理进行分析。

张德明的《〈红与黑〉：欲望主体与叙事结构》[4]运用拉康的精神分析理论分析小说中的欲望主体和叙事结构，认为于连在“镜像阶段”形成的理想自我和被动的自恋欲望造成其人格的自我异化和分裂。主人公对父亲/法律/宗教象征秩序的反抗与对缺失的母亲的追求融为一体。小说的

---

① 农方团的五篇论文均发表于《广西师范大学学报》(哲学社会科学版)，论文题目与发表期号分别为：《小说心理分析倾向的形成》，1991 年第 4 期；《斯丹达尔小说心理描写的朴实风格》，1994 年第 4 期；《斯丹达尔小说的独白》，1996 年第 2 期；《在复杂矛盾中揭示人物心理——斯丹达尔小说心理描写特点之一》，1998 年第 1 期；《斯丹达尔对小说心理描写的开拓与深化》，1993 年第 4 期。

② 《外国文学评论》1990 年第 2 期。

③ 《外国文学研究》1986 年第 4 期。

④ 《国外文学》2002 年第 1 期。

叙事结构建立在俄狄浦斯三角的基础上,整部小说可视为欲望主体形成、发展、成长直至寂灭的过程。论文从深层心理结构的层面揭示了人物复杂、矛盾性格的成因,用翔实的例证勾勒出整部小说欲望流动与叙事结构的对应关系,还从心理学角度对主人公欲望的他者性、红与黑的象征意义等提出了独到的见解。

李迎丰的《〈红与黑〉:一个隐喻——作为女性的阅读》①指出性别与阶级关系的同构性:女性在父权文化秩序中的地位,与于连的社会政治地位具有同类性质。通过对小说政治结构网络和爱情三角关系的分析,论文考察司汤达怎样在作为隐喻的爱情文本中构造他的政治秩序结构。在围绕司汤达作品所进行的众多女性主义批评中,这篇文章论述清晰透彻,捕捉到了作品的深层结构与意义。

90年代之后,对于司汤达作品的主题研究发展起来,主要集中在"幸福""爱情""现实""意大利情节"或"意大利形象"等经典主题,并且开始吸收国外的研究成果。其中最有深度的论述当属郭宏安为《红与黑》所作的译序。② 作者指出对《红与黑》多种解读的可能性,政治、爱情、写实等种种都是小说的一个侧面,更应关注的是超越现实境况、具体时空坐标的智慧与哲理,是小说提出的哲学问题:人怎样才能够幸福?它所写的正是于连这个年轻人在追求幸福的道路上从迷误走向清醒的过程。译序通过细致深入的文本分析,展示人物经历表象与实质之间的冲突,最终回归真正的自我、获得自由的历程。文章剥去小说过于厚重的政治外壳,将关注点从历史、道德层面提升到哲学层面。郭宏安对司汤达的哲学思想与审美品位有深刻理解,他翻译的《红与黑》尊重原作语言风格,力图忠实地再现小说简洁瘦硬的文风。除了《红与黑》译本与译序之外,他早在80年代初就发表过两篇对《巴马修道院》和《意大利遗事》的评议(详见后文),从内容的多面性和美学特质层面介绍这两部不为国内读者所熟知的小说,都

---

① 《解放军外国语学院学报》1991年第3期。

② 《红与黑》,郭宏安译,译林出版社1993年版,第1—16页。

是敏感而富于洞见的评论。

此外，围绕《红与黑》进行的比较研究也是国内司汤达研究的热门领域，于连常常被拿来与各种小说人物作对比，最常见的比较对象是《高老头》中的拉斯蒂涅和《人生》中的高加林。论文往往提取“野心家”或者“奋斗者”之类的类型化形象，停留在一些表象的观察，最终回到阶级或社会分析。如果能摆脱典型性格或环境决定论等思维方式，从方法上，而非从内容上进行比较，将会产生有价值的研究。如吴锡民的《西方文学与新闻再思考——斯丹达尔与卡波特写实刍议》①从文本生成的角度提供了一种新颖别致的解读。论文从司汤达和卡波特创作方法的相通性谈起，两者都从真实的案件中提取材料，作为作品的基础。司汤达对真实材料进行点化，塑造出典型人物，传达时代情绪，达到更高的艺术真实；卡波特的“非虚构小说”借助文学技巧处理真实案例，表现的是生活真实。但作者指出两者并非截然对立，艺术真实与生活真实相通，卡波特的杂交方式融合了新闻追求真实的意图与虚构手法，其“革新”恰好验证了传统小说创作方式并未走到末路。

二、《红与黑》之外的“寂”与“冷”

较之《红与黑》，司汤达其他作品的研究则冷清得多。虽然小说全集中译本已经出版，但所受关注并不多。《巴马修道院》②和《意大利遗事》因与“意大利情节”联系紧密，引用率略高，其他小说《吕西安·勒万》《阿尔芒斯》《拉米埃尔》《法尼娜·法尼尼》等都鲜有研究。③《拉辛与莎士比亚》与《论爱情》读者寥寥，两部重要的自传作品《亨利·布吕拉尔传》《自

---

① 《桂海论丛》1997年第2期。

② “巴马”(Parme)现在的通行译名是帕尔玛，今天更是以帕尔玛足球俱乐部而知名。但是鉴于中译本和研究文章都是以《巴马修道院》为题，为了原样引用并且保持行文的一致，所以本文在论述过程中仍沿用《巴马修道院》之译名。

③ 对以上作品比较有代表性的研究有西野：《自由与爱情的抉择——谈〈法尼娜·法尼尼〉》，《外国文学研究》1983年第3期；柳鸣九：《〈阿尔芒斯〉与人物形象系列》，《法国研究》1985年第3期。

我主义者回忆录》以及书信、日记、文艺评论等大量作品更是极少提及。[①]

《巴马修道院》是司汤达的另一部重要小说,文学价值不亚于《红与黑》,法国的一些司汤达研究专家甚至把《巴马修道院》排在《红与黑》之上,读者与研究者们还按照对《红与黑》或《巴马修道院》的偏爱,划分成"红粉"和"修士"。《巴马修道院》早在1948年已有第一个中译本《帕尔玛宫闱秘史》(徐迟译,上海图书杂志联合发行所出版),后经郝运(上海译文出版社,1979年)、罗芃(译林出版社,2005年)两位翻译家复译。正如《红与黑》的阅读与研究在很长一段时间内都带有阶级斗争的印记,《巴马修道院》的接受也侧重政治性。它曾被称为《帕尔玛宫闱政变记》,当作政治斗争与权术的指导手册。这也并非谬误,小说出版之时曾受到巴尔扎克称赞,认为作品所展现的巴马小公国的政治内幕浓缩了复辟时期欧洲所有封建宫廷的机制。不过小说在中国的接受更多了些阶级批判的意味,有几篇论文把作品称为"政治历史小说",从政治内容和历史认识意义的角度解读小说,一方面赞扬作家对黑暗、虚伪社会的刻画与批判;另一方面把人物品质归为对专制制度的反抗,对小说男女主人公法布里斯与克莱利娅的评价与阶级斗争时期对《红楼梦》人物的评价异曲同工。但是,也有部分研究者对小说的艺术表达方式予以重视:郭宏安的《常读常新的〈巴马修道院〉》[②]探讨了小说主题的多面性与高超的写作手法;高鹤佳的《论〈巴马修道院〉——纪念司汤达诞生二百周年》[③]介绍了作品的创作背景、主要特色,并且分析了小说多个人物的性格特征。韩中一 1982—

---

① 《拉辛与莎士比亚》,王道乾译,上海译文出版社1979年版。《论爱情》有四个全译或选译本:《爱情论》,罗国祥等译,湖南人民出版社1988年版;《爱的心香——司汤达爱情随笔选》,奋力、关心编译《根据英文版〈司汤达随笔选〉编译》,北方文艺出版社1992年版;《爱情论》,崔士篪译,辽宁教育出版社1997年版;《十九世纪的爱情》,刘阳译,江苏人民出版社2005年版。司汤达书信与游记仅有选译本:《司汤达文学书简》,许光华译,安徽文艺出版社1993年版;《旅人札记》,徐知免译,百花文艺出版社2003年版。两部自传作品尚无中译本。

② 《读书》1982年第7期。

③ 《中山大学学报》(哲学社会科学版)1983年第3期。

1986年接连发表四篇关于司汤达的论文[①]，虽有当时夹述夹议的普遍特点，但论文涵盖几部重要小说，而且熟悉国外司汤达研究的重要主题，使用“主观现实主义”等术语，运用叙事学、主题研究等方法进行文本分析，在刚刚摆脱阶级斗争的众多论文中独树一帜。

罗芃为《巴马修道院》中译本所作的译序[②]从司汤达小说的“残缺命运”出发探讨作家的个性：他虽然把理性与科学看得高于一切，但性情中仍然保存着非常感性化的一面，注重情感与感觉，因此形成了高度感性化的写作特点。在译序的中心部分，罗芃着重探讨了司汤达具有强烈自我意识的写作方式。虚构人物正体现了作家本人通过文学创作对自己的生存方式所进行的一种体验，是对如何既获得幸福又不丧失个人尊严这个重大人生课题的思索：人物与作家一样，都是“自我主义者”。文章援引小说中大量的例证论证了自我主义者身上的表现与掩饰这一对突出矛盾：一方面将生存重心放在审视、体验与表现自我上；另一方面又害怕真实的自我被他人的目光所穿透，因此包藏自我、逃避躲闪。作家的“假名癖”与小说人物法布里斯的冒险互为影像，都是自我的躲闪与逃逸，目的在于摆脱他人目光的探究与限制，获得自我体验的自由。这篇译序深得日内瓦学派“意识批评”的精髓。这一派批评家认为文学作品是作者纯粹意识的体现，是经验的对象，评论家应该关注作家潜藏于作品中的意识行为，揭示和评价这种经验的模式。作者从让-皮埃尔·理查尔《文学与感觉》、让·斯塔罗宾斯基《活的眼》等经典著作中汲取灵感，通过文本细读，深入挖掘《巴马修道院》中反复出现的主题和意象及其结构的网络，时刻关注作家内在人格在作品中的披露，在写作主体与作品之间不断地往返，阐明了贯穿司汤达全部生存与写作经验的一个独特概念：“自我主义”。论证清晰深入，分析细致精辟，可以说是国内对《巴马修道院》研究最为深

---

① 韩中一的四篇论文均发表于《松辽学刊》（社会科学版），论文题目与发表期号分别为：《论司汤达〈巴马修道院〉的笔调变化》，1983年第4期；《论〈红与黑〉的小说语言》，1984年第3期；《论〈红与黑〉》，1985年第3期；《论司汤达三部长篇小说的主题网》，1986年第2期。

② 《巴马修道院》，译林出版社2005年版，第1—19页。

刻的一篇论文。加之论文的批评理念决定它的审视高度,它不局限于一部作品,而是在司汤达的存在经验与文学作品的关系中探讨一个极其重要的主题——"凝视",即人与世界或人与他人之间建立关系的能力,在文本细读中从不忘整体观照、不割裂创作主体与客体之间的联系。因此,在整个司汤达研究中,这都是一分极具分量的研究,研究方法值得借鉴。

李健吾为《意大利遗事》所作的译序与郭宏安《"照到人心深处"的一束"强烈亮光"——读斯丹达〈意大利遗事〉》[①]介绍作品的重要主题、风格并强调作者的美学主张:小说以文艺复兴时期的意大利写本为蓝本,以冷静客观的文笔再现出那个勇猛刚毅、激情冲突的时代,刻画复杂强烈的人性,并以这个爱憎分明的世界反衬19世纪欧洲社会的平庸与虚伪。

除去作品研究,司汤达的生平与创作经历也常有或繁或简的介绍,但很少有研究者全面审视其美学与哲学思想发展历程。在这方面作出最大贡献的是许光华,他的《司汤达比较研究》[②]是30年来国内出版的唯一一部司汤达研究专著,将作家放在思想史的传承与世界文学的比较研究视野之中,考察其思想渊源、作品人物和创作风格。作品梳理了"贝尔主义"对启蒙思想的继承、与19世纪欧洲人道主义的联系;通过纵向与横向比较,探讨司汤达笔下人物的精神气质,在世界文学中寻找他们的原型和类型;从文风、谋篇布局、心理描写等方面探讨司汤达小说所受到的欧洲小说与散文的影响。作品视野开阔,将文学现象置于整个欧洲文化背景中,并力图在美学原理和哲学基础的层面作理论归纳。

王斯秧的论文《笑与微笑——司汤达的喜剧观》[③]关注司汤达的喜剧观对于文学创作的影响:他年轻时梦想成为喜剧家,在戏剧方面做过大量的钻研与尝试,构思并撰写了多部剧本,虽然无一完成,但他一生从未停止对"笑"与"喜剧"的思考。在他的笔下,喜剧不再局限于某一体裁或领域,而是成为贯穿他全部文学创作的一种风格、一种语调,喜剧性作为一

① 《读书》1983年第9期。
② 许光华:《司汤达比较研究》,华东师范大学出版社1991年版。
③ 《法国研究》2009年第4期。

种特质已经融入了他的写作风格与人生态度。随着他对于“笑”的理解逐渐深入与转变,区分出“笑”与“微笑”两个概念,将理想的喜剧定义为“欢快与温情的融合”,并终将在日后的小说作品中达到这种效果。论文参考大量一手资料与国外司汤达研究的最新成果,梳理了司汤达喜剧观的发展历程、重要概念以及学术界对于司汤达作品喜剧性的接受史,有助于国内研究者了解司汤达的美学思想与小说风格形成的深层原因。

系统研究司汤达美学思想与哲学思想演变,是理解其小说艺术的重要途径。司汤达曾因《拉辛与莎士比亚》被称为“浪漫主义的轻骑兵”,这篇檄文反对古典主义囿于形式,提出美的相对性、美学效果等重要概念;《论爱情》也是作家哲学思考与文学积累的见证:司汤达认为文学艺术的功能是予人愉悦、令人动情,而要打动人心,首先要认识人的心,这一理念造就了他独特的创作历程——他的文学创作始于哲学研究。他阅读了大量哲学著作,希望从中获得生活与写作的指导法则。他甚至计划撰写一部情感辞典,对人的每一种情感做分门别类、细致入微的分析,为以后的文学创作提供参考。这部雄心勃勃的辞典最终未能问世,但《论爱情》提供了一种情感研究的范本,体现出作家独到的研究方法与思路:关注情感的细微变化与层次、在不同情境中的表现。作品中的很多分析也在后来的小说情节设置、场景安排、人物描写中体现出来,是解读小说深层结构的重要线索。可惜这两部理论著作未能得到应有的重视,除“心灵的爱情”“头脑的爱情”“结晶理论”几个概念出现在数篇论文中之外,针对两部作品的深入研究仅有徐知免的《司汤达的〈拉辛与莎士比亚〉》①、高鹤佳的《论〈拉辛与莎士比亚〉》②和《论爱情》的译者刘阳发表的《从〈论爱情〉看司汤达及其创作》③,以这部半理论半散文形式的作品为例,梳理了司汤达记录内心历程、擅长心理分析、注重激情三个写作特色。

司汤达生前默默无闻,但他坚信自己将被未来的读者所理解,而历史

① 《读书》1980年第2期。

② 《中山大学学报》(哲学社会科学版)1987年第3期。

③ 《外国文学评论》1995年第4期。

也印证了他的自信不无道理。他关注内在现实、深层心理,并致力于呈现心理活动的流动、多变与不确定性,作品结构与行文中的空白、跳跃、暗示与开放都是其独特现实观的体现,契合20世纪小说的美学追求。研究司汤达现代性的论文较多,其中对司汤达的现代性把握比较准确的有以下几篇:马征《〈红与黑〉的现代感》①从对人物主体意识的刻画和小说独特的心理分析构思两方面探讨司汤达的现代感:于连强烈的自我发展、自我实现的主体意识,具有现代精神特征;对人物心理、感情领域的关注,善于调度场景,描写人物深层意识中最隐秘的意念、感情,尤其突显出隐秘意念的"主导动机"。韦遨宇的《试论斯丹达尔文学创作中的"二十世纪意识"及其方法论意义》②论述了司汤达现代性思想的三个方面:一、父亲主题与母亲主题的对立,体现了作者超前的宇宙观,暗合20世纪存在主义等思潮对既定秩序的怀疑与反抗。二、文学创作中的确定性与不确定性,指出司汤达没有拘泥于外部的"真实",拒绝机械的必然论,而致力于揭示人物心理活动的多向性、流动性、偶然性和不确定性。三、多部小说结构中的空白与开放性结尾使作品摆脱了封闭性与单一性,从而使其多元的意义在各个时代的审美再创造过程中得到实现。论文借用心理分析、解释学、接受美学等研究方法,将司汤达作品与存在主义、结构主义等理论和一些现代作品融会贯通,指出其现代性所在。谭雄的《写给未来的书简——论司汤达作品中的"现代"特征》③提出司汤达作品具有超前的艺术直觉,四个显著特征是:语码的信息负荷和内容的密集性;艺术视点的内敛性;开放的时空构筑呈现多轨和多层次化的态势;神秘的隐喻和象征。

需要指出的是,司汤达师承18世纪启蒙思想,极为重视理性与逻辑,行文中虽时有戏谑,但整体写作风格是古典、严整的。有些研究者把时下热门的反对理性、异化、审丑等现代性观点套用在司汤达作品上,比较牵

① 《延边大学学报》(社会科学版)1989年第4期。
② 《中国社会科学院研究生院学报》1986年第1期。
③ 《国外文学》1996年第2期。

强，采用的例证有时断章取义，由此得出的论断与作者的整体美学主张相悖。除此之外，司汤达的美学思想和思维方式中蕴含的现代意识还有其独特的体现，值得结合作家本身的审美意趣和创作兴味，做更为深入细致的探索。例如主观现实主义、作家独特的情感与理性观，后者与 20 世纪的情感理论相通，因此近年来司汤达作品也成为跨学科研究的重要文本，是大有可为的领域。

三、司汤达研究的“空”与“白”

因为《红与黑》的盛名，司汤达从未淡出学界的视野。但司汤达研究恰恰也为盛名所累，一直局限在《红与黑》的经典主题研究，研究思路也难以摆脱“批判现实主义”或“典型环境中的典型性格”的定势。与同时期的巴尔扎克、福楼拜等作家研究相比，司汤达研究在批评方法和观念上都显得滞后。要取得突破，也许应该从研究范围和研究方法两方面着手。

（一）研究范围过窄，独尊《红与黑》，对司汤达的其他作品关注不足。《红与黑》作为经典的价值毋庸置疑，有无尽阐释的可能性。但是，从过去的研究内容来看，研究者所关注的问题比较单一，集中在一些经典主题，甚至连列举的例子都雷同，做了大量重复性的工作。其实，司汤达的大部分作品还未被国内研究者所发掘。例如两部自传作品《亨利·布吕拉尔传》和《自我主义回忆录》是理解作家复杂人格及其作品主题的重要参考，受到国外研究者高度重视，在当今“自我虚构”的研究热潮中更是极具价值的文本。《意大利绘画史》虽然只是司汤达作为一个意大利文艺爱好者的作品，不能作为专业论著，但作品在评论中注重的是美术作品在观赏者身上激起的情感反应，体现出作者的美学主张和鉴赏、创作的关注点，是了解司汤达美学思想的一条途径。这部作品极少有人提及，更无一篇研究文章。此外，司汤达的美学思考以及关于人类情感的大量剖析、解释、推论散布于作家的日记、游记、信件、随想中，也直接影响到他的小说理念与实践，有助于他在小说中展现真实深刻的人性，描绘复杂强烈、微妙多变的情感。

30年来,国内仅出版过一部司汤达研究的专著和一部《红与黑》汉译研究,可见对作家系统研究的匮乏。今后的研究也许应该基于对司汤达作品的全面与深入的阅读,从整体上把握与评价作家在艺术与思想两个方面的成就。

(二)研究角度与方法过于单一,主要原因是研究者重视现实参照胜过作品本身的诗学特质,注重小说在政治、历史、道德层面的内容,却较少着眼于作品的表现形式、从叙述手法和诗学层面进行文本分析,对司汤达独特的行文风格和审美趣味也缺乏敏感体察。对于作家本人的关注,目的往往在于寻找其生平经历与作品故事内容、人物形象的表层对应,如不幸的童年经历、对意大利的热爱、失败的恋情,最终将异同归结为作家社会经历、文学取向等主体因素,却没有继续深入探究作者复杂人格在作品中的体现,也没有关注作者与笔下人物之间在生存体验上的深层契合以及他们之间忽近忽远、包含同情与嘲讽的微妙关系。

对国外司汤达研究了解不够,未能汲取新的养分,是造成上述现象的一个原因。50年代在法国和美国出现的多部研究专著至今仍是司汤达研究领域的经典之作,如乔治·布兰从作家与人物个性的联系、小说写作技巧及其局限两个方面分析作者自我意识在作品中的体现,他的两部论著《司汤达与小说问题》《司汤达与人格问题》被众多专家视为司汤达研究中难以逾越的两座高峰;维克多·布隆贝尔的《司汤达与斜道:作家与小说世界》研究作家借虚构人物表达自己的激情,同时又通过对人物的嘲讽、作者的介入等手法拉开自身与人物距离的写作手法;作家瓦莱里、批评家吉拉尔·热奈特、让·斯塔罗宾斯基、让-皮埃尔·理查尔都撰文考察过作家在表现与隐藏着一对心理悖论中认识自我、塑造自我形象的历程;吉尔贝·杜朗在《〈巴马修道院〉的神话背景》中关注司汤达小说中的神话原型与象征结构。司汤达的思想发展历程,包括他在各个时期所受的美学、哲学影响及观念转变或发展,都早有专著进行详细的梳理。以上论著绝大部分没有中译本,实为憾事。而国内大部分研究者并非法语文学专业出身,因为语言障碍无法阅读法文论著,多借助英美文学理论、参考英文文献或转引中文文献，导致研究的视野广度都有局限。

当今国外司汤达研究突破了“幸福的少数人”“高贵的灵魂”“剖析人性”等传统主题，研究角度新颖多样，从文体学、历史学、阅读理论、语用学、主题研究、国别研究等诸多方面解读司汤达作品。近年来尤为关注艺术史与跨学科研究，前者注重作品的历史性，将作品置于文学形式发展史、19世纪初期美学以及文学作品的物质载体等历史背景中进行考察；后者关注司汤达的情感理论，将文学素材与哲学、心理学、生物学等领域的研究成果并置，研究情感在人的感知、思考与行为中的作用。了解国外学者的研究成果，借鉴他们的研究方法，有助于我们拓宽视野，广开思路。经典作品常读常新，中国学界对司汤达作品的探索远非穷尽，而是面对着有待开发的广阔疆域。

文本中的现代性赋格

——近三十年国内乔治·爱略特小说研究述评

徐　颖

维多利亚思想家与文学家乔治·爱略特(1819—1880),在19世纪英国文学史上占据着重要的位置。她共有八部小说问世:《牧师生活图景》(*Scenes of Clerical Life*)、《亚当·比德》(*Adam Bede*)、《弗洛斯河上的磨坊》(*The Mill on the Floss*)、《织工马南》(*Silas Marner*)、《罗慕拉》(*Romola*)、《激进党人费列克斯·霍尔特》(*Felix Holt, the Radical*)、《米德尔马契》(*Middlemarch*)和《丹尼尔·德龙达》(*Daniel Deronda*),部部可称精品。爱略特的创作,恰逢英国从农业向工业社会的转型期。工业革命为英国带来了经济上的强盛和政治上的稳定,使维多利亚人沉浸在自由和进步的喜悦中。然而维多利亚的思想家们却敏锐地捕捉到随社会转型而来的一系列现代性问题,他们对工业文明的价值观提出了质疑。这种对启蒙现代性的"复调式"思考被童明称为"现代性赋格":"以科学主义、工具理性、客观知识主体论以及鼓吹'无限进步'的宏大叙述为特征的现代价值体系可以看作'现代性赋格'中的主题,而质疑它的思辨策略则恰似这一'赋格音乐'中的对题。"①

---

① 殷企平:《"文化辩护书":19世纪英国文化批评》,上海外语教育出版社2013年版,第1页。

乔治·爱略特以小说的形式加入了“现代性赋格”的多义多声部的复调对话中。

国内爱略特研究自20个世纪初起步,“文革”期间一度停滞,直到80年代初研究才恢复。爱略特研究的复苏和发展,正值中国改革开放和现代化的30年,经济的迅速发展、各种思潮的涌入、社会转型期的种种问题,多多少少地投射在文学研究领域。中国的研究语境,与维多利亚时代虽然远隔一个多世纪,但中国学者对文本中折射出来的现代性问题却不无共鸣。比起维多利亚英国的现代化,中国社会的转型是后发的,却也遵循着西方现代化的普适要素——科学、民主、进步与人文维度的拓展,集中反映在世俗化、民主化、工业化和城市化进程中。中国学者对爱略特小说现代性主题的接受和理解,受到了这些转型期文化特征的影响。

现代性是从西方价值观体系中生发出来的,是现代化进程的产物,以世俗化和理性化的方式展开。① 中国的现代化始于五四前器物和制度层面的变革,在五四运动期间“科学民主”的旗帜下高扬,一直延续到五四之后(20世纪30年代)建构人主体性的新启蒙运动中。“文革”后的80年代,中断的新启蒙运动复苏。改革开放30年里,理性自由与人文主义深入人心,占据了话语的中心位置;随着经济改革的深入,国人享受物质富足的同时,却被精神焦虑所困扰,进步话语受到质疑。新启蒙既表现出对现代化的渴慕,又对现代性进行反思,这同样形成了复调式的“现代性赋格”,与转型期的维多利亚社会相似。在这一语境下对爱略特小说的读解也就具有丰富的内涵和延展性。本文将对国内改革开放以来爱略特小说的现代性话语研究进行梳理和剖析。

① 参见汪民安:《步入现代性》,《现代性基本读本》,汪民安、陈永国、张云鹏主编,河南大学出版社2005年版,第12—13页。

一

改革开放之后,爱略特研究复苏。[①] 80年代到90年代中期,在新启蒙思想解放运动中,学者将目光投向爱略特小说中的民主与人文主题。但同时,学者们未能完全摆脱政治优先的教条主义影响,评论中不免残留意识形态的痕迹。如评论者将小说情节中的阶级剥削、自私自利、道德堕落与资本主义制度关联,将伦理缺陷归结为阶级的产物。译者和论者往往有意凸显爱略特小说中呈现的阶级民主观,将其小说视作资本主义"进步文学"的代表。

爱略特小说的全译本在80年代相继问世,其中包括曹庸译《织工马南》、张玲译《牧师情史》、周定之译《亚当·贝德》、王兴杨译《织工马南》、项星耀译《米德尔马契》、张毕来译《亚当·比德》和王央乐译《仇与情》(即《罗慕拉》)。80年代爱略特研究论文很少,小说的译著前言和后记是当时较为珍贵的研究成果。张玲在1983年版《牧师情史》译后记中称该书反映了劳苦大众的呼声,是对为富不仁者的批判。[②] 张毕来在1950年前后初版的《亚当·比德》译、校后记中称爱略特为"自由思想者",称她以深厚的同情心去写下层阶级贫苦的工农,有"超阶级的人道主义";在1987年重印版后记中,他去除了部分阶级论调,强调作家本人保留与小说人物在历史和阶级上的距离,而读者亦应与作者保持这样的距离。[③]

这个时期的论文多为介绍性文章。当时较有深度的论文是竟明发表于1985年的《〈织工马南〉人物结构的直角坐标系》。该文有一点阶级论

---

① 爱略特作品在1907年首次进入国人视野,其小说译介在30年代达到高潮,其中不乏名家名译。但"文革"时期,英国文学研究停滞,直到"文革"后才恢复。此段学术史研究详见张和龙主编:《英国文学研究在中国:英国作家研究》(上卷),上海外语教育出版社2015年版,第439—445页。

② 乔治·爱略特:《牧师情史》,张玲译,百花文艺出版社1983年版,第322页。

③ 乔治·爱略特:《亚当·比德》,张毕来译,贵州人民出版社1987年版。以上三处引文分别出自该书的第686页、第691页和第698页。这本书是张毕来1949年中华人民共和国成立前在狱中翻译而成的,前两处引文是他在该书于1950年前后译著付梓之时所作;最后一处引文选自1987年该书再版时的补后记。

倾向，却也不乏理性要素。文章强调阶级和资本主义制度对贵族、底层农户的道德影响。论文借直角坐标系来呈现文本中的绝对对比、相对对比和同类类比，分析人物道德与命运的关系。文章认为小说前一部分道德与命运逆向背离，“恶人得志、善者遭殃”反映了资本主义社会的本质，而后一部分道德与命运对应，善恶得报，反映了爱略特的主观愿望，体现了资本主义人道思想和基督教的因果报应观点。[①] 这篇论文用笛卡尔的几何坐标方法研究抽象的文学命题，将启蒙辩证法的科学精神带到了文学研究中，归纳出人物道德变化与阶级命运的关系，很有启发性。

80 年代后期的爱略特评论，阶级意识形态色彩慢慢褪去，其小说中的人道主义精神得以彰显。新启蒙运动解放思想、复兴人文价值的热潮不减。朱虹为 1987 年版项星耀译《米德尔马契》所作之序，在当时已为上乘之作。文中渲染了小说的幻灭主题，指出人物命运不仅受历史条件的限制，也是人物本身性格上的过失造就，而在这幻灭的世界里，“认识自己和尽义务可使人摆脱道德的愚昧”[②]，她还用“尽义务”高度概括了威利(Basil Willey)对爱略特的经典评语：“爱略特以人类代替上帝，以爱与同情代替信、取消超验成分、推崇自然、以理智服从心灵、以思想服从感情。”[③]朱虹认为爱略特的进步思想来自她的“人文主义道德观”，并将此浓缩为“义务观”，这一评论已基本脱离当时中国意识形态的左右，引入了西方学界对爱略特的研究成果，有一定的学术深度，也主导了之后几年的爱略特研究的方向。

王晓英的论文《“爱的宗教”与乔治·艾略特的早期创作》聚焦于费尔巴哈的人本主义宗教观对爱略特的影响。论文追溯了爱略特接受理性思想感召后弃教、转而信奉费尔巴哈“爱的宗教”的过程，先后分析了《亚当·比德》《弗洛斯河上的磨坊》和《织工马南》三部小说中“爱的宗教”的化身。但是论文观点尚有待商榷之处——如文章认为爱略特小说有唯心

---

① 竞明：《〈织工马南〉人物结构的直角坐标系》，《外国文学研究》1985 年第 2 期。
② 乔治·爱略特：《米德尔马契》，项星耀译，人民文学出版社 1987 年版，第 12 页。
③ 转引自乔治·爱略特：《米德尔马契》，项星耀译，人民文学出版社 1987 年版，第 21 页。

主义倾向、缺乏革命性,没有看到经济和社会的基础才是人类关系的真正基础。[①] 王晓英在1993年又发表一篇对爱略特小说论述更为全面的论文,着眼于分析其作品对自由思想的吸收和传播。她认为爱略特为了传播人道主义思想而加重小说的理性色彩,并插入大段说教文字。[②] 董俊峰1995年论文《试论乔治·艾略特小说中的"人类宗教"道德观》也以同样的思路探讨了费尔巴哈思想对爱略特的影响。这种人文主义宗教观在尹德翔的论文《乔治·爱略特的认知选择——〈米德尔马契〉人物解析》中被提炼为普遍的人类情感——"感情的真理"。[③] 他认为这情感真理不仅来自宗教,还来自于社会传统。文章接着分析了《米德尔马契》中人物的"属心"和"属脑"特征。

总的看来,改革开放以来到90年代中期,学者对爱略特小说现代性的挖掘停留在三个方面:一是爱略特的阶级民主思想;二是她受到理性自由思想的影响研究;三是她表现为"爱的宗教"的费尔巴哈式人文主义思想。国内学界热情拥抱爱略特的人文主义宗教思想,概因其与中国人的文化气质相近。梁漱溟在《中国文学要义》中提出"中国人以道德代宗教"的观点。他引用费尔巴哈《基督教的本质》里面的话,认为宗教是对外力的假借,那外力实则为自己。而中国文化受周孔教化,走上以道德代宗教之路。依梁先生所说,中国人因孔子儒家思想,其实早有理性的根基,一方面用伦理道德的规约替代宗教的"统摄凝聚与统摄驯服"作用,另一方面又避免了宗教的迷信与独断。[④]

1995年之后国内的爱略特小说研究出现了一个小高潮。此时经济改革深入人心,文化体制改革也在如火如荼地进行,市场化意识和大众传媒渗透到出版业,爱略特几部小说纷纷被重译。加之欧美文艺思潮大量

---

① 王晓英:《"爱的宗教"与乔治·艾略特的早期创作》,《南京师大学报》(社会科学版)1988年第1期。

② 王晓英:《乔治·艾略特和她的小说》,《南京社会科学》1993年第2期。

③ 尹德翔:《乔治·爱略特的认知选择——〈米德尔马契〉人物解析》,《国外文学》1996年第4期。

④ 梁漱溟:《中国文化要义》,上海人民出版社2005年版,第85—89页。

涌入，人们整体的思想更为开放，文学研究方面也更加诉诸个性的张扬，对爱略特小说中的多样主题有了更开放的认识。从1995年到2005年十年间，学界对爱略特小说人文道德主题的研究还在继续，出现更多结合具体作品的文本细读。如崔东发表在《外国文学研究》2000年第1期的论文《从〈织工马南〉看艾略特的宗教思想》论述了爱略特抛弃宗教教条、选择人文主义内核的宗教观特点。傅俊、马立的论文《尊崇与反叛——试析乔治·爱略特宗教观和道德观的双重性》认为爱略特的宗教双重性造就了她的道德双重性：她既持有宗教怀疑主义，又主张保留宗教中的合理内核，这使得她在道德上表现出对传统道德规范的反叛与尊崇的矛盾性。但她最终在二者对立中求得平衡——抛弃宗教形式主义的僵化外壳，保留以爱为核心的内核，成为其道德观的精髓。[①] 杜隽的《论〈牧师情史〉的"人本宗教"道德》则通过对利己者、利他者和外乡人的判辨，阐述了这种人本主义为核心的道德观。[②]

90年代中期之后，女性主义思潮渐渐被中国学者接受，并运用到小说阐释中来，爱略特小说中体现的女性意识逐渐得到关注。女性意识也是启蒙现代性中必不可少的一个部分："男女平等权利的理想是从启蒙现代性这一意识形态——即启蒙主义哲学——中发源的"。[③] 国内第一部爱略特研究的博士论文——龙艳2002年的《乔治·爱略特三部小说中女性的反抗与沉默》（北京外国语大学），就是从女性主义视角出发的小说解读。该论文从双重视角探讨了爱略特的女性主义，她在超越女性的感性本质和男性的理性本质之上达到一种神性范畴，超越了"男女二元对立"为基础的"平等、差异和融构"说。从这个角度上看，爱略特宗教观是激进

---

① 傅俊、马立：《尊崇与反叛——试析乔治·爱略特宗教观和道德观的双重性》，《南京师大学报》（社会科学版）2002年第6期。

② 杜隽：《论〈牧师情史〉的"人本宗教"道德》，《外国文学研究》2004年第1期。

③ 利厄特克·范·武切特·蒂吉森：《现代性和后现代性之间的妇女》，武厚恺译，《现代性基本读本》，汪民安、陈永国、张云鹏主编，河南大学出版社2005年版，第794页。

的,政治观是保守的。[①]

女性主义研究方面的论文在2000年后大量涌现,本文仅举三例。朱桃香的论文《多萝西娅与圣女神话之因缘》从女性视角透视男权文化压迫下女性的婚姻和理想追求。文章结合原型和心理分析的方法追溯了多萝西娅在与以圣特雷莎为中心的神话原型人融合与游离的过程中置换变形、探索朝圣与回归的心路历程。[②] 女性面对传统价值的分崩离析,借助婚姻确立自我身份。张金凤的论文对《弗洛斯河上的磨坊》中麦吉的女性形象进行解读。她认为传统叙事文学中女性的形象是分裂、扭曲而失语的,反映了男权文化一方面对女性理性和精神美的"神圣化"倾向,一方面是诋毁女性肉体需求的"妖魔化"再现。[③] 而爱略特则在麦吉的身上统一了理性精神思考与非理性的肉欲激情,使女性得到了道德和精神上的成长。董淑铭的论文则挖掘了爱略特超前的女性观:爱略特始终不认为女性问题是第一位的,而应置于人文主义之后,两性的和谐相处才是对女性的真正解放。[④]

纵观2005年之前的爱略特研究,在现代性视域下的研究成果逐渐增多。主要集中在人文主义宗教道德观和女性主义研究两个方面,论述话题还不够丰富,但基本体现了研究者对爱略特小说启蒙主题的把握。同时在启蒙话语影响下,国内学者沉浸于一种历史进步论的宏大叙事之中,将历史看作自由意志的进步和理性主宰的过程,认为人类历史会在理性的引导之下,走向自由解放美好生活的宏大叙事。然而这种全心拥抱进步论的话语,随着90年代后期西方后现代主义思潮的引入,遭到了有识之士的质询。

---

① 参见张中载:《序言》,载龙艳:《激进而保守的女性主义——英国作家乔治·爱略特研究》,外语教学与研究出版社2008年版,第1页。

② 朱桃香:《多萝西娅与圣女神话之因缘》,《湘潭大学社会科学学报》2002年第3期。

③ 张金凤:《从分裂走向统一的自我——对〈弗洛斯河上的磨坊〉中女性形象的精神分析解读》,《解放军外国语学院学报》2004年第5期。

④ 董淑铭:《在人性中彰显独立——乔治·爱略特的后现代女性主义观》,《江西社会科学》2005年第8期。

二

21世纪,国内的爱略特研究进入了一个新时期。此时后现代哲学已经在国内学界渗透开来,而“现代性赋格”中的对题——启蒙现代性批判,是后现代理论的一个重要维度。[①] 对于现代性的困境,马克思(Karl Marx)和韦伯(Max Weber)都有着精辟的论述:韦伯将这种以理性为根基的制度格栅比作“铁笼”,机器生产和物质产品成为不可抗拒的超验力量,理性与效率本来是增效的功能手段,却反过来成为霸道的工具,成为非理性的工具理性。马克思则通过异化理论揭示了工具理性的恶果:原本受制于人的技术反过来控制了人,人性受到压抑。他凸显了阶级剥削在这种异化过程中的作用。“韦伯在组织和制度里看到个人的挣扎,马克思从生产中看到阶级的对垒。韦伯的铁笼在马克思这里必然会变成坟墓。”[②]

中国很早就接受了马克思主义对资本主义工业的批判理论,韦伯的现代性“祛魅”也是国内学人较为熟识的观点。此时的中国,享受着改革开放带来的物质收益,也挣扎在精神与道德的困境中。人与人间贫富差距扩大,利己主义和机会主义大行其道,精神共同体失落,人精神生态的有机性遭到破坏。这使得中国学者对维多利亚思想家对工具理性的批判感同身受。19世纪的英国,工业革命使新技术应用于生产与生活之中、交通工具(尤其是火车)的发展,使维多利亚人执迷于“速度”及其带来的各种收益中。与“速度”密切相关的“进步”话语蔓延,技术跃居于社会支配地位,工具理性成为衡量人幸福的尺度。维多利亚学者表达了对进步话语的焦虑和隐忧。

---

① “有一些思辨策略,是在质疑启蒙的现代价值体系中形成的,这些策略已成为后现代理论重要的一维。‘后’有‘思辨’的含义,是后现代的语义之一,指的是对体系化的现代性与启蒙的思辨。”参见童明:《现代性赋格:19世纪欧洲文学名著启示录》,广西师范大学出版社2008年版,第1页。

② 汪民安:《步入现代性》,《现代性基本读本》,汪民安、陈永国、张云鹏主编,河南大学出版社2005年版,第23页。

2000年之后,国内的爱略特研究开始关注现代性的文化批评话语,也就更多地将目光投向社会历史话题更为丰富的爱略特中后期小说上。爱略特研究论文开始聚焦于小说文本与历史语境、小说文本与政治关系、小说文本与消费文化等方面的关联,现代性批判成为中心的话题。这方面的论文主要集中在两个方面:一是对工商业现代化的批判(其中包括对工具理性的批判和消费文化的批判);二是对政治现代化的批判。

在国内学者中,殷企平最早关注爱略特小说的文化批评特征。他在2004年发表的论文《互文和“鬼魂”:多萝西娅的选择——再访〈米德尔马契〉》中重新解读了女主人公的婚姻选择。论文从解构主义大师米勒(J. Hillis Miller)对多萝西娅与历史神话人物的“纵向互文”谈起,分析了小说与维多利亚时代思想家卡莱尔的“横向互文”,卡莱尔指出工业化社会人际关系沦为“现金联结”(cash-nexus),这种现金哲学已经侵蚀了小镇群体,所以多萝西娅的改嫁是其“道德良心”的外显,是对现金哲学的反抗。[①] 殷企平对多萝西娅婚姻选择的解读独具慧眼,不同于以往的性别研究视角。

殷企平在2009年出版的专著《推敲“进步”话语——新型小说在19世纪的英国》中“解构”了维多利亚时代的进步话语。他用三章的篇幅讨论了爱略特在推敲“进步”话语方面的贡献。他认为评论家对《亚当·比德》有两种思维定式:或是简单地将其视作田园生活方式的挽歌,或是如西马学者伊格尔顿(Terry Eagleton)那样将其视作英国统治阶级巩固其意识形态的产物。殷企平主张要破除这种思维,并反驳了认为爱略特保守的观点。爱略特主张社会体制的完善与人性完善同步进行,避免社会发展速度过快;越是尊重过去,越保证文明的进步。爱略特书中将过去比作一面镜子,“映照着她对现代的批判”。[②] 乡绅继承人亚瑟的改革冲动

① 殷企平:《互文和“鬼魂”:多萝西娅的选择——再访〈米德尔马契〉》,《外国文学评论》2004年第1期。

② 殷企平:《推敲“进步”话语——新型小说在19世纪的英国》,商务印书馆2009年版,第307—309页。

不过是其享乐主义的反映。他和海蒂都为金钱和虚荣折腰，最后的悲剧无疑是精神异化的产物；而亚当和黛娜则代表了与他们相反的价值观，他们崇尚工作福音、反抗与机械时间纠结在一起的金钱观和进步观。《激进党人》这部小说中，爱略特更加深入地反拨了进步话语。小说中速度的代表哈罗德精明冷漠，一切的出发点都是利益，同情心、想象力成为牺牲品，他是个彻头彻尾的机会主义者。悖论的是主人公费列克斯实际上是反对“激进”的人，反而被扣上了激进的帽子，他反对盲目冒进，期待从根本上解决社会问题。对于《米德尔马契》的评论触角更多地延伸到社会领域。他分析了书中与卡莱尔的互文。卡莱尔提到的“现金哲学”侵蚀了小镇上人们的灵魂，女主人公多萝西娅则通过婚姻来反抗这种现金联结的现实。

丁光的论文《解读〈弗洛斯河上的磨坊〉中乔治·爱略特对工业革命的反思》中分析了工业革命和商业文明给小说人物带来的价值观冲击和道德观念的变化。麦琪的命运与工业革命息息相关，经济转型使塔里弗家败落，切断了一个热爱知识的女孩麦琪成长成熟与国家现代化进程相联结的纽带。[①] 现代化不仅给麦琪的家庭带来悲剧，还给转型期的英国造成精神上的危机，论文解读出爱略特对社会工业变革的深深忧虑。罗灿在论文《乔治·爱略特小说中的铁路意象》中也论及爱略特的文化批评观点。论文认为铁路的扩张、火车旅行、快节奏生活带来了人际关系的疏离和文化上的无根性。工业发展推进了社会改革的速度，但是并没有解决社会问题，社会矛盾越来越尖锐化。论文认为爱略特对铁路代表的工业资本的入侵和政治改革的过快速度展示出不满和疑虑。[②] 柯彦玢的论文则将《米德尔马契》中多萝西娅的第二次婚姻选择描摹为与功利主义时代对抗的一种力量。理想化的人物拉迪斯拉夫就是超脱于功利主义和外省市侩文化的象征，他受过优质的人文教育，具有思辨能力和审美特质。对于多萝西娅来说，他如同一扇窗，象征着逃脱狭隘平庸的现代社会的一

---

① 丁光：《解读〈弗洛斯河上的磨坊〉中乔治·爱略特对工业革命的反思》，《外语与外语教学》2006年第8期。

② 罗灿：《乔治·爱略特小说中的铁路意象》，《外国文学》2016年第1期。

种理想。①

爱略特小说的消费文化主题,近些年也受到了国内学者的重视。该方面论文最早是2004年浙江大学曹蓉蓉的硕士毕业论文《〈米德尔马契〉中的消费主义》。该文运用鲍德里亚的消费理论分析了小说中的商品拜物、非理性拍卖场景和书中人物被异化的现象。多萝西娅和高思一家用“人性宗教”精神来对抗消费主义社会。之后发表的消费文化批评方面的论文大多是类似的思路。如韩晓华在《从〈亚当·比德〉看爱略特对消费文化的回应》中用消费理论读解小说中赫蒂和亚瑟的异化和理性的丧失,并以亚当和黛娜为道德典范指出拯救异化消费的方法——传统价值观、因果报应思想、利他思想和同情意识。② 李华在《拯救异化和物化——〈米德尔马契〉的消费文化批判》中讨论了小说中被物欲异化的人物形象,也提出类似的拯救异化和物化的方法。③ 李华在另一篇论文中分析了《亚当·比德》中工业浪潮给英格兰乡村带来的消费异化,文章提出“德勤勉劳”的人本主义道德是治愈消费异化的良药。④

消费文化方面研究较有新意的是罗杰鹦的论文《论乔治·爱略特的艺术消费与伦理义务观——以〈米德尔马契〉为例》。借与拉斯金的艺术消费观念的互文解读,论文呈现了爱略特保守的道德观——小说中展现出来的消费意识是维护社会稳定、缓解经济等级矛盾的方式。消费在“后福音观念”中被赋予了道德功能;小说里多萝西娅表现出清教徒式的均衡克己、行善利他的消费理念。⑤ 这种观点与该方面以往研究不同:之前学者利用消费主义话题来揭示爱略特对工业化和现代化弊病的批判,而这

① 柯彦玢:《威尔·拉迪斯拉夫与窗户意象》,《国外文学》2010年第3期。

② 韩晓华:《从〈亚当·比德〉看爱略特对消费文化的回应》,《北京第二外国语学院学报》2009年第12期。

③ 李华:《拯救异化和物化——〈米德尔马契〉的消费文化批判》,《郑州大学学报》(哲学社会科学版)2012年第2期。

④ 李华:《〈亚当·比德〉:原初消费文化的一种形象图解》,《宁夏社会科学》2013年第3期。

⑤ 罗杰鹦:《论乔治·爱略特的艺术消费与伦理义务观——以〈米德尔马契〉为例》,《外国文学研究》2016年第1期。

篇论文则通过对主人公艺术消费的讨论呈现出爱略特保守的政治伦理观。

除了对爱略特小说中工商业现代化批判的研究，国内学者也对其文本中蕴含的政治现代化话语进行了反思。廖昌胤在论文《悖论式重复——乔治·爱略特后期三部小说中工业化意象的变奏》中讨论了小说中三个关键词(机器化、英雄和权力)蕴含的悖论叙事。铁路表征推动工业现代化的人之欲望，而膨胀的欲望又促成社会的政治现代化。脱轨火车(盲目现代化)可能摧毁血肉之躯；政治现代化也可能成为前进的阻力。[①] 小说将火车与尤利西斯等英雄形象并置，乃是呼唤力挽狂澜、将脱轨火车拉回正轨的英雄。论文还讨论了社会关系与政治现代化的同构。王海萌、杨金才在《〈论弗洛斯河上的磨坊〉中的中产阶级霸权》中讨论了中产阶级在工业化进程中的领导地位。他们务实强悍、功利主义的意识形态起主导作用，财富积累和社会能量成为衡量个人幸福的唯一尺度。[②] 而女主人公则代表了与这种霸权对应的同情、感受与责任的浪漫主义思想。

张磊在专著《肯认与焦虑——乔治·爱略特小说中音乐文化的意识形态研究》中挖掘了维多利亚主流音乐的矛盾性：一方面它回应当时狂热的进步话语，另一方面又在背后隐藏着极端保守的意识形态。音乐的矛盾性反映出中产阶级自身的矛盾性：既希望通过音乐的"民主"表象做出超越贵族阶级的姿态，又担心贵族和工人阶级会威胁到自己刚建立起来的阶级霸权。张磊认为爱略特作品反映了她"既激进又保守的音乐政治观，有一种矛盾、吊诡的特征。一方面，爱略特接受、认同，并再现主流中产阶级借助音乐试图实现的隐形'集权'式控制；另一方面，她也借助同样

① 廖昌胤：《悖论式重复——乔治·爱略特后期三部小说中工业化意象的变奏》，《外语教学》2009 年第 2 期。

② 王海萌、杨金才：《〈论弗洛斯河上的磨坊〉中的中产阶级霸权》，《外语教学》2010 年第 2 期。

的音乐对这一控制进行适时地‘颠覆’。”[①]书中通过分析三个具有代表性音乐主题的小说,探讨了音乐政治的一体两面:中产阶级在音乐中通过对科学话语的挪用、对商品化符号的使用、大众传媒的渗透等方式建构中产阶级价值观;《亚当・比德》里中产阶级对宗教音乐的赋权被解构、《弗洛斯河上的磨坊》中田园牧歌式音乐被中产阶级所涂抹上的伪乌托邦性质暴露、《丹尼尔・德龙达》里中产阶级通过古典音乐建立起来话语权威被颠覆。

这个时期国内爱略特研究在现代性批判话题上非常活跃,这要归功于各种思潮(尤其是西方马克思主义)的涌入、国内反启蒙话语的浮现和学者对文学文本的深入解读。这个时期给学界带来冲击的还有查尔斯・泰勒(Charles Taylor)的《现代性之隐忧》(*The Malaise of Modernity*)。该书从两个方面质疑现代性:一是个人主义,一是工具理性。个人主义张扬了人的个性和自由,但是却也将人拽向自身,“使个人将自我完全封闭在内心的孤独之中”,这种自我专注就演变为了自我中心和自恋文化;而工具理性更具有高度摧毁性,因为曾经为人带来幸福的持久性的精神财富,正逐渐被快捷而廉价的物质所取代,产出收益成为衡量人幸福的标准,人类生活由此而变得狭隘而庸俗。泰勒强调这种隐忧已经弥漫到全球。[②] 国内学者在分析爱略特小说人物特征时实际上也涉及很多对物化和异化的人物分析,他们的唯我自私、狭隘庸俗,其实正是现代性在他们身上留下的痕迹。

三

中国学者的评论思路容易受到“非此即彼”思维定势的影响,对于爱略特小说中呈现的矛盾冲突敏感过度,评论时甚至有简化某些概念以突出主题需要的倾向。这样的阐释往往偏激,或者有过度阐释的嫌疑。文

---

① 张磊:《肯认与焦虑——乔治・爱略特小说中音乐文化的意识形态研究》,中国国际广播出版社2012年版,第13页。

② 查尔斯・泰勒:《现代性之隐忧》,程炼译,中央编译出版社2001年版,第2—6页。

学作品中的现代性赋格，讨论的是启蒙话语的主题或反启蒙话语的对题，其焦点是传统与现代的种种矛盾，可实际深究起来，维多利亚时代各种文化要素的冲突，没有我们当今学者描述得那么夸张。《维多利亚人》（*The Victorians*）中曾提出："这个时代没有明确的冲突，而是各种矛盾对立的思潮激流暗涌、交织渗透在一起。"[①]维多利亚时代的文化特征，并非几个简约概念所能涵盖，这就要求我们学者的批评视角要客观而审慎。

2010 年之后，国内一些爱略特学者慢慢地开始深入探讨复杂话题，并走向与国外学者对话的自主性研究。在对爱略特小说文本中启蒙话语与反启蒙话语的批评方面，学者们更多地聚焦于这些话语背后隐藏的逻辑——爱略特本人对传统、变革、历史发展等问题的探询。爱略特与众多维多利亚思想家一样，有着公允持中的气质。在对待传统与现代的立场方面，她并不激进，其小说中反启蒙批判的态度也并没有那么尖锐。客观地说，爱略特秉承了维多利亚学者"淑世主义"（meliorism）的思想传统。她虽然认为社会发展的趋势是不可避免的，但是不主张通过激进的政治变革和工人运动来推动社会进步。她尊重传统，希望从传统中寻觅到促进社会进步的万全之策，尤其寄希望于道德和情感的途径来实现社会的发展。爱略特强调对历史传统应该有超越智识的情感，而其作品对读者影响的意义就在于"人不仅只得到智识的教育，还应该对人类的历史生活怀有宗教与道德方面的同情与体认"[②]。爱略特对历史传统和对宗教性情感的珍视，在她的小说文本中处处可见，这也是学者们读解其小说的关键。

对爱略特小说现代性反思话题的讨论，最终还是要归结到她对变革和历史发展的态度上。《罗慕拉》是爱略特唯一一部历史小说，背景为中世纪的佛罗伦萨，这是个传统与变革冲突肇始的时代，是现代性最早的萌

---

① Philip Davis, *The Oxford English Literary History*: *Vol. 8* : *1830—1880* : *The Victorians*, Oxford: Oxford U P, 2007, p. 150.

② George Eliot, "George Eliot to R. H. Hutton", in *The George Eliot Letters*, Vol. 4, ed. Gordon S. Haight, New Haven: Yale U P, 1965, p. 97.

发。对这部小说的研究对本专题研究的推进有积极意义。《罗慕拉》所描摹的基督教秩序与人文主义发生冲突的转型社会，正与接受现代性挑战的维多利亚社会相呼应。毛亮在论文《历史与伦理：乔治·艾略特的〈罗慕拉〉》中讨论了个体的道德成长与人类社会历史进程的结合。小说对文艺复兴人文主义的评价较为公允：文艺复兴张扬了个人主义，但也造就了一批缺失道德理想的现代人，他们凭着机会主义和利己主义发迹；世俗化思想一方面解放人性，另一方面也侵蚀着基督教社会的信仰体系，使道德价值观分崩离析。论文敏锐地指出小说矛盾冲突的中心——"支撑道德理想的既不可能是文艺复兴时期以'人'本身为最高价值的哲学与文化理念，也不再可能依赖否定人的理性和消解人自我意识的神示宗教"①。论文指出个人意识即使没有宗教秩序的支撑，也依然可以凭着宗教性情感而获得个体存在于人类历史间的伦理联系。该论文虽聚焦于文艺复兴时代的冲突，但这种个人诉求与历史进程的冲突，放在维多利亚时代，甚至当今现代社会同样具有普适意义。

对于爱略特在维多利亚转型期的文化态度，高晓玲有着深刻的见解。她认为爱略特对于现代化既非狂热的拥趸，又非决绝的拒斥。其论文《乔治·爱略特的转型焦虑》从三个方面论述了爱略特的复杂态度。首先，爱略特认为改革虽然促进了社会的公平和民主、缓和了社会矛盾，但是如若改革者缺乏理性与责任，激进狂热的变革则会爆发出巨大的破坏性，政治家从改革中渔利、无知盲从的劳工阶级沦为政治工具，整个社会陷入失序状态。所以必须辅以道德精神层面的同步变革，使各个阶层群体培养理性与责任意识，超越一己诉求、将社会利益置于首位，这样才可能使政治改革真正起到推动社会进步的积极力量。其次，论文从现代社会的机械化所引起的情感缺失讲起，爱略特看到社会冲突的普遍性，冲突双方也并非善恶的交战，而是带有"同样正当的诉求"，所以理性往往难以为冲突提供完美的解决方案，所以必须认识到个体苦难的共性，将个体感受升华为

① 毛亮：《历史与伦理：乔治·艾略特的〈罗慕拉〉》，《外国文学评论》2008年第2期。

博大的同情心,才可以为现代化精神危机找到出路。再次,爱略特认为智性发展应该有限度,应以道德进步为目标,真正的启蒙在于扩展心智、达到智性和德行的平衡。[①] 高晓玲的论文逐层深入地论述出爱略特对现代化变革的态度,强调社会进步与责任,人的智性与德行发展的平衡。

高晓玲在 2008 年《外国文学评论》第 2 期的文章《感受就是一种知识——乔治・艾略特作品中"感受"的认知作用》中,指出爱略特将理性的知识和感性的经验相融合,从"感受"的三个方面——感受力、同情与直觉分析了认识论价值。她在另一篇论文《知识共同体——维多利亚文人的智性追求》中提出,维多利亚文学研究的一个误区——片面夸大科学和文学之间的分裂和鸿沟,实际上这个时期的文人融聚在一种精神上的共同体,他们在反思一些知识问题上出现交叉和契合之处。他们有着相似的价值诉求,从不同角度表现出转型焦虑;他们意识到理性探索的界限,对不可知世界保持着敬畏之心,着力扩充情感的疆域,在理性与感性、进步与传统之间维持着一种和谐。[②] 高晓玲在这篇论文中提到的"共同体"(Community)概念,也是近年来维多利亚文学研究的一个热点。"共同体"概念在工业革命之后同现代性的变奏纠结在一起。启蒙运动使西方社会完成了从"共同体"(礼俗社会)到"公民社会"(法理社会)的过渡;然而在对理性进步话语的反思过程中,众多的维多利亚思想家表现出对共同体的强烈渴求。乔治・爱略特意识到"共同体的失落和更新的需要"[③],致力构建起"情感共同体"(community of feelings),借此全面改变人的感受力,从而对抗现代性带来的弊端,从而起到改变社会的作用。

罗灿的论文《地质学均变论思想与乔治・爱略特的道德观》则选取了一个新的视角来讨论爱略特如何将科学思想用于对历史的思索中。文章

---

① 高晓玲:《乔治・爱略特的转型焦虑》,《外国文学评论》2016 年第 1 期。

② 高晓玲:《知识共同体——维多利亚文人的智性追求》,《杭州师范大学学报》(社会科学版)2015 年第 4 期。

③ Suzanne Graver, *George Eliot and Community: A Study in Social Theory and Fictional Form*, Berkeley: University of California Press, 1984, p. 11.

以地质学均变论与灾变论为切入点,分析了前中部小说情节中的均变论痕迹,得出爱略特为均变论者的结论。爱略特的均变论思想很好地解释了她的道德观——认为过去与现在存在千丝万缕的联系,并重视微小力量带来的惊人成就。[①] 该文分析了爱略特伦理观中的渐进和均变特点,为理解爱略特的历史观提供了一个很好的注解。

以上几篇论文反映了当代爱略特研究的一个典型特征:学者认识到爱略特思想的复杂性,正如她小说中最为精妙的"网"之比喻,社会关系、伦理思考、宗教与科学、传统与现代等种种问题都有着庞杂繁复的结构和千丝万缕的关联,无法用一个绝对的概念简括。对现代性话题的讨论亦是如此。正如复调赋格一般,各声部在不同时间相继进入乐章,音符飞翔追逐、彼此问答,丰富的情感在高低共鸣中达到高潮,深刻的冥思在久久回响中飘荡。

---

① 罗灿:《地质学均变论思想与乔治·爱略特的道德观》,《外国文学》2014年第2期。

其势已成，其论待精

——近三十年国内约翰·罗斯金研究述评

黄　淳

约翰·罗斯金(1819—1900)是英国维多利亚时期著名的艺术与社会批评家。1843年从牛津大学毕业不久，24岁的罗斯金写成《近代画家》(*Modern Painters*)第一卷，在当时的英国引发轰动，由此顺利开启了他艺术批评的生涯。此后的20年间，他的思想日渐深邃，创作亦丰富起来，话题涉及绘画、建筑、政治经济、社会正义和教育改革诸多方面，代表作有脍炙人口的《建筑之诗》(*The Poetry of Architecture*)、《建筑的七盏明灯》(*The Seven Lamps of Architecture*)、《威尼斯之石》(*The Stones of Venice*)、《芝麻与百合》(*Sesame and Lilies*)和《致后来者》(*Unto This Last*)等等。今天，"罗斯金"这个名字已经毫无争议地成为英国维多利亚时期艺术批评的代名词；不仅如此，他的社会批评还深刻地影响了20世纪英国政治的走向，甚至启发了许多英国以外的著名思想家——如托尔斯泰和甘地。[①]

---

① 托尔斯泰曾说："罗斯金不仅在英国、在我们的时代是最杰出的人物之一，在全世界、在各个时代都是如此。"甘地曾将罗斯金的《致后来者》翻成古吉拉特语，他在凤凰城的农场实验也深受罗斯金的影响。关于罗斯金对托尔斯泰和甘地等人的影响，可参见Stuart Eagles的*After Ruskin: A Social and Political Legacies of a Victorian Prophet, 1870—1920*，Oxford: Oxford UP, 2011.

英语学界的罗斯金研究从他在世时就开始了。[①] 此后的一百年间，学者们对他始终兴趣不减，高质量的研究成果层出不穷。[②] 进入21世纪后，随着“后维多利亚”(Post-Victorianism)概念的兴起，关于罗斯金的影响研究也变得热门起来，而且值得注意的是，关注并不仅限于英语世界。近年来，罗斯金著作的法文和德文新译本接连面世，来自巴西、法国、德国、意大利各国学者也都在罗斯金研究方面作出了重要贡献。面对跨越国界和语言的“罗斯金热”，我们不妨跟随大的潮流，检视一下近三十年来罗斯金在中国的介绍与研究。

一

事实上，罗斯金早在20世纪初就已经进入中国人的视野。20世纪二三十年代，他的名字与拜伦、阿诺德、卡莱尔一道，引起了众多中国知识分子的关注。1927年，光华书局出版上海美术学校刘思训选译的《罗斯金的艺术论》；1929年，美的书店编辑彭兆良翻译《近代画家论》，由中华新教育社出版；1930年，曾任立达学园教师的陈友生选译《给那后来的》(*Unto This Last*)，由开明书店出版，书后还附有王文川撰写的《关于拉斯金与本书》，进一步阐发了罗斯金社会批评的价值和意义。1932年，罗斯金早年创作的童话《金河王》(*The King of the Golden River*)由丁同力翻译，在世界书局问世。[③]

关于罗斯金的评论与介绍甚至出现得更早。1913年，李叔同在浙江

---

① 如科林伍德(W. G. Collingwood)的《罗斯金艺术思想》(*The Art Teaching of John Ruskin*)即出版于1891年，当时罗斯金仍然在世。

② 这方面的作品数量甚多，除了散见于期刊和论文集的文章，还有数量庞大的专著。在此只能简单举几个较为知名的专著为例，如乔治·兰多(George P. Landow)的《罗斯金美学与批评理论》(*The Aesthetic and Critical Theories of John Ruskin*)(1971)、休伊森(Robert Hewison)的《慧眼之论》(*The Argument of the Eye*)(1976)、赫尔辛格(Elizabeth K. Helsinger)的《罗斯金与观者的艺术》(*Ruskin and the Art of the Beholder*)(1983)和舍伯恩(James Sherburne)专门研究罗斯金政治与经济理论的《约翰·罗斯金或丰富之多义》(*John Ruskin or the Ambiguities of Abundance*,1972)。此外，大量罗斯金的书信和传记也在这一时期被整理出版。

③ 这一时期罗斯金的中文译名尚未统一，有“拉斯金”“骆司硁”“鲁司铿”“拉士金”等等。

省立第一师范学校校刊《白阳》发表《近世欧洲文学之概观》,称罗斯金为“十九世纪之预言家,于英吉利为美术评论之先辈”[①]。1918年1月15日的《新青年》登载新文化运动知名人士高一涵的文章《近世三大政治思想之变迁》,其中提到,新近强调“国家之功能”的社会思潮以“骆司砼(Ruskin)”为代表,“以为人类一切障碍,惟赖国家之力,可以铲除;一切利益,惟赖国家之力,可以发达”。[②] 1920年秋,李大钊在北京大学开设“社会主义与社会运动”一课,课上专辟章节介绍罗斯金。他将罗斯金看作“艺术的社会主义者”的代表,在其社会批评思想方面着墨甚多,如“美术的经济观”“社会改造论”“劳动价值说”和“乌托邦思想”等。此外,李大钊还专门比较了罗斯金与马克思二人的政治经济思想在关怀上的异同,对前者的“协同合作”以及“视生命为终极财富”的观点尤为推崇。[③]

这一时期的各种引用也可以帮助我们一窥当时知识界对罗斯金的熟悉程度。例如,1922年郁达夫在创造社主力刊物《创造》季刊第一期发表《艺文私见》,探讨“批评”的意义:“我们凡人看不出来,必待大批评家来摘发出来之后,我们才能知道丰城狱底,有绝世的龙泉;楚国山中,有和氏的美玉。所以有了莱辛的《拉奥孔》,我们才知道古典文学的精华;有了罗斯金的《近代画家》,我们才知道各派绘事的精致。”[④]1923年,丰子恺创作散文《山水间的生活》,品评乡间生活的利弊之余,他感叹道:“断不是明面好,暗面不好。如果取明而弃暗,就是Ruskin(罗斯金)所谓:自然像日光和阴影相交一般混合着优劣两种要素,使双方相互地供给效用和势力的。所以除去阴影的画家,定要在他自己造出来的无荫的沙漠里烧死!”[⑤] 1932年,朱光潜写成《谈美》一书,书中屡次提及罗斯金的观点,通过批驳其观点来阐发自己关于美感的思考。1933年,天津《益世报·文学周刊》

① 李叔同:《近世欧洲文学之概观》,《白阳》1913年。

② 高一涵:《近世三大政治思想之变迁》,《新青年》1918年第4卷1号。

③ 李大钊:《社会主义与社会运动》,《李大钊全集》第4卷,人民出版社2006年版,第250页。

④ 郁达夫:《艺文私见》,《创造》季刊1922年第1卷1期。

⑤ 转引自吴福辉编:《丰子恺作品新编》,人民文学出版社2010年版,第3页。

第14期刊登梁实秋的《文学批评家之罗斯金》一文，文章追溯了罗斯金思想的渊源，具体分析评价了他的文艺批评观、艺术观、美学、自然观。①

总之，从20世纪初的记录来看，当时罗斯金在中国有相当的知名度，关于他的介绍、引用和讨论散见于日记、信件、书籍，更有中国现代文化思想史上举足轻重的刊物。20世纪30年代以后，由于抗战爆发等一系列特殊的历史原因，罗斯金的作品与思想也在中国陷入沉寂，罕有提及。直到80年代改革开放，译介西方的热潮重又兴起，有关罗斯金的介绍才零星重现于大陆出版的期刊。1980年中央美术学院新创办不久的期刊《世界美术》登载了罗斯金与拉斐尔前派通信的中译文，1987年《文化译丛》刊登了一篇短小的罗斯金传记《迷途的天使》。这些都是当时为数不多的、与罗斯金有关的期刊文章。介绍已然了了，研究更加匮乏。因此，如果以改革开放为起点综观国内30年的罗斯金研究，我们只能遗憾地说，这30年的前10年最多算个“史前准备期”。

二

20世纪90年代，罗斯金的重要作品终于有了较为完整的中译本。最初，中文翻译集中散文作品上，如1997年百花文艺出版社的《罗斯金散文选》和2000年湖南文艺出版社的《罗斯金经典散文选》等。随着译介的不断深入，大部头的汉译本著作相继问世，如罗斯金的代表作《绘画元素》(*The Elements of Drawing*)、《建筑的七盏明灯》(*The Seven Lamps of Architecture*)、《普里达立塔》(*Praeterita*，又可译为《过去》)、《芝麻与百合》(*Sesame and Lilies*)、《拉斐尔前派》(*Pre-Raphaelitism*)。2005年广西师范大学出版社出版了全套五卷《现代画家》(*Modern Painters*)的汉译本，2012年这个系列被重译为《近代画家》，由清华大学出版社推出。虽然总的来说，翻译尚不算全面，也不够系统，但考虑到罗斯金是一个文

① 梁实秋:《文艺批评家之罗斯金》,《梁实秋文集》第7卷，鹭江出版社2002年版，第71—79页。

学史上罕有的多产作家,国内翻译界取得的进展已经十分可观。

与此同时,国内罗斯金研究也有了不小的收获。近二十年来,真正以罗斯金为专门研究对象,当以王佐良先生的《19世纪的英国散文》为最早的代表。《19世纪的英国散文》一文最初发表在1990年第六期的《外国文学》上,1994年被收录至王佐良《英国散文的流变》一书,成为该书第六章。这篇文章分门别类地介绍分析了19世纪英国有代表性的散文家及其作品,例如托马斯·卡莱尔(Thomas Carlyle)、马修·阿诺德(Matthew Arnold)、约翰·亨利·纽曼(John Henry Newman)、约翰·斯图尔特·穆勒(John Stuart Mill)和查尔斯·达尔文(Charles Darwin),每个重要人物都专辟一节。罗斯金被形容为具有忧患感的美学散文家,而且评价颇高:"19世纪英国散文诸家竞起,各有贡献,但是谁也夺不走罗斯金的风采。"①在后面的分析里,王佐良引用了不少罗斯金的著名篇章,如《建筑的七盏明灯》《威尼斯之石》《普里达立塔》《野橄榄花冠》等,文笔简练,分析精到。

《英国散文的流变》主旨在介绍散文,关注对象"文学作品"的属性,偏重对文学品质的分析,力图发掘文字的内涵和力量。1994年结集出版《英国散文的流变》时,作者在前言中再度申明:"我的谈法……是想把语言分析同文学阐释结合起来。"②对罗斯金的分析也同样遵循这个主旨。譬如,原文引用他描写威尼斯圣马可大教堂的文字后,作者及时指出,罗斯金很注意"风格":"他的若干卷建筑和绘画论著就没有写成专门的教科书,而是有光影、有感情、有诗意的文学作品。"③尽管文学性凸显,罗斯金并没有被塑造成一个美文写手。赏析风格的同时,王佐良特别总结了罗斯金作品中几个突出的主题,如道德问题、经济问题,甚至环境保护与污染治理等等,将他的作品与现代社会生活紧密地联系起来,引导读者"由文学而社会"地了解罗斯金的思想。王先生的观点对日后国内的罗斯

---

① 王佐良:《19世纪的英国散文》,《外国文学》1990年第6期。

② 王佐良:《英国散文的流变》,商务印书馆1994年版。

③ 王佐良:《19世纪的英国散文》,《外国文学》1990年第6期。

金研究产生了深远的影响。

除了文学风格,罗斯金的艺术批评和美学理论也得到了一定程度的关注。20世纪90年代,这一领域的文章以介绍加概述为主,比如高继海的《约翰·罗斯金的艺术批评》和吴晓兵的《论约翰·罗斯金对英国工艺美术运动的影响》等。因为偏重概述,所以分析介绍都谈不上十分深入。

相比之下,之后的研究者更加细致也更加专业,其中有相当一部分研究来自英语文学和美术学院的人文专业。2004—2011年,至少有六篇硕士博士论文以较长的篇幅讨论罗斯金的艺术批评思想,包括2004年刘立彬的硕士论文《罗斯金美学思想研究——古典主义、浪漫主义、宗教信仰影响下的罗斯金的美学思想》(中央美术学院)、2007年刘蓓蓓的硕士论文《约翰·罗斯金的艺术思想研究》(中央美术学院)、2008年郭建濂的博士论文《论西方绘画的色彩》(中央美术学院)、杨永生的博士论文《双星辉映——论浪漫主义两位大师风景画中的用光》(中央美术学院)和周玉鹏的博士论文《罗斯金思想肖像:一个社会浪漫主义者的视觉审美、道德教化与审美道德乌托邦》(北京师范大学)、2009年刘须明博士论文《约翰·罗斯金艺术美学思想研究》(东南大学)、2010年罗杰鹦的博士论文《英国小说中的视觉召唤》(中国美术学院)以及2011年傅丽叶的硕士论文《现代设计中设计师"态度"的比较与研究》(中央美术学院)。

以上论文大致可分为两种类型。第一种——如刘立彬、刘蓓蓓、周玉鹏和刘须明的作品——考察对象为罗斯金的美学与艺术思想。例如,刘立彬《罗斯金美学思想研究》侧重"缘起",文章重点研究罗斯金艺术思想中的三大组成部分:浪漫主义、古典主义与宗教信仰,从思想史的角度阐释其美学思想背后的影响因素。刘文在文献综述方面颇具价值。作者不仅罗列了19世纪以来西方在罗斯金美学研究方面的重点作品,还敏锐地指出:"国内对于罗斯金艺术思想的研究尚属空白"且"缺乏理论基础"。①

① 刘立彬:《罗斯金美学思想研究——古典主义、浪漫主义、宗教信仰影响下的罗斯金的美学思想》,中央美术学院,2004。

刘须明的《约翰·罗斯金艺术美学思想研究》则将罗斯金的美学思想作进一步地细化，分门别类地探讨了他的艺术思想、绘画美学和建筑美学。与之前刘立彬的《罗斯金美学思想研究》不同，该研究特别关注罗斯金的实用艺术论，通过将其艺术与美学观念放在19—20世纪手工艺和产品设计演进的视野中考察，凸显其美学思想的“实践”一面。[①] 从两篇文章的对比中我们也可以看到，几年间国内关于罗斯金的研究不但数量上有所增长，层次上也日益丰富。

这期间的另一种论文则采用了“衍生”的视角，虽不以罗斯金为研究主体，但也在不同的主题下花费了相当的篇幅介绍和分析他的思想。例如，罗杰鹦《英国小说中的视觉召唤》以罗斯金的观点作为主要理论依据，认为他的视觉艺术理论思想直接或间接地影响了乔治·爱略特和弗吉尼亚·沃尔夫等一系列的著名作家。[②] 杨永生的《双星辉映——论浪漫主义两位大师风景画中的用光》中一个重点研究对象是画家透纳，又因为罗斯金是透纳最重要的支持者和评论家，所以文章里有大量对罗斯金的引用和分析。事实上，论文作者不仅仅将罗斯金视为透纳研究的重要依据，《现代画家》等作品中的许多观点都被反复引用强调，成为整篇论文事实上的理论灵魂。[③] 这些类型的研究也极大地丰富了罗斯金研究的视角，其中，研究者提出的较为专业的视觉理论和技法研究等都是之前罗斯金美学研究所不曾关注的问题。从这个意义上来说，它们也为研究罗斯金的学者提供了非常有价值的参考。

尽管类型多样，以上研究都以“文艺思想”为切入点。但正如王佐良先生提到的，罗斯金“先是美学家”，后来又“转向社会经济问题”，所以美学思想和艺术批评之外，“社会经济问题”和“忧患感”也是罗斯金研究中

---

① 刘须明：《约翰·罗斯金艺术美学思想研究》，东南大学，2009。该论文2010年由东南大学出版社出版。此外，2009年之后，刘须明还曾在《文艺争鸣》《艺术百家》《东南大学学报》上发表过一系列有关罗斯金艺术批评和美学思想的研究论文。文章主题涵盖范围甚广，从广义的“美学思想研判”到比较具体的“装饰美学研究”，再到比较研究如博克与罗斯金等等。

② 罗杰鹦：《英国小说中的视觉召唤》，中国美术学院，2010。

③ 杨永生：《双星辉映——论浪漫主义两位大师风景画中的用光》，中央美术学院，2008。

不可忽略的问题。2004年毛刚发表于《兰州大学学报》的《从审美到社会批评——罗斯金批评思想探论》一篇侧重“社会思想”的研究文章。它分析了罗斯金从艺术批评到社会批评的发展轨迹,比较全面地阐述了罗斯金艺术批评中的道德内涵和对资本主义的反思。文章末尾作者还提出,罗斯金对现代化进程中“物质贫困”和“精神贫乏”的思考,对当代中国的我们依然有很大的参考价值,可以提供许多有益的借鉴。[①] 文杰2005年发表在《史学月刊》上的《论英国19世纪手工艺运动》一文也表达了类似的观点。作者以罗斯金为英国19世纪手工艺运动的代表人物,简明扼要地说明了后者对工业文明的反思、对生态问题的关注、对生命意义的关怀,特别是他的“绿色的人文主义的文明观念,对于后发性的工业化国家的现代化建设来说,确实具有极其重要的启发和借鉴意义”。[②]

“绿色的人文主义的文明观念”准确呼应了很早之前王佐良对罗斯金“环保意识”的关注,也构成了国内罗斯金研究中“文化批评”的焦点。随着身边环境污染日益严重、生态关怀日益凸显,自2008年起,一系列关注文化与生态的罗斯金研究问世,包括殷企平的《试论罗斯金的文化观》、殷企平与何畅的《环境与焦虑:生态视野中的罗斯金》、何畅的《罗斯金与生态批评》、陈姗姗的《论罗斯金自然观和文化观的相互融合关系》以及金凯《思想与情感的结合——约翰·罗斯金〈芝麻与百合〉中的环境意识》。在《试论罗斯金的文化观》一文中,殷企平认为,之所以要强调“文化观”,因为这个概念不仅可以体现罗斯金的艺术批评与社会批评的交融,而且能够敦促我们反思自19世纪以来现代文明中各种“对人类整体性和和谐性遭受侵蚀的‘反文化’现象”。[③] 这两个基本观点在其他几篇角度类似的文章中也都有反映。例如,何畅的《罗斯金与生态批评》就是以近年来广受关注的生态批评理论为出发点,用“土地伦理理论”“动物解放论”“精神生态学”等反观罗斯金的各种观点,指出其思想与当代生态批评的各种

① 毛刚:《从审美到社会批评——罗斯金批评思想探论》,《兰州大学学报》2004年第2期。

② 于文杰:《论英国19世纪手工艺运动》,《史学月刊》2005年第12期。

③ 殷企平:《试论罗斯金的文化观》,《浙江大学学报》(人文社会科学版)2008年第5期。

“契合之处”,从而得出结论“在罗斯金的时代虽然还没有‘生态学’这一概念,但他对于环境的思考显然具有强烈的前瞻意识”。① 在《环境与焦虑:生态视野中的罗斯金》中,两位作者甚至更进一步,开篇就引用介绍了不少研究领域的著作,如《20 世纪生态史》《大自然的网:生态思想探究》等,试图通过分析论述,为罗斯金在生态思想乃至生态史中找到属于他的位置。②

三

通过简单的回顾可以看出,国内罗斯金研究大致可以分为三个方向:散文批评、艺术批评和社会与文化批评。第一个方向产生时间最早,但是鉴赏式的阅读并没有成为热点;事实上,王佐良之后,国内鲜有学者再将注意力放在文本上,或是将罗斯金作为“散文家”大书特书。这与西方英语国家罗斯金研究的发展过程形成了鲜明的对比。从 20 世纪初到 70 年代,他们对 19 世纪的散文(prose)研究——特别是所谓的非虚构散文(non-fiction prose)研究——明显经历了一个细致而深入的材料整理和审美阅读的阶段。文本整理方面,E. T. 库克(E. T. Cook)和亚历山大·韦德博尔(Alexander Wedderburn)编纂出版的 39 卷《罗斯金全集》就是一个很好的例子。编者除了广泛搜集罗斯金的作品之外,更整合了他的日记、书信以及其他各类与其有关的 19 世纪第一手资料,精心拣选安排,为每一篇文字都配上详细的介绍、注释和版本考证,为日后罗斯金研究提供了极为丰富的材料。

至于审美阅读,则是 20 世纪中期维多利亚研究兴起之后的一个重要方向。随着新批评在英语文学研究一统天下,散文研究也遵循它所提出的原则,关注文本的文学和美学特征。1953 年,约翰·霍洛韦(John Holloway)的《维多利亚圣人》(*The Victorian Sage*)成为这方面的开山之

---

① 何畅:《罗斯金与生态批评》,《外国文学》2009 年第 5 期。

② 殷企平、何畅:《环境与焦虑:生态视野中的罗斯金》,《外国文学研究》2009 年第 3 期。

作。在乔治·列文(George Levine)和威廉·麦登(William Madden)1967年出版的《维多利亚散文艺术》(*The Art of Victorian Prose*)一书中,我们依然可以看到约翰·罗森伯格(John D. Rosenberg)的文章(以及它颇有代表性的标题)《罗斯金的风格与感性》("Style and Sensibility in Ruskin's Prose")。[①] 此类研究看起来纯粹关乎文学形式,与所谓思想与文化的探索完全是两条路线。其实不然,通过将注意力放在文本的细读上,发掘其中的"风格""意象""结构""逻辑",它们提供了细致入微的观察,为思想与文化方面研究奠定了坚实的基础。

反观国内,罗斯金研究暴露出两大问题。第一,研究者往往花很大气力在文献综述上,反倒忽略了一手文献的拣选。例如,前文提到的刘须明《从约翰·罗斯金的一次演讲观其艺术思想的现代意义》考察的文本是1859年罗斯金一篇题为《现代生产与设计》("Modern Manufacture and Design")的演讲。这篇演讲发表后不久被收在《两条道路》(*The Two Paths*)中。1905年出版的《罗斯金全集》第16卷里也收录了这篇文章。但是刘文中引用的还是某学习网站里的资料,这就未免会让人怀疑研究者手中材料的权威性。[②]

中译本里的误译也给研究带来了一些麻烦,甚至直接影响了研究质量。如何畅的《罗斯金与生态批评》一文中引用的《王后花园里的百合》即出自《芝麻与百合》的中译本。"王后花园里的百合"这一标题其实是个误译,因为罗斯金演讲的原题是"Of Queens' Gardens"("关于王后的花园"),后来才收编入书并启用书名"Sesame and Lilies"("芝麻与百合")。即使在书里,Lilies这个词也没有与原标题"Of Queens' Gardens"合二为一,前一个是主标题,后一个是副标题,所以中文译名最多只能译为"百

---

① John D. Rosenberg, "Style and Sensibility in Ruskin's Prose", in *The Art of Victorian Prose*, ed. George Levine and William Madden, New York: Oxford UP, 1968, 177—200.

② 刘须明:《从约翰·罗斯金的一次演讲观其艺术思想的现代意义》,《东南大学学报》(哲学社会科学版)2005年第5期。

合：王后的花园”。[1] 之所以要强调这一点，不仅仅是出于版本专业性的考虑。译名的准确与否也直接关系到我们对罗斯金原文主旨的理解。花园和百合是罗斯金这篇演讲中最突出最鲜明的两个意象。“花园”在文章里反复出现，喻指恬静安详的世界，是作者对未来英国文化与社会环境的美好期待；“百合”在原文里很少正面提及，但作为主标题却很合适，因为它有圣洁高贵的含义，常被用来指代女性，而罗斯金恰恰就是将英国社会的美好未来寄托在“王后们”温婉柔和的品质上。所以说，“花园”并不是百合盛开的场所，而是作者为拯救环境道德日益崩溃的国家而提出的奋斗目标；“百合”也不是花园中的美丽植物，它与“王后”类似，都是完美女性的象征，是花园的创造者和守卫者，是眼前这个国度的救赎所在。从这个意义上来看，所谓“王后花园里的百合”，多少有点误会了罗斯金的本意。诚然，在中国研究罗斯金，会面临许多在英语环境中无法想象的困难，特别是文献本身。欧美学者可以轻松地找到某一作品的多种版本，还能在图书馆和美术馆里不断发掘旧报刊旧信件里的新资料，这些便利我们也许很难享受。但是话说回来在网络应用如此发达的今天，文献不全，选择不精，仍是一个不小的遗憾。

研究中的第二个问题是缺少细致入微的阅读。学者李欧梵谈现当代中国文学研究时曾说过，当下中国学者往往“宏观”挂帅，先从文学史着手，独缺精读文本的训练。[2] 类似的问题也存在于国内罗斯金研究。艺术批评也好，生态批评也罢，学者们最常用的研究方法就是从某个视角出发，“综观全局”，从罗斯金的各种作品中提炼他对某个问题的主要观点。很少有文章会把注意力倾注在某一篇文字或者某一个小问题上，力求细致、深入、透彻。以前面提到的几篇文章为例，毛刚的《从审美到社会批评——罗斯金批评思想探论》指出，罗斯金对现代化中可能出现的各种问

---

① 关于文本历史的详细介绍，参见 E. T. Cook 和 Alexander Wedderburn 主编的 *The Works of John Ruskin* (London: George Allen) 第 18 卷介绍。

② 参见李欧梵：《西方现代批评经典译丛总序》，《文学理论》，勒内·韦勒克、奥斯汀·沃伦著，刘象愚译，江苏教育出版社 2005 年版，第 8 页。

题都给予了必要的关注,但是实际在论证中,作者只引用了五六段罗斯金的原文,摘自不同的书籍,而且每段话都只有寥寥一两句,在整整五页的论文篇幅里显得相当局促。与此同时,穿插在论文中的还有大量其他引文,例如海德格尔、马克思、恩格斯、迪斯累里等等。这些文字固然可以提供不少有益的背景资料和参考,但是它们并不能直接阐释罗斯金的思想。因此,作者的探讨只好停留在浮光掠影的层面;而且由于分析不够深入,看起来依然更像是“概述”而非“探论”。

宏观挂帅造成的一个不良后果,就是观点雷同。对人性的强调,对完美道德的追求等等论调,反复出现在罗斯金研究中,无论主题是他的艺术思想、美学思想还是他的生态批评。论点高度重合,使得当前的罗斯金研究缺少交流,而且最重要的是,它让我们忽略了许多可能发现的新问题。举个最简单的例子,研究罗斯金艺术批评的学者大都认定他是庸俗装饰艺术最坚定的反对者,因为“众所周知”,这是他许多作品的主题。但很多人也许忘记了这样一个事实:作为英国维多利亚时期装饰艺术领域最权威的导师之一,罗斯金的教导被他同时代的人奉为圭臬。在实践中,他的爱好其实对当时很多装饰艺术风格都有重大影响,常常被当作原则,直接编入手册、投入施工。罗斯金本人对此也有所察觉,以至于后来忍不住哀叹道,那些弗兰根斯坦式的丑陋建筑怪物居然往往都出自他手。① 如果我们注意到这样的细节,也许就能更深刻地体味罗斯金和19世纪英国流行装饰艺术的复杂关系。

最后要谈的,是一个与罗斯金研究高度相关的但又更加宽泛的问题,那就是“文化批评”在维多利亚散文研究中的价值。这个问题不仅仅存在于国内学者的研究中,也同样困扰着国外的同行;不仅出现在罗斯金研究中,还涉及许多与罗斯金类似的人物,如卡莱尔、阿诺德等一系列以非虚构散文而闻名的思想家。这些作家话题丰富,却并不都以诗歌、小说、戏

---

① 参见 E. T. Cook, Alexander Wedderburn, *The Works of John Ruskin*, vol. 10, London: George Allen, pp. 458—459.

剧等形式阐发思想，有许多充满智慧的沉思和呐喊，却又不以描写和情节取胜。当叙事技巧与经典文学理论难以前行的时候，“文化研究”似乎就成了这一领域当仁不让的选择。

剑桥大学英文系19世纪方向的知名学者科里尼（Stefan Collini）曾专门著文探讨这个趋势。科里尼认为，当下文化研究所采用的理论框架——特别是针对19世纪文学中散文这部分的文化研究——大多都来自威廉斯的经典之作《文化与社会》。通过对“文化”概念的深入剖析和对19世纪的精准解读，Williams成功地建立起了一个“文化社会传统”（the culture and society tradition）与“中产阶级社会观”（the bourgeois idea of society）的二元对立，并且将19世纪以来文化当中的许多问题都归结为这两个观念的冲突，将很多主要人物和思想都视为对社会文化的批评。科里尼并不赞同这种泾渭分明的理解方式；在他看来，一旦这种框架被引入19世纪研究，那么我们就会将许多人物和他们的思想都简化为对社会的批判与支持或是对工业化的批判与支持，而事实上，他们所关心的东西远比我们想象的更宏大、更复杂。既然如此，我们到底怎样做才能充分发掘他们的思想？针对19世纪文学，科里尼提出“思想史”（intellectual history）的研究视角，要求更加关注思想或观念的“质感”（texture），比如当时的出版形式、作者对读者（或听众）的互动等等。言下之意，就是要将文学研究、文献研究和历史研究结合起来，把人物和思想放回它们产生的年代里，以明确的历史背景为指针，从纷杂的材料中尽最大可能提炼还原，从而避免上面所说的专业化和简单化。①

科里尼所说的思想史的角度，严格来说，算不上一种研究理论。但话说回来，在文学研究中，并非只有系统的理论才有实用价值。他对“文化批评”的反思，恰恰也帮助我们看到目前国内罗斯金研究可能存在的问题：从艺术批评到生态批评，虽然分析的角度千差万别，但我们是不是正

① Stefan Collini, “From ‘Non-Fiction Prose’ to ‘Culture Criticism’: Genre and Disciplinarity in Victorian Studies”, *Rethinking Victorian Culture*, eds. Juliet John and Alice Jenkins, London: Macmillan, 1999, 15, 25.

像科里尼所说的那样,过分拘泥于“文化批评”?在“文化批评”的导引下,我们是否也坚定地认为罗斯金思想的核心就是对工业文明的批判,是否也将罗斯金思想过分地专业化和简单化?我们的研究是不是恰恰缺少历史的质感?我们是不是也可以调整路线,从作品入手,不再片面追求宏观的结论,而是把它看作一个具有时间和空间维度的生命体,深入地探寻、细致地分析,发掘创作者更多的侧面,充分展现作品与作者丰富的内涵?他山之石可以攻玉,这些观点和它所引发的一系列问题,也许可以为我们国内的罗斯金研究提供一些新的思路。

中国契诃夫研究的研究重心之转移

彭　甄

十一届三中全会以后，中国社会进入到改革开放的新时期。在新的政治、社会和文化的条件下，中国的契诃夫(1860—1904)研究经历了重建、发展和成熟的三个历史过程。纵观三十多年来的中国契诃夫研究的历史，可以发现，当代俄罗斯文学学者在继承传统的契诃夫研究方向的基础上，对其论域及论题进行了新的拓展，促使契诃夫研究在总体上获得了长足的进步。

契诃夫的文学创作在俄国文学发展史上甚至在世界文学发展史上具有其特殊性：作家的小说创作和戏剧创作并重，且均具有其世界性意义和影响。这一文学事实使俄罗斯文学研究面临着对研究方向和研究论域的选择和确认等基本问题。而对研究方向和论域的不同的选择和确认则在一定程度上表现出特定时代的总体文学理念、文学价值取向、文学体裁认知、文学研究结构和文学研究水平。

在宏观层面上，30年的中国契诃夫研究及其成果可以分为三个研究方向：(1)作家总体研究；(2)小说创作研究；(3)戏剧创作研究。需强调指出，当代契诃夫研究的三个研究方向及其内部结构各自经历了独特的发展、演化过程。这一过程突出地表现为两点：一是各研究方向的学术文献数量发生沿革；二是各研究方向的学术文献论题发生沿革。这一方面显示出当代中国契诃夫研究在理论视野、研究思路、分析方法等方面的嬗变特征，更为重要的是,它在更高层次上揭示出该时期契诃夫研究“研究重心”持续的转移过程。

以下,本文将就中国契诃夫研究的“研究重心”转移问题——构成特征、形成原因以及学术影响加以描述和分析。

一、各研究方向的学术文献数量的沿革

新时期的中国契诃夫研究分为三个基本方向——“作家总体研究”“小说创作研究”和“戏剧创作研究”。它们经历了三个时期——20世纪80年代、20世纪90年代和21世纪前10年。根据对国内外国文学研究主流学术期刊的数据以及学术出版数据所进行的统计和分析,我们得出:在契诃夫研究的三个方向——“作家总体研究”“小说创作研究”和“戏剧创作研究”中,各研究方向学术文献的数量在每一时期分布并不均衡,尤为重要的是各研究方向学术文献的数量随着三个时期的推进,表现出递增或递减的现象。这一研究态势的形成和发展揭示出当代契诃夫研究内部的运作机制和深层的价值取向。

以下是近三十年“契诃夫研究”三个基本研究方向具有代表性的学术文献的具体数据(根据对国内外国文学研究主流学术期刊的数据和学术出版的数据进行统计所得)以及对相应的学术文献数量所做的分析:

(一)作家总体研究

20世纪80年代学术文献

1. 立早:《契诃夫和世界文学》(《外国文学研究》,1986.1)

2. 徐祖武主编:《契诃夫研究》(河南大学出版社1987年)

3. 龙飞、孔延庚:《契诃夫传》(南开大学出版社1988年)

20世纪90年代学术文献

1. 张家霖:《契诃夫论文学与创作》(《译林》,1991.2)

2. 李嘉宝:《真实,在对现实的超越之中——论契诃夫创作中的形而上真实》(《外国文学评论》,1991.2)

3. 李嘉宝:《生活:潜心融入与多重显现——论契诃夫创作中的

模糊把握》(《外国文学研究》,1992.1)

4. 嘉宝:《生活,一曲绝望的悲歌——论契诃夫创作中的否定意识》(《外国文学研究》,1992.4)

5. 朱逸森:《契诃夫:人品·创作·艺术》(华东师范大学出版社 1994 年)

6. 王丹:《从契诃夫与鲁迅的“小人物”谈起》(《外国文学》,1996.3)

7. 肖支群:《契诃夫笔下的女性世界》(《俄罗斯文艺》,1996.6)

8. 赵明:《托尔斯泰·屠格涅夫·契诃夫——20 世纪中国文学接受俄国文学的三种模式》(《外国文学评论》,1997.1)

9. 郑伟平:《契诃夫(1860～1904)》(海天出版社 1998 年)

10. 赵佩瑜:《契诃夫》(辽海出版社 1998 年)

11. 李辰民:《契诃夫与医学》(《外国文学评论》,1999.2)

21 世纪前 10 年学术文献

1. 李嘉宝:《论契诃夫作品中的“厌倦”人物 》(《外国文学研究》,2000.2)

2. 方珊:《绝望的歌唱家——舍斯托夫论契诃夫》(《俄罗斯文艺》,2001.1)

3. 李辰民:《契诃夫与托尔斯泰》(《俄罗斯文艺》,2003.4)

4. 童道明:《我爱这片天空:契诃夫评传》(中国文联出版社 2004 年)

5. 凌建侯:《小说与戏剧意识的融合——论契诃夫的当代性》(《国外文学》,2005.3)

6. 刘研:《契诃夫与中国现代文学》(上海社会科学院出版社 2006 年)

7. 朱逸森:《契诃夫: 1860——1904》(华东师范大学出版社 2006 年)

8. 朱涛:《“有神”与“无神”之间——从〈决斗〉看契诃夫的宗教

哲学思想》(《俄罗斯文艺》,2006.2)

9. 朱建刚:《俄国文学中的“小事论”——以契诃夫为个案》(《俄罗斯文艺》,2007. 3)

10. 巴金:《简洁与天才孪生:巴金谈契诃夫》(东方出版社2009年)

11. 马卫红:《现代主义语境下的契诃夫研究》(中国社会科学出版社2009年)

12. 徐乐:《契诃夫世界中“职业”的艺术功能》(《外国文学》,2009.3)

13. 徐乐:《中等的人——契诃夫笔下人物的“非典型化”》(《外国文学评论》,2010.1)

据上,在过去30年期间,在契诃夫研究的“作家总体研究”方向中,学术文献数量在总体上呈递增趋势:它们由20世纪80年代的3篇到20世纪90年代的11篇,再到21世纪前10年的13篇。与20世纪80年代的学术文献数量相比,20世纪90年代和21世纪前10年两个时期的学术文献数量实现了跨越性增长。并且,后两个时期的学术文献数量均处于较高的水平。

“作家总体研究”方向学术文献数量的递增态势可以归因为:当代中国契诃夫研究在累积契诃夫小说和戏剧创作研究成果(包括既往的和同时代的学术成果)基础上,对作家及其创作进行宏观考察和把握的尝试。在契诃夫研究领域中,这一统合性研究范式的运用及其成果标志着各个研究论题的有效深化和学术视域的扩展,它同时又为契诃夫“小说创作研究”和“戏剧创作研究”提供了形上的“哲学化”的资源和平台。“作家总体研究”总体的价值取向和方法论系统为后两个方向体裁层次的具体研究奠定了可资依据的、坚实的基础。

（二）小说创作研究

20世纪80年代学术文献

1. 李蟠：《试谈契诃夫小三部曲中三个故事讲述者的形象》（《外国文学研究》，1979.2）

2. 汪靖洋：《焦点和焦点的转移——〈套中人〉的艺术结构及其它》（《外国文学研究》，1979.4）

3. 叶乃芳、陈云路：《契诃夫小说的艺术特色》（《外国文学研究》，1980.1）

4. 林佑：《真实凝炼——〈万卡〉艺术特色浅谈》（《外国文学研究》，1980.4）

5. 徐森林：《〈套中人〉的主人公是谁？》（《外国文学研究》，1982.4）

6. 刘建中：《试论契诃夫短篇小说的艺术特色》（《国外文学》，1983.3）

7. 朱逸森：《短篇小说家契诃夫》（华东师范大学出版社1984年）

8. 金风：《契诃夫小说的诗意构成》（《外国文学研究》，1984.1）

9. 彭质纯：《从生活原型到艺术典型——谈〈跳来跳去的女人〉的提炼》（《外国文学研究》，1986.1）

10. 赵昌华、刘建中：《契诃夫小说喜剧特色初探》（《国外文学》，1987.4）

11. 黄颇：《鲁迅与契诃夫小说比较研究》（《外国文学研究》，1988.3）

12. 任光宣：《论心理分析类型及其特征——托尔斯泰、屠格涅夫、契诃夫的心理分析方法之比较》（《国外文学》，1988.3）

13. 李辰民：《契诃夫小说中的变态心理学》（《外国文学研究》，1989.4）

20世纪90年代学术文献

1. 刘建中:《契诃夫小说新探》(陕西人民出版社1991年)

2. 吴静萍:《试论契诃夫小说的艺术特色》(《外国文学研究》,1994.3)

3. 孙维新:《他在变态中死去——契诃夫〈小公务员之死〉变态心理分析》(《俄罗斯文艺》,1995.1)

4. 李辰民:《契诃夫小说的现代意识》(《外国文学评论》,1995.1)

5. 曾恬:《契诃夫短篇小说艺术技巧探索》(《俄罗斯文艺》,1996.3)

6. 吴惠敏:《弱者·觉醒者·行动者——契诃夫小说妇女形象三部曲》(《外国文学研究》,1997.1)

7. 席亚斌:《契诃夫:从故事体到象征》(《国外文学》,1998.1)

8. 吴惠敏:《试论契诃夫对凌叔华小说创作的影响》(《外国文学研究》,1999.1)

21世纪前10年学术文献

1. 李家宝:《论契诃夫抒情心理作品中的时间主题》(《外国文学研究》,2004.5)

2. 路雪莹:《试论契诃夫的情境小说和生活流小说》(《国外文学》,2006.3)

根据上述数据,在过去30年期间,在契诃夫研究的“小说创作研究”方向中,学术文献数量在总体上呈明显的递减趋势:它们由20世纪80年代的13篇到20世纪90年代的8篇,再到21世纪前10年的2篇。与20世纪80年代和20世纪90年代各自的学术文献数量相比,21世纪前10年的学术文献数量锐减的状况十分突出。并且,后一时期的学术文献数量处于低水平。

“小说创作研究”方向学术文献数量在总体上呈明显的递减趋势。这一现象表明,新时期的契诃夫小说研究在对作为研究对象的小说文本的选择上面临着前所未有的难题;与此同时小说研究过程中所适用的研究范式也正在处于转型阶段,无法在短时间内发挥其应有的效力。契诃夫小说的传统研究所选取的小说文本通常为具有明确“价值立场”的社会批判性作品。这类小说作品在作家全部创作中为数极少,且半个多世纪以来已经被反复考察和分析,可供研究的资源和空间已经十分有限。而契诃夫小说创作中占据绝大多数的“客观性”作品,从传统的“价值立场”出发则难以定位和把握,这些研究资源暂时处于“未开发”状态。此外,基于特殊的意识形态考量,在俄苏文学研究学科中,社会—历史方法具有其强大传统和优势。新时期的文学研究在特定的文学—文化语境中对“内部研究”范式诸种方法的援用,使得契诃夫小说创作研究处于方法论的转型阶段——这一过程同样导致小说研究及其学术文献在数量上处于弱化的态势。应指出,上述契诃夫小说创作研究的“式微”状况具有过渡性质,其实质在于小说创作研究机制的调整和重构。可以预见,在不久之将来,经由过渡性“蓄势”阶段之后的“小说创作研究”方向,将在全新的学术平台上启动更高层次的研究工作并取得预期的成果。

(三)戏剧创作研究

20世纪80年代学术文献

1. 王璞:《契诃夫与中国戏剧的“非戏剧化倾向”》(《外国文学评论》,1989.4)

20世纪90年代学术文献

1. 边国恩:《契诃夫戏剧创作简论》(《国外文学》,1991.4)

2. 童道明:《契诃夫与二十世纪现代戏剧》(《外国文学评论》,1992.3)

3. 王远泽:《戏剧革新家契诃夫》(湖南师范大学出版社1993年)

4. 邹元江:《论〈樱桃园〉中的“停顿”》(《外国文学评论》,1996.3)

5. 李辰民:《重读〈万尼亚舅舅〉——兼谈契诃夫的戏剧美学》(《俄罗斯文艺》,1998.4)

21世纪前10年学术文献

1. 李辰民:《〈普拉东诺夫〉:一部鲜为人知的契诃夫剧作》(《俄罗斯文艺》,2001.3)

2. 安国梁:《〈凡尼亚舅舅〉的艺术追求》(《国外文学》,2003.1)

3. 严前海:《契诃夫剧作中的喜剧风格》(《俄罗斯文艺》,2003.6)

4. 董晓:《舞台的诗化与冲突的淡化——试论苏联戏剧中的契诃夫风格》(《俄罗斯文艺》,2008.2)

5. 王永恩:《此岸和彼岸——契诃夫与曹禺剧作主题之比较》(《俄罗斯文艺》,2009.3)

6. 董晓:《契诃夫戏剧在20世纪的影响》(《国外文学》,2010.2)

据上,在过去30年期间,在契诃夫研究的"戏剧创作研究"方向中,学术文献数量在总体上呈递增趋势:它们由20世纪80年代的1篇到20世纪90年代的5篇,再到21世纪前10年的6篇。与20世纪80年代的学术文献数量相比,20世纪90年代和21世纪前10年两个时期的学术文献数量实现了明显的增长。并且,后两个时期的学术文献数量均处于中等的水平。

契诃夫研究的"戏剧创作研究"方向的学术文献数量在总体上呈递增趋势。这一现象表明中国的契诃夫研究学者对"戏剧文学"这一特定体裁的认知和价值评定正逐步走向成熟。"戏剧文学"作为西欧和俄国传统文学体裁,在欧洲文学发展历史中扮演了极为重要的角色。而在中国文学语境中,作为"舶来品"的"戏剧文学"的发轫和发展仅有百年之久。这一过程决定了中国契诃夫研究对"戏剧文学"体裁的形式结构和艺术价值认识的欠缺,加之"戏剧文学"与舞台表演的关联性又在某种程度上削弱了其文学性构成——这一切最终决定了对契诃夫戏剧创作价值的传统评估。然而,随着新时期中外文学交流的日益深入,中国的契诃夫研究学者对"戏剧文学"体裁的认知得以进一步深化,同时对契诃夫戏剧创作的价值加以重新评估。基于此,"戏剧创作研究"也逐渐成为契诃夫研究关注的焦点之一，从而最终实现了该方向学术文献数量在总体上的增长态势。契诃夫“戏剧创作研究”方向学术文献数量的增长表明，中国的契诃夫研究领域在其研究方向上完成了有效的扩展。与此同时，作为外国戏剧研究重要组成部分的契诃夫“戏剧创作研究”，它的强势走向对总体的外国戏剧研究工作具有积极的推动和促进作用。

综上，在既往的30年期间，契诃夫研究各个研究方向的学术文献数量发生了不同方向、不同程度的沿革：在“作家总体研究”方向中，学术文献数量在总体上呈递增趋势；在“小说创作研究”方向中，学术文献数量在总体上呈明显的递减趋势；在“戏剧创作研究”方向中，学术文献数量在总体上呈递增趋势。契诃夫研究领域的这一现象明确地证明：新时期的中国契诃夫研究的“研究重心”发生了明显的转移，即学术研究关注的焦点和研究工作的投入从“小说创作研究”方向向“作家总体研究”和“戏剧创作研究”两个方向转移。这一“重心转移”具有其历史的和现实的、文学的和文化的动因。它决定了当代契诃夫研究的总体特征和发展势态。在契诃夫研究领域内，这一“重心转移”不仅对各个研究方向，而且对整个研究领域的布局和架构都具有正面的影响和作用。

二、各研究方向的学术文献论题的沿革

在第一部分中，本文从契诃夫研究领域的各研究方向学术文献数量的沿革出发，通过系统分析得出契诃夫研究的“研究重心”发生转移的结论。纵观30年以来契诃夫研究的历史，可以发现，其三个研究方向各自所涉及的主要论域经历了不同程度、不同方向的变化。为从微观的角度在“质”的层面把握契诃夫研究内在机制的变化和趋势，以下部分，我们将对各研究方向学术文献论题的沿革过程和结果加以描述和分析，以期从另一角度证明30年期间契诃夫研究的“研究重心”发生转移这一学术史现象的存在。

以下为契诃夫研究三个研究方向各自所涉及的主要研究论题：

（一）作家总体研究

20世纪80年代学术文献

主要研究论题：

1. 契诃夫与世界文学之关系(如立早:《契诃夫和世界文学》)

2. 契诃夫及其创作综合研究(如徐祖武主编:《契诃夫研究》)

20世纪90年代学术文献

主要研究论题：

1. 契诃夫创作中的哲学(如李嘉宝:《真实,在对现实的超越之中——论契诃夫创作中的形而上真实》)

2. 契诃夫的创作方法(如李嘉宝:《生活:潜心融入与多重显现——论契诃夫创作中的模糊把握》)

3. 契诃夫创作的世界观(如嘉宝:《生活,一曲绝望的悲歌——论契诃夫创作中的否定意识》)

4. 契诃夫及其创作综合研究(如朱逸森:《契诃夫:人品·创作·艺术》)

5. 契诃夫创作与中国作家创作之比较(如王丹:《从契诃夫与鲁迅的"小人物"谈起》)

6. 契诃夫创作中的女性问题(如肖支群:《契诃夫笔下的女性世界》)

7. 契诃夫在中国的接受(如赵明:《托尔斯泰·屠格涅夫·契诃夫——20世纪中国文学接受俄国文学的三种模式》)

8. 契诃夫创作与医学之关系(如李辰民:《契诃夫与医学》)

21世纪前10年学术文献

主要研究论题：

1. 契诃夫创作中的形象类型(如李嘉宝:《论契诃夫作品中的"厌倦"人物》)

2. 契诃夫创作与俄国作家创作之比较(如李辰民:《契诃夫与托尔斯泰》)

3. 契诃夫创作与中国现代文学(如刘研:《契诃夫与中国现代文学》)

4. 契诃夫及其创作综合研究(如朱逸森:《契诃夫:1860—1904》)

5. 契诃夫创作中的宗教哲学(如朱涛:《“有神”与“无神”之间——从〈决斗〉看契诃夫的宗教哲学思想》)

6. 契诃夫创作中的社会观(如朱建刚:《俄国文学中的“小事论”——以契诃夫为个案》)

7. 契诃夫的艺术手法(如巴金:《简洁与天才孪生:巴金谈契诃夫》)

8. 契诃夫研究学术史(如马卫红:《现代主义语境下的契诃夫研究》)

9. 契诃夫的创作方法(如徐乐:《中等的人——契诃夫笔下人物的“非典型化”》)

据上,在过去30年期间,在契诃夫研究的“作家总体研究”方向中,主要研究论题数量在总体上呈递增趋势:它们由20世纪80年代的2个到20世纪90年代的8个,再到21世纪前10年的9个。与20世纪80年代的主要研究论题数量相比,20世纪90年代和21世纪前10年这两个时期的主要研究论题数量实现了大幅度增长。并且,后两个时期的主要研究论题数量均处于较高的水平。在主要研究论题所涉对象方面,20世纪80年代的学术文献的对象包括契诃夫创作整体系统和外在关系。20世纪90年代的论题对象除契诃夫创作整体系统以外,还包括作家创作的哲学问题、创作方法、与中国文学及其作家的关系、女性问题和医学要素等。21世纪前10年论题对象除了与中国文学及其作家的关系、整体系统和创作方法以外,还包括创作的形象系统、与俄国作家的关系、宗教哲学、社会思想、艺术手法和学术史等。

从上述分析得出,在契诃夫研究的“作家总体研究”方向中,主要研究论题所涉研究对象总体上经历了扩展的过程。这一过程表明,在新时期的三个阶段中,中国契诃夫总体研究的学术视野不断扩大,研究内容逐渐走向深化。以上现象的发生是契诃夫创作研究历史自律的要求,同时也是新时期文学－文化研究转型语境协同作用的结果。

(二) 小说创作研究

20世纪80年代学术文献

主要研究论题:

1. 契诃夫小说的叙事(如李蟠:《试谈契诃夫小三部曲中三个故事讲述者的形象》)

2. 契诃夫小说的艺术结构(如汪靖洋:《焦点和焦点的转移——〈套中人〉的艺术结构及其它》)

3. 契诃夫小说的总体艺术(如叶乃芳、陈云路:《契诃夫小说的艺术特色》)

4. 契诃夫小说综合研究(如朱逸森:《短篇小说家契诃夫》)

5. 契诃夫小说与中国作家小说之比较(如黄颇:《鲁迅与契诃夫小说比较研究》)

6. 契诃夫与俄国作家艺术手法之比较(如任光宣:《论心理分析类型及其特征——托尔斯泰、屠格涅夫、契诃夫的心理分析方法之比较》)

7. 契诃夫小说中的心理学(如李辰民:《契诃夫小说中的变态心理学》)

20世纪90年代学术文献

主要研究论题:

1. 契诃夫小说综合研究(如刘建中:《契诃夫小说新探》)

2. 契诃夫小说的总体艺术(如吴静萍:《试论契诃夫小说的艺术特色》)

3. 契诃夫小说中的心理学(如孙维新:《他在变态中死去——契诃夫〈小公务员之死〉变态心理分析》)

4. 契诃夫小说的现代性(如李辰民:《契诃夫小说的现代意识》)

5. 契诃夫小说创作中的女性问题(如吴惠敏:《弱者·觉醒者·行动者——契诃夫小说妇女形象三部曲》)

6. 契诃夫小说创作的体裁问题(如席亚斌:《契诃夫:从故事体到象征》)

7. 契诃夫小说对中国作家之影响(如吴惠敏:《试论契诃夫对凌叔华小说创作的影响》)

21 世纪前 10 年学术文献

主要研究论题:

1. 契诃夫小说的主题(如李家宝:《论契诃夫抒情心理作品中的时间主题》)

2. 契诃夫小说之类型(如路雪莹:《试论契诃夫的情境小说和生活流小说》)

根据上述数据,在过去 30 年期间,在契诃夫研究的“小说创作研究”方向中,主要研究论题数量在总体上呈明显的下降趋势:它们由 20 世纪 80 年代的 7 个到 20 世纪 90 年代的 7 个,再到 21 世纪前 10 年的 2 个。与 20 世纪 80 年代和 20 世纪 90 年代各自的主要研究论题数量相比,21 世纪前 10 年的主要研究论题数量锐减的状况十分突出。并且,后一个时期的主要研究论题数量处于低水平。在主要研究论题所涉对象方面,20 世纪 80 年代的学术文献的对象包括契诃夫小说整体系统、艺术系统、叙事、结构、与中国作家及其小说的关系、艺术手法比较和心理问题。20 世纪 90 年代的论题对象除契诃夫小说整体系统、艺术系统、心理问题和与中国作家及其小说的关系以外,还包括现代性、女性问题和体裁等。21 世纪前 10 年论题对象仅包括契诃夫小说的主题和类型。

从上述分析可以认定,在契诃夫研究的“小说创作研究”方向中,主要研究论题所涉研究对象总体上经历消减的过程。这一过程表明,在新时期的三个阶段中,中国契诃夫小说研究的学术工作处于调整和重建的相对“静默”期。这为将来研究内容逐步深化奠定可行的基础。以上现象的发生是契诃夫小说研究历史自身机制的作用使然,同时也是对新时期文学一文化研究转型语境提出的新的要求所作出的必要反应。

(三) 戏剧创作研究

20世纪80年代学术文献

主要研究论题:

1. 契诃夫戏剧对中国戏剧的比较(如王璞:《契诃夫与中国戏剧的“非戏剧化倾向”》)

20世纪90年代学术文献

主要研究论题:

1. 契诃夫戏剧综合研究(如边国恩:《契诃夫戏剧创作简论》)

2. 契诃夫戏剧与现代戏剧(如童道明:《契诃夫与二十世纪现代戏剧》)

3. 契诃夫戏剧的创新性(如王远泽:《戏剧革新家契诃夫》)

4. 契诃夫戏剧创作手法(如邹元江:《论〈樱桃园〉中的“停顿”》)

5. 契诃夫戏剧之美学(如李辰民:《重读〈万尼亚舅舅〉——兼谈契诃夫的戏剧美学》)

21世纪前10年学术文献

主要研究论题:

1. 契诃夫戏剧艺术(如安国梁:《〈凡尼亚舅舅〉的艺术追求》)

2. 契诃夫戏剧创作风格(如严前海:《契诃夫剧作中的喜剧风格》)

3. 契诃夫戏剧对苏联戏剧之影响(如董晓:《舞台的诗化与冲突的淡化——试论苏联戏剧中的契诃夫风格》)

4. 契诃夫戏剧与中国剧作家戏剧之比较(如王永恩:《此岸和彼岸——契诃夫与曹禺剧作主题之比较》)

5. 契诃夫戏剧对现代戏剧的影响(如董晓:《契诃夫戏剧在20世纪的影响》)

据上,在过去30年期间,在契诃夫研究的“戏剧创作研究”方向中,主要研究论题数量在总体上呈增长趋势:它们由20世纪80年代的1个到20世纪90年代的5个,再到21世纪前10年的5个。与20世纪80年代的主要研究论题数量相比,20世纪90年代和21世纪前10年两个时期的主要研究论题数量实现了明显的增长。并且,后两个时期的主要研究论题数量均处于中等的水平。在主要研究论题所涉对象方面,20世纪80年代的学术文献的对象包括契诃夫戏剧与中国戏剧及剧作家创作的关系。20世纪90年代的论题对象包括契诃夫戏剧整体系统、与现代戏剧的关系、创新要素、创作手法和美学问题。21世纪前10年论题对象除了契诃夫戏剧与中国戏剧及剧作家创作的关系和与现代戏剧的关系以外,还包括艺术系统、风格系统、契诃夫戏剧与苏联戏剧创作的关系等。

从上述分析可以发现,在契诃夫研究的"戏剧创作研究"方向中,主要研究论题所涉研究对象总体上经历较为明显的扩展过程。这一过程表明,在新时期的三个阶段中,中国契诃夫戏剧研究的学术视野不断拓展,研究水平逐渐得以提升。以上过程的发生体现出中国外国戏剧研究总的历史走向,同时也是新时期对戏剧文学结构和功能的认知和评价日益深化的结果。

综上所述,改革开放以来,中国的契诃夫研究历经30年的历史过程。在此期间,契诃夫研究的三个研究方向——"作家总体研究""小说创作研究"和"戏剧创作研究"的外部表征和内部构成各自均经历了独特的发展和演化的过程。其中,各研究方向的学术文献数量的沿革和各研究方向的学术文献论题的沿革,突出表现了当代契诃夫研究在其理论视野、研究思路、分析方法等方面的嬗变过程,从而最终展现出新时期契诃夫研究"研究重心"持续的转移过程。中国契诃夫研究"研究重心"的转移现象或过程,它的形成和演进对当代中国俄苏文学研究的总体布局、整体视域和学术水平等都产生了一定程度的影响和作用,同时对中国俄苏文学学术史研究具有其重要的启发意义。

泰戈尔研究在中国

潘啊媛

罗宾德罗纳特·泰戈尔(1861—1941)是第一位获得诺贝尔文学奖的东方作家,也是中国读者最为熟知的印度诗人。2009年中华人民共和国成立60周年之际,《环球时报》根据网络投票、专家讨论的方式评选出“影响新中国的60位外国人”,其中泰戈尔在评选结果中位列第11位,成为与安徒生、高尔基同时入选的三位外国作家之一。在中国,从孩提时期的儿童读物到大学课本中的诗歌片段,泰戈尔的诗歌几乎伴随着中国青少年的整个成长过程,可以说泰戈尔在中国是家喻户晓、妇孺皆知,早已成为中国人民最为熟悉的外国作家与伟大朋友。

早在1913年泰戈尔获得诺贝尔文学奖之时,《东方杂志》的主编钱智修先生就已经开始向中国读者介绍这位伟大的诗人,然而泰戈尔真正引起中国大众的关注还是源于1924年那次伟大的中国之行,同时也掀起了那一阶段对泰戈尔译介的高潮,从此泰戈尔开始影响中国现代文学史上一代甚至是几代作家的文学创作以及中国现代文学史上异彩纷呈的文学流派,毫不夸张地说,泰戈尔在一定程度上改变了中国现代文学的发展流向,从那时起泰戈尔就已经成为中国人民最为熟知的外国作家之一。中华人民共和国成立以后尤其是1961年泰戈尔百岁诞辰之际,人民文学出版社出版的十卷本《泰戈尔作品集》更是将中华人民共和国成立后的泰戈尔翻译研究推向高潮,然而由于众所周知的社会政治原因，泰戈尔作品的推广及研究开始停滞，直到70年代末改革开放。

改革开放30年以来，泰戈尔作品重新得到译介，研究成果颇丰，据不完全统计1979—2009年之间，关于泰戈尔的著作多达百本以上，而相关的研究文章达2000篇以上。从翻译方面来看，旧译、重译、新译层出不断，直到2000年24卷本《泰戈尔全集》(近一千万字)的翻译出版，将这一时期泰戈尔作品翻译推向顶峰。从翻译的状况来看，《吉檀迦利》《新月集》《园丁集》等中国读者喜爱的诗集一直是翻译出版炙手可热的作品。30年来，泰戈尔的诗歌片段多次被选入中小学语文课本及儿童读物，这些诗歌多选自简洁明快适合儿童阅读的《新月集》《园丁集》《飞鸟集》，据人民教育出版社和江苏教育出版社中小学语文课本的统计，分别有泰戈尔的六首诗歌入选，而这些诗歌基本都要求中小学生背诵。这样一来，泰戈尔的诗歌几乎贯穿着中国学生的整个教育过程，泰戈尔也成为中小学生最熟悉也最喜爱的外国诗人之一。

从研究方面来看，改革开放以来，泰戈尔研究取得的成果比以往任何阶段的总和还要多，呈现出百花齐放的局面，这一研究阶段也经历了复苏——初步研究——全面深入研究的过程。这些研究成果大多分布在辞书、传记、文学史、论文集、专著、期刊、杂志、报纸中，数量之大、范围之广前所未有。当前泰戈尔研究也不仅限于文学方面，涉及领域还包括教育学、绘画、音乐、国际关系、历史、宗教等多个方面，当然文学研究仍然是泰戈尔研究的重中之重。

一、1979—1990年间的研究状况

20世纪70年代末，伴随改革开放而来的是思想解放，关于泰戈尔作品的译介和研究工作也得以重新展开。1979年，林之非发表于《外国文学研究》的《追求于“无望的希望”之中——读泰戈尔的〈吉檀迦利〉》一文，虽然仍然以“资产阶级诗人”称呼泰戈尔，并将其诗歌中的“希望”称为资

产阶级“难以实现的幻想”[1],但在文章中作者肯定了泰戈尔对希望的追求、对光明的追求以及所表达的真挚感情。1980年,林之非再次在《外国文学研究》上发表介绍泰戈尔诗歌的《新月的幻灭和破坏——介绍泰戈尔的〈新月集〉》一文,全面介绍了泰戈尔的这部关于儿童的诗集。可以说,林之非的这两篇文章又重新将这两部深受中国读者喜爱的泰戈尔诗集拉回公众的视野,开启了重新阅读泰戈尔诗歌的先河。同年,顾子欣选编的泰戈尔叙事诗《两亩地》片段以《我听见泰戈尔仍在歌唱》为题发表在该年度的《诗刊》中。冰心翻译的泰戈尔短篇小说《喀布尔人》也刊登在《山花》中。这些文学作品的翻译出版,可以看成是这一时期国内泰戈尔作品译介与研究复苏的先兆。

1981年,以纪念泰戈尔诞辰120周年和逝世40周年为契机,学术界在北京分别举办了两次规模宏大的“泰戈尔学术讨论会”,会议就泰戈尔对中国新文学的影响,泰戈尔的文学创作、哲学思想、宗教思想、教育思想、美学思想等方面进行探讨。这两次会议的成功举办正式将泰戈尔译介和研究工作提上日程,同时也奠定了这一时期泰戈尔研究的方向与基调。

就翻译方面来说,据统计这一时期出版泰戈尔各种各样的作品译本较多,其中包括泰戈尔的诗歌、小说、戏剧、散文、书信等等,版本众多,旧译、重译、再译、新译层出不尽,良莠不齐。诗歌方面,20年代与50年代的旧译不断再版,其中包括冰心译本《吉檀迦利》《园丁集》,郑振铎译本《飞鸟集》《新月集》,吴岩译本《园丁集》,石真译本《两亩地》《采果集》,汤永宽译本《游思集》等等。这一时期,出版社不断将泰戈尔作品的旧译、新译结集出版,较有代表性的包括上海译文出版社出版的吴岩、汤永宽译本《游思集》《流萤集》《情人的礼物》《茅庐集》《鸿鹄集》等都是这一时期的新译,漓江出版社出版的获诺贝尔文学奖作家丛书泰戈尔卷包括《吉檀迦

---

① 林之非:《追求于“无望的希望”之中——读泰戈尔的〈吉檀迦利〉》,《外国文学研究》1979年第4期。

利》《园丁集》《新月集》《飞鸟集》《故事集》等诗集。这一时期泰戈尔诗歌的译作一方面是译自其诗歌的英文版本或者英文诗集,如老翻译家吴岩、汤永宽、石真的译本;另一方面国内孟加拉语从业者也加入到了泰戈尔诗歌的翻译队伍中,其中较有代表性的是白开元,白开元的译本更加注重与孟加拉原文的对应以及翻译中诗歌韵律的把握。在二十多年的诗歌翻译过程中,白开元翻译的泰戈尔诗歌涉及范围较广,成果颇丰,得到了读者的一致认可,为泰戈尔诗歌在我国的推广作出了重要贡献,出版的诗集包括《寂园心曲——泰戈尔诗歌三百首》(广西人民出版社,1987)、《泰戈尔爱情诗选》(漓江出版社,1990)等。小说翻译方面,漓江出版社于1983年翻译出版的"诺贝尔文学奖作家丛书"泰戈尔卷收录了泰戈尔41篇短篇小说的译本,译者为倪培耕、黄志坤、董友忱、陈宗荣,译本多直接译自孟加拉原文,成为这一时期泰戈尔小说普及推广的重要读物。这一时期,泰戈尔的长篇小说也得到了译介,出版的译本有黄鱼石译本《沉船》(外国文学出版社,1981)、刘寿康译本《戈拉》(人民文学出版社,1984)、邵洵美译本《家庭与世界》(人民文学出版社,1987)、董友忱译本《家庭与世界》(山东文艺出版社,1987)和《王后市场》(湖南人民出版社,1988)等。散文方面,1986年商务印书馆的"汉译世界学术名著丛书"系列翻译出版了谭仁侠翻译的《民族主义》、1988年上海译文出版社出版了倪培耕等人编译的《泰戈尔论文学》、1989年上海三联书店出版了康绍邦翻译的泰戈尔在中国、孟加拉国、美国的演讲集《一个艺术家的宗教观》。另外,国外泰戈尔的传记也被陆续译介过来,其中包括倪培耕翻译的《泰戈尔传》(漓江出版社,1984)、董红钧翻译的《泰戈尔评传》(湖南人民出版社,1984)、季羡林翻译的《家庭中的泰戈尔》(漓江出版社,1985)、刘文哲和何文安翻译的《泰戈尔评传》(重庆出版社,1985)、谢冰心和金克木翻译的《回忆录附我的童年》(人民文学出版社,1988)等。

从研究方面来看,这一时期的泰戈尔研究是与东方文学研究的复苏紧密联系在一起的。1982年,由教育部委托华中师范学院编写的高等师范学院本科外国文学教学大纲把东方文学作为一个重要组成部分列入其中,与欧美文学平行,正式将东方文学建成一个独立的学科体系。为了培养东方文学教学的师资队伍,1982年北京师范大学中文系举办了全国高校东方文学讲习班;1983年全国高校东方文学研究会成立;1984年北京大学东语系举办了全国高校东方文学进修班。在东方文学学科建设的过程中,泰戈尔研究也齐头并进并成为东方文学研究的重中之重。在这两次重要的东方文学进修班的讲习过程中,专家学者都将泰戈尔单独列为专节讲习。这一时期编写的东方文学教材如《东方文学专集》(中国社会科学院外国文学研究所编,中国社会科学出版社,1979)、《外国文学简编(亚非部分)》(梁立基、何乃英主编,中国人民大学出版社,1983)、《东方文学简史》(陶德臻主编,北京出版社,1985)、《简明东方文学史》(季羡林主编,北京大学出版社,1987)中,都对泰戈尔生平及其作品进行专门书写。这一时期泰戈尔研究人员也多是专业的东方文学研究者,如季羡林、金克木、倪培耕、何乃英、黄心川、宫静、张光璘、刘建、刘宝珍等,文章质量较高,为泰戈尔研究的复苏及繁荣奠定了坚实的基础。

从内容方面来看,这一时期的研究文章多集中在如下几个方面:一是介绍泰戈尔的生平、创作、思想的文章;二是研究泰戈尔与中国关系以及泰戈尔对中国现代文学影响的文章;三是分析泰戈尔作品及文学理论与美学思想的文章,这类文章多集中在诗歌领域,小说、戏剧方面略有涉及。

介绍泰戈尔生平、创作、思想的文章较有代表性的有:黄心川的《略论泰戈尔的哲学和社会思想》(载《哲学研究》1979年第1期)、季羡林的《泰戈尔的生平、思想和创作》(载《社会科学战线》1981年第2期)、华宇清的《试论泰戈尔的文艺观》(载《杭州大学学报(哲学社会科学版)》1985年第1期)、宫静的《泰戈尔的哲学思想——认识论和方法论》(载《南亚研究》1986年第3期)和《泰戈尔哲学思想的渊源及其特点》(载《南亚研究》1989年第3期)、倪培耕的《泰戈尔美学思想管见》(载《外国文学评论》1987年第3期)、何乃英的《泰戈尔哲学观初探》(载《外国文学研究》1990年第4期)等。

在谈到泰戈尔的创作思想时,季羡林认为泰戈尔的思想是“从《梨俱吠陀》一直到奥义书和吠檀多印度所固有的一种泛神论的思想”①,而“和谐与协调”②是泰戈尔思想的核心,其思想主要解决的是“我与非我”“人与自然”③这两种关系。在谈到泰戈尔的哲学思想时,宫静认为:“就广义的哲学定义来说,他不愧是一位伟大的诗哲。”④早在 20 世纪 20 年代泰戈尔的思想就伴随着其作品传入我国,“由于泰戈尔是一个复杂而又矛盾的人物,他的思想发展曾经有过一个自我痛苦的斗争过程,同时由于我国资产阶级的各个阶层以及封建余孽怀着各种不同的目的去扩大他某一方面的影响,因而他的思想在我国的反响是不同的”⑤。改革开放以来,关于泰戈尔的哲学思想,研究者多是从马克思主义的观点出发,将泰戈尔的思想归结为客观唯心主义——“从整体上看是一种客观唯心主义的理论,但在他的庞大的唯心主义和形而上学的体系中包含着某些唯物主义和辩证法的因素”⑥。倪培耕也认为泰戈尔的“美学思想体系是属于客观唯心主义的”⑦。学者们认为:“‘无限’和‘有限’之间的关系是他哲学探索的中心问题。”⑧泰戈尔哲学思想的来源是复杂的,在谈到国外的研究家对泰戈尔哲学思想的来源时,黄心川认为:“由于泰戈尔是一个复杂而又矛盾的人物,他对东西方文化都有一定的了解,特别是因为他在政治上有着影响,因此很多研究家都怀着各种不同的目的扩大他某一方面的影响,对于泰戈尔及其哲学思想,给予不同的评价。”⑨而国内的学者对泰戈尔哲学思想的来源较为一致,一方面认为,“‘奥义书’一元论和毗湿奴教的‘信爱说’对他的影响是主要的”⑩;另一方面认为,泰戈尔受到西方思想的影

---

① 季羡林:《泰戈尔的生平、思想和创作》,《社会科学战线》1981 年第 2 期。

② 同上。

③ 同上。

④ 宫静:《泰戈尔哲学思想的渊源及特点》,《南亚研究》1989 年第 3 期。

⑤ 黄心川:《略论泰戈尔的哲学和社会思想》,《哲学研究》1979 年第 1 期。

⑥ 同上。

⑦ 倪培耕:《泰戈尔美学思想管见》,《外国文学评论》1987 年第 3 期。

⑧ 黄心川:《略论泰戈尔的哲学和社会思想》,《哲学研究》1979 年第 1 期。

⑨ 同上。

⑩ 同上。

响,“将西方资产阶级的博爱思想纳入奥义书的范围”①,接受了“西方的人道主义思想”②,同时受到西方直觉主义的影响。倪培耕也认为,泰戈尔“没有完全照搬西方美学思想,也没有对印度传统诗学完全认同和回归”③,而是“在印度和欧洲两大美学体系冲撞下形成的”④。

在1981年召开的纪念泰戈尔诞辰120周年会议上,与会者谈及泰戈尔与中国关系时,一致认为:“泰戈尔生前热爱中国,并且十分关心中国人民的命运,是中国人民的挚友。”⑤充分肯定泰戈尔在中国人民心中的地位。在谈及泰戈尔研究方法时,与会学者认为:“应该扫除在泰戈尔评价问题上的‘左’的思想影响,充分肯定泰戈尔1924年对中国的友好访问。应该客观地、历史地、全面地评价泰戈尔及其作品。”⑥从此,“泰戈尔与中国”成为泰戈尔研究的一个新的热点并很快走上学术研究的新道路。这一时期在这一领域研究所涉及的研究角度包括泰戈尔1924年访华的影响与意义、泰戈尔对中国及中国人民的深厚情谊、泰戈尔对中国现代文学的影响等方面。

早在1979年季羡林发表长文《泰戈尔与中国》,文章分为“泰戈尔论中国文化和中印关系”“泰戈尔访问中国”“泰戈尔对中国抗日战争的关怀”和“泰戈尔对东方文明和中印友谊前途的瞻望”四个部分。在“泰戈尔访问中国”这一部分详细列出了泰戈尔1924年访华的日程,并且详细分析了当时中国社会对泰戈尔接受的三种不同态度,梳理了泰戈尔1924年访华时对泰戈尔的接受以及泰戈尔对中国的深厚情谊与热切关怀。除了季羡林的《泰戈尔与中国》以外,这一时期还出现了一些高质量的论文。比如:张光璘的《泰戈尔在中国》(载《外国文学》1981年第5期)一文介绍了中华人民共和国成立前泰戈尔作品在中国的传播与译介情况、泰戈尔

① 宫静:《泰戈尔哲学思想的渊源及特点》,《南亚研究》1989年第3期。
② 同上。
③ 倪培耕:《泰戈尔美学思想管见》,《外国文学评论》1987年第3期。
④ 同上。
⑤ 《我国举行泰戈尔学术讨论会》,《国外文学》1981年第3期。
⑥ 同上。

对郭沫若诗歌创作的影响以及泰戈尔对中国的深厚情谊。张光璘发表于1983年的另外一篇文章《我国现代文学史上的一次泰戈尔热》(载《外国文学研究》1983年第4期)则是将重点放在泰戈尔1924年访华及其引发的“泰戈尔热”上,文章回顾了泰戈尔访华的过程,重点分析了由此引发的争论以及“泰戈尔热”的影响。戈宝权的《泰戈尔和中国》(载《南亚研究》1983年第3期)重点介绍了泰戈尔1924年访华以来其作品在中国的译介情况以及对中国现代作家的影响。倪培耕的《泰戈尔对中国作家的影响》(载《南亚研究》1986年第1期)梳理了自1913年以来至20世纪80年代初中国学者对泰戈尔研究的角度及观点以及由此引发的长期以来中国思想界的争论,是这一时期较为深入分析中国的泰戈尔研究的文章。柳鸿的《泰戈尔和中国新诗》(载《当代外国文学》1984年第4期)则是将关注点放在泰戈尔对中国新诗的影响上,特别是20世纪20年代泰戈尔诗歌大量译介到中国之后产生的反响,文章还重点介绍了泰戈尔“泛神论”对郭沫若以及宣扬“人类之爱”的诗歌对冰心新诗创作的影响。另外,林承节的《泰戈尔对日本侵华政策的批判》(载《历史教学》1982年第3期)从历史事实的角度记录并分析了泰戈尔对日本态度的转变、对日本侵华政策的痛斥以及对中国人民的同情。这一时期的文章虽然数量不多,但是所研究的内容基本上涉及了泰戈尔1924年访华的影响与意义、泰戈尔对中国及中国人民的深厚情谊、泰戈尔对中国现代文学的影响等多个方面,为下一阶段更加深入地开展“泰戈尔与中国”的研究奠定了基础。

这一时期,对泰戈尔文学作品的研究多集中在诗歌领域,特别是获得诺贝尔文学奖的《吉檀迦利》以及20世纪20年代就译介到国内并深受我国读者喜爱的《飞鸟集》《新月集》等。这一时期,泰戈尔的小说、戏剧相继译介过来,其中长篇小说《戈拉》和《沉船》引起了研究者更多的关注。

1980年,人民文学出版社将冰心和石真翻译的泰戈尔诗歌进行选编重版,季羡林为重版的《泰戈尔诗选》作序,在序言中,季羡林将泰戈尔的诗歌创作分为三个阶段,第一阶段从19世纪70年代到20世纪初退出群众反英运动,这一时期以《故事诗》为代表;第二阶段从退出反英运动到再加入反英运动,这一时期泰戈尔仍然参加社会活动,周游世界,获得诺贝尔文学奖,得到世界关注,这一时期的诗歌创作充满神秘主义色彩,被季羡林称为"光风霁月的一面"[①];第三阶段从1919年到逝世之前,泰戈尔重新参加政治活动,政治内容的诗歌较多,"怒目金刚的一面"[②]表现得比较突出。季羡林认为:"在泰戈尔的思想中,'韵律'占有极其崇高的地位,'韵律'是打开宇宙万有奥秘的一把金钥匙。"[③]这是我国学者较早对泰戈尔诗歌创作阶段划分的认识,这一划分方式虽然与其在印度国内及其他接受国的划分方式不尽相同,却体现出泰戈尔诗歌在中国的译介和接受过程。周而琨在《泰戈尔政治抒情诗的发展及其特点》(载《扬州师范学院学报》1985年第3期)中采用了季羡林的"三个阶段"说,认为其政治抒情诗创作多集中于第三个阶段,伴随着印度民族解放运动的产生而逐渐成熟起来,对泰戈尔第三时期的政治抒情诗给予高度评价,认为其"内容广泛、感情强烈,充满战斗气息和乐观精神,表现了诗人自己是一个爱憎分明、反帝反殖的爱国者、国际主义战士"[④]。同时认为,泰戈尔的政治抒情诗"表现了诗人金刚怒目和深情厚爱两个不同侧面"[⑤]是"诗人一生政治活动和文学生涯的鲜明记录,标志了诗人思想发展的高度"[⑥]。虽然这一评价带有较为浓厚的时代色彩,但对于接受了较多泰戈尔"光风霁月"诗歌的中国读者来说,这一介绍与评价有益于泰戈尔"怒目金刚"诗歌在中国的推广与普及。

这一时期,有关《吉檀迦利》的论文所占比例最大,较有代表性的有:金克木的《泰戈尔的〈什么是艺术〉和〈吉檀迦利〉试解》(载《南亚研究》1981年第3期)、杨传鑫的《论泰戈尔的〈吉檀迦利〉》(载《中南民族学院学报(社会科学版)》1986年1期)、陈世荣的《诗人的心迹——〈吉檀迦

---

① 季羡林,《泰戈尔的生平、思想和创作》,《社会科学战线》1981年第2期。
② 同上。
③ 泰戈尔:《泰戈尔诗选》,冰心、石真译,人民文学出版社1980年版,第4页。
④ 周而琨:《泰戈尔政治抒情诗的发展及其特点》,《扬州师范学院学报》1985年第3期。
⑤ 同上。
⑥ 同上。

利〉》(载《广西民族学院学报(哲学社会科学版)》1986 年第 3 期)、刘建的《论〈吉檀迦利〉》(载《南亚研究》1987 年第 3 期)、王燕的《〈吉檀迦利〉文学渊源初探》(载《河南大学学报(哲学社会科学版)》1988 年第 2 期)、叶舒宪的《〈吉檀迦利〉:对自由和美的信仰与追求》(载《外国文学评论》1989 年第 3 期)、刘宝珍的《试评〈吉檀迦利〉》(载《国外文学》1989 年第 1 期)等。对于《吉檀迦利》"神秘"的原因,金克木将其归结为"又是谈爱,又是颂神,又充满物质人间的形象,说的又不像是日常生活中的自然语言,这使我们中国读者觉得神秘"①。这一时期的研究者多从思想内容和艺术性等方面对《吉檀迦利》进行解读,同时将其放入印度文化的语境中,重点探讨诗歌中的"神""爱"及"神秘主义"色彩。另外,杨传鑫的《论泰戈尔的〈吉檀迦利〉》论述了 1913 年泰戈尔获得诺贝尔文学奖前后《吉檀迦利》在西方文坛的接受过程及其原因,是较早关注泰戈尔诗歌接受的文章之一。这一时期,泰戈尔的《飞鸟集》《新月集》等也得到了关注,但大多还是停留在介绍层面,缺少深入的分析。

在之前的译介过程中,泰戈尔的小说受到的关注较少,这一时期随着泰戈尔小说逐渐被翻译成中文,其小说创作的思想性与艺术性也开始受到关注。代表性的文章有:冯金辛的《〈沉船〉的主题和人物》(载《外国文学研究》1983 年第 3 期)、蒋承勇的《谈〈沉船〉中的泛爱思想》(载《台州师专学报》1984 年第 1 期)、董友忱的《泰戈尔中长篇小说的艺术成就》(载《外国文学研究》1984 年第 2 期)、许力的《〈沉船〉散论》(载《郑州大学学报(哲学社会科学版)》1986 年第 2 期)、张朝柯的《泰戈尔短篇小说的艺术成就》(载《辽宁大学学报》1989 年第 1 期)等。关于泰戈尔戏剧的论文在这一时期相对较少,只有如珍的《浅谈泰戈尔的戏剧创作》(载《南亚研究》1984 年第 2 期)。

① 金克木:《泰戈尔的〈什么是艺术〉和〈吉檀迦利〉试解》,《南亚研究》1981 年第 3 期。

二、1991—2009年间的研究状况

在经历了20世纪80年代泰戈尔研究全面复苏的阶段以后,泰戈尔研究已呈现出了不少研究成果,为进一步全面开展泰戈尔研究奠定了坚实的基础。90年代以后,泰戈尔研究呈现出全面发展的局面,这时的研究者不仅包括专业的东方文学研究者,还包括从事西方文学、中国文学、比较文学、翻译研究的研究者,研究成果进一步丰富,但同时也由于研究队伍的庞大与学科背景的混杂,这一时期的泰戈尔研究成果也出现了良莠不齐的局面,这一时期尤其是2000年以后,出现了多篇泰戈尔研究的硕士、博士论文,涉及的领域也比较广,其中包括东方文学、比较文学、中国文学、历史学、思想政治学等多个领域,高校也培养了一批泰戈尔研究的专门人才,积极推动了国内泰戈尔研究的发展。

从翻译方面来看,据不完全统计,1991—2009年间,在报刊上发表的泰戈尔译作有15种,出版的译作书籍有67种。当然,最为壮观的还是2000年由刘安武、倪培耕、白开元主编,白开元、董友忱、黄志坤、刘安武、倪培耕、刘建等翻译的《泰戈尔全集》(共24卷,河北教育出版社2000年版)的翻译出版。全集是从孟加拉语、印地语、英语等多种语言翻译而来,收录了泰戈尔的大部分作品,全集将近一千万字,是一项庞大的翻译工程,是我国首次大规模翻译泰戈尔作品,为21世纪初研究泰戈尔提供了文本细读的基础,它的出版“标志着泰戈尔研究成为印度佛教研究之后中国印度学研究的另一个‘显学’”①,为泰戈尔作品在中国的传播做出了杰出的贡献,也为我国全面展开泰戈尔作品研究奠定了坚实的基础。

这一时期的“泰戈尔与中国”之间的关系仍然是泰戈尔研究的重点之一,出现了很多泰戈尔的研究资料汇编、专著、硕士博士论文等等。就数量方面来说,据笔者粗略统计,1990—2009年20年间,有关“泰戈尔与中国”的文章有141篇,占到这一时期泰戈尔研究文章总数的31.69%。从

① 姜景奎主编:《中国学者论泰戈尔》,阳光出版社2011年版,第856页。

资料汇编方面来看，这一时期出版的书籍各有侧重，张光璘主编的《中国名家论泰戈尔》(中国华侨出版社，1994)收集了17篇具有代表性的中华人民共和国成立前后我国著名作家、评论家、艺术家对泰戈尔的评论文章，其中还包括了周恩来总理、鲁迅先生对泰戈尔的论述以及最初陈独秀先生翻译的泰戈尔的四首诗歌。在附录中收集了北京图书馆文献室1981年为纪念泰戈尔诞辰120周年而整理的泰戈尔著作中译书目。沈洪益主编的《泰戈尔谈中国》(浙江文艺出版社，2001)收录了泰戈尔在中国的谈话以及其访华前、访华期间以及访华后中国学者的评论文章。孙宜学主编的《不欢而散的文化聚会——泰戈尔来华演讲及论争》(安徽教育出版社，2007)前半部分收录了泰戈尔访华期间的演讲，后半部分收录了泰戈尔访华前后对其评论的不同观点的文章。这些书籍的出版为研究者提供了翔实的资料，引用次数也比较高，但同时这些书籍收录的泰戈尔演讲、谈话以及评论文章也多有重复之嫌。这一时期，泰戈尔访华的历史过程以及其产生的影响也多散见于泰戈尔的传记之中，比如孙宜学的《泰戈尔与中国》(广西师范大学出版社，2005)记录了泰戈尔访问中国的详细的历史过程，并且介绍了泰戈尔创办的国际大学中国学院。董友忱的《泰戈尔画传》(华文出版社，2005)、侯传文的《寂园飞鸟：泰戈尔传》(河北人民出版社，1999)都对泰戈尔访华以及泰戈尔与中国的关系有所记录。在学术专著和硕士博士论文方面，“泰戈尔与中国现代文学”受到了更多的关注，这方面的学术成果也比较多。其中博士论文有张羽的《泰戈尔与中国现代文学》(东北师范大学2002年博士论文)，在此基础上出版了同名的学术专著《泰戈尔与中国现代文学》(云南人民出版社，2005)。硕士论文有任文惠的《中国知识分子对泰戈尔来华事件的误读》(首都师范大学2005年硕士论文)、张娟的《泰戈尔与“五四新诗”》(曲阜师范大学2005年硕士论文)、王汝良的《泰戈尔笔下的中国形象》(青岛大学2007年硕士论文)等。这一时期研究者们也逐渐从思想影响的层面来探讨泰戈尔与中国关系，其中艾丹的博士论文《泰戈尔与五四时期的思想文化论争》(北京师范大学2008年博士论文)以及董燕静的硕士论文《泰戈尔来华对中国思想界的影响》(复旦大学2008年硕士论文)是其中的代表作。

泰戈尔是20世纪对中国产生过重要影响的外国作家,泰戈尔与中国有着千丝万缕的联系,"泰戈尔与中国"成为热门学术关注点也就不足为奇,研究者多以史料为基础,通过事实的梳理与个案的分析,结合文学、思想、哲学等不同领域的理解,从不同角度梳理泰戈尔与中国的关系以及其在中国产生的影响,在研究方面的确也取得了丰硕的成果。但纵观这30年的研究成果也不难发现其中存在的问题。比如研究文献的局限性造成研究成果内容的重复性,在研究方法上也很难有所突破。

对于泰戈尔作品的研究仍然是这一时期研究的重点。虽然诗歌研究仍然是研究的重点,但是此时对泰戈尔作品的研究也更多地涉及小说、戏剧、散文等方面。研究方法也呈现出多元化的趋势。

首先,研究者沿袭传统的诗歌分析研究方法对泰戈尔的诗歌、小说、戏剧、散文进行思想内容及艺术成就方面的研究。就诗歌方面来说,以《吉檀迦利》为例,诗歌中的"神秘主义"与"神"的含义,仍然是研究者关注的重点。比如陈明的《"你是天空,你也是鸟巢"——简论〈吉檀迦利〉中的神秘主义》,用诗化的语言分析泰戈尔《吉檀迦利》中的神秘色彩,认为泰戈尔诗歌中的神秘主义是体验生活后的自然流露,是对宇宙万物的亲近,是对世界的诗意把握,其中的"神"不是"有形的偶像或纯粹的抽象精神,既没有神的香火崇拜,也不存在严格的教义与律法[①]"。有学者认为《吉檀迦利》中的"神"是与印度宗教哲学中的"梵"一脉相承的,还有学者认为这个"神"是"自然、真、善、美"的化身。另外也有学者从人道主义思想来解读《吉檀迦利》,比较诗歌中的"泛爱"思想与基督教教义。另外,由于这一时期越来越多的泰戈尔孟加拉语诗歌译介过来,泰戈尔的孟加拉语格律诗得到越来越多的关注。这方面的学术成果尤以白开元的《泰戈尔诗歌格律浅谈》以及其为《泰戈尔全集》诗歌卷所写的序言为代表。

---

① 陈明:《"你是天空,你也是鸟巢"——简论〈吉檀迦利〉中的神秘主义》,《国外文学》1996年第2期。

这一时期戏剧研究也取得了突破性进展,刘安武为《泰戈尔全集》戏剧卷撰写的序言《关于泰戈尔的戏剧》一文是最为全面的解读,这篇文章首先提出应当重视泰戈尔戏剧创作在其全部文学创作中的地位与作用,从体裁、题材等方面将泰戈尔的戏剧创作进行分类并分析了泰戈尔戏剧创作的特点:"泰戈尔的戏剧创作主要是借鉴了西方的戏剧,较少继承印度本国的梵语戏剧传统。"①泰戈尔虽然较多地借鉴了西方戏剧,但是并没有拘泥于西方戏剧的形式,也没有拘泥于用某种定型的戏剧理论来指导自己的戏剧创作,而是"自由地剪裁带戏剧的故事或情节,加以发挥"②。与西方戏剧更重视戏剧冲突相比,泰戈尔的戏剧创作更重视抒情性,"几部诗剧都属于抒情叙事诗,就是纯粹散文写成的剧本,也大多根据角色的处境抒发内心的感受,既是使得对话过长影响剧情的发展"③。同时,哲理性和象征性也是泰戈尔戏剧的重要特点,"不少剧本中的人物、事物泰戈尔都赋予了某种象征或寓意或某种哲理"④。可以说这篇文章为我国研究者研究泰戈尔戏剧提供了范本。小说研究也多停留在思想内容的解读上,研究角度包括女性主义、现代性、象征主义、诗化等。对于泰戈尔散文的研究,关注较多的是泰戈尔的东西方观、文明观和民族主义思想,如石海峻的《泰戈尔眼中的东方和西方》(载《南亚研究》2002 年第 1 期)、尹锡南的硕士论文《泰戈尔的文明观及其在东西方的反响》(四川大学 2002 年硕士论文)、唐孟生和王荣珍的《泰戈尔的民族主义观念探析》(载《东方研究》2008 年)、王荣珍的硕士论文《泰戈尔的民族主义思想辨析》(北京大学 2007 年硕士论文)等。

其次,学者们运用平行研究的方法来比较研究泰戈尔的诗歌及创作思想。一种是将泰戈尔的散文诗与我国古代诗人诸如陶渊明、王维的山水田园诗进行比较;一种是将泰戈尔的散文诗、散文与我国近现代作家创

---

① 刘安武主编:《泰戈尔全集》第 16 卷,河北教育出版社 2000 年版,第 30 页。
② 同上。
③ 同上。
④ 同上。

作相比较，比如冰心、徐志摩、沈从文、许地山、舒婷等；还有一种是与国外的作家创作作比较，比如华兹华斯、惠特曼、叶芝、川端康成等。这一类的比较研究多是从作品内容的角度解读，分析泰戈尔作品与比较对象之间的相似性，相对来说停留在比较浅的层次。

第三，影响研究。这一研究方法主要运用在两个方面：一方面是其他作家对泰戈尔创作的影响；另一方面是泰戈尔对其他作家创作的影响，前者如代学田的硕士论文《借鉴与创新——泰戈尔对莎士比亚的阅读与认知》(北京大学2008年硕士论文)后者多集中在泰戈尔对我国现代诗人诗歌创作的影响如郭沫若、冰心等。郭沫若诗歌中的“泛神论”思想受到泰戈尔创作的影响这一观点已经得到普遍的认可，研究者多从郭沫若的回忆以及对比泰戈尔诗歌以及郭沫若早期创作的角度分析这一观点。对于冰心的影响，研究者多从泰戈尔《飞鸟集》对冰心的《繁星》《春水》的影响中来分析泰戈尔“泛爱思想”对冰心诗歌创作的影响。

第四，翻译研究。对于泰戈尔诗歌的翻译研究，研究者们多是通过对比不同的译本来分析翻译者的翻译策略。一种是泰戈尔英文诗集的翻译研究，如李丽的硕士论文《社会符号学关照下的〈吉檀迦利〉中译本比较》(中南大学2006年硕士论文)、张晓梅的硕士论文《从多元系统论看泰戈尔英诗汉译》(华中师范大学2008年硕士论文)。另外一种是泰戈尔孟加拉语诗歌的翻译研究，如曾琼的博士论文《重读经典：〈吉檀迦利〉翻译与接受研究》(北京大学2009年博士论文)。

第五，接受研究。研究者们致力于研究泰戈尔作品、创作思想在不同的文化语境中的接受过程，但是研究成果相对较少。具有代表性的包括雷武铃的硕士论文《泰戈尔：从印度走向西方》(北京大学1995年硕士论文)中的1913年泰戈尔获得诺贝尔文学奖前后在欧洲的接受、张锦的硕士论文《〈吉檀迦利〉在印度、欧洲和中国的接受史分析》(北京大学2006年硕士论文)、曾琼的博士论文《重读经典：〈吉檀迦利〉翻译与接受研究》(北京大学2009年博士论文)中对《吉檀迦利》在中国、印度、欧洲、美洲的接受分析以及尹锡南的专著《世界文明视野中的泰戈尔》(巴蜀书社，

2003)中对泰戈尔的文明观在中国、日本、印度、西方的接受与反向的梳理与分析。

第六,诗学研究。关于泰戈尔文学创作的诗学研究在80年代复苏期有所涉及,但内容不多。这一时期有关泰戈尔文学观、文学理论以及诗歌理论的研究得到了进一步发展。魏丽明的《泰戈尔文学起源思想探析》(载《国外文学》2002年第1期)从泰戈尔有关文学创作思想的作品出发,评介泰戈尔有关文学起源、文学表现说、结合论、人格论的思想,全面介绍并进一步分析了泰戈尔文学创作思想,是较早关注泰戈尔创作思想的文章。另外关于泰戈尔文学理论与美学思想的代表性文章还包括孟昭毅的《泰戈尔与比较文学》(载《南亚研究》1994年第1期)、宫静的《泰戈尔和谐的美学观》(载《文艺研究》1998年第3期)。在泰戈尔诗学研究方面,侯传文的研究颇有成果。据统计,1991—2009年间,侯传文发表的有关泰戈尔诗学的论文达15篇之多,其博士论文《话语转型与诗学对话——泰戈尔诗学比较研究》(四川大学2004年博士论文)更是其研究成果的总代表。侯传文的研究从泰戈尔的诗歌理论著作出发,立足印度文化文学传统,对泰戈尔诗歌创作的人格论、情味论、欢喜论、韵律论、和谐论等进行分析研究,同时将泰戈尔的诗歌理论放在比较文学的视野中,提出一些中肯的观点,推动了国内泰戈尔诗学的研究。

这一时期还出版了一些著作,这些著作介绍性质的文字居多,严格意义上的学术专著较少。其中包括介绍性的著作张光璘的《印度大诗人泰戈尔》(蓝天出版社,1993),甘海岚编著的《泰戈尔》(中国和平出版社,1996),郎芳、汉人编著的《泰戈尔》(辽海出版社,1998),魏风江的《我的老师泰戈尔》(贵州人民出版社,1998),北城的《圣地灵音:泰戈尔其人其作》(安徽文艺出版社,1999),吴文辉的《泰戈尔》(四川人民出版社,1999),侯传文的《寂园飞鸟:泰戈尔传》(河北人民出版社,1999),郝岚的《解读泰戈尔诗选》(京华出版社,2001),何乃英的《泰戈尔诗选导读》(辽宁大学出版社,2001),童一秋主编的《世界十大文豪——泰戈尔》(吉林文史出版社,2004),董友忱的《泰戈尔画传》(华文出版社,2005),李家巍的《泰戈尔》

(辽海出版社,2005),尹锡南的《发现泰戈尔:影响世界的东方诗哲》(台湾原神出版事业机构,2005)。刘卫伟编的《泰戈尔》(远方出版社,2006),王志艳的《走在印度与世界的连接线上——东方诗哲泰戈尔》(延边人民出版社,2006),刘会新编著的《东方诗圣泰戈尔》(北方妇女儿童出版社,2007),董红钧编著的《泰戈尔精读》(上海大学出版社,2009)。学术性质或资料汇编性质的著作包括张光璘主编的《中国名家论泰戈尔》(中国华侨出版社,1994),沈洪益主编的《泰戈尔谈中国》(浙江文艺出版社,2001)、孙宜学编著的《泰戈尔与中国》(河北人民出版社,2001)、《不欢而散的文化聚会——泰戈尔来华演讲及论争》(安徽教育出版社,2007)和《诗人的精神——泰戈尔在中国》(江西高校出版社,2009)、唐仁虎等主编的《泰戈尔文学作品研究》(昆仑出版社,2003)、尹锡南的《世界文明视野中的泰戈尔》(巴蜀书社,2003)、张羽的《泰戈尔与中国现代文学》(云南人民出版社,2005)、毛世昌的《印度两大史诗和泰戈尔作品中的女性人物研究》(兰州大学出版社,2009)。

另外,这一时期特别是2000年以后,有关泰戈尔的博士、硕士学位论文层出不穷,并且研究角度与方法多种多样。其中博士论文包括:张羽的《泰戈尔与中国现代文学》(东北师范大学2002年博士论文)、侯传文的《话语转型与诗学对话:泰戈尔诗学比较研究》(四川大学2005年博士论文)、李文斌的《泰戈尔美学思想研究》(华中师范大学2007年博士论文)、艾丹的《泰戈尔与五四时期的思想文化论争》(北京师范大学2008年博士论文)、曾琼的《重读经典:〈吉檀迦利〉翻译与接受研究》(北京大学2009年博士论文)、李金云的《论泰戈尔思想和文学创作中的宗教元素》(复旦大学2009年博士论文)。硕士论文包括雷武铃的《泰戈尔:从印度走向西方》(北京大学1995年硕士论文)、尹锡南的《泰戈尔的文明观及其在东西方的反响》(四川大学2002年硕士论文)、曾琼的《试论泰戈尔中篇小说中的女性形象及其思想内涵》(湘潭大学2004年硕士论文)、周骅的《论泰戈尔的象征剧》(湘潭大学2004年硕士论文)、李金云的《泰戈尔文学作品中的宗教体验》(英文,福建师范大学2005年硕士论文)、张娟的《泰戈尔与

“五四”新诗》(曲阜师范大学2005年硕士论文)、任文惠的《中国知识分子对泰戈尔来华事件的误读——以东西文化观为中心》(首都师范大学2005年硕士论文)、张锦的《〈吉檀迦利〉在印度、欧洲和中国的接受史研究》(北京大学2006年硕士论文)、李丽的《社会符号学关照下的〈吉檀迦利〉中译本比较》(中南大学2006年硕士论文)、刘溦的《泰戈尔诗歌中的湿婆形象》(北京大学2007年硕士论文)、王荣珍的《泰戈尔的民族主义思想辨析》(北京大学2007年硕士论文)、丛萍的《泰戈尔象征剧研究》(青岛大学2007年硕士论文)、郝玉芳的《泰戈尔自然诗、自然观、自然美学研究——兼与华兹华斯比较》(青岛大学2007年硕士论文)、王汝良的《泰戈尔笔下的中国形象》(青岛大学2007年硕士论文)、王坤宇的《国内〈吉檀迦利〉研究的困境及新的研究范式的垦殖》(北京语言大学2007年硕士论文)、杨斌鑫的《泰戈尔生态伦理思想研究》(蒙古文,内蒙古大学2007年硕士论文)、谭利辉的《借鉴与创新——泰戈尔对莎士比亚的阅读和认知》(北京大学2008年硕士论文)、代学田的《泰戈尔对基督教的认知》(北京大学2008年硕士论文)、王秋君的《泰戈尔诗歌中的生命美学建构》(陕西师范大学2008年硕士论文)、张晓梅的《从多元系统论看泰戈尔英诗汉译》(英文,华中师范大学2008年硕士论文)、周静的《泰戈尔与现代性——泰戈尔短篇小说中的现代性分析》(青岛大学2008年硕士论文)、董燕静的《泰戈尔来华对中国思想界的影响》(复旦大学2008年硕士论文)、宋小娟的《泰戈尔女性思想嬗变》(陕西师范大学2009年硕士论文)。

从80年代开始,北京大学创办的《东方研究》《国外文学》《印度文学研究集刊》(1—6辑)都是泰戈尔研究论文发表的重要期刊,另外《南亚研究》《外国文学评论》《东方论丛》等都多次发表泰戈尔研究的文章,推动了国内泰戈尔研究的发展。

三、问题与反思

纵观改革开放30年来的泰戈尔研究,从数量上说可谓是蔚为壮观。但通过梳理还是发现遗留的一些问题与空白:

第一,研究队伍的不稳定性。20世纪80年代的泰戈尔研究者以东方文学研究者为主,到90年代以后队伍越来越庞大,学科范围越来越广,这也造成了专业性的缺失,虽然参与泰戈尔研究的人员不少,但是专门从事泰戈尔研究的人员却屈指可数,从严格意义上来讲2000年以前国内没有泰戈尔研究的专著,2000年以后也是零星几本,这对于有着将近百年泰戈尔研究史的我国来说,不得不说是个不小的缺憾。

第二,与国际脱轨。在这30年中,对国外泰戈尔研究的译介非常少,据统计,30年中对国外的泰戈尔研究的译介仅包括任名皋翻译的苏联研究者A. A.哥尔博夫斯基撰写的《泰戈尔晚年抒情诗的某些特点》、徐坤翻译的印度学者辛格撰写的专著《泰戈尔诗歌的意象》(沈阳出版社,1992)以及董红钧翻译的印度学者S. C.圣笈多撰写的《泰戈尔评传》(原名《伟大的哨兵——罗宾德拉纳特・泰戈尔研究》)(湖南人民出版社,1984)。另外,在研究过程中所运用的材料也多以国内材料居多,而不了解国外泰戈尔研究的趋势与动态,这也造成了研究材料的高重复性。

第三,研究对象的不均衡。国内学者对于泰戈尔诗歌的研究多集中在《吉檀迦利》这部诗集,1979—2009年的30年间,有关《吉檀迦利》的论文多达64篇,而对泰戈尔的其他诗集尤其是孟加拉语诗集则缺乏研究,对泰戈尔小说、戏剧的研究成果也比较少。这主要是由于泰戈尔大部分的作品的创作语言是其母语孟加拉语,而国内懂孟加拉语的人非常少,这一方面造成泰戈尔作品译介的困难,另一方面也限定了对泰戈尔绝大多数作品的研究。

第四,泰戈尔研究与普及的失衡。泰戈尔在中国是家喻户晓,几乎伴随着中国学生的整个学习过程,泰戈尔诗歌的普及度也越来越广,相关的介绍性的著作、读物较多;相比较而言,泰戈尔研究就相对落后,研究范围的狭窄、研究方法的单一等问题比较突出。

第五,相关研究机构的缺失。对于泰戈尔这样的伟大作家,成立专门的泰戈尔研究会理应是情理之中的事情,实际上,早在1921年任教于北京大学的郑振铎先生已然创办泰戈尔研究会,并曾经引发泰戈尔译介与研究的热潮，由于多年来该机构的荒废造成了资源方面的浪费，纵观30年的泰戈尔研究，如果可以恢复这样的研究机构，无疑将更加有利于未来泰戈尔研究以及泰戈尔学在中国的发展。

综上所述，泰戈尔研究在中国乃至世界一直是经久不衰的话题，百年以来“泰戈尔自己在思想上并没有很大的变化，变化的是这个世界，更多的还有我们理解问题的角度和某些思想观念”。[①] 时代在变迁，深挖泰戈尔的创作及其思想总会给我们带来不断的惊喜，历代读者心中都有属于自己的“泰戈尔”。

① 王邦维、谭中主编：《泰戈尔与中国》，中央编译局2011年版，第4页。

突破纪德的“窄门”

由 权

安德烈·纪德(1869—1951)是法国20世纪与普鲁斯特并驾齐驱的作家,他在法国深刻地影响了几代人。这种影响既是思想上的,也是美学上的。思想上而言,他倡导的那种自由地选择个人道路、成为无可替代的自己的思想对生于20世纪初长于一战时期而后来成为法国存在主义哲学的代表人物如萨特、加缪、波伏瓦等人的启迪具有至关重要的作用。就在20年代纪德遭受法国天主教右翼势力围攻的当口,他却被誉为“时代巨人”(contemporain capital),青年的精神导师,彼时声名及影响都远远超出当时刚刚去世的普鲁斯特。法国历史学家米歇尔·维诺克将20世纪两次大战之间的时期称为“纪德时代”足以说明纪德当时在知识分子中的地位。美学方面的影响同样深远,纪德对小说的种种思考与手法上的革新尝试充满现代性,刻画人物内心复杂隐秘的世界、纹心结构、叙述视角的局限、自我书写……这些观念与手法被后来的“新小说”作家们继承并推进。毫不夸张地说,出生于20世纪前30年的法国思想界、文学界的巨擘们几乎都是在纪德的影子里成长起来的。其中熠熠生辉的名字除了上面提到的存在主义哲学家,还要加上马尔罗、罗兰·巴特,而这个名单可以列得很长。今天在法国,纪德的读者数量没有20世纪那么多,也没有那样近乎痴迷,但作为法国文学史上堪与巴尔扎克、左拉、普鲁斯特等并称的经典作家,其作品仍在不断再版并增加新内容、新评论，有些未发表的作品也被挖掘出来，至于与亲友、同行、出版人等的通信，则不断被整理出来，结集面世，每年也都有研究他的专著及(或)论文集出版。

法国甚至世界的纪德研究从其生前开始延续至今，成果斐然，涉及他的生活、思想、美学的各个侧面和全部作品，既有传统的作家作品研究，也有精神分析、文本的叙述修辞研究、互文性研究、自我书写、比较研究。

这样一位重要作家在中国的接受和研究却是一波三折。早在20年代他就已进入中国学者、作家、译者的视野中，三四十年代中国文坛还曾出现过“纪德热”。当时研究纪德最为深入的两位学者是盛澄华和张若名。但1949年之后的三十余年里，纪德研究成为禁区，只有1957年《译文》第9期上发表了一篇题为《揭穿纪德的“真诚”》的文章，还是对他的彻底否定。不仅如此，连纪德的名字都销声匿迹了。改革开放之后，情况有了改观，80年代，纪德研究开始重现，也逐渐深入，似有繁荣之势。段美乔曾在《论1940年代中国文坛的“纪德热”与知识分子的精神境遇》[①]一文中对三四十年代的“纪德热”进行了梳理研究。北塔在其《纪德在中国》[②]中，以翔实的资料介绍了纪德在中国被介绍、翻译和评论的实况，并进行了一定的考辨，但关于80年代以后纪德在中国的情况，翻译方面着墨颇多，对时至该文发表之日的译本记录详细全面，研究则涉及很少。许钧的《相通的灵魂与心灵的呼应:安德烈·纪德在中国的传播历程》[③]中也把透视焦点主要放在1949年以前对纪德的译介、接受和研究，重点介绍了张若名、卞之琳和盛澄华三人，改革开放以后同样也是概括梳理了纪德作品重译、新译的情况，而研究方面介绍十分简略，只是通过贾植芳给1999年花城出版社《访苏联归来》译本的序言侧面解释纪德由于其对苏联的态度而在中国遭受的冷遇和认识的延迟。故此，纪德研究的从热到冷又再度转暖，这一过程背后的原因虽值得探究，但前面提到的几篇文章

---

① 《徐州师范大学学报》2006年第3期。

② 《中国比较文学》2004年第2期。

③ 《江海学刊》2007年第3期。

都有一定涉及,而对于改革开放以来的纪德研究状况则尚未有人做过深入分析,所以本文会把目光更多地投向80年代以后的纪德研究,只是我们要对这一阶段的研究情况做出客观准确的判断不可能对之前的研究避而不谈,所以我们将首先概述1949年以前学者研究的成果,再对三十余年来纪德研究的总体状况做出回顾,然后进一步考察这些研究的规模、角度和深度,从中发现研究的热点与盲点,研究中的突破与尚存的问题,并探询根源及未来研究的空间。

一、两位破门者

我国对纪德的研究起步相当早,从1923年第14卷第1期《小说月报》上沈雁冰所写的"法国文坛杂讯"中纪德首度进入中国人视野,到1948年盛澄华的《纪德研究》出版,其间各种纪德作品译序及期刊上长长短短的评论介绍纪德的生平、创作,评述其宗教观、艺术观、道德观、情爱观以及政治上的所谓"转向"。当然,真正对纪德进行了最为深入的研究的则当推张若名和盛澄华。

张若名是当之无愧的中国纪德研究的开创者。她以里昂中法大学学生身份在里昂大学文学院的博士论文1930年通过答辩,1931年作为《中法大学丛书》之一在北平出版(法文)。这篇论文是她纪德研究的最高成果,之后虽有其他文章发表,但深度与规模都不及此篇,所以这里只谈这篇论文的成就。她的论文分为八章,探讨了纪德的人格演变,宗教信仰,对道德、感官事物的态度,纪德的自恋(narcissisme),象征主义美学观,古典主义以及纪德同时代人对他的评价。张若名以其对纪德作品的深刻理解、对法国文化的精通以及对法语语言艺术的特别的感受力对纪德的人格、思想、艺术观和美学观做出了在当时极有见地又颇为独到的分析。比如她开篇便极具慧眼地在纪德的人格中辨识出三种要素:道德、神秘与艺术。三者平行发展,又休戚相关,都达到了近乎完美的程度。她以精炼的语言准确概括出纪德人格三要素的关系:"道德的品格和现实的生活接触,引起纪德的焦虑和不安;艺术的品格使纪德津津乐道于这样的情感,并且促使他剖析道德戏剧的每一成分；神秘的品格使纪德遁入生命幽深的境遇，引起他的狂热，而道德的品格和艺术的品格从中汲取力量。”①接着她指出这三者的共同发展方向，起初都带着新教的色彩，之后则打上尼采式个人主义和基督教个人主义的烙印。这其实是对全文论述的总的揭示。具体而言，宗教信仰方面，张若名认为通过艺术，纪德从试图调和自由与宗教信仰转为创立自己的“宗教”，她将艺术家与神秘主义者的心理两相比较，暗示艺术对于艺术家是通往永生之路。而在道德方面，她敏锐地看到纪德在摆脱了新教道德的束缚之后，以艺术家的身份来分析道德行为，在其作品中，发现他设下的“批判性的脉络”，不断“破坏他建立起来的东西，让最后经得起考验的信仰存在”。张若名用形象的比喻来描述这种手法的运作：“由于这种手法，我们看到一部剧本的分析，就好像我们一点点解开一个复杂的结，最后发现了隐藏其中的秘密一样，换句话说，纪德迫使我们观察一种激情的解体，因为激情像一座有两个坡的山。从一边看，上坡表示激情产生到上升的阶段；从另一边看，下坡表示激情下降到解体的阶段。”②她欣赏纪德对待道德的态度，将它与尼采的态度相比，认为尼采作为道德家抨击道德，结果陷入逻辑“混乱”之中，而纪德作为艺术家来关注道德危机，却进入“天真纯朴的状态”。在对待感官事物的态度上，张若名又将纪德与普鲁斯特、波德莱尔相比，显示其超凡的独特性。普鲁斯特让感觉淹没在记忆的汪洋大海里，纪德则保持了当下的感觉的原始和纯真性；波德莱尔也凭借感觉达到奇妙的效果，但在他那里，感觉的聚集产生的是“宽泛的”效果，而纪德则让聚集的每个感觉都很独特、清晰。关于纪德的古典主义，张若名的论述也深得纪德美学的精髓，指出纪德的古典主义在于“个性与普遍性的相互渗透之中”，“调和了必然性与特殊性”。她看到纪德对浪漫派的超越，不再是不加分析的情感宣泄，而是描写人物心理全部的复杂性，通过矛盾达到的统一，是一种“充满活力的

① 张若名：《纪德的态度》，三联书店 1994 年版，第 3 页。

② 同上书，第 27 页。

平衡”。风格上,以讲究的形式表达自由的内容,“精确妍雅的笔调”赋予感情以“有章的步伐”,她还通过文本的品读,与有相同风格追求的福楼拜的作品相比,表明纪德的风格更胜一筹。受到纪德盛赞的关于自恋的一章,应该是张若名最具独创性见解的一章,她认为纪德在《那喀索斯论》里开辟了一条通往原初形式的道路之时,揭开了宇宙间相互感应的秘密:“通过内省,纪德发现了宇宙间的相互感应。”而且,“通过内省,纪德找到了作品的题材”。在塑造某个人物时,通过“非人格化”的手法,“放弃自己的意志,让位于他,站在他的角度来生活”,但有时也会摆脱他,而“使自己自由起来”。这一切都在内心的自省中完成。

在纪德作为道德家、艺术家与神秘主义者的态度中,张若名发现了三者的共同之处:纪德钟爱的福音书中的一句话(“凡要保存性命的反要失掉它,要失掉性命的反要得着它”)中体现的克己或者说自我牺牲精神。她认为这是纪德的根本态度,是纪德保持对基督的信仰的根本原因,是使他能将“对立的倾向相互碰撞”产生的不和谐“引向秩序”的唯一美德,也是他的古典主义与个人主义的要求——二者的胜利是“交织在一起”的,它们都要求放弃个性。

张若名作为中国第一位研究纪德的学者,其开创性自不待言,而论文中的很多观点都具有洞察力和启发性,论述中显示出她非凡的文学感受力及对法国文学和文化的了解。不仅如此,中国文化的背景对她理解纪德和一些观点的产生也必然潜在地起了很大作用。纪德读了这篇论文后致信感谢张若名,特别称赞了文中的某些评论,尤其是关于自恋的第五章,说自己“从来没有被别人这么透彻地理解过”,那些评论是他“很久以来所盼望的”,“以前还从来没有别人这么说过”[①]这一方面是因为纪德在其创作的前30年里,长期受到误解;而另一方面,正如乐黛云所言,“纪德之所以感到张若名对他的论述如此新颖脱俗”,“肯定与两种不同文化的交往有关”,张若名论文中“强调自省,认为‘一切都是在内心的自省中完

---

①　张若名:《纪德的态度》,三联书店1994年版,第1页。

成’;强调美好的形式,使强烈的感情保持高度的平衡;强调对立因素的共存,坚信‘克己’可以促成新的发展”,这些受到纪德欣赏的观点“都与中国文化的思维方式息息相关”[①]。而“小我”与宇宙的感应这样的观点中也可以窥视出中国传统思想的踪影。

张若名的论文得到了当时法国学术界的肯定,比如1931年,约翰·罗德斯对张若名的作品给予高度评价,他说:“我认为她有关《道德家纪德》的评论,应该列为第一流的评论文章。人们发现她的文章非常优雅、简洁、清晰而透彻,可谓一字不易。这一点即使是最挑剔的文学评论家也不能否认的。”[②]1994年张若名的这篇论文连同她之后几篇论文以《纪德的态度》为题出版,给后来国内的纪德研究开出了条条道路,成为纪德研究者绕不开的参照。

另一位纪德研究专家兼译者盛澄华是从30年代开始迷上纪德的,也是中国的纪德研究者中唯一与作家有过直接交往和持续通信的人。他在巴黎的几年通读当时出版的《纪德全集》,并做了“一千三百十三页蝇头蟹文的笔记”[③]。1948年,他的《纪德研究》由森林出版社出版,里面收录了他从1934年到1948年写的论文、译作序言、演讲稿等共九篇文字。其中,除了一篇介绍普鲁斯特,一篇论述纪德与友人创办的《新法兰西评论》对法国现代文学的影响,其余均直接评论纪德。在这些直接论述纪德的文章中,《安德烈·纪德》是他最早的写于学生时代的一篇“试作”,大略勾画了纪德的生平,又从道德、心理、艺术三方面审视纪德的作品。他说纪德最感兴趣的是“个人对自己的,以及对一种不可捉摸的力(姑名之曰神)的关系”,因此,他所有的作品都“只是一种道德问题的连续争论”。[④] 纪德一生的挣扎和不安就是要摆脱旧道德,从而“创造一种新的个人的伦理

---

① 乐黛云:《异国心灵的沟通——纪念安德烈·纪德诞生140周年》,《中国比较文学》2009年第4期。

② 约翰·罗德斯:《与里昂大学文学院中国年轻女博士的会谈》,北京政闻社,1931年11月17日,第1304—1306页,参见《纪德的态度》,第176页。

③ 盛澄华:《盛澄华谈纪德》,广西师范大学出版社2012年版,第223页。

④ 同上书,第7页。

观”,为此他要尽心竭力探究人的内心,而最适于分析内心生活的体裁是日记体,所以,纪德的作品多用日记体写成。在谈到纪德对人的内心世界进行拷问时,相较于弗洛伊德对病人的潜意识的研究,认为纪德发现了“常态生活中”更具普遍性的人性复杂、黑暗的一面。文章谈及纪德的矛盾与诚实,也谈及他个人主义的道德观和古典主义的美学观,不过,有点到为止的感觉。他在注释中也坦言,这篇文章是参考法国研究者的研究写成,“并无一己见解”。

这部论文集中最有分量也最能体现盛澄华纪德研究的水平的是为《伪币制造者》写的序言:《试论纪德》。这篇文章远远超出了一篇序言的规模,是对纪德全面深入的探究。

盛澄华的思路是通过纪德的传记和日记了解其个性,通过其文艺论文把握其美学观,通过小说戏剧看其美学观与伦理观的体现。按此思路,他将纪德一生分为四个阶段。第一阶段是《凡尔德手册》(今译《安德烈·瓦尔特手册》)经《沼泽》(今译《帕吕德》)至《地粮》(今又译《人间食粮》)的阶段,指出这一阶段纪德起初探索“诗、音乐、爱与形而上”的抽象领域,追求“灵魂难能的幸福”,而后失望苦闷,最后走向思想解放建立新的伦理观,艺术方面则是从深受象征主义影响到脱离其“卵翼”。第二阶段是从《地粮》之后一直到《田园交响乐》时期。比较前面这两个时期的作品,盛澄华说第一阶段倾向“沉思与抒情”,第二阶段则重“检讨与批评”。这一概括十分精炼地道出这两个时期作品的基本特征。他对第二阶段的小说、戏剧与论文分别论述,讨论了纪德小说偏爱第一人称的原因,人物塑造的“秘诀”,Sotie(傻剧)形式的独特与创新性,其中对《窄门》和《梵蒂冈地窖》思想价值的比较颇有个人见解。戏剧论述很简略,主要指出剧作取材希腊神话或《圣经》的特点,人物与承载的思想的关系,不过蜻蜓点水,未作展开。文艺论文中,盛澄华与张若名一样特别重视纪德对古典主义的诠释,除此之外,还介绍了《波德莱尔与法盖》和《论德国》两篇文章的主要观点。但如他所说,纪德并未建立什么体系,这几篇论文之间也就并无严格的逻辑联系,但盛澄华无疑认为纪德所说的“艺术产生于约束,成长于斗争，死于自由”是他艺术观的绝好概括，也在他个人创作中得到了实践。第三阶段其实从时间上而言与上一阶段有些重合，即纪德自传《如果种子不死》《哥丽童》（今译《柯里东》）及《伪币制造者》创作及出版时期。他着重指出前两部作品的创作与发表是纪德真诚的体现，不过把论述重心放在《伪币制造者》上，从作品构思、计划、纪德的小说观到作品的人物、主题、特殊的双重手法（即小说中写小说的手法，也即纪德所谓的“纹心结构”）、魔鬼的角色等各个方面做了深入透彻的讨论与分析，认为这部作品是“作为思想家和艺术家的纪德的最高表现”。最后一个阶段是《伪币制造者》之后的纪德，盛澄华主要分析了纪德社会尤其是政治介入的基督精神根源。

论文集中，《纪德艺术与思想的演进》是对《试论纪德》的缩写，《纪德的文艺观》则围绕纪德有关文艺说过的三句话联系中国现实，近似漫谈，而另一篇《纪德在中国》则是一份纪德在中国译介的资料。《〈新法兰西评论〉与法国现代文学》虽然不以纪德为研究对象，但纪德是这份影响深远的杂志创刊后近三十年间的灵魂，从这篇文章中我们可以理解两次大战期间被称为纪德时代的重要原因。

盛澄华基于对纪德数年的全面研读，加上亲自翻译纪德的重要作品《地粮》和《伪币制造者》（还有一些论文和《日尼微》），对纪德的思想和艺术理解体会非常透彻。他在《试论纪德》中对纪德四个创作阶段的划分也被很多后来的研究者沿用。文中有丰富的引证，十分恰当，足见他积累之功；所论涉及纪德几乎所有重要作品，论述虽然不都像《伪币制造者》这样细致展开，却都评点得当；精辟的论断频频出现，比如一开始他替纪德的“不安定”辩护，认为纪德是人类文明进程中少数质疑传统、探究新途径新理想的艺术家，不惧变，“敢以万变应不变”，他生活中的动荡与不安定正是他“力”的源泉，“正像他内心中的矛盾与错综形成他作品中的和谐与平衡”。[1] 尤为可贵的是盛澄华有自己的行文风格，语言灵动，挥洒自如，在

① 盛澄华：《盛澄华谈纪德》，广西师范大学出版社 2012 年版，第 24 页。

外国文学研究论文中并不多见。

之所以能如此，是因为盛澄华在研究中投入了巨大精力，而他能倾尽全力专攻纪德，正是出于对纪德由衷的热爱。当然，三四十年代纪德在中国并非只受到称道，恰恰相反，在《从苏联归来》被翻译成中文后，纪德受到中国左翼作家的批判。只有那个时期像张若名、盛澄华这样具有反叛精神、追求自由独立思想的知识分子才对纪德持欣赏肯定的态度。张若名和盛澄华作为纪德的“伯乐”与“知音”，为国内纪德研究确实设置了很高的起点，在之后的50年间无人超越。

二、长驱的直入

纪德研究经过30年的冰冻期，在80年代开始解冻。从数量上看，通过中国知网检索统计三十多年来各类期刊上发表的以纪德为主题的文章有八十余篇，而除去一些随笔感想和主题雷同篇幅很短的浅析文字，在外国文学类专业期刊、高校学报、其他学术刊物上发表的有一定分量的论文有三十余篇。从论文发表的时间来看，80年代有5篇，90年代8篇，2000年以后则有23篇。著作方面，张若名的《纪德的态度》于1994年首次译成中文出版，另有两部专著分别为宋敏生的《纪德的“那喀索斯情结”与自我追寻》[①]与朱静、景春雨的《纪德研究》[②]，盛澄华的《纪德研究》则在2012年以《盛澄华谈纪德》为题重新出版。

审视论文的研究对象可以将上述36篇论文分为五类：

1. 对纪德作品思想内容和艺术特点的总体介绍：共3篇，陈占元的《纪德和他的小说》[③](这是开启新时期纪德研究的第一篇)，郑克鲁的《社会的批判者——纪德小说的思想内容》[④]和《纪德小说的

① 中国社会科学出版社2010年版。
② 上海外语教育出版社2005年版。
③ 《法国研究》1984年第1期。
④ 《外国文学研究》1996年第4期。

艺术特色》[①]；

2. 对纪德某部作品的分析：共18篇，涉及的作品有《伪币制造者》(5)、《田园交响乐》(4)、《忒修斯》(2)、《如果种子不死》(2)、《新粮》(1)、《刚果之行》(3)、《沼泽》(1)。因篇数较多，不一一列举。

3. 从某一特定角度研究纪德：共5篇，有陈映红的《寻觅体验“存在”的意识——探寻纪德的轨迹》[②]，由权的《陀思妥耶夫斯基对纪德的影响》[③]，刘珂的《从〈窄门〉到〈梵蒂冈地窖〉看纪德对基督教问题的批判性思考》[④]和《神话的归宿》[⑤]，宋敏生、张新木的《艺术家的使命——论纪德的自我书写》[⑥]。

4. 比较研究：共3篇，有王文彬的《戴望舒与纪德的文学因缘》[⑦]，李晓娜的《三本访苏日记引发的思考——论本雅明、罗兰和纪德的分歧》[⑧]，黄春柳的《论纪德与马丁·杜加尔的文学交往》[⑨]。

5. 译介与接受研究：共7篇，北塔的《纪德在中国》，段美乔的《论1940年代中国文坛的“纪德热”与知识分子的精神境遇》，许钧的《相通的灵魂与心灵的呼应：安德烈·纪德在中国的传播历程》，乐黛云的《异国心灵的沟通——纪念安德烈·纪德诞生140周年》，严靖、杨联芬的《论〈从苏联归来〉在1930年代中国的译介与影响》[⑩]，严靖的《文本旅行中的情知纠结——谈戴望舒译纪德〈从苏联回来〉》[⑪]和《〈从苏联归来〉译本问题再补充》[⑫]。

---

① 《外国文学研究》1997年1期。
② 《法国研究》2001年第1期。
③ 《国外文学》2004年第4期。
④ 《国外文学》2006年第3期。
⑤ 《欧美文学论丛》第五辑，人民文学出版社，2006年。
⑥ 《当代外国文学》2010年第4期。
⑦ 《新文学史料》2003年第2期。
⑧ 《当代世界与社会主义》2003年第1期。
⑨ 《学理论》2011年第35期。
⑩ 《天津师范大学学报(社会科学版)》2012年第3期。
⑪ 《中国现代文学研究丛刊》2012年第1期。
⑫ 《中国现代文学研究丛刊》2014年第5期。

从上面列举的数字和分类情况可以看出30年来纪德研究的总体状况。单纯从大约三个十年的论文发表数字来看,研究的总体趋势是在逐渐增温,这与我国开放以来法国文学研究的总体态势是一致的。纪德这样重量级的作家成为研究的热点应是不足为奇的事,纪德作品中表现出来的现代性也与这一时期学术界的热点吻合。不过,还有一个学术以外的因素不容忽视,就是罗曼·罗兰1935年访问苏联时所写的《莫斯科日记》封存50年后公开,90年代被译成了中文出版。当年他对纪德访苏后发表的《访苏归来》(旧译《从苏联归来》或《从苏联回来》)严厉批评,中国的左翼作家们以他的立场为依据也对纪德口诛笔伐,而60年后,罗兰日记的内容恰恰印证了纪德的观感。曾经造成纪德被禁的原因如今又成了纪德复"热"的一个重要原因。

但"纪德热"却不能与加缪热、杜拉斯热或罗伯-格里耶热的程度相比。其中原因多种多样,既有国内研究界自身原因,也有纪德个人及作品特性的原因。

纪德可以说是古典作家里最现代的一位,但他不归属任何一个流派、思潮,不适合把那些带有一定公式化的语言去套用在他身上。虽然他影响了一代法国存在主义思想家和作家,却不是曾引起萨特加缪热的存在主义作家或所谓"荒诞派"作家;他在很多方面可以说是"新小说"的先驱,却并不属于什么"先锋派",对于一些热衷现代和后现代的人来说大概不够现代;他不像杜拉斯那样有过东方生活的经历,作品中找不出什么东方(此处的东方指的是远东和东南亚)的痕迹,更没有中国情人这样的形象引发无尽的想象和讨论。当然,翻译的因素也不可忽略,纪德作品虽在1949年以前已有很多译本,但已很难觅得,而八九十年代纪德作品的翻译出版还相对有限,外语专业以外的研究者对他关注很少也可想而知。

纪德作品的强烈的个人色彩,或隐或显的同性恋书写,复杂矛盾的心理特别是矛盾产生的文化根源必定也是使一些研究者却步的原因。盛澄华便说:纪德永不能是一个通俗性或通俗化的作家。的确,有多少人能理解他作品中展现的那令人窒息的对美德的狂热追求,那不顾一切甚至不近人情的彻底解放和自由,那常被提起但并无深入分析的无动机行为?纪德曾亲历的以及作品中描写的焦虑、挣扎很难在中国引起多少共鸣,就如曾受纪德影响并很早便翻译了他数部作品的卞之琳在《窄门与大道——〈窄门〉译本新版序》中就基督教的原罪写的那样:“虔诚的凡胎俗骨”“以‘赎罪’为毕生的最高理想!西方人将近二千年来竟以此为‘文明’;这对于中国悠久的文化传统的主体说来,对于我们今日辩证唯物论和历史唯物论者说来,却是咄咄怪事。”[①]纪德所有的问题和思考都有着深刻的新教的、哲学的背景,作品中这方面的影射也随处可见,而这对于很长时期里缺少这两方面知识的研究者们来说自然造成理解的困难。

所以“纪德热”规模上相对有限,在研究专著方面新时期的新成果寥寥也说明专门致力于纪德研究的人相当稀少。

三、“窄门”仍窄

如果更进一步,从这些研究的对象和角度来看,我们会发现这些年来纪德研究中有一些热点和突破,但也存在盲点与不足。

首先,对于纪德作品的总体介绍的三篇文章集中发表于八九十年代。陈占元的文章可说是新时期纪德研究的发端,功不可没。他在1949年以前就曾翻译过纪德的《妇人学校》,对纪德小说的介绍中肯。90年代以后,就某一部作品的分析是纪德研究中论文数量最多的,而且集中于几部作品,尤其是《伪币制造者》和《田园交响乐》。《伪币制造者》作为纪德创作的顶峰之作最受关注,尤其是在纪德研究逐渐回暖之时最早被深入研究,这是自然而然的事情。冯寿农的《〈伪币制造者〉的象征意蕴》[②]具有代表性,作者分析了“伪币”的多重象征含义,如违背人本能的传统价值观、伪文学,以及上帝的虚伪性等等。对这部作品的叙述方式的关注则是“热”中之热,代表性的文章有柳鸣九的《终极目标与“纹心”术——纪德

---

① 《读书》1989年第1期。

② 《外国文学研究》1994年第3期。

〈伪币制造者〉中译本序》[①]、冯寿农的《论〈伪币制造者〉的叙事美学》[②]和由权的《〈伪币制造者〉的叙述技巧》[③]。这种对作品叙述方式的关注一方面是由于纪德在这部他称之为他的"第一部小说"中实践了他自己逐渐形成的小说观,叙述方式具有创造性和前瞻性,一方面也是由于90年代正是结构主义叙述学在中国方兴未艾之时,从作品最具"文学性"的方面去审视它,对于当时的研究者颇具吸引力。由权的论文在论述中用热奈特的叙述学理论去关照描述文本的叙述特色,当然是受了当时学术趋势的影响,在这一点上也许可算是对盛澄华的《伪币制造者》研究有所发展。同一时期张新木的《论〈田园交响乐〉的叙述结构》也从叙述入手,运用了巴尔特、阿蒙、托多罗夫等人有关叙事作品结构分析的理论,以《田园交响乐》为分析对象,指出作品中既有标示叙述的形式结构,也有反映社会生活与伦理道德的逻辑结构,但论文的最终目的似乎不在于研究纪德作品却在于从特殊到一般,检验一下这些理论的可行性和局限性,如作者所言:"看看要建立一门文学叙事作品类型学是异想天开,还是切实可行。"进入21世纪之后,对作品内容和主题的分析则又在作品研究中取代了叙事分析成为主流。这时的研究者试图更多地从西方文化传统中获取解读纪德的钥匙,例如姚达兑的《基督之挚爱和爱神之爱欲间的冲突——解读纪德的〈田园交响乐〉》[④]便将作品中牧师与盲女之间的爱和心灵变化解读为基督之挚爱和爱神之爱欲间的冲突,虽然其中有可商榷之处,如认为牧师对盲女的爱是一种向希腊爱神的上升,是对绝对的美和善的追求这种观点,但文章的确提出了个人的新解。除了这两部作品被人反复探究,值得一提的是辛苒的两篇文章《纪德〈如果种子不死〉中的自我建构》[⑤]和《浪子回家——〈如果种子不死〉中的隐喻结构分析》[⑥]。前一篇借用法国

① 《世界文学》1998年第4期。
② 《外国文学评论》1994年第4期。
③ 《外国文学评论》2000年第4期。
④ 《法国研究》2009年第2期。
⑤ 《淮北师范大学学报》(哲学社会科学版)2012年都8期。
⑥ 《淮北煤炭师范学院学报》(哲学社会科学版)2010年第2期。

自传理论与美国的叙事学理论结合纪德的宗教危机和情感危机，认为纪德的《如果种子不死》是纪德力图进行自我形象建构的一次文本尝试，但作家试图建构的大胆反叛宗教伦理道德的同性恋作家形象又存在自我矛盾性，因此文本又表现出深层的自我解构。后一篇则在互文理论观照下解读《圣经》“浪子回家”故事和《如果种子不死》，将后者视为对前者的一种戏拟式写作。两篇文章都是以当代西方文论为支撑对《如果种子不死》做出解读，在对纪德的自传研究方面迈出重要的一步。

另一个研究热点是纪德在中国的译介和接受，其中对1949年以前的接受研究尤其卓有成效。我们不仅可以从这些研究中了解到翔实的译介和研究情况，还能看到诸如对“纪德热”等现象背后体现的中国知识分子境遇的分析。此外，纪德的《访苏归来》也备受关注，多位研究者对此书的译本进行考证或就此书与其他到过苏联的作家的观感进行比较。

除了以上的热点研究，一些研究纪德及其作品的文章从某一特定角度切入，具有一定突破性。我们已经说过纪德作品中充满宗教成分。张若名在其博士论文中谈及纪德的宗教信仰问题，不过她更多关注的是纪德如何从对基督教的上帝的信仰转为一种“艺术的宗教”，更重视艺术家与神秘主义者之间的相似心理的透视，而从宗教角度去研究作家的几部作品则始于刘珂的《从〈窄门〉到〈梵蒂冈地窖〉看纪德对基督教问题的批判性思考》，文章在对纪德宗教情结产生的家庭及社会历史背景和宗教思想发展轨迹进行梳理之后，对《窄门》和《梵蒂冈地窖》进行了细致的分析，从中看到纪德对新教的隐晦批评和对天主教的辛辣讽刺以及他这种批评态度下隐藏的人本主义思想。纪德对古希腊神话有着颇具其个性特征的独到阐释，创作了几部取材于希腊神话的篇幅不长的小说和戏剧，在这方面，刘珂的另一篇文章《神话的归宿》也具有一定开创性，对几部较少为中国研究者深入研究的(其中《没有缚牢的普罗米修斯》应该是首次研究)挖掘希腊神话题材的作品进行了详细的介绍和分析，侧重展现纪德在对希腊神话题材的改写上独特大胆的想象和艺术形式上的创新。此外，陈映红的《寻觅体验“存在”的意识——探寻纪德的轨迹》也另辟蹊径，从存在的角度,通过纪德的几部作品论述其认识自我、追寻真实的存在、建构体验人性多元的过程;由权的《陀思妥耶夫斯基对纪德的影响》从作家间的影响角度,论述纪德在矛盾人格的确立、宗教观的改变和小说美学观的形成等方面从陀思妥耶夫斯基那里获得的启迪与教益,借此深入理解纪德的思想和人格特征,认识其小说美学观的渊源。这是一篇影响研究,带有一点比较性,但文章重点不在陀思妥耶夫斯基而在纪德,基于的想法就是要更深入地理解纪德,不仅要阅读纪德的小说,也要阅读其文艺论文和日记、笔记,所以文中援引了很多他的日记、论文和散页中的内容作为佐证。黄春柳的《论纪德与马丁·杜加尔的文学交往》也可算是一种比较研究,在国内专门论及此二人的论文应为独一无二。论文探讨两位作家在个性特点、文学审美、创作手法等方面的差异,指出他们在文学道路上的相互扶持与影响,不过该文篇幅有限,重点也不在纪德而在马丁·杜加尔。以上论文能从独特的角度去审视纪德思想和创作的某些方面,应该说给国内纪德研究带来了新的空气。

就纪德研究专著而言,朱静和景春雨的《纪德研究》主要是对其生平及主要作品的介绍与分析,对既有研究成果进行了梳理与总结,宋敏生的《纪德的"那喀索斯情结"与自我追寻》是新时期纪德研究中比较有分量的成果。论著充分利用了国内纪德研究的成果,又在弗洛伊德、拉康等人的精神分析理论、菲力浦·勒热纳的自传理论的关照下,挖掘希腊神话中"那喀索斯"的符号意义,将作家与其主要作品并置起来研究,试图探寻作家一生"变化多端""难以捉摸"的性格产生的根源和本质,认为他的全部作品均可视为一种"自传体小说",旨在构筑一幅完美的自我形象,最终获得对自我的超越。该书的部分章节又以论文形式发表,如《析〈田园交响曲〉的失乐园原型》[①]、《追寻幸福的使命——从〈新粮〉看纪德的人道主义情怀》[②]、《艺术家的使命——论纪德的自我书写》[③]。

---

① 《法国研究》2007年第4期。
② 《法国研究》2010年第2期。
③ 《当代外国文学》2010年第4期。

综上所述,新时期纪德研究确实有一些突破,也有更多的研究者将目光投向纪德或者他的某部作品。但同时也要承认纪德研究存在冷热不均的情况。首先,就体裁而言,纪德的小说备受瞩目,传记次之,但尚有研究,而他的戏剧、日记、书信、论文集却迄今依旧门庭冷落。纪德在小说方面的成就确实最高,但他不是一个单纯的小说家,而是一个全面的作家,创作体裁多样,一些作品又很难归类,比如他影响深远的《人间食粮》,形式独特,含义丰富,语调变化多端,然而,除了里面一些广为人知的警句常被人引用之外至今没有对这部作品的深入专门研究。即使是叙事作品中,也有明显厚此薄彼的情况,《伪币制造者》《田园交响乐》《背德者》《窄门》等作品确实可做不尽的阐释,至今仍有可挖掘之处,但且不说纪德后期创作的涉及女性解放的三部曲,就连被纪德称为“傻剧”的《帕吕德》《没有缚牢的普罗米修斯》《梵蒂冈地窖》这样能够体现纪德别样风格的带有漫画性的耐人寻味的作品都很少有人问津,至于纪德的一些较短小的叙事、抒情或论说性作品,如《假先知解说》(或《朝圣者》)、《伊莎贝尔》等恐怕连书名都很少有人知道了。从研究的角度而言,纪德的矛盾人格、纪德的道德观、纪德开启现代小说先河的技巧、纪德的政治介入甚至纪德的自我书写问题被一议再议,但研究者往往注意纪德的生活与作品故事内容上的对应,多停留于文字的表面,更细致的文本分析,对文字的隐义、模棱两可的语句的敏感体察却嫌缺乏。1949 年以前的研究者处于与纪德同代的文学背景之下,对纪德的古典主义十分关注,重视他与浪漫派的区别,也寻找他象征主义的成分,当代的研究者则多关注纪德反传统的(虽然有道理)、现代性的一面,而忽略其作品中古典性、音乐性等方面的特点,即便涉及也不深入,对他作品中蕴含的深厚的文化内涵(不论是他继承还是颠覆的),没有足够的认识。

出现这些盲点和不足的原因很多,其中很重要的一点是新时期缺少像当年盛澄华、张若名那样专注于纪德研究的专家,多数论文作者只对纪德的某部作品有兴趣。这当然又与前面讲过的纪德热规模有限的原因有些重合。有的论文作者只对纪德有很粗略的了解,导致文中有时出现一些关于纪德的常识性错误。此外,一些纪德研究者的参考书雷同,比如都是国内出版的某部翻译过来的纪德传记,或者张若名的《纪德的态度》,这些研究的视野无疑十分有限,甚至在引征文献资料时,不少是转引。如果说八九十年代有关纪德的法文参考资料在国内不易找到尚可理解,而到了21世纪网络发达的时期,研究中很少利用国外纪德研究成果,而满足于既有中文资料,恐怕就不能否认避重就轻、急功近利的成分了。当然,还有一个因素也许需要指出,纪德的很多重要作品都已译成中文,有的作品甚至有几个译本,但也有很多作品尚未翻译出版,如前面提到的《没有缚牢的普罗米修斯》《那喀索斯论》《假先知解说》,其剧作、书信方面更几乎是个空白,就连纪德研究中至关重要的日记,至今也只有1911年以前的日记选译。

总结三十余年纪德研究的成果、盲点与问题,希望对于今后的研究和研究者有所启发。在既有成果之上,要做的工作还有很多,除了重要作品的新解,少有人问津的作品、作家间的比较研究大有可为,纪德所有作品里体现出的深厚的西方文化底蕴至少也为互文性研究留下了广阔的空间。

普列姆昌德研究30年

曾　琼

一

20世纪50年代后期，普列姆昌德（1880—1936）研究的重要成果主要体现在各个译本的前言或后记中。《普列姆昌德短篇小说集》（1957）的译后记较为全面地介绍了普氏的生平与创作，指出他最好的作品，无论是短篇还是长篇，主要都是“以印度农村生活为背景，以那些受着地主、高利贷者、祭司以及各种社会寄生阶级压迫剥削的淳厚的农民为主角。他对他们有深刻的了解，诚挚的同情……他是印度千千万万农民的代言人，在他之前，印度农民还没有找到一个替他们说话的文学巨匠”。[①] 严绍端为《戈丹》（1958）所写的前言《普列姆昌德》长达11页，文中首先介绍了普列姆昌德的生平和创作概况，指出在他的作品中，“悲惨的印度农民第一次以真正的主角身份出现，印度社会上长期受到歧视与凌辱的‘贱民’与寡妇也在他笔下取得了人的尊严地位”[②]，并称他为一位伟大的“人民作家”。文章接着结合普列姆昌德的创作历程和当时印度民族解放运动的三次高潮，对他

① 普列姆昌德：《普列姆昌德短篇小说集》，袁丁译，人民文学出版社1957年版，第228页。

② 普列姆昌德：《戈丹》，严绍端译，人民文学出版社1958年版，第1页。

的重要作品如短篇小说集《热爱祖国》、剧本《斗争》、长篇小说《仁爱道院》、《一串项链》(前言中译为《盗用公款》)、《舞台》等分别进行了介绍,并在此基础上分析了《戈丹》中的何利、丹妮娅、莱易老爷、西里雅等主要人物形象,指出:"《戈丹》是印度农村生活的一部史诗,在这部小说里,作者以精炼、朴素的语言,描绘出三十年代印度农村的一幅阴暗悲惨的画图。"[1]这篇前言还提出,普列姆昌德早期的改良主义思想造成了他创作中的局限性,因此他在处理小说中体现出来的矛盾时,采用了理想化的方法。但在《戈丹》中,这种影响已经变得很淡薄,他已经显现出要突破早期"非暴力抵抗"斗争的倾向,对何利结局的处理也更符合现实、更成功。因此,《戈丹》无论是从思想性上还是从艺术性来看,都是普列姆昌德一生创作的高峰。这篇前言对普列姆昌德生平与创作的概括都比较准确,对其作品的分析和评价虽然带有一定的阶级反映论色彩,但并无特别牵强之处。对于《戈丹》的评价,尤其是肯定它对印度农村生活的表现,是十分恰当的。严绍端在长篇小说《妮摩拉》(1959)的译本前言中再次指出,普列姆昌德的作品题材广泛,但"在他的作品中出现最多,也是他怀着最深厚的同情去描写的人物,是印度的农民、'贱民'和妇女"[2],文章还结合对印度社会传统妇女观的分析,讨论了《妮摩拉》中的几个主要女性形象,指出小说通过描绘一个印度少女悲惨的一生,有力地抨击了不自主的婚姻和不合理的妆奁制度。

综合来看,我国早期的译者和学界都已认识到普列姆昌德小说创作中的现实主义特点和他在创作中对印度农民、妇女、贱民的现实表现,并对此予以了高度且比较恰当的评价。在普列姆昌德早期的汉译和研究中,严绍端是一位值得注意的人物。我国早期的印地语汉译工作中,懂得印地语的专业人才非常少,严绍端是这些稀缺人才中的一位。他是一位印度华侨,在1949年中华人民共和国成立后怀着对祖国的满腔热情携妻

---

① 普列姆昌德:《戈丹》,严绍端译,人民文学出版社1958年版,第10页。
② 普列姆昌德:《妮摩拉》,索纳译,人民文学出版社1959年版,第2页。

带子回国。据他的妻子施竹筠在《重读〈戈丹〉忆绍端》[1]中回忆，严绍端在回国之前考虑到在国内通晓英语的人较多，而掌握印地语的人极少，因此学会了印地语，并把普列姆昌德的代表作《戈丹》读了两遍，就其中的方言土语和疑难之处请教了印度朋友，并作了笔记。回国后他白天上班工作，晚上翻译此书，1959年，由他翻译的《戈丹》由人民文学出版社出版。这个译本文笔流畅，可读性极强，曾重印再版多次，至今仍在读者中具有较高的影响力。这不能不归结于他对译文原文和作者思想的准确把握，以及对汉语译文的精心制作。此外，他也是我国早期介绍和研究普列姆昌德的主力，早在1955年第4期《译文》杂志上，他就发表过介绍普列姆昌德的文章，其中普氏思想和作品的评介，虽然不免带有当时的时代特征，但整体来看，都是比较恰当的。实际上在整个印度近现代文学的汉译方面，严绍端在建国初期做了不少非常具有价值的工作。他1953年回国时33岁，正是年富力强，本可以在印地语文学翻译研究领域做出更多的成绩。可惜的是，这样一位富有才华的印地语翻译和研究人才，仍无法幸免于“文革”的残害而在1970年早早辞世，实在令人惋惜。

二

新时期来临之后，从20世纪80年代开始，我国的普列姆昌德研究成果逐渐增多，研究领域和视角也呈现多元发展的局面，我国的普氏研究，在这个时期开始真正走向深入的学术研究。这个时期初期，为纪念普列姆昌德逝世50周年，1986年在广州召开的“普列姆昌德和印度现实主义文学研讨会”既是对我国刚开展不久的普氏研究成果的总结，也对之后的研究产生了非常积极的推动作用。1988年外文出版社还将我国比较突出的普列姆昌德研究成果译为印地语，结集为《中国批评家眼中的普列姆昌德》出版。

新时期的普列姆昌德汉译与研究，与我国著名印地语学者、北京大学

---

[1] 《读书》1980年第11期。

资深教授刘安武密切联系在一起。刘安武长期从事印地语文学的研究,20世纪70年代末以来,他发表了一系列研究普列姆昌德的成果,其中主要的论文有:《试论普列姆昌德的短篇小说》[①]、《丰富多彩的生活画卷——普列姆昌德短篇小说题材》[②]、《普列姆昌德和鲁迅的短篇小说创作》[③]、《普列姆昌德与鲁迅》[④]、《留得清白在人间——谈普列姆昌德的几篇小说》[⑤]、《普列姆昌德的文艺观》[⑥]等。此外还有两部研究专著:《普列姆昌德和他的小说》[⑦]和《普列姆昌德评传》[⑧]。关于自己对普列姆昌德的翻译和研究,刘安武曾在《普列姆昌德评传》中回忆:

> 笔者自接触他的作品40多年来,特别是50年代在印度留学的几年里,不仅和老师讨论过他的作品,而且参观过他在农村中的故居,访问过他故居的四邻,在文学集会上会见过《拿笔的战士》的作者、普列姆昌德的次子阿姆利德·拉耶。笔者对这位热爱印度人民、忠于自己的祖国和对中国受日本侵略深表同情的杰出作家深怀敬意。
>
> 改革开放的年代,笔者和其他同行一道,也翻译和介绍了这位杰出作家的一些作品,也写过评论他的文章,也撰写过几种文学史中有关介绍他的章节。[⑨]

从这段文字可以看出,刘安武对普列姆昌德的研究有着长期的学术积累、扎实的语言基础、可靠的第一手材料和高度的学术热情。《印度印地语文学史》中"普列姆昌德"一节收集和反映了刘安武1984年之前对普

---

① 《东方研究》文学专号1979年10月。
② 《国外文学》1981年第1期。
③ 《中国比较文学》1988年第2期。
④ 《中国比较文学》1990年第2期。
⑤ 《国外文学》1995年第4期。
⑥ 《印度文学研究集刊》(第三辑)上海:上海译文出版社,1997年。
⑦ 北京出版社1992年版。
⑧ 中国国际广播出版社1999年版。
⑨ 刘安武:《普列姆昌德评传》,中国国际广播出版社1999年版,第507页。

氏研究的成果。他将普列姆昌德三十多年的创作生涯分为了三个时期，并在论述印地语小说传统的基础上指出："不是其他作家给普列姆昌德开辟了道路，而正是普列姆昌德为其他作家开辟了广阔的道路。"[①]在综述其整体创作的基础上，刘安武对普氏重要的长篇均进行了分析，指出《服务院》标志着普氏创作进入成熟阶段，从《博爱新村》（即《仁爱道院》）开始，普氏在作品中全面地表现了农村的面貌。普列姆昌德作为广大农民的代言人，对农民的同情、为农民的呼喊，以及反封建的倾向在这部作品中从早期的初露端倪演变成了一股激流。《舞台》《妮摩拉》《圣洁的土地》各有特色。《戈丹》是普氏最成功的作品，是印度农村的史诗。它为普氏奠定了今天的崇高地位，其不足在于缺乏对印度30年代英国殖民统治的表现。刘安武还对普氏的短篇小说进行了分析，他将普氏的长篇小说按题材分为九类，并逐类结合代表作品予以论述，指出从写作技巧来说，短篇在人物刻画、情节和故事的剪裁等方面和长篇一样成功。短篇中还运用了对比、夸张、讽刺、白描等手法，语言朴实流畅、优美生动，这足以说明普氏是印地语文学的语言大师。此外，刘安武还对普氏的文艺观以及他对日本侵略中国行为的谴责等均进行了介绍。刘安武对普列姆昌德的研究涵盖了各个方面，难能可贵的是，他并没有因为自己对普列姆昌德的喜爱而刻意抬高普氏的地位，如对于普氏"小说之王"的称号，他指出，在印地语文学中普氏当之无愧，但在整个印度文学中，普氏与泰戈尔、萨拉特究竟谁更胜一筹值得认真研究。

1999年出版的《普列姆昌德评传》是刘安武普列姆昌德研究的又一集中体现，也是我国印度文学研究的一项重要成果。这部35万字的大作结合普氏的生平经历，对他在不同时期、不同创作阶段的大量作品进行了细读和论述。全书以纵向的时间为线，以重要作品为点，布局清晰明了，解读详细到位，分析客观中肯，对于一些存有争议的论断，作者往往引用多种材料，以求在不同观点的论争中对问题进行深入分析。这部著作充

---

① 刘安武：《印度印地语文学史》，北京：人民文学出版社，第269页。

分展现了刘安武对普列姆昌德及其作品的深刻理解和把握,以及他对印度文学文化、东方文学文化的理解和思考,同时也再次体现了刘安武一以贯之的踏实、严谨的学术作风。在新时期普氏研究中,有一项重要成果,即普列姆昌德次子所写的《普列姆昌德传》的翻译。这部普列姆昌德传包含了大量的第一手资料,以具有文学倾向的笔调展现了普氏及其作品。它的一大特色在于在行文中频繁夹杂引用普氏的作品以及文章来说明问题,它为我国的普氏研究提供了非常宝贵的资料。刘安武的《评传》与这部传记相比,其特点在于全书的条理更为清晰,更符合中国读者的阅读习惯,学术性也更强。刘安武在《评传》后记中写道,他在写作《文学史》时,曾"努力避免之前以阶级斗争为纲的影响",在写作《普列姆昌德和他的小说》(1987)时,"也想避免用改良、改良主义思想来分析和评价其作品"。在《评传》中,他对这些问题进行了改正,但总觉得还可以再进一步探讨。这表明了刘安武的普列姆昌德研究一直在与时俱进地深化,他对自身所作研究的不断思考,更体现了一个严肃的学者对待学术研究所应有的科学、严谨的态度,在当今日渐浮躁的学术氛围中,尤显可贵。

三

综合起来看,我国新时期的普列姆昌德研究主要针对的是他的短篇、长篇小说,研究内容包括对小说人物形象的关注、对普氏及其作品与中国作家作品的比较研究、对文艺观的评介以及对他文学创作脉络的整体考察。

短篇小说研究的代表性成果以刘安武的研究为代表,前文已经论述。在长篇小说的研究中,对《戈丹》的论述最多。新时期前期的研究成果基本上是以对《戈丹》的全面论述为主,例如金易的《试论普列姆昌德的〈戈丹〉》[①]和《三十年代印度农村生活的史诗——〈戈丹〉》[②],冯金辛的《〈戈

---

① 《吉首大学学报》(社会科学版)1983年第1期。

② 《外国文学研究》1983年第4期。

丹〉——一部写几亿人的巨著》[①],陈伯通、黎跃进的《〈戈丹〉——印度农村的生动图画》[②],这几篇文章均对《戈丹》的创作背景、故事情节进行了论述,并对其中的主要人物形象如何利、丹妮娅进行了分析,指出了何利的可怜、丹妮娅的可贵;均指出《戈丹》是当时印度农村的史诗,反映了印度农村的社会生活。有的文章在论述中仍带有阶级论的色彩,这一点在今天看来是需要甄别的。甘章贞的《命途多舛 归宿殊异——〈故乡〉与〈戈丹〉比较之联想》[③]将《戈丹》与朝鲜著名作家李箕永的代表作《故乡》进行了比较,指出从故事情节看两部小说主要人物的命运起初几乎是相同的,但两位作者对他们的归宿或后来的生活道路的安排却是不尽相同。但文章对两部作品的评价带有比较明显的受政治阶级论影响的痕迹,因此影响了这篇文章的学术评断。彭端智的《〈戈丹〉和印度近现代文学》[④]是前期研究中比较独特也比较重要的一篇成果,文章将《戈丹》置于印度现代文学史的大背景下进行考察,比较了它与泰戈尔《沉船》的不同,认为从印度文学发展史这个宏观的角度来说,《戈丹》具有里程碑的意义。在艺术技巧方面,《戈丹》也表现出了与古典印度故事文学的显著不同,它完成了印度小说从近代文学开始的转折,表现了艺术技巧的现代化。

在《戈丹》之外,学界还有几篇文章对《舞台》《圣洁的土地》《仁爱道院》《妮摩拉》进行了分析,其中吴文煇的两篇文章《试论普列姆·昌德的〈舞台〉》[⑤]和《管窥普列姆昌德的〈舞台〉》[⑥]是值得注意的两篇文章。前一篇文章对《舞台》的书名翻译进行了推敲和分析,提出了自己的意见。关于这部小说书名究竟该如何翻译暂且不论,文章对这个问题进行探讨本身显示出我国学界在普列姆昌德作品的翻译上有了深度的发展,出现了争鸣的现象,这也体现出我国印地语文学翻译研究事业的进步。后一篇

---

① 《国外文学》1983年第1期。

② 《上海师范大学学报》(哲学社会科学版)1983年第2期。

③ 《国外文学》1990年第2期。

④ 《华中师范大学学报》(哲社版)1987年第5期。

⑤ 《中山大学学报》(哲学社会科学版)1983年第1期。

⑥ 《印度文学研究集刊》第一辑,上海译文出版社,1984年。

文章对《舞台》在文学史上的地位、主要人物、思想观点进行了分析。较为可贵的是,在对普列姆昌德思想的分析中,文章结合了印度的社会、文化背景,指出普列姆昌德的世界观来自于印度农民,因此其中的进步和落后因素反映出了印度农民思想的优点和弱点。与学界一部分惯于运用阶级分析论、批评普氏改良主义倾向的成果比起来,这篇文章的批评显示出文学批评的独立性。

对普列姆昌德笔下人物形象的研究主要集中在对其中女性形象的分析上,但总的来看这方面的成果有限,比较主要的文章有黎跃进的《封建樊篱囚人死,大师笔下寄深情——〈妮摩拉〉和〈祝福〉的比较》①、苏印环的《印度妇女在普列姆昌德小说中的形象》②、张德福的《普列姆昌德小说中的女性人物形象》③、赖志明的《印度妇女的哀歌——浅论〈丧宴〉的思想性》④,还有一些东方文学的硕士研究生以对普列姆昌德笔下女性形象的研究为主题撰写了硕士学位论文。这些成果的优点在于都是结合文本对小说中主要的女性形象进行了分析,指出了普列姆昌德在其文学作品中替被压迫被剥削的广大劳动妇女喊出了强有力的呼声,对她们表示了极大的同情。不足则在于对这个问题的研究并没有随着普氏研究的深入而有所发展,大部分的批评在形象内涵的发掘、与传统文化的联系以及理论的自觉上还不够,研究深度还有待开掘。此外,近年来值得一提的另一篇文章是王春景的《普列姆昌德笔下的英国人》⑤。文章指出普列姆昌德小说中出现的为数很少的英国人形象一般都带有粗暴、专制、非人性的特征,英国人作为"他者"在普列姆昌德笔下被局限于政治意识形态层面,这反映了普氏强烈的民族意识与情感,也是他重塑印度自我形象的一面镜子。这类问题的论述在普氏研究中比较少,该篇文章对此进行的分析以

---

① 《吉首大学学报》(社会科学版)1983年第1期。

② 《南亚研究》1983年第2期。

③ 《南亚研究》1997年第1期。

④ 《广州师院学报》(社会科学版)1999年第6期。

⑤ 《南亚研究》2004年第2期。

文本为基础又融合了文化批评的眼光，显示了普氏研究的新动向。

普列姆昌德与鲁迅的比较是我国学界对其进行比较研究的重要方面。就真正的研究来说，刘安武的《普列姆昌德和鲁迅的小说创作》(1988)一文是这一课题研究的滥觞。文章指出，尽管普氏和鲁迅并无实际接触和交集，但他们作为各自时代的代言人，同为批判现实主义作家，在创作方法、创作内容上都有可比之处。在阐明了可比性的基础之上，文章指出从创作经历来看，两位文学巨匠走上创作的道路，是时代对他们的召唤；从人物形象的刻画来看，两人均在短篇小说中刻画了农民、妇女、知识分子形象，但两人对待这些形象的态度各有不同；在表现内容上，文章认为二者的短篇小说都继承了各自民族的传统而又吸收了西方的表现形式，但它们的内容却是取自各自民族的生活，带有各自鲜明的民族特色。作为这一课题的初始，这篇文章解决了对普氏与鲁迅两位作家进行平行研究的可能性问题，文章所选取的研究角度也合适，但在文化分析方面还有可进一步展开的余地。刘登东的《普列姆昌德与鲁迅小说比较谈》①认为普列姆昌德与鲁迅不仅所处时代相同，精神相近，而且有相似的经历，受相似的外国进步思潮影响和民族文化的熏陶，都是伟大的现实主义作家。文章比较二人的创作并指出了共同点，但仍失之表面化。王晓丹的《普列姆昌德和鲁迅》②从分析普氏和鲁迅的文学观的异同入手，指出二者的基本点是相同的，即都认为文学是为人生、为社会的。但具体来看普氏认为文学首先应该是起到净化人的心灵的作用，文学应该用善与美启迪人性中的神性，即善的一面，而鲁迅则只在早期有类似观点，之后他认为文学的重点不应该是赞颂，而应该是揭露。文章从二者文学观的异同引申出他们在作品中所用的创作手法的异同，并指出普氏作品中总有一个理想人物，而鲁迅小说中则没有这种理想色彩，主人公大多数精神麻木，清醒者也只有无路可走的痛苦。文章条分缕析，对普氏与鲁迅创作异

---

① 《重庆师院学报》(哲学社会科学版)1990年第4期。

② 《南亚研究》1991年第1期。

同点的分析从文艺观出发,切中肯綮,是同时期成果的代表。王春景的《普列姆昌德和鲁迅笔下的农民形象》[1]集中分析了二者笔下农民形象的不同,指出了普列姆昌德对农民充满了同情,鲁迅则采用了较为理性的批判的立场,而不仅是对农民的同情。在将普列姆昌德与中国之外的作家的比较方面,成果非常少。目前仅有一篇将他的短篇小说与莫泊桑比较的文章,以及一篇将他与孟加拉语作家毗菩提·菩山比较的文章。

刘安武、唐仁虎翻译的《普列姆昌德论文学》(1987)是研究普列姆昌德文艺观的重要材料。1989年,刘安武又发表了《普列姆昌德的文艺观》[2],对普氏的文艺观进行了整体的评介。文章论述的普列姆昌德文艺观范围包括:文学和生活的关系、文学的作用和目的、关于小说的创作、作家的美学观和职责,其中对文学的作用和目的进行了详细的解释,指出"理想主义的现实主义"是普列姆昌德自己提出来的,对这个观点不能武断地否定。文章还指出普氏的文艺观是与他的创作紧密联合在一起的,因此文学理论也是普列姆昌德的一面镜子。

对普氏文学创作脉络的整体研究包括对他整个文学创作的论述和对他的创作思想的考察。金易的《印度文苑的一轮明月——试论普列姆昌德的创作》[3]是一篇综述性长文,在当时有一定的普及意义。刘登东的《论普列姆昌德小说创作的特色》[4]认为普氏小说创作的特色主要表现在"理想主义者的现实主义"的破产、题材空前广泛多样、质朴风格中灌注着激情、思想的深刻性逐渐发展这四个方面。黄超美的《普列姆昌德创作的二重组合》[5]认为,普列姆昌德的创作在宏观的层面上始终站在印度教传统文明一边,表现了对传统文明强烈的维护意识;但在东西方文明的冲突中,普氏在微观上又对传统中的陋习加以了批判,他对于现代社会的理想

---

① 《南亚研究》2005年增刊。
② 《国外文学》1989年第2期。
③ 《零陵学院学报》1985年第1期。
④ 《重庆师院学报》(哲学社会科学版)2003年第1期。
⑤ 《外国文学评论》1989年第3期。

是回归到永恒的乡村世界。文章认为普列姆昌德的进步与保守,积极与落后,构成了他两个相互关联、难以分解的二重组合。这种在东西方文明冲突中考察普列姆昌德创作的角度,有益于开拓当时普列姆昌德研究的视角。王晓丹的《论普列姆昌德的文学观和创作实践》[①]从分析普氏的文学观入手,指出他赞成的是"把理想主义和现实主义揉合在一起的作品",他的现实主义是"理想主义者的现实主义",他所遵循的文学原则是"印度古代文学的理想原则",并在此基础上考察了普氏关于文学的论述及其具有代表性的几部长篇小说《服务院》《仁爱道院》《舞台》和《戈丹》,普氏在每一部小说中都塑造一个典范人物或描述一种理想的性格,这些人物都带有他的人生观的特征,同时也具有浓烈的时代特征。这种时代特点使他的作品贴近现实,避免了单纯描述乌托邦的倾向。但在他生命的最后一刻,也就是在《戈拉》中,他与他的理想主义原则决裂了。文章结合理论和作品,让人信服。王燕的《普列姆昌德创作思想散论》[②]主要探讨了普氏通过作品表露的社会政治理想,认为他的社会政治理想肇源于对传统文明方式及其伦理规范的选择和认同,表现为对近代工业文明及其思想观念的拒斥和否定,其终极归宿是宗法制的农业村社乌托邦,并提出从人类历史发展和社会进步的角度来看,这种社会政治理想的积极进步意义相当有限。

黎跃进的《普列姆昌德在中国:译介、研究与影响》[③]是新时期普列姆昌德研究中一篇重要的综论文章,对1953年以来的普列姆昌德汉译、研究情况进行了总结和分析。文章从接受与期待视野的角度,从文化心理层面上对普列姆昌德作品在中国的译介进行了剖析,指出我国50年代中后期和80年代两次普列姆昌德译介高潮与我国的现实社会文化相关。第一次高潮与当时紧随苏联"老大哥"和亚非国家团结合作有关,第二次高潮与改革开放下的多元化文化格局有关。对于我国20世纪80年代以

① 《南亚研究》1990年第3期。

② 《铁道师院学报》1996年第3期。

③ 见《印度文学文化论》,北京大学出版社2000年版。

来的普列姆昌德研究,文章总结出两个主要的存有争议的问题并加以分析,含蓄地指出,学界关于现实主义和理想主义的论争,需要明确一点,即现实主义与表现理想并不是截然对立的,这体现出文章对"现实主义"创作手法内在精神的深入理解;文章认为,对普列姆昌德创作的思想倾向、文化内涵及其评价的五种不同观点,体现了我国对普氏思想意义的研究从社会阐释到文化分析视角的转换,从单向认识到多向把握,从静态理解到动态分析的过程,这也是更加接近研究对象本来面目的过程。对于普列姆昌德创作价值评价的分歧,文章强调文学批评必须尊重真实性与感染力的标准,对从概念出发的公式化演绎提出了批评。对于我国目前的普列姆昌德研究,文章指出在普氏创作的艺术审美研究、普氏小说与印度古典文学美学的关系研究、普氏创作与西方文学及中国的关系研究几个方面尚存不足,并对中国乡土作家浩然和刘绍棠接受普氏影响问题做了分析。这篇文章在对我国普列姆昌德译介与研究情况有充分了解的基础上展开,并在印度以及东方文学的背景下,结合我国文学实际情况进行分析,具有客观中肯的视角,是对我国普氏研究的一个较好的总结和评价。

新时期话语中的卡夫卡

任卫东

接受史研究,不仅是收集和叠加接受材料,而且是要对材料进行分析,展示接受状况。更重要的是,从政治、社会、文化和文学等角度考察接受视野,把接受材料置于历史上各种话语交织成的网络关联点上,探究其所有现象背后的原因。

20 世纪 70 年代末以来,中国文学的发展,与颇受争议的西方现代派文学的影响密不可分。对西方现代派文学的接受,从一开始就伴随着激烈的争论,因为,西方现代派文学当时并没有被看成是纯文学现象,而是被当作与马克思主义和社会主义现实主义文学背道而驰的资本主义文学潮流。因此,争论的焦点是,我们可以在多大程度上接受现代派文学,前提是,不要让我们的社会主义文学和中国读者受到现代派文学颓废、悲观思想的影响。

作为西方现代派文学的代表性作家,卡夫卡在中国的接受,是与现代派文学在中国的接受紧紧联系在一起的。从一开始,卡夫卡(1883—1924)研究就受到政治和意识形态因素的巨大影响:最早,卡夫卡是为了体现思想解放和意识形态宽松而被介绍到中国来的。从此以后,卡夫卡研究在中国的命运就与政治形势密不可分了,确切地说,是不断受到政治形势的影响,每一次政治运动中,卡夫卡都会受到冲击。因此,管中窥豹,卡夫卡研究在中国起起落落的发展走向,一定程度上折射出西方现代派文学在中国的历程。

一、荒诞的开始

早在20世纪60年代初,中国就已经开始了对卡夫卡作品的翻译工作,但是,这对接受史研究却是一个棘手的问题。因为,从政治上说,卡夫卡在当时被看做资产阶级颓废文学的典型代表,是所谓的"反面教员",而从接受史上看,当时的翻译工作,又已经为以后的接受打下了一定的基础。关于这种政治与文学的矛盾,当时的译者之一李文俊后来说:我通过英国作家威斯坦·休·奥登了解了卡夫卡。在他的创作中,我发现了许多对我们来说全新和独特之处。我认为,有必要把卡夫卡介绍给中国读者。我希望,这能有助于我的同事们扩大视野。但是,当时中国的形式不允许翻译和出版卡夫卡的作品。于是,在我的建议下,印刷了一本"黄皮书",作为"反面教材"内部发行。①

所谓"黄皮书",是指1964年在中国大陆出版的第一本卡夫卡作品中译本,由当时上海的新文艺出版社出版,书名为《审判及其它》,因封皮是黄色被称为黄皮书。出版黄皮书的目的是,吸取苏联变修的教训。也就是说,为了更好地与帝国主义作斗争,防止中国出现修正主义,我们必须首先更好地了解西方。因此,社科院外文所接受任务,编写一套题为《当代文艺理论史》的系列丛书,旨在更多地了解西方文化。卡夫卡的长篇小说《审判》和其他短篇小说的中译本,就是在这种背景下产生的。

简而言之,60年代初期卡夫卡的翻译和接受,并不意味着意识形态的松动,恰恰相反,它是加强意识形态控制的产物。出于政治和意识形态的需要,卡夫卡作为西方颓废文学的代表和资本主义腐朽堕落的象征被引入中国,所以,中国接受者对卡夫卡的态度,早已由当时的文化政策所决定。这就导致了,当时的卡夫卡接受,更多是政治行为,而不是文学行

---

① 转引自杨武能:《卡夫卡和德国文学在中国接受的演变》,《新旧之争——第七届国际日尔曼学者大会论文集》(*Kontroversen, alte und neue*),哥廷根1985年版,第9册,第67页。

为。另外，所搜集到的材料显示，当时的卡夫卡接受，几乎仅限于作品翻译，还没有真正意义上的文学研究，没有中国文学研究者的评论文章，只发表了为数极少的国外研究者的文章，而且主要是马克思主义文学理论家，如扎东斯基、加洛蒂、库雷拉等。

然而，即便是这样的萌芽，也很快夭折了。几年后爆发的“文化大革命”结束了一切卡夫卡翻译和介绍工作。尽管这些工作对普通读者没有产生较大的影响，但是，它毕竟迈出了卡夫卡接受的第一步：中国的文学工作者们知道了卡夫卡的名字。而且，从此之后，卡夫卡被打上了颓废的烙印，对后来的接受产生了持久的影响。

二、艰难的重新起步

十多年之后，直到“文化大革命”结束，卡夫卡接受才重新开始。随着中国改革开放，通往世界文学的大门也被打开了。经历了三十多年封闭和停滞的中国文学，迫切需要与世界文学的发展趋势接轨。在这种背景下，国外文学被大量翻译，特别是第二次世界大战后迅速发展的西方现代文学、哲学和美学。萨特、弗洛伊德、尼采等人的名字在中国知识分子中家喻户晓。卡夫卡则是对中国产生了巨大影响的西方现代派作家之一。

不过，重新开始的卡夫卡接受和研究，也并非真正意义上的文学事件，很大程度上还是一种政治需求，也就是说，卡夫卡的接受，应该是意识形态解放和打破禁忌束缚的象征。为了表明，必须克服极“左”路线和僵化教条的影响，从而真正实现意识形态的解放，掀开中国历史新的一页，“人们有意识地弥补以往忽略的东西……几年前还被视为‘颓废’而被拒之门外的西方现代派文学，现在成为时髦。它像一颗‘禁果’一样，对许多文学工作者和好奇的读者、特别是年轻人，产生了巨大的吸引力。其中卡夫卡尤为突出”①。

---

① 转引自杨武能：《卡夫卡和德国文学在中国接受的演变》，《新旧之争——第七届国际日尔曼学者大会论文集》(*Kontroversen, alte und neue*)，哥廷根 1985 年版，第 9 册，第 68 页。

标志着卡夫卡接受重新开始的，是拥有巨大影响力的《世界文学》杂志1979年第1期重新发表了李文俊十多年前翻译的《变形记》，以及丁方和施文为此撰写的、并对以后的卡夫卡研究有着决定性影响的评论文章《卡夫卡及其作品》。这具有划时代意义的一步，在中国掀起了一阵“卡夫卡浪潮”。在接下来的三四年间，出现了人们以前做梦都想不到的、数量极大的卡夫卡作品中译本和评论文章。这种现象一方面令人振奋和鼓舞；另一方面，人们又不得对这些如雨后春笋般突然出现的研究者们产生怀疑。实际上，这里已经隐藏着后来在卡夫卡研究中逐渐显现的一些问题的萌芽，即肤浅和缺乏科学性。

在我国第一篇卡夫卡评论中，就已经显现出一种模式，即强调作品内容与其产生的背景和资本主义社会之间的因果关系。这种模式，不断出现在以后的许多评论中。这种评论模式，也曾是我国文学批评的一种习惯性传统。面对文学作品，人们首先关心的是作者的生平和阶级出身，以及作品产生的社会历史背景，然后，把这些信息与作品解释成简单的因果关系，也就是说，把作品解释成上述各种因素的反映和结果。

卡夫卡在中国接受史的第一阶段中，这种僵化的反映论在很大程度上占据着主导地位，以至于妨碍了其他评论视角和可能性。单一的社会批判，具体说是资本主义社会批判的视角，很大程度上阻碍了具体的文本分析。人们想当然地认为，社会批判是卡夫卡作品中的主题，由此又产生了对西方卡夫卡研究的批评，因为，当时我国对卡夫卡的态度是非常矛盾的：一方面，人们试图把一名被西方公认的现代派经典作家介绍给中国读者；另一方面，从文化政策的角度出发，只有那些能经受意识形态考验的作家，才能被介绍到中国来。也就是说，如果要想让中国的读者读到卡夫卡的作品，那它就必须具有社会批判性，而西方的卡夫卡研究没有强调这一点，所以就必须受到批评，以便卡夫卡能被顺利地介绍给中国读者。

过分强调卡夫卡作品中的社会批判意义，其原因在于，一方面，社会批判一直以来都在我国的文学批评中占绝对的主导地位，因而在“文革”结束后的前几年中仍然畅通无阻。另一方面，中国的文学研究者在与世隔绝几十年之后，一时还很难接受西方的文学研究方式。种种原因决定了，在这个阶段，我国的研究者只能把文学作品理解成是对现实的模仿，将作品的意义简化成对时代的反映和批判。于是，卡夫卡的作品成了那个时代的档案记载，是哈布斯堡王朝社会现实的一面镜子，是对奥匈帝国黑暗社会的揭露。这种做法，使人们忽视了卡夫卡作品的美学功能和认识功能，从而无法解释，为什么在奥匈帝国早已灭亡、在卡夫卡生活和写作的时代早已过去、在社会现实早已发生了巨变的今天，人们仍然感兴趣。因为，文学作品的生命力不在于它体现了时代精神或反映了某个时期的现实，恰恰相反，使文学作品具有永恒生命力的，是其超越时空界限的意义内涵。

与反映论的解释方法相伴而生的，是实证主义倾向。作者往往被看做作品意义的源头。这个时期，几乎所有研究卡夫卡作品的评论文章，都会从作者的生平入手。丁方、施文在上面提到过的他们那篇文章中就明确说，大多数卡夫卡作品中的主人公，都具有强烈的作者本人特点。作品中主人公的弱点，就是作者本人的弱点，并能在卡夫卡的日记和书信中找到证明。

这样，卡夫卡的生活和作品被解释成因果关系并紧紧联系在一起。这种仅仅从作者的生平出发寻找作品意义的方法，必然会损害作品的独立性。这种做法的特点是，把卡夫卡生活中的事件和作品牵强地放进一个简单的因果模式中，而并不真正分析它们之间的因果关系。例如，没有任何一篇评论文章列举了卡夫卡与父亲矛盾的具体例证；在对《判决》的研究中，并没有人真正分析并指出，小说中的哪些地方体现了卡夫卡与父亲的冲突或者卡夫卡对父亲的敬畏。人们的做法是，把结论堆积在一起，而没有必要的例证和论证。而且，由于缺乏对作者生平的真正细致研究——这是实证主义评论的第一步和基础——，所以，当时的这种做法，也谈不上是真正意义上的实证主义分析评论。

实际上，卡夫卡作品的审美内涵，与当时中国接收者的期待视野相去甚远，原本应该在接受过程中，造成读者视野的转变。然而，由于上述种种原因,我国文学研究视角和方法单一,造成卡夫卡作品意义的多样性没有得到开发。

三、多重话语之下的卡夫卡研究

20世纪80年代,中国文学和文学理论界进行了一场现实主义大辩论。在此历史背景下,卡夫卡研究中也就卡夫卡的作品是否是现实主义的这个问题,进行了一场争论。当时,大多数研究者认为,卡夫卡不是传统意义上的现实主义作家,他的创作技巧也不是传统的现实主义,他更应该被视为现代派作家,而且是现代派文学的先驱。只有极少数评论者明确表示,卡夫卡是现实主义的。

这场卡夫卡与现实主义之争,实际上反映了当时文化政策的矛盾和所有参与者的两难境地。一部分人认为,在现实主义一统天下的背景下,只有给卡夫卡贴上现实主义的标签,才能使卡夫卡接受和研究在中国获得合法性。与之相反,另一部分人坚持把卡夫卡定位为现代派作家,是为了给现代派文学在中国的接受铺平道路,因为,现代派文学也以另外的方式反映了现实。于是,第一部分人以一种开放的现实主义概念作为出发点,将卡夫卡纳入广义的现实主义范畴,试图扩大"正统"现实主义概念的范围。而第二部分人则从传统的现实主义概念出发,在现实主义和现代主义之间划出明确的界线,并根据这个界线,断定卡夫卡是现代派作家。值得注意的是,在这两派批评家之间鲜有激烈的争论,似乎谁也不想说服对方。尽管双方从不同的现实主义概念出发,但是他们的目标是一致的,那就是打破狭隘现实主义的束缚,只不过各自以不同的方式:前者希望扩大现实主义的边界,引入一种新的、更广泛的现实主义概念;而后者把世界级作家卡夫卡定位于现代派,旨在说明,西方现代派文学并不一定是颓废的。

在1979—1984年这段时间,异化问题成为中国卡夫卡研究中的核心问题。就这个问题进行的争论之激烈,几乎使卡夫卡成为表现异化的代名词。这一时期内的几乎所有评论文章,都从马克思主义哲学中的异化概念出发,对卡夫卡的作品进行分析。大家甚至认为,卡夫卡的作品是以文学形式对异化理论的先验表现,几十年来世界范围内的卡夫卡热,其实是异化热。纵观这一时期的接受材料,没有一篇文章不涉及异化问题的。

假如异化问题不是与现实的意识形态联系起来的话,卡夫卡研究中的异化讨论或许不会如此激烈。当时争论的焦点是,异化是哪一种政治制度的产物。随着讨论的进行,参与者明显地分成了两派。一方认为,卡夫卡的作品充分揭露了资本主义社会所特有的异化现象,而另一方的观点是,异化现象是超越社会制度的、整个现代社会共有的问题。

鉴于当时意识形态领域自由化现象愈演愈烈,1983 年 10 月召开的十二届二中全会决定开展一场反资产阶级精神污染的运动。对精神污染的定义是:传播各种腐朽的、颓废的资产阶级思想,传播对社会主义和共产党的不信任。这场运动的矛头主要指向认为社会主义社会存在异化的观点,而且主要在意识形态和艺术领域展开,因为,这种形式的精神污染,主要以理论、学说、文学和艺术的形式出现。①

如果说在 1984 年之前,人们对西方现代派文学的积极性评价还是占据着主导地位,那么现在,随着反对资产阶级精神污染运动的展开,人们不得不调整对西方现代派文学的看法。现代派文学作为西方资本主义社会价值观堕落和精神危机的反应,遭到了无情的批判。《红旗》杂志 1984 年第 6 期上发表了一篇文章认为②,所有涉及异化、人道主义、人文精神和个体个性的作品,都是在宣扬精神污染,会造成人们思想混乱、动摇人民对党和社会主义的信心,所以应该受到批判。卡夫卡作为以文学形式表现异化并将异化普遍化的典型代表,当然首当其冲。

反对资产阶级精神污染运动对卡夫卡研究所产生的消极影响是显而易见的:据调查,从 1983 年底到 1984 年底,没有出版新的卡夫卡作品中

---

① 《人民日报》社论:《建设精神文明,反对精神污染》,转载于《光明日报》1983 年 11 月 16 日。

② 程代熙:《拿来主义,还是全盘照搬——谈怎样对待西方现代派文艺》,《红旗》1984 年第 6 期。

译本。唯一的例外是北京大学出版的杂志《国外文学》1984 年第 4 期上发表了《审判》的第一章和最后一章的新译本，译者为北大教授孙坤荣。而同样由孙坤荣教授主编并已经定稿的两卷本《卡夫卡作品选集》(第一卷为《卡夫卡短篇小说选》,第二卷为《审判》),却无法按计划出版。一年后，该书终于可以付印，但却被规定为“内部发行”。后来又通知，书上不印上“内部发行”字样，但是，该书不得由当时全国唯一的连锁书店新华书店发行。1984 年一整年，国内只发表了两篇卡夫卡研究文章。①

反对资产阶级精神污染运动结束后，出现了一段相对宽松的时期，被称为“文艺的春天”。这种意识形态的宽松，在卡夫卡研究中首先体现为对卡夫卡完全不同的评价。之前对卡夫卡的负面批评和强硬态度，现在来了个一百八十度大转弯。卡夫卡的作品被平反，受到了高度评价。

紧接着，人们开始思考卡夫卡研究以及整个文学研究中方法上的缺陷。于是，出现了对外国文学理论的接受热潮。几乎所有西方文艺理论和文学批评方法都被译成中文出版。此前几十年来，在文艺评论领域，都是马克思主义美学一统天下。现在，人们开始探讨新的可能性。人们带着极大的好奇和需求，进入了一片全新的陌生天地。

大力引进和介绍西方文学理论和方法，为中国的文学创作和研究提供了新的视角，当然对卡夫卡研究也大有益处。如果说在卡夫卡接受的第一阶段，由于片面强调社会批判的批评方法，而对国外多种多样的卡夫卡研究成果有意识地加以批判或拒绝，那么现在，人们已经意识到自己视野的狭隘和科学研究理论和方法的匮乏。之前，人们只是偶尔提及国外的研究方向或借用个别概念，那么现在，人们主动尝试着走出卡夫卡研究中方法单一和肤浅的窄胡同，使中国的卡夫卡研究经历了重大的转变。

出于自身的需要，这一时期出版了一系列介绍国外研究状况的译著。其中最值得一提的是 1988 年出版的《论卡夫卡》②。这本论文集包括了

① 张凌江:《从英雄主义到爬行主义——卡夫卡〈地洞〉纵横谈》,《洛阳师专学报》1984 年第 1 期。孙坤荣:《关于卡夫卡的〈诉讼〉》,《国外文学》1984 年第 4 期。

② 叶廷芳编:《论卡夫卡》,中国社会科学出版社 1988 年版。

七十多年卡夫卡接受史中西方和社会主义国家的44篇代表性文章，目的是尽量全面地介绍国外的卡夫卡研究状况。书中文章的作者都是著名的文学研究者和卡夫卡专家，如马可斯·布罗德、瓦尔特·本雅明、乔治·卢卡契、海因茨·珀里策、瓦尔特·索克尔、哈尔穆特·宾德、阿尔伯特·加缪、艾里亚斯·迦内蒂、罗杰·迦洛蒂、阿尔弗雷特·库雷拉、保尔·雷曼等。从方法上，囊括了心理分析、宗教、实证主义、社会批判、马克思主义和现象学等各种视角。这本书，为中国的研究者提供了国际上卡夫卡研究情况的详细资料，对推动中国的卡夫卡研究起了决定性作用。随着对国外研究资料的了解和认识，人们开始有意识地运用西方的文学理论和评论视角。

这一时期卡夫卡研究中一个重要的现象是，从宏观评论转向微观评论，也就是说，人们不再只是泛泛地进行与作品没有具体关系的表面性评论，而是开始进行具体的文本分析，因为这是严格意义上文学科学研究的第一步。当然，在面对西方研究方法时，人们还是会常常表现出生疏和不自信。这是因为，人们还无法立刻摆脱传统思维方式的束缚，完全使用新的方法，所以经常在具体的作品评论中表现出束手无策。后来，随着思想转变的深入，人们也逐步克服了这种矛盾心态。

1987年初，又开始了一场新的运动，这一次是反对资产阶级自由化。资产阶级自由化是指否定社会主义制度，赞成资本主义制度，不仅要在科学和技术领域，而且要在文化、政治、意识形态和道德领域全面西化。尽管在这次运动中，没有点名批评西方现代派文学或卡夫卡或者某个国外作家或思想家，但是，卡夫卡研究受到的冲击是不容忽视的。首先受到影响的是研究文章的数量：据统计，从反资产阶级自由化运动开始，1987年全年只有两篇论文发表。

回顾此前对中国卡夫卡接受史的描述，我们不难发现，在卡夫卡研究和中国文艺发展过程中，一直伴随着起起落落的现象。其原因是政治气候的变化。在思想解放和对外开放过程中，我们看到前进的道路是曲折的。经历了一段时间的宽松和宽容之后，必然会出现一个反复，即某种反对西方不健康思想的运动,目的是控制开放进程,并尽量把开放限制在经济领域。每一次这样的反复,都会导致暂时的停滞状态,尤其是在文学和艺术领域。因为,没有人愿意成为运动的靶子。于是,人们或者逃避现实,或者随波逐流,或者写些不疼不痒、没有质量的东西。其结果就是,文艺创作和研究的发展受到影响。

意识形态话语中卡夫卡研究的另一个特点就是作品评论中的抽象化和普遍化趋势,换而言之就是去意识形态化。卡夫卡研究中的去意识形态化首先体现在,研究者不再把作品内容与中国现状和生活现实联系起来。去意识形态化一方面是文化政策的结果,另一方面也是放弃迄今为止在文学研究中一直占主导地位的反映论的结果。从此,以前那种受政治和意识形态左右的评论形式,转向朝形式和美学研究方向发展。去政治化倾向的动力,一方面来自接受国外文学理论所促成的研究方法的多元化——多种多样的文学理论和方法代替了单一的反映论批评模式,人们对待卡夫卡的态度不再是政治化的,而是逐步变得科学化;另一方面,非政治化是许多研究者有意识的行为——他们越来越多地关注文本本身,避免在作品虚构与现实之间进行任何牵强的联系。

这种努力显然是有意识的。曹文轩在评论《城堡》的文章中,把这部小说理解成是对目标及目标是否可以达到这一问题的思考。他认为,卡夫卡的作品中反映了人类永恒的追寻。他还特别强调指出:卡夫卡不是一个政治人物。他既不相信某个社会制度,也不支持某个社会阶层。他超越我们这些聚集在不同的意识形态旗帜下、为了维护自己的观点而不断争论和相互指责的人。卡夫卡所告诉我们的,也超越了意识形态的差别。这是关于“我们”“世界”和“人类”的普遍问题。他不愿意就社会和生活的问题做出回答,更别提某个国家的具体现实问题了。我们不管相信什么主义,只要对生活、对存在还有感受,就能够进入卡夫卡的世界。卡夫卡的思考是纯粹形而上的。[①] 从卡夫卡的《城堡》,曹文轩又谈到了中

① 曹文轩:《形而上的思考——读卡夫卡的小说〈城堡〉》,《文学世界》1993年第3期。

国当代文学。他提出了一个问题：为什么我们今天还在读《城堡》，而中国当代文学中曾经引起轰动的许多作品，在短短几年之后就被人彻底遗忘了？他的回答是，《城堡》超越了生活现实本身，它没有具体的时间和空间定义，因为这是不重要的，重要的是那些永恒不变的、不随时间和情形改变而变化的因素。与之相反，我们的文学过于关注表面的、现实的事件了。我们总是对现实的敏感问题感兴趣。我们总是希望文学作品中有具体的时空界定，否则我们就无所适从。我们太功利主义了，我们总是希望用文学解决现实问题。我们太形而下了。而文学的任务应该是启发人进行形而上的思考。[①] 这篇文章实际上是在呼唤文学创作和文学研究的新方向。

1985 年之后，中国的卡夫卡研究者就开始有意识地借鉴和运用西方的文学理论和方法。但是，当时人们对这些新思想还很陌生，运用起来也很困难。从 1988 年开始，中国又出现了一次全面接受和尝试新方法的浪潮，并对这一时期的卡夫卡研究产生了巨大影响。前面提到过的卡夫卡研究论文集《论卡夫卡》的翻译出版就是最具代表性的表现。对于许多由于语言障碍而无法阅读原文的中国研究者而言，这本论文集使他们得以了解国外卡夫卡研究的多样性。这本论文集对中国研究者的积极影响和对中国卡夫卡研究的推动作用，是绝对不容低估的。另外，在研究主题和概念术语方面，这本论文集对后来中国的卡夫卡研究，也起了指导性作用。作为论文集编者的叶廷芳教授在他自己后来的研究文章中，也常常提到论文集中的一些论点。他有意识地向中国的研究者和读者介绍国外研究的新动向。在他评论卡夫卡长篇小说《城堡》的文章中，为了强调小说的多义性，他在论述完自己的观点后，还不忘记介绍另外三种可能性。[②] 在这一时期，中国的卡夫卡研究中出现了神话原型、叙事学、接受美学、存在主义和比较文学研究等多种研究角度。

---

① 曹文轩：《形而上的思考——读卡夫卡的小说〈城堡〉》，《文学世界》1993 年第 3 期。

② 叶廷芳：《评卡夫卡的长篇小说〈城堡〉》，《外国文学评论》1988 年第 4 期。

四、正常化和学术化的卡夫卡研究

经过了80年代多次起起落落,90年代以来,中国的卡夫卡研究逐渐走上正常化、学术化的平稳发展道路。这种正常化和学术化,首先体现在对卡夫卡兴趣的减弱,其次表现为研究主题和研究视角的多样化。

卡夫卡尽管是德语文学乃至世界文学中的经典作家,但同时也是一位难度很大、对所有读者的审美视野都具有挑战性的作家。所以,他注定不可能像流行作家那样畅销。中国70年代末出现的“卡夫卡热”,是特殊的历史、社会、文化背景下的特殊现象:中国读者觉得在卡夫卡作品中找到了自己不堪回首的荒诞经历、感到自己内心无法言表的感受在卡夫卡作品中得到了淋漓尽致的表达,因而对卡夫卡表现出狂热的认同感。这种非正常的“虚热”非但不可能持久,而且还会对深入阅读理解卡夫卡造成一定的障碍,因为过于强烈的认同感,会使读者和研究者只关注卡夫卡作品中自己熟悉的、能产生共鸣的话题,而大量陌异的、超出自己期待视野或审美习惯的内容,则被有意或无意地忽略了。从接受美学的角度看,这种接受,没有促成视野的融合与转变,对于文本意义的挖掘和读者视野的扩展都没有起到作用。所以,在所谓的“卡夫卡热”降温之后,中国才开始了真正的、理性的学术研究。

随着中国开放度和民主化的发展,随着在国际化进程中国人视野的不断开阔和审美素养的逐渐提高,文学作品不再被看做现实政治的镜子,文学研究获得了越来越大的学科自主性和学术自由度。这为卡夫卡研究创造了一个良好的发展空间。特别是21世纪以来,大量以卡夫卡为题的学位论文和研究专著表明,中国学术界对卡夫卡研究的深度和广度都在不断进步,努力与国际接轨。国内卡夫卡研究的主题、视角、方法越来越多样化。宗教母题、犹太人问题等中国学者曾经很少涉足的领域,现在也成为研究兴趣点。[1] 更值得一提的是，越来越多的中国学者注意到卡夫卡与中国文化的关系，开始从中国学者的视角对卡夫卡作品中的中国形象进行跨文化研究，为世界卡夫卡研究添加中国视角和中国色彩。[2]

从卡夫卡在中国的接受过程可以看出，迄今为止，我国卡夫卡研究的最大特点就是不断的起起落落。但是，这并不是在同一水平上的重复，而是波浪式的前进和螺旋式上升。

卡夫卡作为现代派经典作家，与20世纪70年代末中国读者的文学审美传统、期待视野完全不相符，对中国读者的审美意识和阅读习惯提出了极大的挑战，促使读者积极参与到阅读过程中，在理解作品和意义建构过程中，扮演一个能动的角色。以卡夫卡为代表的现代派作家，在推动中国读者开阔视野、改变被动的阅读习惯、接受新的审美标准方面，起到了巨大的作用。这也间接地影响到中国的文学创作。因此，卡夫卡在中国的接受史，也是中国新时期文学标准、审美意识、期待视野和文学研究变化发展的一面镜子。

中国卡夫卡研究的发展和进步是有目共睹的：卡夫卡研究的进步，最主要表现在研究方法和视角的多样化。直到20世纪80年代初，我国的文学研究领域还是独尊马克思主义文艺理论。因此，中国卡夫卡接受史的第一阶段中，主要是以社会批判和反映论为基础的评论。随着思想解放和改革开放的深入，80年代中，国外各种思潮和理论潮水般地涌入中国，使中国的文学创作和文学批评呈现出百花齐放的局面。在卡夫卡研究上的具体表现是，从1985年开始，尽管偶尔还有干扰和停止，但是，总的趋势是，越来越多国外卡夫卡研究的方法和视角不仅通过翻译的形式介绍到中国，而且也被中国的研究者用于自己的研究中。特别是90年代以后，随着中国整个人文科学领域与国外交流的深入，各种最新的西方文

---

① 相关研究成果如：林和生：《犹太人卡夫卡》，敦煌文艺出版社2003年版；李忠敏：《宗教文化视域中的卡夫卡诗学》，中国社会科学出版社2012年版；谢春平、黄莉、王树文：《卡夫卡文学世界中的罪罚与拯救主题研究》，四川大学出版社2012年。

② 如曾艳兵：《卡夫卡与中国文化》，首都师范大学出版社2006年版。

论被介绍到中国。国内各研究机构和高校的专业研究人员,包括博士生和硕士研究生,已经运用福柯、拉康、德里达等人的后现代主义理论和人类学等文化学范畴的理论,对包括卡夫卡在内的文学作品进行分析研究。文学理论和方法多元化的意义,不仅仅在于,中国的研究者有了更多的研究视角,更重要的是,它开阔了人们的眼界,活跃了人们的思维,促进了人们思想独立性、客观性和科学性,这种意义,已经超越了文学创作和文学批评的范畴。

纪伯伦研究30年：从概貌研究到专题分析

甘丽娟

纪伯伦(1883—1931)研究是随着中国译坛对其作品全面译介的完成而不断展开的。纪伯伦在中国的译介高潮迭起，从《疯人》《先知》《人子耶稣》等各部诗集单行本的翻译出版，到《纪伯伦全集》五套译本的翻译出版，再到多媒体网络文化背景下多个纪伯伦网站的建立，可以说，在中国受到如此关注、享有如此殊荣的外国作家尤其是阿拉伯作家极为罕见。特别是随着众多《先知》译本的出版与普及，文学经典开始进入普通读者的生活视野，纪伯伦及其清新深邃的诗作受到越来越多中国读者的喜爱，中国的纪伯伦研究也在学界断断续续展开，并逐步走向深入。

一、研究的整体概貌

纪伯伦的作品自20世纪20年代被译介到中国后，茅盾、张闻天、冰心、施蛰存等译者都在其译文或译本"前言""译者序"或"译者后记"的文字表述中表达过自己的见解。

改革开放以后随着对纪伯伦作品译介的持续升温，也带动了纪伯伦研究和评论的不断发展。1979年中国社会科学出版社出版的《东方文学专辑》(一)发表了三篇有关阿拉伯文学的研究文章，其中黎巴嫩作家米夏尔·阿萨的一篇《现代黎巴嫩文坛新人》将纪伯伦作为侨民文学的代表人物进行介绍，认为纪伯伦和努埃曼“开辟了艺术表现的道路,开创了描写苦难生活并寓意深刻的现代阿拉伯文学”[①]。

1983年是纪伯伦诞辰一百周年,作为中国纪念活动的一个主要内容,中国社科院著名的阿拉伯文学翻译家伊宏撰文发表了题为《阿拉伯的文学才子纪伯伦》[②]的文章,指出纪伯伦是“阿拉伯现代小说和艺术性散文的主要奠基者,开辟阿拉伯20世纪新文学道路的先驱者之一”。其后徐凡席也发表《东方文坛上的一颗明珠》[③]的文章。同年纪伯伦的中篇小说《折断的翅膀》在中国第一次由阿拉伯文直接译出,随后有三人撰文评论:朱威烈的《纪伯伦和他的〈被折断的翅膀〉》[④]、李辰民的《诗情与哲理的结晶:评纪伯伦〈被折断的翅膀〉》[⑤]和周威《纪伯伦与〈折断的翅膀〉》[⑥]等。

1985年1月台湾《明道文坛》第238期刊载台湾大学哲学系教授傅佩荣的《哲思小品·师哲纪伯伦》;同年2月15日香港中文期刊《突破》杂志第12卷2期上刊载陈燕微的《来自黎巴嫩的灵思·纪伯伦诗集〈先知〉译析》一文。

1986年程静芬第一次把努埃曼的阿拉伯文《纪伯伦传》译成中文出版后,内地读者才通过这部传记了解到纪伯伦情感生活中某些不为人知的情况,关注纪伯伦本人并对其生活进行研究成为学界关注的一个热点,第一个就该论题撰文发表评论的是黄培炤,他的《纪伯伦的爱情生活》[⑦]

---

① 中国社会科学院外国文学研究所:《东方文学专辑》(一),中国社会科学出版社1979年版,第225页。

② 伊宏:《阿拉伯的文学才子纪伯伦——纪念纪伯伦诞生一百周年》,《阿拉伯世界》1983年第4期。

③ 徐凡席:《东方文坛上的一颗明珠——纪念纪伯伦诞生一百周年》,《文艺报》1983年12月2日。

④ 朱威烈:《纪伯伦和他的〈被折断的翅膀〉》,《译林》1983年第2期。

⑤ 李辰民:《诗情与哲理的结晶:评纪伯伦〈被折断的翅膀〉》,《新华日报》1983年5月18日。

⑥ 周威:《纪伯伦与〈折断的翅膀〉》,《中国青年报》1985年10月10日。

⑦ 黄培炤:《纪伯伦的爱情生活》,《阿拉伯世界》1988年第1期。

也因此成为国内第一篇评论纪伯伦爱情的文章。

伊宏在《率先走向世界的东方作家:泰戈尔与纪伯伦》[①]一文中将东方近现代两位著名的文学大师的创作进行比较分析,成为国内第一篇从比较文学视角展开纪伯伦与其他作家的创作进行比较分析的研究论文。

随着1993年纪伯伦诞辰110周年的到来,以及各种译本的《纪伯伦散文诗全集》和两套《纪伯伦全集》的问世,使中国的纪伯伦作品译介达到了一个高峰,也促进了同一时期纪伯伦研究的渐趋深入。伊宏首先发表《东方赠给西方的一份佳礼:纪伯伦的文学和绘画艺术》[②]一文,探讨纪伯伦绘画与文学的关系,首开国内纪伯伦研究新领域的先河。其后黎巴嫩驻华大使的夫人玛丽娅·萨玛哈发表的《纪伯伦的天才——哲学和绘画艺术的完美结合》[③],从哲学与绘画的关系论述纪伯伦的文学创作,在内容上对前一篇文章起到补充作用。

李唯中在《东方送给西方的鲜花——纪伯伦的散文作品》[④]一文中指出:"纪伯伦文笔轻柔、凝练、柔美。宛如行云流水;加上富有神秘格调、启导预言式的语言及诱人的音乐韵律节奏感,构成了举世公认的热烈、绚丽、清丽、奇特的'纪伯伦艺术风格',对阿拉伯文学的发展带来巨大影响。"其后,朱凯的《纪伯伦和他的散文诗》[⑤]和蒋登科的《漫谈纪伯伦的散文诗》[⑥]两篇短文也从文体的角度对纪伯伦散文诗的特点给予分析。

1992年北京大学东语系的林丰民的《纪伯伦与闻一多》是第一篇涉及纪伯伦研究的硕士学位论文,从平行研究的角度将中外两位作家的创

---

① 中国社会科学院外国文学研究所:《外国文学研究集刊》(第12辑),中国社会科学出版社1988年版。

② 伊宏:《东方赠给西方的一份佳礼:纪伯伦的文学和绘画艺术》,《文艺报》1991年12月2日。

③ 玛丽娅·萨玛哈:《纪伯伦的天才——哲学和绘画艺术的完美结合》,《外国文学》1992年第3期。

④ 李唯中:《东方送给西方的鲜花——纪伯伦的散文作品》,《对外经济贸易大学学报》1993年第1期。

⑤ 朱凯:《纪伯伦和他的散文诗》,《外国文学》1992年第3期。

⑥ 蒋登科:《漫谈纪伯伦的散文诗》,《中外诗歌研究》1994年第2期。

作进行比较研究,进一步拓展了纪伯伦研究的空间。1993年林丰民的专著《纪伯伦与闻一多——浪漫主义为主的创作倾向》由蓝天出版社出版。

自1993—1995年发表的几篇文章也都是从平行研究的角度将纪伯伦与中国作家的创作进行比较分析,如马瑞瑜的《纪伯伦的〈折断的翅膀〉和鲁迅的〈伤逝〉之比较》[①]、凤鸣的《纪伯伦与闻一多创作的主旋律:爱、美与死》[②]、郅薄浩的《纪伯伦作品中的“狂”及其内涵的延伸和演变——兼与鲁迅〈狂人日记〉比较》[③]、林丰民的《 纪伯伦与闻一多:从调色板到文学殿堂》[④]等。其后马瑞瑜的《简论阿拉伯文学与英法文学的相互影响》[⑤]及《阿拉伯文学与欧美文学的相互影响》[⑥]在从影响研究的角度论述阿拉伯文学与外国文学关系时涉及一些纪伯伦接受外国文学影响的情况。李意的《纪伯伦与梅伊》[⑦]是第一篇专题评析纪伯伦与梅伊爱情关系的文章,两篇赏析性文章分别是丁克家《华美的诗章,深刻的哲理——纪伯伦〈先知园〉赏析》[⑧]和孔令涛《纪伯伦和他的长诗〈行列〉》[⑨]。

20世纪80—90年代中国的纪伯伦评论和研究一直持续不断,每年都有文章见诸报端。从出版的角度来看,《阿拉伯世界》《国外文学》以及《文艺报》等高层次的专业报刊成为学者们发表学术见解的主要阵地。“其中,伊宏、朱威烈、杨孝柏、钱满素等人在纪伯伦的评论和研究中做出

---

① 马瑞瑜:《纪伯伦的〈折断的翅膀〉和鲁迅的〈伤逝〉之比较》,《阿拉伯世界》1993年第3期。

② 凤鸣:《纪伯伦与闻一多创作的主旋律:爱、美与死》,《国外文学》1993年第3期。

③ 郅薄浩:《纪伯伦作品中的“狂”及其内涵的延伸和演变——兼与鲁迅〈狂人日记〉比较》,《国外文学》1994年第5期。

④ 林丰民:《纪伯伦与闻一多:从调色板到文学殿堂 》,《北京大学学报》(外语语言文学专刊)1995年。

⑤ 马瑞瑜:《简论阿拉伯文学与英法文学的相互影响》,收入《外国文学论集》,大众文艺出版社1996年版。

⑥ 马瑞瑜:《简论阿拉伯文学与欧美文学的相互影响》,《阿拉伯世界》1996年第3期。

⑦ 李意:《纪伯伦与梅伊》,《阿拉伯世界》1997年第1期。

⑧ 丁克家:《华美的诗章,深刻的哲理——纪伯伦〈先知园〉赏析》,《阿拉伯世界》1995年第1期。

⑨ 孔令涛:《纪伯伦和他的长诗〈行列〉》,《阿拉伯世界》1998年第4期。

了较大的贡献。他们的论文对纪伯伦的哲学、宗教思想,对纪伯伦的散文诗和小说的艺术做了较深入的分析,对纪伯伦与尼采的关系、与泰戈尔的关系也做了比较文学层面上的研究。由于纪伯伦作品的全面译介,由于学者们的大力推介和研究,纪伯伦在我国为文学爱好者所熟悉。”①

21世纪全球化文学时代的到来,提供给世界各民族通过文学与文化的交流与沟通找到平等对话的平台,受此影响的中国纪伯伦研究开始打破以往对纪伯伦东方身份的关注和强调以及东西方文学二元格局的对立模式,将目光转向全球化视野中的世界文学研究。20世纪90年代中国对纪伯伦文学作品引介过程的基本完成以及前期研究成果的发表,为21世纪的纪伯伦研究奠定了扎实的文本与研究基础。因此进入21世纪后,开始出现系统性的纪伯伦研究成果。

2000年6月社会科学文献出版社出版李琛的《阿拉伯现代文学与神秘主义》,该专著第二章以“负有先知使命的纪伯伦”为题,分四部分探讨了纪伯伦创作中的神秘主义倾向及特点,成为国内这一研究领域的先驱之作。台湾中文期刊《书之旅》第七卷第六期刊载李惠如《纪伯伦的〈先知〉》一文。2001年人民文学出版社出版蔡德贵的专著《当代伊斯兰——阿拉伯哲学研究》,专章介绍“纪伯伦的神秘主义哲学和现实人生观”,其中又分五节探讨纪伯伦的生平和创作,对东西哲学和宗教的认识以及纪伯伦的文化观、哲学观和人生观,从而确立了纪伯伦作为一位阿拉伯哲学家的经典地位。

2002年林丰民发表《惠特曼与阿拉伯旅美诗人纪伯伦》②一文,是又一篇将纪伯伦与外国作家进行专题比较研究的学术论文,扩展了比较文学层面的纪伯伦研究。2004年山东大学的阿拉伯文学研究专家蔡德贵连续发表的两篇以《纪伯伦的多元宗教和哲学观》③为题的论文,显示出中国的纪伯伦研究开始向高度与深度方面发展。

① 王向远:《东方各国文学在中国》,江西教育出版社2001年版,第151—152页。
② 林丰民:《惠特曼与阿拉伯旅美诗人纪伯伦》,《阿拉伯世界》2002年第1期。
③ 蔡德贵:《纪伯伦的多元宗教和哲学观》,《阿拉伯世界》2004年第5、6期。

2006年四川大学马征的博士论文《西方语境中的纪伯伦文学创作研究》以“西方语境”作为切入视角,对纪伯伦文学创作进行主题研究,成为国内第一部系统、深入研究纪伯伦文学创作的博士学位论文,具有开创性的学术价值。

2007年首都师范大学出版社出版葛铁鹰的著作《天方书话——纵谈阿拉伯文学在中国》,其中谈到茅盾、冰心、杜渐等译介阿拉伯文学特别是纪伯伦作品的概况;北京大学出版社出版林丰民著《文化转型中的阿拉伯现代文学》,书中第四章“阿拉伯旅美派文学的形成和发展”和第八章“旅美派的领袖作家纪伯伦”都谈到在阿拉伯现代文学转型过程中旅美派文学的作用和纪伯伦的贡献;宁夏人民出版社出版郅溥浩著《解读天方文学——郅溥浩阿拉伯文学论文集》,其中第一章“纪伯伦作品中的‘狂’及其内涵的延伸和演变——兼与鲁迅〈狂人日记〉比较”和第二章“纪伯伦和他的《先知》”都是作者以前研究成果的总结。

2008年天津师范大学郭洁的硕士学位论文《纪伯伦文学与绘画艺术》将纪伯伦的文学作品和绘画作品作为一个整体的艺术世界理解,在纪伯伦研究领域弥和文学和绘画两大领域间的断层,填补了国内纪伯伦研究在这一领域的空白。2009年天津师范大学马楠以《艺术中的先知与世俗中的凡人——纪伯伦矛盾的爱情观婚姻观》为硕士学位论文选题,从情感与理性即灵与肉之间的矛盾及其复杂性分析了纪伯伦与玛丽、梅伊两位女性的爱情。2010年天津师范大学又有两位研究生分别以《论巴哈伊教影响下的纪伯伦文学创作》和《纪伯伦笔下的耶稣形象分析》为硕士学位论文选题,从宗教与文学的关系剖析纪伯伦的文学创作。

马征在2010年出版研究专著《文化间性视野中的纪伯伦研究》(中国社会科学出版社),以现代性语境下“神圣”的失落为问题追索的起点,在阿拉伯—伊斯兰文化和西方文化的“关系”视野中,重新挖掘纪伯伦文学创作和生命存在中的“神圣”内涵,进而对这位享誉世界的“先知”作家的生活与文学创作展开深入系统的研究。作为一部探讨文化理论和学术个案的专著,是迄今为止“关于纪伯伦研究的最为系统、最为深入、最具有学术个性的成果,不仅在纪伯伦研究中是创新的,而且对于作家作品研究这一传统模式的更新,也富有启发性”①。

通过以上论述可以看出,中国的纪伯伦研究随着纪伯伦作品在中国全面译介的完成,取得了一些成就并逐渐向深度发展。但就广度来讲,与纪伯伦作品在中国的译介相比,中国的纪伯伦评论和研究不仅有些滞后,甚至稍显冷落。如在21世纪最初10年的时间里公开发表的论文不足20篇,而研究性论文只有11篇,其中4篇与纪伯伦散文诗创作有关,如绿原的《散文诗和纪伯伦》②,邵维加的《试论纪伯伦散文诗的语言美》③,张黎玲、骆锦芳的《通感与陌生化:纪伯伦诗意美的生成方式》④以及朱卉芳的《纪伯伦散文诗的人文思想》⑤。三篇是对《先知》中译本的评析,如秦文华的《钱满素〈先知〉译本评析》⑥,庄文泉、朱金贵、彭建华的《试论冰心的〈先知〉翻译》⑦,封艳梅的《〈先知〉译文的美学特征》⑧。两篇是石燕京的《阿什塔露特与受难耶稣——浅论纪伯伦小说〈被折断的翅膀〉》⑨和朱小兰、姚建斌的《站在民族浪尖的散文诗抒怀——比较分析纪伯伦的〈暴风雨〉和鲁迅的〈野草〉》⑩。

除上述11篇论文外,其他的基本都是赏析性文章,题目多集中在《先知》以及其他几篇散文,可见,纪伯伦研究与持续升温的纪伯伦作品的译

① 马征:《文化间性视野中的纪伯伦研究》,中国社会科学出版社2010年版,序二,第9页。

② 绿原:《散文诗和纪伯伦》,《中华读书报》2000年8月23日。

③ 邵维加:《试论纪伯伦散文诗的语言美》,《阜阳师范学院学报》2000年第6期。

④ 张黎玲、骆锦芳:《通感与陌生化:纪伯伦诗意美的生成方式》,《昆明大学学报》2000年第1期。

⑤ 朱卉芳:《纪伯伦散文诗的人文思想》,《职大学报》2001年第3期。

⑥ 秦文华:《钱满素〈先知〉译本评析》,《中国翻译》,2008年第1期。

⑦ 庄文泉、朱金贵、彭建华:《试论冰心的〈先知〉翻译》,《福建师范大学福清分校学报》2006年第6期。

⑧ 封艳梅:《〈先知〉译文的美学特征》,《广西师范学院学报》2006年第7期。

⑨ 石燕京:《阿什塔露特与受难耶稣——浅论纪伯伦小说〈被折断的翅膀〉》,《乐山师范高等专科学校学报》2000年第1期。

⑩ 朱小兰、姚建斌:《站在民族浪尖的散文诗抒怀——比较分析纪伯伦的〈暴风雨〉和鲁迅的〈野草〉》,《三峡大学学报》2007年第1期。

介与再版相比,数量上并没有呈现出正比趋势。造成这一现象的原因是什么?是读者阅读水平或兴趣的转移,还是纪伯伦作品的影响力降低?抑或是浮躁的文化氛围造成学术研究的失衡?这是一个非常值得探讨的文化现象。

二、研究专题分析

(一)纪伯伦散文诗及《先知》的研究

散文是阿拉伯文坛上一种传统的文学样式,散文诗则是作为一种新的文学体裁出现在阿拉伯的现代文坛上,而纪伯伦是第一个采用散文诗体创作的阿拉伯作家,从《泪与笑》到《疯人》,从《先知》再到《人子耶稣》《先知园》等,无不体现了他对散文诗这一体裁的钟爱及其得心应手。对此,朱凯曾指出:"纪伯伦创作的《先知》和《先知园》,是受到尼采的美学和哲学著作《查拉斯图拉如是说》的影响,采取了智者启示书的形式,但两者是有根本区别的。尼采的书贯穿着一种脱离人类的'超人思想',而纪伯伦的作品则充满了一种跨越时空、宗教、种族的人类观……也体现出作者对崇高的文学使命的深刻信念。"①

其后,伊宏、绿原、邵维加、张黎玲、骆锦芳等都曾就纪伯伦散文诗的风格、语言、意向、人文思想等特点著文分析论述。

除单独发表的文章外,还有一些译介者在其译著前言和后记中也对纪伯伦散文诗创作有所论及。但学界从总体上研究纪伯伦散文诗的文章较少,原因是与散文诗这一体裁的源头、特点、在中国的译介和流变、对作家创作的影响等复杂因素有关。即使是整体上研究散文诗及对中外散文诗发展源流考证的文章中,对纪伯伦散文诗研究与重视的程度也表现不一。某些论述散文诗的专著,都较多提到波德莱尔、屠格涅夫、泰戈尔等的散文诗创作,而较少提到纪伯伦的散文诗创作。如张俊山的《散文诗文

---

① 朱凯:《纪伯伦和他的散文诗》,《外国文学》1992年第3期。

体溯源与考辨》[①],王珂、代绪宇的《文体学视野中的散文诗的文体源流》[②],傅瑛的《昨夜星空:中国现代散文研究》,车镇宪的《中国现代散文诗的产生发展及其对小说文体的影响》[③]等著作都是如此。

学界对纪伯伦10部散文诗集中评论最多的是《先知》。

《先知》是纪伯伦散文诗创作的巅峰,也是纪伯伦散文诗的代表作,其"充满全书的寓意和隐喻、幽邃的'圣经式'的语言和神秘的气氛、美妙的比喻和生动的象征以及带有音乐美的韵律"[④]的艺术风格是它受到众多译者和读者喜欢的主要原因之一,因此对该部作品的评论和研究理所当然地成为学界关注的中心。

但是,与《先知》的译介和出版的热情局面形成鲜明对照的是,对该部作品的评论与研究工作却显得相对冷清,甚至可以说颇为滞后。因为单独著文研究《先知》的文章自20世纪80年代至今,据笔者所占有的资料来看,目前只有两篇,一篇是伊宏在1987年发表的《纪伯伦和他的〈先知〉》[⑤],另一篇是郅溥浩在2000年发表的《纪伯伦和他的〈先知〉》[⑥],其他的均是些赏析性的文章。

伊宏不仅是最早著文评论《先知》的研究者,而且其文章也是迄今所见到的论述最为全面深刻的一篇,尤其是对"纪伯伦风格"某些方面的分析颇有新意和深度,如"《先知》的语言被人称为'圣经式的语言',其格调高雅,呈现出一种特殊的感情色彩,有时夹杂着淡淡的哀愁,但这并不完全是一种消极情绪,而是一种唯恐不被常人理解的担忧,是挂满累累果实等待别人采摘的一种渴望。这种语言被用作训诫和忠告,增添了打动人

---

① 张俊山:《散文诗文体溯源与考辨》,《河南师范大学学报》2000年第4期。

② 王珂、代绪宇:《文体学视野中的散文诗的文体源流》,《云梦学刊》2004年第2期。

③ 车镇宪:《中国现代散文诗的产生发展及其对小说文体的影响》,作家出版社1999年版,第63—91页。

④ 朱凯:《纪伯伦和他的散文诗》,《外国文学》1992年第3期。

⑤ 伊宏:《纪伯伦和他的〈先知〉》,收入《外国文学研究集刊》,中国社会科学出版社1987年版。

⑥ 郅溥浩:《纪伯伦和他的〈先知〉》,《百科知识》2000年第4期。

心的力量”。再如关于作品中象征手法的运用:“在《先知》中,我们可以清楚地看出某些人或事物的象征意义,例如‘艾勒穆斯塔法’,象征作者自己,‘他生长的岛’,象征纪伯伦的祖国;‘向东行驶’,象征重返阿拉伯故乡,等等。但对有些人物和事物,如果不了解纪伯伦的经历和遭遇,就很难看出他们的象征意义,如‘阿法利斯城’、‘十二年’、‘圣殿’、‘在这城围里,我度过了悠久的痛苦的日月和孤寂的深夜’,‘爱尔美差’是‘最初寻找、相信他的人中之一’等等,所以,要想读懂《先知》,需要先了解纪伯伦的生平、爱情等,不但要联系他的其他作品读,而且要读他和他的友人的书信、回忆录等。”

应该说,伊宏对纪伯伦风格的分析,一方面表现出作为译者、读者同时也是研究者所具有的深厚功底;一方面也为其他读者指出了如何更好解读《先知》以及纪伯伦其他作品的思路与方法。这实际上也揭示出目前为何《先知》译者多、读者多却研究者少,以致造成研究颇为滞后的原因。

(二)纪伯伦的文化身份研究

纪伯伦于1883年出生于黎巴嫩,童年时期是在家乡度过的,1895年少年纪伯伦随母亲和兄妹移居美国波士顿,1897年他返回祖国学习民族语言文化,1901年毕业后赴美定居,1908年到法国巴黎学习绘画,1909年返回美国,此后一直在欧美学习和创作,直至1931年去世。远离祖国的纪伯伦在精神上是一个孤独的游子。他曾在作品中表达过自己作为“异乡人”的痛苦和孤寂。

黎跃进曾在《异乡者的孤独与痛苦》一文中[①]就该问题给予较为细致的分析,其后,四川大学博士马征在毕业论文《西方文化语境下的纪伯伦及其创作》中进一步就纪伯伦文学创作的文化背景展开论述,她特别强调“西方”是纪伯伦进行“东方书写”和“生命书写”的特定语境,使上述命题的探讨更为深入。

但是,作为长期生活在西方的东方作家和诗人纪伯伦,其文化创作背

① 《衡阳师范专科学校学报》1995年第1期。

景应该是极为复杂的,简单用“东方”或“西方”甚至“东西方”这些概念似乎都不能概括出纪伯伦文学创作的独特性。因为身为阿拉伯人却信仰基督教,既用阿拉伯语又用英语创作以及将文学与绘画融为一体的纪伯伦,其创作中的东方文化根基与西方文化的浸润互为影响而呈现出一种新的艺术风格,这成为其后的研究者所注意的一个研究焦点。

黎跃进在《东方文化史论》[①]的第四章“阿拉伯文学论”中以“东、西文化撞击中的纪伯伦”为专题,把上述论题从仅仅局限于西方的论述层面扩展到东方乃至整个世界文化的大背景下,并就此问题进一步展开论述。孟昭毅在《旅美派作家流散写作的美学品格》[②]一文中运用流散文学理论从“异质文化融摄中的流散美”“身份变迁、认同中的品格美”和“民族性与世界性中的整合美”等三个方面总结并论述了旅美派作家流散写作的美学品格,其中多次提到“旅美派旗手黎巴嫩作家纪伯伦”。

马征博士的论著《文化间性视野中的纪伯伦研究》是目前国内第一部较为全面系统研究纪伯伦的学术专著,她从文本细读、文化间性视野、宗教学视角等三个方面对纪伯伦及其创作进行研究,认为纪伯伦拥有多重身份、经历过多种文化的洗礼……其作品所采用的“圣经文体”也是对“生命神圣”主题的呼应,体现出他的“世界公民”意识。

(三) 纪伯伦的情感生活研究

纪伯伦终身未婚,但一生中接触过的女性并不少,尤其是他因1923年《先知》的出版而蜚声文坛后,不少女性慕名而至,向他表示敬意、爱意和好感。据《纪伯伦评传——来自黎巴嫩的人》之作者巴巴拉·杨回忆,她与纪伯伦的结缘就是始于1922年秋天的一次教堂《先知》朗诵会,不久便成为纪伯伦的秘书,负责笔录、打字及整理工作,“直至纪伯伦的临终一息,我一直都因结识了他这位诗人和画家而得到莫大的愉悦和荣幸”。

中国大陆最早提及纪伯伦爱情生活的是杨孝柏,他在1983年为《折

---

① 黎跃进:《东方文学史论》,湖南人民出版社出版2000年版。

② 《东方丛刊》2006年第2期。

断的翅膀》写的题为《一棵苍翠的雪松——纪念纪伯伦诞辰一百周年》的代序中说:"《泪与笑》的题名,最初来自于纪伯伦对初恋情人的回忆……尽管因门第和权势的差异,纪伯伦在爱情之树上摘下的是青涩的苹果,但是他把爱情欢乐和失恋痛苦的倾诉凝注于笔端而成为50多篇散文诗,在1903至1908年期间以《泪水与笑靥》为总标题,发表在美国的阿拉伯《侨民报》。"

黄培炤在《纪伯伦的爱情生活》一文中根据纪伯伦同女性的交往关系,将其爱情分为两种类型。一种是以米什莉和玛丽为代表的世俗的合乎常情的爱情;一是以梅伊·齐亚黛为代表的纯粹的精神恋爱。这两种爱情在纪伯伦身上相互撞击、冲突。

2001年河北教育出版社出版了薛庆国翻译的《纪伯伦情书》,其译序《爱,如蓝色的火焰一般》细致剖析了纪伯伦与两位恋人的恋情:"在纪伯伦的一生中,除母亲以外,还有两位女性在他心灵中长期占有重要位置——玛丽·哈斯凯尔和梅伊·齐雅黛。纪伯伦与两位感人至深的爱情故事,是阿拉伯文学史上一段最为动人的插曲。"①

2004年天津古籍出版社出版了李唯中由阿拉伯语翻译的《纪伯伦情书全集》,共收入纪伯伦与玛丽·哈斯凯尔从1908年10月2日至1931年3月16日期间的通信251封,日记94篇,并将全部书信和日记按照他们26年交往的时间顺序排列,是迄今为止收入纪伯伦与玛丽书信和日记最全的一个译本,这些书信与日记中也凝聚并透露出纪伯伦与玛丽·哈斯凯尔之间纯洁的爱情与高尚的友情。正如译者所说:"这对有情人虽然没有没能结成眷属,但纯洁、高尚的友情却始终将二人的心紧紧连在一起,情书未曾中断,探访、寄赠、切磋技艺、思想交流等活动常有,表现出超乎寻常的理智,深厚无比的真挚情谊一直持续了二十六年,直到纪伯伦英年早逝。一位东方青年与一位西方姑娘相识、相亲、相敬、相爱,这并不罕

① 薛庆国:《阿拉伯文学大花园》,湖北教育出版社2007年版,第188页。

见,但情侣间的友谊保持终生的事例却不多见。”①

马楠以《艺术中的先知与世俗中的凡人——论纪伯伦矛盾的爱情婚姻观》为硕士论文标题,着重从“金钱与爱情”“灵魂与肉体”“理想与现实”三个层面分析纪伯伦的爱情婚姻观,认为这种矛盾的个性渗透到其生活的方方面面。尽管该论文在某些方面的分析论述还不够全面深入,有些地方还有待商榷,但作为第一篇系统论述纪伯伦矛盾的爱情婚姻观的学位论文,至少已说明中国的纪伯伦研究已开始由对其创作的研究逐渐转向对其内心世界的研究,并呈现出将二者结合起来的趋势。而一个更加真实的纪伯伦形象的展示将会逐渐破解过去将纪伯伦神化的倾向,为读者全面了解纪伯伦的生活与创作提供了一个视角。

(四)比较文学视域下的纪伯伦研究

中国学者对纪伯伦及其作品的研究,较多的是在比较文学视域下进行的。将纪伯伦及其创作纳入比较文学研究的视域,打破了从某个角度进行研究的单一模式,从多角度多层面拓展了纪伯伦研究的空间,并且某些方面研究颇有深度,这种综合性的思维方式使中国的纪伯伦研究不断向广度和深度方面发展。纵观这方面的研究,大致可分为三个方面:平行研究层面的拓展、跨学科研究层面的深入和影响研究层面的缺失。

1. 平行研究层面的拓展

平行研究是中国学者在将纪伯伦与中外其他作家的创作进行比较分析中最常采用的方法。这一层面的比较又可分为两类:一是纪伯伦与外国作家泰戈尔、惠特曼、但丁等创作的比较;二是纪伯伦与中国作家闻一多、鲁迅等创作的比较。

最早从平行研究层面对纪伯伦创作进行比较的是《先知》的译者冰心。她说:“我很喜欢这本《先知》,它和《吉檀迦利》有异曲同工之妙。不过我觉得泰戈尔在《吉檀迦利》里所表现的,似乎更天真、更欢畅一些,也更富于神秘色彩,而纪伯伦的《先知》却更像一个饱经沧桑的老人,对年轻

① 纪伯伦:《纪伯伦情书全集·译序》,李唯中译,天津古籍出版社2004年版。

人讲些处世为人的哲理,在平静中却流露出淡淡的悲凉!书中所谈的许多事,用的是诗一般的比喻反复的词句,却都讲了很平易入情的道理。尤其是谈婚姻、谈孩子等篇,境界高超,眼光远大,很值得年轻的读者仔细寻味的。”①冰心之所以喜欢将纪伯伦与泰戈尔相提并论,是因为泰戈尔是她心仪已久的诗人;她之所以喜欢将《先知》和《吉檀迦利》进行比较,因为那是她自己喜爱,而又极愿和读者共同享受,而翻译出来的两本书。

对该课题进一步展开比较研究的是伊宏。他在1986年发表的文章《率先走向世界的东方作家:泰戈尔和纪伯伦》中运用平行研究的方法,从同是作为艺术家诗人的两位作家比较入手,从“自由”“爱”“宗教与哲学”以及“民族自省”等方面进行分析探讨,从而指出:“《吉檀迦利》和《先知》的成功,主要的还在于它们主题的世界性。”②

其后,伊宏又继续补充了自己的上述论点:“纪伯伦的出现,正如泰戈尔、鲁迅这些文学大师的出现一样,并不是偶然的或孤立的文学现象。他们分别代表了一个群体,代表了一个文学新时代……他们在大胆向西方学习借鉴的同时,又向西方送去东方的精神财富。”“读纪伯伦的作品,正像读鲁迅、泰戈尔的作品一样,使我们感到亲近,引起共鸣,这固然是因为东方人更容易理解东方人,但更重要的,是中国、阿拉伯、印度在近代经历了同样艰巨而痛苦的觉醒过程,面临着同样艰巨复杂的历史任务,在相似的历史环境中涌现出的东方作家和诗人,必然具有相似或相同的时代特征,必然最能反映相近或相同的民族心声。”③

其后,林丰民将20世纪初期生活于美国的阿拉伯作家纪伯伦与19世纪的美国本土诗人惠特曼放在一起探讨,他以《惠特曼与阿拉伯旅美诗人纪伯伦》为题的论文进一步拓展了纪伯伦在中国的研究空间。

此后,将纪伯伦与中国作家尤其是同鲁迅、闻一多等现代作家的创作

---

① 纪伯伦:《〈先知·沙与沫〉序》,冰心译,湖南人民出版社1982年版。

② 伊宏:《率先走向世界的东方作家:泰戈尔和纪伯伦》,《外国文学集刊》,中国社会科学出版社1987年版。

③ 伊宏:《纪伯伦散文诗全集·序》,浙江文艺出版社1993年版。

进行比较的论文不断出现。

郅溥浩在《纪伯伦作品中的“狂”及其内涵的延伸和演变——兼与鲁迅〈狂人日记〉比较》一文中,指出《掘墓人》是纪伯伦作品中所能发出的反叛的最强音,它与含义更为深刻的《狂人》都是受到了尼采思想的影响,而更为一致的是他们以后都摒弃了尼采思想和超人哲学。但论者又认为:纪伯伦的后期创作与鲁迅等又有所不同,其作品中表现的“爱除自身外无施与,除自身外无接受”的思想在晚年得到最灿烂的升华。

朱小兰、姚建斌在《站在民族浪尖的散文诗抒怀——比较分析纪伯伦的〈暴风雨〉和鲁迅的〈野草〉》一文中着重对两部散文诗集中的耶稣形象与叙述风格的同与异进行了比较分析,认为耶稣形象在纪伯伦笔下“是各民族呼声的聆听者,是永恒之梦的诠释者”①,在鲁迅笔下则象征为人类谋福利而受刑、受苦的牺牲精神,造成这种差异的原因主要与他们生活的社会背景有关。

林丰民的《纪伯伦与闻一多:从调色板到文学殿堂》和《纪伯伦与闻一多创作的主旋律:爱、美与死》两篇文章从平行研究角度将纪伯伦与中国另一位现代作家闻一多的创作进行比较分析。论者认为将两位作家进行比较分析的基础是:“纪伯伦和闻一多分别是近现代阿拉伯、中国文学的巨擘,著名的诗人和文学家,都曾在少年时代受过新式的教育,又都曾留学海外,成为海外文学的代表。两人在创作道路上有着许多相似的地方。”②他们最突出的共同点是创作题材上所表现出的爱、美与死之主题。

上述文章的论者大多是纪伯伦作品的译者或者在科研机构和高校从事外国文学研究与教学的人员,他们从平行研究层面展开的对纪伯伦与中外作家创作相似性与差异性的比较分析,拓展了纪伯伦在中国研究的空间,为其后的纪伯伦研究提供了某些方法论方面的借鉴。

---

① 朱小兰、姚建斌:《站在民族浪尖的散文诗抒怀——比较分析纪伯伦的〈暴风雨〉和鲁迅的〈野草〉》,《三峡大学学报》2007年第1期。

② 凤鸣:《纪伯伦与闻一多创作的主旋律:爱、美与死》,《国外文学》1993年第3期。

2. 跨学科研究层面的深入

如果说,从平行研究层面对纪伯伦与中外作家创作所进行的比较研究,显示出研究者宏观的视野,拓展了中国纪伯伦研究的空间,使其研究显示出开放性特点的话,那么,从跨学科研究层面对纪伯伦创作与绘画、宗教、哲学等方面的研究,则显示出研究者理性的思考,这种从文学内部对纪伯伦创作展开的研究,较多呈现出纵深性的特点。

(1) 纪伯伦文学创作与绘画关系的研究

纪伯伦既是一位文学家又是一位画家,他从小就喜欢画画,对文艺复兴时期的艺术大师达·芬奇、米开朗基罗等大师充满敬仰。21岁举行过个人画展,1908年在玛丽的资助下到巴黎专门学习绘画艺术,曾受到雕塑大师罗丹的启发并开始关注英国诗人兼画家威廉·布莱克。可以说,纪伯伦的一生既是文学家也是画家的一生,他一生创作了13部诗集,700多幅绘画,而且他的画作有相当一部分是作为其文学作品的插图问世的。从开始发表的文学作品《疯人》《行列》中就附有数量不等的插画,而《先知》中的插画就有12幅,可见,文学与绘画成为纪伯伦创作的双翼,但两者之间并不是没有任何关联,其用意常常是用绘画来表现或扩展文字内容,或用文字表达或说明绘画,两者之间呈现出一种互文性关系。因此,研究纪伯伦的文学与绘画之间的关系,是国内学界关注的又一个论题。

著名学者伊宏首先在《东方赠给西方的一份佳礼:纪伯伦的文学和绘画艺术》[①]一文,探讨纪伯伦绘画与文学的关系,其后又在1994年出版的《纪伯伦全集》序言中的"纪伯伦的艺术世界"部分进一步谈及这个论题:"他的画和他的诗存在着惊人的统一,深刻的一致性。他的每一幅画差不多都是一首哲理诗,都是对生命意义的一次发现,都是对人与人、人与自然、人与'上帝'关系的一种阐释。"如果"不读纪伯伦的文学作品,是很难理解纪伯伦的画的"。在这里,伊宏实际上也为读者如何更好地理解纪伯伦的文学作品提供了一种指导性的方法。

① 《文艺报》1991年12月2日。

但是,由于纪伯伦的文学创作获得巨大成功,人们往往忽略了他在艺术事业上的创造和成功,因此,绘画是纪伯伦研究中容易被忽略的问题。郭洁以《纪伯伦文学与绘画艺术》为硕士论文选题,将纪伯伦的文学作品和绘画作品作为一个整体的艺术世界理解,同时以纪伯伦思想、心灵基本线索作指导性参照进行挖掘,从一个新颖的角度解读他文学和绘画作品,成为第一篇从跨学科研究的视野,打破传统,回到纪伯伦文学与绘画的文本内部,用色彩、构图、线条等绘画艺术语言细读纪伯伦文学作品,用意象、象征、结构、词汇等文学语言细读纪伯伦绘画作品的论文。

(2) 纪伯伦创作中的哲学与宗教研究

从宗教与哲学的角度研究纪伯伦文学创作中的神秘主义成为中国的纪伯伦研究者较为关注的话题。但这个领域的研究具有较高的难度,它不仅涉及文学艺术、宗教、哲学等领域的知识,还必须将各种知识融会贯通在一起。

长期从事阿拉伯现当代文学研究工作的中国社会科学院外国文学研究所的研究员李琛,在长期的研究经历和充分学术准备基础上撰写的《阿拉伯现代文学与神秘主义》,成为第一部全面分析和论述纪伯伦创作中神秘主义特色的专著。该书第二章"负有先知使命的纪伯伦"以个案研究的形式,探讨纪伯伦艺术世界中的神秘主义思想,指出:纪伯伦正是通过疯狂、孤独等自知的途径去感知大自然的爱与美,他重视现世生活,从不主张遁世,其神秘主义倾向既来自大自然的启示,也有基督教潜移默化的影响,其特点便呈现为"自然、静默与自知"。

蔡德贵在著作《当代伊斯兰——阿拉伯哲学研究》①中也专节论述了纪伯伦的神秘主义哲学和人生观,在此基础上他又专门就纪伯伦的宗教与哲学观之论题进行研究。他以"纪伯伦的多元宗教观和哲学观"(上、下)为题,从"纪伯伦的宗教背景""纪伯伦对东西方哲学家和宗教的认识""纪伯伦的哲学和文化观""纪伯伦的人生观"等四个方面进行了探讨。

---

① 蔡德贵:《当代伊斯兰——阿拉伯哲学研究》,人民文学出版社2001年版。

王晨雪以《巴哈伊教影响下的纪伯伦文学创作》为硕士论文选题，以巴哈伊教与纪伯伦的联系为切入点，将巴哈伊教对纪伯伦的事实影响作为立论的出发点，通过分析纪伯伦《先知》及《人子耶稣》等作品，从一个新的角度解读纪伯伦思想及创作，对其精神世界进行了更加深入的挖掘和解析，补充了国内纪伯伦研究在这方面的不足。

3. 影响研究层面的缺失

纪伯伦一生历经多种文化环境，他从小生活在阿拉伯文化的环境中，中学四年又是返回黎巴嫩在希克玛学校接受的教育，因而他深受阿拉伯传统文化的影响，但他一生的大部分时间都是在西方度过的，他喜欢博览全书，其文学创作无论是内容，还是文体，所受欧美文学的影响是多方面的，可见，从影响研究的角度来研究纪伯伦的文学创作，应该是大有可为的一个论题。

学界的研究者虽然也关注到这个话题，如马瑞瑜在《简论阿拉伯文学与英法文学的相互影响》[①]、《阿拉伯文学与欧美文学的相互影响》[②]中虽有涉及，但只有寥寥几句，并没有展开进一步的论述。

纪伯伦因曾受到英国诗人兼画家威廉·布莱克影响而被称为“二十世纪的威廉·布莱克”，关于这个问题，有许多纪伯伦作品的译介者和研究者都在自己的译作前言或后记以及其他文章中不同程度涉及这个问题，但是单就这个文学命题真正展开全面分析论述的文章在国内目前尚未见到。

同样的情况也出现在纪伯伦与德国哲学家尼采关系的研究上。尼采《查拉斯图拉》中的超人哲学是纪伯伦所受到的西方哲学思想的影响中最突出的。虽然有不少译者和学者都不同程度地提及这个论题，但没有展开进一步的论述。因此目前国内也没有出现关于该论题的系统的专门性研究文章或专著。

关于泰戈尔和纪伯伦创作关系的比较，中国学者多是从平行研究的

---

① 边国恩主编:《20世纪外国文学论集》，大众文化出版社1996年版，第490页。

② 马瑞瑜:《阿拉伯文学与欧美文学的相互影响》，《阿拉伯世界》1996年第3期。

角度进行的,这一层面的研究固然拓展了纪伯伦在中国的研究空间,但目前几乎没有看到从影响研究角度探讨纪伯伦受泰戈尔影响的文章,因而使这一论题存在着明显的不足之处。

印度作家泰戈尔在1916年12月在美国纽约访问期间,纪伯伦曾在一次演讲会上见到过他,十分关注泰戈尔提到的世界主义问题,并在1922年为泰戈尔画像。

纪伯伦与泰戈尔一样都是来自东方的爱国主义诗人。但与泰戈尔不一样的是:纪伯伦是被迫离开自己祖国的怀抱到美国谋求生存的,而泰戈尔却是其祖国的宠儿。相比之下,纪伯伦的信中充满了对泰戈尔的羡慕之情,尤其是泰戈尔亲自将自己用孟加拉语写的诗集《吉檀迦利》翻译成英语,"借着它而使它成为西方文学的一部分"。也就是说,英语是泰戈尔的诗集能够被欧美读者接受并获奖的一个重要条件。这对于身处美国的纪伯伦来说应该是一个极大的启发:如果再用阿拉伯语创作,其作品所面对的读者将是有限的,即使是颇为欣赏纪伯伦艺术才华的玛丽,虽然他们之间通信用的是英文,但作为美国人的玛丽也因语言的隔阂而存在着阅读的困难,更何况其他的美国读者。因此在玛丽的帮助和鼓励下,纪伯伦开始尝试使用英语写作。随后,纪伯伦在1918年发表第一部英文诗集《疯人》,1920年发表第二部英文诗集《先驱者》,1923年发表的《先知》也是一部英文散文诗集。而正是借着英文的翅膀,纪伯伦的作品才被译介到中国。

泰戈尔与纪伯伦作为东方作家,特别是东方近代作家,的确有许多相同之处。将他们放在一起比较分析其创作与思想的异同也许不纯粹是出于偶然。尽管冰心多次将泰戈尔与纪伯伦这两位东方作家的创作进行比较,伊宏曾单独撰文从多个方面对两位诗人创作的异同做平行研究层面的比较,拓展了纪伯伦研究的视野,但因该篇文章发表时间较早,而当时中国对纪伯伦作品尤其是书信集和日记等资料的翻译尚不全面,因而不能提供影响研究的以事实联系为依据的资料。相信随着纪伯伦作品在如今的中国已经基本上被全部译介过来的事实,学界将会有更多的研究者进一步关注此方面研究情况的进展。

杜拉斯作品的主题及艺术风格

——改革开放30年杜拉斯作品在中国的研究

王晓侠

玛格丽特·杜拉斯(Marguerite Duras，1914—1996)作为法国当代最著名的女小说家、剧作家和电影艺术家而被广大的中国读者所熟知。杜拉斯可以说是法国20世纪文坛"盖棺难以定论"的"经典"作家，因为她始终游离在各种艺术流派的边缘，不为任何文艺理论所拘囿。法国自20世纪70年代以来先后涌现出的一批"杜学"专家从新小说、新浪潮到女性写作和自传体小说，再到所谓的后现代写作等诸多层面揭秘了这位个性迥异的天才女作家在文学创作中所放射的五彩斑斓的艺术才华。而中国对杜拉斯的认知则肇始于20世纪80年代初期其作品《琴声如诉》在中国的译介。而后《情人》引发了持续多年的"杜拉斯热"，杜拉斯式写作成为某种文学现象和时尚，成为中国一批作家，尤其是女性作家热衷模拟的典范。时至今日，有关杜拉斯作品的学术研究仍频见于各文学评论期刊。本文试图从杜拉斯作品的主题和艺术风格两个层面，对30年来这位叱咤风云的法国女作家为中国读者所带来的审美经验和挑战做一综述，以期更加清晰、条理、全面、深入地总结杜拉斯及其作品在中国的研究历程。

一、杜拉斯作品所呈现的“自传性”研究

杜拉斯出生于法属殖民地时期的印度支那，并在那里一直生活到18岁。这段童年和少年时代的生活体验渗透到杜拉斯大部分的作品中。从她最早的小说《厚颜无耻的人》到《抵挡太平洋的堤坝》，从《琴声如诉》到《毁灭吧，她说》，从《情人》到《来自中国北方的情人》，作者的文学创作一直带着强烈的自传色彩，这种浓郁的东方情结或许从一个层面解释了杜拉斯的小说自20世纪80年代被引入后即风靡中国文坛的原因。1984年，《情人》荣获龚古尔文学奖，为杜拉斯赢得了延续至今的世界性声誉。作品在诗意的语言、特异的主题与平淡生活的相互交织中宣泄出一段惊世骇俗、丰富深邃、充满张力的激情。对母亲与兄弟的爱与恨，对青春爱情的希望与绝望在如泣如诉的叙写中凸显了一种悲怆低沉的悲剧力量。三十多年过去了，这部当时震惊世界文坛的作品至今似乎依然激发着各位专家学者对它的研究热忱。事实上，《情人》是杜拉斯最受中国读者关注的一部作品。从最初的译介到之后层层面面的分析、挖掘，杜拉斯的创作艺术通过这部作品在中国读者的面前得到了淋漓尽致的展示。作品的自传性似乎从一开始就被评论界断定无疑。20世纪80年代的法国文学界正处于一种“回归自我主体，讲述个人经历和记载历史”的潮流之中，而《情人》被称为当时“新传记”的创作尝试成功范例之一。诚如杜拉斯后来所说，她找到了“自己的、真正的声音”的写作手法。吴岳添在《玛格丽特·杜拉斯的自白》[①]中提及，法国《文学杂志》1990年6月号开辟了长达30页的专栏，发表了记者阿利埃特·阿尔梅尔的访问记，以及阿尔梅尔等人撰写的10篇评论，这些评论详尽地介绍和分析了杜拉斯的各种体裁的作品，并且断定它们实际上就是她的自传。杜拉斯本人也认为：“其实她只是在写自己，而读者们却在书中看到了各自的影子。”吴岳添在当时的评论中就已经指出，这类自传的叙写“注重文体，具有新颖独特的风格，

① 吴岳添：《玛格丽特·杜拉斯的自白》，《外国文学评论》1990年第4期。

善于打破传统的叙述模式，把虚构和现实融为一体，因而曾一度被认为是新小说派作家”。杜拉斯作品的自传性实质在李毅梅的《那西索斯的“倒影”——对杜拉斯“自传性言情书写”的一种解读》[①]中又渲染上了自恋的色彩。论文从拉康的镜像理论出发,并借鉴劳拉·阿德莱尔的《杜拉斯传》里所披露的鲜为人知的事实,印证了杜拉斯作品中的“情人事件”不过是从《抵挡太平洋的堤坝》,到《情人》，再到《来自中国北方的情人》等诸多作品的写作过程中不断被“改写”,被“重构”的一个处于现实和虚幻之间的事件。事实上,“情人事件”是杜拉斯一生中“最无法抹去、折磨至深的丑恶事物”，是她一生都无法忘却的耻辱,而一遍遍的改写和重构最终使丑陋的交易变成了美妙的爱情,营造出一个“美丽而虚幻的自我”,陶醉其中并乐此不疲。这个想象中完美的自我形象，使其抹去了少女时代的痛苦记忆,与此同时，读者们的膜拜，更膨胀了她的自恋心理。就像水中倒影于那西索斯一样，沉浸于一个理想虚幻的自我之中而不能自拔。也有读者认为杜拉斯的一生除了情人事件,还深深领略了人生其他层面的孤独、迷狂和混乱,“自传性书写”使其将虚构了的“自我”形象有意地(久而久之即为“无意”地)误认为是自己,从而得到自恋式的满足。[②]

二、杜拉斯作品中的女性主义情怀

玛格丽特·杜拉斯的作品抒写女性欲望,创造具有当代特征的女性叙事，颠覆传统的男性叙事话语，被法国女性主义批评家西苏等女权主义者立为真正女性写作意义上的典范之一。

杨玉珍在1998年的《杜拉斯与女性写作》[③]中就指出,杜拉斯小说独特的女性叙事风格“既带有浓重的自我抒写和精神自传的色彩，同时又在自传和文本之间跳跃形成作品的强大张力，突破‘亲历’,跃至审美创

---

① 李毅梅:《那西索斯的“倒影”——对杜拉斯“自传性言情书写”的一种解读》,《华侨大学学报》(哲学社会科学版)2005年第2期。

② 杨帆:《杜拉斯创作中的“自我”解读》,《安徽文学》2009年第5期。

③ 杨玉珍:《杜拉斯与女性写作》,《吉首大学学报》(社会科学版)1998年第2期。

造”。这种带有反叛传统叙事方式的女性叙事口吻,打破了作家与人物、叙述者与形象、真实与虚构的界限,以第二人称叙述和偶尔突然插入的第三人称叙述展开对往事的回想,使叙述者带有鲜明的性别与年龄特征。此外,杜拉斯作品大都涉及男与女、情欲与疯癫死亡、欢愉与痛苦言说,既大胆探究女性的身体欲望,又触及其隐含的文化内涵。她的创作回应了法国女权主义理论的倡导。

在杜拉斯笔下,男性传统中的主人公被“消解”掉,得以建构的是女性自我,比如《情人》中,本应只是叙述视角的“我”成了主人公,而小说题目所明确的主人公“情人”却成了投射在“我”的感觉视屏上的影像,读者只能靠“我”的叙述去感受他,这个由“我”对场景和心理的反复体味、回忆而激发出的人物最终给人的印象是模糊、单薄的,是“我”的一个体验对象,是使“我”得以发现“自我”,认识自我,显示“我”的丰富性、生动性、深刻性的一个工具。“女性以主体的自我来显示女性的心灵历程和精神史”,这种传统的“底片”与“影像”的换位恰恰回应了女性主义批评家的呼声。

西苏和露丝·伊利格瑞70年代中叶创立的“女性写作”理论将“女人写作”“写作女人”与“上帝写作”“写作上帝”并置。泽拥《从女性化上帝到永恒的母爱——杜拉斯的女性关怀》①一文认为,杜拉斯正是在她的作品中揭开了基督教传统中上帝庄重威严的面纱,将其从神圣之天界拉入世俗之凡尘,并赋予其女性特征。在杜拉斯看来,上帝所代表的是一种女性美的极致,而且是男女性爱中的美。上帝在其文本中呈现多种面目,其中之一即上帝的女性化倾向。在这一层面上,杜拉斯与女权主义神学家们汇流。该文从宗教的角度,通过并置女主人公与上帝的关系解析了杜拉斯作品中的女性主义。它还指出杜拉斯的《塔吉亚那的小马》《街心花园》《如歌的中板》《劳儿的劫持》《副领事》《毁灭吧,她说》《爱》《纳

---

① 泽拥:《从女性化上帝到永恒的母爱——杜拉斯的女性关怀》,《当代文坛》2001年第4期。

塔丽》《格朗热》等作品中，不管女性人物的社会地位、身份、所处的环境有多么不同，除了作为妻子以外，她们的另一个角色都是孩子的母亲。杜拉斯写作中的女性主义情怀由此得以彰显。沈静的《杜拉斯笔下主体女性形象解读》[1]一文对《劳儿的劫持》中的劳儿、《副领事》中的女乞丐和斯特雷泰尔三个女主人公进行了细致的精神探秘，分别把她们解读为“越过现实走向疯狂的窥探者”“进入无限广阔领域的超脱者”“无法超脱和自我麻醉的游荡者”，文章认为，这三个女性的三种不同的疯狂承载了太多杜拉斯本人痛苦的记忆，绝望的爱情和冰冷却又割舍不断的亲情，她们呼吸着杜拉斯“激情、痛苦和死亡的气息，诠释着一个独特的，细腻的，纠缠错节，难以捉摸的女性世界”。

三、杜拉斯小说的后殖民主义解读

玛格丽特·杜拉斯出生在印度支那，在那里度过了她的整个童年及少女时期，印度支那因此成为杜拉斯人生与创作的基石。作为在印度支那出生的法国人，杜拉斯身上交流、碰撞着东西两种文化，使她具有了后殖民理论家霍米·巴巴所阐述的混杂的文化身份，她“面对西方时经常处于失语与无根状态，但在面对东方时又具有西方人的优越感”。她的这种思想倾向，体现在她的作品中，就有许多地方表现出后殖民主义的写作特点。魏慰的《玛格丽特·杜拉斯作品的后殖民主义解读》[2]认为，杜拉斯从小就生活在贫穷、混乱、暴力的家庭中。她是穷人，有机会接触到那些在生死线上顽强挣扎的越南底层人民，并对他们的苦难极为同情；但她又是白人殖民者，可以用居高临下的眼光注视那些挣扎在第三世界里的人们，并有意无意地赋予被殖民者特定的本质，“杜拉斯既处于西方权力分配的弱势地位，又在东方场域占有白种女性的优越位置，尽管…… 东方的热带气息早已浸透了她的灵魂，成为她生命中不可分割的部分，但是她

---

① 沈静：《杜拉斯笔下主体女性形象解读》，《语文学刊(外语教育与教学)》2009年第7期。

② 魏慰：《玛格丽特·杜拉斯作品的后殖民主义解读》，《才智》2009年第30期。

不可能丢掉作为西方殖民者的身份认同,因此在她的作品中,常常会自觉或不自觉地带有殖民主义的眼光和观点”。晏亮和陈炽则从“后殖民语境下的女性关怀”出发,指出在当今文化研究视野中,后殖民主义和女权主义都属于反对文化霸权、维护弱势与边缘群体的少数话语,而前者从单一的民族文化来反对霸权,后者从单一的性别视角来界定霸权,二者各有侧重,各有局限。杜拉斯作为具有东西双重文化身份的西方女性作家,却使得后殖民主义和女权主义在其作品中实现了有效的联合,通过羸弱的东方“情人”的形象,映射了男女性爱隐喻下的东西方关系,无疑是对反对双重话语霸权的积极探索。此外,王咏的《杜拉斯作品中的东方形象新论》、张静的《浅析东方殖民地生活对杜拉斯创作的影响》、朱志玲的《后殖民主义视野下的“情人”形象》等文均认为杜拉斯的文本中不可避免地存在着一个西方注视下的东方,在她的作品中,东方、东方人和西方、西方人有着本质的区别,形成一个二元对立的结构。在这个对立结构中,东方和东方人无论被赋予积极或消极的特质,都不会处于中心地位,充其量是西方文化的一种对照和补充,被搁置在世界文化的后台。在异质的东方土地上,永远的主角是白人,异域的男性或女性在白人的注视下,不得不扮演着边缘和陪衬的角色。异国爱情故事的帷幔下隐藏的,实则是殖民主义者心目中的种族排序。

四、杜拉斯作品中的其他主题研究

近十年来,某些中国学者还对杜拉斯作品中所揭示的其他不同主题进行了研究。邱叶在《迷狂岁月中爱的欲望——杜拉斯小说主题探寻》[①]中指出,杜拉斯众多的小说文本展现了一个相似的主题,那就是“爱的欲望”。一个个主人公充满了喧嚣与困惑的心灵世界,在作家那种女性细腻的洞察力的关注下,成为迷狂岁月中执著于爱欲的灵魂,在激情的牵引

① 邱叶:《迷狂岁月中爱的欲望——杜拉斯小说主题探寻》,《中国图书评论》2003年第10期。

下穿越生命的各个临界状态，使人生幻化为一段段情感的经历。杨茜从杜拉斯的早期创作出发，围绕其1943—1953年发表的《厚颜无耻的人》《平静的生活》《抵挡太平洋的堤坝》《直布罗陀水手》《塔吉尼亚的小马》等几部作品，提炼出"烦恼"这一中心主题。通过对这几部具有代表性的作品的分析，总结出"复杂的家庭关系、琐屑的日常生活、艰险的自然环境以及乏味的婚姻生活，是小说人物的烦恼之源"。[①] 在烦恼的折磨中，人失去了对生活的兴趣，精神游离于置身其间的世界之外，感到孤独和寂寞。"烦恼"主题可以说奠定了作家一生创作的灰色基调，同时也开启了杜拉斯创作生涯的灰色主题的序幕。崔盈华则从另一个角度，挖掘了杜拉斯"一贯灰暗主题中闪光的一面"。他认为《直布罗陀水手》和《塔吉尼亚的小马》两部小说都以旅行作为主要题材，旅行在小说中"不仅是故事发展的主线，也代表着一种人生的选择，更是一种积极的抗争"。它是摆脱困惑无奈的人生，追求理想生活的一种方式，是"生命激情与爱情理想的邀约"。因此主人公所进行的选择与抗争从后一个独特的角度展示了杜拉斯对生活及人生的别样感受。[②]

五、关于杜拉斯作品写作技巧及艺术风格的研究

尽管杜拉斯本人一再否认自己是法国新小说派的代表人物，还是有很多评论家从新小说创作美学原则的角度来解读她的作品，认为消解、淡化人物和情节、"非人化"的"纯描写""纯写实"，在跳跃的叙述时空中凸现"生活碎片"，"电影"与"绘画"闯入叙述流程等种种后现代的写作技巧和风格也广泛体现在杜拉斯的创作中。[③] 但杜拉斯较之其他新小说作家的独特之处，或许还在于她内心深处那根时时拨动着的音乐之弦。如上所述，她的作品大多围绕爱、写作、等待、欲望、死亡等主题展开叙述，而在她

---

① 杨茜：《杜拉斯初期小说的烦恼主题》，《洛阳师范学院学报》2005年第3期。

② 崔盈华：《旅行的邀约：选择与抗争——对杜拉斯初期小说中旅行主题的探究》，《西安航空技术高等专科学校学报》2010年第2期。

③ 喻平阶：《法国新小说派创作方法分析》，《湖北大学成人教育学院学报》2001年第3期。

的众多作品中,散布着许多音乐的元素。音乐甚至取代了人物的语言,揭示着作品的主题,暗示着人物的内心情感波动,预示着令人绝望的爱情,推动着故事情节向前发展。“杜拉斯笔下的‘音乐’低沉暧昧、似有似无,令人躁动不安,并唤起人物和读者心底最难以名状的无法忘怀的痛苦和忧伤,而这就是她独特的音乐性叙事风格。”[①]

这种“音乐性叙事风格”在杜拉斯的多部作品中呈现出一种“二分对位、双层复调结构”,如《小马群》《琴声如诉》《夏夜十点半》三部小说均由两个叙述层面组成,一个层面集中了主要人物,安排了主要事件,这是一个核心层面或内部层面;另一个层面则安排了一些看上去与主线无关的事件,形成一个与第一层面相对应的次要层面或外部层面。而“这种处理法类似于音乐中的复调,一主一次,音符对位,曲调不同却互相和应。它的运用使小说的表现空间更加开阔,作品也因此更加生动、更加立体化”[②]。复调的结构使杜拉斯小说的故事情节得以淡化,如同一部大型交响曲,几个主题平行发展,且井然有序,气势磅礴,旋律优美,传送着一种深厚博大的情绪。孟庆新认为运用复调结构有利于“拓展一部作品和其他多部作品以及与社会和历史之间的关联,为读者展示出了一个庞大的作品空间,具有开创精神,对于结构主义的理论构建具有重大意义”[③]。若从文本结构的开放性、交流性和历史性这个角度出发,杜拉斯文本的另一个特点就是它们的“互文性”。户思社对杜拉斯四部有关“情人”的作品(《抵挡太平洋的堤坝》《伊甸影院》《情人》《来自中国北方的情人》)作了细致的“互文性”研究,指出“素材时空轴的变化促使读者在另外的坐标上去解读这些素材所包含的含义。互文性就是在这种反复的摧毁中不停地建立文本的新意义,时空在这里重新组合并产生错位”。而杜拉斯也正是通过“摧毁自己的往昔和自己的作品,摧毁作品中

---

① 白睿:《杜拉斯作品中的“音乐”》,《武汉大学学报》(人文科学版)2009年第6期。

② 彭姝祎:《杜拉斯的二分对位、双层复调小说结构》,《当代外国文学》1998年第2期。

③ 孟庆新:《从复调结构和互文性书写看杜拉斯外倾性的作品结构》,《内蒙古电大学刊》2011年第3期。

的人物来构建自己的现在、新的作品和人物,通过反复地摧毁、割裂来重建自己心中的理想”。[1]

如果说杜拉斯小说的艺术魅力在于它把各类艺术结合起来巧妙地运用到文学之中,借鉴了音乐、绘画、电影等艺术的优点,弥补文学的缺陷,使读者通过一种旋律、一幅画面、一个特写或蒙太奇而获得准确的意象,也有学者注意到,文学是语言的艺术,如果玛格丽特·杜拉斯的作品仅仅做到了把音乐、绘画与摄影等艺术有机地运用到文学中来,而缺乏对文学本体的追求的话,她的影响就不会如此广泛。事实上,杜拉斯认为创作是文字的游戏,精神的遨游。杜拉斯的语言从词开始,句子悬挂在词上,环绕在字的周围,如方婉先在她的《综合性艺术的魅力——评杜拉斯小说的艺术风格》[2]中所说:“每个词语都是沉甸甸的,包含着深沉的象征意蕴”,从而赋予句子一种渗透力,一种“歌剧吟诵般”的格调,让每句话“都带有一种特殊的光圈,具有超出字面意义之外的弦外之音”,她所要表现的是某种“超现实”的东西,“超乎一个具体艳遇故事之上的东西,带有某种升华性质的东西”。总之,杜拉斯要用有限的文字引导读者探索到无穷深远的意义。

纵观改革开放30年来中国学者对玛格丽特·杜拉斯小说创作的整体研究(此文仅涉及国内各大学术期刊历年来发表的论文,独立的学位论文及专著另述),可以发现,这棵法国文坛风姿绰约的奇葩早把它的缕缕清香渗透到中国文学评论界的角角落落,从杜拉斯始于20世纪四五十年代的早期创作到她行至耄耋之年的奋笔疾书,都得到了中国学者的厚爱,每部作品从主题到艺术风格都被解读得淋漓尽致,直至今日依然有充满激情的评论文章见诸笔端。此文对杜拉斯的研究综述旨在总结各研究成果的主干和精髓,尽力勾勒一代文学大师小说创作留给世人的整体风貌,并希望能给后人的继续研究带来启迪和帮助。

---

① 户思社:《杜拉斯四部作品中的互文性研究》,《解放军外国语学院学报》2008年第3期。

② 方婉先:《综合性艺术的魅力——评杜拉斯小说的艺术风格》,《长沙水电师院学报》(社会科学学报)1994年第3期。

30年来中国的村上春树文学研究

翁家慧

村上春树(1949—)是当今日本文坛乃至世界文坛最受瞩目的作家之一,诺贝尔文学奖的热门候选人,从他对日本当代文学,乃至世界文学的影响来看,村上文学的重要性是不言而喻的。自1979年村上春树凭借《且听风吟》问鼎"群像新文学人奖"之时起,日本评论界就已经开始关注村上文学的独特性。尤其是进入20世纪90年代之后,村上屡获文学大奖,为他在日本文坛确立了不可动摇的地位。同时,随着作品被译介到三十多个国家和地区,他获得了全世界,尤其是东亚地区青年读者的喜爱,在世界范围内掀起了一股不小的村上热,这也激发了各位文学研究者对村上文学的研究热情。国内对村上文学的研究起步稍晚,不过,20世纪末,林少华译《挪威的森林》在国内引起轰动效应并引发"村上春树热"之后,国内学界的研究热情也被点燃了。进入21世纪之后,村上文学研究论文出现了井喷现象,不仅数量上年年递增,且新的研究方法和视角层出不穷。一方面,各大高校日本文学专业的硕士生和博士生的学位论文纷纷选择村上文学作为研究课题;另一方面,有关村上研究的课题频频获得国家社科基金、教育部人文社科项目基金、省市级社科基金的资助,一批颇有学术含量的论文迅速填补了国内村上文学专题研究的多项空白。另外,关于村上文学的意见交锋也屡见不鲜,尤其是围绕林少华译本的优劣得失等课题所展开的学术论争,更是成为21世纪第一个十年里村上文学研究领域最热门的话题。

一、20世纪的村上文学研究

1989年可以说是国内村上文学研究史上具有重要意义的历史元年。首先,在这一年的《外国文学评论》第三期“外国文坛之窗”专栏上刊登了一篇题为《日本〈文学界〉评出1988年畅销书》的短文,首次提及了村上的小说。其次,当年的《世界博览》第四期刊登了李德纯的《物欲世界中的异化——日本“都市文学”剖析》,以较大篇幅详细介绍了村上春树和他几部代表作,如《挪威的森林》《寻羊冒险记》《世界末日与冷酷仙境》,并将其归入“都市文学”进行分析。不过,在这篇论文中,村上文学只是作为“都市文学”的代表之一出现,其他作家还包括安部公房、中上健次、田中康、水上勉等。[①] 最后,经李德纯推荐而开始村上文学翻译工作的林少华翻译了村上的长篇小说《挪威的森林》,也在这一年由漓江出版社出版发行。这是国内第一次翻译出版村上作品,尽管当时并未引起反响,却也为几年之后的“村上春树热”的兴起奠定了基础。[②]

20世纪末的村上研究可以说成果寥寥,论文数量不足20篇,其中,最早的个案研究当属王向远的《日本后现代主义文学与村上春树》。他从分析日本后现代主义的特征入手,归纳整理了日本后现代主义文学的发展史,并指出“内向派”“都市文学”派和“儿童派”构成了近二十年来日本文学的主流。另外,他还从后现代主义的研究视角解读村上文学,并指出村上文学的特点是“消费性”和“消解”,这为后来的研究者提供了一个重要的研究思路。[③] 其他还有几篇论文大多是有关村上的外围研究,包括何乃英的《谈“村上春树现象”》[④]、孙树林的《风为何歌——论村上春树

① 《世界博览》1989年5月。

② 1992年8月,漓江出版社出版了包括四部长篇在内的村上小说系列,1996—1997年,漓江出版社又重新包装出版了五卷本的“村上春树精品集”,获得了大学生和小资人群的大力追捧,形成了所谓的“村上春树热”。林少华的译本也自此成为国内读者心中的权威译本。

③ 《北京师范大学学报》(社会科学版)1994年第5期。

④ 《百科知识》1997年第3期。

〈听风歌〉的时代观》[①]、林少华的《"和臭"要不得——村上春树文集翻译随笔》[②]等。可以说，这一时期的国内学者还没有普遍地对村上文学产生学术研究兴趣。

二、21世纪的村上文学研究

进入21世纪之后，国内开始大量翻译和出版村上春树的作品。2001年，上海译文出版社着手出版"村上春树文集"，这一套文集涵盖面极广，不仅包括了村上的长短篇小说和主要随笔集，还包括游记和纪实文学，而担纲主要译者的就是林少华。这套文集中的很多作品在经过多次再版印刷之后，为村上春树在国内赢得了庞大的读者群，使其成为21世纪最受欢迎的外国作家。如此红火的市场效应让出版社毫不犹豫地成为村上文学译介和出版的最大推介者。一旦村上有新作问世，出版社马上就会通过代理商购得版权，不久便有中译本面市，紧随其后的就是各种书评和言论，只要是和村上有关的论文都能迅速地见诸报端。

2002年，村上发表长篇小说《海边的卡夫卡》之后，在国内立刻掀起了一股新的研究热潮，同时，研究视角和阐释方法变得更加多样和新颖。首先是弗洛伊德精神分析法的使用，俄狄浦斯情结成为解读这部小说必不可少的一把钥匙。秦刚翻译了东京大学小森阳一的研究专著《村上春树论——精读〈海边的卡夫卡〉》[③]并连续发文推荐这部学术专著，毫无疑问，小森阳一的观点和研究理论对国内研究者产生了较大的影响。其次，小说独特的多重结构的叙事手法也成为研究者感兴趣的课题。比如张青在《村上春树的叙事艺术——试析〈海边的卡夫卡〉》中指出村上在《海边的卡夫卡》中使用了俄狄浦斯王的神话传说构筑起互文性叙事的开放性

---

① 《外国文学评论》1998年第1期。

② 《出版广角》1998年第1期。

③ 小森阳一：《村上春树论——精读〈海边的卡夫卡〉》，秦刚译，新星出版社2007年版。秦刚的两篇文章《〈海边的卡夫卡〉现象及其背后》和《〈海边的卡夫卡〉的"斯芬克斯"之谜》分别见《读书》2007年第8期和《21世纪经济报道》2007年10月22日第41版。

文本,又利用梦幻和现实的融合将“我”的成长故事融合在中田老人的二战背景之中,将日常和历史联系在一起。[①] 魏大海的《村上春树小说的异质特色——解读〈海边的卡夫卡〉》指出从村上的创作意图、文学表达或文体特征上看,已具备了明显不同于传统文学的异质特色,旨在虚幻与现实的强烈对照中揭示出现实世界的真实本质。[②] 由此一例便可知,村上文学已经成为了21世纪日本文学研究领域的一个新热点。

纵观21世纪第一个十年国内村上文学的研究成果,可以列举出研究专著和论文集6部:林少华的《村上春树和他的作品》《为了灵魂的自由:村上春树的文学世界》[③];雷世文主编的《相约挪威的森林:村上春树的世界》[④];岑朗天的《村上春树与后虚无年代》[⑤];杨炳菁的《后现代语境中的村上春树》[⑥]以及杨永良的《并非自由的强盗:村上春树〈袭击面包店〉及其续篇的哲学解读》[⑦]。学术译著4部:美国学者杰·鲁宾的《倾听村上春树——村上春树的艺术世界》[⑧]、日本学者黑古一夫的《村上春树——转换中的迷失》[⑨]、日本学者小森阳一的《村上春树论——精读〈海边的卡夫卡〉》[⑩]以及文艺评论家内田树的《当心村上春树》[⑪]等。另外,还有发表在学术期刊上的研究论文400多篇,博士论文3篇,硕士论文60余篇。

---

① 《外语教学》2006年第6期。

② 《外国文学评论》2005年第3期。

③ 林少华:《村上春树和他的作品》,宁夏人民出版社2005年版;《为了灵魂的自由——村上春树的文学世界》,中国友谊出版公司2010年版。

④ 雷世文:《相约挪威的森林——村上春树的世界》,华夏出版社2005年版。

⑤ 岑朗天:《村上春树与后虚无年代》,新星出版社2006年版。

⑥ 杨炳菁:《后现代语境中的村上春树》,中央编译出版社2009年版。

⑦ 杨永良:《并非自由的强盗:村上春树〈袭击面包店〉及其续篇的哲学解读》,山东人民出版社2010年版。

⑧ 杰·鲁宾:《倾听村上春树——村上春树的艺术世界》,冯涛译,上海译文出版社2006年版。

⑨ 黑古一夫:《村上春树——转换中的迷失》,秦刚、王海蓝译,中国广播电视出版社2008年版。

⑩ 小森阳一:《精读〈海边的卡夫卡〉》,秦刚译,新星出版社2007年版。

⑪ 内田树:《当心村上春树》,杨伟、蒋葳译,重庆出版社2009年版。

从这些专著、论文集、译著和论文中，我们大致可以归纳出这十年来国内村上研究的两大主要特点。

第一大特点就是村上研究的对象主要集中在长篇小说，尤其是《挪威的森林》《寻羊冒险记》《海边的卡夫卡》《1Q84》等畅销小说，学者们从各个视角对其进行了反复的解读和剖析。比如：刘婧在《〈挪威的森林〉中的男性叙述与女性形象》一文中指出《挪威的森林》中被忽视的男性话语霸权中的女性形象问题，忽略其美好的女性形象代表了男性对于女性角色的期待。而在直子和绿子的选择中暴露了男性叙事者的男性中心主义倾向。[①] 类似的论文还有董群智《村上春树小说的女性解读——以青春三部曲为例》[②]。而尚一鸥的《〈寻羊冒险记〉的艺术开拓——村上春树小说论》则认为该作品是村上青春三部曲的压轴之作，在语言的叙事性与作品的故事性有机结合的领域，显示了作家的艺术开拓与创造精神。[③] 王玉英在《后现代语境下村上春树作品的比喻辞格——以〈海边的卡夫卡〉为例》一文中通过对近200个比喻词格的考察，发现该作品的特点是将通俗易懂的本体与喻体并置，形成意想不到的"落差"，并在"落差"间创设了一个相互流动的语义场，使语义增殖、发散，作品意蕴也因此更加丰富和复杂。同时，指出村上的这种"落差式"比喻辞格的建构与其后现代语境下形成的认知模式密切相关。[④] 尚一鸥在另外一篇题为《日本现代社会伦理的文学阐释——〈1Q84〉小说人物形象论》的论文中指出，村上在这部作品中有意识地参与到与社会文化文本的对话与循环之中，以解读现代日本人的精神危机的内涵。国家体制、宗教组织、学潮记忆、文坛黑幕、家庭暴力、黑社会的现代形态、晚婚与婚外恋的时代潮流等现实介质，遂根据人物塑造的需要纷纷涌入，形成村上春树特有的"人学"观与小说

---

① 《太原大学学报》2009年第3期。

② 《河南大学学报》(社会科学版)2009年第4期。

③ 《外国问题研究》2009年第1期。

④ 《社会科学战线》2012年第3期。

模式。[①]

研究者们对短篇小说和纪实文学的研究着力不多,研究对象主要为村上成名作品《且听风吟》《去中国的小船》《象的失踪》等。比如:尚一鸥、尚侠的《村上春树〈且听风吟〉的文本价值》[②];关冰冰、杨炳菁的《"我"与"象的失踪"——论村上春树短篇小说〈象的失踪〉中的"我"》[③]等。不过,值得期待的是王艳华的研究,她在国家社科基金项目论文《短篇小说在村上春树创作中的作用和价值——以〈去中国的小船〉为中心》一文中指出村上的短篇既是他长篇小说探索的前奏,又是他一些重要思考的试验田。将村上的长短篇结合互见,会加深对村上的全面把握。[④] 另外,林少华有两篇论文涉及了村上的纪实文学,其中,在《之于村上春树的物语:从〈地下世界〉到〈1Q84〉》一文中,他把村上的长篇纪实文学《地下世界》作为解读《1Q84》的钥匙,指出《1Q84》由于抽去了制造封闭性物语的主体,减弱了这部长篇小说的社会认识价值和现实批判力度,所以,在这个意义上,它并非一部成功的优秀的作品。[⑤] 在另一篇题为《〈在约定的场所〉:之于村上春树的"奥姆"》的论文中,林少华对这部纪实文学进行了专题研究,他从"约定的场所"是怎样的场所、何以有人进入那样的场所、村上何以介入奥姆真理教的问题这三点切入,对文本加以梳理剖析,并试图提出新的读解方式。并认为这是村上创作道路上的一部"拐点"之作,作品的意义及其中含有的教训、寓意和丰富的启示性远远超过了文学作品本身。[⑥]

此外,村上的游记和随笔的研究更为鲜见,不过,由于其中内容多涉及村上自身生活经历和创作思考,反倒是经常作为佐证出现在村上小说研究中。作为个案研究,可举例的有佟君的《蛋撞墙:村上春树的文学选择》,该论文观察到村上文学的改变,并指出村上春树文学的一种创作主

① 《日本学刊》2010年第5期。
② 《社会科学战线》2009年第6期。
③ 《浙江外国语学院学报》2013年9月第5期。
④ 《东北师大学报》(哲学社会科学版)2011年第3期。
⑤ 《外国文学》2010年第4期。
⑥ 同上。

题的走向选择已经从个人走向群体，更由群体走向人类社会，从而使其文本呈现出了社会关怀的宏观叙事景象。[①]

更为罕见的是对村上译作展开的研究成果。村上春树不仅是一名出色的小说家，还是一位美国当代小说的知名译者，他的小说创作受到美国文学的影响是显而易见的事实。目前国内只有杨炳菁在《论村上春树的翻译》一文中对村上的译著以及对其小说创作的影响进行了专题研究。该论文概述了村上春树所译的作家和作品，并对其译作的主要特点进行了分析。并在此基础上，就雷蒙德·钱德勒对村上文学的影响做了初步的探讨。[②]

国内村上研究的第二大特点就是研究方法的多样性和纵深化。既有宏观的后现代主义、女权主义、接受美学和文学文化学的研究视角，又有微观的精神分析学、文体学、叙事学视角，此外，还有从意识形态角度研究村上历史观，利用比较的方法为村上研究建立各种参照系等等，不一而足。毫无疑问，这些方法的交叉使用为我们更好地解码村上文学提供了丰富的可能性。

在 21 世纪的村上文学的宏观研究中，比较有代表性的论文有：赵曦的《理解村上春树三个的"关键词"：后现代主义、音乐与孤独》[③]；王志松的《消费社会转型中的"村上现象"》[④]；刘研的《"中间地点"论：村上春树的多元文化身份初探》[⑤]和《村上春树的悖论：虚拟时代的生存之道》；张昕宇的《从"全共斗"到"战后"——论村上春树早期作品的精神内核》[⑥]；刘海英、关醒的《解读村上春树的"寻找"意识》[⑦]；杨永良的《村上春树文学世界的支配原理——兼论村上春树文学创作的主题与主线》等。其中，

---

① 《日本研究》2011 年第 3 期。
② 《日语学习与研究》2010 年第 2 期。
③ 《文学界》2012 年第 2 期。
④ 《读书》2006 年第 11 期。
⑤ 《外国文学评论》2008 年第 2 期。
⑥ 《解放军外国语学与学报》2010 年第 6 期。
⑦ 《日本研究》2010 年第 4 期。

刘研的两篇论文提出了比较新颖的研究视角,尤其是在《村上春树的悖论:虚拟时代的生存之道》一文中,他把村上文学置于宏观的时代背景和文化语境之下,分析并指出村上的作品通过前往异界冒险、倾听音乐和风之歌以及日常生活体验构建了一系列悖论。也就是说,他的小说既在一定程度上为我们的日常生活带来了慰藉和暂时性的解脱,其中似乎还蕴含着重建个体自由的希望,但也存在消解善恶和历史并陷入虚无的危险。[①] 杨永良的论文也别出心裁,他认为因果规律、熵增定律、"善恶平衡"原理是支配村上春树笔下的可能世界的根本原理。由于村上春树所刻画的世界几无例外都是一切事物均由此类原理所规定的决定论的世界,因此,村上春树笔下的、具有塑造自己生活的强烈愿望的各类小说人物便都因此而失去了其选择的自由和自我决定的能力,失去了其能动性和可能性,也失去了其作为一个人类成员所赖以自立的尊严。之所以如此,其原因则在于笛卡尔、莱布尼茨、伯林、卡夫卡等人对于小说作者的各个方面的不同影响。[②] 这篇论文的观点是否成立姑且不论,仅凭论证过程以及相关理论的引入就足以让我们看到21世纪的研究者在村上文学研究中力求创新、争取突破的决心。

在村上文学的微观研究中,比较有代表性的论文有尚一鸥、尚峡的《村上春树〈且听风吟〉的文本价值》,该论文认为《且听风吟》是村上小说的语言风格、写作技巧和后现代主义艺术氛围的源头与雏形;是作家从摆脱日文小说文本平庸拖沓的理念出发,借鉴美国现代小说简洁明快的文风,所完成的小说文本的革命性变革;是当代日本小说精神和文学价值的重要体现。[③] 这是关于村上小说文体研究的一篇代表性论文,同时也反映了研究者之间的一个共识,即村上小说文体的特点就在于语言简洁流畅又富于哲理;深受欧美文学风格影响,幽默风趣的叙事风格完全摆脱了日本小说的呆板与晦涩。另外,还有关冰冰、杨炳菁的《多元文化的融合

① 《东北师大学报》(哲学社会科学版)2010年第4期。

② 《山东社会科学》2012年第11期。

③ 《社会科学战线》2009年第6期。

体——论村上春树笔下的“杰”》，这篇论文主要以村上春树笔下的“杰”为研究对象，通过解读其姓名、所经营的酒吧以及他与小说中另外两位主要人物之间的关系可以把握其中传达的信息。并指出，较诸将“杰”视为有着特殊身份的实体人物，把他作为文化符号能够为阅读村上春树小说带来更为广阔的空间。① 这篇论文所采用的符号学视角，对解读村上小说人物的形象特征具有很大的参考价值。

就村上文学的战争观、中国观等意识形态方面的课题展开研究的论文有：尚一鸥的《村上春树的伪满题材创作与历史诉求》，该论文认为对于村上春树来说，中国不仅仅是其国家历史的一部分，是其家族经历的一部分，也是其人生理解的一部分。他的伪满题材创作集中反映了这位日本作家的复杂的中国心态。在他笔下，诺门坎战役中与战争相关的文学描写，尽管参照了许多伪满时期的原始资料，实际上却是村上春树所虚构的一种艺术世界。在中蒙边境上，村上春树并没有寻找到他真正应该找到的东西。② 其次，还有赵佳舒的《历史的记忆与传承——论村上春树的战争观》，该论文认为村上在文学创作过程中，对战争的认识呈现出由浅入深的趋势，对战争罪恶的揭露也日趋尖锐和深刻。《寻羊冒险记》《奇鸟形状录》和《海边的卡夫卡》是最能代表村上春树文化意识形态的三部作品。村上在作品中不断叙述战争历史，其目的不仅是让日本民族记住那段历史，并进行反思，而且把日本的历史和现实有机结合起来，以历史为平台，阐述日本过去和现在本质上的共同之处。通过历史反思现实，指出在延续了战前官僚体制控制下的日本现代社会中日本人某种思想的缺位。③ 对此持相反意见的论文有由同来《论村上春树否定历史、开脱日本战争责任的故意和逻辑方法》，该论文认为村上在“奥姆事件”之后，虽标榜要以社会责任感探究日本回避责任型社会体制缺陷的问题，但是，他在对有关“诺门坎事件”和“沙林暴力事件”的思考中，却与这美丽的口号产生了严

① 《解放军外国语学院学报》2013年第3期。

② 《国外社会科学》2010年第4期。

③ 《译林》2012年第10期。

重的偏离。村上的历史观与美化日本侵略战争的皇国史观如出一辙,他背离了一个有良知、有正义感的作家所应背负的使命感。[①] 持同样观点的还有刘研的《村上春树可以作为东亚的“斗士”吗？——〈奇鸟行状录〉战争叙事论》,该论文从新历史主义批评的视角切入，指出村上虽然在文本表层结构设置了集体记忆的编年史线索，但他在战争叙事中传达出的对战争本质的认知、对中国人的符号化描述、对战争罪恶的虚无态度以及以电脑游戏般的解决方式对战后日本国民精神创伤实施的“疗愈”，却表明对于战争记忆，作家并未超越民族主义的文化立场，他对战争记忆的追溯也并未构建出一种批判性的历史意识。[②]

三、关于村上文学中译本的论争

村上文学之所以能够成为20世纪末至今最受欢迎的外国文学并在中国吸引庞大的受众群体,除去中国社会对外国文化接受度的变化等外在因素,最重要的内因还是要归功于译者林少华的翻译风格。从1989年翻译出版《挪威的森林》开始,林少华独自承担了近四十部村上作品的翻译工作,被戏称为“林家铺子”。然而,就在林译本获得广泛赞誉并为村上文学赢得了无数中国读者之时,来自国内外的有关林译本的论争也开始甚嚣尘上。这一论争的热烈程度、持久性和影响面都超乎想象,以至于有学者把它和1995年的《红与黑》汉译论争相提并论,并进行了比较研究。[③]

在此次论争中,对林译本持有批评意见的代表学者是东京大学文学部的藤井省三,他在题为《论村上春树的汉语翻译——日本文化本土化与中国本土文化的变革》一文中指出了林译村上文学存在的错译漏译现象,并援用劳伦斯·韦努蒂的翻译理论对林少华的翻译观提出了批判。由于

---

① 《国外文学》2010年第4期。

② 《外国文学评论》2010年第1期。

③ 见邹东来、朱春雨:《从〈红与黑〉汉译讨论到村上春树的林译之争》,《外语教学理论与实践》2011年第2期。

藤井本人是中国文学，尤其是鲁迅文学的研究者，他还在论文中把村上文学的翻译问题放到中国近现代文化交流的大背景下进行探讨，认为村上本人通过翻译受到鲁迅的影响，而其自身的作品又通过翻译对中国当代文学也产生了影响。[①] 对此，林少华在题为《文体的翻译与翻译的文体》的论文中阐述了自己的翻译观。他认为自己的译本在一定程度上忠实传达了原作的文体，但并非百分之百的所谓等值翻译。这是因为，文学翻译既然是再创造的艺术，就必然有译者个性即译者文体介入其间。换言之，文学翻译只能是原作者文体和译者文体，或者文体的翻译和翻译的文体相妥协相融合的产物。[②]

2009年是论争最激烈的一年，国内的日本文学研究者纷纷撰文发表了自己的观点。比如：王志松的《翻译、解读与文化的越境——也谈"林译"村上文学》通过多个文本比较分析指出，林译本的质量要高于其他几个村上译本，是最终占领中国大陆读书市场的重要原因之一。他还进一步探讨了"林译"在21世纪之交中国的文化背景下所扮演的文化角色，指出其独特的文体和独到的解读既有消解主流话语的一面，但也存在着回避现实的危险。[③] 王成的《翻译的文体与政治——"林译"文体论争之刍议》通过比较"林译"夏目漱石的《心》和村上春树的《挪威的森林》的翻译文体，指出"林译"文体存在的问题，同时，也对批评林少华翻译思想的观点进行了反驳。[④] 杨炳菁的《文学翻译与翻译文学——林译村上文本在中国大陆》从文学翻译与翻译文学两个方面对林少华在村上文本的译介过程中所起的作用进行了探讨，并指出在文学翻译方面，林少华的翻译观体现了我国一个多世纪以来"归化"为主的翻译理念。林译文本在传播以村上文学为代表的日本当代文学这一过程中发挥了巨大的推动作用。在翻译文学领域，林少华的翻译对解读村上文学起着导向性作用。而林少

---

① 《日语学习与研究》2009年第1期。

② 同上。

③ 《日语学习与研究》2009年第5期。

④ 《日语学习与研究》2009年第1期。

华所撰写的有关村上文学的研究性文章一方面起着深化阅读的作用,同时也在某种程度上造成了目前国内村上文学研究的单一化倾向。[①] 林璋的《文本的翻译与评说——以林少华译〈挪威的森林〉为例》讨论的是文本产生的过程以及在这个过程中的翻译技术问题。翻译技术包括分析技术和表达技术,分析技术又包括原文文本的分析技术和译文文本的分析技术。他以林少华译《挪威的森林》为例,对原文文本和译文文本进行技术分析。分析结果显示,翻译中是否运用分析技术会直接影响译文成败。[②]

另外,还有学者试图通过不同译本之间的比较来辨析各个译本的优劣,比如于桂玲的《从〈舞 舞 舞〉的三种译本谈译者的翻译态度》结合原作对比研究三种译本,分析各自特点及共同点,结合时代背景探讨翻译过程中经济、文化等社会因素对译者的影响,阐释全球化背景下西方翻译理论对我国传统翻译理念的冲击,指出译者应该最大限度隐藏自己,再现源语言文化[③];饶永伟的《从功能主义目的论看归化翻译与异化翻译的选择——以村上春树〈寻羊冒险记〉中译本对比为例》以村上春树《寻羊冒险记》的林少华版和赖明珠版的两个中文译本为例,从翻译学界中德国功能主义目的论的角度来分析在具体翻译过程中归化翻译和异化翻译的选择问题和翻译标准。[④]

这场论争从表面上看是翻译方法、翻译理论上的争鸣,林译本只不过作为实例用来佐证各家的翻译观而已,但在翻译观点的背后,却是不同意识形态之间的交锋与碰撞。

综上可见,国内学界对于村上文学的研究视角正在不断地向纵深化方向发展和变化,最终目标应该是与国际学术研究接轨,并获得在国际日本文学研究领域中的话语权。

---

① 《日语学习与研究》2009年第5期。

② 同上。

③ 《外语学刊》2010年第6期。

④ 《文学界》(理论版)2013年第1期。

(二)文学史与翻译

从“东方文学”到“亚非文学”

——以文学史著述为个案的分析

魏 崴

我国东方文学学科建设始于1958年，北京大学东语系作为国内第一个东方语言文学系，在我国东方文学学科建设过程中起到了至关重要的作用。梳理我国东方文学学科史的发展历程，辨析东方文学史相关著述的编写历史，不仅有利于我们弄清楚东方（亚非）文学学科建设的一些特点，也有助于进一步了解目前学科建设的整体资源和未来的发展趋势。从1958年国内高校开始设立东方文学学科开始①，国内学界对东方文学的研究已走过半个多世纪的光阴。而这门学科的文学史实践，以1983年朱维之等人主编的《外国文学简编·亚非部分》由人民大学出版社出版算起，也有三十余年的历程。这期间出版的各类东方文学史已有15部（见附表）。这些相关文学史构成了国内东方文学史著述之序列。本文对这些东方文学史著述和相关文献加以梳理和分析，希望对今后学界编写新的东方（亚非）文学史有所助力。

---

① 何乃英：《东方文学研究会与东方文学学科建设》，《东方文学学科：建设与发展》，王邦维主编，北岳文艺出版社2007年版。

一

国内的东方文学史研究伴随20世纪80年代初东方文学史编写的开展而起步。但有关东方文学体系——这个相关文学史著述必须处理的命题——的探讨则远远早于国内第一部东方文学史著述的诞生。1954年的时候,季羡林先生在《科学通报》1954年第5期上发表了一篇题为《东方语文范围内的科学研究问题》①的文章,针对北大东语系师生没有开展学术研究的现象做了说明。这篇文章的写作语境是,一年前中国科学院访苏代表团回国,中央高等教育部召开综合大学会议,明确规定高等学校要结合中国的情况开展科学研究工作,而北大东语系却一直没能开展真正的学术研究。季羡林先生参加了1951年的中国代表访印活动,知道研究东方各国语言、文学、历史、地理、政治、经济各种问题的重要性,而苏联学界也表示希望中国学界在亚洲史方面应该开展研究。在这样的历史语境里,季羡林先生认为确实应该展开对东方语文范围内的学科研究的工作,也就是真正建设东方语言文学学科。但当时的现实确实不尽如人意,还不具备开展学术活动的条件。因为国内长期忽视东方语言文学教学和人才培养,掌握东方语言的人凤毛麟角,有些东方语言全国也就几个人懂,而且水平有限,更不要说研究资料,连各东方语种的工具书和教科书都难觅踪影。1949年国家决定扩大东语系规模的时候,给东语系的任务就是培养翻译干部,所以本来教员就少的东语系只好集中力量编撰字典、语法书和各语言读本,集中精力编写语言教材。

在接下来的介绍和论述中,季羡林先生却对北大东语系的学术研究做了规划。这不仅是因为有苏联国立大学东方语文学教学计划可以参考,有苏联东方学传统研究体系可以参考,更因为季羡林先生接受过清华和德国哥廷根大学十余年的学术训练,季先生回国前就已经在国际梵巴语言学界享有名声,是一位顶尖的国际学者。东语系里的金克木、马坚等

① 此文标注的作者单位是“北京大学东方语言学系”,还没有“文学”二字。

先生也都是学富五车,具备学术素养的学者。季先生认为,一旦时机成熟,东语系开展学术工作应该是必然的,而且必然和国际接轨并将有所建树。季羡林先生指出:"现在全国还没有一个机构能够组织和领导东方语文方面的研究工作。""这不由地又让我们想起了中国科学院。"[①]由此可见,季羡林先生很清楚完善一个学科需要开展学术研究。从季羡林先生之后发表相关文章和学科建设实践看,他一直在自主而努力地建构着中国的东方文学学科。

20世纪50年代末,在季羡林先生的指导下,东语系开始在东语系和中文系开设东方文学课程。课程开设不久,季羡林和刘振瀛就联合执笔发表一篇综述性文章《五四运动后四十年来中国关于亚非各国文学的介绍和研究》[②],该文"先以国家为单位,逐国谈一谈介绍和研究的情况,然后再归纳起来,作一个总的分析和评述,指出其中的一些规律"[③]。这种布局明显可以见出原东语系学者将亚洲和非洲的国别文学转化为区域总体文学的尝试。全文在总结1949年中华人民共和国建国以来我们对亚非文学的介绍成倍数增长的原因时强调了亚非各国受帝国主义殖民压迫的共性,使得亚非文学这一概念既包含了地理因素,也带有政治色彩,作者还特别期待此文对于今后亚非文学研究的有所裨益:"亚非国家,一般说都具有悠久的历史,丰富的文化传统,在文学事业上,也是丰富多彩的。这篇文章,涉及的国家既多,语言也非常复杂,写起来有不少困难。如果多少能对今后我们介绍研究亚非文学的工作起些微的作用,那将是我们最大的荣幸。"[④]此文中提出的"亚非文学"这一概念与其后季羡林在《简明东方文学史·绪论》和《东方文学史》中分析的"东方文学"概念遥相呼应:"这部《东方文学史》包括的地域是亚洲文学和非洲文学。由于我们

① 季羡林:《东方语文范围内的科学研究问题》,《科学通报》1954年5期。

② 季羡林、刘振瀛:《五四运动后四十年来中国关于亚非各国文学的介绍和研究》,《北京大学学报》(哲学社会科学版)1959年第2期。

③ 同上。

④ 同上。

对非洲文学的了解,确切地说是对北非以外的非洲其他地区文学的了解不如亚洲,所以非洲文学反映不充分。随着我们掌握资料的不断丰富和扩大,研究水平的不断提高,在以后再版或出增订版时再加以补充。"①

以上文献用"东方"指代"亚非"、用"东方文学"指代"亚非文学"的事实表明在东方文学学科建立之初,这两个概念的通用性。② 在《五四运动后四十年来中国关于亚非各国文学的介绍和研究》一文的附记中作者特别提及支持和帮助写就此文的人员名单,他们分别是来自北大学报和原东语系的老师,其中有名有姓者就多达12人,可见"这篇文章绝不是一蹴而就的急就章,而是经过长期的资料汇集、认真的整理归纳及理论提升后才写成的,它凝聚着东语系全体从事文学研究教师们的心血和希望,反映了他们当时达成的共识——把东方文学作为一个整体加以研究并开始进行学科建设的努力和目标"③。

进入20世纪80年代,在东方文学史著述出版之前,教育部主办的"东方文学讲习班"④学员冉崇仁等就在《关于建立东方文学体系的一点认识》⑤一文中肯定了东方文学体系所具备的一些共同特点和规律,认为这一体系可以建立起来。不过作者们总结的规律尚显粗浅,基本只是认定有这种规律存在,似乎并不足以证明东方文学独立于西方文学体系,而且具备构建一个体系的可能,表现出东方文学体系在草创时期进行理论探索时的困境。此外,出于社会—历史的批评方法,作者强化了历史发展规律与文学发展历程之间的联系,对于这种联系的预设,则是早期文学研

---

① 季羡林主编、刘安武第一副主编:《东方文学史》,吉林教育出版社1995年版,第1686页。

② 张朝柯:《全国领先 功绩卓著——追忆50年前北大东语系创建东方文学学科的杰出贡献》,《东方文学学科:建设与发展》,王邦维主编,北岳文艺出版社2007年版,第68—78页。

③ 魏丽明:《从东方国别文学、地域文学到比较文学》,《季羡林先生与北京大学东方学》,王邦维主编,黄河出版社2011年版。

④ 1982年暑假,教育部委托北京师范大学和承德民族师范高等专科学校在承德举办东方文学讲习班,以期用速成班的形式推广东方文学的教学工作。该讲习班约请北师大、华中师大、辽宁大学等有关教师主讲,系统介绍了东方文学的发展历史和重要作家作品。有来自全国各地的120多名高校外国文学教师参加。

⑤ 冉崇仁等:《关于建立东方文学体系的一点认识》,《外国文学研究》1982年第4期。

究中政治话语介入的一种表现形式。至今,类似的对东方文学体系的探讨仍未——或者说从未——停止。而探讨如何建立东方文学体系的过程中,学者们时而追溯到20世纪50年代东方文学学科在国内建立之初的时代背景,时而铺展至20世纪90年代乃至21世纪东方文学研究的诸般变化,凸显出东方文学史的编写与东方文学学科发展之间的密切关系。如周冰心在《我国东方文学研究史上的特殊年代——以1959年版〈外国文学参考资料·东方部分〉为中心》[①]中着重考察了北京师范大学中文系外国文学教研组在1959年出版的《外国文学参考资料·东方部分》的历史背景,并分析了这部汇编对日后我国东方文学研究的影响。作者指出50年代学界已具备了学科建设意识,为东方文学学科建设与学术研究打下了一定的基础,但也反映出50年代我国东方文学研究还处于明显的弱势地位、零碎而不成系统的局面以及受政治因素影响的状况。

周冰心在《我国东方文学研究史上的特殊年代——以1959年版〈外国文学参考资料·东方部分〉为中心》一文中认为:“关于‘东方文学’这一学科概念,在《资料》之前,一直未能成为一个确定的学科称谓与学科概念。虽然早在20世纪初新文化运动时期,我国的学界就有了‘东方文化’这样的概念,但作为学科概念的‘东方文学’,一直到20世纪50年代也缺乏普遍与自觉的运用,而普遍使用的是‘亚非文学’这一地域性概念或‘亚非拉文学’这个带有明显政治色彩的概念,《资料》首次明确提出了与当时的‘西方文学’、‘欧美文学’相提并论的‘东方文学’的学科概念,显示了编者的‘东方文学’的学科意识的自觉。”[②]笔者对周冰心的这一论述有些质疑。1959年季羡林和刘振瀛两位先生共同撰写的《五四运动后四十年来中国关于亚非各国文学的介绍和研究》一文分为两个部分,前大半部是“以国家为单位,逐国谈一谈介绍和研究的情况”。在这一部分中,各个国家是以东北亚、东亚、东南亚(越南位置不符)、南亚、西亚、北非、撒哈拉以

---

① 周冰心:《我国东方文学研究史上的特殊年代——以1959年版〈外国文学参考资料·东方部分〉为中心》,《东方文学学科:建设与发展》,太原:北岳文艺出版社,2007年。

② 同上。

南非洲的顺序排列的,已经显示出日后东方文学史按区域划分的格局,表明季羡林先生在依据文学实际情况寻找某种学科逻辑,而不是像《资料》那样以朝鲜、越南、蒙古、印度、阿拉伯、印度尼西亚、日本、土耳其这样杂乱地排列。季先生和刘先生的文章统计、介绍并分析了我国对26个亚非国家文学的译介和研究状况(《资料》只有8个国家),对日本、印度等学力丰厚且确实译介较多的国家文学介绍篇幅较长且分析得非常具体和深入。但是也出现了常识性的错误,如埃塞俄比亚部分列举的亚伯拉罕·姆斯的《怒吼》其实应该列入南非联邦。这篇论文的日本部分是刘振瀛先生写的,其余部分以及全文结构和问题的提法应该是季羡林先生负责的,而《怒吼》的序言里就明确写到了"南非联邦"。这一细节说明季羡林先生在写这篇综述性文章时并没有通读所有的文献。不过通读所有文献本来就是不可能完成的任务。在这篇论文后记里还列举了到北京图书馆抄录资料并作出初步统计的梁毅、杨济安等编辑的名字,以及写作过程中提供帮忙的东语系教师的名字。再者查看《资料》的第一篇《绪言》里的11篇文章,其中2篇马克思、4篇列宁、1篇斯大林论述反殖民斗争的翻译文字,以及4篇来自亚非会议以及亚非作家会议的文章,除了列宁提到《论东方各族人民的觉醒》一文,根本没有有关东方的论述。并且就这11篇绪论来看,《资料》的东方概念就是亚非。还有就是国内一直是把"亚非"和"欧美"相对,"东方"和"西方"相对的,不存在"东方"和"欧美"相对而提的状况,周冰心的分析论述明显是不准确的,《资料》的编者并没有"'东方文学'的学科意识的自觉"。①

1983年,《外国文学简编·亚非部分》出版。何乃英在《东方文学研究会与东方文学学科建设》②一文中评价这部文学史开创了东方文学史的编写体系,第一次全面系统地介绍了有关东方文学史的知识,是东方文

---

① 周冰心:《我国东方文学研究史上的特殊年代——以1959年版〈外国文学参考资料·东方部分〉为中心》,《东方文学学科:建设与发展》,太原:北岳文艺出版社,2007年。

② 何乃英:《东方文学研究会与东方文学学科建设》,《东方文学学科:建设与发展》,太原:北岳文艺出版社,2007年。

学一系列著作和教材的良好开端。随着80年代的几部东方文学史的相继出版，吴沫发表了《读我国第一部东方文学史》[1]，涉及的对象是陶德臻主编的《东方文学简史》。文章指出这部文学史系统而又简明地阐释了东方文学的发展——这一点很符合80年代东方文学史的编写状况。作者认为这部文学史确定了东方文学概念的基本含义，提供了东方文学的基本史料，能自觉运用比较文学的方法，兼有研究论著、教科书和工具书的特点——这实际上也是大部分东方文学史的共通之处。

1990年，随着由梁潮、麦永雄、卢铁澎合著的《新东方文学史（古代·中古部分）》的问世，东方文学学界内乃至学界外集中出现了一批与这部文学史相关的书评，如江建文的《东方文学研究的集大成之作——评梁潮、麦永雄、卢铁澎〈新东方文学史〉（古代、中古部分）》[2]，岳生的《东方文学教育管见——兼评〈新东方文学史〉》[3]，赵盛德、杨怀武的《内容充实 新颖别致——〈新东方文学史〉简评》[4]，杨烈的《〈新东方文学史〉读后》[5]，黄汉平、蒋述卓《独具特色的〈新东方文学史〉》[6]等等。值得注意的是学者们在总结这部文学史的特点时往往与所谓的“其他的东方文学史”进行参照，而这些“其他的东方文学史”并未对应任何一部具体的东方文学史，所以，这些“其他的东方文学史”在某种程度上构成了80年代国内编写的东方文学史群像，具有一定的普遍意义。书评大都认为《新东方文学史》独具特色，而所谓特色，大抵可以归结为：第一，资料丰富翔实。这一特点与之前的东方文学史大都是简编、简史的情况相应；第二，理论性强，运用文

① 吴沫：《读我国第一部东方文学史》，《中国社会科学》1987年第5期。

② 江建文：《东方文学研究的集大成之作——评梁潮、麦永雄、卢铁澎〈新东方文学史〉（古代、中古部分）》，《广西大学学报》（哲学社会科学版）1991年第2期。

③ 岳生：《东方文学教育管见——兼评〈新东方文学史〉》，《广西民族学院学报》（哲学社会科学版）1991年第4期。

④ 赵盛德、杨怀武：《内容充实 新颖别致——〈新东方文学史〉简评》，《学术论坛》1991年第5期。

⑤ 杨烈：《〈新东方文学史〉读后》，《南方文坛》1993年第1期。

⑥ 黄汉平、蒋述卓：《独具特色的〈新东方文学史〉》，《北京大学学报》（哲学社会科学版）1994年第5期。

化学、美学等多种理论和评论方法多侧面考察作品。这一特点则标示出东方文学学科突破政治话语后回归学术研究的努力。第三,具备比较文学的视野,将东方文学纳入到世界文学的谱系中加以考察。这一特点则标示出国内外国文学研究的走向,也是此后国内东方文学学界普遍关注的研究趋势。此后,这种有关东方文学史的书评高潮再未重现。随着王向远的《东方文学史通论》和季羡林主编的《东方文学史》的出版,与之相关的书评也曾零星出现,却未能达到与这两部文学史相应的水准。如何乃英在《东方文学研究的硕果——评〈东方文学史〉》[①]一文中评价了《东方文学史》(季羡林主编)在建立东方文学史体系上的进展和突破,主要包括对文化背景研究的重视和东方文学史内容上的丰富。此外,《东方文学史》的第一副主编刘安武在《编写〈东方文学史〉的几点思考》[②]中结合该文学史的编写经历谈及了东方文学史编写上存在的尚难解决的问题:如具体研究对象、文学史分期、理论指导、东方文学发展规律等。刘婷的《三维视角看东方文学史——〈东方文学史通论〉浅析兼与〈东方文学史〉比较》[③]将《东方文学史通论》与郁龙余、孟昭毅主编的《东方文学史》进行比较。作者认可了《东方文学史》(郁龙余、孟昭毅主编)的优点:关于不同时代和地区的文学发展脉络清晰,重点突出,关联性和延伸性较强。但作者又认为《东方文学史》(郁龙余、孟昭毅主编)按时代划编,每编再按地区分章是传统的X(国别)与Y(时间)轴模式,总的看来各成一体,实际上却削弱了比较的可能,文体内部横向联系性较弱——这实际上也是拼盘式结构的东方文学史著述的弱势——而《东方文学史通论》则运用了第三维视角即"文化学"视角,因而体现出《东方文学史通论》在东方文学史谱系中的独特之处。

---

① 何乃英:《东方文学研究的硕果——评〈东方文学史〉》,《国外文学》1996年第3期。

② 刘安武:《编写〈东方文学史〉的几点思考》,《文学史重构与名著重读》,李明滨、陈东主编,北京大学出版社1996年版,第21—27页。

③ 刘婷:《三维视角看东方文学史——〈东方文学史通论〉浅析兼与〈东方文学史〉比较》,《德州学院学报》2004年第5期。

进入21世纪后，魏丽明在《新世纪中国东方文学学科研究综述》[1]里指出国内从事东方文学研究的学者们学科意识在增强，对学科的总体认识不断提升，从东方国别文学研究阶段发展到东方文学总体研究阶段。陈众议主编的《当代中国外国文学研究（1949—2009）》一书中也肯定“1990年至2009年东方文学研究渐入佳境”[2]，并列举了包括东方文学史著述在内的东方文学研究成果予以说明，指出：“与过去相比，这一阶段的整体综合性成果以研究性成果为主，显示出我国学界在东方文学研究方面有突飞猛进的发展。”[3]从纵向上对东方文学史编写历程进行梳理的文章也在这一阶段出现。冯新华《近三十年来我国东方文学史类教材建设的回顾与思考》[4]梳理了我国东方文学史类教材的编写历程，根据东方文学史类教材的建设情况划分为三个十年。第一个十年（1978—1988）的东方文学史主要是“简编”与“简史”，表明文学史构建仍处于探索中。第二个十年（1989—1998）东方文学史的独立性、系统性增强，教材编写体例与形式更趋多样，同时注重吸收前人的研究成果。第三个十年（1999—2008）东方文学史教材编著更趋多元，且比较文学观念日益增强。多元化表现为传统东方文学史料的丰富和加强，东方文学史教材形式和种类的增多。作者最后概括指出东方文学史类教材著作随着比较文学学科的兴起而发生变化，同时创新与学术个性越来越受到人们的重视。[5] 这一观念，肯定了东方文学史的文化研究维度。魏崴在《“东方文学史”可能吗？》[6]一文中分析了国内东方文学史形成及发展的历史、现状和未来可能的东方文学史走向。本文认为国内东方文学史的编写历史大致可以以

---

① 魏丽明：《新世纪中国东方文学学科研究综述》，《国外文学》2005年第3期。

② 陈众议主编：《当代中国外国文学研究（1949—2009）》，中国社会科学出版社2011年版，第162页。

③ 同上。

④ 冯新华：《近三十年来我国东方文学史类教材建设的回顾与思考》，《外国文学史教学和研究与改革开放30年》，林精华、吴康茹、庄美芝主编，北京大学出版社2009年版，第208－216页。

⑤ 同上书，第213页。

⑥ 魏崴：《“东方文学史”可能吗？》，《国外文学》2013年第1期。

1990年梁潮、麦永雄、卢铁澎编写的《新东方文学史》出版为界,分为两个阶段。在第一阶段中,国内东方文学史的基本结构被确定下来,或可视为东方文学史的形成期;第二阶段则更像对第一阶段的背叛——对这一固定结构的突破不断被尝试,而且这种尝试向着不同的方向进行——新的编著方式不断被实践。于是,这一阶段或可视为东方文学史的发展期。当然,还需要指出的是,这一阶段在时间上是开放的——带有突破性质的尝试行为并没有终止;而且,由于尝试过程中并未形成新的固定模式以供后来者突破,因而也就很难说在何时终止了。

关于东方文学史编写过程中的诸多问题在21世纪依旧被学者们提及。王向远在《东方各国文学在中国》一书按地区分章,总结东方各国文学在中国的流传和研究历程,最后单设一章探讨东方总体文学研究在国内的发展。书中,王向远在梳理东方文学学科史的过程中也论及了东方文学史著述的编写情况,指出:"在80、90年代的二十年间,包括以上提到的东方文学教材在内的各种版本的东方文学教材及普及性东方文学史,已近二十来种。它们都为我国的东方文学教学和推广普及作出了贡献。但毋庸讳言,其中的许多书,大同小异,在结构框架、资料、观点上循环往复,陈陈相因,缺乏创新。"①此外,在一次多位东方文学学者的访谈中,刘安武曾提及十几部东方文学史或东方文学史类著作绝大多数都是集体撰写,内容雷同,而且掌握的材料远远不够。② 编写过《东方古代文学》③的张竹筠在《对我国东方文学史建构的几点思考——〈外国文学史话(东方古代·东方中古卷)序〉》④中指出造成这种问题的原因:东方文学作品的

---

① 王向远:《东方各国文学在中国》,江西教育出版社2001年版,第303页。

② 杨建、孟昭毅、黄宝生、刘安武、仲跻昆、梁工、邱紫华:《"东方文学"专家谈》,《外国文学研究》2003年第1期。

③ 张竹筠主编:《东方古代文学》,吉林文史出版社2009年版,收入该社《文学名家名著故事全集(外国卷)》丛书,全书系统介绍了东方文学在近代之前的重要作家作品,内容丰富,是普及型东方文学史中的一种。

④ 张竹筠:《对我国东方文学史建构的几点思考——〈外国文学史话(东方古代·东方中古卷)序〉》,《学术交流》2002年第5期。

翻译评介、东方文学史的构建目前在中国仍处于明显劣势，而这种劣势突出表现在第一手资料的严重匮乏欠缺。此外，张竹筠还指出我们对东方各国文学的源头——远古神话传说的重视不够。而这种状况则引出更深的问题：东方文学史如何处理民间文学？陈岗龙认为，过去的东方文学史在介绍和探讨民间文学作品时没有足够重视它们本质的口头特征，其结果是这些民间文学作品或者传统被看成了一个个孤立的作品，而东方文学史的整体性显然也会受到影响。[①] 这些探讨多聚焦于文学研究的层面，某种程度上预示着仍在文化研究语境下的东方文学史的某种出路。

二

孟昭毅、黎跃进编著《简明东方文学史》在绪论中论及东方文学概念时也是从“东方”一词入手，指出其方位概念（“以中国为立足点，中国的东面称为东方，中国的西面称为西方。”）、地理学概念（“二战后长时期形成两大阵营的冷战对峙，发达资本主义国家属于西方，曾沦为殖民地半殖民地的国家属于东方。”）、历史文化概念（“历史文化概念的东方指除了古希腊罗马之外的几大古代文明发源地，因而包括亚洲和非洲北部地区。”）之后，“综合上述的历史文化概念和地理学概念的‘东方’”，并且“外延有所拓展”，得出结论：“我们这里讲的‘东方’，是指亚洲和非洲。”[②]同样是考虑了地理、政治以及稍后出现的文化因素，但这里综合出的东方便又回到了最初的指向——亚洲和非洲。《新编简明东方文学》在绪论中“从地理、历史、政治和文化体系等方面加以考察”东方文学概念，也得出类似结论，不同之处一个是《新编简明东方文学》一直将“东方文学”视为一个词语，而不是“东方”“文学”这一词组；另一个是“从文化体系方面来说，在世界四个文化体系中，前三个文化体系主要在亚洲和非洲，主要影响的是亚洲

① 陈岗龙：《东方民间文学与东方文学》，《辽东学院学报》（社会科学版）2009年第1期。

② 孟昭毅、黎跃进编著：《简明东方文学史》，北京大学出版社2005年版，第1页。

和非洲的文学"[①],而不是亚洲和非洲北部地区。王立新、黎跃进主编的《外国文学史》(东方卷)一书也提及对于东方和东方文学的界定:"本书讲的'东方',是指亚洲和非洲。它综合……历史文化概念和地理学概念的'东方',外延又有所拓展。'东方文学'研究形成于20世纪初期。'东方文学'作为东方学的分支学科,研究亚洲、非洲文学现象及其规律。"

上述著述似乎结论先行般地达成共识:东方文学等同于亚非文学,东方文学是亚洲和非洲文学的结合。值得注意的是,在界定东方文学的范围之后,其中两篇绪论都提到了东方文学学科的背景。《简明东方文学史·绪论》联系到国内的东方文学学科背景:"作为独立学科,中国的东方文学研究始于20世纪50年代。在亚非作家会议召开的背景下,中国把东方文学作为整体的把握和研究提到学界的日程,为数不多的几所高校开设了东方文学课程,一批开拓者进行资料搜集整理工作,20世纪60年代初开始东方文学体系的建构。"[②]《新编简明东方文学·绪论》则有更进一步解释:"我们之所以建立东方文学学科,还因为目前在世界各国(至少是绝大多数国家)研究世界文学的学术领域里,作为世界文学之一部分的西方文学早已构成完整的体系,并且大有以这个体系取代世界文学体系的态势;而作为世界文学之另一部分的东方文学却尚未构成完整的体系,至少尚未为许多人所承认。"[③]

这两段文字都将东方文学概念引入学科概念——东方文学除了是带有政治考察色彩的地区文学、带有文化背景的区域文学以外,还是一门文学学科。前一段追述似乎在一定程度上解释了亚非文学观念的由来——50年代末期,亚非文学和东方文学这两个词基本上是通用的。当年正在东语系进修的学者张朝柯见证了这一历史时期,他在回忆文章中指出,季

---

① 何乃英:《新编简明东方文学·绪论》,《新编简明东方文学》,中国人民大学出版社2007年版,第1页。

② 孟昭毅、黎跃进编著:《简明东方文学史》,北京大学出版社2005年版,第4页。

③ 何乃英:《新编简明东方文学·绪论》,《新编简明东方文学》,中国人民大学出版社2007年版,第1—2页。

羡林先生“在整合亚非各国国别文学的基础上创建了东方文学这一学科”,“到了 1958 年才开始提倡在外国文学教学中,增加亚非文学—东方文学课程”。文中提及季羡林先生和刘振瀛先生共同撰写的《五四运动后四十年来中国关于亚非各国文学的介绍和研究》时,称其为“以创建亚非文学—东方文学新学科的观点审视亚非文学的全貌”①。虽然这种亚非—东方观念的由来使这门学科在最初的岁月里明显带有反西方中心论的政治色彩,但即便是在政治语境已经不同的今天,即便是在我们对欧洲和西方的理解已经不同的当下,我们的外国文学学科体制内对西方文学的侧重,仍然需要作为亚非文学的东方文学对其进行完善(而不仅仅是补充)。所以,这其中对“东方文学”和“亚非文学”概念关系的思索,已经是在结合西方文学与世界文学的背景之下了。

梳理相关东方文学史著述可以发现,大部分东方文学史著述的大部分篇幅基本都在论述大部分相同的作家作品,而在拼盘式结构的东方文学史著述中,存在着模式化结构、取舍作品模糊、亚洲和非洲文学比例严重失调等诸多问题。②

例如,通过梳理,细心的读者可以发现共有 110 位(部)作家作品享受过单节论述的待遇。按理,这 110 位(部)作家作品已经是相当丰富的文学史材料了。但是,实际上,基本每部东方文学史著述都要专节论述的作家作品就有将近二十位(部),而一部文学史所列的作家作品专节一般不超过 30 节。东方文学作家作品被专节论述的合理性也并不明晰。毫无疑问,文学史对所提及、所论述的作家作品的取舍详略实际上是一种对经典构建的尝试,而单节论述的作家作品在一定程度上构成了东方文学经典作品的谱系。但是,文学史所依照的经典标准似乎并不清晰。仔细考察发现,这种模糊标准的根基依旧来自于 50、60 年代在国内极为盛行的文学阶级论观念,在经过去阶级论意识形态化的岁月洗礼后,又结合了国

---

① 张朝柯:《全国领先 功绩卓著——追忆 50 年前北大东语系创建东方文学学科的杰出贡献》,《东方文学学科:建设与发展》,王邦维主编,北岳文艺出版社 2007 年版,第 68—78 页。

② 魏崴:《“东方文学史”可能吗?》,《国外文学》2013 年第 1 期。

内读者在对东方文学前理解下的一种既定想象。对这种经典谱系的摆脱,似乎只能求助于诺贝尔文学奖的指向。

然而,诺贝尔文学奖的参照又往往与文学发展状况之间存在脱节。比如1988年获该奖的埃及作家纳吉布·马哈福兹,东方文学史著述或从现实主义的角度论及他的代表作《宫间街》《甘露街》《思宫街》三部曲,或从现代主义的角度论及他的另一部代表作《我们街区的孩子们》。但从现实主义的角度讲,大部分东方文学史著述在此前已经单节论及埃及作家塔哈·侯赛因,尽管时代背景不同,此时再论述马哈福兹,是否对埃及现当代文学中的现实主义线索侧重过多?而如果从现代主义的角度来讲,另一位埃及作家陶菲格·哈基姆是否又更具有代表性?又如1986年获该奖的尼日利亚作家沃勒·索因卡,在现代主义尝试方面固然出色,但如果用介绍索因卡的篇幅介绍被称为"非洲现代文学之父"的尼日利亚作家钦努阿·阿契贝,是否更能体现出非洲作家文学的发展轨迹?又如《简明东方文学史》(孟昭毅、黎跃进编著)为2003年获诺贝尔文学奖的南非裔澳大利亚籍作家库切单列一节,其后的修订版又为2001年获该奖的印度裔特立尼达和多巴哥作家奈保尔单列一节论述。印度流散文学,乃至东方流散文学固然应该进入国内东方文学研究的视野,但目前是否已经可以明确其属于东方文学学科之内的研究对象——而不是学科之外延?是否值得在篇幅本已有限的东方文学史中予以纳入?与之相应的,印度裔英国作家萨尔曼·拉什迪、日裔英国作家石黑一雄、斯里兰卡裔加拿大作家迈克尔·翁达杰等等,又如何体现?

探究这背后的原因,或许可以从国内东方文学史编写模式中找到启示。前文不止一次提到,东方文学体系涉及多门语言、多种文化、多个地区,这就使得个人编写东方文学史异常困难。于是,东方文学史大多采取集体写作的模式。在这种模式下,集体话语的呈现,章节、字数、结构,都是集体讨论和权衡的结果,其四平八稳的特征不难想象。

不采用集体编写的模式又如何呢?邢化祥编著的《东方文学史》依旧采用拼盘式结构,面面俱到的努力使文学史线索仍埋没在每章的概述节中。每章末尾所列“阅读书目”见出了作者力图综合之前的东方文学研究成果，却恰恰标示出了东方文学学科对东方各区域文学研究程度的轻重缓急。王向远的专著《东方文学史通论》及其修订版尝试了个人编写东方文学史的模式。在信仰的文学时代、贵族化的文学时代、世俗化的民间时代中，作者尝试打破严格的社会学意义上的历史断代，侧重各阶段文学发展的线索。具体论述过程中，一般按照从日本经过印度到阿拉伯国家的顺序；进入近代化的文学时代后，《东方文学史通论》更侧重文学思潮变迁，打破严格的地域界限。事实上是既考虑到了文学发展的普遍规律，又遵循了东方文学在西方入侵后凸显出来的特殊性。但作者个人的学术知识结构使这部《东方文学史通论》有太多的篇幅集中在日本文学的发展线索上。

我们不得不承认，无论是集体写作，还是个人专著，东方文学史的篇幅分布在很大程度上体现了国内对东方各区域文学研究的程度。这也就解释了日本文学往往在东方文学史中相对完善，而非洲文学——尤其是撒哈拉沙漠以南的非洲文学经常缺失的状况。虽然《外国文学简编・亚非部分》在前言中对此的解释是：“现代黑非洲文学的发展与亚非其他国家和地区的文学不同，它在20世纪50、60年代随着民族解放、国家独立开始了蓬勃发展的新纪元，是世界文学中的新兴文学，因此我们另辟一章作综合的评价。”①然而，这里的世界文学概念又是什么呢？如果说是全世界文学的总和，那么撒哈拉沙漠以南的非洲的口承文学的历史便遭到了否认；如果说是抽象化的概念，那么亚洲文学又何尝不新兴！在愈加复杂的全球化语境中生存与发展的非洲文学，蕴涵着丰富的研究对象和主体视角。撒哈拉以南的非洲文学有着十分丰富的口承文学传统，“不仅有神话、史诗、故事、歌谣、寓言、谚语等多样化的文学样式，而且口承文学还伴生公共与私人空间表演的功能，与宗教信仰、社会生活、意识形态等各

① 朱维之、雷石榆、梁立基主编：《外国文学简编・亚非部分》（前言），中国人民大学出版社1983年版，第3页。

方面息息相关,是黑非洲人民在叙述中构建自我意识的重要方式。这些口承文学和口承文学的书面形式本身具有重要的研究价值,同时也给黑非洲作家的创作带来深刻的影响”[①]。非洲有被称为“格里奥特”的行吟诗人,创作和传播基于民族史实的长篇叙事诗。“20世纪一些民族知识分子对口头文学作过不少搜集整理工作,先后出版一批神话传说故事集和史诗。这些口头作品具有丰富的想象、深刻的寓意、幽默的语言、生动的形象、强烈的节奏和鲜明的民族特色。”[②]纵观人类文明的发展史,我们无法否认,非洲有着深厚而独特的文化与文学背景。非洲文学在当代所引起的关注程度胜过任何一个历史时期,它理应进入中国学者的研究视野并引起学界重视。国内撒哈拉沙漠以南的非洲文学学科长期以来的缺失导致专门人才匮乏,新的人才培养也难以正常进行;掌握撒哈拉沙漠以南的非洲本土语言的学者屈指可数,使得国内该学科的学术研究能力受限。加强高校和科研机构中的非洲文学学科建设并将其纳入东方文学史相关著述的视野下的工作亟须尽快开展,并早日纳入东方(亚非)文学学科建设的日程和体制。

三

与世界文学的概念相应,东方(亚非)文学的概念究竟应该涵盖亚洲和非洲所有的文学创作,还是一种抽象化的概念?如果是后者,那么又该如何界定?在文学史中又如何体现?文学史是因此而需要对亚非各国——至少是东方(亚非)各文化体系——的文学发展线索有全面的介绍,还是应该以此抽象出一条(或几条)东方(亚非)总体文学的线索?

文学伴随着人类一路走来,正如有学者所言,世界文学的“规律并非羚羊挂角,无迹可求。童年的神话、少年的史诗、青年的戏剧、中年的小说、老年的传记是一种概括”[③]。如何避免东方(亚非)文学史编写套用西

---

① 魏崴:《“东方文学史”可能吗?》,《国外文学》2013年第1期。

② 黎跃进:《20世纪“黑非洲”地区文学发展及其特征》,《黑龙江社会科学》2012年第2期。

③ 陈众议:《塞万提斯学术史研究》,译林出版社2011年版,第4页。

化的观念，忽略亚非文学多民族、多区域、多形态的历史实际？未来的东方（亚非）文学史著述或可从强调文学鉴赏的角度去言说，在世界文学视野的关照下，将亚非文学纳入世界文学发展脉络中加以建构，超越僵化的东西方二元对立思维模式的局限，以文学的审美性和文学性为核心加以梳理。上篇可将上古、中古、近古合为一个时间段，下篇将近代、现代、当代合为一个时间段。这种时间划分符合亚非各国、各地区文学发展状况，弱化社会学意义上的历史分期，以求更进一步把握文学自身的发展规律。下编采用“没有中心的板块结构”，依据地域的分类和分布，将亚非文学划分为亚洲和非洲两大板块，或再细化为东亚、南亚、东南亚、中亚、西亚北非、黑非洲等同类的板块，并探索各区域现当代文学在现代化进程中所呈现的普遍规律，探寻这一时期各种文体变迁背后的文学思想之演变，如在西方的思想启蒙兴起的争取自身独立的反殖民文学、独立后对自身历史文化的重新构建的新文学等。按此编写思路，目前国内东方（亚非）文学史相关著述中亚非文学之间比例严重失衡的问题就可以得到缓解。非洲，尤其是黑非洲文学丰富的口承文学传统和作家文学作品，如神话、史诗、戏剧、小说和传记等也可以纳入“东方（亚非）文学史”著述的视野。具体编排上，可以不局限于地理乃至时间的限制，以神话、史诗、诗歌、戏剧、故事/小说、传记等文体演变过程分章，每种文体占一章。其下分节，各章第一节为概述，简单叙述这种文体在亚非文学中的发展演变过程。其后以某部作品或某位作家为题目分节，每章除概述节以外约有四节，包括一节介绍一部该文体的亚洲民间文学作品，一节介绍一部该文体的非洲民间文学作品，一节介绍一部该文体的（或与该文体相关的）亚洲作家文学作品，一节介绍一部该文体的（或与该文体相关的）非洲作家文学作品。作家作品节以作品解读为主，所选为单节的作品须保证该作品在该文体中具有突出的代表性。各节之间符合该文体发展的顺承关系，从文学样式的发展历程以及文学作为人类自我认知的载体这一角度去言说亚非文学。这种编排方式可以说完全打破之前东方（亚非）文学史及东方（亚非）文学作品选的拼盘式结构。在内容上的大幅度调整，使入选作品可以突破之前的亚非文学经典化作品限制。同时,在西方入侵前,亚非文学中的民间文学所发挥的重要作用以及民间文学对作家文学的孕育可以随着文体的演变而自然体现出来,摆脱了目前的东方文学史中民间文学不自觉地成为副线的情况。因此,目前国内东方(亚非)文学史著述中对亚非文学之间比例严重失衡的问题就可以得到缓解。非洲,尤其是撒哈拉沙漠以南的非洲文学中丰富的口承文学传统也可以纳入东方文学史著述的视野。

和"二希"传统(古希腊罗马文化和古希伯来文化)一脉相承的西方文化不同,地域广阔、文化多源、发展进程各异的东方(亚非)文化具有多元性特征。东方(亚非)文化的多元性一定程度上决定了东方(亚非)文学的多元性。具有多元特征的东方(亚非)文化是否具有更大的统一性?"在文化统一性的基础上,东方文学在真善美的追求方面表现出一些不同于西方文学的特色。作为外在表现,古代东方文学在文体文类、主题母题等方面具有相通性,近现代东方文学在文学思潮方面具有相通性。"①"多元的统一"是否可以看作东方(亚非)文学的最基本特征呢?东方(亚非)文学史著述是否更应该从总体研究视野出发,把具有多元性和统一性的东方(亚非)文学作为一个总体的研究对象?这既是建构和夯实东方(亚非)文学学科基础、拓展学科发展空间的要求,也是推进东方(亚非)文学研究走向深入,并尽快弥补之前相关东方文学著述严重缺失非洲文学的现实诉求和先贤前辈学术期待:"由于我们对非洲文学的了解,确切地说是对北非以外的非洲其他地区文学的了解不如亚洲,所以非洲文学反映不充分。随着我们掌握资料的不断丰富和扩大,研究水平的不断提高,在以后再版或出增订版时再加以补充。"②近六十年来,国内学界已逐渐达成共识,即亟须把撒哈拉以南非洲文学丰富的口承文学传统和作家文学作品,如神话、史诗、戏剧、小说和传记等也纳入"东方(亚非)文学史"著述的视

① 侯传文:《跨文化视野中的东方文学传统》,中国社会科学出版社2014年版,第4页。

② 季羡林、刘振瀛:《五四运动后四十年来中国关于亚非各国文学的介绍和研究》,《北京大学学报》(哲学社会科学版)1959年第2期。

野，实现“把东方文学作为一个整体加以研究并开始进行学科建设的努力和目标”。[①] 为了实现这个目标，无疑需要一种超越以往的国别研究、区域文学和纯文学研究的意识和视野。有学者提出“大东方文学”“东方大文学”的理念，“大东方文学”就是指在对东方（亚非）各国文学进行研究的同时，将东方文学作为一个整体进行总体观照。“东方大文学”，是指东方文学研究应该超越纯文学的研究，以跨学科的思路，将文史哲等学科作为一个文化整体现象来进行观照。[②] 这种“大东方文学”和“东方大文学”的学术理念和季羡林和刘振瀛《五四运动后四十年来中国关于亚非各国文学的介绍和研究》一文提出的对东方（亚非）各国文学“作一个总的分析和评述，指出其中的一些规律”[③]的理念互相呼应：将亚洲和非洲的国别文学研究转化为区域总体文学研究的目标。

由于东方文学史著述多为集体编写，且某些编写者往往又在不同时代参与编写过不同的东方文学史著述，所以，即便是同一部东方文学史著述也面貌纷繁，观念上前后有差别的情况在所难免。于是，不同的编写观念只是相对而言，转变的具体时间界限恐怕无处探寻。而就是在这种观念转化的宏观过程中，东方（亚非）文学研究的细微步伐正始终向前。

在外国文学学科下，东方文学是世界文学的重要组成部分，与西方文学共同构成世界文学。东方（亚非）文学史的编写实践，从文学史作为知识体系的层面来说，是完善世界文学的必要过程。与西方（欧美）文学相比，东方（亚非）文学所涉及的文学空间更为丰富，是世界文学体系的多元特征之体现。此外，东方（亚非）文学史的编写实践，从文学史作为思想体系的层面来说，是东方摆脱西方的话语控制、进行自我言说的尝试。这种尝试有助于突破东西方二元对立模式的局限，构建更为全面的世界文学

---

① 魏丽明：《从东方国别文学、地域文学到比较文学》，《季羡林先生与北京大学东方学》，王邦维主编，黄河出版社2011年版，第609页。

② 侯传文：《跨文化视野中的东方文学传统》，中国社会科学出版社2014年版。

③ 季羡林、刘振瀛：《五四运动后四十年来中国关于亚非各国文学的介绍和研究》，《北京大学学报》（哲学社会科学版）1959年第2期。

体系。这种重要意义,与东方(亚非)文学学科在外国文学学科下长期处于弱势的状况,无疑是不相符的。

自20世纪80年代以来,中国文学界重写文学史的实践也在丰富着文学史著述。然而,“所有的‘重写文学史’,既是文学革命或文化革命的惯用手段,也和新意识形态的实践有着密切的联系”①。“文学史把过去的文学与当代文学紧紧地联系在一起,文学史凸显或压抑的对象,又同当代意识形态彼此呼应、相互缠绕。”②这背后,似乎标示出各种文学史编写观念之局限的不可避免。可是,另一方面,文学自身具有的无限的阐释性,又为文学史编写观念的调整与转变提供着延续的疆域。联系到东方(亚非)文学史编写的现状与未来,或许我们应该特别关注韦勒克和沃伦在《文学理论》一书中所说的这句话:“我们必须精心制订一个新的文学史理想和使这一理想可能得以实现的新方法。”③

附表:国内的东方文学史序列

序号	书名	编著人员	版次
1	《外国文学简编·亚非部分》	朱维之、雷石榆、梁立基主编	中国人民大学出版社1983年版。1998年修订版;2004年第三版;2010年第四版。
2	《东方文学简史》	陶德臻主编	北京出版社1985年版。1990年版。
3	《东方文学简编》	张效之主编	山东教育出版社1985年版。
4	《简明东方文学史》	季羡林主编	北京大学出版社1987年版。
5	《外国文学史·亚非部分》	朱维之主编	南开大学出版社1988年版。1998年修订版。

① 陈平原:《作为学科的文学史》,北京大学出版社2011年版,第10页。

② 戴燕:《文学史的权力》,北京大学出版社2002年版,第9页。

③ 勒内·韦勒克、奥斯汀·沃伦:《文学理论》,刘象愚等译,江苏教育出版社2005年版,第322—323页。

续表

序号	书名	编著人员	版次
6	《新东方文学史(上古·中古部分)》	梁潮、麦永雄、卢铁澎	广西师范大学出版社 1990 年版。
7	《亚非文学简史》	张朝柯	辽宁大学出版社 1991 年版。
8	《东方现代文学史》	高慧勤、栾文华	海峡文艺出版社 1994 年版。
9	《东方文学史通论》	王向远	上海文艺出版社 1994 年版。 宁夏人民出版社 2007 年修订版。
10	《东方文学史》	郁龙余、孟昭毅主编	陕西人民出版社 1994 年初版。 北京大学出版社 2001 年修订版。
11	《东方文学史》	季羡林主编,刘安武第一副主编	吉林教育出版社 1995 年版。
12	《东方文学史》	邢化祥著。	中国档案出版社 2001 年版。
13	《简明东方文学史》	孟昭毅、黎跃进	北京大学出版社 2005 年版。 2012 年修订版。
14	《新编简明东方文学》	何乃英	中国人民大学出版社 2007 年版。
15	《外国文学史》(东方卷)	王立新、黎跃进主编	高等教育出版社 2013 年版。

西班牙语文学汉译30年在中国

于施洋

本研究立意于改革开放30年的西班牙语文学汉译活动，理论上讲始于1978年12月、以十一届三中全会召开为标志，但实际上在此之前已经显示出一些松动，而1979年至80年代初，意识形态制约文学翻译的因素依然存在。易言之，新时期的文学翻译现象与起点前后几年存在着一定的连续性，并无一条十分明显的分界线，不能完全靠年份数字粗暴切分。至于此30年的下限，同样存在这个问题，2010年的出版情况并不因为十位数字的跳动而与2009年发生本质的区别，相反，此后及至截稿时的2016年，出现了比较稳定的大发展，并不因为课题的需求戛然而止。

由于西语文学汉译既可以充当部分研究的起点，又可以作为了解认识的成果，因此在本书的相关章节已经屡有涉及；现另起章节，是为了集中交代好翻译出版的状况，同时尽量体现出翻译作品与主体文化进行对话的关系，即以年份、国别、对象作品、译者等为统计单位，量化反映“发展”，并采用话题式的论述总结“特征”。

一、西班牙文学汉译

1. 起点

如前所述，若以1978年12月为界，改革开放后的第一部西班牙文学翻译作品是出自杨绛之手的《堂吉诃德》(1979年10月)[①],但因其为重印,所以实际可以回溯到1978年3月[②],加之同年7月的《小癞子》[③]。此时国内整体形势是:1977—1979年,全国出版图书45085种(其中新出36074种),总印数111.54亿册(张),总印张数425.64亿印张;1979年出版图书的种数、印数和印张数,分别比1976年增长34%、39.7%、91.7%;1979年图书的总印数和总印张数都超过历史最高水平;"四人帮"造成的严重"书荒"已有明显改变。[④]

也就是说,在"拨乱反正"的最初三年里,西班牙文学汉译共计3种(年均1种),在全国图书出版行业中所占比例不足万分之一,但也可以认为奠定了"低开高走"的起点,一直发展到2009年的44种、近两年保持的三十余种,倍数相当可观。

这3种图书均为杨绛译笔,其中《堂吉诃德》虽然早在1956年即"下达任务",但经历22年后率先推出,应当说既是承认作品本身的分量,也是对译者(年近七十、译稿被红卫兵没收、"干校"归来重译)的借重和弥补,另外还包括政治环境的推动:1973年中西建交,1978年西班牙国王访华先遣队到达中国见到的一个景观就是北京书店门前读者排着长队购买3月新出版的《堂吉诃德》。6月,西班牙国王、王后访华,邓小平把该书作为国礼馈赠;7月,《小癞子》接踵而来。应当肯定,作为一种相对深入的文化交流形式,翻译行为时常会与外交活动相呼应、随着国际关系的变化而变化,两国外交关系的改善会使双方有更多的机会了解和接触对方的文化,为翻译活动的开展提供更大空间,反之,翻译行为有时也会成为促进两个国家外交关系改变的手段,以相互之间的翻译活动增加双方的了

① 塞万提斯:《堂吉诃德》(上下册),杨绛译,人民文学出版社1979年版。

② 同上。

③ 《小癞子》,杨绛译,上海译文出版社1978年版。

④ 方厚枢、魏玉山:《中国出版通史9:中华人民共和国卷》,中国书籍出版社2008年版,第215页。

解,甚至演化为双方外交关系建立或改善的前奏。[①]

由此看来,《堂吉诃德》这部西班牙文学史上的重要作品进入新时期的中国,一方面是认识积累、出版行业自然运作的结果(1978年第一版6万套迅速脱销,第二年"网格本"重印10万套),另一方面也背负着不少的历史和政治话语。关于其大规模的复译,还将在后文详细展开,此处提醒的是,本阶段西班牙文学汉译的历程与其他任何时期、任何类别一样,都离不开中国社会文化"挑剔"的眼光、选择和塑造。

2. 总量

以《堂吉诃德》为起点,截至2009年,国内翻译出版的西班牙文学作品共计392种,此处先作一总表以全概观:

表三　1978—2009年西班牙文学汉译392种作品年份分布

年份									1978	1979	小计
种数									2	1	3
年份	1980	1981	1982	1983	1984	1985	1986	1987	1988	1989	
种数	0	6	9	5	9	5	8	8	9	4	63
年份	1990	1991	1992	1993	1994	1995	1996	1997	1998	1999	
种数	13	16	11	9	9	12	19	9	9	12	119
年份	2000	2001	2002	2003	2004	2005	2006	2007	2008	2009	
种数	26	23	19	6	14	17	12	18	28	44	207

显而易见的是,除1980年"颗粒无收"、2009年以44种居冠,这30年间最大的特点是种类数量逐步上升,其中80年代尽为个位数,计63种,年均6种;而90年代没有数量"最"少、有4年保持在9种,超出之前平均数,十年间共出版119种,年均近12种,较前翻一倍;21世纪第一个十年也有2003年6种的低谷,但首尾年份的数量都很大,整体提升到207种,平均每年接近21种。

① 马士奎:《中国当代文学翻译研究(1966—1976)》,中央民族大学出版社2007年版,第81页。

针对这些数据,可以讨论几个问题。首先,1980年的零产出是从“文革”余波到新时期整顿之间的正常过渡。改革开放以后,经过拨乱反正,出版界出现了转机,隶属中央的出版社由1978年的53家增加到63家,隔年再增到89家,地方出版社也逐年由52家增加到66、80家[①];1980年,在全国169家出版社中,年出版图书300种以上的有21家[②],图书品种总数达21621种[③],可惜这些大社、小社、新社,都还没有注意到西班牙文学的魅力和生命力。1979年12月20日,中国出版工作者协会在湖南长沙成立,在此之前的10月20—28日,与本专业联系更加紧密的中国“西班牙、葡萄牙、拉丁美洲文学研究会”在南京大学成立[④],但这些组织机构的领导作用不可能即刻显现出来,包括其他一些“文革”期间的“潜在译作”还处于观望和期待被发掘的状态。

2009年的高产同样也需要清醒对待。在陡升至44种的图书中,虽然有不少新品,尤其是几个精心策划的专题,如历年的“21世纪年度最佳外国小说”于年初迅速推出前一年的获奖作品《情系撒哈拉》[⑤],或如“她世纪丛书”补全了计划中12册里的最后一本《离家出走》[⑥],抑或北京十月文艺出版社的4册“西班牙当代文学经典小丛书”[⑦],但这些都属于按部就班、不致带来数量上的激增。经观察,这一年的规模主要由两部分支撑:各种改头换面的《堂吉诃德》,以及大量引进的童书、绘本,具体说来,前者当年问世16个版本,详表如下:

---

① 参见“1978—2000年图书出版社数量一览表”,《中国出版通史9:中华人民共和国卷》,第231页。

② 同上,第232—233页。

③ 参见“1980—2000年图书再版率”,同上,第236页。

④ 参见《全国西班牙、葡萄牙、拉丁美洲文学学会正式成立》,《拉丁美洲研究》1979年第2期;《全国西班牙、葡萄牙、拉丁美洲文学学会正式成立》,《拉丁美洲丛刊》1980年第1期。

⑤ 莱安特:《情系撒哈拉》,丁文林译,人民文学出版社2009年版。

⑥ 卡门·马丁·盖特:《离家出走》,刘京胜译,人民文学出版社2009年版。

⑦ 1.赫苏斯·费雷罗:《阴差阳错》,周诚慧、奚晓清译;2.胡安·马德里:《来日无多》,赵英译;3.恩里克·维拉-马塔斯:《垂直之旅》,杨玲译;4.胡安·何塞·米利亚斯:《对镜成三人》,周钦译。

表四　2009年新出《堂吉诃德》版本

序	著者	书名	系列或特色	译者	出版		
					地	社	月
1	塞万提斯	堂吉诃德	名师推荐课外阅读丛书	王丽萍	哈尔滨	哈尔滨出版社	2
2	米格尔·德·塞万提斯	堂吉诃德	小小图书馆,世界文学名著宝库	奇艺堡(编绘)	成都	四川少年儿童出版社	3
3	塞万提斯	堂吉诃德	伴你一生的传世名著	陈晴、秦雯(改编)郑凯军、陈志明(画)	杭州	浙江少年儿童出版社	
4	米盖尔·台·塞万提斯	堂吉诃德	世界文学名著专家导读版	王璐	济南	明天出版社	4
5	塞万提斯	堂吉诃德	新课标世界名著必读丛书	王碧莹(改写)张歌明、张鹏(绘)	北京	中国人口出版社	5
6	塞万提斯	堂吉诃德	二十一世纪少年文学必读经典	唐小黑(编译)	南昌	二十一世纪出版社	
7	塞万提斯	堂吉诃德	六角丛书	刘京胜	北京	光明日报出版社	
8	塞万提斯	堂吉诃德	2册,中译经典文库	张广森	北京	中国对外翻译出版公司	6
9	米盖尔·德·塞万提斯	堂吉诃德	世界文学名著宝库·青少版	刘京胜	西安	三秦出版社	
10	塞万提斯	堂吉诃德		吴宇(简写)	成都	四川文艺出版社	7
11	塞万提斯	堂吉诃德	2册,专家名师解读版	宋学清(编著)	北京	北京理工大学出版社	
12	米盖尔·德·塞万提斯	堂吉诃德		(韩)梁恩真(改编)于聪聪(翻译)	南昌	二十一世纪出版社	
13	塞万提斯	堂吉诃德	世界少年文学经典文库	刘京胜	杭州	浙江少年儿童出版社	8
14	塞万提斯	堂吉诃德	世界少年文学经典文库	刘京胜	北京	光明日报出版社	
15	塞万提斯	堂吉诃德	注音美绘本	蔡冠兰(改编)	长沙	湖南少年儿童出版社	9
16	塞万提斯	唐·吉诃德	青少年必读丛书	本丛书编委会编	广州	广东世界图书出版公司	10

作为西班牙文学汉译研究中不可回避的问题,《堂吉诃德》的复译现象将在后文专门评析,此处仅提供一个量上的概观,以便结合1978、1979年的单一情况进行一些宏观上的把握,如作者和题目的译名渐趋稳定,出版主体去中心化(北京地区不再局限于人民文学出版社,而是扩展至光明日报出版社、人口出版社甚至某些大学出版社,北京之外还有8个省会城市出版社,另有以韩文改编版转译),以及随之而来的译者去专业化和各种书系的包装,其中也暴露出不少缺陷。

2009年居高的出版种数还包括10个从西班牙引进的绘本,分别为天津新蕾出版社7个①、北京科学技术出版社2个②、湖北美术出版社1个③。作为定位明确的童书,这些作品体现着出版社逐渐开阔的思路、日益活跃的对外版权交易,但从文本内部看,其情节、文字往往更关注人性、童心,重普适价值而轻民族特色,所需翻译部分数量小、难度低、风格不突出,并且制作更偏美观度、趣味性,"西班牙文学汉译"的成分已经大大降低。

总的说来,从1980—2009年这30年间,我国对西班牙文学的"拿来"堪称筚路蓝缕;385种与英、法、美、苏俄、日本文学相比虽然不算多,但真实体现了中国对西班牙文学的认知和期待,推动了翻译人才的培养和市场的发展,都是改革开放时期以来的巨大进步。

3. 80年代稳健起步

从前文"表三"可以看出,西班牙文学在国内的出版数从每一个十年

---

① 新蕾出版社2009年1月:1. 特瑞格罗萨,盖萨达(绘):《想高飞的猫》,祝然译;2. 穆纽兹,莱格纳西(绘):《云端之上》,熊铁莹译;3. 马特桑斯,普埃勃拉(绘):《不一样的手》,熊铁莹译;2009年8月:4. 阿尔弗雷多·戈梅斯·塞尔达,特沃·普埃勃拉(绘):《猪小弟的信》,张蕊译;5. 伊尔达·佩雷拉,玛利亚·路易莎·托尔西达(绘):《毛毛虫佩里柯品》,张蕊译;6. 伊尼戈·哈瓦洛耶斯,特莎·冈萨雷斯(绘):《第一百号海龟》,张蕊译;7. 卡尔梅洛·萨尔梅隆,拉法埃尔·萨尔梅隆(绘):《蛇鼻子》,张蕊译。

② 北京科学技术出版社2009年5月:1. 卡洛斯·德·希斯珀特编,玛丽亚·巴斯古阿勒(绘):《全世界孩子珍爱的经典故事》,张一泓译;2. 卡洛斯·德·希斯珀特编,玛丽亚·巴斯古阿勒(绘):《全世界孩子珍爱的一千零一夜》,张一泓译。

③ 卡门凡佐尔:《强强的月亮》(海豚绘本花园),郝广才译,湖北美术出版社2009年版。

末到下一个十年初往往有一个较大的跳跃,引导该年代在提升后的水平上平缓发展,大致可以总结为"80年代稳健起步""90年代适度发展"和"新千年有得有失"。

表五　1980—1989年西班牙文学汉译63种作品年份分布

年份	1980	1981	1982	1983	1984	1985	1986	1987	1988	1989
种数	0	6	9	5	9	5	8	8	9	4

1980年以后,国内的西班牙文学翻译界开始慢慢起步,最初和最自觉的意识便是寻找方向。借助民国至"文革"积累下来的认识,加以改革开放后努力更新的信息,如孟复1982年版《西班牙文学简史》、各类文学杂志,译者和出版社逐渐走进西班牙文学汉译的六大区块,大致按时间为序:

(1) 早期至"黄金世纪"

除杨绛译《小癞子》再版[①],出现赵金平译《熙德之歌》(1982),这是1931年万良濬、朱曼华所著《西班牙文学》开篇介绍后该作品第一次以中文亮相。另可见朱葆光对洛佩·德·维加的坚持,译《园丁之犬》《塞维利亚之星》(1982),并于次年结集为《维加戏剧选》(加入其1962年译《羊泉村》)。此外,苏州工学院教授张云义将塞万提斯的《训诫小说集》(*Novelas Ejemplares*)12篇译出8篇,辑成《慷慨的情人》(1989),为打开塞学研究视角作了最初的铺垫。

(2) 符号化的"堂吉诃德"

整个80年代,在杨绛译本1987年再版之前,《堂吉诃德》还出现了5个不同版本,其中1981年就有3个,并且2个以著名作家萨克雷遗世的一个英文本[②]为依托[③],既避免了西语译者难寻的问题,同时寻求为类似

① 参考附录,如无特殊需要不再详细标注出版信息。

② William Makepeace Thackeray, *The Adventures of Don Quixote*, London, Edinburgh, Dublin & New York: Thomas Nelson and Sons, 1912.

③ 此前还有一个版本:塞万提斯、沙克莱改写:《吉诃德先生传插图本》,刘云译,中国青年出版社1956年版。

“世界文学名著缩写本”(湖南人民出版社该丛书名)获取更多的合法性;1982年由一个1944年墨西哥人的改写本[①]译入,也仍有一些从语言上略微接近正统的意图。而1986年第一次出现国人自己操刀的节写本[②],开创了此后二十余年大小出版社争相“阉割”《堂吉诃德》的先河。该书虽然属于“黄金世纪”作品,但被高度抽空为一个“隐形图书馆”,或者说便携、迷你、不需费时费力了解也可资谈论的巨大符号。这种形态和发展过程再次证明:被“文革”封堵的国门一经打开,既产生了与世界思想接轨的强烈诉求,也逐渐引发对“名著”急功近利的处理方式。

(3) 以现实主义、自然主义为主的19世纪后期长篇小说

80年代的西班牙文学汉译虽然认识到19世纪30年代后的浪漫主义风潮(林之木,《贝克凯尔抒情诗集》,1989年),但始终将深具现实主义特色的长篇小说作为出版重点,十年间引进了几乎所有的重要作家,且均不止一个代表作,计有巴莱拉3部[③]、加尔多斯7部[④]、克拉林(莱奥波尔多·阿拉斯)2部[⑤]、巴尔德斯2部[⑥]、伊巴涅斯5部[⑦]、巴罗哈3部[⑧]。这批小说大多情节冗长、描写繁复,但往往反映西班牙封建社会受到冲击、资本主义发展又遭遇种种问题,因此在选题上占据绝对优势,显示出当时国内的意识形态倾向——“揭露贵族阶级的荒淫无耻,官僚政客的腐化堕落,以及神职人员的虚伪贪婪”,指出“那个尔虞我诈、人欲横流的社会才是造成XX人悲剧的罪魁祸首”;而且当时较少考虑发行、销售问题,敢于

---

① (Adp.) Orlando Gil Navarro, *Don Quijote de la Mancha*, Editorial Sopena Argentina, 1944.

② 塞万提斯:《堂吉诃德》,欧嘉年(节写),广东人民出版社1986年版。

③ 《佩比塔·希梅尼斯》(1982)、《高个儿胡安妮塔》(1987)、《露丝小姐》(1989)。

④ 《萨拉戈萨》《玛利亚·奈拉》(1982)、《三月十九日与五月二日》、《慈悲心肠》(1983)、《葛罗丽娅》《特拉法尔加》(1985)、《福尔图娜塔和哈辛塔:两个已婚女人的故事》(1987)。

⑤ 《庭长夫人》(1986)、《独生子》(1987)。

⑥ 《修女圣苏尔皮西奥》(1981)、《玛尔塔与玛丽娅》(1984)。

⑦ 《不速之客》《血与沙》(1983)、《五月花》(1984)、《碧血黄沙》(1985)、《酒坊》(1986);其中《血与沙》是吕漠野1958年译本的再版,《碧血黄沙》是对其复译。

⑧ 《冒险家萨拉卡因》(1984)、《种族》(1987)、《布恩雷蒂罗之夜》(1988)。

做动辄四五百,有时近千页(如《庭长夫人》)的策划;另一方面,前辈译者相对踏实,也在马列、毛选等著作的"集体翻译"形式影响下习惯分工合作、放低自我,所以常联合承担这样大篇幅的项目。

(4)"98年一代"

对西班牙成名于1898年前后的那个庞大的作家群体,中国虽未从1913年阿索林使用"98年一代"的名称便开始建立清晰的认识,但至少从20、30年代徐霞村译文、论文发表时①已有所注意,尤其神往一些文人如沈从文、周作人、汪曾祺等对阿索林的亲近,因此80年代起也着手译介:除将戴望舒、徐霞村所译《西万提斯的未婚妻》再版为《西班牙小景》(1982),另新译了《卡斯蒂利亚的花园》(1988),以及乌纳穆诺名作《迷雾》(1988)。

(5)现代主义诗歌/散文诗

西班牙语中的modernismo通常指向19世纪末以降的西语美洲文学新光及其返照的西班牙文学,但开放后的中国理论界、思想界更多接受英法美文艺话语,惯于从一战谈起,平移即得西班牙的"14年一代""27年一代";从另一方面看,"文革"以来西班牙文学汉译集中在小说一类,偶有诗剧和史诗,主要倾向仍在"叙事",即使逆溯到1949年中华人民共和国成立后17年,也仅有《阿尔贝蒂诗选》②一部,与西班牙这个诗歌大国的身份极不相称。基于此,80年代涌现希梅内斯《小银和我》(1984)及复译《小银儿和我》(1988)、《洛尔伽诗选》(1987)和《悲哀的咏叹调》(1989);另有《西班牙现代诗选》(1987)参考三个原文诗选,还原西语

---

① 计有1.阿左林、乌纳木诺、比贡、达理欧:《斗牛》四篇,徐霞村译,春潮书局1929年版;2.徐霞村:《二十年来的西班牙文学》,《小说月报》二十卷第七期"现代的世界文学号"(上);3.阿左林:《一个"伊达哥"》,徐霞村译,《小说月报》二十卷第十一期;4.徐霞村:《现代南欧文学概观》,上海神州国光出版社1930年版;5.阿左林:《西万提斯的未婚妻》,徐霞村、戴望舒译,上海神州国光出版社1930年版;6.阿左林、乌纳木诺、比贡、达理欧:《近代西班牙小说选》四篇,徐霞村译,北平立达书局1932年;7.阿左林:《十六世纪的西班牙》,徐霞村译,《小说月报》二十三卷第十二期。

② 阿尔贝蒂:《阿尔贝蒂诗选》,拓生、肖月译,人民文学出版社1959年版。

“现代”之义，收录出生年份从1864—1951年的诗人66位，其在著名丛书“诗苑译林”59册之列，影响范围广，为中国了解西班牙现代诗坛提供了切近而全面的指导。

（6）当代及通俗文学

80年代国内出版西班牙战后小说、后佛朗哥时代的通俗小说共19种，从数量和比例上都占到这十年的第二位，其中既有卡门·拉福雷特《一无所获》（1982）、《破镜重圆》（1986）、塞拉《蜂房》（1986—1987年间3个不同版本），桑切斯·费洛西奥《哈拉马河》（1984）等名作，也有《天鹅行动——一个国际间谍的自述》（1981）、《大脑里的档案》（1986）、《喋血胶林》（1988）这样印数不大、馆藏不多、无重印/再版/复译、目前旧书市场上价格极低的小书。但无论属于哪一类，这些西班牙文学汉译都显示出引导中国读者观看、了解当代西班牙的意图。

总的说来，这六大区块是西班牙文学史的断代概念，更是中国翻译、出版界之兴趣所在，80年代逐渐明确后形成延续三十余年的选题框架，并不断得到补充和巩固。

这十年间的另一大特点是“从70年代末起，我国50年代末、60年代初的西班牙语毕业生已步入中年，并开始了大量的文学译介工作，使得整个80年代的西班牙语文学翻译界出现了一个繁荣兴旺的新局面”[①]。的确，这一批成长起来的西语专业译者使得翻译局面大大改观，首先利用语言优势扩大了选题面，注重开辟新鲜的选题；其次不再依赖其他语言译本，对原作风格、文化点都更有把握。

还有一点值得注意，1983年12月，哈尔滨北方文艺出版社再次从黑龙江人民出版社文艺编辑室独立出来，打造了一套“西班牙葡萄牙语文学丛书”，推出《一桩疑案：萨博尔塔事件真相》（1985）、《上帝的笔误》（1985）、《大脑里的档案》3种图书，其意义在于：首先，打破了建国以来全

---

① 参见胡真才：《出全集：严肃的大事难事——中文版〈塞万提斯全集〉编后谈》，《出版广角》1997年第4期。

国出版社在地区分布(集中京沪)和专业分工(西语文学汉译由人民文学、上海译文等垄断)上的限制,体现了地方出版社的裂变和积极新生,这与1949年后劳改知识分子、兵团知青下乡造就的“北大荒文学艺术”环境不无关联;其次,这是新时期乃至建国以来第一次不再将西葡语作品“打包”到“世界文学”之中(如五六十年代人民文学出版社的《三角帽》和《小癞子》属于“文学小丛书”),而是真正走上辨识和彰显民族性的道路,并且取得了集中力量、突出特色的一定效果;第三,该丛书与西班牙文化部图书总署建立联系,既获得资助(也因署名和稿费问题引有争议),又达成中文版向原作版权方的告知(当时中国尚未成为《伯尔尼公约》和《世界版权公约》的成员国),加强了西班牙文学汉译输出和输入两端的沟通。1988年11月,北方文艺出版社同其他10家地方文艺出版社成立了“地方文艺出版社联合发行集团”,该丛书转交黑龙江人民出版社,共计出版图书21册。

4. 90年代适度发展

90年代的西班牙文学汉译作品比之80年代几乎翻倍。由下表可以看到,每年种数即使只有一位数也明显偏大,基本没有低谷,甚至还出现1996年19种的高峰:

表六　1990—1999年西班牙文学汉译119种作品年份分布

年份	1990	1991	1992	1993	1994	1995	1996	1997	1998	1999
种数	13	16	11	9	9	12	19	9	9	12

这十年之中,随着国家改革开放的进一步深化,出版行业也经历了出版管理、所有制、分配、经营体制等诸多方面、更深层面的改革,如出版单位由生产型向生产经营型转变、出版社编辑部由“大锅饭”向承包制(1984年)再到目标责任制(1992年)转变,建立起符合市场经济规律的出版物定价体系(1993年),民营力量进入发行再到出版环节(80年代中期开始,

1993年严禁“买卖书号”、暂停协作出版,但这种业务始终没有停止)。[①] 这些都从宏观形势上对西班牙文学汉译起到了一定的推动作用。

另一产生深远影响的变化是中国政府于1992年7月10日和7月30日向世界知识产权组织和联合国教科文组织递交了《伯尔尼保护文学和艺术作品公约》《世界版权公约》的加入书,分别从1992年10月15日和10月30日成为《伯尔尼公约》和《世界版权公约》的成员国。自此,国外著作权人的权益开始受到重视和相应的约束。

可以说,1993年以前,国内对西班牙文学的“拿来”是相对自由的,在此之后的相当长一段时间,“版权期限”和“盗版”成为高悬在出版社头上的“达摩克利斯之剑”,作者逝世50年被当成选题成立的先决条件。这固然在一定程度上限制了对当代文学尤其最新动态的译介,但也推动了出版社、译者与作者、版权代理之间的交流,如加泰罗尼亚作家米盖尔·法那那斯(Miquel Fañanàs, 1948—)的处女作《杀人的水库》(*Susqueda i altres narracions*, 1983)1995年在中国问世,虽然几乎无人问津,但该中译本被反复写进该作家的履历,证明信息交互的透明,且汉译在某种程度上提升了其价值。

版权交易甚至反过来推动了出版行业体制改革——1984年底放宽建国之初政府制定的“保本微利”原则、1988年最终确定按图书“定价利润率”定价的办法[②],此后图书定价逐渐与市场接轨;从1993年开始,国内出版社认为“高额”的版税事实上成为其与消费者磨合的工具之一。

具体深入90年代西班牙文学汉译的文本库,其基本处于前述六大范围内,只是继续引进“新”作家或延长“旧”作家书单。与此相比,最突出的现象为复译激增,首当其冲的便是《堂吉诃德》13种,除杨绛译本再版两次(1990、1996年《塞万提斯全集》),有董燕生、屠孟超、刘京胜3位西语专业人士复译(均在1995年推出,屠孟超本1999年再版),其余节写、缩

---

① 方厚枢、魏玉山:《中国出版通史9:中华人民共和国卷》,中国书籍出版社2008年版,第305—313页。

② 同上书,第238—239页。

写、改写本若干;另外仅古典作品便有二十余种,占到该十年间总量近五分之一:

《熙德之歌》:赵金平 1994(1982 版之再版)、段继承 1995、屠孟超 1997、尹承东 2000;

《鲁/卢卡诺尔伯爵》:屠孟超 1991、申宝楼 1996、刘建 1999、刘玉树 2000;

《塞/赛莱斯蒂娜》:王央乐 1990、蔡润国 1993、屠孟超 1997;

《人生是/如梦》:吕臣重 1990、屠孟超 1991、周访渔 1997①;

《小癞子》在杨绛译本(1978、1986、1994)再版前后有林林译《小拉萨路》(1990),继以刘家海 1997、盛力 2000②、朱景冬 2001;

《爱情与荣誉》徐曾惠 1994、《洛佩·德·维加剧作选》段若川 1996、《羊泉村》尹承东 1997、《维加戏剧选》胡真才、吕臣重 1998③;

《西班牙诗选:至 17 世纪末》张清瑶 1991、《西班牙黄金世纪诗选》赵振江 1996④。

而现实主义小说以此法统计数量更多。一般说来,图书再版率是图书质量高低的标志之一,能够再版者一般质量较高,有较长的市场生命力。复译则不同,往往意味着不满和推翻,众多译本承载着译者们各自的抱负,体现在不同文字的处理(包括选集不同文本的抉择)上,如段继承译《熙德之歌》最大的特色是看重原作谣曲形式,转换成中文每行两个六言分句,而其他译本多化为散体。

跳出原文和译文的对等关系看,重复译入固然有回避版权、语言竞

① 《人生如梦》,周访渔译,《卡尔德隆戏剧选》,上海译文出版社 1997 年版。

② 《托尔美斯河的拉撒路》,盛力译,《西班牙流浪汉小说选》,昆仑出版社 2000 年版。

③ 《爱情与荣誉》收 3 个剧本:《爱情与荣誉》《最好的法官是国王》《奥尔梅多的骑士》;《洛佩·德·维加剧作选》收 3 个剧本:《羊泉村》《最好的法官是国王》《比塞奥公爵》;《维加戏剧选》收 5 个剧本:《羊泉镇》《塞维利亚之星》《奥尔梅多的骑士》《傻姑娘》《马德里矿泉水》。

④ 《西班牙诗选》收录 12—17 世纪的主要作品 160 余首,《西班牙黄金世纪诗选》收录约 1500—1681 年间诗歌 89 首。

争、选题狭隘/惰性、巧合等因素，但这个过程也强调、塑造了对象作品的经典性，如“塞莱斯蒂娜”在西班牙文化中的“红娘”形象、“人生如梦”之普世悲剧感，并使其在不同年代译者的语言风格中不断进入“来生”。因此90年代西语文学汉译中突出的复译问题既是滞塞也有活力，既代表瓶颈也预兆了突破。

西班牙历来是一个多民族、多语言的联合王国，习惯所称“西班牙语”更准确地说包含四种官方语言：卡斯蒂利亚语、加泰罗尼亚语、巴斯克语和加利西亚语，后三者与前者同步或稍晚也都发展了书面文学。① 然而由于卡斯蒂利亚语在本土使用人数和地区上占主导地位，兼其随殖民扩张活动传播到广大美洲，影响力确实远超同类，因而往往形成对其他“西班牙文学”的遮蔽。从中国的接受情况看，早期从法语、英语转译，该不平衡状况已经初步显现，而自50年代起，各高校陆续建立、近年尤呈蓬勃态势的“西班牙语”实际全为卡斯蒂利亚语专业，至今未见任何巴斯克语等学习机构，翻译者几乎完全集中在一极，因此，本文所述“西班牙文学汉译”一般局限在西班牙的卡斯蒂利亚语文学范围。

然而90年代一个可喜的现象是对此问题有所认识并拓展到加泰罗尼亚，如1991年突然涌现了一批带有较强巴塞罗那氛围的作品，包括《奇谭》《比恩庄》《钻石广场》戈伊蒂索洛编《卡塔兰现代诗选》，1995年有《杀人的水库》，1996年甚至见到黑龙江人民出版社推出“西班牙文学名著卡塔卢尼亚系列”(《茶花大街》《樱桃时节》)，为中国读者了解西班牙文学的地域划分和特色，尤其是加泰罗尼亚民族自治情绪的社会、历史、心理根源提供了一定的素材。

5. 新千年有得有失

2000年，西班牙文学汉译猛增到26种，带领整个年代向上攀升：

---

① 参见 Javier Huerta Calvo etc.，*Lectura Crítica de la Literatura Española*，*vol. 23 Literaturas Catalana*，*Gallega y Vasca*，Madrid：Editorial Playor，1982—1984；José J. Llopis，Miquel Ferrer，*España*：*literaturas castellana*，*catalana*，*gallega y vascuence*，Ediciones Daimón，1977.

表七 2000—2009年西班牙文学汉译207种作品年份分布

年份	2000	2001	2002	2003	2004	2005	2006	2007	2008	2009
种数	26	23	19	6	14	17	12	18	28	44

然而经仔细考察,正如前述2009年一样,庞大的数字中其实存在许多泡沫,包括大打《堂吉诃德》牌(如产量最少的2003年,6种有4种与之相关),童书绘本充斥,前20年出现过的其他作品再版、复译不断,因此如果做个减法,只计新作家或第一次译入的作品,可以得到一批更"坚实"的数据:

表八 2000—2009年西班牙文学汉译新作品年份分布

年份	2000	2001	2002	2003	2004	2005	2006	2007	2008	2009
种数	5	6	7	2	3	2	5	8	16	13

小计62种,也就是说,跟80年代基本持平,不应盲目认定时代和出版业的发展必然带来显著提高。不可否认,相较于前两个十年,一定的进步还是有的,主要体现在选题越来越开阔,如古典作品新增《真爱诗集》(屠孟超,2000年)、卡尔德隆《世间最大恶魔》(汤柏生,2000年),首次为重要的现代作家配备译本——《安东尼奥·马查多诗选》(董继平,2002年)、桑塔亚纳《英伦独语》(邱艺鸿、萧萍,2003年),尤其正视与"当代"接驳、对话——《西班牙当代女性诗选》(赵振江,2001年)、被誉为"国民作家"的阿图罗·佩雷斯-雷维特①两部②,等等。

在此基础上,还可以发现图书策划越来越倾向于系列化,以便统一操作、降低成本,并在市场上取得规模效应,如2000年中国"西班牙、葡萄牙和拉丁美洲文学研究会"与大众文艺出版社、昆仑出版社倡议出版一套

① 程弋洋:《在战争中反思世界与人性——西班牙作家佩雷斯-雷维特和他的〈战争画师〉》,《外国文学动态》2009年03期。

② 《步步杀机》,吴佳绮译,重庆出版社2006年版;《战争画师》,张雯媛译,陕西师范大学出版社2008、2009年版。

“伊比利亚文学丛书”，包含西葡各自“经典”和“当代小说”四个系列，同时寻求到西班牙文化部图书总署资助[①]；人民文学出版社联合外国文学学会及各语种文学学会，从2002年开始评选“21世纪年度最佳外国小说”并译成中文[②]，迄今已见西语文学11种，其中包括西班牙《完美罪行之友》（04年奖、05年出）、《情系撒哈拉》（08年奖、09年出）等4种；2007年起，人民文学出版社还推出由西班牙12位女作家作品集合而成的“她世纪”丛书；深受读者喜爱的《纸上的伊比利亚》为中国华侨出版社“文学偏锋系列”二册之一（2008），黑龙江人民出版社重拾“西班牙文学名著”系列（2008），北京十月文艺出版社策划“新经典·西班牙当代文学经典”小丛书（2009），上海译文出版社甚至做起个人系列“索莫萨作品”。这7个书系已经包含了西班牙文学图书32种[③]，其中大部分为新译，而且对当代的追踪愈显紧密。这些变化一方面是受到市场日益严酷的竞争挤压；另一方面也得益于出版从业人员素质提高，都推动了西班牙文学汉译向着更高产量和质量发展。

另外可以发现，近十年的翻译主体呈现年轻化、去权威化的势头，以著名诗歌译者赵振江为例，其推出第一部译作《悲哀的咏叹调》（1989）时49岁[④]；1995年《堂吉诃德》3个版本接踵问世时，董燕生58岁，屠孟超60岁，刘京胜也已39岁，教授和接触西班牙语均在30年以上（刘9岁开始在北京外国语学校学习西班牙语）；相比之下，新生代译者如崔燕、杨玲、詹玲等均在其30岁前后就已有了翻译作品。这一现象背后的原因是多方面的，首先，前辈译者受到“文革”影响，较晚才有机会“发力”，而今陆

① 《西班牙黄金世纪诗选》，赵振江编译，昆仑出版社2000年版，《〈伊比利亚文学丛书〉出版说明》1—2页；康慨：《西班牙文学经典再出中文版》，《中华读书报》2001年10月24日。该丛书由昆仑出版社推出6种后因某些问题不了了之。

② 《21世纪年度最佳外国小说评选引起反响》，《人民日报》2003年1月5日；任闻：《中国出版界面向世界的创新之举——人民文学出版社评选出“21世纪年度最佳外国小说”》，《出版参考》2003年01期。

③ “索莫萨作品”目前已出版3册，此处只计入2009年《洞穴》，未计入2011年《谋杀的艺术》和2012年《时光闪电》。

④ 稍早的1984年已在西语美洲文学方面出版《马丁·菲耶罗》译本，时44岁。

续年高甚至辞世(如李德恩(1930—2012)、孙家孟(1934—2013)),自然产生翻译人才的新陈代谢;其次,随着图书出版行业市场化程度越来越高,一些小社尤其地方社也纷纷加入西班牙语文学的阵营,包括一些有协作出版渠道的工作室和公司自行策划、包装,机会增多且对译者的门槛或有降低;另外,1999年起全国高校扩招,西班牙语人才较此前近半个世纪发生了迅速的增长,而且许多积累了游学、驻外经验,比使用庞大/滞后工具书的前辈更擅长寻找网络资源,因此愿意也基本能够担任翻译工作。年轻译者加入西中文学交流,打破话语权威甚至可能为清末民初以来西语文学译介由"文人转译"到"西语教授翻译"的历史阶段又添新的环节,理论上讲值得欣慰,但在具体操作中,仓促接稿、原文误差、风格处理都易流于浮躁,有待进一步的锤炼。

新千年第一个十年间的西班牙文学汉译还暴露出不少问题,如前述涌入的童书、绘本,虽然是合法、合情的选题(1997年新闻出版总署规定了15项需要备案的选题,其中包括引进版动画读物;西班牙的艺术创作和教育也颇负盛名),但对于从"文学"意义上建构西班牙并没有太大帮助。

另外一个突出的现象是,出版方日益以通俗化引导读者对西班牙的阅读期待和习惯,尤其2005年以后,涌现许多泛文化题材如《白天使:贝克汉姆、皇家马德里和全新足球》(2005),侦探题材如《完美罪行之友》(2005)、《步步杀机》(2006)、《风之影》(2006)、《多罗泰娅之歌》(2007)、《高迪密码》(2009)、《哥伦布之墓》(2009),尤其大量历史悬疑题材如《耶稣裹尸布之谜:萦绕千年的宗教谜案》(2006)、《圣殿指环:最后一个圣殿骑士的遗物》(2006)、《耶稣泥板圣经之谜》(2008)、《看不见的城市》(2008)、《最后一个炼金术士》(2009)、《洞穴》(2009)。以《耶稣裹尸布之谜》为例,其宣传词包括"在畅销书排行榜上击败《达·芬奇密码》,国际版权已经出售至二十多个国家,电影版权也被Filmax以重金购得","是一部不容人喘息的历史悬念小说,它为读者打开了一扇通往神奇宗教历史的大门,让您在历史和现实间徜徉,感受着阅读的乐趣与耶稣裹尸布这个千年历史谜案所带来的强烈冲击”，即其参照系数为当代流行文化之“畅销”“译本数”“电影改编权”“阅读体验”等而与西班牙属性无涉。一定程度上，这是当今西国自身的失败，似乎已经没有作品能触动思想史，只能跟风世界范围内的庸俗阅读消费习惯，兜售已经远去的宗教历史和被夸大的信教人群；另一方面，中国是否在盲目信任这些空洞标签并帮助其扩散？

最后回到西班牙文学汉译中泡沫最严重的《堂吉诃德》。从前文2009年的表格、90年代再版/复译的说明以及附录数据（统计或仍不完全）可以看到，30年间其各种名义的图书出版物计109版，占到总量388种的28%，也即超过四分之一。应当说，在数十位译者中，比较注重文字对应的仅有杨绛、董燕生、屠孟超、孙家孟、张广森等几人，其译本包括再版约在20种，则剩下80余种均需要解释并也一直试图维护自身的存在，因为大部分并没有让学界、业界和读者称快，反而生成眼花缭乱、无从选择之感，甚至粗制滥造、暴殄天物之痛。

严格地说，如此多的版本已经超越了“翻译”的范畴，更多属于“出版运作”对象，而选择《堂吉诃德》的原因，首先自然因为其经典性，似乎能借以提高一社、一丛书、一版本的说服力（但是长期未见比较翔实的注释本或版本目录方面的资料[①]，说明并没有太多深入研究、继续塑造其经典性的意图）。第二，距今四百年的作品，早已摆脱了版权问题，可以比较自主地加以利用，尤其在没有选题的情况下，是最便捷、稳妥的操作目标。第三，某些出版社附加了一些文化诉求，如2001年北京十月文艺出版社2个孙家孟版本加入了达利插图，配合次年7月在中华世纪坛举办的“狂想的旅程——大师达利互动展”；1999年大象出版社制作《〈堂吉诃德〉图集》，主要为了宣传“鲁迅藏书”中的陀莱版画[②]。第四，在阅读心理上，已

① 陈众议《塞万提斯学术史研究》2011年才由译林出版社出版。

② 此后这批图片才被国人认识并反复使用在其他版本，如2004年华东师范大学出版社“多雷绘”《图咏〈堂吉诃德〉全集》、2005年哈尔滨出版社《堂吉诃德》“杜雷插图典藏名著”、陕西师范大学出版社《堂吉诃德》（插图珍藏本）。

经从80年代某种“接受世界名著熏陶”“与大师接轨”等积极学习而略显急躁的态度转变为“素质教育”的定量任务，许多版本显著标明“青少年必读”“专家解读/导读”“名师推荐课外阅读”或者“语文新课标”，但由于课堂内外的学业负担，加之网络无处不在的诱惑，真正通读、精读的时间并不多，所以各种速读版本甚至动画片仍大行其道。第五，如果占有教材、教辅、指定课外读物渠道，则出版《堂吉诃德》还有经济动因，不仅可供组成大规模套系，而且书号、印量、销路、价格包括补贴都暗含保障。

反过来看，出版了如此多的《堂吉诃德》，阅读效果如何呢？无法否认，该人物和事迹几乎达到口耳相传、尽人皆知的程度，但“塞万提斯通过隐秘的细节和精湛的讽刺笔法表现了思想的巨大连贯性；所以，坊间印行的仅留故事梗概的儿童简写本《堂吉诃德》，其实在粗疏的缩写中删去的是隐在字里行间的声音”[①]，其“接受的广度和研究的深度不均衡”[②]。不妨说，该作品及主人公已经被高度抽空为一个符号，在中国代表着西班牙文学甚至覆盖了西班牙的形象，这个符号显然是孤独的、单薄的，但必定会因为简便而长期矗立。

二、西语美洲文学汉译

1. 总量

与西班牙文学汉译相似，如果以十一届三中全会为起点，那么西语美洲文学汉译应当从1979年10月出版的《堂娜芭芭拉》算起，但实际上，张广森译《养身地》早在1965年前后已经成稿[③]，“文革”末期还有一系列松动迹象，如1974年苏龄译《点燃朝霞的人们》、1976年吴健恒译《青铜的种族》、1978年王央乐译《拉丁美洲现代独幕剧选》、吴健恒译《拉丁美洲文学简史》、宁希译《羽蛇》，全部出自人民文学出版社，或“供内部参考”、

---

① 索飒：《挑战风车的巨人是谁——塞万提斯再研究》，《回族研究》2005年第2期。

② 王军：《新中国60年塞万提斯小说研究之考察与分析》，《国外文学》2012年第4期。

③ 豪尔赫·伊卡萨：《养身地》，林之木译，上海译文出版社1986年版，前言，第6页。

出版以示批判“机会主义错误路线”①,或张望时任墨西哥总统以石油鼓舞经济信心、编织“关于墨西哥未来伟大成就的故事”②,且为其访华造势(9月出版、10月波蒂略来访),都保留着政治挂帅的深刻印记。

就本文下限而言,2010年前后,因为认识愈加深化、版权交易日益规范和活跃,出现了许多丛书系列,西语美洲文学汉译的增长也更具连续性,如人民文学出版社“21世纪年度最佳外国小说”中的相关辑选、“略萨经典文集”“短经典”,上海人民出版社“罗贝托·波拉尼奥作品系列”,上海译文出版社“巴尔加斯·略萨作品系列”,南京大学出版社“科塔萨尔作品系列”,尤其南海出版公司高调宣传《百年孤独》,带动“新经典文库:加西亚·马尔克斯作品”“全部引进”。因此,本综述虽然在统计上截至2009年,但提请注意该年份并不是某个标志性的断点,而与其前后几年的大规模引进关联甚多,2010年至截稿时的情况在文后简要更新。

以1979—2009年计,改革开放30年间进入中国大陆的西班牙语美洲文学作品共有302种,年份分布如下表:

表九 1979—2009年西班牙语美洲文学汉译302种作品年份分布

年份							1974	1976	1978	1979	小计
种数							1	1	3	1	1
年份	1980	1981	1982	1983	1984	1985	1986	1987	1988	1989	
种数	7	8	12	9	14	12	13	12	14	3	104
年份	1990	1991	1992	1993	1994	1995	1996	1997	1998	1999	
种数	8	13	6	15	10	13	19	9	4	14	111
年份	2000	2001	2002	2003	2004	2005	2006	2007	2008	2009	
种数	2	7	8	8	7	6	7	13	18	10	86

可以看到,与西班牙文学汉译相比,西语美洲首先是数量少了近

① 雷纳托·普拉达·奥鲁佩萨:《点燃朝霞的人们》,苏龄译,“出版说明”,人民文学出版社1974年版。

② 参见何塞·洛佩斯·波蒂略:《羽蛇》,宁希译,人民文学出版社1978年版。

百种,而且这个“少”是二十多个国家之“合力”相对于一个国家的弱势,不仅说明中国在认识“西班牙语文学”时仍然以西班牙为正宗,还因为地理上的欧洲范围而在心理上将之置于一个更高的等级序列,既有宝贵的古典文学,也有“可以适当地让我国读者见识见识,开开眼界”的“现代西方资本主义世界的文学”;相比之下,对西语美洲的关注似乎更多属于——第一,道义上的声援,即“亚非拉地区,也就是第三世界主要地区各国的现代文学……显得不那么成熟”,“但是正因为此,对于这些刚刚解放和那些表现了民族民主革命倾向的文学,更需要我们给以热情的关心和大力的支持”。[①] 第二,对“文学爆炸”持续的惊诧反应、陌生感和新鲜感,以及效仿“曲线”进入世界文学“殿堂”的单一认识和侥幸心理。

其次,西语美洲文学汉译的发展趋势要平稳得多,即使有个别仅出版2、3种的“小年”,但“大年”也止于18、19种,未出现前者1980年与2009年之间44种的差距,而且三个年代的小计基本持平,甚至在新千年后还略有减少,并没有发展风潮裹挟下想当然的“进步”。这种平稳背后主要的原因仍是较为固定的认知需求,一方面,80年代初“文学爆炸”“魔幻现实主义”引进并引发追捧,撤换了50、60年代高度政治化和高度选择性的文学翻译行为,特别是摆脱了亚非拉文学“不那么成熟”的观念;另一方面,该标签在之后的二三十年间一直没有找到新的生长点或合适的替代,一定程度上黏滞了翻译、出版和阅读去进行积极的拓宽。

由于“西语美洲”是多个国家复合的概念,除了时间顺序,对这302种图书还可以进行一定空间上的把握;虽然有几个同质或相近的文化圈,但比较简单直观的办法还是按照现代国家划分,于是清理出“拉丁美洲”辑选范围或命名的合集33个、余269种,按国别示为:

---

① 《世界文学》1978年10月号“致读者”。

表十　1979—2009年西班牙语美洲文学汉译269种作品国别分布

国别	墨西哥	阿根廷	智利	秘鲁	哥伦比亚	委内瑞拉	乌拉圭	小计
种数	52	52	44	38	37	10	10	242
国别	古巴	厄瓜多尔	尼加拉瓜	危地马拉	玻利维亚	巴拉圭	哥斯达黎加	小计
种数	9	4	4	4	3	1	1	26

也就是说,二十多个使用西班牙语的国家仅有14个进入了中文阅读的视野,相比建国后17年期间减少了洪都拉斯,增加了尼加拉瓜,其他多个中美洲国家包括加勒比海地区则因为面积小、人口少、建交时间短甚至未建交、经贸来往不具明显重要性等等原因没有引起了解的兴趣,更没有疏通译介的渠道。

此外,引进图书从9种到1种(不足两位数)的国家7个、在国别比例上占到一半,而其26种图书数仅占9%,另有5国特别是墨西哥、阿根廷、智利则俨然"文学大国",在与中国交流的频度和深度上更具优势,也施加了更大的影响。

动态地看,1950—1976年间,文学引进数量排在首位的是古巴(共12种,11种出版于古巴革命胜利之后),之后才是智利、阿根廷、墨西哥(分别有9、8、5种);而其改革开放30年来译入仅9种,这个落差不仅反映出政治关系的冷热亲疏,也体现了整个出版行业受意识形态操控的程度降低。

2. 五个"大国"、一众"小国"和跨国选本

如果在总量问题上更进一步,对居前五位的国别文学数量再作推敲,可以发现许多相似之处:

首先,五个国家的文学汉译虽然年均都超过了1种图书,但亦有多年并无产出,如墨西哥5次、阿根廷12次、智利8次、秘鲁17次、哥伦比亚11次"交白卷",其中1979年最为一致,大约因为处于拨乱反正时期,尚在观望筹备阶段,1980年也仅有墨西哥开始启动,1989年普遍受到动荡的思想和政治局势影响,只有哥伦比亚有2个译本(其中一为再版),1998年也有4个国家空缺,仅《最明净的地区》(且为再版)独力支撑。

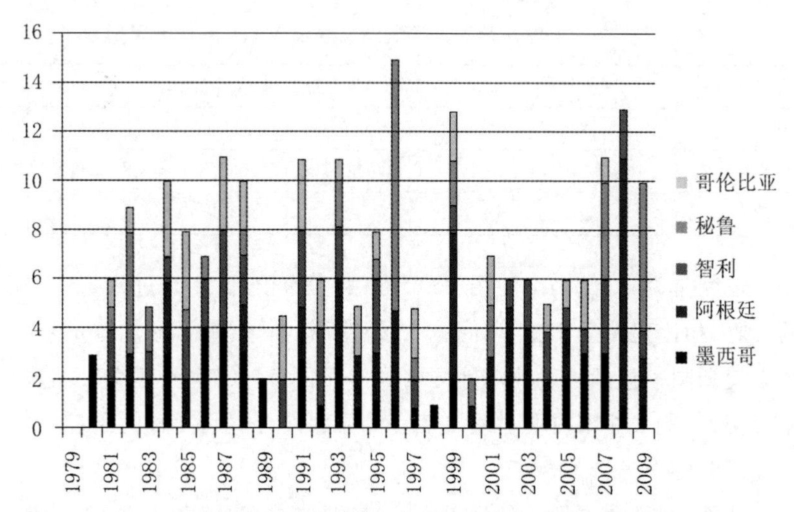

图一　1979—2009年墨西哥、阿根廷、智利、秘鲁、哥伦比亚文学汉译对比

其次,在有出版物的年份,引进这五国文学的数量大多为1—4种,只有1996年秘鲁、2008年阿根廷飙升至10种(都是因为出了多卷的全集),但也远远不及西班牙的极值44种,甚至不到其30年的平均值12种。这再次说明中国对西语美洲国家整体上还是不了解、兴趣点少、文学交流中缺乏问题意识,出版社找不到"卖点",普通读者也无所谓诉求。

另外最重要的是,这五个国家的汉译作品尽管看似较多,其实都只由几位大家"挑大梁":

> 墨西哥52种:卡洛斯·富恩特斯9种、奥克塔维奥·帕斯6种、胡安·鲁尔福5种,三人占到38%;
>
> 阿根廷52种:豪尔赫·博尔赫斯独得25种,已居半数且远远大于普伊格5种、科塔萨尔5种;
>
> 智利44种:巴勃罗·聂鲁达12种、何塞·多诺索9种、伊莎贝尔·阿连德6种、加布列拉·米斯特拉尔4种,四人共计31种,所占比例高达70%;
>
> 秘鲁38种:巴尔加斯·略萨高居29种,第二位的阿莱格里亚仅3种;

哥伦比亚37种：加西亚·马尔克斯也占到绝对多数21种，紧随其后的是仅仅2种的费尔南多·索托·阿巴里西奥。

这也就意味着，虽然数量差强人意，但文学上的认识还相当平面化，最严重的问题是“史”的框架没有建立起来，如哥伦比亚迄今只有叙事类，创作时间最早的仅仅是1867年的浪漫主义小说《玛丽亚》[①]，一步跨到20世纪20、30年代地域小说，再以加西亚·马尔克斯为六七十年代至今极具遮蔽性的形象代表；阿根廷文学汉译与此相似，诗歌单行本很少，剧作等其他文类几乎未见，19世纪中期以前几乎一片空白，仅下半叶由浪漫与风俗性相结合的《阿玛莉娅》[②]和《马丁·菲耶罗》[③]填补，20世纪则似乎完全是博尔赫斯的天下。这就发生了2009年著名诗人胡安·赫尔曼访华，在塞万提斯学院与中国作家座谈时大力推崇冈萨莱斯·图尼翁(Raúl González Tuçón, 1905—1974)而全场无人得识的尴尬。如此粗线条的文学史结构，排除知识上的漏洞，也体现了国内西班牙语专业人才和出版机构的价值选择，一来持有趋附热点的积极性(也是惰性)，二来缺乏引导和培养市场的耐心。

不仅如此，在一窝蜂和反复推举这些“大家”，特别是归类其作品、派别和潮流时，理解往往表面化，存在许多有意无意的误读。简单以伊莎贝尔·阿连德为例，虽然其作品中5部有汉译(其中1991年版《幽灵之家》2007年再版，计为6种，2010年三部曲《怪兽之城》《矮人森林》《金龙王国》也已面世)，但几乎完全笼罩在“阿连德”这一深陷历史记忆的姓氏和“穿裙子的加西亚·马尔克斯”这一商业宣传口号下，很少有研究对其作深入地分析，而且该作家除“出生地”外还有多少“智利”属性，或者说能否

---

① 伊萨克斯：《玛丽亚》，朱景冬、沈根发译，人民文学出版社1985年版；Jorge Isaacs: *María*, Bogotá, Imprenta de Gaitán, 1867.

② 何塞·马莫尔：《阿玛莉娅》，江禾、李卞、凌立译，漓江出版社1985年版；José Mármol, *Amalia*, Buenos Aires, 1851, 1855.

③ 何塞·埃尔南德斯：《马丁·菲耶罗》，赵振江译(钟增亚插图)，湖南人民出版社1984年版，译林出版社1999年版；José Hernández, *El Gaucho Martín Fierro*, Buenos Aires, Imprenta de La Pampa, 1872; *la Vuelta de Martín Fierro*, Buenos Aires, Librería del Plata, 1879.

代表“智利文学”进入中国，也是一个微妙但不应回避的问题。

总而言之，从绝对数量上看，改革开放30年来中国关注世界文学的目光变得越来越开阔和犀利，从五个经济、文化相对发达的西语美洲国家进行了不少文学输入；这一过程虽然令人欣喜，但并不完全理想，既对源头只有部分折射，又难以影响中国主体文化，仅仅成其为一种异域风情式的点缀。

如前所示，近三十年间引进图书不足两位数的西语美洲国家共有7个，计26种，几乎平均每年不足一个机会“露脸”，这里面又是什么样的具体情况呢？

大致看来，对3个国家主要围绕其国宝级作家做文章，八九十年代初步译介、2000年以后还偶尔被钩沉出来，如危地马拉的米格尔·安赫尔·阿斯图里亚斯[①]、尼加拉瓜的鲁文·达里奥[②]，都占到该国4种文学汉译的3种；而乌拉圭以马里奥·贝内德蒂[③]和奥拉西奥·基罗加[④]并称，9种中两人各领3种。

另外，巴拉圭迄今唯一被引进的作家奥古斯托·罗亚·巴斯托斯也颇负盛名，其1960年的小说《人子》(*Hijo de hombre*)1984年译入，而两国1988年才建交，该作家1989年获塞万提斯文学奖。在一定程度上，该中译本体现了当时对反独裁、反侵略和农民起义题材的敏锐嗅觉，是具有一定前瞻性的，26,700册的印量也基本保证了较广泛的传播。可惜此后

---

① 《总统先生》，黄志良、刘静言译，外国文学出版社1980年版；《玉米人》，刘习良、笋季英译，漓江出版社1986年版；《总统先生》，董燕生译，云南人民出版社1994年版。

② 《生命与希望之歌：拉美诗圣鲁文·达里奥诗文选》，赵振江、吴健恒译，云南人民出版社1997年版；《达里奥散文选》，刘玉树译，百花文艺出版社1997年版；《鲁文·达里奥诗选》，赵振江译，河北教育出版社2003年版。

③ 《情断》，刘瑛译，中国国际广播出版社1990年版；《让我们坠入诱惑》，朱景冬译，云南人民出版社1999年版；《马里奥·贝内德蒂诗选》，朱景冬译，河北教育出版社2004年版。

④ 《火烈鸟的长袜》，非琴译，浙江少年儿童出版社1993年版；《基罗加作品选》，林光译，云南人民出版社1997年版；《独粒钻石》，刘玉树译，外国文学出版社2002年版。

巴斯托斯只有《雷落草丛及其他故事》6篇收入某选集[①]，无论另一代表作《我，至高无上者》(*Yo el Supremo*，1974)还是其他巴拉圭作家都没有再进入中文语境。

形成对照的是，此间引进的古巴作家中也有极著名的卡彭铁尔(2种)、何塞·马蒂(1种)，但是相对该国60、70年代繁荣的文学局面，因方特、莱萨马·利马及诸多文艺小团体均缺席，相对中国50、60年代热烈的翻译浪潮，关注度也大大降低，不仅反映出80年代中古两国实质交往不多，而且新时期的中国特别希望与曾经的翻译政治化、文学政治化划清界限。

当然彻底去意识形态是不可能的，像玻利维亚、厄瓜多尔这两个从各方面都颇显"遥远"的国家，被译成中文的作品都是80年代看重的社会历史类型——《魔鬼的金属》《西蒙·玻利瓦尔》《我们的血》《养身地》；包括90年代两个儿童文学译本《神奇的魔袍》和《赫罗尼莫，我的小天使》(*Jerónimo*，1992)，前者从俄文选本转译，借助了安第斯山区原住民童话的"异国情调"，后者由人民文学出版社1998年出版，仅62页，主要有作者曾任厄国总统的噱头[②]；而1997年译成的《瞬息颂》更多是缘于作者在中国十年的生活、工作、私交[③]。

客观地说，西语美洲国家无论从殖民时期还是原住民时代算起，各有引以为豪的文学史，但汉译的过程中出现大小国之分，主要是经历了中国主体文化的筛选过滤，其中除了美学品味，更多地受到政治和社会文化交往程度的影响。

回应前文，如果打破国别之见，又有什么样的景象呢？1978年1月，王央乐翻译出版《拉丁美洲独幕剧选》，既是西语美洲文学汉译唯一的戏

---

① 联合国教科文组织/墨西哥经济文化基金会编:《拉美西葡文学大家精品》(第一卷)，林之木等译，云南人民出版社1998年版。

② 萝莎莉亚·阿特亚加(Rosalía Arteaga，1956—　)，曾任厄瓜多尔文化教育部长，也是在位时间最短的总统(1997.2.7—1997.2.11)

③ Li Deming, *Rubén Astudillo y Astudillo*, *un gran amigo de China*, en *China Hoy*, junio 2003.

剧类型,也再次引发[1]从“拉丁美洲”范围建立某种整体性的认识。此后30年间,以“拉美”“南美”“印第安”甚至“西印度群岛”命名的选本涌现出33个,多为短篇小说集,如《拉丁美洲短篇小说选》[2]等12种,尤其最初人民文学出版社、中国青年出版社、《译林》编辑部等纷纷组织社编,于1981—1984年间一举推出近十种,充分体现了猛然开眼看世界、兀自应接不暇的状态,不仅译者从短小的篇幅较好入手,出版机构也急切地希望将一片广大地区的文学状貌作一整体汇录。在此基础上,80年代后半段,民间故事、诗歌、微型小说、儿童小说、当代文学评论、中篇小说等类型的选集都逐渐问世,帮助中国读者进行了一番很好的速览和补习。

到了90年代,由于云南人民出版社有计划推出“拉美文学丛书”,一批新的选集继续问世[3],但此后十余年再无效仿者,直到2007年陈实编《拉丁美洲散文诗选》。一方面,许多名家诗文单行本问世,可以有更完善的风格呈现;另一方面,随着时代的发展,“拉丁美洲”区域整合和分化的力量此消彼长,尤其是国内西语人独擅其名而较少顾及另一语言文化大国巴西,其作为统摄的有效性实有不足。2008年范晔推出选集《镜中的孤独迷宫》[4],别出心裁地打破时间、国别顺序而进行了主题式的编排,这种新的形态能否引出更多的思路和更有趣的阅读,我们拭目以待。

3. 80年代植入的“魔幻现实主义”话语

通过一番数量上的展示,可以进而思考一些现象上的问题,其中在80年代以后的中国谈论西语美洲文学最无法回避的便是“魔幻现实主义”(realismo mágico)——该话语获得了巨大的成功,以致常常被当作西语美洲文学的创作范式,至今仍成为阅读该地区汉译作品时的心理期待

① “文革”前已经有过选集,参见中国青年出版社编:《拉丁美洲现代短篇小说选》,麦文等译,中国青年出版社1958年版。

② 《拉丁美洲短篇小说选》,人民文学出版社1981年版。

③ 林光主编:《拉丁美洲散文选》,云南人民出版社1996年版;陈光孚、刘存沛编:《拉丁美洲短篇小说选》,云南人民出版社1996年版;赵德明编:《拉丁美洲中篇小说选》,云南人民出版社1996年版;赵振江编:《拉丁美洲诗选》,云南人民出版社1996年版。

④ 范晔主编:《镜中的孤独迷宫》,中国华侨出版社2008年版。

和参照。然而即使在其本土，这种提法不仅经历多年才获得基本固定的能指，而且其所指也众说纷纭甚至屡遭作家们否认，因此实际发展情况和在中国的译介、简化、误读过程就变得十分引人注目。

词组“魔幻现实主义”在西班牙语中出现，目前已知最早是1927年西班牙哲学家奥尔特加·伊·加塞特在翻译德国艺术批评家弗朗兹·罗(Franz Roh)时所创，阐发对象是欧洲绘画；40年代，委内瑞拉作家彼特里(Arturo Uslar Pietri)针对该国短篇小说借用了这一说法，并且在自己创作时也具备了此意识；1954年，拉美裔美国文学批评家安赫尔·弗洛雷斯在一次研讨会上发言，将博尔赫斯《世界性丑闻》(*Historia universal de la infamia*)出版的1935年定为西语美洲魔幻现实主义小说的起点，并将其间20年活跃的许多作家归于此类[①]；1967年另一位美国学者路易斯·雷阿尔发表文章，排除了弗洛雷斯的一些观念，澄清西语美洲这类小说中“魔幻”与“现实”如何对立统一，确定了此后理论探讨的基本方向[②]。在此影响下，墨西哥的胡安·鲁尔福(1917—1986)、哥伦比亚的加西亚·马尔克斯(1928—　)等被公认为魔幻现实主义大师。

中国的西语学者和文学杂志对这股创作兼理论动向的把握可谓灵敏，70年代中期已经撰文提及，但最初持较严厉的态度：通过人民文学出版社内部刊物《外国文学情况》1975年1月、12月和1976年2月号可以看到，对“《一百年的孤独》”“魔术现实主义”评价为没有以政治和阶级观点分析拉美独裁政治的根源，更批评“苏修”“用卑劣手段拉拢拉丁美洲作家”。“文革”结束后，介绍语调渐趋缓和[③]，不久转为褒奖[④]或至少侧重分

---

① Ángel Flores, “Magical Realism in Spanish American Fiction”, *Hispania*, 1955, No. 38.

② Luis Leal, “Magical Realism in Spanish American Literature”, *Magical Realism: Theory, History, Community*, ed. Lois Parkinson Zamora & Wendy B. Faris, Durham & London: Duke University Press, 1995, pp. 119－124.

③ 陈光孚：《拉丁美洲当代小说一瞥》，《外国文学动态》1979年第3期。

④ 林一安：《哥伦比亚魔幻现实主义作家加西亚·马尔盖斯几期新作〈家长的没落〉》，《外国文学动态》1979年第8期。

析此类作品的艺术特色[①],接下来的一两年间,许多杂志都将其当作新名词或艺术流派予以专门介绍[②]。

与此同时,阿斯图里亚斯"已经具有魔幻现实主义的特点、开创了魔幻现实主义的先河"[③]的《总统先生》(1933年写成、1946年出版)于1980年2月率先推出中文版[④],继以《玉米人》1986年译成,前后一时间,魔幻现实主义中期作家的代表作滚滚而来,包括:

1980年,《胡安·鲁尔弗中短篇小说集》[⑤](22篇)

1982年,《加西亚·马尔克斯中短篇小说集》[⑥](17篇)

1984年,《百年孤独》两个版本[⑦]

1985年,《族长的没落》[⑧]

1986年,《人鬼之间》(1980年版《胡安·鲁尔弗中短篇小说集》中《佩德罗·巴拉莫》单行本)

1987年,《霍乱时期的爱情》两个版本[⑨]

---

① 段若川:《墨西哥作家胡安·鲁尔弗和他的魔幻现实主义小说〈佩德罗·帕拉莫〉》,《外国文学动态》1979年第8期。

② 《译林》1980年第1期"名词解释";陈光孚:《"魔幻现实主义"评介》,《文艺研究》1980年第5期;《河北文学》1980年第11期"国外艺术流派简介";王帆:《阿斯图里亚斯与魔幻现实主义》,《译海》1981年第2期;翁家喜:《魔幻现实主义》,《广州文艺》1981年第7期。参见《"边境"之南——拉丁美洲文学汉译与中国当代文学(1949—1999)》,北京:北京大学出版社,2011年,第74—77页。

③ 赵振江、滕威、胡续冬:《拉丁美洲文学大花园》,湖北教育出版社2007年版,第200页。

④ 米格尔·安赫尔·阿斯图里亚斯:《总统先生》,黄志良、刘静言译,外国文学出版社1980年版。

⑤ 胡安·鲁尔弗:《胡安·鲁尔弗中短篇小说集》,屠孟超、倪华迪等译,外国文学出版社1980年版。

⑥ 加夫列尔·加西亚·马尔克斯:《加西亚·马尔克斯中短篇小说集》,赵德明、刘瑛译,上海译文出版社1982年版。

⑦ 加西亚·马尔克斯:《百年孤独》,黄锦炎、沈国正、陈泉译,上海译文出版社1984年版(1989年、1991年再版);加·加西亚·马尔克斯:《百年孤独》,高长荣译,北京十月文艺出版社1984年版。

⑧ 加夫列尔·加西亚·马尔克斯:《族长的没落》,伊信译,山东文艺出版社1985年版。

⑨ 马尔克斯:《霍乱时期的爱情》,蒋宗曹、姜风光译,黑龙江人民出版社1987年版;徐鹤林、魏民译,漓江出版社1987年版。

1990 年,《将军和他的情妇/迷宫中的将军》[1]

1991 年,《一个遇难者的故事》[2]

1993 年,《胡安·鲁尔福全集》[3]《百年孤独》吴健恒版[4]、《卡彭铁尔作品集》[5]

出版节奏历经十余年才逐渐放缓,陆续进行再版、复译,出现少量新译,接受过程延续至今。但需要注意的是,中国在处理“魔幻现实主义”时首先进行了一个地域上的放大,动辄放入“拉美”的话题之中。实际上无论 1954 年安赫尔·弗洛雷斯提出这个问题,还是 1967 年路易斯·雷阿尔真正为该理论奠基,包括其面向的文本,都主要限定在西班牙语美洲小说或文学(Spanish American Fiction/ Literature),也就意味着该主义在巴西、中南美洲和加勒比海的其他语言国家并不流行,不宜简单作理论的平移和套用。称呼“拉美”之粗粝之处,在于该指称在中国仍然难逃“亚非拉”的意识形态色彩,很容易夹带第三世界的想象,尤其将“魔幻”放置在“落后”的社会发展阶段,或者归结于原住民文化传统及其集体无意识;实际上,如果从叙事学的文本层次理论入手,超越各个时期隐含读者正常理性思维的情节都可以视为“魔幻”,而不加渲染、不动声色的讲述便构造了“现实”。从这个意义上讲,“魔幻现实主义”偏重政治历史属性的是题材而不是技术,可以因前者严格收缩在西语美洲,又可以因后者放之于世界文学的更大范围,均比“拉美”之谓更显主张。

其次,中文习惯把英语词尾“ism”、西班牙语词尾“ismo”一概译为“主义”,将源语言中还可能表示的“特征、状态”(如英雄气概 heroismo)、“性质”(如同时性 sincronismo)、“…… 引起的病态”(如酒精中毒

---

[1] 马尔克斯:《将军和他的情妇/迷宫中的将军》,申宝楼、尹承东、蒋宗曹译,南海出版公司 1990 年版。

[2] 马尔克斯:《一个遇难者的故事》,王银福译,云南人民出版社 1991 年版。

[3] 胡安·鲁尔福:《胡安·鲁尔福全集》,屠孟超、赵振江译,云南人民出版社 1993 年版。

[4] 加西亚·马尔克斯:《百年孤独》,吴健恒译,云南人民出版社 1993 年版。

[5] 卡彭铁尔:《卡彭铁尔作品集》,刘玉树、贺晓译,云南人民出版社 1993 年版。

alcoholismo)、"语言特色"(如新词 neologismo)、"行为、结果"(如生物体 organismo)[①]一概拔高,暗示为完善、宏大、固定的思想体系,甚至因"主"的中文取字牵扯出强力推行之义,认为带有排他性,如现实主义和浪漫主义的关系。于是"魔幻现实主义"原本可以仅仅是某些作家的观念、技巧,却被中国解读为一以贯之的风格,甚至民族气质与现代性相遇的特殊道路;易言之,80年代译介的西语美洲文学其实涵盖了自19世纪以来的许多流派和面貌的作品,中国接受时却统称为"魔幻现实主义",该话语由是成为一个具有多重所指的能指,在其本土、西方、中国西语文学研究、中国当代文学等不同语境被赋予不同的意义,尤其在中国的现实语境被书写成了神话。[②]

4. 云南人民出版社的拉美文学之路

中国出版西语美洲文学的机构,除了建国之初按照"专业分工"原则划定的人民文学出版社、外国文学出版社、上海译文出版社等大社,在改革开放30年中还浮现出一个特殊的例子,那就是位于昆明的云南人民出版社。

早在1982年,该社即尝试性地推出巴尔加斯·略萨的《青楼》[③]和《胡利娅姨妈与作家》[④],1986年获准恢复外国文学的出版后,又在《外国中篇小说》中安排了第七卷"拉美"(6篇)[⑤];1987年与中国西葡拉美文学研究会签订协议,迅速于次年推出"拉美文学丛书"5种[⑥],此后从1990年

---

① 马联昌、周为民编著:《西班牙语词汇学导论》,上海外语教育出版社2012年版,第428页附录二"常用后缀一览表"。

② 《"边境"之南——拉丁美洲文学汉译与中国当代文学(1949—1999)》,北京:北京大学出版社2011年版,第45—46页。

③ 巴尔加斯·略萨:《青楼》,韦平、韦拓译,云南人民出版社1982年版。

④ 巴尔加斯·略萨:《胡利娅姨妈与作家》,赵德明等译,云南人民出版社1982年版。

⑤ 赵德明选编:《外国中篇小说(第七卷·拉美)》,云南人民出版社1986年版。

⑥ 1.维利希莫:《大使先生》,范维信译,1988年版;2.略萨:《狂人玛伊塔》,孟宪臣、王成家译,1988年版;3.多诺索:《旁边的花园》,段若川、罗海燕译,1988年版;4.《拉丁美洲历代名家诗选》,赵振江编,1988年版;5.《拉丁美洲微型小说选》,陈光孚编,1988年版。其中《大使先生》为巴西文学。

至今共出版西语美洲文学作品52种，也即80年代至今共59种——同期人民文学出版社仅23种，上海译文出版社18种，外国文学出版社16种，作家出版社1种——因此，在全部302种里占据近五分之一，是当之无愧的西语美洲文学汉译“大户”。

在该社59种西语美洲文学图书中，超过50种都是不断推出的新译，并为该社和其他社的再版提供了较好的稿本。该丛书中，许多作品并非单独出击，而是试图建立系列，如“拉美作家谈创作”（1993—1999年）、“拉美西葡文学大家精品”（1998年）等。90年代，“拉美文学丛书”入选国家“八五”重点图书，之后又成为“九五”重点图书，还连续四届获得全国外国文学优秀图书奖。

之所以取得这样的成绩，主要得益于该社尤其是编辑刘存沛开放思路，积极与西葡拉美文学研究会（1985年起由沈石岩担任会长）取得联系并展开通力合作。根据笔者整理的“中国西班牙、葡萄牙、拉丁美洲文学研究会会议纪要（1987—2008年）”以及“1987—1989年信件及费用记录”，当时研究会除行政会议外，至少每年召开一次选题讨论会、选题座谈会、编委会、扩大编委会，并通过频繁的信件往来处理选题申报、告知选题是否通过、监督翻译进程、组织审阅译稿，包括解决被出版社退回的稿件，工作环节畅通且十分高效。可以说，“拉美文学丛书”大都是由中国西葡拉美文学界的专家们确定的经典之作，译者群几乎涵盖了当时业内经验最丰富的翻译家，而且是50、60年代学成西语、经过“文革”沉寂、有志“做一点事情”的一代，将西语美洲文学汉译的数量和质量都进行了极大提升。

然而除了官方机构和业界认可，市场回报似乎并不理想，“15年来，该套丛书为出版社带来的经济效益微乎其微，甚至一开始受第一本书热销的误导，好几部作品印数失准，形成积压”[①]，加上许多西语美洲著名作家的版权都被代理商悬以高价，达不到一个国家文化事业单位所期待的

① 张文凌：《拉美文学丛书该谢幕了?》，《中国青年报》2003年6月21日。

投入产出比,而西葡拉美文学研究会也因为1996年时代文艺出版社《略萨全集》争抢版权出现严重分化,因此"拉美文学丛书"在新千年日渐冷清和消沉,至2003年5月出版由赵德明和索飒分别著写的《20世纪拉丁美洲小说》和《拉丁美洲思想史述略》,"也许这两本书将为这套辉煌的丛书画上一个句号"[①]。

5. 新千年的方向

云南人民出版社在2000年后逐渐舍弃西语美洲文学阵营,除了个体的选择,实际上也代表了中国出版界群体的疏离——十年间,不仅数量从104种、111种下滑到85种,而且许多都是重新编选、再版,如浙江文艺出版社2006年的"博尔赫斯全集"3卷本、2008年的"博尔赫斯作品系列"8种、2009年人民文学出版社"略萨经典文集"3种,似乎已经没有太多巨著,也没有受众共同掀起像八九十年代那样全社会阅读评论的热潮。一方面,对象文学本身确实进入高峰之后的低谷,部分大作家逐渐逝世、患病,另有许多在侨居生活中失去或者试图摆脱国籍属性(如巴尔加斯·略萨、伊莎贝尔·阿连德),而年轻一代不仅达不到六七十年代"文学爆炸"的号召力,甚至无法企及"爆炸后一代"的水平,题材上不再关心家国历史的宏大叙事(如《牛津迷案》),语言上转入个人化、内心化、诗化(如《纸房子》《地球上最后的夜晚》),在汉译时便无法承担中国尚较单一的"拉美"想象。因此出版社选题思路还徘徊在几位大家身上,似乎不如此便不具备市场竞争力、无法回答选题评审组和普通读者"为什么读西语美洲文学"的问题,间或开拓一些新道路如"21世纪年度最佳外国小说"(至今西语美洲作品7种)、"TO小说系列"(2/12种)[②]也并未获得太高的评价。

另一方面,成长中的年轻读者也在发生着全方位的变化,包括习惯通过新媒体平台诸如博客、微博、电子书获取阅读资源,容易消化各种叙事

① 张文凌:《拉美文学丛书该谢幕了?》,《中国青年报》2003年6月21日。

② 耶里谢欧·阿尔贝多:《蜗牛海滩,一只孟加拉虎》(TO小说系列),杜东璘、许琦瑜译,湖南文艺出版社2004年版;大卫·昂格:《天杀的热带日子(TO小说系列)》,汪芸译,湖南教育出版社2007年版。

方式带来的惊诧体验，加上流行文化如电影改编也在协助他们快速消费加西亚·马尔克斯、斯卡尔梅达、阿连德、埃斯基韦尔等人的文学。而如果从中国整个文化环境来看，西语美洲文学的前途似乎更加叵测："2000年至今，拉美文学翻译出版跌入低谷，以致老翻译家们有的接受访谈，有的致信媒体，呼吁社会重新关注拉美文学。但事实上，拉美文学难以辉煌再现，同中国不再寻找另类的现代性方案，不再关注反抗全球资本主义的逻辑，而日益期望加入世界历史发展主流息息相关。而这一切并非老翻译家们能够逆转的。"①

应当说，"日益期望加入世界历史发展主流"正是改革开放30年所给予中国的信心和理想，在这个过程中卸载一些现时不匹配的思想资源情有可原。然而西语美洲既承受了丰饶的苦难，也由此获得了苦难的丰饶，其原住民文化、殖民地文化、现代化进程所积累的人文经验远远超过中国目前大部分人的认识，所谓没有借鉴意义，更多是缺乏借鉴的眼光；西语美洲文学汉译能否找到对中国思想史的新触机，正期待着更多有识之士的共同努力。

三、补遗：近七年西语文学汉译

随着本项目的不断增订编修，2009年至今又是七年（本文截稿于2016年底），中国大陆的西语文学汉译事业有没有发生新的变化？

首先，数量上的增加是肯定的，但有必要谈谈与本研究正相关的一个资料瓶颈：新出版书目越来越难统计。在整理1979—2009年数据时，主要有赖《全国总书目》的权威，其"依据全国各正式出版单位每一年度向中国版本图书馆缴送的出版物样书编纂而成。比较全面、系统地反映了每一年度我国图书出版的概貌"。但其自2001—2003年尝试制作光盘版随书发行，2004年起不再印制纸版，仅以光盘形态出版，则如北京大学图书

---

① 《"边境"之南——拉丁美洲文学汉译与中国当代文学（1949—1999）》，北京：北京大学出版社2011年版，第137页。

馆、牛津大学图书馆均不再购买；2012年起，中国国家图书馆也不再收藏，且已藏的几张光盘进入“音视频资源”库，目前无限期不开放；2013年起，该书编纂越来越滞后，迄今未见推出新号。

基础性的《全国总书目》断档，加之半月刊《全国新书目》快而不全，年鉴《中国出版年鉴》偏重行业数据、研究，导致无法再更新已有的“西语文学汉译大陆单行本”表单，也很难进行更多的分类比较。

书目之重要，可以“辨章学术，考镜源流”，《总书目》由兴盛时单卷印数高达23500册，骤降至2006年前后仅500册还有积压，不仅已经引起署名责任者阚元汉的注意[①]，还需要再引起西语文学汉译史关注者的警惕。如果说从实验室到工厂是理工科的创新—创业之路，那么从“一张平静的书桌”到出版、阅读市场就是文科不多的投产路线之一，尤其是外国语言文学进入中文语境、创造自身镜像、实现传播价值的重要途径。缺乏整体概观，在科研人员即是脱离市场，无法衡量编辑的掌控、读者的需求，也很难定位、认同个人工作的心之所向、力之所及；而在出版社方面，纵如西语文学“大户”人民文学出版社，也只是通过官方、私人方式了解兄弟社动态和新出情况，似乎缺乏联合统计或统筹规划的眼光。

反过来看，西语文学汉译虽然近年在中国大陆蓬勃发展，终归体量尚轻，如2015年全国文学类图书新出33584种、重印13313种[②]，其所占并不超过最末两位数，百分比更是微乎其微。如此细化后的款目，统计起来数据量并不算太大，却可以为研究西语文学在中国的翻译、构建、接受、影响提供极大的方便，同时避免挂一漏万的个人信息采集、资料占有，避免印象式的观察和评论。

因此具体到“近七年西语文学汉译”，2010—2016年只是一个相关的自然年度，其是否宜于用作分期(periodization)，不在本文讨论范围；加以前述困境、无法展开定量分析，在此将西班牙和西语美洲合二为一，仅就

① 阚元汉、文榕生：《刍议图书馆理念的返璞归真——〈全国总书目〉现象思考》，《图书情报知识》2007年第2期。

② 《中国出版年鉴2015》，中国出版年鉴社2015年。

大的现象、趋势作一定性讨论。

近七年大陆译入的西语文学，据笔者勉为搜罗，已在200种上下，可以说聚成了一个小小的“高峰”，甚或预示着更广阔的“高原”。在这场嘈嘈切切的移山运动中，最突出的现象莫过于“规模化”，将单个作家的多部作品以较大的套系形式拿来，如2011年起，新经典文化有限公司以范晔译《百年孤独》开路、高调创立“新经典文库：加西亚·马尔克斯作品系列”，至今年4月，“历时5年，全部出齐了马尔克斯的作品，包括四大长篇、六小长篇、四部短篇集、两部非虚构文集以及一部自传共17部”。与此相近，上海译文出版社分别于2015年8月和2016年8月推出《博尔赫斯全集》第一辑16册、第二辑12册，其中加入了不少新译题目，远远超过了1996年海南国际新闻出版中心的三卷本《博尔赫斯文集》，1999年、2006年浙江文艺出版社的两个五卷本《博尔赫斯全集》及其2008年8册的“博尔赫斯作品系列”。在这场尽可能“做大做全”的迻译风潮中，巴尔加斯·略萨、胡里奥·科塔萨尔、罗贝托·波拉尼奥、何塞·奥尔特加·伊·加塞特、卡洛斯·富恩特斯等均为热门结集对象。

但仔细推敲，虽然同为大规模引进，各作家背后却存在着不同动因，其中一些属于文学史上的积压和跨越式前进——与80年代中国对“西方”的引进相似，只是存在大约30年的延迟，倒也符合国内对“西班牙语”的认知。如随“14年一代”活跃起来的奥尔特加·伊·加塞特、胡安·拉蒙·希梅内斯，都是在鲁迅时代即有传布的名字，而且前者在西语、英语、法语思想界辨识度很高，后者曾获1956年诺贝尔文学奖，但此前中文译介十分单薄（仅有《小银与我》、一部诗选/两三个英译未署名小册子），直到近年忽有突破（各有3和5个版次）[①]，由此与20世纪中期、后期的几代

① 胡安·拉蒙·希梅内斯：《生与死的故事》，陈苍多译；《三个世界的西班牙人》，赵德明译；《记忆·时光》，朱景冬译，漓江出版社2013、2014、2015年。奥尔特加·伊·加塞特（译名有不同）：《艺术的去人性化》，莫娅妮译，译林出版社2010年版；《大众的反叛》，刘训练、佟德志译，吉林人民出版社2011年版（2004年之再版，2012年广东人民出版社再版）；《哲学是什么》，谢伯让、高慧涵译，北京：电子工业出版社2013年版；《关于爱》，姬健梅，北京：电子工业出版社2013年版。

西语作家形成并置。很显然,专业人员对他们的了解不是没有,但一直没有机会论证选题,近期才在希梅内斯的风格学、奥尔特加·伊·加塞特的现代性、民主化思想中感到相对充分的把握。

"追译"博尔赫斯等人则略有不同,虽然一大批西语美洲作家从20世纪40年代即已成长起来,在60年代形成蔚为壮观的文学景观,可惜中国直到80年代才真正摆脱政治上的动荡,得以相对轻松(或者说不那么为生存焦虑)地逐渐把自身和他者的人文经验转换成精神滋养,因此这一时期一直处于"补习"的状态,也在熟悉国际版权交易规则、完成一定资本积累和读者教养之后,开始下决心"恶补"。客观地说,被拉开十余年到半个世纪不等的时间差也有积极的一面,正如后发达国家往往在某些方面大跨步前进,此时泰半对象作家已经实现了经典化,因而"结集""全集"都更有章可循、更具市场号召力,也使得各个出版社的投入具有天然的合法性,甚至还能推动自身权威的树立。

定睛观看,在"大规模"的光辉之中,其实还有一些"太阳黑子",那就是不管是否成书系,越来越多的书目体量越来越小,甚至常常是不足两百页的薄册,如《永恒史》①152页、《莫雷尔的发明》②145页、《电影女孩》③仅99页。一方面,这是编辑和出版社一种积极的、带挑战性和引导性的尝试,既更多地体现作品在对象国问世时的原貌,尤其是其灵活的出版机制、艺术书籍传统(libros de artista)等"副文本",又降低了人力和时间成本,能更好地控制销售风险;但另一方面,由于市场还不够成熟,阅读习惯和背景知识水平参差不平,往往缺乏发现和解读周边信息的能力,不少买家在网络书店留下"不值价"的评论,或者某些小薄本确实价值不高,亦或作为年轻译者的"习作"说服力不足,都不同程度地干扰了其被接受的情况。

除了把已经成名、大牌的作家做大做全,西语文学汉译也在越来越多

① 博尔赫斯:《永恒史》,刘京胜、屠孟超译,上海译文出版社2015年版。
② 比奥伊·卡萨雷斯:《莫雷尔的发明》,赵英译,人民文学出版社2012年版。
③ 埃尔南·里维拉·莱特利尔:《电影女孩》,叶淑吟译,人民文学出版社2012年版。

地体现出“时效性”，或者说，不再固执于名家的“品牌保障”、版权时限等问题，不再满足于苦心的“追译”，而是野心勃勃地追求高度同步——某些中译本的推出与西语原文，尤其是英文翻译的时间差之小，几乎可以称为“直播”。以波拉尼奥为例，他最著名的长篇小说《荒野侦探》1998年出版，近十年里默默无闻，而自2007年推出英译本，当年三四月连续被《纽约客》和《纽约时报书评》评论，2009年即有了从英文转译的中文版；《2666》与此类似，2004年遗作出版，2008年英译本获“十大”“最佳”“文学评论”“翻译”等各大奖项，2012年西－中译本问世；包括1997年的《地球上最后的夜晚》、1999年的《护身符》都在2006年英译本之后迅速得到了认可，2013年推出中译。

引进外国文学的过程具有“时效性”，这究竟意味着些什么？很显然，互联网尤其是社交媒体、智能手机时代，出版、获奖信息流动越来越顺畅，版权考察、参展、交易规则也日渐融通，加以译者队伍壮大、多元，都是相关的有利条件。但这里面有没有什么缺漏呢？

前面已经提到，波拉尼奥最初的中译本是从英文转译的，后来好几部也有英文版作为背书，这实际上并不是孤例，近年引进的许多书目都是出版社在考察了“国际”反响之后才决定购买的，西班牙国内的评价并不足够，而西语美洲国家就更不容易赢取这场游戏。举一个新鲜的例子：年轻女作家米莲娜·布斯克茨的处女作《这也会过去》2015年1月在西班牙出版，2016年7月已经在中国销售，宣传语是“2016全球文学事件，波及从南欧到北欧到英美、亚洲等33国的文学海啸”，“手稿即征服33国全球文学出版商，未上市就被欧洲六家名牌出版社购得版权，2014法兰克福书展上更是以六位数美金天价预付成为当年最热话题；连续68周席卷欧美阅读市场，英、法、美、意、西等媒体称其为‘2015看的小说之一’”。注意，西国媒体被“谦虚”地排在了最末。

实际上，这本小书无所谓情节，着意展示的生活方式、情感观念、小聪明的“警句”全都“像羽毛一样轻”，其在国际上的反响，包括正在翻拍的电影，都毋宁说出自专门的商业策划：作者的母亲是成立Lumen出版社、拿下季诺(《玛法达》"之父")以及翁贝托·埃柯等人在西班牙版权的 Esther Tusquets;作者本人在自家的出版社长大,积累管理经验,后来创办新社,也在几家杂志和一个时尚品牌的公共资源部工作,现在签约 Pontas 文学电影代理公司,由几位全职代理极力包装,宣传得心应手。可以说,这场"海啸"是从文学外部发起的、有计划的、人造的、带有大量资本运作痕迹的,而中国的余波并没有太多文学价值上的独立评断,仅仅是对"西方"话语的一种应承和附议。

"附议"不完全是贬义,可能盲目的,也可以是顺势而为,投入到新的"世界文学"的造山运动中,试想,以当今信息交换的便利,以中文的使用人口数量,某位作家如果号称"世界级"而没有进入中国市场,其说服力或多或少有些可疑。对于这些同辈作家,等待文学史吸纳和传播为时尚早,而且也大有话语塑造的余地,于是中国出版界每年在世界各地的图书奖、图书节、诗歌节或者私人聚会上搜罗,熟悉圈子、跟上潮流、参与热点、择机发出认同,或者帮助推出符合我们文学旨趣的人物。这里波拉尼奥仍是一个绝佳的案例:文艺青年们亲昵地叫他"小波",一个完全中国化的称法,似乎暗合着"王小波"这一支"清流",在不同的语言和社会环境中炮制着相似的文学拼图,同时又委婉地显示缩短了认识上的距离,有能力与不断整合其草稿成书的亲属、代理、出版社①等以几乎无碍的半径,围绕作者形成同一个完满的圆周。

西语文学汉译的数量要求越来越大、跟进越来越快,显然直接关涉编辑和翻译队伍,这时候,进一步了解国内西语专业发展的背景便尤为重要。自1999年高校扩招,一些传统西语专业院校已经规模翻番,而近十年中国的拉美政策更是极大地推动了基础设施建设、贸易、旅游等行业的人才需求,导致国内西班牙语教育呈现井喷式发展趋势。根据教育部高等学校外国语言文学类专业教学指导委员会西班牙语分委会的统计,

---

① 孙若茜:《〈地球上最后的夜晚〉:波拉尼奥积累的素材——专访译者赵德明》,《三联生活周刊》2013年第22期。

1999年全国仅有12所高校招收西班牙语本科生，四个学年的在校生不超过500人（“小语种”之所谓），而2000—2015年间，开设西班牙语专业的高等院校已近60所，在校生估计为12000－14000人。另据塞万提斯学院院长易玛在一次国际研讨会上的介绍，由于很多人选择培训机构、高校研修班甚至自学，国内经典教材《现代西班牙语》（老版本）的销售量在每年10万册左右。作为辅助，以西班牙为代表的商品文化也在逐渐增温，其中最大的一项要算橄榄油，尤其得益于投放巨额广告的中国品牌“贝蒂斯”，另外，足球、电影、音乐、餐饮都在加速进入中国至少一线城市的视野，西班牙语的曝光度、认知度、接受度逐年提升。

在此环境下，西语文学汉译的生产链条确乎变得更加完整和稳定了。在相对上游的位置，更多具有西语专业背景的年轻人进入出版决策层面，如人民文学出版社、上海译文出版社等，近年都以相对注重文学传统的北京大学、南京大学等西语专业为基地，吸收了不少新生力量（其联合制作微信公众号“西语文学地图”，以及常规推送的文风，都十分清楚地暴露了这个小规模联盟的年龄）。虽然没有胡真才老师的人脉广泛，但年轻的编辑们借助所在平台，延续和拓展业务范围，也在不断积累和成长。另外如新经典文化有限公司，作为当今民营图书策划和发行的领军力量，短期聘请在校的西语研究生实习校读译稿、建议选题，也显示出商业运作中的一片诚意。

而中间环节的翻译团队也在发生着有趣的变化。作为“火车头”，赵振江、赵德明、朱景冬、尹承东等中华人民共和国自己培养的、80年代以来活跃的第一批西语工作者仍在不断更新自己的译书单，尤其是两位赵老师，都在退休之后继续探索西语诗歌、小说翻译的空间，自己尝试新的挑战，同时参与评定奖项、选编项目、组织译者，发挥经验阅历的同时带动了后辈的成长。

与此呼应的，是一批年轻的译者迅速接班，其中不少为20世纪90年代才入学，甚至有一些00级之后的如魏然、黄晓韵、轩乐、汪天艾等在博士、硕士研究生阶段即已承担翻译委托。由于文学翻译的价目极低，语言水平过关的西语专业学生完全可以做口译、陪同挣取更多的“零花钱”,所以接受笔译任务更多的还是出于使命感、成就感或者些许的虚荣心,在文学翻译和文化交流上保持着理想化的精神状态。但从实际效果上看,并不是所有人都具备了相当的翻译理念、资料准备、中文功底、公关和宣传手段等,在2016年9月底北京外国语大学组织的“塞万提斯逝世四百周年纪念暨国际学术研讨会”上,曾有人被当作反例,称其新近的发表“每行都有错”,在网络书店、阅读分享平台上的接受度也各有高低。

近年西语文学汉译中还有一个现象就是非专职、非西语专业译者的活跃,一个比较极端但简明的例子即高晓松从英文转译加西亚·马尔克斯,虽然他2011年的“狱中潜心翻译”更像一种名人轶事和事件营销,其版本《昔年种柳》也没有正式完结和出版,但比起2015年“新经典”正式推出的《苦妓回忆录》,社会影响要广泛得多。与此类似的还有黄灿然、王家新、蔡天新等,以其本来具有的名气,加之“诗人译诗”的光环,在特定读者群众中颇有响应。

反过来,西语文学翻译向来少有“专职”,一是报酬标准几十年不变、著作权法未予版权保障,二是除了20世纪二三十年代的“文学家/翻译家”身份,以及中央编译局这样的机构,自70年代以来一直以高校教师为重要力量,甚至有过一段极富浪漫色彩的“笔名”潮流;但目前,最后一支生力军大幅萎缩——不少高校的职称评定方法明确表示翻译作品不属于学术成果,无法用于教师尤其青年教师的晋升考核,导致不少人出于生存压力回避翻译。从事外国语言、文学工作而不参与翻译,大概只能理解为“运动员”避嫌、争做“裁判员”,而其弊端必将在近年逐渐显现。

译者群的另一个新走向,是海峡两岸往来日盛,不少台湾译者直接授权,将繁体中文版在大陆重新制作推出。由于缺乏平行比较,尤其是对台湾的深入了解,我们尚且不能品评两地翻译的风格,但据著名诗人陈黎在2016年10月底扬州瘦西湖虹桥修禊活动上的发言,两地的中文曾经因为文化教育政策不同而疏离,但已在新的网络、政治环境下发生了巨大的融合,如何在共享汉语的土壤上再次共享西语的“文学大花园”,应当值得持续注意。

总结来看,近年来西语文学汉译的规模化、时效性,一定程度上也是越来越多的“文学场合”在推波助澜,除了赶各种书展和其他外交、文化活动,比较常见的还有特定日期/年份的纪念,如2012年富恩特斯去世、2014年加西亚·马尔克斯去世、2016年为博尔赫斯逝世三十周年和加西亚·洛尔卡遇难八十周年,包括《堂吉诃德》前后两部出版四百周年,都成为出版方确定选题的契机、预设的宣传点。这符合国内出版市场逐渐商品化的大势,不断寻找西语文学的卖点,无形中强化其与当下中文阅读可以产生的关联;但另一方面也容易造成资源富集,使一些经典的、基础性的、阅读距离稍远而显得“上不了台面”的选题被束之高阁。

在译者的问题上,值得期待的变化还有很多,除了数量上的壮大、质量上的精进,我们还希望看到一些行业上的进步,比如翻译是否注定为一种“与自己的孤独相处的艺术”,可否出现如当年文学研究会水平的审稿、合译,或者某些大型商业翻译机构的逐句众包;对译作的评价标准能否避免动辄斥为“硬伤”“译死了XX”,能否对译者的“折射率”有一个更普遍的常识,对不同译本给予一个更宽容的环境,当然,还有翻译能否在当今的“IP热”(知识产权保护)中占据相应的位置。

最后,如果说当代中国语言、文学的面貌有一个多世纪以来外国文学汉译不断的敲击琢磨,那么西语文学汉译作为一个整体,无论改革开放30年还是近七年的攀升,到底施加了多大的影响?可以坦言,译入作品的影响度并不理想,只有极个别能登上阅读市场的畅销榜单,成为评论和研究热点的远不算多——是译给未来的读者?“Quizás, quizás, quizás”(一首40年代末流行至今的西语歌曲名,意“也许”)。

改革开放30年间中国大陆济慈诗歌中译与一次关于诗体移植的讨论

卢　炜

约翰·济慈是最重要的英国浪漫主义诗人之一，近200年来，他的诗歌以崇高的主题、深邃的思想、优美的语言、如画的描绘、多变的形式为世界各国的诗人、学者和读者所喜爱，因此，济慈也成为英国几大浪漫主义诗人中20世纪以来诗名最为稳固的一位。[①] 同时，由于其诗歌中蕴含着对美的不懈追求、对艺术与人生的深刻体验、对爱情的执着探索以及诗歌中灵动的韵律和明快的节奏，在审美、音乐性、主题思想上与中国的诗歌传统发生了共鸣，使得济慈成为最早被译介到中国的英国浪漫主义诗人之一。

根据现有资料统计，从20世纪20年代第一首济慈诗歌《白昼将去了》（"The day is gone and all its sweets are gone"）[②]公

---

① 参见 Leonard Unger, "Keats and the Music of Autumn", *John Keats*:*Odes a Case Book*, ed. G. S. Fraser, London: Macmillan, 1985, p. 181.

② 译者徐苏陔，刊发于成都出版的文学刊物《孤吟》，1923年第2期（1923年5月31日）。该诗译文系笔者通过检索《全国报刊索引：晚清期刊全文数据库（1833—1911）和民国时期期刊全文数据库（1911—1949）》（http://www.cnbksy.cn/shlib_tsdc/index.do）获得。此前，学术界一般认为徐志摩翻译的一首十四行诗《致F. 勃朗》（"I cry your mercy-pity-love! -aye, love"）是最早被翻译到中国的济慈诗歌，但是徐志摩的上述译作最早被收录于台湾传记文学出版社1969年出版的《徐志摩全集》中，在20世纪60年代之前没有公开发表过，因此对读者和学术界很难产生实质性的影响。大陆两本比较重要的徐志摩全集（《徐志摩诗全集》，顾永棣编注，学林出版社1992年版；《徐志摩全集》第七卷，韩石山编，天津人民出版社2005年版）在界定这首作品的翻译时间上稍有出入。顾永棣认为该诗创作于1921年徐留学英国期间（11页），而韩石山则将时间具体到1922年8月（183页）。

开发表至2011年底，共有92位译者翻译了济慈的诗歌近百首。[1] 其中，1949年中华人民共和国成立之前翻译济慈诗歌的译者共计38人，1950—1978年之间中国大陆翻译济慈诗歌的译者共计1人，港台的译者共计7人；1979年至今，中国大陆翻译济慈诗歌的译者共计41人，中国香港、台湾与海外华人译者5人。[2]

1978年，当代历史见证了中国改革开放政策的全面实施，国家各项事业逐步恢复并开始步入正轨。伴随着经济复苏、政治氛围逐渐宽松，原有的意识形态壁垒开始松动，体现在文艺和思想领域里，一些"文革"时期被漠视和摒弃的文艺观重新得到重视，一些曾经被视为禁区的文艺领域开始解禁，一些被各种政治运动冲击和波及的作家重新获得创作自由。随着思想的解放和视野的开阔，中国文艺界在改革开放之后，迅速掀起了一轮创作的热潮，与此同时，曾经沉寂多年的诗歌翻译领域也开始解冻，劫后余生的中国译者争分夺秒，希望用优质的译作和译著挽回失去的时光。经历了民国时期第一个翻译高峰和1949—1978年间的低谷之后，济慈诗歌也在这种积极奋进的时代背景下，在中国大陆重新迎来了一轮译介高潮。

中国改革开放之后济慈诗歌中译呈现出与前两个时期截然不同的译介特点。首先是对济慈诗歌的翻译力度得到加强，无论是译者数量、译诗

---

① 译者数包括合译者；译诗数仅指首译数，不包括同一首诗的不同译本或同一译者的不同版本。

② 1949年以前的译者信息主要源于：谢天振、查明建主编：《中国现代翻译史：1898—1949》，上海外语教育出版社2004年版；查明建、谢振天主编：《中国20世纪外国文学翻译史》（上、下卷），湖北教育出版社2007年版；王建开编：《五四以来我国英美文学作品译介史1919—1949》，上海外语教育出版社2003年版；马文通：《济慈诗选》，台北桂冠图书公司1995年版；此外，《大成老旧刊数据库》：（http://img.dachengdata.com:82/Spath.do? kid＝B3ABABA19C725A6A706F6A6C6B6E6B5A64A8999F9DA6ADA5725A70685A64ACB1A89D72）以及《全国报刊索引：晚清期刊全文数据库（1833—1911）和民国时期期刊全文数据库（1911—1949）》提供了大量的民国时期译者信息；中国香港、台湾和海外华人译者主要参考了张静二主编：《西洋文学在台湾研究书目：1946年—2000年》，台北："政院国家科学委员会"2004年版以及国内散见的中国香港、台湾出版的各种诗歌选集；1979年之后，大陆译者信息主要源于检索和查找各种诗歌选集，因此，济慈诗歌中译者的确切数字很有可能随着今后研究的深入不断增加。

总量、新译数量,还是重译次数,1978年之后均超越了之前两个时期,并且出现了朱维基《济慈诗选》(1983)、屠岸《济慈诗选》(1997)、任士明、张宏国《济慈诗选》(2006)和王明凤《夜莺颂》(2009)等四个济慈诗歌选集;特别是屠岸的《济慈诗选》共选译了济慈的诗歌83首,"包含了济慈的几乎全部重要作品"①,创造了济慈诗歌中译领域译诗数量、体裁多样性等多项历史之最,使该译本成为改革开放30年来,最重要的济慈诗歌中译本。其次,译者呈现老中青三代同台竞技的场面,受"文革"等政治运动的影响,老一代译者被迫噤声,在80年代初重新迎来各自翻译事业的收获期,而中年译者经历了"文革"洗礼和改革开放之初思想解放的熏陶,逐渐成熟,于80年代末、90年代初开始在济慈诗歌中译领域崭露头角,这两股力量交相呼应,直到20世纪末、21世纪初,更加年轻的一代济慈诗歌中译者走上历史舞台。此外,改革开放后济慈诗歌中译作品常出现在各种诗歌选集之中。这些选集可以分为两类:第一类多冠以"抒情诗集""世界诗选""英国诗选"等名,其编者或译者经常从某一审美视角、意象、主题或诗歌类别出发,将所选诗歌分类,因此,济慈诗歌中众多歌颂自然、探讨人生、赞美爱情的短诗常被收录。第二类选集多为一些著名学者、诗人和翻译家,如孙大雨、卞之琳、丰华瞻等人的译文集,由于他们大多是中国当代诗坛的重要诗人,因此尽管他们翻译济慈诗歌的数量比较少,但是,他们通过翻译济慈诗歌,对中国文学,特别是中国新诗的构建提出了许多真知灼见,也从不同侧面、不同角度揭示了济慈诗歌的多样性和复杂性,共同为中国翻译界和读者勾勒了诗人济慈的形象。

从20世纪80年代开始,也正是济慈诗歌中译者中一些著名的学者、诗人和翻译家发起或者积极参与了中国诗歌翻译界一次关于诗歌形式转译的大讨论,并且通过翻译济慈诗歌,体现了各自的翻译理念,客观上促进了济慈诗歌中译的全面发展。

---

①　屠岸:《〈济慈诗选〉前言》,《济慈诗选》,人民文学出版社1997年版,第9页。

早在五四时期，中国的西诗中译者就开始探索如何接近、模拟，甚至还原西诗的格律、节奏、韵式，进而更为完整地对原诗进行诗体移植①，并且逐渐寻找到一些具有实际操作意义的理论和方法。在经历了通过半格律体和格律体中国古代诗歌的形式套译外国诗歌、白话文散体译诗等阶段的探索，出现了以朱湘为代表的字数相等译法和以孙大雨为代表的以顿代步译法，并且，两种译法在充分考虑到形式补偿之后，都在很大程度上实现了对原诗的诗体移植。② 然而，以格律体中国古诗形式转译西诗的译法从未被中国西诗中译的译者完全摒弃，并且被一些重要译者长期使用，因而，改革开放以后，关于如何转译西诗形式的讨论重新引起译界的关注，并在80年代至90年代中期，引发了以著名诗歌翻译家黄杲炘为代表的“以顿代步、兼顾字数与顿数”③派（以下简称“兼顾派”）与以丰华瞻为代表的民族化译诗派关于诗体移植的大辩论。

这次辩论始于丰华瞻1979年发表的《略谈译诗的“信”和“达”》一文，该文提出：“译诗时的‘信’，指忠实于原诗的意义与诗情，而不是指刻板地忠实于原诗的语法结构、词汇、行数、韵律等”④；并且在其后一系列文章中，丰华瞻进一步完善了关于译诗民族化的优势、译诗过分关注形式转译的弊病等观点。作为回应，黄杲炘在《诗未必是“在翻译中丧失掉的东西”——兼谈汉语在译诗中的优势》⑤等著作中反驳了丰华瞻的观点，提出汉语语言特点和兼顾顿数、字数的优势。在此过程中，不断有学者和翻

---

① 这一术语的内涵及使用参见黄杲炘：《英诗汉译学》，上海外语教育出版社2007年版，第xi页，以及第三、四、五章的相关论述。

② 早期中国西诗中译领域对诗体移植问题的争论可参见，张少雄：《对译诗形式的回顾与思考》，《外国语》1993年第4期；黄杲炘：《译诗的进化：英语诗汉译百年回眸》，《中西诗歌翻译百年论集》，海岸编，上海外语教育出版社2007年版，第xi—xx页，以及黄杲炘：《英诗汉译学》第三、四章相关内容。另，孙大雨最早的译诗是以“音组”建行，后经中国诗人译者不断总结，将音组最终定义为“顿”，参见卞之琳：《翻译对于中国现代诗的功过》，《中西诗歌翻译百年论集》，277—278页，以及朱光潜：《论顿》，《中西诗歌翻译百年论集》，第52页相关介绍。

③ 黄杲炘：《英诗汉译学》，上海外语教育出版社2007年版，第77页。

④ 《外国语》1979年第1期。

⑤ 《外国语》1995年第2期。

译家加入到辩论的行列中，支持丰华瞻的文章如劳陇和王宝童等；支持黄杲炘的如楚至大和杨德豫等。直到21世纪这一争论仍在继续，参与的范围也不断扩大，如傅浩、陈凌、张传彪和刘新民，都曾对“兼顾”的译法提出了质疑，并且提出了相对自由和折中的方法。就参与程度、讨论的深度与广度而言，这次讨论成为我国诗歌翻译界长期以来，关于诗歌形式的翻译方法的一次汇总；同时，这次辩论的很多参与者，如黄杲炘、丰华瞻、傅浩、刘新民都翻译过济慈的诗歌；还有众多没有直接参与讨论，但通过个人翻译实践间接回答了这一论题的如孙大雨、卞之琳和屠岸等，他们都是济慈诗歌重要的诗人译者，并且在翻译济慈诗歌作品时，不同程度运用了各自的诗体移植策略，因而，某种程度上，这次探讨也是改革开放30年来济慈诗歌中译成果的一次集中展示。

表面看来，这次争论反映了中国传统诗歌与现代白话两种译诗形式之间的优劣，但更为根本的原因是两种异质美学观念和翻译规范的碰撞。中国的诗歌审美更强调意境[①]、押韵[②]、形式美[③]等因素，因此，在翻译西方诗歌的时候，译者在指导思想上大多提出神似、风韵、化境，强调意境和整体的美感。[④] 然而这些诗学和审美理念指引下的翻译美学标准却非常笼统、模糊，难以进行定量的分析比较，导致两种异质的审美标准针对同一审美对象和审美体验可以得出截然相反的美学结论。丰华瞻和黄杲炘都主张译诗要保持原诗的格律上的美感，但是得出的结论却大相径庭：一

---

① 如王佐良即认为：“诗的生命在意境，而意境又是靠许多东西形成的；语言上讲，除了节奏、韵脚、速度，还有用词、句式、形象”(《论诗的翻译》，江西教育出版社1992年版，第69页)。

② 如章太炎认为：“诗之有韵，古无所变”(辜正坤：《中西诗比较鉴赏与翻译理论》，清华大学出版社2003年版，第47页)；当代学者王宝童也指出：在汉诗中韵是第一位的，节奏是第二位的(《试论英汉诗歌的节奏及其翻译》，《外国语》1993年第6期)。

③ 如闻一多在《诗的格律》一文中，将诗歌的美归纳为：音乐美、绘画美和建筑美(蓝棣之编：《闻一多诗全编》，浙江文艺出版社1995年版，第355页)。

④ 如朱湘：“我们对于译诗者的要求，便是他将原诗的意境整体的传达出来，而不过问枝节上的更动(《说译诗》，《中西诗歌翻译百年论集》，第49页)；钱锺书：《“化”为翻译最高境界》(《林纾的翻译》，《翻译论集》(修订本)，商务印书馆2009年版，第960页)等。

方认为诗体移植会伤害原诗的音乐美[①],另一方则坚称只有坚持诗体移植才能保持和反映原诗的格律美及其蕴涵的信息。[②]

造成这种审美理念对立的一个重要原因是两种翻译规范对汉语弹性、汉语诗歌形式的包容性的认知差异。民族化翻译原则的一个重要立论基础是中英两种语言的语音性质差异巨大,造成了诗体移植过程中巨大的节奏变形和格律损耗。[③] 出于对现代汉语的表达能力、语言弹性、现代汉语诗歌形式的伸缩性和包容性的不自信,这一派希望从中国古典诗歌语言和形式上获得灵感和借鉴。"兼顾"派承认中英两种语言形质上的差异,但是由于"译者的义务和责任,主要是让不能读原诗的读者知道:原诗的内容究竟是怎样的,原诗的形式(包括韵式)又究竟是怎样的"[④],这派译者坚持采用"以顿代步"等译法对原诗进行诗体移植,并且通过各种形式补偿对原诗格律、节奏和音乐性等方面的缺憾进行止损,其深层次的文化心理是对于现代汉语和当代汉语诗歌形式的充分信任。

而从文学系统理论的角度,民族化译法还表明了,当文学多元系统理论中翻译文学处于边缘地位、成为保守的(二级的)文学形式库时[⑤],坚持以译语文化为中心、忽视源语的诗学规范可能成为译者最终选择的翻译原则。例如,丰华瞻就声称"既然译成中文诗,就照中国诗的格律"。[⑥] 而在具体翻译策略的选取上,译者可能更加注重读者期待,采用读者更易于接受的、更符合译语诗学规范的翻译模式,对译诗进行归化处理,从而形

---

① 丰华瞻:《译诗与民族化》,《中国翻译》1981年第3期。

② 黄杲炘:《菲氏柔巴依是意译还是"形译"?——谈诗体移植及其他》,《中国翻译》2004年第5期。

③ 丰华瞻:《译诗与民族化》,《中国翻译》1981年第3期;劳陇:《译诗要像中国诗?像西洋诗?——与楚至大同志商榷》,《外国语》1986年第5期。

④ 杨德豫:《用什么形式翻译英语格律诗》,《中西诗歌翻译百年论集》,第303页。

⑤ 陈德鸿、张南峰编:《西方翻译理论精选》,香港城市大学出版社2000年版,第118页。

⑥ 丰华瞻:《译诗与民族化》,第45页。

成“让译文趋向读者”①的整体效果。这也可能是丰华瞻“用白话诗体译英诗时,[是]参考我国的宋词、元曲、明清白话民歌与当代民歌,来考虑译诗的格律”②的理论依据。而“兼顾”派的译者则持原文中心论,在坚持忠于原文的内容与形式的基础上,在翻译策略的选取时,“让译文趋向原文”③,使译文在读者眼中保有一定的陌生感。

两种翻译规范在实际翻译时的效果如何,我们可以选取两派的代表人物丰华瞻和黄杲炘各自翻译的济慈著名的《秋颂》的第一节作为比较。

原文如下:

> Season of mists and mellow fruitfulness,
>
>   Close bosom-friend of the maturing sun;
>
> Conspiring with him how to load and bless
>
>   With fruit the vines that round the thatch-eves run;
>
> To bend with apples the moss'd cottage-trees,
>
>   And fill all fruit with ripeness to the core;
>
>   To swell the gourd, and plump the hazel shells
>
>   With a sweet kernel; to set budding more,
>
> And still more, later flowers for the bees,
>
> Until they think warm days will never cease,
>
>   For summer has o'er-brimm'd their clammy cells. ④

---

① Friedrich Schleiermacher, "On the Different Methods of Translating", trans. Douglas Robinson, *Western Translation Theory*: *From Herodotus to Nietzsche*, ed. Douglas Robinson, Beijing: Foreign Language Teaching and Research Press, 2006, p. 229.

② 丰华瞻:《译诗与民族化》,《中国翻译》1981年第3期。

③ Friedrich Schleiermacher, "On the Different Methods of Translating", trans. Douglas Robinson, *Western Translation Theory*: *From Herodotus to Nietzsche*, ed. Douglas Robinson, Beijing: Foreign Language Teaching and Research Press, 2006, p. 229.

④ John Keats, *John Keats*: *Complete Poems*, ed. Jack Stillinger, Cambridge, Mass.: Belknap-Harvard UP, 1982, p. 360.

丰华瞻的译文是这样的：

秋之歌
到处飘浮轻雾，瓜果都已成熟。
骄阳伴随秋光，普照大地草木。
葡萄累累结子，藤蔓沿上茅屋。
屋前老树垂垂，一树苹果夺目。
果实都已熟透，葫芦只只肥胖。
榛子壳儿胀大，果仁又甜又香。
秋花开遍原野，到处鲜艳芬芳。
暖风吹拂大地，花间蜜蜂飞翔。
争先采取花蕊，酿成蜂蜜满房。[①]

下面是黄杲炘的译文：

轻雾的季节，成熟丰饶的时令，
　　催熟万物的太阳是你的密友；
你同阳光合计，要祝福葡萄藤，
　　让累累的果实缀满茅檐四周；
要让一个个熟到芯子的苹果
　　吊弯那青苔斑斑的农家枝桠；
　　　要菜瓜膨胀，又让饱满的榛子
　　长足它甜仁；还叫迟迟开的花
为蜜蜂一批又一批越开越多，
　　让它们以为永远有暖日子过，
因为夏日使蜂房早胀满蜜汁。[②]

从诗歌审美的角度考量，丰华瞻的译文在语言上显得轻快、自然、率

① 丰华瞻：《丰华瞻译诗集》，上海外语教育出版社1997年版，第49页。
② 黄杲炘：《英诗汉译学》，上海外语教育出版社2007年版，第266页。

性,兼具中国古诗的质朴和田园诗的清丽,不规则的押韵和整体的遣词使得诗句错落有致、节奏鲜明、读来朗朗上口,风格和韵味上自成一派,整个译诗的意境优美、文笔流畅,非常符合中国传统诗歌对于意境和神韵的追求。从读者接受的角度,这首译诗充分体现了全面归化的翻译策略,让中国读者能够近距离感受和体味一首充满中国色彩的英国浪漫主义诗歌。

然而,正是这种过于浓重的本土色彩使得丰华瞻的译文更像是译者创作的一首中文诗,熟悉济慈《秋颂》的读者对比原文和译文时,很可能产生时空穿越的错觉,仿佛济慈化身为一位浅吟低唱的中国诗人。造成这一假象的原因主要有两个:一是译者在翻译过程中,为了符合译入语的语言特征、诗歌审美和文化传统,有组织、有目的地对原文的一些重要词语和句式进行了改写和增删,造成了众多漏译和误译现象。例如,原诗第二行"close-bosom friend"这个最重要的核心意象被译者完全忽视,额外增加了"普照大地草木"这个原诗并不存在的表述。类似的修改遍及整个译文的每一行,其结果是使译文和原文在文字和基本意象的对应上完全失衡。此外,译文对于原诗的韵式、格律、诗行长短都进行了颠覆性的改造,将原诗单节11行的五音步抑扬格,缩减为9行,每行行内又分成两个偶数诗行,并且完全摒弃了原诗的押韵模式。经此修改,原诗与译诗从内容到形式都成了完全不同的两个文本,某种意义上,丰华瞻的译文应该被归入德莱顿(John Dryden)所谓的"意译"或者"拟作"一类[①],而非真正的翻译。

如果说丰华瞻的译文体现了翻译艺术的"不忠之美",那么黄杲炘的译文则体现了翻译艺术对全面忠于原文的执着追求。首先,黄杲炘的译文最大限度还原原文的意象、句式、结构,例如,将"close-bosom friend"译为"密友""maturing sun"译为"催熟万物的太阳""conspiring"译为"合计"等都非常准确地反映了原诗的用词,并且在一定程度上涉及了原诗中可

① John Dryden, "The Three Types of Translation" from "Preface to Ovid's Epistles", *Western Translation Theory: From Herodotus to Nietzsche*, p. 172.

能隐含的潜台词。[①] 其次，在句式结构上，黄杲炘的处理也是紧贴原文的句式和结构，除了对于不符合汉语表达习惯的句式进行必要的调整外，对于原诗的主要框架如跨行、复句结构都尽力予以保留。最重要的是，黄杲炘的译文严格遵循了他自己倡导、被众多诗人译者推崇的以顿代步、韵式依原诗，并且基本做到了兼顾顿数和字数等较为苛刻的形式要求。黄杲炘的译文首先完全移植了原诗的缩进模式，还原了原诗的外部形态。原诗为五音步抑扬格，每行共10个音节，因此，黄杲炘将其转译为每行12字，并且基本保证了这12个汉字能够形成以二三字顿为主的五个音顿，辅以少量一四字音顿，形成在声效上参差错落、缓急相间的动态和谐。更为难能可贵的是，黄杲炘的译文还尝试了还原原诗非常复杂的韵式。

西方文学传统中有两种主要的颂诗形式：品达体和贺拉斯体，而17世纪英国的诗人考利(Abraham Cowley)和德莱顿(John Dryden)根据英语诗歌的特点，创造出更符合英语诗歌特点的不规则颂诗体[②]，《秋颂》即属于这一类别，但经过济慈的创新加工之后，这一形式具有诗人鲜明的个性特点。大约在1819年春，济慈已经熟练掌握了十四行诗的形式，但是他开始深感这种形式的弊端和束缚，并且通过各种形式表达了对于求新

---

① 20世纪80年代之前，西方研究济慈的学者在解读《秋颂》时，常倾向于认为该诗中时光的流逝和季节的变迁既代表了真实的世界，又象征了生命的流转(Unger. p. 187)，但是，随着济慈研究中新历史主义学者的不断研究和发掘，出现了对于《秋颂》全新的、充满政治意味的解读，这首被认为是描写自然景色的诗，被解读为映射了当年(1819年)发生在英国的"皮特卢惨案"，其中，"close-bosom friend"和 "conspiring"两个词被与该惨案紧密联系在一起(Richard Marggraf Turley, *Bright Stars: John Keats, "Barry Cornwall" and Romantic Literary Culture*, Liverpool: Liverpool UP, 2012, p. 106)，其后，性别批评和心理批评研究又从这两个词中读出了类似俄狄浦斯情节般的内涵(Richard Marggraf Turley, *Keats's Boyish Imagination*, London, New York: Routledge, 2004, p. 34)以及性的暗示(Helen Vendler, *The Odes of John Keats*, Cambridge, Massachusetts and London: Belknap, 1983, p. 249)。黄杲炘译文中对这几个敏感词汇的翻译虽然没能更为直接地反映学术界的这些争论，但是也从一定程度上做到了一语双关。

② 关于颂诗的定义与分类参见：G. S. Fraser ed., *John Keats: Odes a Case Book*, London: Macmillan, 1985, p. 13.

求变的欲望。[①] 最终通过艰苦的努力和不断的尝试,济慈将英诗中两种最主要的十四行诗形式"皮特拉克式"和"莎士比亚式"进行了改造和混搭,形成了一种全新的不规则颂诗形式。西方学者经过分析指出:济慈的四首颂歌《夜莺颂》("Ode to a Nightingale")、《希腊古瓮颂》("Ode on a Grecian Urn")、《忧郁颂》("Ode on Melancholy")和《慵懒颂》("Ode on Indolence")中的每一诗节都是由十行诗组成,其中前四行构成一个"莎士比亚式"的四行诗(quatrain),而后六行构成一个"皮特拉克式"的六行诗(sestet),并且格律和韵式也随各自的诗行要求而变。[②]《秋颂》是诗人在之前四首颂歌成功经验的基础上,又在每个十行诗中增加了一行[③],构成了英诗历史上少见的11行诗[④],并且对韵脚作了相应的调整,形成了第一诗节"ababcdedcce"的特殊构韵模式。五个不同的韵脚,按照复杂的排列方式出现,对于中译者来讲是非常严峻的挑战,特别是"cdedcce"的组合,对于不熟悉英诗韵律模式的中国读者来讲,处理不当可能会产生接受障碍。黄杲炘的译文通过巧妙的文字搭配,辗转腾挪,全面地复制了原诗的韵式,同时使得译诗节奏鲜明,韵律工整,表达流畅。

通过一系列的翻译手段,黄杲炘对译文完成了格律、韵式上的止损,保证了译文从外形、格律、韵式等方面对原诗的模拟,最大限度地通过译诗复现了原诗的诗体特征,加之译文从意象、语篇、结构等层面对原文较为准确反映,从译诗的内容和形式两个层面,黄杲炘的译文更加接近原诗

---

① 济慈在一首名为"If by dull rhymes our English must be chain'd"的十四行诗中表达了对这种诗歌形式禁锢了英诗的厌恶和担忧。此外,济慈还在给弟弟乔治夫妇的信中表达了自己正在努力尝试创新诗歌形式。(*The Letters of John Keats*, Ed. Hyder Edward Rollins, Vol II, London: Cambridge UP, 1958, p. 108)对于相关史实的记述可参见:Walter Jackson Bate, *John Keats*, Cambridge, Mass.: Belknap Press of Harvard UP, 1963, p. 496; Jack Stillinger, "Commentary", *John Keats: Complete Poems*, p. 467。

② Walter Jackson Bate, *John Keats*, Cambridge, Mass.: Belknap Press of Harvard UP, 1963, pp. 497—498; M. R. Ridley, "The Odes and the Sonnet Form", *John Keats: Odes a Case Book*, p. 97.

③ Miriam Allott ed., *The Complete Poems of John Keats*, London: Longman, 1970, p. 650.

④ 黄杲炘:《英诗汉译学》,上海外语教育出版社2007年版,第265页。

的核心价值,更加忠于原文。而在诗歌审美上,黄杲炘的译文同样具有白话文新诗表达清晰、形象勾勒准确、语言生动等优点,在当代白话文占据绝对优势地位的历史条件下,读者也更容易理解和接受这样较为贴近现实生活的译文。应该说黄杲炘的译文在忠于原文、格律止损、读者接受等多个层面明显优于丰华瞻的译文,因而,以"以顿代步"为原则的翻译理念应该是优于民族化译法的。

比较而言,"以顿代步、兼顾字数和顿数"的翻译理念在诗歌审美、格律止损、忠于原文、读者接受几方面具有明显的优势,尽管对这一理念的理解和具体译诗实践上略有差别,这一译诗原则仍得到多位重量级的诗人译者如孙大雨、卞之琳和屠岸的鼎力支持。经过上述济慈诗歌重要的中译者在理论和实践上的充分论证,"以顿代步、兼顾字数和顿数"的译诗原则理应成为中国当代西诗中译,特别是格律西诗中译的首选。然而,改革开放30年来,济慈诗歌中译的历史却没有得出这样的结论。1978年至今,中国大陆翻译济慈诗歌的译者共计41人,上述四人是仅有的在翻译济慈诗歌时,能严格执行"以顿代步"译法的中译者,黄杲炘更成为了能够严格执行"兼顾字数和顿数"的唯一一人。"以顿代步、兼顾字数和顿数"的翻译原则并没有成为一项被广泛接受的济慈诗歌翻译规范在中国大陆得以确立。这期间,多数济慈诗歌的中译者均选择了散体化的"自由化"译法,无论是成名已久的著名学者和翻译家如赵瑞蕻、李霁野,还是初出茅庐的新秀如任士明、张宏国等,他们的译文都既没有遵从严格的"以顿代步"译法,也没有重走民族化的道路,而是在两者间寻求一条更为灵活的、个性化的中间路线。

究竟是何种原因造成了具有较为明显优势的翻译规范无法在济慈诗歌中译领域获得广泛的认可和实行?笔者认为以下几个方面的原因导致了"以顿代步、兼顾字数和顿数"的原则难以在济慈诗歌翻译实践中全面推行。

首先,"以顿代步、兼顾字数和顿数"的翻译规范的立论核心是坚持原文(原作)中心论,因此,译者希望通过各种翻译策略和手法在原文和译文之间建立最为接近的对应关系。然而,在当今翻译学研究向文化和跨文化研究领域转向的学术背景下,原文(原作)中心论不断受到各方学者的质疑,出现了与翻译相对的“改写”“重写”等翻译研究的新视角。无论这种“改写”或“重写”是否源于对意识形态的回应[①],一种全新的声音逐渐被接受:“如果译者是为了生动地再现原文而需要行使自主权(independence),那么‘译者有权选择对原文进行有机的改动’”。[②] 如果脱离了原文的约束,译者就可以在翻译过程中享有更大的自由度,进而对原文进行个性化的解读和翻译。基于这一理念,民族化译法同样具有存在的权利,可以被理解为译者对原文有机的改写。“以顿代步、兼顾字数和顿数”的译法代表了原作中心论的诗歌翻译规范,而以民族化为代表的其他翻译理念则可以成为非原作中心论的代言,二者作为不同的翻译理念可以并行不悖。因此,改革开放30年来,尽管民族化译法对济慈诗歌中译的影响无法与“以顿代步、兼顾字数和顿数”相提并论,仍有译者一直坚持这一原则。

其次,原文中心论的翻译原则很可能使译者由于对于原文的多重解读和解构而陷于进退维谷的两难境地:随着中外学者对于诗歌原文不断深入的挖掘和探究,不同学派对一首诗歌的主题的解读可能大相径庭,对同一意象和表述的阐释可能截然相反;经过这样的解读和解构,同一原文可能会产生多个意义相近、相对甚至是相反的文本。如果忠于某一个解读所产生的文本,则势必违背另一种文本阐释,在不同解读和阐释间徘徊的译者可能无所适从。这一悖论在济慈诗歌中译里表现得非常明显。被称为最接近完美的英语诗歌之一的《秋颂》[③],历经几代西方学者的解读,

---

① 对于“改写”“重写”等概念最为经典的总结和论述参见 Andre Lefevere, *Translation, Rewriting and the Manipulation of Literary Fame*, Shanghai: Shanghai Foreign Language Education Press, 2010, pp. 1—10.

② Susan Bassnett, *Translation Studies*, 3rd ed., Shanghai: Shanghai Foreign Language Education Press, 2004, p. 85.

③ Walter Jackson Bate, *John Keats*, Cambridge, Mass.: Belknap Press of Harvard UP, 1963, p. 581.

产生了细读派、隐喻派、新历史主义、女性主义、心理分析等不同的分析视角和研究阵营，各个学派关于这首只有33行的短诗的主题展开了激烈的辩论。传统的文本细读派将该诗的主旨归结为“理想（内心的渴望）和现实的成功融合”[①]，隐喻派更为注重《秋颂》本质的内涵，认为这首诗整体上是济慈对感官世界的告别[②]，80年代之后兴起的各种新潮解读从历史、女性、政治、男权、心理等不同层面试图全面还原《秋颂》的主题思想。[③]其结果是文本阐释的对立和分裂：一部分学者认为《秋颂》结尾季节的消失和人的死亡互为表里[④]，体现了生命的无常[⑤]；另一方面，有学者针锋相对地提出《秋颂》是一首关于年轻、生命的诗。[⑥] 同一首诗歌，截然相反的理解，究竟哪一个才是真实的原文文本？面对如此纷繁复杂的解读，译者该如何取舍？如何能够确保自己选择的理解更为接近原诗的内涵，更优于其他的解读？译者还可能会根据某种理解选择不同的语言风格、翻译策略，进而传递给读者相应的审美、文化和思维上不同的感悟，译者又如何能够确保这样的转译能够忠于原文复杂多样，甚至是矛盾重重的思想内涵呢？面对这样的挑战，译者必然会采取多元的、发散性的和更具自由度的翻译策略和规范。济慈研究领域著名的学者斯蒂灵杰（Jack Stillinger）曾说过：“没有一首诗、一出戏、一部小说可以具有唯一正确的

---

① Walter Jackson Bate, *John Keats*, Cambridge, Mass.: Belknap Press of Harvard UP, 1963, p. 581.

② Helen Vendler, *The Odes of John Keats*, *Cambridge*, Massachusetts, and London: Belknap, 1983, pp. 269—270.

③ 这些不同的解读可参见：Jerome McGann, “Keats and Historical Methods in Literary Criticism”, *MLN*, Vol. 94. No. 5, Comparative Literature (Dec., 1979), http://www.jstor.org/stable/2906563. 05/08/2013, pp. 1014 — 1024; Turley, *Keats's Boyish Imagination*, pp. 34—40; Christopher Miller, *The Invention of Evening*, London: Cambridge UP, 2006, p. 175等。

④ Christopher Miller, *The Invention of Evening*, London: Cambridge UP, 2006, p. 176.

⑤ Leonard Unger, “Keats and the Music of Autumn”, *John Keats: Odes a Case Book*, ed. G. S. Fraser, London: Macmillan, 1985, p. 187.

⑥ Richard Marggraf Turley, *Keats's Boyish Imagination*, London; New York: Routledge, 2004, p. 40.

阐释,因为读者的阅读行为决定了文学作品的不同含义,而且两个读者不可能拥有完全相同的阅读模式。"[①]将这一准则延伸至济慈诗歌翻译中,也可以说没有一首济慈的诗歌可以具有唯一正确的译文,不同译者翻译济慈诗歌时采用不同的策略和规范,才可能衍生出各种风格多样、韵味悠长的译本。在原文文本被多重解构的后现代语境之下,奢求译文具有唯一性和标准化的努力是很难成功的;片面强调忠于原文,并以此作为唯一的或最重要的标准,有悖于当代多元的文化思潮和时代语境,很可能无法得到全面的接受和贯彻。这也许是多数济慈诗歌中译者选择"自由化"译法的重要原因。

再次,"以顿代步、兼顾字数和顿数"的翻译规范具有其他翻译理念无法比拟的优势,而且由于其具备一定的科学性和较强的可操控性,支持者甚至将其认定为"英诗汉译发展到一定阶段的必然产物"。[②] 但是,这样的论断很容易造成持该论断者的一元论思维和强烈的排他性,最终导致诗歌翻译规范向诗歌翻译规则的转变。图里(Gideon Toury)在《文学翻译规范的本质和功用》("The Nature and Role of Norms in Translation")中指出:"文学翻译受种种约束,各种约束的力量又有不同。这些约束分布在两个极端之间的一个连续体上。一端是客观、绝对的规则(在某些行为规范里,甚至是固定的、成文的法律),另一端是完全的主观的个人喜好。"[③]因此,一种翻译规范的确立和施行,必然是客观的绝对法则和主观的个人选择两方面博弈的结果。黄杲炘等所倡导的翻译规范在向客观、公正、真实等具有规则特质的发展方向上用力过猛,反而可能忽视了翻译规范中个人意志的强大作用。西方著名翻译研究学者霍姆斯(James Holmes)曾指出在诗歌翻译领域除了译者对于两种异质语言的掌握和文

---

① Stillinger Jack, *Reading the Eve of st. Agnes: The Multiples of Complex Literary Transaction*, New York; Oxford: Oxford UP, 1999, p. ix.

② 黄杲炘:《英诗汉译学》,上海外语教育出版社2007年版,第72页。

③ 陈德鸿、张南峰编:《西方翻译理论精选》,香港:香港城市大学出版社2000年版,第128页。

化差异外，译者本人的审美品味和个性都会对翻译过程中的选择产生影响。[①] 因此，一方面济慈诗歌丰富的语言、优美的意境、鲜明的意象、多变的形式、意味深长的象征性，使得其诗歌在中译过程中具有非常强的灵活性和可塑性。这种诗歌本身具有的弹性保证了济慈诗歌对于个性化翻译的包容性，便于产生风格各异、不拘一格的译笔，而不会过度损害原诗的审美内质；另一方面，不同的译者基于各自的语言能力、审美倾向、学识、思维和用语习惯，在各种翻译原则和规范中选择适于自身特点的加以实践，两种力量叠加就产生了济慈诗歌中译"译无定法"的现象。改革开放30年来，中国大陆一共出现19位《夜莺颂》的中译者，其中既包括了久负盛名的诗人如孙大雨、屠岸，著名的翻译家李霁野，学者赵瑞蕻，又包含了大量的普通学者和普通译者。这些译者对原文的理解和认识，掌握国内外评论资料的多寡，译者本人的英文水平、文学修养、审美取向和审美能力，及其所处时代和历史语境都会投射到翻译活动的整个过程中，并且最终可能影响到译著的准确性、可读性、思想性和艺术性，产生出的译文必然不会千人一面。同时，为避免雷同、创新图变，这些译者也会试图在已有的译本和翻译规范之外另辟蹊径。这些隶属于个人喜好和选择的个性化主观因素必然与"以顿代步、兼顾字数和顿数"秉承的规范性、排他性的一元逻辑发生矛盾。此时，译者的独立性和自由意志必然会促使译者试图挣脱外界强加的翻译规范，更倾向于兼具自由度和规范性的表达方式。

最后，"以顿代步、兼顾字数和顿数"译法本身的局限性为反对者提供了质疑和诟病的依据。同为济慈诗歌重要译者的傅浩和刘新民都曾撰文指出这种译法的局限，如仅着眼于外形的近似，而忽略了效果的对等[②]；顿数不能全面反映原诗格律、字数对再现节奏影响甚微等。[③] 这些指摘

---

① "On Matching and Making Maps: From a Translator's Notebook", in *Translated! Papers on Literary and Translation Studies*, ed. James Holmes, Beijing: Foreign Language Teaching and Research Press, 2007, p. 54.

② 傅浩:《说诗解译》,中国传媒大学出版社2005年版,第132—133页。

③ 刘新民:《质疑"兼顾顿数与字数"——读黄杲炘〈从柔巴依到坎特伯雷〉》,《四川外语学院学报》2007年第1期。

虽然切入问题的视角有所不同,但共同指向了“以顿代步、兼顾字数和顿数”的一个核心问题:为了获取译诗形式上与原诗的对等,译者有可能牺牲译诗的神韵和语言的精准。对于诗歌神韵这样见仁见智的问题,很难做客观的量化分析,因此,笔者认为不宜作为科学的方法考量一种译法的优劣。然而,一种翻译规范下产生的译文是否符合译入语的语言习惯、简洁明了、具有可读性、对读者产生审美冲击,却可以成为一项检验译诗优劣的标准。以此标准衡量,“以顿代步、兼顾字数和顿数”的译法确有值得商榷之处。仍以黄杲炘译《秋颂》第一诗节为例,译者有“还叫迟迟开的花/为蜜蜂一批又一批越开越多”这样的译文。“迟迟开的花”这样的用语显得不符合现代汉语的表达习惯,“一批又一批”这样的短语在诗歌语言中稍显拖沓。而且,在整个诗节行文较为规范和书面用语占主导地位的情况下,译文中出现了“有暖日子过”这样比较口语化的表达,导致整个诗节在语言风格上的突兀和失合。类似的问题在该译文的第三诗节中也有几处,如“长大的羊咩咩在山中田头边”等。这类生硬、繁琐的翻译如果大量出现,很容易造成译诗在叙述上拖泥带水、内容上臃肿滞后、读起来佶屈聱牙。究其原因,如果译者仅仅坚持“以顿代步”的原则,不过分执着于译文字数的多寡,可能上述问题可以得到一定程度的缓解,正是因为译者为了兼顾译文在字数上的对等和与原文的近似,以贴合这一翻译规范的操作原则,进而造成了对文字不必要的增删。这种因形害言、因言害义的后果译者可能始料未及,却又无能为力;毕竟,译者在忠于原文的内容和形式之间切换、权衡,最终倒向了形式一方也是一个无可奈何的选择。

这次关于诗歌翻译中诗体移植问题的大讨论横贯中国改革开放30年的历程,成为中国改革开放在文学领域内的一次思想争鸣,也是改革开放所带来的思想解放在文化生活层面的一次重要体现。由于很多讨论的参与者本身就是济慈诗歌重要的中译者,很多译者以翻译济慈诗歌的实践为这次辩论提供了可资参考和比对的重要文本,客观上促进了讨论的深入,也加速了济慈诗歌在中国大陆的传播,扩大了济慈在中国大陆的影响力。这次讨论始于民族化译法与“以顿代步”译法的优劣对比,进而发展到自由化、半自由化，以及其他非“以顿代步”译法和“以顿代步、兼顾字数和顿数”译法的争论，虽然最终并未形成定论，产生广泛接受的翻译规范，实际上则形成了以民族化译法和“以顿代步、兼顾字数和顿数”为两级、其他译法为中心的三级分立模式。改革开放30年来，济慈诗歌在中国大陆译介的历史为这一模式提供了很好的例证：除了少数坚持民族化和“以顿代步、兼顾字数和顿数”译法的译者外，绝大多数的济慈诗歌中译者以这两种译法为参照，形成相对独立的、较为自由的、个性化的翻译策略。相信随着中国诗歌翻译界对于诗歌翻译理论研究的不断深入，济慈诗歌中译者对于济慈诗歌的译介活动日趋活跃，理论与实践相结合后的济慈诗歌中译必将结出更为丰硕的果实。

（三）文学理论与概念

中国当代文论话语的西化焦虑与进阶分析

——以文学理论教材的编写为例

杨俊蕾

当代中国文艺学之所以会处境尴尬，有一个原因已经成为共识：在强势西方理论话语的重压下出现了“失语症”。当然，“失语”的概括是否贴切，判断是否成立还有待进一步分析，然而西方文艺理论，特别是20世纪以来的现代西方文艺理论对中国当代文艺学已经形成覆盖之势却是不争的事实。在“西风”激烈的20世纪80、90年代，文艺学的研究似乎“无西不成文”，写作一篇批评文章非得祭出一套或更多的西论法宝，构建一个体系或者提出一个新的理论模型设想更像是某种西方理论的汉语版延伸。

由此形成的畸形现象主要是两面：一是以西方理论阐述中国文化文学现象，其弊在于用简单的类比和求同掩盖了中国本土问题的复杂性和独特性；二是以中国文化现象或文学文本来印证西方文论的正确，不仅无助于深入剖析问题本身，甚至会出于形式目的，比如为了完成修辞的逻辑或为了演练完整的理论序列，任意截取文本或者放大文本。这两种作法在表面上以研究中国问题为旨归，可在实际效果上却偏向于证明西方文论的正确和有效。不仅会阻碍中国文艺学对本土问题的认识，而且使研究者困扰于西方文论在当代文艺学研究中的位置，不是以平和的“他者”态度平等视之,而是下意识地把西方文论当作价值参照,不由自主地落入西方中心的叙事圈套。太多研究者的内心深处已经形成固定的价值序列:西方优于本土,离开西方的命题、范畴、术语、概念或者话题,当代中国就没有有效的文学理论可言了。甚至有研究者称颂,“当代西方文学理论是目前世界上水平最高的理论,它对当代中国文学理论的转型具有重要意义,因此当代西方文学理论也就是前沿文学理论。”①

一、功能进阶:思维论—方法论—知识论

长期以来的固习使西方话语在当代中国的文学理论写作中先后承担了思维论、方法论和知识论的功能。早期的文学理论写作倚重苏俄文论资源,高校文艺学教师纷纷抽调到北京大学的毕达可夫文艺理论培训班,再加上季摩菲耶夫的《文学原理》和谢皮洛娃的《文艺学概论》的体系影响②,高度同化了中国当时文学理论的思维基础——“在以群《文学的基本原理》中,马、恩、列、斯、毛和苏俄等社会主义国家文论资源引用占全书注释总量的55.8%,类似的情况也出现在蔡仪本的《文学概论》中,据统计,全书共注释371个,引用最多的是马克思主义思想,共189个,其中又以毛泽东和高尔基的文学思想最为突出……以经典思想限定文学理论的思想边界并直接推导出文学的本质规定,以有限的中西文学理论知识和文学现象去论证先在的文学思想”。③ 当前苏联经受了国家解体,社会意识形态也随之改弦更张,其文学理论本身的思维根基被动摇、抽空。俄罗斯文学史家谢·科尔米洛夫坦承,“在马克思主义意识形态崩溃后,‘方法

---

① 章辉:《当代文学理论写作中的意识形态与纯粹知识问题》,《学习与探索》2007年第6期。

② 曾军:《比较视野中的文学理论教材编写——对中国当代文学理论学科发展与理论创新的一种认识》,《学习与探索》2008年第2期。

③ 田龙过:《〈文学理论〉教材中反本质主义文学提问方式的再反思》,《陕西师范大学学报》(哲学社会科学版)2011年第4期。

论'一词简直令我们学界的代表们望而生畏。"[①]思维论基础被掏空后的中国文学理论也转向了以西方话语为方法论的阶段,韦勒克和沃伦的《文学理论》关于文学"内部/外部"的区分很快得到快速传播,中国文学理论开始出现回归文学本体的文学观念。而当欧美的文学研究再次发生内与外的研究翻转,"自 1979 年以来,文学研究的兴趣中心已发生大规模的转移:从对文学作修辞学式的'内部'研究,转为研究文学的'外部'联系"。[②]中国的文学理论也随之发生方法论位移,开始"扩界""扩容""置换研究对象"等新的方法论。

当西方的文论话语开始充当中国文学理论的方法论,中国当代的文学理论也逐渐远离了本土的文学实践,并在一段时期内以理论二传手自居,主业就是把外国理论输入中国学界。一波又一波的学术热点都集中在又有什么国外的理论家和新术语被翻译。太多的文章止步于浅表的要览介绍,更像学术圈的话语争先或者某些话题的跑马占地。这种单一的方法论迷恋使很多文学理论的研究者进入了误区,一方面是连绵不断的高产文章,另一方面只是鹦鹉学舌一般的片断缀连和重复,"对外国文化理论一轮又一轮地争相介绍,包括'他者'观点在内,十分热闹。但是令人遗憾的是,这类介绍者缺乏的正是'他者'身份与自己独立的观点。他们几乎把被介绍的外国学者都奉为自己的精神导师,所以在论述上也极难走出大师们的阴影而面向原创"[③]。其直接后果就是让当代的中国文学理论成果不再成为文学史及文学批评的思想来源。既然当代的中国文学理论本身就充斥着西方理论内容,没有原创的方法论,那么文学史或文学批评的学者们自然不愿兜圈子,而是直接进入西方理论本身寻找可用的话语资源。

---

① 姚霞:《"历史性的文学理论"之建构探索——评四卷本〈文学理论〉》,《俄罗斯文艺》2007 年第 4 期。

② 希利斯·米勒:《文学理论在今天的功能》,拉尔夫·科恩主编:《文学理论的未来》,程锡麟等译,中国社会科学出版社 1993 年版,第 121 页。

③ 钱中文:《文学理论三十年——从新时期到新世纪》,《文艺争鸣》2007 年第 3 期。

在思维论和方法论相继遇冷之后,更多的文学理论写作者转而把西方的理论资源作为知识体系的必要部分直接纳入自己的理论构架。有些编著直接选取“重要而常用的理论流派”作为文学理论的代表进行简析,如《文学导论》的第四单元“文学理论”选取了马克思主义批评、心理分析、女性批评和后殖民批评。① 《文学理论基础》在第五章“文学阐释论”中选取了“社会历史批评、文本批评、心理批评、意识形态批评、阐释学、接受美学和读者反应批评、身份批评”。② 《文学理论:新读本》在第四章文本理论的部分集中介绍“新批评、后结构主义、俄国现实主义与茵加登”。③

以西方理论话语为文学理论构架知识论的观点促进了关于文学理论本身性质向知识论的转变——“文学理论可以初步理解为关于文学的种种知识,例如文学的种种特征、构造、功能、文化位置,如此等等。当然,理论并非知识的堆积——理论必须对各种命题予以严谨的论证……如果一批概念、范畴、命题相互联系、呼应。某种理论体系即将出现”④。这个偏重知识型架构的理论体系也被概括为“现代性知识体制总体”,其中把西化的范畴方法等作为中国当代文学理论建构的知识基础,在知识总体加以统摄的前提下实践“现中传神”的新传统现代文论建设方式。⑤ 然而有趣的是,在诸多知识论观点看待西方文论话语位置的文学理论论述中,最常闪现的身影仍然是欧美的理论家,尤以乔纳森·卡勒和伊格尔顿为多,除了直接被引用之外,还屡屡“隐身”“化身”在多个版本的文学理论知识点叙述中。

西方理论话语对于当代中国文学理论的势压还表现在关于“整体建构”的思考中。来自西方文学理论的观点往往倾向于解构整体性,将文学理论视为显现为丛生问题的思考集合,而当代中国文学理论的学科要求

---

① 杨金才主编:《文学导论》,上海外语教育出版社2010年版。

② 阎嘉主编:《文学理论基础》,四川大学出版社2011年版。

③ 南帆主编:《文学理论:新读本》,浙江文艺出版社2002年版。

④ 南帆等著:《文学理论》,北京大学出版社2008年版,第337页。

⑤ 王一川:《文学理论》(修订版),北京大学出版社2011年版,第4页。

和教材体例显然又不能接受纯粹的非系统性、非整体性的西方观念。从新时期到21世纪，来自西方文论话语的影响在造成巨大压力和覆盖化影响的同时，也促进了一个新的共识渐渐形成——当代中国文学理论的构造需要本土资源的参与，以完成整体观的构建。越来越多的研究者提出，深受西方知识话语的影响已经是当代中国文学理论无法扭转，也不必硬性“清洗”的现实，寻求并实现文学理论的中国特性或许将成为反弹势压的途径。

就知识资源的构成来说，中国古代文论获得了更多的重视，因为“文学理论建设要有资源，不仅要有外国的资源，也要有中国的资源，中国的资源就是古代文论”①。如何实现中国古代文论的现代转化(转换)也因此获得更深入的探究。与此相类，曾经饱受所谓“反本质主义”质疑的当代早期中国文学理论也在反拨西方文论话语影响的过程中恢复了应有的学科史意义。有学者提出“回到学科史的文学理论”的概念，认为受到西方理论同化威胁的中国文学理论需要“把理论话语建构和学科史的梳理和阐释结合起来，这应该是摆脱困境的可行出路之一”②。

缘于西方话语难题的中国文学理论建构迫切需要原生性的问题研究和新思想产生，其间的两难处境主要表现在当下与历时，部分与整体之间。如果延续现有的西方文论问题罗列，难免会停滞于“借用西方的理论来阐释中国的文学现象”的单向度层面，看似构成了知识论的中西整合，其实缺少本土问题的真正支撑。更何况“单向度的由西向东的‘理论旅行’”不是最终目的，“需要的是理论的双向旅行和交流，需要的是中国文学理论的走向世界”③。有学者在权衡中选择了当下的部分问题研究，目的则指向未来的整体构成——“我国文学理论的本土化将是一个长时期的过程，当前似不宜急于匆匆动手构建一个完整体系，不必急于创立成套术语，而适宜研究一个个具体问题，具体的本土性强的问题研究成果积累

① 童庆炳：《文学理论的活力在于时代的选择》，《甘肃社会科学》2010年第6期。

② 李春青：《文学理论：从哲学走向历史》，《探索与争鸣》2011年10期。

③ 王宁：《全球化进程中中国文学理论的国际化》，《文学评论》2001年6期。

丰厚之时,文学理论本土化就会水到渠成、成效卓著”[①]。不无美好的远景描绘说中了很多中国文学理论研究者的隐秘心声,但是哪些“具体问题”可能激发文学理论中的新命题?哪些“本土性”的批评建树能够上升到普遍化的观念概括,并实现不同语种间的交流对话?一如海外汉学家的责任自期,“有没有能量告诉英语系、法语系,比较文学的同仁们……你们谈你们的大历史,我也可以告诉你们陈寅恪的历史观相对于西方所谓的新历史主义也完全不逊色”[②]。

二、选本进阶:西方文论的渐进式旅行

面对西方文艺理论在中国当代文论话语中形成的紧张压力,已经有很多有识之士贡献出了想法,除了一些坚持二元对立并且偏向于构建纯粹本土经验的文论的意见之外,其他思路基本上都已形成一个基本共识,即消除习惯思维中的二元对立观。但是从哪个地方消除壁垒,又经由什么途径达到融合,却至少有三种意见:

其一是用全球的眼光统一地看待西方文论和中国文艺学,使研究者越出单一的当代中国文科学者的身份定位,将中国文艺学的研究过程和理论成果直接纳入宏阔的全球视野;其二是着意突出西方理论在中国范围内的“旅行”过程,认为在过程中逐渐发生着嬗变的西方理论在进入本土化环境的接受和应用以后,已经得到了改写,实现了整体上的交融;其三则是学科本体的立场,以研究者的个人知识为出发点,将多种资源不分地域、不分时间、不分属性,一边针对具体问题进行解答,一边在经验总结中提炼基础理论,由此在个人知识建构中实现理论资源的整合。以上三种思路都打破了非此即彼的单一思维模式,体现了当代文艺学的进步和开放。尤其是第三种途径更具有现实操作可能,适合在实践中进行,而且对于完善知识结构,校准理论视角,增强直面现象的思想辨识能力和批评

① 王先霈:《如何实现文学理论本土化》,《深圳大学学报》(人文社会科学版)2012年1期。

② 苗绿:《文学史写作及其它——王德威访谈录》,《文学界》(理论版)2012年第3期。

分析的穿透力都具有正面的意义。

西方文论在中国语境中的传播是一个渐进的阶段,从读本的层次来说,可以分为四个阶段。首先是用汉语撰写的西方文论通史通论,性质属于泛读类,目的在于勾勒出清晰完整的知识谱系。接下来进入第二阶段,阅读经典理论的汉译选编本以及与之配套的汉语撰写的原典导读。这一阶段的读本性质属于细读,但是出于导读体例的限制,这个阶段仍然是“历史的中间物”,需要穿越语言类别进入第三阶段,采用英语国家的通行理论选本。这方面引进的出版物也可分为两种,比如 *The Theory of Criticism: From Plato to the Present*,这本书经过汉译引入,反响集中[①],直接促进了与之并称为“西方文论选本双璧”的另一本书,以英文原版的影印方式直接引入,*Critical Theory Since Plato*,二者标题与内容大致相同,所不同者仅在于选文的归类方法。[②] 此外,也有直接按照英文原版引进的,如 *Aesthetics Classic Reading from Western Tradition*。[③] 对于中国文艺学学科的建设而言,直接引进原版理论选本已经势在必行。因为英文选本所依据的版本和经典理论的汉译本有时不尽相同,在比较阅读中发现多种理解方式,有助于深究原典,得到带有个人知识印记的独特理解。

英文本的理论选本一般包括三个基础部分:一、背景和人物介绍;二、文本选篇;三、思考延展。在第三个环节里,思考延展不仅有助于对照检验理解的效果,而且本身就构成一份阅读文选的简单纲要。其中开列了理论的重点贡献、继承创新以及现实适用等,几乎是经由西方的内部视角来重审西方的经典文论,有助于抵达西方文论的语义本然。不过,单单引进英文理论选本还是不够的,第四个阶段就是要求文艺学的研究者在借

---

① 拉曼·塞尔登编:《文学批评理论——从柏拉图到现在》,刘象愚等译,北京大学出版社2000年版。

② H. Adams, L. Searl, *Critical Theory since Plato*,西方文学原版影印系列丛书,北京大学2006年版。

③ Dabney Townsend, *Aesthetics: Classic Reading from Western Tradition*,西方文学原版影印系列丛书,北京大学出版社2002年版。

鉴和总结前人经验之后,独立编纂出英文的文论经典选本,同时配之以产生于中文语境的思考延展。这方面也已经有成果面世,如 *Selections from Classics of Western Theories of Literature and Art*,择取十位西方文论家经典著作中的重要篇章,并在英文篇章后配上汉语的延伸思考[①],完成了一件非常有意义的工作,开启了文艺学中西方文论存在样态的另一种方向。

三、态度进阶:重视经典,平视西方

正如英国的文艺理论研究者 Dabney Townsend 所说的那样,"要想选编尼采的理论而又不伤及原义是不可能的。"("It is impossible to select or anthologize Nietzsche without distorting him.")文艺理论不同于自然科学的地方恰恰在于:自然科学中的某条定理或者某项实验可以孤立对待,单独重复,而文艺理论作品基本上都是有机的整体组成,尤其是那些包蕴激情的名篇杰作本身就像艺术品,难以切割展览。因此需要回到原典,深入原典,让人类文明的结晶焕发出自身的光辉和魅力,吸引那些已经日渐被炫目的流行文化和浅显的大众艺术败坏了的品味。而且,那些已经被奉为经典的理论代表作往往凝聚了理论家的深湛之思,每一个能够真正沉潜其中的学习者,哪怕由于各种原因只能短时间停留其中,也会感受到理论经典的价值和力量。一如龚自珍的读书心得,"士大夫多瞻仰前辈一日,则胸中长一分丘壑;长一份丘壑,则去一份鄙陋。"[②]

回归原典阅读既是解魅的过程,也是重新赋予理论原典以原有光彩的过程。所谓解魅,指的就是亲历阅读,还原理论的原貌,不要误以为经典著作只是少数专业的知识专利,也不要被评价定性的历史判断阻碍自我认知的步伐,而是自觉地培养起实现经典理论"在体化"的内在需要,让理论经典直接成为构建个体知识结构和内在精神世界的组成部分。另

---

① 章安祺选编/导读:*Selections from Classics of Western Theories of Literature and Art*,中国人民大学出版社2005年版。

② 龚自珍:《与秦敦夫书》,《龚自珍全集》,上海人民出版社1975年版,第355页。

外,还原理论原典的光彩,意味着不止步于西方文论研究的初始阶段。不仅不是平正通达的转述选译,更不是出于功利的机械复述,而是从"在体化"的内在需要出发,积极置身于思想的漩涡深处,寻绎并尝试追随理论家的推理论证轨迹,享受思与真的快乐。

但是,重视西方文论中的经典绝不等同于唯西是尊的全盘吸纳。恰恰相反,亲近原典其实意味着平视西方文论。一个对象的神秘感往往与距离感成正比,越是不深入到对象内部了解其真实面目,就越容易人云亦云,因距离而隔膜,因隔膜而盲目崇拜或盲目否弃。相反,经过一番努力跨越语言关隘,在西方语言的语境中深入阅读那些赫赫有名的理论典范之作,就会在认知心理上培养起充分的信心。即便没有达到完全的澄明理解,也会自然而然地将这些西方经典平视为认知积累的对象。这种平视的态度是看待西方文艺理论的必要前提,也是在知识整合的过程中融会西方文论的必由之路,通过个体有意识的架构整合与体系完善,缓解西方文论对于当代文艺学的重压。

重视经典,平视西方,是整合西方文艺理论的应有视角,特别是在全球化到来的时代里,思想观念的同化和侵占渐渐取代了版图的侵袭和军事上的打击。在文艺学界内一度围绕"工具论与方法论"和"思维论与知识"进行讨论,大都未摆脱"主客"二分和"体用"二元的思维惯性。事实上,文艺学研究也是属人的研究,中国当代文论话语的发展根本还是着落在研究者个体的知识整合与创新上。因此,阅读西方文论原典的意义是相对于研究者个体的认知和实践模式而言的,其根本在于强化思维能力,研究当代问题。阅读原典就意味着思维力锻炼,复现历史经典中的长考解答。哪怕是沿着命题发现一考量一解答的现成轨迹完整地行进一遍,也有助于磨砺个体的思维能力,培养良好的思辨品格。反过来说,具有强大思维力的个体相应也会具有更强的辨别力,不屈服于理论经典的声名,也不畏惧理论经典的难度。因为重视原典而深入阅读,由此得来的思维力最终又会帮助学习者采用平视的眼光来对待经典,使之成为个体知识结构的牢固组成。

因此,在中国当代的文艺学学科构成中,对于西方文论的接受和理解最终需要进入其内部,惟其如此才能从根本上消除二元对立的惯性思维。具体到个体的层面,需要将西方文论的基本知识进行“在体化”转变①,化为个体的知识架构中的有机成分,用个体的知识视野统合—转化—涵括西方文论在内的多种资源,进而在个体的批评实践中实现认知推进,使西方文论达到“个体化”的知识整合,由此将成果内化于中国当代文艺学的整体构成。当文学理论的写作能够自觉地在起点上自发关注并提炼本土问题,“使得文论的精神性品格和关于可交流、可延续的公理阐述得以结合,成为富有生命气息和品格力量的新型文论”②。同时,以平视西方理论话语的知识态度建构整体系统,经由研究者个体的文学经验实现理论写作者与各类型阅读者的个体间相关;当产生于中国文艺学中的西方文论研究成果最终又旅行返回西方的理论研究场域内的时候,才是中国当代文学理论的价值印证与实现。

① 具体观念陈述请参杨俊蕾:《诗学经典的在体化面向》,广西师范大学出版社2010年版。
② 杨俊蕾:《中国当代文论话语转型研究》,中国人民大学出版社2003年版,第281页。

文本概念的中国之旅

钱　翰

作品(œuvre)和文本(texte)在文学话语中曾经是普通的术语,文本指的是文学的语言现象,而作品则体现了美学和创造价值。20 世纪六七十年代的西方文学理论和批评话语出现了一个非常重要的现象:“作品”概念消失,而“文本”概念则无所不在。这个术语转换的背后隐藏着文学范式的转换,同时也是对文学制度的质疑。在传统观念中,文本是与作品相互关联和对立的观念,文本要走向作品,后者是前者的归宿。然而,在结构主义文论兴起之后,由于研究兴趣和科学客观性的追求,代表价值体系的作品被置于边缘,而原来处于边缘的文本成为文学科学的研究对象。后结构主义则重新强调文学实践和价值,但是他们把传统的价值观恰好颠覆过来,从作品走向文本,此时的文本不是具体的书写产物,而是一种新的文学观念和意指实践方式,经典的作品变为庸俗,先锋的文本代表颠覆性的价值,在新的空间分配语义,拒绝任何固定的话语秩序。

Texte 这个概念被翻译为“文本”并随着结构主义的浪潮进入中国是在 20 世纪 80 年代以后,直到 90 年代才逐渐成为文学批评话语中的关键词。中国的特殊语境对概念的吸收和旅行产生了重要影响。首先,汉语中并不存在一个与 texte 完全对应的词,当时中国学术界制造了两个词来翻译,一个是文本,另一个是本文。经过 80 年代的争议,90 年代,“文本”作为 texte 的翻译得到了学术界主流的认可,但是并未得到完全的承认,“本文”的翻译依然还有一定影响。① 这些都说明,在汉语中难以找到一个在意义上完全对应 texte 的词汇,在中国的传统语境中也并不存在一个与 texte 相同的范畴。傅修延在《文本学》一书中提到中国古代的“文本思想”②,实际上是一种误读。因为,西方 60、70 年代的文本观是建立在“文本”与“作品”的对立之上的,倘若没有这种对立,也就不可能发生“从作品到文本”的转变。中国文学传统中并不存在这样的对立,虽说中国也有“文”和“文章”之类的诸多概念,但是古汉语中,“文”并非是一个客观的对象,更非简单的文字所组成的任何东西。刘勰在《文心雕龙·原道》中说:“文之为德也大矣,与天地并生者何哉?[……]故知道沿圣以垂文,圣因文以明道,旁通而无滞,日用而不匮。《易》曰:‘鼓天下之动者存乎辞。’辞之所以能鼓天下者,乃道之文也。”③这里的文带有强烈的价值色彩,与西方的 text 并不是一回事,不能简单归为一类。④ 尤其是汉语中,原本不存在一个与“文”相区别和对立的“作品”概念,这样的差别不仅造成翻译上和接受上的困难,也使我们难以理解西方文学理论中文本观念兴起的革命性意义。在西方的语境中,文本和作品作为语词的

---

① 例如,《文艺理论研究》2008 年第 3 期发表的文章《“本文诗学”论》依然使用本文作为 text 的翻译。屠友祥翻译的《S/Z》和《文之悦》都采用“文”这个单音词来翻译 texte,虽然应当肯定屠友祥试图沟通中西古今的努力,但是应当看到中国古代的“文”与法语中的 texte 在涵义上有很大差异。

② 参见傅修延:《文本学——文本主义文论系统研究》,北京:北京大学出版社 2004 年版,第 6 章至第 9 章。

③ 刘勰:《文心雕龙·原道》,周振甫注译:《文心雕龙今译》中华书局 1986 年第 1 版,第9—14 页。

④ 在法语中,复数的 lettres 比 texte 更接近中国古代的“文”,有文采之意,也可指称文学。《Littré 法语词典》就把中国古代的文人翻译成 lettré。而 texte 在西方传统中是没有价值判断色彩的,因此不宜与中国古代处于价值体系崇高之处的“文”进行互译。

对立项，必须相互参照才能理解其原义；而在中国的语境中，却常常难以理解这样的对立。在我们今天的文学理论和批评中，文本的概念常常用来替换作品概念，或者最多用来强调对作品（文本）本身的关注而已。直到今天，中国对文本概念的理解大部分都是接受美学的理解模式，而对西方60、70年代的文本观念缺乏深入理解，即使在对西方60、70年代先锋批评的研究中，也仅仅把文本作为审美判断的客观的依据，而没有看到文本与作品的对立之处，因此也难以理解“从作品到文本”这一过程的真实意义。然而从另一方面，中国学界在文本概念的启发之下，重新审视传统中国的“文”概念，也许能重新建构不同于西方又适应新时代要求的文学观。

一、文本概念的翻译与接受过程

“文本”一词进入中国文学理论话语体系的过程非常复杂，20世纪70年代末以来，西方现代文学理论的译介在中国大陆如雨后春笋般迅猛发展。在最早一批理论译介中，“text”（法语为texte）作为西方现代文学理论中关键性的理论术语，亦通过译介进入中国。“text”来到中国后，作为一个西方文学理论名词在翻译和传播的过程中均经历了一些波折。最基本的译名确定过程中经历了“本文”与“文本”的角力，文本概念传播过程中也不乏种种杂糅与变化，文本理论研究兴起后的接受过程也显得色彩纷呈。

当西方现代文学理论中的“text”一词最初进入中国时，其译名并非“文本”，而是“本文”，因此当我们查阅早期的西方文论译介资料时，“本文”是其中常见的作为英文或法文“text”“texte”的中文对应词，并且“本文”的使用延续了相当长的一段时间，直至近年，“本文”仍会偶尔见于相关理论文章中。“文本”取代“本文”成为约定俗成的文学理论术语，亦非一日之功。时至今日，“本文”与“文本”的这段历史似乎已成为尘封往事，大多数人只知有“文本”而不知有“本文”，但了解这一段译名的纠葛，对理解早期文本理论译介中的一些理念或能有所助益。

目前在现代汉语中,“文本”与“本文”均为常用词。最新版的《现代汉语词典》对这两个词的解释如下,这两个词的解释自进入《现代汉语词典》以后便几乎没有变动过:

本文:①所指的这篇文章;②原文(区别于“译文”或“注解”)。[1]

文本:文件的某种本子(多就文字、措辞而言),也指某种文件。[2]

这两个词语的现代汉语释义均与“文本”在西方话语中的意思相去甚远。但“本文”的释义似乎更加靠近text的本意即原文、本文、正文等。

这两个词语的常用程度不同。尽管1965年《现代汉语词典》的排印送审稿本及1973年的初版中都先于“本文”收录了“文本”一词,至1978年第1版《现代汉语词典》中才开始同时收录“文本”与“本文”两词。但是根据1990年出版的《现代汉语常用词频词典(音序部分)》[3](选材为1919—1982年间的汉语材料),本文的频度为144,文本的频度仅有14。由此可见,至少在西方文论引进初期的1980年前后,“本文”的使用频率远远超过“文本”一词。

通过现代汉语中“本文”与“文本”两词从释义到使用频率的对比,我们很容易理解为何当年西方文论最初译介至国内时译者或著者选择“本文”作为“text”的对应词。

首先,“text”在英语中本属于基本常用词汇,其常用的英文义项为:

①the main printed part of a book or magazine, not the notes, pictures, etc. ②any form of written material. ③ the written form of a speech, a play, an article, etc. [4]

而后随着文学理论的发展,“text”才逐渐成为了文学理论术语之一,增加了特殊的义项。从“text”的这一特征来看,选择“本文”这一本义与

---

① 中国社会科学院语言研究所词典编辑室:《现代汉语词典》,商务印书馆2005年版。

② 同上。

③ 刘源等:《现代汉语常用词词频词典·音序部分》,宇航出版社1990年版。

④ Catherine Soanes, Angus Stevenson, *Concise Oxford English Dictionary*, New York : Oxford University Press, 2006.

"text"相近，且同样是现代汉语常用语汇的词语作为翻译"text"的对应词顺理成章。

目前可以查找到的最早在西方文论译介中使用"本文"的译著为1980年李幼蒸翻译的布洛克曼所著《结构主义：莫斯科—布拉格—巴黎》。在本书后记中，李幼蒸解释自己对名词术语翻译的处理时特别提到"在译法方面，译者或者选用习常的对应的中文词，通过专门定义和上下文语境的限定而使读者按新的意思来理解（如'异化'、'本文'）"。在本书的注释中，第一个解释词条即为"本文"。李幼蒸在本书中对本文的解释基本涵盖了在结构主义以及符号学研究中"text"所具有的特殊含义。[①]在《结构主义：莫斯科－布拉格－巴黎》一书之后，涉及"本文"的理论译著较少，"本文"一词，零星可见于理论刊物上介绍西方文学理论的文章中。

例如1984年《文艺研究》刊载的《现代西方文学学研究的几种倾向》一文中即写道："照雅克布逊的界定，'文学性'是文学学的研究对象，亦即'把本文制成艺术品的方法或构成原理'。"[②]根据作者注释，此处雅克布逊的话引用自英译本托多罗夫著《诗学导引》，毫无疑问，此文作者沿用了李幼蒸在翻译时对"text"的处理，即译为"本文"。再如同年《文学评论》刊发的《文艺理论的发展和方法更新的迫切性》一文，作者也提及"新批评"把文学理论仅仅局限于"对作品本文"[③]的解释。还有1984年的《法国研究》刊载的《语言学中的功能和结构》一文中提及"……例如替换法，那是建立在将一些本文的局部相异的截段对比的基础上……"[④]，亦使用"本文"作为法语中"texte"在中文里的对应词。可见自1980年起，将"text"译作"本文"基本是当时大部分西方文论译介者、研究者的共识，"本文"由此时起而长期作为"text"在中文里的对应词广泛使用。

---

① J. M. 布洛克曼：《结构主义：莫斯科—布拉格—巴黎》，李幼蒸译，商务印书馆1980年版，第157页。

② 周宪：《现代西方文学学研究的几种倾向》，《文艺研究》1984年第5期。

③ 钱中文：《文艺理论的发展和方法更新的迫切性》，《文学评论》1984年第6期。

④ 安·马丁内：《语言学中的功能和结构》，马新民译，《法国研究》1984年第2期。

尽管“本文”从词义及词频上看似更宜于作为“text”的中文对应词，并被理论译介者所选择，然而由于“本文”在作为文学理论术语使用时有一个显而易见的不足之处，容易与写作时用来指称“此篇文章”的“本文”相混淆。于是很快便出现了以“文本”移译“text”文章，以避免此问题。

目前所能查找到较早使用“文本”翻译“text”(“texte”)的文章为1983年《文艺理论研究》上刊载的一篇理论文章选译《论文学接受》，译者使用“文本”一词翻译法文“texte”一词[①]；以及1984年《文艺研究》上刊登的《文学批评的历史方法的几个问题》一文，文中介绍：“历史透视论的代表人物是美籍捷克批评家瑞内·威列克[②]。他虽然被看作是力主文本批评的英美新批评阵营中的一人，但是却很重视历史的方法。”[③]

于是在20世纪80年代的大多数时间中，中国的西方文论研究界便始终同时存在着“本文”与“文本”这两种对于“text”的译法。“本文”与“文本”竞争最激烈的时期大约是1985年、1986年、1987年、1988年这四年。当时的文学理论刊物上往往出现同一种刊物刊载的文章有的用“本文”，有的用“文本”。譬如《文艺理论研究》1985年第2期刊载了一篇《接受美学简介》[④]，其中特设“文本理论”一节讲解接受美学的文本观；而到了第3期刊登的《近年来文艺学研究中六种方法的探讨概述》[⑤]一文中，接受美学的研究对象又成了文学本文。更有甚者，在同一本杂志的同一期中，两篇不同的文章分别使用“文本”与“本文”两个词。这种情况出现在1987年第三期的《外国文学评论》中，在《文学本体论与文学批评的方法论——关于西方当代文学批评理论的两点思考》[⑥]一文中，作者述及

---

① 弗·梅雷加利：《论文学接收》，冯汉津译，《文艺理论研究》1983年第3期。

② 即雷内·韦勒克。

③ 徐贲：《文学批评的历史方法的几个问题》，《文艺研究》1984年第5期。

④ G.格林：《接受美学简介》，罗悌伦译，《文艺理论研究》1985年第2期。

⑤ 陈晋、张筱强：《近年来文艺学研究中六种方法的探讨概述》，《文艺理论研究》1985年第3期。

⑥ 盛宁：《文学本体论与文学批评的方法论——关于西方当代文学批评理论的两点思考》，《外国文学评论》1987年第3期。

“新批评”分析的对象为“文本肌质”;而同期另一篇介绍解构主义的文章《“分解主义”运用一例》[①]中则使用“本文”一词作为术语。

“本文”和“文本”在学术话语中的并存和混用,无疑给读者和研究者都带来了一些不便。譬如写作和阅读过程中需要时刻注意区分作为理论术语的“本文”和作为“所指的这篇文章”的“本文”以及和同样作为理论术语的“文本”。在交流中造成了不少问题,读者看到不同的术语也莫衷一是。

从尽量选择与原词贴近的词语作为翻译对应词的角度来说,“本文”是更加合适的,符合“text”从一个基本常用词被人为赋予新的内涵而具有文学术语功能的轨迹,但其在使用时产生的不便又让人难以回避。“文本”尽管与“text”在英文中的常用词身份不符(“文本”起初就是一个带有一定专业性质、使用频率较低的词语),但人为赋予它文学理论术语的意义及身份之后,更容易理解和使用。

将“本文”树立为文学理论术语“text”对应词的是翻译者,最终为“文本”正名的还是翻译者。从 1987 年起,有较多译者开始使用“文本”对“text”进行翻译,其中非常引人注目的是《上海文论》在 1987 年的第 1、3、5 期杂志上连续刊出的韦勒克《近年来文学批评中的科学、伪科学和直觉》[②]、伊塞尔《文本与读者的交互作用》[③]、罗兰·巴特《文本理论》[④]这三篇文章的译文,其中均将“text”或“texte”译作文本。这三篇文章一为“新批评”理论译介,一为接受理论译介,一为文本理论核心人物罗兰·巴特理论著述中最重要的文章之一,对后来的研究者产生了重要影响。

自 20 世纪 80 年代末起,新翻译的西方文论基本都使用“文本”一词翻译“text”或“texte”,而大部分西方文论介绍或分析类的文章仍在使用

---

① 王逢振:《“分解主义”运用一例》,《外国文学评论》1987 年第 3 期。

② 雷内·韦勒克:《近年来文学批评中的科学、伪科学和直觉》,龚国杰译,《上海文论》1987 年第 1 期。

③ 沃尔夫冈·伊塞尔:《文本与读者的交互作用》,姚基译,《上海文论》1987 年第 3 期。

④ 罗兰·巴特:《文本理论》,张寅德译,《上海文论》1987 年第 5 期。

“本文”一词。但经过1989—1991年近三年西方文论译介的萎顿期，1992年西方文论译介重新恢复繁荣之时，大部分译者和作者约定俗成地使用“文本”作为理论术语。或许是因为经过三年的沉淀，以及1987年以来大量翻译文章均使用文本的影响，“文本”最终取代了“本文”的位置，成为了被广泛认可的理论术语。2004年出版的《当代汉语新词词典》收录了“文本”一词，释义为：文艺理论术语，由文字符号组成的实体，对文本的研究，主要在语义学、修辞学等方面展开。△“新批评”派认为，文本是独立存在的客体。(《文艺评论》1986年第4期)①

但是这种取代并不彻底，尽管“文本”几乎成为约定俗成的理论术语，但是“本文”并未彻底退出历史舞台。

1999年版的《辞海》收录了“本文”词条，如下：

> [本文]西方现代文学批评术语。英文为text。是新批评、结构主义和接受美学等经常使用的重要概念。新批评所指的“本文”，主要指文学语词所组成的实体，即通常所说的作品。结构主义所说的“本文”，主要指写作惯例的一种形式，它寓文学性于其中，体现了一种文学的法则。接受美学所讲的“文本”，指为进入接受过程的文学作品。②

2005年的《大辞海·中国文学卷》收录“本文”词条，释义与1999年版的《辞海》相同，但是增加了“文本”词条，解释为“即‘本文’”。可见，尽管到20世纪90年代中期以后，文学理论书籍基本承认了“文本”作为理论术语的地位，但“本文”在整个80年代的长期存在还是留下了一定影响。在王一川2003年出版的《文学理论》中，“本文”和“文本”二者的关系仍被提了出来。③

20世纪80年代开始，西方文学理论短期内大量引进中国，如海绵吸

---

① 曲伟、韩明安:《当代汉语新词词典》，中国大百科全书出版社2004年版。

② 辞海编辑委员会:《辞海》，上海辞书出版社1999年版。

③ 参见王一川:《文学理论》，四川人民出版社2003年版，第144页。

水，多种理论不分“老幼”，没有主次，涌入中国文学理论界，一时间理论话语极大丰富，“文本”亦是这一时期从西方话语中进入中国。中国文学理论界接触到文本时，它对于我们是一个完全陌生而又模糊的形象，如同一位面目模糊的人突然出现在一个陌生的时空中，这个环境中的人们于是开始多方打听这位陌生人的信息，得到的信息却是零碎、繁多，一手的、二手的、多方转述的，人们就根据这些信息加上自己的理解和经验，结合本地环境与气候，逐渐帮这位陌生人描画出眉眼口鼻，穿上合身的衣服，给予他一份与之相适应的生活和工作，这位穿越而来的陌生人终于融入了当地环境与生活，成为一位移民。那么这个人穿越至这个时空之后还与穿越前是同一个人吗？这是一个很难回答的问题，从本质上来说，他还是同一个人，可是无论从内涵到外在，他都已经与原来不同了。

二、结构主义、新批评与接受理论并进

“文本”一词初入中国时，恐怕还没有人知道什么法国的文本理论，当时的“文本”，不过是夹杂在各种理论中的新奇术语之一。文本理论在西方也不过是20世纪60年代方才发展到较有声势，而且也经历了多个阶段，不同理论家的理解和用法也不同。我们可以用1990年出版的一本《文学理论教程》①为蓝本来分析说明。

该教材中“文学批评方法述评”一章下设两小节：形式主义批评类型，接受批评类型。其中形式主义批评列有条目：俄国形式主义批评方法、英美新批评派批评方法、结构主义批评方法、符号学方法；接受批评类型下列条目：现象学批评方法、阐释学批评方法、接受批评方法。这两小节内容设置恰好就是20世纪80年代第一批进入中国的与文本相关的现代西方文论的集合。

结构主义文论是70年代末最早进入中国的一批现代西方文论之一。

① 参见樊篱：《文学理论教程》，湖南师范大学出版社1990年版。

其实早在60年代,结构主义语言学理论已经少量翻译进入中国。[①] 只不过由于众所周知的原因,这种理论的引进很快就陷入停顿,并且其影响仅仅局限在语言学界。待70年代末中国重新打开大门引进西方理论之时,当代西方文论已经转了几个弯,后结构主义依然风行,同时也来到了文化研究的大门前。但此时西方文论的结构主义余热尚未褪去,留下的是不可磨灭的影响力,国内理论界首先译介结构主义是一个明智的选择。而伴随结构主义这一统领性的理论方向,就会有一系列的相关理论需要介绍,包括结构主义肇始——俄国形式主义、符号学、现象学等一系列理论。1980年李幼蒸首先译介了结构主义的一部概论性著作《结构主义:莫斯科—布拉格—巴黎》[②],1982年《文艺理论研究》刊发了罗兰·巴特所著《结构主义——一种活动》[③]的译文。尽管罗兰·巴特的文章译介较晚,但布洛克曼的书实际是基于巴特对结构主义总结的一个详细论述,其中介绍了俄国形式主义、符号学、现象学等等文学理论与结构主义的渊源。

结构主义使用文本概念,最初主要是在结构主义语言学中当作单纯的"话语"的指称,俄国形式主义其实并未使用文本这一概念进行运作,结构主义理论中文本概念并不是革命性的,它所导致的只是研究焦点的变化,使文学研究从作品的意义和价值转向对文本的科学研究。结构主义译介至国内并未引起人们对"文本"这一术语的关注,文本产生影响还要从接受理论和新批评说起。

接下来引起理论界对文本重视的译介就是接受理论和新批评。1983年文学理论期刊即刊发了《论文学接收》一文(最早接受理论的译法也有接受、接收等不同),该文特别在注释第一条对"文本"作出解释:"接收理论把没有经过读者阅读和检验的作品称为'文本'(texte),经过读者阅读

① 中国科学院语言研究所:《语言学论文选译》第六辑,中华书局1958年版。

② J. M. 布洛克曼:《结构主义:莫斯科—布拉格—巴黎》,李幼蒸译,商务印书馆1980年版。

③ 罗朗·巴尔特:《结构主义——一种活动》,袁可嘉译,《文艺理论研究》1982年第2期。

和检验才称'作品'。"[1]这大约是第一次在理论译介中明确了"文本"一词的革命性意义,指出使用"文本"这一术语和传统"作品"概念的不同。之后与接受理论有关的"读者-反应批评"、阐释学等也获得了相应的介绍,如1986年《文艺理论研究》刊载尧斯《文学与阐释学》[2]一文,1987年《外国文学评论》刊登《谋事在文成事在人——读者反应批评评介》[3]一文。随后数年中,接受理论因为其较强的操作性在国内非常受欢迎,实际上是普遍接受的一种理路。

新批评实际上是进入中国的所有这些理论中在现代西方文论中历史最悠久的一个,也是和"文本"这个术语最没有直接联系的一个。1984年,新批评的干将韦勒克与沃伦合著的《文学理论》即被译介至国内[4],并迅速获得了崇高的地位,随后又有《新批评——一种独特的形式主义文论》[5]这样的国内学者所著理论介绍书籍。80年代及以后介绍或论及"新批评"的文章往往使用"文本"一词来说明新批评的理念中的本体论批评理念,典型的做法是将"close reading"解释为"文本细读",又如在一篇文章中论及新批评派理论与实践的长处时这样描述:"更加强调了作品的本文分析,深入到了文学作品的内部,达到了细致深入之境地"[6],这就对中国文论话语的文本观念形成种下了混淆的契机。

同时期与文本理论密切相关的译介理论还有后结构主义或解构主义,例如《"分解主义"运用一例》[7]、《卡勒论读者的"文学能力"》[8]等文章,尽管它们在当时发表的数量和影响力都逊于结构主义、新批评及接受理论,但却对文本理论在中国未来的发展具有长远影响。

---

① 弗·梅雷加利:《论文学接收》,冯汗津译,《文艺理论研究》1983年第3期。

② H.R.尧斯著,《文学与阐释学》,周宪译,《文艺理论研究》1986年第5期。

③ 蓝峰:《谋事在文成事在人——读者反应批评评介》,《外国文学评论》1987年第4期。

④ 韦勒克、沃伦:《文学理论》,刘象愚等译,三联书店1984年版。

⑤ 赵毅衡:《新批评——一种独特的形式主义文论》,中国社会科学出版社1986年版。

⑥ 王宁:《批评的理论意识之觉醒——二十世纪西方文论的基本走向》,《外国文学评论》1989年第3期。

⑦ 王逢振:《"分解主义"运用一例》,《外国文学评论》1987年第3期。

⑧ 姚基:《卡勒论读者的"文学能力"》,《外国文学评论》1988年第4期。

1989年起,由于意识形态和政治形势等转变,一直到1991年的一段时间里,过去几年中颇具颠覆性质的文学本体论等理论思想受到了比较全面的批判。一时间,除却《外国文学评论》等专门期刊,大部分文学理论期刊上的西方文论研究在数量上和范围上都有明显缩减。经过这一段暂停时期,中国文学理论研究的趋势出现了转折,西方文论又逐渐热起来。90年代以后,中西方交流更加便利和频繁,西方文学理论进入中国的途径更加广泛,内容也更加丰富。继新批评、结构主义和接受理论之后,与文本理论相关的后结构主义、叙事学、人类学、后现代主义、新历史批评、文化研究等西方最新的理论成果也很快进入中国文学理论话语中。

1990年以后,英美文学理论的热潮未退,当代法国文论在国内开始获得更多关注。如1990年,在西方文论译介普遍陷入低潮的时刻,解构主义理论和后结构主义理论在西方文论译介中相对而言获得了更多关注。比如《保尔·德曼的解构主义批评初探》[①]、《雅克·德里达(文论选译)》[②]、《十字路口:法国文艺批评理论面临选择》[③]、《罗兰·巴尔特和太凯尔团体》[④]、《〈S/Z〉选译》[⑤]、《罗兰·巴尔特:从结构主义走向反结构主义》[⑥]等文章。这些文章对于帮助理论界进一步理解解构主义,理解罗兰·巴特思想由结构主义向后结构主义的转变起到了推动的作用。特别是罗兰·巴特文学思想的译介,对中国的文本理论发展起到了至关重要的作用,有利于让人们重视到由结构主义到后结构主义这两个理论思想对文本的概念形成起到的革命性影响。但是由于种种原因,在各种理论的交织作用下,巴特的文本观并未对国内的文论界产生决定性的影响。

新历史主义在20世纪90年代早期译介至国内并迅速形成影响,

---

① 沈勇:《保尔·德曼的解构主义批评初探》,《复旦学报》(社科版)1990年第1期。
② 戴维·霍伊:《雅克·德里达(文论选译)》,郭栖庆译,《外国文学》1990年第4期。
③ 谷启珍:《十字路口:法国文艺批评理论面临选择》,《文艺争鸣》1990年第2期。
④ 屠友祥:《罗兰·巴尔特和太凯尔团体》,《上海文论》1990年第2期。
⑤ 罗兰·巴尔特:《〈S/Z〉选译》,屠友祥译,《上海文论》1990年第2期。
⑥ 冯寿农:《罗兰·巴尔特:从结构主义走向反结构主义》,《文艺争鸣》1991年第2期。

1993年各种文艺理论刊物上刊发了一批相关文章，如《西方文论的新倾向：新历史主义》[①]、《后结构历史主义诗学：新历史主义和文化唯物主义述评》[②]、《历史·文本·意识形态：新历史主义的文化批评和文学批评刍议》[③]等。新历史主义的进入，提供给国内学界文本与历史语境的新视角，使得文本超越了"文学本体论"层面上的理解和使用，抑制了文本中心主义的发展，逐渐走向泛文本研究。而人类学以及文化研究相关理论在90年代中后期的引进对文本观念形成的影响与新历史主义类似，这与进入80年代之后在西方文学理论中文本中心主义的衰落有着密切联系。

还有一些早在80年代便译介进入中国的理论，一直要等到90年代之后才发生重要影响。例如早在1988年便已译介至中国的叙事学理论对国内文学理论界的文本操作起到了积极的影响。《外国文学评论》1988第3期刊发了《略论叙事学的理论特征》[④]一文，但这只是一篇概述性质的理论介绍，并不具有理论指导实践的意义，叙事学真正介入中国文学研究还是在2000年之后，彼时学界才更多使用叙事学进行文本操作而非单纯的分析理论。

三、文本在中国的复杂语义

文本进入中国后一路走来，从内涵到外延均发生了重大改变，由结构主义初介绍时的一个新奇的理论术语，形象逐渐明晰，内容极大丰富，最终发展成为一个泛学术名词，在学术话语中被广泛使用。

这一文本概念和使用的泛化自20世纪90年代中期便有所显露。当时的一些学术文章中，尽管作者是有意识地将文本作为一个特定术语来使用，并时时注意加以解释和限定，但由于文本相关理论译介的"杂语共

---

① K. M. 牛顿：《西方文论的新倾向：新历史主义》，周宪译，《文艺理论研究》1993年第4期。

② 王一川：《后结构历史主义诗学：新历史主义和文化唯物主义述评》，《外国文学评论》1993年第3期。

③ 盛宁：《历史·文本·意识形态：新历史主义的文化批评和文学批评刍议》，《北京大学学报》(哲学社会科学版)1993年第5期。

④ 张寅德：《略论叙事学的理论特征》，《外国文学评论》1988年第3期。

生”现象,导致在使用中概念的混淆。例如在《人·文本·结构——不同层面的爱伦·坡》[1]一文第三部分“文本层面:社会历史和文本批评”中,作者首先在这个标题上就在两个不同层面上使用了“文本”一词,标题中“文本”一词,实际上是用来取代“作品”,因为我们通过阅读该文可以发现,作者在这一部分中讨论的是对爱伦·坡作品的不同批评方式,一种是传统的印象式批评,一种是新批评派倡导的对作品本体的批评,而印象式批评的概念中没有文本只有作品,新批评亦只能说在批评对象的观念上与文本切近,所以尽管使用“文本”这一新词,所指仍是作品。而这种用法在今天依然相当普遍。

2000年之后,西方文论基本已经全面进入中国文学理论研究的视野,由追补叠加式的引进转变为平行式引进,在这一阶段,国内学界开始对一些西方文学理论进行了种种总结性研究,这其中就包括对一些名词术语的总结性解释,“文本”作为其中十分重要的一个名词,得到了各式各样的总结。其中在一些文学理论教材中对文本概念的总结往往被认为具有更深远的影响力。而这些教材对文本概念的理解和介绍所参照的是不同来源的理论体系,意义差别很大。童庆炳主编的《文学理论教程》中,为文本概念设置的章节为“文学作品的文本层次”,对文本的解释为:“‘文本’(text),在英语中是原文、正文的意思,这里用来指由作者写成而有待于阅读的单个文学作品本身。”[2]事实上,这里所使用的文本概念完全是接受美学的观念,而不是文本理论的概念。在南帆编著的《文学理论新读本》中,专设“文本”一章,在初始对于文本的解释为:“‘文本’指的是作品文字组成的实体——罗兰·巴特称之为‘能指的织体’。”[3]这个定义是由“text”的本义和后结构主义的文本概念组成,而之后的详解则包括了新批评和结构主义、后结构主义、俄国形式主义与茵加登理论这三个部分。在王

① 盛宁:《人·文本·结构——不同层面的爱伦·坡》,《外国文学评论》1992年第4期。

② 童庆炳主编:《文学理论教程》(修订二版),高等教育出版社2004年第3版,第206页。

③ 南帆:《文学理论新读本》,浙江文艺出版社2002年版,第47页。

一川的《文学理论》[①]一书中，也设立“文学文本”一章，使用了一些信息论的新观念来阐释文学文本概念，将文学文本定义为“由媒介传输的具有完整表义系统和文采的富于感兴修辞的语言产品，包括诗歌文本、小说文本、散文文本、报告文学文本、剧本文本等多种具体形态”。只在具体介绍文本观念时以西方文学理论中新批评、结构主义和后结构主义的文本观作为参考。

国内文学理论界在“文本”一词的使用上，一方面将它作为“text”的对等替换物来严格使用，人们将“text”的能指和意识形态强行指定给文本这个术语；另一方面，又时常将它作为“文章”“作品”等传统词汇的现代化替代品而被随意使用，并没有被赋予特定意义和意识形态功能，在学术文章中这种分化尤为明显。而在普通文章中“文本”一词使用频率也在不断增加，但基本都用于指称某种特定文件，具有专业意味，比如法律文本、合同文本，或者是信息技术用语，如文本框、电子文本等，并没有如英语中“text”一词那般成为日常语汇。

萨义德在《旅行中的理论》一文中探讨了理论在不同时空中的位移问题，他关注“一个观念或一种理论，从此时此地向彼时彼地的运动，它的说服力是有所增强呢，还是有所减弱，以及某一历史时期和民族文化中的一种理论，在另一历史时期或者境域中是否会变得截然不同”。[②] 梳理一下文本由西方来到中国的一次时空旅行，结合文本来到中国后经历的社会历史情境，不难发现与西方话语中的原文“text”差异很大，与最初到达中国之时也有不小的变化。

这种差异从当代中国对西方文学理论的译介与研究中来，又会对后来的理论译介与研究产生影响。所以我们有必要对西方理论追根溯源，尽量恢复文本在西方文学话语中的本来面目，对比文本在中国旅行之后生成的概念，从中总结理论在不同时空中运动可能发生的改变，并结合历史情境来简单分析改变的原因。

---

① 王一川：《文学理论》，四川人民出版社 2003 年版。

② 萨义德：《世界·文本·批评家》，李自修译，第十章《旅行中的理论》，三联书店 2009 年版，第 400 页。

由于“文本”与“文本”这两个词汇在中文中与西文中的巨大差异,因此,在语言层面上就难以在汉语系统精确再现 text 在西语中的原义。另外,中国对西方理论的接受,处于不同的理论和文化空间,误读也就难以避免。这种误读既可能产生创造性,也可能遮蔽理论的力量。

文本经由译介进入中国时,由于西方各种理论的同时引进,理论的“杂语共生”首先造成了对于文本概念来源的混淆。国内最早对文学理论中的文本概念进行阐释的应当为李幼蒸所译《结构主义:莫斯科—布拉格—巴黎》一书对文本的注释。原注释摘录如下:

> ①本文(text):本文是结构主义和符号学研究中所使用的基本概念,它在不同的场合具有不同的含义,一般有以下几种:
>
> 1)在最一般的意义上,本文就是指按语言规则结合而成的词句组合体,它可以短至一句话,长至一本书。
>
> 2)在较精密的意义上,本文指语言组合体中不同语言学层次上的结构组织本身,它可以指某一层次上的语言学结构(如音位层、语素层、词组层、句群层……等等),也可以指各层次上语言学结构的总体。
>
> 3)在当代法国“太凯尔”派研究中形成了“本文理论”的专门学科,在他们的研究中本文成为神秘性的语言现象,强调本文自动的“能产性”,本文被看成是字词“生成性作用场”。
>
> 4)在当代一般符号学研究中,本文超出了语言现象范围,它可以指任何时间或空间中存在的能指系统,于是就出现了“画面本文”“乐曲本文”“建筑体本文”“舞蹈本文”等概念,这种用法是为了表明这些非语言现象具有同语言本文类似的结构组织。
>
> 在纯粹语言学研究中 text 指大于句子的语言组合体,中文一般译为“话语”。[1]

① 参见 J. M. 布洛克曼:《结构主义:莫斯科—布拉格—巴黎》,李幼蒸译,商务印书馆 1980 年版。

可以看出，文本概念在中国最早便是与结构主义和符号学相联系的，而当时中国文学理论界对于西方现代文论所知甚少，遑论巴尔特等人的文本理论。而且在译介初期，文本只是作为相关理论中大量新名词中的一个空降中国文学理论话语之中，缺乏理论根基，没有实践土壤，但文本作为一个文学批评用语，如果不进入批评实践，其意义难以自现。因此，最初结构主义文论中对文本的译介并没有引起人们的足够理解和重视，中国的文论界还没有经历语言学转向，也很难理解文本理论的上下文背景。文本概念虽然早在 1980 年便被译介至中国，但在最初几年中一直被搁置在大量新理论名词术语之中，并不突显。

文本概念进入文学批评话语得益于新批评和接受理论的译介。确切说来，新批评并没有特殊的文本概念，他们提出的“文学本体论”观点译介至中国后，恰与当时破除文学批评意识形态色彩过重的理论思潮契合，引起很大反响。而且新批评的一些主张可操作性非常强，因此在理论研究中推展也比较快。新批评被当成是对传统文学史批评的超越，在文学批评的对象应为“文学本体”这一说法上与文本概念有一定相似性，所以往往在介绍新批评的理论观点时使用“文本”一词，造成了国内理论界通常在新批评的语境中理解“文本”一词。

接受理论对于文本的界定非常清晰，译介入国内时也作了比较明确的说明，即文本是与作品相对的概念，作品没有进入接受过程时即是文本，文本是尚未经读者接受的未完成的作品。在接受理论中，文本只是中介而非中心。这是一种距离传统并不遥远的解释，也符合一般的常识思维，很容易理解和接受。在中国文论课程影响最广泛的教材《文学理论教程》中就是采用的这个阐释模式。

由于新批评理论、结构主义、解构主义对于中国文学理论中文本概念的综合作用，以及中国传统文学观念的影响，中国文论界更习惯把不同的理论杂糅调合一处。董希文在《文学文本理论研究》中写道：“本书衡量文学文本理论的标准是：一、是否坚持以作品本身为研究的重点，更关注作品自身意义的生成，放逐作者的决定定位；二、是否将作品视为一个语言构成物,多层次、多角度地运用语言学方法研究作品。只要坚持了上述两点,即使在其理论中没有明确提出'文本'主张,没有出现'文本'字眼,我们也将其视为文本理论。"[①]董希文把一切与文本有关的理论都视为文本理论的分支,并且把文本与作品当成完全兼容的概念序列,这恐怕是中国文论界对于文本概念的一般看法。

南帆编著的《文学理论新读本》对于文本的解释为:"'文本'指的是作品文字组成的实体——罗兰·巴特称之为'能指的织体'。"这个定义基于巴尔特的文本理论,但又没有完全忠实于巴尔特对文本的解释。首先"作品文字组成的实体"这个定义就不符合巴尔特在作品和文本之间所进行的强烈的对立。同时在详细介绍中又列举新批评、形式主义等诸多理论,是典型的将具有文本观念的理论在文本概念中进行杂糅的做法。王一川的《文学理论》对文学话语中文本的定义最具有个人色彩,结合了信息理论和中国传统文论,定义文学文本为"由媒介传输的具有完整表义系统和文采的富于感兴修辞的语言产品"[②],看上去和西方文论中的文本已经没有任何联系,只有"语言产品"一词或可以和新批评中的作品本体以及结构主义的"文学话语"有相似处。但是王一川在具体介绍文本观念时以西方文学理论中新批评、结构主义和后结构主义的文本观作为参考,这也是理论杂糅和调和的一种表现。

从80年代后期开始,后结构主义、解构主义、新历史主义、女权主义等文学批评的新观念进入中国,又对中国文学理论研究中的文本观念进行了一次刷新。特别是后结构主义的文本理论对于文本更具革命性的解释,理应在国内理论界产生震动,但是由于当时中国对于西方文论的引进尚处于追补叠加阶段,因此文本观念的颠覆性便被消弭在其他对于国内文学理论界来说都非常具有革命性、颠覆性的文论之中。这一时期,法国的先锋文学理论已经退潮,中国文论界这时更多的是从美国转手的理论,

---

① 董希文:《文学文本理论研究》,社会科学文献出版社2006年版。

② 王一川:《文学理论》,四川人民出版社2003年版。

更偏重直接的政治关怀:如后结构、女权主义等等,对文本在理论层面的概念形成影响有限。而新历史主义、女权主义等西方文化研究转向过程中的理论产物,不再以文学为中心,对于中国文学理论话语的影响就是文本的使用越来越不具有特指性,而是一个宽泛的用以取代作品指称文学批评对象的词汇。中国学者使用“文本”这一概念取代作品,常常不是出于深思熟虑的文学观念的变化,而只是一种术语的时髦。

另一方面,法国的先锋理论本身也逐渐从理论的恐怖主义转向温和,从 80 年代开始先锋们也很少再坚持文学范围内的革命,他们或者像巴尔特和托多洛夫一样重新采用传统的作品概念,或者如克里斯特瓦一样转向新的领域。经过了 60、70 年代的理论冲击,文本概念之上堆积了无穷尽的文学元话语,这得益于这个词语本身的平淡。文本概念一方面是法国文本理论的特殊术语,另一方面它作为一个普通词汇,也是不同学派和理论得以交流的平台。

我国对文本观念的专门研究尽管在 20 世纪 80 年代末已有专著问世,如 1988 年出版的《本文的策略》一书论述了自结构主义以来的西方文本观念,但这样的专著在 2000 年以前只是偶尔闪现,具有一定规模的文本观念研究在 2000 年之后才逐渐兴起。其中重要的专著有赵志军《文学文本理论》、傅修延《文本学:文本主义文论系统研究》、董希文《文学文本理论研究》以及戴阿宝所著《文本革命:当代西方文论的一种视野》。这四本文本观念专著的共同特点就是对西方文论中与文本有关的理论进行了详细的梳理和介绍。从这四本专著来看,目前国内对于文本观念的理解显得过于宽泛,只要提到“文本”一词,或者没有“文本”一词却有文本概念的,就是文本观念和文本理论。近三十年来中国文学理论界在很短的时间内同时接受了当代西方文学理论近一个世纪逐渐发展而来的理论,每一个理论其实都有它发展的背景和内在的逻辑,它们在特定的历史语境中产生。而待这些理论被译介至中国,却只剩下表面的理论话语,国内理论界往往注重这些理论本身而忽略它们产生的历史语境,结果就造成了对于理论的字面意义关注超过思想内涵,关注西方理论在短时间内能看见的实用性而非西方理论的思维方式和思想内涵。所以我们看到在这些理论著作中,仅凭理论在批评中的操作层是否以文本为对象进行归类,这种理论综合与调整的再创造当然也是必须的,但是我们也有必要正本清源,厘清概念的来龙去脉,探查其思路,挖掘其深意。

中国文学理论话语中的文本概念发展到今天,已经与西方的文本概念,尤其与60、70年代的文论有了较大的差异。首先,西方的“文本”一词由日常语汇和语言学语汇被引入文学理论话语,是一个革新和颠覆的过程;而中国的“文本”一词自始至终都是专业性术语,从一开始被拿来作为“text”的翻译对应词,在译介的过程中被不断赋予理论涵义,因此是一个概念建构的过程,缺少了原本的革命性颠覆过程。其次,西方的文本概念是经过对旧有理论的一次次打破、颠覆逐渐形成的,这不是一个理论间通过相互承继和发展建构理论的过程,而是一个不断通过理论之间的对立来获得新理论的过程;而当这些西方文论在短时间内以追补叠加的方式同时进入中国,中国文学理论界擅长对它们调和与杂糅,为我所用,但是也忽略了其思想源头的差异与对立。我们非常有必要重新追溯理论的源头,激活其思想内涵,为今天的文学理论和思考注入源头活水。

（四）国别研究的整体反思

改革开放30年法国文学研究纵横谈

杨国政

一

无人否认,在20世纪的中国,有三个历史事件具有里程碑式的意义,即1919年的五四运动、1949年中华人民共和国成立和1978年的十一届三中全会。它们把刚刚过去的一百余年分为大致相等的三个30年。从政治的角度看,20世纪是中国历史上空前激荡、河东河西转换频仍的百年,这三个30年可以概括为战争、(政治)运动和发展。单就法国文学在中国的传播与研究来看,1899年林纾翻译小仲马的《茶花女》一般被视作法国文学进入中国的标志,至今已有一百多年的历史,堪称与20世纪同步,有一定规模和系统的译介则是在新文化运动的勃兴之后,所以这百年的历史也可以以上述三个事件为标志分为三个时期。

起步时期:从20世纪之初至1949年,这一时期的法国文学在中国的传播主要以翻译的方式,有限的零星研究局限于对经典性作家作品的介绍,特别是宣传上,旨在用法国文学来扫荡中国旧文学的羁绊,推进新文学的创作。他们对法国文学报之以拥抱和膜拜的态度,他们所译介的法国作家也深刻地影响了他们本人的创作,如卢梭之于郁达夫,魏尔伦之于戴望舒,瓦雷里之于卞之琳、梁宗岱,左拉之于茅盾,福楼拜之于李劼人等。以傅雷、李健吾为代表的一批职业翻译家成规模地将法国文学名家名作送入千家万户。

止步时期:1949年后,由于意识形态方面的管制,法国文学研究和整个外国文学的研究状况一样,是作为一项政治任务进行的。尽管这一时期因"洋为中用"的政治需要引进从拉伯雷到阿拉贡等许多批判现实的作家,但总体上看这一时期的研究内容狭窄,方法单一,削足适履,以偏概全。采取的是一种居高临下的拒斥和批判态度,即使像司汤达、罗兰这样的现实主义作家也未能幸免,遭到口诛笔伐,受到推崇的只是如莫里哀、雨果、巴尔扎克、莫泊桑、左拉等少数具有现实主义倾向的作家。而且即使对于这些作家,所涉及的只是他们的少数代表作,在肯定其精华的同时也无一例外地指出其中的"糟粕"。至于20世纪方兴未艾的现代主义文学完全被屏蔽。"文革"期间,法国文学及外国文学研究几乎完全停止。

跨步时期:1978年后,中国在意识形态和文化教育领域拨乱反正,原来受压抑数十年、不能也不敢从事学术研究的高校教师和研究人员焕发了青春,用郭沫若的话说,中国迎来了"科学的春天"。一些专门的外国文学研究刊物纷纷创刊,如《外国文学研究》《国外文学》《外国文学》以及稍后的《外国文学评论》都是在70年代末或80年代初创刊的。国门的重新开放令我们发现和接触到了大量之前不熟知或被禁止的文学流派、作家和作品,并了解到法国学者对本国文学的研究状况、理论和方法。在前两个时期,我国对法国文学以译介为主,而且是对某些作家作品的点状译介,真正意义上的文学研究不仅薄弱,而且量少,根本不能形成规模。进入新时期后,法国文学研究才进入正轨和快车道。30年来,我国的法国文学研究呈现出前所未有的繁荣,禁区和障碍被迅速突破,研究范围和对象不断扩大和深入,不仅有宏观的对其整体创作主题和特点的综合论述,也有对具体作品的深入的文本分析,大量的学术专著和论文形成对法国文学的体裁、时期、流派、作家、作品的全覆盖。

本文目的是通过对后一时期30年来对国内法国文学研究的状况从宏观上加以回顾和总结(各个时期、各个作家的研究状况有专文论述),以期发现研究过程中重点和趋势的变化以及存在的问题和薄弱之处，为今后的研究提供某种借鉴和指南。数据来源为1978年1月至2010年12月国内出版的关于法国文学的中文研究著作以及发表在外国文学类专业期刊、高校学报、其他学术刊物、丛书和研讨会论文集上的论文，并以重要作家、作品、文学流派为关键词在中国国家图书馆、北京大学图书馆和中国期刊全文数据库中进行了检索。然后我们对搜集到的论文和著作进行了筛选，在著作中排除了那些以介绍作家生平和作品内容为主的传记、评传和编著，在论文中过滤掉了那些通讯、动态等信息式文章、介绍奇闻轶事的豆腐块文章或抒情色彩浓厚的随感式文章，只保留具有一定研究性和论述性的论文，之后加以梳理和分类。需要指出，由于30年来所发表的著作和论文数量是一个庞大的数字，特别是刊载论文的刊物异常庞杂，我们既无法将所有著作和论文一网打尽，也无法在微观上以学术性为标准对各著作和论文一一作出甄别。希望我们的数据在宏观上基本能够说明这一时期的法国文学研究的总体态势和问题所在。

二

30年来我国出版的有关法国文学著作有三百余种，这其中数量最为庞大的是作家的各种传记。如果我们不计这部分以介绍性为主的传记作品，并把一些非文学研究类成果（主要涉及对卢梭、萨特等思想家兼文学家进行的政治学和哲学研究）排除在外，那么以研究性为主的著作共有109部（另有关于法国文学的研究资料汇编27部）。这些著作大致可分为以下几类：

综合研究:29

作家研究:47

文学史:23

中法文学关系:6

论文集:4

（研究资料汇编）:27

综合研究类著作既包括由研究者在不同时期所写的单篇论文集结成册的"散论"式著作(11部),也包括专门针对某个流派、体裁、时代,甚至某个问题的"专论"式著作(18部)。散论式著作采用以点带面的方法,一开始是对作家作品的个案研究,众多的"点"放在一起就呈现出某种轮廓的"面",这类著作的内容不拘于一定的时期、流派、主题,几乎涵盖了整个法国文学发展时期。代表性的成果有柳鸣九"桐叶"系列(包括《塞纳河岸的桐叶》《凯旋门前的桐叶》《枫丹白露的桐叶》等),郑克鲁的《法国文学纵横谈》《法国文学论集》,郭宏安的《从蒙田到加缪:重建法国文学的阅读空间》,吴岳添的《法国文学散论》,袁筱一的《文字·传奇:法国现代经典作家与作品》等。其中尤为值得一提的是柳鸣九的"桐叶"系列文集。其中的文章是他为自己主编的一套巨型丛书——《法国20世纪文学》的各部作品所撰写的序言,本为对各部作品逐一进行的个案研究,涉及20世纪绝大多数重要作家的一百余部作品,不仅包括普鲁斯特、萨特、罗伯-格里耶、杜拉斯等已被经典化的作家,而且涉及克拉维尔、巴赞、罗歇·格雷尼尔、芒迪亚克、凯菲莱克、德库安、居尔蒂斯等在我国毫不熟悉的作家。这些序言不仅具有导读性,而且对作品做出了深入的研究和分析,一反掉书袋式学术论文的枯燥,激情洋溢,生动隽永,准确地抓住每位作家、每部作品的本质特点并做出恰当的评价,体现了作者开阔的视野、敏锐的眼光、深厚的功力和独到的见解。这些论文结集成册成系列后,就显示出相当的系统性。开放之初,我国对法国现当代文学还是相当陌生,柳鸣九第一次将法国当代许多最重要的流派、作家及作品引入进来,是新时期法国文学研究领域最大的"普罗米修斯"。专论式著作在某一框架内做深入挖掘和探索,由面而点,由点而深,更具有系统性和"立体感"。这些著作或针对某个流派(如老高放的《超现实主义导论》,张容的《荒诞、怪异、离奇:法国荒诞派戏剧研究》),或针对某个现象(如吴岳添的《法国文学流派的变迁》),或针对某种体裁(如宫宝荣的《梨园香飘塞纳河——20世纪法国戏剧流派研究》,方卫平的《法国儿童文学导论》),或针对某个问题(如徐真华、黄建华的《20世纪法国文学回顾:文学与哲学的双重品格》,刘成富的《20世纪法国“反文学”研究》)等,先有整体规划和构思,然后化整为零,逐步展开。值得一提的是吴岳添的《法国现当代左翼文学》和方卫平的《法国儿童文学导论》。即使在法国,左翼文学也只有其实而无其名,未有研究者将其作为一个独立文学现象予以关注,在谈“左”色变的国内语境下,在现实主义被空前冷落、后现代主义受到空前追捧的研究氛围中,作者却迎“左”而上,以马克思主义的文艺思想为指导来研究左翼文学,全面梳理了法国左翼文学从起源到当今的发展过程,尤其是重新发现和评价了诸多被研究者忽视或冷落的作家。方卫平则把视线投向另一个更加边缘的领域——儿童文学。该书是第一部法国儿童文学通史性质的学术著作,系统地梳理了从中世纪到当代的法国儿童文学发展的总体轨迹、历史分期、重要作家作品及其民族文化特征和美学特征。考虑到研究对象的边缘地位,二位作者的成果用“填补空白”来评价并不为过。

在法国文学史的编写方面,可以说已经形成多种类、全方位、遍地开花的局面。据统计,独立出版的法国文学史已有二十多部,其中既有卷帙浩繁的详史,也有众多的单卷本简史;既有囊括各个时代、各种文类的通史,也有针对某个时期(尤其是20世纪)的断代史以及针对各种体裁的专题史。其中具有里程碑意义的是柳鸣九等主编的三卷本《法国文学史》。这套百余万字的著作是新时期编写最早、篇幅最大、覆盖面最广、最为系统的文学史,描述了法国文学从中世纪到20世纪初的发展历史,几乎囊括了历史上的所有作家、文学事件和现象,其系统性至今无出其右,其框架和结构成为以后文学史编写的无可绕过的参照。但是,由于该书的编写开始于70年代,不可避免地受到当时意识形态的束缚,按照编者的说法,是“把思潮、流派、作家、作品放在阶级斗争的背景上加以考察和说明”,“根据‘它们对人民的态度如何,在历史上有无进步意义,而分别给予不同的评价”。所以该书的观点自出版之初便有过时之嫌,也是本书颇受指责之处,所以后来编者对其作出修订并重新出版。遗憾的是,本书叙述止于20世纪初,对于20世纪大部分时期的现当代文学部分,编者没有继续按照原来的体例继续编写,而是投入另一项更为庞大的工程——“法国

20世纪文学”丛书的组织翻译工作,并为每部作品撰写序言,他将八十余篇有关20世纪六七十位作家、百余部作品的文章汇集成册,按照时间顺序并根据其内容归纳为12个专题,呈现出法国20世纪文学发展的大致脉络,把它们作为原三卷本《法国文学史》的续篇。此外,张泽乾、周家树、车槿山撰写的《20世纪法国文学史》将20世纪分为“美好的年代”“狂热的年代”“困惑的年代”“创新的年代”和“多元的年代”等五个时期,然后按照体裁将20世纪初到80年代的法国作家和文学现象置于相关的文化背景下考察;张容的《当代法国文学史纲》则按照体裁分门别类地介绍战后各种文学潮流和写作。二书弥补了国内对20世纪文学详史的空缺。此外郑克鲁的《法国诗歌史》、吴岳添的《法国小说发展史》、宫宝荣的《法国戏剧百年1880～1980》、刘明厚的《二十世纪法国戏剧》则是对各种题材的发展历史作出的描述,当然,对作家作品的研究更加深入,描写也更加细致。

除了众多的独立成书的法国文学史外,李赋宁任总主编的三卷四册《新编欧洲文学史》其实由欧洲主要国家的文学史按照时代分期穿插而成,其中罗芃负责主编的法国文学占有重要篇幅,如果把其中有关法国文学的章节独立出来,就是一部系统而详尽的法国文学通史。该书继承了20世纪60年代杨周翰主编的《欧洲文学史》的框架和体例,内容上更加翔实和丰富。

在作家研究方面,四十余部专著共涉及二十多位作家,这些作家基本上与其在文学史上的地位相称,多是堪称一代大师的重量级作家,既有雨果、巴尔扎克、左拉等传统古典作家,也有新小说、存在主义等现代主义作家。其中以萨特为最多(7部)。与中国有关的作家受到学者的更多关注,形成一个学术热点,伏尔泰自不待言,米修、程抱一虽然作品不多,而且文学地位也不能与前述各位作家相提并论,但是由于其作品中有诸多中国元素吸引了中国学者,各有两部专著。现代主义作家(如普鲁斯特、罗伯-格里耶、昆德拉)或现代主义先驱作家(如福楼拜、波德莱尔等)比传统作家更加得到关注和研究。老一辈学者的代表性成果有罗大冈的《论罗曼·罗兰》、程曾厚的《程曾厚讲雨果》、柳鸣九的《走近雨果》《自然主义大师左拉》、艾珉的《巴尔扎克:一个伟大的寻梦者》、郭宏安的《波德莱尔诗论及其他》、杨昌龙的《存在主义的艺术人学:论文学家萨特》等,新一代学者更偏重现代作家,这些青年研究者多年专注于某一作家,他们的研究更具系统性,成为相关领域开拓最为深入、最具发言权的学者,如王钦峰的《福楼拜与现代思想》与《福楼拜与现代思想续论》、高建为的《左拉研究》、涂卫群的《从普鲁斯特出发》、江龙的《解读存在:戏剧家萨特与萨特戏剧》、张容的《形而上的反抗:加缪思想研究》、张唯嘉的《罗伯-格里耶新小说研究》、户思社的《玛格丽特·杜拉斯研究》、杜青钢的《米修与中国文化》、龚觅的《佩雷克研究》、李凤亮的《诗·思·史:冲突与融合——米兰·昆德拉小说诗学引论》等。从另一个角度而言,年轻学者对传统经典作家越来越丧失兴趣似乎成为一种趋势,也是一个值得关注,甚至令人忧虑的现象。

三

从论文来看,30年来发表在国内各种刊物上的法国文学研究论文已是一个无法精确统计的庞大数字。据我们的搜索和筛选,共整理出论文约4000篇。这些论文覆盖了法国文学历史上的各个时期、各种体裁、各种思潮和几乎所有作家。从论文来看,我国的法国文学研究又呈现出一些更加清晰的脉络和更加鲜明的特点。

从文学史分期来看,如果我们按照惯例,把法国文学史分为6个时期,即中世纪、16世纪、17世纪、18世纪、19世纪和20世纪,就会发现论文的分布呈现递增趋势,中世纪:25篇,16世纪:56篇,17世纪:205篇,18世纪:183篇,19世纪:1358篇,20世纪:1938篇,综论及其他:125篇。自19世纪开始,论文呈现跨越式增长。

从涉及的作家来看,这些论文共涉及作家130余位,覆盖了几乎所有重要作家,一些名不见经传的作家也有所涉及。论文最为集中的前25位作家分别是:巴尔扎克(277)、萨特(207)、昆德拉(205)、加缪(202)、司汤达(161)、雨果(136)、贝克特(125)、杜拉斯(120)、福楼拜(116)、波德莱尔(113)、罗伯-格里耶(110)、莫泊桑(86)、左拉(79)、莫里哀(74)、普鲁斯特(73)、莫里亚克(51)、波伏瓦(47)、卢梭(46)、伏尔泰(46)、狄德罗(45)、乔治·桑(36)、尤奈斯库(33)、程抱一(33)、勒克雷奇奥(31)、蒙田(31)。(仅就数量而言,涉及卢梭的论文堪称最多,达400余篇,但是其中绝大部分论述的是卢梭的政治思想,与文学相关的论文只占1/10左右)当然,论文的多寡不一定意味着相关作家研究的深入或薄弱,因为其中充斥着大量主题雷同、了无新意的论文。这些作家的受关注程度基本与他们在文学史上的地位相称,多是一些堪称巨匠、丰碑式的作家。较为例外的是其中的几位移民作家,昆德拉、贝克特和程抱一,应该说国内学界对他们的关注已经超过了他们生活其中却不是他们祖国的法国。

从涉及的作品来看,尽管也存在一些盲点或盲区,但是文学史上的一些重要作品都得到了深浅不一的研究。从作品的受关注程度看,论及最多的是:《红与黑》(105)、《等待戈多》(约90)、《包法利夫人》(70)、《追忆逝水年华》(62)、《局外人》(50)、《高老头》(51)、《茶花女》(49)、《生命中不能承受之轻》(42)、《恶之花》(35)、《情人》(33)、《嘉尔曼》(25)、《欧也妮·葛朗台》(23)、《巴黎圣母院》(23)、《鼠疫》(19)、《中国孤儿》(16)、《恶心》(15)、《黛莱丝·德斯盖鲁》(13)。同样,这些作品均为法国文学史上的耳熟能详的名篇名作,也是奠定作家文学地位的代表作。伏尔泰的《中国孤儿》也许属于例外,从其名字可以看出,该作品与中国有着如此显著的联系,所以受到许多比较文学者的青睐。

在1978年之前,学界对法国文学以翻译为主,有限的研究往往体现在译本的前言和后记中,多为对作家生平和作品内容的介绍,深入的研究十分有限,更谈不上文学理论的运用。进入新时期后,这种重译介轻研究的状况得到彻底改变。当然在80年代初期,论文的译介色彩仍然较为浓重,大量论文是以"简述""初探""介绍""漫谈""浅析"或者作家的名字为标题的,在内容上属于编译、介绍性质。尽管这些文章对于相关作家的研究起到了必不可少的铺路搭桥的作用,但是由于材料的不足和缺乏理论指导，它们在内容和深度上还是显得薄弱和单一。随着学界对相关作家和现象研究的深入，这类介绍性、概括性的文章今天已经几近绝迹，再也难以出现在外国文学研究的专业刊物上，新的论文走向微观化、深层化、理论化、多元化，或者专论某一具体主题，或者使用某种理论方法，或者有新的解读。

30年来，法国文学研究的对象不断丰富，研究领域得到极大拓展。对于法国大部分经典作家，我国在改革开放前都有所介绍。1978年之后，这部分作家首当其冲地受到最大的关注，司汤达、雨果、巴尔扎克研究在80、90年代一开始就达到了相当高的水平和系统化。之后大量之前所不熟知或受到批判的作家纷纷进入研究者的视野。与80年代中国刚走出内乱，思想文化界弥漫彷徨、失望、叛逆的情绪以及渴望寻找突破口的思想解放潮流相契合，之前受批判的迥异于传统现实主义写作、具有现代意识和先锋倾向的作家迅速受到热捧与追逐，人们像发现新大陆一样对这些在法国及西方早已偃旗息鼓的现代派文学伸出双臂拥抱，阅读和研究状况盛极一时。萨特和存在主义成为第一个登陆中国、引发整个文学和文化界大讨论的热潮，随后意识流、象征主义、超现实主义、新小说、荒诞剧等亦纷纷登场，开创和奠定了以后法国文学研究的趋势和格局。但是坦率地说，当时对现代主义文学的研究热情有余而思考不足，宣传有余而批评不足。进入90年代后，这股热潮渐趋平静，变为常态。一些传统作家被重新发现和评价，包括原来一直被视为雷区、在西方也备受争议的18世纪作家萨德，在1999年之后几乎形成一个研究热潮。研究者不再从道德的角度对其加以批判，重在从思想的角度谈其作品中的"性"，其中所包含的善恶观。更新的当代作家逐渐形成另一个被研究群体，如格拉克、莫迪亚诺、图尼埃、佩雷克等。尤其是诺贝尔奖的获得使勒克雷奇奥研究异军突起，随着程抱一当选法兰西学院院士和近年来几位华人作家在法国崭露头角，该群体日益受到关注，尽管开始较晚，但成果不菲。中法文学关系也成为一个重点和热点，那些在职业生涯中与中国有过某种交集或在写作中对中国多有着墨的作家，从伏尔泰，到克洛岱尔、马尔罗、谢阁兰、洛蒂、圣琼·佩斯、米修等都是国内研究者的青睐对象。

这一时期的论文逐步从早期的赏析性研究走向文学性本身为主体的研究,理论意识明显增强,论文深度明显增加。80年代初的论文,虽然走出了以前用进步意义和时代局限的二分法写成的论文,但大多停留在对作家生平及作品思想、人物形象或艺术特点的介绍上,作者戴着有色眼镜,或者更确切地说彩色眼镜来看待所论述的作家作品,对所研究作家作品采取一种仰视的态度。论文难以跳出作者如何伟大、作品如何深刻生动、手法如何高超等赞歌式的写作路径,有一种为写论文强说好的倾向。理论意识淡薄,虽然已经走出了以阶级斗争为指导的理论束缚,但是多是用作家生活经历来解读作品的实证主义或者以时代背景来解读的历史主义。略举几例便可窥见一斑,如《光辉的里程碑——〈罗兰之歌〉》(1984)、《〈熙德〉的艺术得失》(1979)、《不朽的艺术之葩——读莫里哀的〈伪君子〉》(1979)、《反映现实、抨击时弊——谈法国古典主义戏剧作家莫里哀的剧作》(1980)、《永不谢世的喜剧艺术之花——莫里哀喜剧思想浅析》(1985)、《别具一格的答辩戏剧——莫里哀〈凡尔赛宫即兴〉赏析》(1987)、《揭开神圣庄严的帷幕——论莫里哀的〈恨世者〉》(1987)、《拉封丹的智慧与法国人的民族性格》(1989)、《辩证法的杰作——〈拉摩的侄子〉》(1980)、《脍炙人口的〈曼侬·雷斯戈〉》(1988)、《充满诗情画意的乡村礼赞——试论乔治 桑德田园小说》(1985)、《促进人性的富贵,鞭笞人性的异化——雨果小说中的人道主义问题》(1982)、《雨果,伟大的人民诗人》(1985)、《论雨果三巨著的冲突艺术美》(1986)等。继80年代思潮热之后,90年代兴起了理论热,新批评、叙事学、结构主义等纷纷进入国内,新的文学理论和研究方法为研究者提供了新的工具,学界积极借鉴和消化这些理论的同时,也在自觉地运用这些理论指导研究,尽管有时难以摆脱生搬硬套的痕迹。90年代以后的论文,逐步走向对作品结构与关系、作家创作理念的深层次探讨,将文学和文本作为本体。研究者和作家作品之间建立起一种观察者与解剖样本的关系,研究者的主体意识增强,把解读的话语权从作者手中夺取到了研究者手中,从原来的“作者如何写”走向“我如何读”。论文的倾向性、评判色彩减弱,描述性、客观性增强。例如研究者用狂欢化理论来解读拉伯雷的《巨人传》,运用女权主义分析莫泊桑小说《一生》的女性形象和命运,用精神分析来解读《红与黑》等等。

四

我们在前面从“纵”的角度概述了30年来法国文学研究的成绩和趋势,下面我们将从“横”的角度总结法国文学研究在分布和着力点上所呈现出来的一些特点,这些特点主要表现在体裁、时期、论题、作家、作品之间的研究存在着的不平衡现象。

小说重其他轻:从文学创作的三大体裁来看,小说研究占有绝对优势,或者说法国文学研究是以小说研究为中心进行的。小说研究成果不仅数量多,而且连续性和系统性强。这种分布当然有其合理性,因为文学史上小说家和小说的数量高于诗人和剧作家,但是诗歌和戏剧研究的式微也是不争的事实,似乎陷入一种找不到方向和话语枯竭的境地,而且呈加剧之势。这两种体裁的研究不仅缺乏系统性,对于未来的研究如何开展,学界也缺乏思考,颇似奄奄一息的诗歌和戏剧创作现状,不仅远离了读者大众,而且也难以吸引研究者小众的兴趣。在这两类研究中,“点”突出而“面”不全,即在某个作家或某个方面的研究上非常突出(如刘波对波德莱尔的研究,杜青钢对于米修的研究,宫宝荣对现当代戏剧的研究等),但是“木少不成林”,不足以形成一条力线和一个覆盖面。不仅研究对象呈现为一个个孤立的作家,在研究者方面也只有突出的个人,未形成一个较为固定的研究者群体。研究重点高度集中化:诗歌研究多集中于象征主义,该流派及其诗人所提出或表现出的应和说、朦胧感、神秘性提供了说不尽的话题。而对七星诗社、雨果、拉马丁、魏尔伦、阿波利奈尔、普雷维尔等诗人的研究流于泛泛而论,只涉及几首短诗的单篇赏析,缺乏整体的和系统的研究。雨果本是一位在三大体裁的创作上均成就卓著的作家,但是雨果研究几乎完全集中在他的小说上,对其诗歌只有为数不多的作品介绍和赏析,对其戏剧研究完全空白。戏剧论文高度集中于古典主义(主要是莫里哀)、存在主义(主要是萨特)和荒诞派(主要是贝克特)戏剧,其中关于贝克特的《等待戈多》的解读为最多。其实与萨特和贝克特的戏剧相关的论文更多地与戏剧艺术无关,而是对于两位作者在剧作中所表达的哲学主题的各种阐释。而一些在文学史上占有重要地位的传统剧作家,如博马舍、雨果、缪塞、克洛岱尔等,鲜有深入的研究,而对于法国现当代戏剧,幸亏有宫宝荣的两部专著——《法国戏剧百年》和《梨园香飘塞纳河——20世纪法国戏剧流派研究》填补空白:前者以时间为顺序,以剧作家为单位,讨论了近三十位人物,涉及从1880—1980年将近一个世纪的法国戏剧的演变与发展;后者同样以时间为顺序,以流派为单位,对法国现当代戏剧进行了重新梳理,勾勒了一幅相对完整的法国20世纪戏剧全景图。如果没有他的工作,那么我国在现当代戏剧研究领域堪称荒漠了。三大体裁之外的其他写作,或曰副文学,如传记、随笔或散文、书信、日记、游记、科幻小说的研究恐怕更不是薄弱一词所能形容的了。

现代重古代轻:从以上统计数据可以明显地看出,对于19世纪之前的古代的研究十分薄弱,关于这600余年的文学只有论文469篇,约占所有论文的1/9,而对于19世纪至今200余年的文学发表了3300余篇论文,对战后及当代作家的研究更是呈现扎堆现象。从关于作家作品的研究著作来看也是如此,反映出这种重现代、轻古代,或者说现代强、古代弱的状况。不可否认,19世纪之后的法国文学在数量上占优势,在分量上占主体,但是研究成果在分布上的如此不对称也反映了我们对古代的重视或者说兴趣不足,对中世纪文学的研究尤为薄弱。究其原因,恐怕在于我们长期以来对绵延数百年的中古文学戴着有色眼镜,有一种先入为主的成见。这种成见倒不见得在于把中世纪看做一个黑暗的时代和文化的低谷,而在于将中世纪文学视为通俗文学、民间文学,甚至儿童文学。为数不多的论文谈及的多为《罗兰之歌》《特里斯丹和伊瑟》《列那狐传奇》等几部经典作品,缺少对中世纪文化背景的深层次研究。对16世纪文艺复兴时期的文学我们虽然没有这种偏见,但是我们面临着和前一阶段同样的困难,就是我们不具有客观认识这两个时期的“视力”,只能根据既有的中译本和有限的中文资料,或者最多戴着“近视镜”,即从古代作品的现代法语译本来做研究。对中古文学的研究不仅需要扎实的学术功底和钻研精神,甘于寂寞的心态,扎实的考据能力,还需要具有一定的拉丁语和古法语方面的语言能力,我们普遍缺乏这方面的专业训练,基本不具备能够直接阅读古法语原著的能力。即使屈指可数的几部中世纪文学译本,都是根据被改写的现代法语译本而译出。隔靴搔痒虽不能解痒,但是既然我们缺乏把手伸到靴子里的能力,暂时也只能如此了。出成果慢、难也是造成这种状况的重要原因,从而造成我们对这一时期的研究十分贫乏。17—18世纪、甚至19世纪前半叶的研究虽然强于前两个阶段,但是缺乏学术热点,缺乏专注的学者,成果不少,新见不多。究其原因,仍在于我们对这些时代的历史、文化及文学背景缺乏深入的认识,对原著的研究也不够深入。研究者不约而同地向前看,向现代、向后现代看,而不愿向后看,回头看。在一些寂寞的、冷门的领域,我们尚缺一批潜心治学的研究者。

新奇重古典轻:我们的研究具有明显的“喜新厌旧”和“趋热避冷”的倾向。这一问题和上一问题相似,也呈现一些自身的特点。即使对于19世纪之后的法国现代文学,成果的分布也呈现出显著的不均衡,过分集中于一些具有现代尤其是后现代意识的“前沿”作家,而经典的传统作家不仅地位动摇,而且被边缘化。前面已经谈到,现代主义作家在80年代的中国受到热捧有其历史的合理性,但是我们对于象征主义、存在主义、新小说和荒诞剧等流派,对普鲁斯特、萨特、贝克特、昆德拉、罗伯-格里耶等作家,对等待、荒诞、恶心、自由等热门主题的研究达到了炙手可热的程度。对当代作家的研究呈现遍地开花、一枝独秀的局面。所谓遍地开花,指的是论文几乎涉及了战后的各个重要作家,但论文分布十分分散,每位作家的论文数量多以个位计;所谓一枝独秀,是因为昆德拉在中国受到众星捧月般的追捧,关于他的论文共205篇,涉及他的14部作品,存在、复调、自我、身份、时间、小说观念、遗忘、性、笑等主题提供了说不完、道不尽的话题。另一个当红的作家则是诺贝尔奖新科状元勒克雷奇奥,他本来在国内也默默无闻,但是诺奖的桂冠引发了出版和研究热潮,关于他的大部分论文均发表于2009年之后,而且远远超过同时期的其他作家。在传统作家中,受到较多关注的是具有现代意识的作家,如福楼拜、波德莱尔、纪德等,不仅成果数量多,而且进展大,切入点和主题非常丰富。在号称象征主义的三个代表性诗人中,传统色彩较浓的魏尔伦进入中国最早,也拥有最多的读者,但是关于他的研究恰恰最为冷清,有限的论文多是关于其创作情况的总体性介绍和几首耳熟能详的诗的单篇赏析,而且多发表于八九十年代,进入21世纪,外国文学类期刊上再也未出现过关于魏尔伦研究的论文。而兰波,尤其是马拉美却以其对传统诗歌理念的巨大破坏力、震撼力和对诗歌的全新理解和深邃思考吸引着研究者,30年来关于他们的研究稳步推进,不断加深,不仅有相对稳定的研究者,而且时有新的有深度的研究者加入。而一些已有定论的古典作家,如夏多布里昂、乔治·桑、梅里美、莫泊桑、罗曼·罗兰、法朗士等,相关研究处于原地踏步状态。随着老一代研究者的逐渐退出,在年轻的研究者中几乎无人专门研究这些作家,大多偶有触及,打一枪换一个作家。其中最为典型的当属雨果和巴尔扎克两位巨星式作家,尽管相关论文从数量上说并不算少,但是有分量的论文大多发表于80、90年代,在21世纪虽然仍有大量论文发表,但是泥沙俱下,在研究方法和思路上并无大的变化。例如从80年代初开始便有论述雨果人道主义的论文,但是30年之后,刊物上仍然充斥着同一主题、却了无新意的“漫谈”“浅析”式的文章。不可思议的是,对他的史诗般的巨著《悲惨世界》,我们几乎没有深入的专文论述。大部分论文发表于地方性的学报中,而在《外国文学评论》等专业刊物上再也难觅有关两位作家的论文。这与福楼拜研究正好相反,虽然福楼拜研究的起步不如雨果或巴尔扎克等同时代的小说家那么早,但是发展是稳定的和递进的,愈往后研究愈加成熟和深入。在年轻一代研究者中,我们几乎找不到专门研究雨果、巴尔扎克等传统作家的学者。老调重弹是平庸,老调新弹则是一种挑战。其实,对于传统和经典作家,如何找到新的切入点,发现新问题,提出新观点,让已被深耕广种的土地长出新的庄稼才是更大的挑战。

大家重“小”家轻:从作家受关注的程度看,共涉及作家130余位。虽然法国历史上绝大多数作家都被涉及,但是作家之间存在严重“贫富不均”的现象,即论文过度倾斜于重量级的“一线”作家,如巴尔扎克、司汤达、福楼拜、波德莱尔、普鲁斯特、萨特等。而对于一些在文学史上同样占有重要地位的二线作家,如七星诗社、拉辛、拉法耶特夫人、博马舍、马利沃、普雷沃、拉克洛、龚斯当、斯达尔夫人、拉马丁、瑟南古、维尼、缪塞、奈瓦尔、巴纳斯派诗人、都德、龚古尔兄弟、法朗士、巴雷斯、贝玑、阿波利奈尔、雅里、吉罗杜、马丁-杜伽尔、于勒·罗曼、于连·格林、阿努伊、科莱特、蒙泰朗、热内、萨冈等的研究就十分薄弱,不仅论文数量十分有限,深度和广度均远远不够,大量的基础性工作都还未做。即使在一些论文分布较为密集的文学流派中,作家之间冷热不均的特点也十分明显,“帅”与“将”的待遇大相径庭。如在存在主义作家中,萨特和加缪两位主帅集中了大部分论文,对波伏瓦的研究相形见绌。在新小说作家群中,过分集中于罗伯-格里耶,对于其他作家,如萨洛特、布托尔、西蒙就十分薄弱,至于克洛德·莫里亚克、里卡杜、潘热(Pinget)等,则未进入视野。在荒诞剧作家群中,贝克特集中了绝大部分论文,尤奈斯库次之,相关论文只有贝克特的四分之一,而热内和阿达莫夫的研究只能用门可罗雀来形容。如果说有所例外,那就是华裔法籍作家,在法国已小有成就的旅法作家对国内研究者有一种自然的吸引力,尽管他们发表的作品十分有限,但是针对他们的论文甚至超过一些重要作家。例如程抱一虽然在80、90年代在国内完全默默无闻,但是继1998年小说《天一言》获得法国文学大奖,特别是他2000年当选法兰西院士后,其法籍华裔身份为中法文学关系和文化研究提供了一个极好范例,在国内受到了强烈关注,掀起一股研究热潮。

大作重小作轻:即使是一些受到较多关注的名家大家,他们的各部作品在中国的待遇也大相径庭。总的说来,名家大家的标志性代表作受到了最密集的关注和最透彻的研究,而他们的其他非代表作以及“二线”作家的作品的研究就十分薄弱,至于作家的早期不成熟写作、书信、日记等资料研究工作堪称空白。在《人间喜剧》的九十余部作品中,有21部有专文论述,这个数字本不算少。但是在这21部作品中,关于《高老头》(51篇)和《欧也妮·葛朗台》(23篇)的论文占据了绝大多数,《农民》《驴皮记》《幻灭》《贝姨》等尽管也是巴尔扎克的重要作品,但是每部最多有三四篇论文述及。对司汤达的研究高度集中于《红与黑》,而他的另一部几乎与之齐名的小说《巴马修道院》只有寥寥几篇类似于漫谈或介绍性质的文章,其他如《意大利遗事》《阿尔芒斯》《吕西安·勒万》等的研究就无足轻重了。即使研究热度30年持续不衰的福楼拜,论文也高度集中于《包法利夫人》一部作品,另一部重要作品《情感教育》的论文数量则一落千丈,对其他作品的研究呈几何级数递减,直至为零(如他的最后一部未竟之作《布瓦尔与佩居榭》)。对莫里哀的研究集中于《伪君子》《悭吝人》,对伏尔泰的研究高度集中于一部并不重要,却深为国内研究者所钟情的《中国孤儿》,对梅里美的研究集中于《嘉尔曼》,对塞利纳的研究仅限于《茫茫黑夜漫游》,对圣艾克苏贝里的研究集中于《小王子》,对波伏瓦的研究集中于《第二性》,对杜拉斯的研究集中于《情人》,对布托尔的研究集中于《变》……在这些受到集中关注的作品中,相当多的论文主题呈现出高度的雷同:谈《巨人传》便是“狂欢化”,谈《高老头》便是父爱悲剧,谈《局外人》便是荒诞,谈《等待戈多》便是等待的荒诞与绝望,谈《欧也妮·葛朗台》便是古今一群吝啬鬼的比较,谈《包法利夫人》和《茶花女》便是古今中外一群薄命红颜的比较,谈莫泊桑便拉来欧·亨利,谈波德莱尔便拉来李金发、戴望舒……牵强的、泛滥的比较和雷同的论题几乎到了令人生厌的程度。

以上特点,虽然并非完全是缺点,但是需要在未来的研究中加以平衡。这种平衡并非平均,而是要扎实地多做一些基础性的工作,远离追新求易的时尚性研究。尤其是所指出的“轻”的部分还有待于开拓的巨大余地,有大量空白有待弥补。

五

纵观百年来三个时期法国文学研究主体的身份,我们可以发现这样一个变化,1949年中华人民共和国前的法国文学传播者中许多人是创作者兼翻译者,翻译和研究只是他们的副业。建国后至80年代前的传播者多是翻译家,多是在高校中从事法语和法国文学教学的教授和专家,创作者的身份剥离而去;他们以译为主,以著为辅,或者译而不著。1978年之后的30年来,研究者身份又发生了某种变化,译和著的重心在悄然间逐渐地发生了偏移。90年代后期特别是进入21世纪以来,随着高校管理体制和评价标准对研究的强调和倾斜,迫使一些人专事研究而不做翻译,将来译者和研究者走向更加专业化,甚至身份分离也不是不可能的。

在法国文学研究队伍中,其实存在着两股力量:一是具有法语学习背景、在高校从事法语和法国文学教学的教师以及社科院外文所的研究者;另一支是没有法语学习经历、在高校中面向中文系学生讲授外国文学的教师。两支力量的研究可以说各有千秋。在我们所统计的著作和论文中,多数成果出自后者之手。这是因为法语专业的研究者将相当大的时间和精力投入到文学作品的翻译中,在研究方面的投入受到影响。但是由于精通法语的优势,他们在研究过程中起着开疆拓土、引导学术方向的作用,为读者和研究者打开了了解法国文学的一个个窗口,奠定了研究的基础。其中有老一辈的通才型学者,如罗大冈、冯汉津、柳鸣九、郑克鲁、郭宏安、吴岳添等。他们著译兼做,著译相长,其研究不限于某一个体裁、作者或时代,而是覆盖多个,甚至整个法国文学领域。年轻一代研究者多为专才型学者,他们专注于在某个领域或对某个作家做深入的研究,如秦海鹰对于谢阁兰及马拉美、杜青钢对于米修、余中先对于克洛岱尔、刘波对于波德莱尔及黄晞耘对于加缪及普鲁斯特、龚觅对于佩雷克等。他们均有留法学习经历,系统地接受过学术训练,不停留于对作家作品的介绍,而是能够运用当代文学理论和方法作阐释,从文学本身和文本内部来探讨文学生产的机制,使文学研究真正成为一门科学。而在中文背景的外国文学研究队伍中,这些研究者大多未学习过法语,只能根据译本和二三手资料做研究。但是他们的长处是知识面广(往往不局限于法国文学)、思维活跃、思考深入。他们在某些领域做出了法语专业研究者未曾作出的成绩,如王钦峰对于福楼拜、高建为、陈晓兰对于左拉和自然主义,李凤亮对于昆德拉、张唯嘉对于罗伯-格里耶,江龙、阎伟对于萨特的研究等,他们都已出版专门研究这些作家的专著,对这些作家做了全方位的系统研究。如果说法语专业研究者是开拓者的话,那么非法语专业研究者就是“耕耘者”;前者是“盗火者”,后者是推向燎原的“煽风者”。如在对存在主义、新小说、荒诞剧、昆德拉、杜拉斯等的研究中出现的更多的是后者的身影。但是由于受制于语言的隔阂,他们无法阅读法语原著和接触第一手资料,有时容易陷入某种先入为主的定式或偏见中。对于一些国内没有介绍的作家,对于没有译本的作品,他们就无地可耕、无米下锅,这就造成一些国内译介较多的名家大作门庭若市,而国内介绍薄弱或空白的作家作品门可罗雀、乏人问津,也造成了某些研究主题的雷同重复和研究资源的浪费。

由于国内研究者的起步是从牙牙学语开始的,在进入大学之后才开始学习法语,在人生接受能力最强、思维最为活跃的时期都是在学习人家的语言,真正学习法国文学更在以后。由于语言的障碍和限制,致使我们在资料的占有、知识面的广度和深度、阅读的速度、对作品的理解和把握上与法国本土学界有着巨大差距。我们以己之短,与人比长,30年取得如此成绩,可圈可点。尤其是与国内对法国历史、哲学、经济、法律、科学的零星分散的研究相比,法国文学研究的系统性和深度更是不可同日而语。但是我们所研究的往往是在法国地位已经确立、已有公论的作家。在理论和方法上“全盘西化”,使用的是人家已经成熟的话语体系,未能形成自己的视角和审美,也未能构建自己的理论体系。我们缺乏能够从第一手资料做研究,提出新见解和新问题的学者。许多论文貌似新颖,实则搬用国外已有的论断和方法,许多论文充斥着大量聱牙诘屈的名词和术语。我们不能妄言接轨,还处于跟踪和学习的阶段,这一阶段既是必经的,也是长期的。最后,我们以两句名人名言结束此文:“路漫漫其修远兮”;“同志仍需努力”。

“荒诞派戏剧”的中国之旅

程小牧

“荒诞派戏剧”研究在中国的流行，从20世纪60年代的“内部参考”、严厉批判到80、90年代的“荒诞热”，再到21世纪以来的逐步还原，可谓文学之跨文化接受的经典案例。其中所折射出的文学社会学、观念史与思想史、翻译与本土化、阐释与误读等等问题，对于思考中国语境中的外国文学研究，极具代表性。

一、并不存在的流派

其实“荒诞派戏剧”作为流派或团体并不存在。“荒诞派戏剧”(théâtre de l'absurde)这一概念最早是由法国批评家雅克·勒马赫尚(Jacques Lemarchand)提出的，用以描述当时20世纪50年代期间在法国出版的一些新剧作，包括尤奈斯库、贝克特和阿达莫夫这几位剧作家的早期作品。因为萨特的存在主义和加缪的“荒诞”哲学正流行一时，勒马赫尚便顺手使用了这一时髦词汇，去描述上述极端反传统的、风格前卫的戏剧作品。[1] 这一随意使用的概念，实属某一评论者偶然的一家之言，既无确定性，也无权威性，当时也有些评论家称这些作品为“新戏剧”。但由于“荒诞派”一词儿合乎潮流、容易识别，倒也热闹

---

① 参见 Jean Duvignaud et Jean Lagoutte, *Le théâtre contemporain, culture Et contre-culture*, Editions Larousse, 1974, p. 112.

一时。然而,当事人本人从未予以承认。贝克特一直否认自己是所谓“荒诞派”剧作家,并称自己对哲学概念毫无兴趣。尤奈斯库更是反对将自己归类,并在1961年出版的札记《注解与反注解》中批评了当时评论家对自己剧作的抽象解读,并写下了那句著名的话——“戏剧不是观念的语言”①。

然而事与愿违,这一概念由于一本文集的出版和迅速传播成为不可动摇的文学史概念。在这里,英语不可辩驳的强势作用再次得到印证。这本文集便是匈牙利裔英籍作家、戏剧批评家马丁·艾斯林于1961年在纽约出版的英语批评文集《荒诞派戏剧》②。艾斯林懂法语,研究法国戏剧,他的书名为“*The Theatre of the Absurd*”,而不是“*Absurd Drama*”,显然是从勒马赫尚 théâtre de l'absurde 这个法语表达翻译过去的。沿着“荒诞派”这一话题性的概念,艾斯林详细分析了四位剧作家及其代表作:贝克特、阿达莫夫、尤奈斯库和让·热内(该书再版时加入了英国剧作家哈罗德·品特)。想必艾斯林在发表这部评论集时,绝不会料到自己这本既不系统、亦无学术的小书竟使得“荒诞派”从“空想”变成了“现实”,并且在世界范围内会成为文学史研究的经典著作。这本书面世后红极一时,迅速在全世界传播,各国戏剧界似乎都找到了一个概括新戏剧的术语“荒诞派”,这一术语又继而成为探索新戏剧的路标,尤其是在东欧国家。此书一年后即翻译成法语出版,把话题又带回到法国。③ 后来人们似乎忘了这个概念最初还是法国人的发明,往往把始作俑者的“荣誉”归为艾斯林。虽然艾斯林在导论里特别强调:“本书所提及的剧作,虽统称之为‘荒诞派戏剧’,但是这些剧作家却并未形成任何自称的或自觉的学派或运动。相反,本书所述及的每一位作家,均是些个人,认为自己是个孤独的

① Eugèn Ionesco, *Notes et contre-notes*, Paris: Editions Gallimard, coll. « Idées », 1966, p. 37.

② Martin Esslin, *The Theatre of the Absurd*, New York : Anchor Books, 1961.

③ Martin Esslin, *Le théâtre de l'absurde*, traduction de Marguerite Buchet, Francine Del Pierre et Fance Franck, Paris : Buchet-Chastel, 1963.

局外人,封闭并孤立在自己的世界里。他们各自在题材和形式上有自己的一套,他们的根源、经历和背景也各不相同。"①但无奈的是,"荒诞派戏剧"完全摆脱了当事人的意愿,将几位原本不相干的戏剧家结结实实地捆绑成了一个流派、一个团体。

这实在是20世纪文学史上的一大误区。事实上,真正能联系起这几位剧作家的,只是他们都以法语写作。他们如此不同、如此个人化,分别拥有极为特殊的文化背景,其中三人是外裔法语作家,贝克特为爱尔兰裔,尤奈斯库和阿达莫夫分别为罗马尼亚裔和俄裔,而唯一的法国人让·热内恐怕是20世纪与法国主流社会最格格不入的作家。四位的人生际遇也殊异,有的荣升法兰西学院院士,有的困顿不堪服药过量而死。他们之间几无联系或影响,无所谓流派,更没有任何团体。而"荒诞派"对他们来说也绝非最好的称谓,这一概念使人首先联想到加缪的荒诞哲学或法国存在主义,然而,即便这些剧作家有共同的师承,那也无疑是达达主义、超现实主义、阿尔弗雷·雅里、马克斯·雅各布或安托南·阿尔托。

20世纪60年代初,上述几位法语剧作家作为一个确凿无疑的文学流派或团体迅速进入中国,从时间上来说,完全与世界同步。在接受方面,也同样被采取了打包处理的方式,误区不断延伸,发展壮大,尤其是在当时中国特殊的语境下,这些剧作的译介过程被打上了深深的历史烙印,与泛政治化的意识形态紧密结合,这些作品最初被当作资产阶级文艺的反面教材供批判使用。这一过程首先包括两部剧本的翻译和内部出版,一部是1961年由黄雨时翻译的尤奈斯库的《椅子》,一部是1965年由施咸荣翻译的贝克特的《等待戈多》。两部译著均收入传说中的"黄皮书"系列。所谓"黄皮书",是中苏交恶后,中共中央要求文艺界配合反修斗争,针对苏联文艺界存在的思想问题,翻译、出版的供"内部参考"的西方文学艺术作品,由人民文学出版社出版。从60年代开始,一大批西方文学作品陆续被翻译出版,但印数极少,约900册,仅供司局级以上干部和一定

① 马丁·艾斯林:《荒诞派戏剧》,刘国彬译,中国戏剧出版社1992年版,第4—5页。

级别以上的文艺工作者参阅,并特别注名"本书仅供文艺界同志参考阅读,为保密资料,请严格保管,不得外传"①。

在译介原著的同时,批判也迅速展开。程宜思在1962年10月21日《人民日报》上发表万字长文《法国先锋派戏剧剖视》,批判以尤金·尤涅斯库、山缪尔·贝克特、阿塞尔·阿达莫夫为代表的法国先锋派戏剧,认为其作品"荒唐绝伦",尽是"濒死未死、似生未生的活死人形象",是法国资产阶级文艺腐朽没落的代表,"在哲学上走上了歧路,在文艺创作上走进了绝门"。② 1962年《前线》第8期刊发了董衡巽的《戏剧艺术的堕落——谈法国"反戏剧派"》,对"反戏剧派"的四个"主要成员":尤金·伊奥涅斯库、山缪尔·贝克特、阿赛尔·阿达莫夫和若望·谢奈。显然,这些剧作家的名字还没有通译。事实上,直至今天,这一问题依然存在,其中犹以让·热内的译名为甚。文章谈到了这些"成员"的三大共同点:一、违反传统戏剧形式;二、用"荒诞"否定世界上存在真理,存在是荒谬的,人和人不能相互了解;三、悲观主义颓废情绪。这些作家"对现实世界严重歪曲,是资产阶级唯心主义否定革命的政治行为"。③ 1964年第9期的《世界知识》杂志刊发了丁耀瓒的《西方世界的"先锋派文艺"》,其中使用了"荒谬派戏剧"一词,所指称的剧作家依然是上述几位,认为他们"在思想上专门表现悲观绝望的人生观",在表现手法上"完全废除剧情、人物性格、合乎逻辑的语言等戏剧的基本法则"。④

"文革"十年,中国对这些戏剧作品的译介完全停滞了,如同一切在这十年里中断的事物。直到70年代末、80年代初,文艺界才开始重新发现"荒诞派戏剧"。时隔近二十年,中国人对这一文学现象仍感到惊异,在西方现代主义文艺的整体影响和"共时性"接受中,相关研究逐步随着思想

---

① 张福生:《中苏文学交流史上的一段特殊岁月——我了解的"黄皮书"出版始末》,《中华读书报》2009年5月26日。

② 程宜思:《法国先锋派戏剧剖视》,《人民日报》1962年10月21日第20版。

③ 董衡巽:《戏剧艺术的堕落——谈法国"反戏剧派"》,《前线》1963年第8期。

④ 丁耀瓒:《西方世界的"先锋派文艺"》,《世界知识》1964年第9期。

解放程度的展开而展开。以“荒诞派戏剧”来指称这四位剧作家、对其进行捆绑式研究的方式被继承了下来，“荒诞热”悄然兴起，然而在这个统称下，除了进行相当笼统的主题学、文体特征描述之外，往往难以更进一步。其中最突出的问题就是，对“荒诞派”所指称的四位作家的译介和研究规模极不平衡。“荒诞派戏剧”一词的任意使用和表面繁荣掩盖了这种不平衡。其中贝克特研究远远超过其他三位作家，中国知网上可以搜索到的标题中出现“贝克特”的期刊论文已远超 300 篇。而“尤奈斯库”“尤内斯库”和“尤涅斯库”加起来有六十多篇，“热内”“日奈”和“热奈”加起来有二十多篇，“阿达莫夫”则只有 2 篇！对比之悬殊堪称“九牛”之于“一毛”。贝克特之所以备受瞩目的根本原因是他曾获诺贝尔文学奖，诺奖是中国人选择和评判外国作家的一个极重要的指标。同时不可否认，对流派、概念的追捧（知网上以“荒诞派戏剧”为题的论文达 400 篇以上）和对具体作家研究的匮乏也导致了一种严重的失衡。

为了突出各个具体作家，避免在“荒诞派戏剧”的大标签下笼统地谈论问题，下文将按已经出产的研究成果的分量，详略有序地梳理一下四位剧作家在中国语境中的研究状况。

二、终于等来了戈多：贝克特

改革开放之后，国内文学期刊大量刊登外国文学作品，曾经被视为“颓废堕落”的西方现代文学作品纷纷出版，形成了一股强劲的外国文学翻译热潮，被视为“现代派”文学潮流中重要一支的“荒诞派戏剧”也引起了浓厚的兴趣，得到更为专业的接受。一大批学术期刊，如《中国戏剧》《戏剧艺术》《当代外国文学》《戏剧界》等刊登了一批译介与研究文章，掀起一阵“荒诞热”。

曾获诺贝尔文学奖的贝克特（1906—1989）成为“荒诞派”的首要代表人物。除却诺奖的加持外，贝克特作为生长在爱尔兰、活跃于法国的英法双语作家，很多作品都是先用法语写作然后由他本人同步翻译成英语出版（或反之），因此他在英语学界的接受和研究远远超过其他三位“荒诞派"剧作家,这也极大带动了中文世界对贝克特的关注。英语的强势地位再次彰显出来。国内英语专业和中文专业的学者极大地参与了贝克特研究,远超法语学者的贡献。这种情况也是其他三位"荒诞派"剧作家无法比拟的。1980年,上海译文出版社推出《荒诞派戏剧集》,收录了施咸荣翻译的《等待戈多》中译本。1983年,外国文学出版社推出的《荒诞派戏剧选》也收录了该译本。此外,《当代外国文学》还翻译登载了贝克特的另外两部剧作《啊,美好的日子!》和《剧终》[①]。贝克特的戏剧被越来越多地阅读和了解,并在知识界产生巨大而深远的影响。这一时期还出版了不少西方现代派文学史论,如陈焜的《西方现代派文学研究》(1981)、林骧华编著的《西方现代派文学评述》(1981)等,都有章节介绍荒诞派戏剧,并且把贝克特当作这一流派的首要作家加以评述。在贝克特的作品中,《等待戈多》是学界研究和探讨的焦点所在,被视为荒诞派的头号经典。其他作品,主要是已经翻译的《终局》和《美好的日子》也受到了一定的关注。

80、90年代的贝克特研究在现代主义文学思潮的背景下展开,1977—2000年间,相关论文达到近百篇。这些论文大部分围绕主题思想和艺术技巧的二元关系展开,一小部分论文触及语言和结构研究。

朱虹的《荒诞派戏剧述评》作为"文革"结束之后国内第一篇研究荒诞戏剧的文章,对《等待戈多》的思想主题进行了分析。"在这个短短的、清洁简陋的两幕剧中,集中体现了西方荒诞派戏剧所共有的一般思想特点,那就是:世界的不可知、命运的无常、人的低贱状态、行为的无意义、对死的偏执等。"[②]1983年,尹岳斌发表《略论〈等待戈多〉及其它》一文,比较详细地从思想主题和表现形式两个方面分析了这一作品。文章指出,在思想上,《等待戈多》与贝克特的其他作品一样体现出反理性的存在主义思想,通过混乱、陌生、毫无逻辑的人物关系和对话来呈现。反映出两次大战后西方世界沉重的危机感、人在物质和精神中所面临的异化和失衡。

---

① 贝凯特:《啊,美好的日子!》,夏莲、江帆译,《当代外国文学》1981年第2期;贝凯特:《剧终》,冯汉律译,《当代外国文学》1981年第2期。

② 朱虹:《荒诞派戏剧述评》,《世界文学》,1978年第2期。

表现形式上，作者做出三点总结：一、打破连贯情节、碎片式结构；二、“直喻”手法塑造非理性、无个性的人；三、语无伦次、废话连篇的对白。[①] 同样，罗经国的《贝克特和〈等待戈多〉》也是从思想特征和艺术手法两方面进行分析。戏剧结构上，以两幕情节类似的无意义重复，一反传统戏剧起承转合的顺序。贝克特正是想通过这种独特的结构向观众传达生活不过是一场周而复始毫无意义的等待。在思想方面，作者重点分析了《等待戈多》的人物关系，既相互依赖、又互不相容的关系，不同于古典文学中唐吉诃德和桑丘、浮士德和靡菲斯特的那种虽矛盾却积极乐观的辩证关系，爱斯特拉冈和弗拉季米尔、幸运儿和波卓之间，反映出物质与精神、肉体与思想、潜意识与意识的等的分裂，反映出支离破碎的社会中人的自我分裂。[②]

以上三篇论文是贝克特研究中较具代表性的主题思想与艺术形式的研究。研究角度虽仍停留在内容/形式、主题/技巧二分法的传统反映论框架中，但都对贝克特的创作予以高度评价，无形中将“荒诞派戏剧”作为一面旗帜，以对抗僵化的意识形态，倡导多元、创新的文艺观。与中国这一时期整体的思想潮流一致，对外国现代主义文学艺术如饥似渴的学习和研究，深刻地体现出重新认识自我、重估一切价值、投入自身文化建设的强烈诉求。

90 年代后，多数研究依然停留在“荒诞”“等待”“存在主义”等主题分析，艺术方面也继续“反戏剧”“反艺术”等不断重复的观点，鲜有突破。只有少数论文，开始结合结构主义、新批评、叙事学等新近译介的思想方法，从语言、结构、叙事策略等层面对贝克特的作品进行更为细致和深入的研究。其中较具代表性的是马小朝、舒笑梅、洪增流和李伟昉的研究文章。

马小朝聚焦荒诞派戏剧语言，认为从语言叙事意义和语言对话意义两个层面来看，传统戏剧的语言规律都已无法适用于《等待戈多》的语言

---

① 尹岳斌：《略论〈等待戈多〉及其它》，《湖南城市学院学报》1983 年第 1 期。

② 罗经国：《贝克特和〈等待戈多〉》，《国外文学》1986 年第 4 期。

程式,这造成了所指和能知之间的断裂。站在传统理性角度,已经假定了行为、语言的目的性,而《等待戈多》表现的是现代社会机械、重复的日常碎屑,语言与其说是交流,不如说是沉默。[①] 舒笑梅从语言形式、语言结构、语言内涵三方面对《等待戈多》进行了具体分析。《等待戈多》的语言形式有明显的诗歌化倾向,采用尾韵、头韵、半谐音等诗歌修辞法,并带有诗歌的节奏效果。在语言结构上,作者指出贝克特有意而为的对称和排偶用法,如人物姓名的设置、对话中的排比和重复。最终这一语言梦呓般的、空洞的、啰嗦拖拉的效果凸显出人物内心的混乱、陌生和无聊。[②] 洪增流认为,贝克特的语言是一种只注重形式而不追求意义的语言,它不仅无助于认识和理解,反而阻碍了正常的交流。正是这种极度精简的语言使《等待戈多》的思想深化:"语言只能表达语言本身,就如同在黑暗中吹口哨一样,只是一种用来掩盖内心空虚和恐惧的办法。"[③]舒笑梅的另一篇文章,论及贝克特戏剧作品的时空结构,认为其时间概念是模糊的、循环的,空间地点是抽象的、含混的,使得舞台所展现的一切无法通过时间地点加以明确,而导致空洞和虚无感。[④] 李伟昉集中研究了《等待戈多》的循环结构。两幕剧中第一幕和第二幕高度重复,时间、地点、人物完全一致,内容也大同小异。这一结构将荒诞性推向极致,人类生活的空虚和绝望是循环往复、永无休止的。[⑤]

上述语言、结构、叙事方式等研究向度,在文本层面上加深了对作品的理解和认识。从更大的接受范围来看,对贝克特剧作的进一步学习与研究,是为了"为我所用"。"荒诞派戏剧"在中国作家和戏剧艺术家中,引

---

① 马小朝:《意义的失落与回归———荒诞派戏剧语言探究》,《国外文学》1997 年第 4 期。

② 舒笑梅:《诗化·对称·荒诞——贝克特〈等待戈多〉戏剧语言的主要特征》,《外国文学研究》1998 年第 1 期。

③ 洪增流:《〈等待戈多〉——语言形式和内容的高度统一》,《外国语》1996 年第 3 期。

④ 舒笑梅:《试论贝克特戏剧作品中的时空结构》,《外国文学研究》1997 年第 2 期。

⑤ 李伟昉:《循环:〈等待戈多〉的结构特征》,《河南大学学报》(社会科学版)1993 年第 2 期。

发了一股创作热潮。戏剧终究是舞台艺术,是一种从剧本到剧场的“活的艺术”。通过排演和演出,“荒诞热”从案头走向公众。

1986 年 12 月,陈家林首次将《等待戈多》搬上中国舞台,在上海戏剧学院内部演出,反响强烈,但很快被叫停。1991 年 6 月,中央戏剧学院孟京辉执导的《等待戈多》正式上演。1998 年 1 月,北京人艺上演了任鸣导演的《等待戈多》。1998 年 4 月,林兆华嫁接了契诃夫的《三姐妹》与贝克特的《等待戈多》,导演了《三姐妹·等待戈多》,试图诠释“不同的时代,相似的命运”。这些演出,都融入了各位导演对《等待戈多》的不同理解,加入了鲜明的个人化的创造。在争相排演经典的同时,中国的剧作家也仿照或借鉴贝克特的经典作品,创作出自己的荒诞剧。马中骏等人的《屋外有热流》、高行健的《车站》《野人》都是名噪一时的作品。相比这一时期的小剧场热潮,21 世纪反倒显得平淡。“荒诞热”确实是一个特定历史时期的产物,它伴随着思想解放、文艺爆炸的年代,作为“可以攻玉”的“他山之石”,在八九十年代成为表达自身的工具。21 世纪后,围绕“荒诞派”的喧嚣逐渐退去,对作家和作品更为客观而具体的研究亟待建立。

进入 21 世纪以来,由于学术评估和晋升机制的进一步量化和科研从业人员的增长,导致了史无前例的学术生产“大跃进”现象。关于贝克特的期刊论文几乎呈几何倍数增长。仅十年内的产量就在两百篇以上,有铺天盖地之势。表面看起来一片繁荣,实则良莠不齐,优秀之作更是凤毛麟角。毫无新意的老调重弹占绝大多数,生搬硬套时髦术语或牵强附会的比较研究也不在少数。尽管如此,还是有一些不乏洞见的研究者,将贝克特研究一步步推进。

何成洲最先借用阿贝尔的“元戏剧”概念,用以分析《等待戈多》的戏中戏、戏剧人物的“自我意识”和剧本里的戏剧评论。[1] 何成洲也较早将《等待戈多》与贝克特的其他作品特别是小说作品联系起来,指出其改写和互文关系,比如《等待戈多》与《莫非》《终局》和《瓦特》在人物形象、人物

---

① 何成洲:《贝克特的“元戏剧”研究》,《当代外国文学》2004 年第 3 期。

关系和语言方面的相似之处。[1] 广东大学的冉东平借用比利时剧作家梅特林克的“静止戏剧”概念考察了《等待戈多》的戏剧效果。“静止戏剧”强调只有在静止中才能体会到生活的本质所在,戏剧要反映平凡生活本身的庄严、伟大和美,而不是仅仅表现强烈的外部动作或内心冲突。贝克特的剧作是这一戏剧理念在20世纪的深化甚至极端化,他取消了情节,弱化动作,认为这样才算得上纯正的艺术。他不仅把戏剧的节奏放慢到与生活等同,更把戏剧推入一种完全停滞的状态。人物性格也没有发展,处于静止状态。整个剧作带给观众“一种浮雕般的感觉”,从而使观众自己去思考戏剧中所发生的一切,进而思考人的存在状态等荒诞主题。[2] 童晓燕从语用学的“关联性”理论角度出发,对《等待戈多》因人物对话缺乏普遍关联性而达到的奇特效果,作了较为细致的分析。并举出“假设与现实语境无关”“假设虽存在于现实语境内,但没有得到强化”“假设与现实的语境不一致、不能影响和改变现实语境”三种情况,来分析剧中的对白。从语用层面指出了为什么剧中人物对话完全起不到任何交流作用,以及这种对话结构所表现的荒诞性。[3]

论贝克特戏剧的几篇博士论文也相继面世。刘爱英的博士论文《塞缪尔·贝克特:见证身体之在》,借用“身体”理论来解读贝克特的戏剧作品,“人物经历的幽闭、伤害、折磨和痛苦”借助舞台形象和演员的身体引导读者或观众考察“身体在现当代社会中多向度的意义和价值”,以及“参与权力运作的自觉”。[4] 打开了新的研究视角。白玉华的博士论文《论贝克特戏剧的“沉默”艺术》,对贝克特戏剧中常见的“沉默”进行了深入探讨,认为“忽视了沉默即忽视了贝克特艺术的内核”。她从“语言学、哲学、

---

① 何成洲:《贝克特:戏剧对小说的改写》,《当代外国文学》2003年第3期。

② 冉东平:《突破现代派戏剧的艺术界限——评萨缪尔·贝克特的静止戏剧》,《外国文学评论》2003年第2期。

③ 童晓燕:《〈等待戈多〉中的会话关联性与荒诞主题》,《淮南师范学院学报》,2010年第4期。

④ 刘爱英:博士论文《塞缪尔·贝克特:见证身体之在》,上海外国语大学,虞建华指导,2007年,第1页。

心理学层面"对贝克特戏剧三部曲中"沉默的内涵"进行了阐释，指出了"沉默"与语言、与存在主义哲学、与"现代人之普遍心理"之间的因果联系。[①] 张亚东的博士论文《贝克特戏剧中的自我探索》，对戏剧人物做了精神分析式的研究，指出主体最终"被虚无侵蚀为飘忽即逝的、严重分裂的个体"[②]。

纵观21世纪以来比较有创见的贝克特研究成果，可以看出，首先，一些研究者跳出了之前望文生义的"荒诞派"漩涡，开始从时空结构、语言构成、身体政治和精神分析等不同的角度挖掘出贝克特作品丰富的内涵，使得贝克特研究走向多元化。其次，贝克特研究开始触及除《等待戈多》之外其他作品。沈燕的两篇论文探讨了《克拉普的最后一盘录音带》和《快乐的日子》[③]；舒笑梅也考察了《克拉普的最后一盘录音带》中的蒙太奇技巧[④]。再者，贝克特的小说研究也有了很大的发展。焦耳、于晓丹于1995年出版的《贝克特：荒诞文学大师》（长春出版社）是中国第一部关于贝克特的专著，主要是对贝克特小说写作的评述式介绍。2005年王雅华的专著《走向虚无：贝克特小说的自我探索与形式实验》（北京语言文化大学出版社），是在其博士论文基础上修改出版的，探讨了贝克特五部长篇小说中内在的连贯性和互文性。曹波的博士论文《回到想象界》则从"后精神分析学"的角度阐释了贝克特的小说创作。[⑤] 最后，这一时期开始关注外国学者对贝克特的研究动态、参阅外文资料并参与国际对话。2006年，贝克特百年诞辰之际，欧美及世界各国文学界都有许多纪念与研究活

---

① 白玉华：博士论文《论贝克特戏剧的"沉默"艺术》，上海外国语大学，李维屏指导，2007年，第3页。

② 张亚东：博士论文《贝克特戏剧中的自我探索》，上海外国语大学，史志康指导，2002年，第8页。

③ 沈燕：《贝克特戏剧的男女声二重唱——论〈克拉普的最后一盘录音带〉和〈快乐的日子〉》，《外国文学评论》2007年第3期。

④ 舒笑梅：《电影语言在贝克特剧作中的运用——从〈最后一盘录音带〉谈起》，《南京师范大学学报》（社会科学版）2002年第2期。

⑤ 曹波：博士论文《回到想象界——贝克特长篇小说的后现代精神分析》，上海外国语大学，李维屏指导，2005年。

动,中国出版了5卷本《贝克特选集》(湖南文艺出版社),盛宁、吴岳添、刘爱英等学者也纷纷撰文,在国际视野中介绍贝克特研究的前沿动态。今年,湖南文艺出版社又推出了22卷的《贝克特全集》。全集的出版无疑将进一步推动贝克特研究的发展。在"荒诞派戏剧"研究中,贝克特研究,尤其是《等待戈多》研究,已成为绝对的"显学"。

三、半死不活的国王:尤奈斯库

尤奈斯库(1909—1994)是罗马尼亚裔法语作家,其写作涵盖评论、剧本、小说等等。他一生共创作了三十多部剧本,其中很多都成为戏剧舞台的经典,有着经久不息、跨越时代的生命力。从创作数量和对戏剧艺术的贡献来说,他才是真正的"荒诞派舞台的国王"。他的第一部剧作《秃头歌女》(1950)的发表时间先于贝克特的《等待戈多》(1951)。然而国内的尤奈斯库研究与他的重要性相比还远远不够,在"荒诞派戏剧"的统一标签下,尤奈斯库如同热内和阿达莫夫一样,经常是被放在与贝克特的共享区来讨论的,由于这些作者事实上的交集十分有限,这一共享区自然也就十分狭窄。

借"荒诞热"的东风,自80年代开始尤奈斯库戏剧在我国的译介逐步展开。1979年《外国文艺》第3期发表了屠珍和梅绍武译的《阿麦迪或脱身术》。1981年,《当代文学》第2期发表了高行健译的《秃头歌女》。1981年出版的《外国现代派作品选》收录了《新房客》。1983年外国文学出版社出版的《荒诞派戏剧选》将《秃头歌女》收录其中。

随着翻译的推进,一些介绍与评论文章也开始出现。1979年第4期《外国戏剧资料》发表了萧曼的《荒诞派戏剧及其代表作家尤涅斯库》①,以荒诞派戏剧的兴起为背景介绍并评述了作家本人及其戏剧作品。1980年的《外国戏剧》发表了萧曼翻译的《犀牛》,在序言中,译者也对作家进行了介绍。尤其值得一提的是,萧曼在巴黎对尤奈斯库进行了一次访谈,

---

① 萧曼:《荒诞派戏剧及其代表作家尤涅斯库》,《外国戏剧资料》1982年第4期。

1982年《外国戏剧》第4期刊登了这一访谈:《荒诞派戏剧家纵谈古今——在巴黎访尤涅斯库》[1]。虽然对话已漫谈为主,很多问题也未能深入,但这次宝贵的与作家本人的接触,在中国的"荒诞派戏剧"研究史上是绝无仅有的。

更多对尤奈斯库戏剧的介绍和评论出现在对"荒诞派戏剧"的整体论述中,在这种归纳阐释中,贝克特戏剧与尤奈斯库戏剧彼此成了相互的注脚。如金嗣峰的文章《荒诞派戏剧和中国的荒诞剧》中的表述:"在荒诞戏剧中,最具荒诞特色的戏剧,当推贝克特的《等待戈多》和尤奈斯库的《犀牛》。它们从哲理意识的高度,严肃地考察了资本主义世界两个最为紧迫、最为困惑的问题。一个是人活着到底为了什么?人对未来的希望,究竟有没有实际意义?另一个是第二次世界大战期间,在德、意诸国民众中,人性普遍地、迅速地向兽性滑落的问题。前者是对未来进行执着的探讨,后者则是对历史进行真诚的反思。"[2]

这些文章多数还是以"反映论"的模式来谈作品的艺术特征和思想内容,极个别的文章稍稍触及作品的政治讽喻性,而政治讽喻在尤奈斯库的很多剧作中是显而易见的。这些讽喻到底针对的是什么呢?《阿麦迪或脱身术》的译者屠珍、梅绍武在译序中谈到《犀牛》时指出:"有的说是讽刺法西斯主义,有的说是讽刺共产主义,有的说是讽刺工联主义,有的说是讽刺大企业。"[3]高强在《约内斯库和〈秃头歌女〉》一文中指出:"约内斯库的政治观点比较接近资产阶级民主、自由和个人主义倾向。他既反对资产阶级现有的社会制度,也攻击社会主义制度和共产主义的意识形态。"[4]陈瘦竹的《荒诞戏剧的衰落及其在我国的影响》[5],也多处引用萨特的话,谈及尤奈斯库的思想倾向。总的说来,由于缺乏对尤奈斯库个人经

---

① 萧曼:《荒诞派戏剧家纵谈古今——在巴黎访尤涅斯库》《外国戏剧》1982年第12期。

② 金嗣峰:《荒诞派戏剧和中国的荒诞剧》,《外国文学研究》1989第4期。

③ 屠珍、梅绍武:《阿麦迪或脱身术》译序,《外国文艺》1979年第3期。

④ 高强:《约内斯库和〈秃头歌女〉》,《当代外国文学》1981年。

⑤ 陈瘦竹:《荒诞戏剧的衰落及其在我国的影响》,《社会科学评论》1985年第11期。

验和思想历程的具体研究,这些对于作品寓意的讨论往往难以深入,也无确定的结论。

1996年黄晋凯主编、人民大学出版社出版的《荒诞派戏剧》(1996)资料集,收录了几位荒诞派作家、理论家的剧本和文论,其中包括高行健译的《秃头歌女》和黄晋凯译的《国王正在死去》,还有尤奈斯库的文论《论先锋派作家》《谈我的戏剧兼谈他人观点》。这一时期大量出现的戏剧史论著作,无一不沿用艾斯林的归纳法,将四位剧作家,有时还加上品特、阿尔比等,归于"荒诞派戏剧"专章做统一论述。如1994年廖可兑的《二十世纪西欧戏剧》、1997年刘彦君的《东西方戏剧进程》等。1995年张容出版了中国第一部专门研究荒诞派戏剧的著作《荒诞、怪异、离奇:法国荒诞派戏剧研究》(社会科学文献出版社)。其中都有或详或略的涉及尤奈斯库的部分,这些论著有的不乏洞见,如刘彦君谈到荒诞派戏剧"直喻物的增生对人的压迫"的特点①。但总的看来,这些史论著作多少都有点全而不详之憾。

21世纪开始,又迎来了一个编写文学史的高峰。2000—2010年,中国法语研究专家们共撰写了二十来部20世纪法国文学史专著。其中大多有专章探讨荒诞派戏剧,尤奈斯库被反复介绍。如张泽乾、周家树、车槿山的《20世纪法国文学史》(1999),简要论及荒诞戏剧;徐真华、黄建华的法语著作《理性与非理性:20世纪法国文学主流》(2000),分析了剧作《秃头歌女》。但总体来说,相关论述的篇幅都十分有限。上海戏剧学院法国戏剧专家宫宝荣所著《法国戏剧百年:1880—1980》(2001)和《二十世纪法国戏剧流派研究》对荒诞派戏剧包括尤奈斯库的创作有相对比较详细的论述。2008年黄晋凯的评传式著作《尤内斯库画传:荒诞派舞台的国王》,以图文并茂的形式勾勒了他的生平和文学主张,深入浅出地探讨了尤奈斯库几部经典剧作的内涵,并附有他本人翻译的《秃头歌女》《椅子》《国王正在死去》这三部代表作的最新译本。

---

① 刘彦君:《东西方戏剧进程》,文化艺术出版社1997年版,第137页。

21世纪的论文成果主要集中在《秃头歌女》和《犀牛》这两部作品上，个别几篇讨论了《阿麦迪与脱身术》和《上课》。除了对“荒诞性”的老调重弹，一些文章以不同的视角和方法考察了上述作品。总的说来有如下几种：一、语言角度。陈溪的《语言“异托邦”中建构的荒诞“生活形式”》[①]，借用米歇尔·福柯在《词与物》中提到的“异位移植”(les hétérotopies)现象，研究《秃头歌女》中形式各异、丰富怪诞的“语言游戏”。他的另一篇文章从维特根斯坦语言哲学的层面分析了《上课》奇特的逻辑命题。[②] 二、意图或寓意角度。冉东平和王峰都曾讨论过《阿麦迪或脱身术》对现实主义的反思甚至摧毁。[③] 黄晋凯的《变异的悲喜剧——析尤内斯库的〈犀牛〉》[④]，认为《犀牛》与《变形记》一脉相承，以突发而毫无原由的变异写群体的异化、扭曲和世界的毁灭。三、女性主义角度。吕春媚的《孤独无援的寂寞者——对〈秃头歌女〉中女性角色的分析》[⑤]，讨论了剧中女性的孤独隔绝状态所表征的现代社会女性的失语。四、精神分析法。如康孝云、赵晓红的《犀牛：人类主体性的迷失与重建——一种拉康式的解读》[⑥]。五、比较的方法。张聪的《“物之恶”批判——尤奈斯库与鲍德里亚对读》[⑦]，将鲍德里亚关于消费社会物对人的围困、主体性的丧失的探讨，与尤奈斯库剧作中物之积聚膨胀、物之不可抗拒和物之无意义表现出的人的问题，加以比较和互释。冯亚男的《赖声川与尤奈斯库

---

① 陈溪：《语言“异托邦”中建构的荒诞“生活形式”——尤奈斯库〈秃头歌女〉中的语言“异位移植”现象》，《法国研究》2014年第2期。

② 陈溪：《算术、语文学与犯罪的“滑稽剧”——从维特根斯坦后期哲学看尤奈斯库的荒诞剧〈上课〉》，《武汉大学学报》2014年第3期。

③ 冉东平：《评尤奈斯库的〈阿麦迪或脱身术〉》，《当代外国文学》1999年第21期；王峰：《从“写作的历险”到“历险的写作”——试论尤奈斯库戏剧活动的二重文化品质》，《国外文学》2003年第3期。

④ 黄晋凯：《变异的悲喜剧——析尤内斯库的〈犀牛〉》，《外国文学评论》2005年第3期。

⑤ 吕春媚《孤独无援的寂寞者——对〈秃头歌女〉中女性角色的分析》，《艺术广角》2008年第1期。

⑥ 康孝云、赵晓红的《犀牛：人类主体性的迷失与重建——一种拉康式的解读》，《攀枝花学院学报》2010年第5期。

⑦ 张聪：《“物之恶”批判——尤奈斯库与鲍德里亚对读》，《理论与创作》2009年第1期。

的戏剧美学比较研究》[1]，认为赖声川与尤奈斯库对“存在的荒诞”的认识方面惊人地相似，并比较了《我和我和他和他》和《椅子》在戏剧美学方面的联系。

上海戏剧学院吴亚菲的博士论文《他者视角下的荒诞——欧仁·尤奈斯库戏剧在中国》[2]从广度和深度上讲都是比较重要的研究成果。初看标题似乎令人联想到“研究综述”之类，实则是从“异质文化”与“自我身份”的辩证关系出发，探讨了尤奈斯库在中国语境下的接受与阐释问题，尤其突出在中国排演过的所有尤奈斯库戏剧的舞台呈现和再创作方式，包括孟京辉、赵三强导演的《秃头歌女》、某森的《犀牛》、上戏导演刘阳的《课堂惊魂》(《上课》)、中戏研究生的《椅子》、香港剧场组合剧团的《两条老柴玩游戏》(《椅子》)、上戏导演马远的《新房客》。最难得的是，在评述每出戏剧在中国的移植、挪用和改编时，作者都首先考察了尤奈斯库的剧本写作的初衷和在当时法国及欧美的各排演版本的特点，通过还原、比较，揭示出接受与误读所蕴含的文化心理。作者懂法文，有法方的联合指导教师，引用了大量法文文献资料，可以说，在一定程度上做到了与世界研究水平同步。

总体来说，尤奈斯库的研究取得了一定的成果，但在规模上和认识上仍远远不足。首先，尤奈斯库的很多剧本仍有待翻译。翻译乃研究之本，事实证明，原著中译本的出版是推动研究的根本动力。尤其是懂法语原文的人少，不像贝克特可以直接从英语阅读，尤奈斯库、热内和阿达莫夫这三位剧作家的大部分原著仍亟待译成中文。据悉，尤奈斯库戏剧全集正在翻译出版过程中，相信随着全集的面世，中文学界对尤奈斯库的研究会进入一个新时代。其次，研究对象过于集中于一两出代表作，对于作者更多地涉及政治、历史，更具批判性的剧作鲜有问津，如《不为钱的杀人者》《空中行人》等等。这部分戏剧必须要有对作家更全面的认识、对写作

---

① 冯亚男:《赖声川与尤奈斯库的戏剧美学比较研究》,《外国戏剧》2014年第2期。

② 吴亚菲:博士论文《他者视角下的荒诞——欧仁·尤奈斯库戏剧在中国》,上海戏剧学院,宫宝荣指导,2013年。

背景更切实的了解,才能深入,而这在中文研究中是十分匮乏的。三、上述匮乏,会导致对作家作品整体把握的偏差,从而也就找不到有效的方法,往往会造成不切实际的臆测、漫无边际比较或将时髦理论生硬地套用在对象上。四、研究仍有待更多地与国际接轨,参与国际讨论,更多地使用外语资料,并真正做出有中国特色的研究,而不满足于任意的本土化解读。

四、屏风背后:让·热内与阿达莫夫

如果说中国的尤奈斯库戏剧研究取得了阶段性的成果,那么让·热内研究与阿达莫夫研究则只能说是初步展开、亟待建设。这两位是被"荒诞派戏剧"标签打包处理的重灾区,基本上是在各种"荒诞派戏剧"史论、综论中作为必须提及但相对简略的讨论对象加以陈述。

让·热内(1910—1986)作为底层出身的弃儿、流浪汉、罪犯和同性恋作家,有着极为特殊的经历,其作品也与众不同、难以归类。由于笔者在法国的博士论文研究主题即"让·热内小说和戏剧的文体风格",故对于目前法国的热内研究状况有一定的了解。可以说,在法国的让·热内研究很少将其放在"荒诞派"里考察——这只是众多研究中的一种观点,且从时间上来说已相当陈旧。事实上,由于热内戏剧独特的舞台风格、对基督教文化的反讽戏仿及虚空幻灭色彩,倒是有不少研究者乐意称之为"新巴洛克剧"。不少研究者都曾谈到,其作品很像西班牙巴洛克时期卡尔德隆的名剧《人生如梦》的现代变异。最明显的,从舞台布景就可以看出,热内的剧作所追求的华丽繁复、宗教仪式般盛大的视觉效果与贝克特舞台的极简风格可谓天壤之别。总的来说,目前法国及世界范围内的热内戏剧研究,从历史影响的角度,比较注重他与新巴洛克戏剧、超现实主义戏剧、阿尔托的残酷戏剧等的联系;从文化角度,注重他对现代社会道德体系和价值信仰的反思、对殖民主义的批判、对身份认同的思考;从精神分析角度,注重对剧中分裂的主体、无意识和象征界的讨论,拉康本人对热内的戏剧极感兴趣,并发表过对《女仆》和《阳台》的分析评论;从戏剧形式来看,关注他的角色游戏和戏中戏的嵌套结构;从语言层面,关注其戏剧符号的断裂和循环指涉。而所有这些,全部都建立在作品细读和文本分析的基础上。

中国的让·热内研究伴随着"荒诞派戏剧"的整体引进和译介而展开,与此同时,"荒诞派戏剧"话语的束缚,也严重限制了对热内戏剧的全面理解和具体讨论。

迄今,让·热内仅有两部剧作译成中文:《女仆》和《阳台》。前者为施康强译,收入1983年人民文学出版社的《荒诞派戏剧选》。后者有三个版本,沈林发表于《戏剧》1993年第3期的《阳台》,该译本由英文版译出。孟京辉于1993年导演的话剧《阳台》依据的就是此译本。该剧是孟京辉早期的代表作,也是热内在中国舞台上的第一次呈现,在文艺界引起了相当大的反响。如冯小刚的电影《甲方乙方》,其故事情节就显然套用了《阳台》的基本框架。1996年黄晋凯编《荒诞派戏剧》一书中收录了王以培译的《阳台》。关于这两个译本,现任教于巴黎七大东方语言文学系的华裔学者张香蕴女士曾从翻译学的角度做过比较研究,认为沈林译本的翻译策略更胜一筹。2016年上半年,上海测不准实验剧团邀请笔者重新翻译了《阳台》,以此为底本再度将《阳台》搬上舞台,分别于7月和11月在上海话剧中心演出。此译本将由上海文艺出版社出版单行本。

热内戏剧在中国的舞台呈现,除上述《阳台》的两次排演之外,还有2012年徐昂在北京人艺小剧场自导自演的《女仆》。

《女仆》和《阳台》这两出戏的中译和一些文学史论著作对"荒诞派戏剧"章节中"让·热内"条目的简略介绍,构成了中国热内戏剧研究的基本中文资料。显然,这些资料还相当有限,在此基础上的研究起步较晚且显得十分零散。这一点,从人名翻译的混乱就可见一斑。让·热内的人名翻译还未统一,常用的包括"日奈""冉奈""热奈"和"热内"。施康强和沈林使用了"日奈"一名,使得一部分研究论文也沿用了此翻译。21世纪以来,热内的三部小说《小偷日记》[①]《鲜花圣母》《玫瑰奇迹》[②]和一部文集《贾科梅蒂的画室:热内论艺术》[③]的中译本均使用了"热内"这一名字,使得"热内"成为目前比较通行的译名。

关于热内戏剧的研究论文主要可分为以下三种:一、人物生平和主要剧作的介绍。热内的传奇经历始终为研究者津津乐道,萧曼的《法国剧作家小说家让·日奈的一生》[④]是最早将热内从"荒诞派戏剧"中分拣出来、专门介绍其生平和主要戏剧作品的评述文章,较详细地呈现了热内的人生经历和文学生涯,并谈及《阳台》《高度监禁》(或译《严密监禁》)、《女仆》《黑人》《屏风》五部热内的主要剧作。然而文章有意识将热内的生平传奇化,有不少明显与事实不符的地方,由于缺乏注释,不知是否是所使用的外文材料本身的错误。如讲到热内七十多岁"再次入狱",并且"希望能有出版商愿意出版他写的《花之圣母》,以期能得到版税,可以过上正常人的生活"。[⑤] 这简直是无稽之谈。伽利马出版社自50年代起就开始陆续出版热内全集,到了80年代热内的作品几乎都有了口袋本,被经典化。热内步入文坛不久即功成名就,版税收入颇丰,尤其是戏剧作品的版税。另外,该文还有一些明显的翻译错误,如书名 Querelle de Brest 被译成了《布列斯特的争吵》。Querelle 是小说主人公的姓氏,非"争吵"之意,而地名 Brest 是法国布列塔尼省的沿海城市,通译为"布雷斯特",此书名应为《布雷斯特的葛海勒》。德国导演法斯宾德曾将此小说拍成同名电影,电影译名为《水手奎雷尔》或《雾港水手》,还算比较恰当,但"奎雷尔"显然是英语发音。无论如何,萧曼的文章还是提供了不少关于作家作品的基本

---

① 《小偷日记》有两个中文译本:李伟、杨伟译,花城出版社1992年版;由杨可译,海天出版社2000年版。

② 《鲜花圣母》《玫瑰奇迹》均为余中先译,同年出版,浙江文艺出版社2006年版。

③ 《贾科梅蒂的画室:热内论艺术》收入热内四篇论艺术的札记:《贾科梅蒂的画室》《伦勃朗的秘密》《一本撕碎的伦勃朗之书的残余》和《走钢丝的人》,程小牧译,吉林出版集团有限公司2012年版。

④ 萧曼:《法国剧作家小说家让·日奈的一生》,《戏剧艺术》1997年第1期。

⑤ 同上。

资料,在谈及戏剧时,也指出了其仪式化的风格特征。之后的一些研究文章可以看出对此文的参考。笔者于2012年8月发表于《读书》的文章《爱的残痕——关于〈热内论艺术〉》[1],在法语一手资料包括通信、访谈和回忆录等的基础上,比较翔实地复原了作家的文学活动历程,呈现了热内的生命经验与各阶段作品的关系,特别是其感情生活对其写作的影响。二、对热内剧作"仪式化"风格的研究。"仪式"这一关键词已出现在萧曼的文章中,宫宝荣的专著《法国戏剧百年》中关于热内的章节,也论及"仪式感"。刘明厚的《风格化的社会抗议剧——评日奈剧作》[2]和尹松的《黑色祭坛上的五彩斑蝶——论日奈剧作中的游戏和仪式》[3],延续了这一话题,并以此对《阳台》《女仆》等剧作出了相对具体的分析。宫宝荣的《从〈女仆〉看热奈早期戏剧的"行动"特征》更进一步,引入法国戏剧理论家安娜·于布斯菲尔德的"戏剧行动素模式",指出,在传统戏剧中,统辖全剧的行动素模式的构建离不开明确一致的行动、性格鲜明的人物,唯此人物行动才合乎逻辑、环环相扣。然而,热奈戏剧的游戏与仪式特点模糊了行动的目的,人物形象也被模糊混淆甚至身份可以互换。[4] 三、从戏剧符号学角度,讨论热内剧作中二元对立项的颠倒及其对意义的消解。赵秀红的《解构,再解构——分析让·热内戏剧中的二元对立体系》[5]和邱佳岭、陈健的《热内的符号世界——〈阳台〉戏剧符号学分析》[6]都从这一角度进行了论述。赵文的难能可贵之处是对《黑人》一剧作出了比较具体的分析,但将《黑人》翻译成《黑奴》似不准确,另外称此剧为"滑稽剧"也不合适。赵文将热内剧作的意图归结为对原先二元对立项的颠倒、倒置,似乎

---

① 程小牧:《爱的残痕——关于〈热内论艺术〉》,《读书》2012年第8期。

② 刘明厚:《风格化的社会抗议剧——评日奈剧作》,《戏剧艺术》1997年第1期。

③ 尹松的《黑色祭坛上的五彩斑蝶——论日奈剧作中的游戏和仪式》,《云南艺术学院学报》1999年第1期。

④ 宫宝荣:《从〈女仆〉看热奈早期戏剧的"行动"特征》,《戏剧》2013年第3期。

⑤ 邱佳岭、陈健:《热内的符号世界——〈阳台〉戏剧符号学分析》,《名作欣赏》2006年第1期。

⑥ 赵秀红:《解构,再解构——分析让·热内戏剧中的二元对立体系》,《法国研究》2010年第3期。

也有些简单。邱、陈二人的文章通过对《阳台》的具体分析，认为二元对立项的对比、等级差异所隐含的意义在热内的剧中被删除了，这一结论似乎更为中肯。程小牧的《让·热内、〈阳台〉与“元戏剧”》指出《阳台》是一出元戏剧，是热内谈论戏剧本身的一个特殊作品，《阳台》中的妓院就是剧院，嫖客的角色游戏就是戏剧模仿的艺术。并从人、人物与角色的关系、戏剧模仿的本质、死亡的界域和戏剧的语言本体几方面分析了《阳台》的元戏剧特征。①

总的来说，国内对热内的研究仍处于起步阶段。首先，缺乏对其戏剧作品的全面翻译介绍。其次，像热内这样反主流、颠覆既定秩序的作家，对其作品的深层解读尤其需要还原到当时的语境中去，了解其针对的主流和秩序究竟是什么，才能体会其作品具体的指向和颠覆性所在。如热内对资产阶级道德、宗教传统与精神性问题究竟有着怎样的理解和批判？对法国的监狱系统、军队、殖民历史究竟有着怎样的认知和思考？这些需要更多的思想史和社会史资料的支撑和对文本的仔细阅读。最后，鉴于国内研究仍十分有限，亟须引入更多的外文研究资料，了解世界范围内热内戏剧的研究状况，站在新的平台上讨论问题。

相对而言，“荒诞派戏剧”中的另一位作者阿达莫夫在中国的研究更是少得可怜，简直“惨不忍睹”。当然，其中一大原因是“荒诞派戏剧”这一统称所掩饰的上述作者的种种差异中，本来就包括其影响力和研究价值的差异。艾斯林将阿达莫夫写入书中，原本也是出于个人的兴趣，并非共识和定论。在世界范围内，阿达莫夫的知名度和影响力都不如上述三位。阿达莫夫(1908—1970)出生于亚美尼亚俄国富商家庭，他的父亲像当时不少俄罗斯上流社会人士一样在十月革命之前携家眷迁居西欧。阿达莫夫四岁来到德国，后来在瑞士生活了一段时间，少年时代定居巴黎。怀着对家庭强烈的反叛和对左派社会主义思潮的亲近，他开始了文学生涯及与超现实主义者的交往。他与阿尔托友谊甚笃，也十分喜爱斯特林堡和

① 程小牧：《让·热内、〈阳台〉与“元戏剧”》，《中国文艺评论》2016年第8期。

卡夫卡的作品。阿达莫夫一生困顿不幸,饱受神经官能症的折磨,最终因服用过量抗抑郁药死去。阿达莫夫的早期作品《滑稽模仿》《侵犯》(或译《进犯》)等受阿尔托"残酷戏剧"理论影响很大,而后的社会政治剧则倾向于布莱希特的戏剧观念。在中国的"荒诞派戏剧"研究中,阿达莫夫在各种综述文章中往往被一笔带过。宫宝荣的《法国戏剧百年:1880—1980》对阿达莫夫作了相对比较详细的介绍,谈到他创作的三个阶段及各阶段的特征,认为他的剧作前期关注个人精神的痛苦幻灭,如《滑稽模仿》《进犯》;之后转向社会批判和历史题材,如《帕奥罗·帕奥利》涉及"美好年代"法国大工业资本家在殖民地的贸易竞争、《71年春天》重现了巴黎公社起义的历史;最后一阶段,其剧作表现出了前两个阶段的融合,如《剩余政策》[①]。论文方面,目前笔者只找到两篇。一篇是宫宝荣的《略论阿达莫夫的早期剧作》[②],从"分离"主题、社会性和艺术特性三个方面论及《滑稽模仿》《进犯》《大小操练》《所有的人反对所有的人》和《达兰纳教授》(或译《泰拉纳教授》)。另一篇是全小虎的《论阿达莫夫的戏剧思想》[③],也属于对作家作品的评述性文章,更为细腻地论及阿达莫夫早期剧作中神经官能症的影响、幻觉与意象,他之后的剧作是对人之本源处的残缺与分离的思考以及再后来向政治戏剧的转型。阿达莫夫只有一部剧本《泰拉纳教授》译成中文,收入黄晋凯主编的《荒诞派戏剧》(1996)。

五、总结与展望

回顾荒诞派戏剧从20世纪到今天的接受情况,可以说始终都带着强烈的中国文艺思潮的时代特征。由于戏剧强大的社会宣传功能,为"荒诞派戏剧"正名,甚至以"荒诞派戏剧"为号召,自80年代起,在呼唤思想自由、重塑文艺观、回归创造力等方面,发挥了积极的作用,但这一统称也造成了很大的问题,并不利于对具体作家和作品进行切实而细致的研究。

---

① 宫宝荣:《法国戏剧百年:1880—1980》,三联书店2001年版,第265－278页。

② 宫宝荣:《略论阿达莫夫的早期剧作》,《戏剧艺术》1991年第3期。

③ 全小虎:《论阿达莫夫的戏剧思想》,《外国文学研究》1988年第12期。

总的说来,有如下几个问题:

首先,对“荒诞派”所指称的四位作家的译介和研究规模极不平衡。“荒诞派戏剧”一词的笼统使用和表面繁荣掩盖了这种不平衡。贝克特研究远远超过其他三位作家,前文提到,中国知网上可以搜索到的标题中出现“贝克特”的期刊论文已远超300篇,关于尤奈斯库、热内的论文数量与之相比差距很大,而“阿达莫夫”则少得可怜,只有2篇。不可否认,对流派、概念的追捧(知网上以“荒诞派戏剧”为题的论文达400篇以上)和对具体作家研究的匮乏导致了这样的严重失衡。当然,贝克特之所以备受瞩目的主要原因是他曾获诺贝尔文学奖,而诺奖是中国人选择和评判外国作家的一个极重要的指标。此外,作为爱尔兰裔作家,贝克特研究在英语世界有着其他三位作家不可比拟的重要地位,这直接影响到中国的贝克特研究,国内英语专业和中文专业的学者对贝克特都十分关注,远远不只是法语学者的研究。

其次,研究过于集中于某一两部代表作,作家整体作品的系统研究十分缺失。比如,贝克特研究绝对集中于《等待戈多》这一部作品,可以说对这一部作品的研究占到贝克特所有研究论文的80%以上。尤奈斯库研究主要集中于《秃头歌女》和《犀牛》,热内研究集中于《女仆》和《阳台》。当然,这与其他很多剧本没有翻译成中文有直接关系。翻译是研究的基础,“荒诞派戏剧”的大量优秀作品仍有待译成中文。

第三,“荒诞派戏剧”曾被视为先锋文学的一面旗帜和象征,常常被比较轻率地放到中国语境中去阐发其意义,而忽视了将它还原到自身的语境中去、放在法国文学发展的脉络中加以研究。1995年钱林森在介绍“外国作家与中国文化”研究项目时首次总结了荒诞派戏剧在中国接受的两个阶段:1963—1979年的“开局”和1979—1991年的“对弈”。[①] “对弈”一词很有意思,如果说“荒诞派戏剧”团体或流派在法国并不存在,那么在

① 钱林森、王宁:《走进新世纪的跨文化思考——关于外国作家与中国文化关系的学术讨论》,《淮阴师范学院学报》2000年第2期。

中国倒是毋庸置疑地存在甚至经历过喧嚣热潮,引发过许多争论,在文学研究和创作领域都产生过极大的影响。不仅是研究家和作家,一批戏剧导演和艺术家如高行健、林兆华、某森、孟京辉等,也以旺盛的创作力投入荒诞派戏剧的实践中。一方面将经典完全本土化,悬置原著的所指,将它放在中国语境中赋予其现实意义。另一方面自行创作新的同类剧本,“荒诞派”在某种程度上成为本土先锋剧场的同义词。如高行健的《车站》,讲述了一群人在城郊的站牌下等待进城的汽车,虽然一辆辆汽车从眼前呼啸而过,却都没有停下,不知不觉就等了十年,只有一个“沉默的人”在车第一次没有停的时候就已经步行进城了。《车站》与《等待戈多》在主题、形式、人物等多方面的相似是显而易见的,同时加入了对中国人长期以来的盲从、依赖性和集体主义的批判。该剧一开始就收到文学界褒贬不一的评价,被批“西方唯心主义”“盲目套用”“机械照搬”[①]。而吴光祖则认为:“我们向西方学习的不是太多,而是太少了。”曹禺先生也认为“这个戏是世界性的”[②]。可以说,“荒诞派”在某种意义上成为颇具争议的中国本土先锋剧场的同义词,也成了中国先锋文学的重要组成部分。相比上述时期的小剧场热潮,21世纪反倒显得平淡。“荒诞热”确实是一个特定历史时期的产物,它伴随着中国思想解放、文艺爆炸的年代,作为“可以攻玉”的“他山之石”,在80、90年代成为具有创新意识的作者们表达自身的工具。

第四,对“荒诞派戏剧”的阐释,有时候会脱离具体作品的上下文,显得笼统、抽象,常常与更为宽泛的“主义”“理论”或“哲学”相结合,造成“过度阐释”的印象。从总体上来说,十分缺乏作品细读和深入的文本分析,缺乏对国际学界研究成果的收集整理和学习交流,难以参与到与国际高水平的研究对话中去。

展望今后的研究前景,对“荒诞派戏剧”的探讨亟须拆分成各个作家

---

① 唐因、杜高、郑伯农:《车站三人谈》,《戏剧报》1984年第3期。

② 转引自许国荣:《高行健戏剧研究》,中国戏剧出版社1989年版,第231页。

作品的研究,在以下几个方面加以推进:一、文本细读,对作家全部作品作更精细的梳理和分析。这一点需要建立在长期耐心的译介工作上,需要摒弃浮躁学风,走出低级重复的量化生产怪圈。二、语境还原,将作品放到法国文学发展的脉络中加以考察,包括梅特林克和象征主义、阿尔弗雷德·雅里、超现实主义、残酷戏剧等对这些作者的影响关系,从而深入到思想对话及法国社会历史背景中去,达到对作品所指和意涵具体而实在的认识,之后再作进一步的讨论。否则,对作品历史纬度认识的匮乏,会导致对作家作品整体把握的偏差,从而找不到恰当的方法,往往会造成不切实际的臆测、漫无边际的比较或将时髦理论生硬地套用在对象上。三、与国际研究接轨,充分了解相关研究的推进情况和前沿领域,注意挖掘和掌握第一手资料,吸纳新的批评话语,开拓新视角。四、在以上几点的基础上,结合本土文学与文化资源,做出有中国人的主体特色和当今时代特色的思考和研究。做到这些,或许才有可能产生像艾斯林作品那样经典的中文研究之作。

批判与汇合：管窥30年美国文学研究之轨迹

金衡山

1978年《美国文学简史》[①]出版，2000年《新编美国文学史》[②]问世。前者是改革开放后中国学者自己撰写的第一部美国文学史，后者是新时期以来中国学者在美国文学研究领域耕耘多年后的一次集大成者。从改革开放之初到21世纪融入全球化大潮之中，过去30年的变化，尤其是观念的嬗变，同样也体现在国内美国文学研究的方方面面。从意识形态的牵制到自觉与不自觉地回归文学本体，从只有经典研究到经典成为问题，从研究主流文学到族裔文学研究的兴起以致蔚为大观，从引进、介绍为主到自我、自主意识和视角的出现，从主要限于少数几种主义如现实主义、浪漫主义（积极和消极）和自然主义以及马克思主义的讨论到各种主义和思想蜂拥而至，从本文的精读、细读到文本的互读（文化的、政治的阅读等），从美国文学研究到中国的美国文学研究再到美国文学的跨民族研究等等。回眸过去，梳理思绪，寻找与发现，30年的美国文学研究俨然已成为国人认识世界，走向世界，成为世界的一部分的重要标志。

---

① 董衡巽等：《美国文学简史》上册，人民文学出版社1978年版；修订版出版于1986年，第二册同时出版。

② 刘海平、王守仁主编，张冲主撰：《新编美国文学史》第一册，上海外语教育出版社2000年版；本书共四册，第四册出版于2002年。

管中之窥,可见一斑。本文选取几部文学史著作、研究专著、一些论文,截取几个片断,结合国外美国文学研究的走向和国内学术取向的变化,期望提供管窥30年来国内美国文学研究变化发展的一个窗口。

一

董衡巽、朱虹、施咸荣、郑土生、李文俊编撰的《美国文学简史》具有填补空白之功,在文学史框架、作家作品选择、作品阅读理解、批评视角确定、背景意义阐释等各方面都为当时以及以后的美国文学的研究打下了坚实的基础。从今天的角度看,《简史》更具有坐标的意义,一方面开启了改革开放后美国文学研究的新局面;另一方面也成为一个参照,一个经常可以被回溯,从中看出评价观念变化乃至时代变化的参照物。在2003年修订版的前言中,董衡巽说明了1978年版的背景,撰写工作开始于“文革”后期,不免留有“左倾”思想痕迹。读过此书的读者应该对此有一定印象,如在评述爱伦·坡时,认定他是美国南方反动的贵族阶级的代表,而其代表作《厄舍屋的倒塌》也正是反映了建立在剥削黑奴基础上的贵族阶级的必然灭亡。这当然是一个比较极端的例子,反映了在“文革”以及“文革”前的相当一段时期内文学研究受政治评判标准的影响,用机械的阶级分析论来代替文学批评。在1986年版的《简史》中,这个观点得到了纠正,“反动阶级”的话语不见了,取而代之的是比较客观的评价,列出了爱伦·坡的创作特点,独创的文艺理论以及影响。1978—1986年不到十年的时间里,文艺观念、文学批评观念已经发生了很大的变化。80年代的文化热在1986年开始初见端倪,西方现当代文艺思潮和文艺理论在经历了五四时期的引进后,即将开始在中国的第二次“繁荣”,文学批评从政治标准第一开始逐步转到文学本体研究,如文学文体与文学语言的研究。《简史》中爱伦·坡评述的变化应该说是与时代文化观念的变化、思想认识的改变是一致的。实际上在1978年写的一篇关于西方现当代文学评价的文章里,朱虹就已经对那种用阶级和社会制度来套文学作品之理解和评价的做法提出了异议。[1] 不过就整体而论,在评价作家和作品时,《简史》(1986年版)中的阶级观念还是比较突出。比如,19世纪早期作家欧文是一个保守者,"以有产阶级的闲情逸致看待世界"[2],因此对社会和政治问题都没有深刻的洞见,而惠特曼则是"新兴资产阶级"的歌手[3],他的创作道路顺应了美国社会日新月异的变化,"与时代前进的步伐相一致"[4]。要说明的是,指出这个问题并不是要一概否定对作家的阶级所属或者是世界观的分析,其实对于任何作家,这样的分析都是一种历史的,也是能够切合具体语境的分析,从而也是符合马克思主义观点的分析(无论是伊格尔顿还是詹姆逊在他们的批评中都少不了阶级分析,只不过更多的时候"阶级"换成了"资本"以适合当下情景),而是想要说明文学批评中曾经非常流行的一种"批判"哲学,或者是批判态度,用通俗的话说,就是文学是社会的反映,研究外国文学作品的目的是了解外国社会,尤其是对于社会发展本质的了解,就资本主义社会而言,文学作品若是能对其腐朽、虚伪、反动等方面予以揭露或者是批判,对了解资本主义社会的种种问题是大有助益的。从这一逻辑出发,文学作品的批判性成为衡量文学作品优劣的潜规则,而作家的阶级属性自然成为评点其作品内容是否有价值的一个出发点,所谓世界观与创作的关系。这样一种视角产生两个结果,一个是先入为主的意识形态评判标准,有意无意地把文学看成了政治的传声筒,另一个结果则是批评者之于作品的居高临下的态度,同样也是有意无意地成为作品价值(常常是政治意义上的价值)的终极裁判。所以,我们在《简史》中读到,马克·吐温作为"一个社会批评家"[5],其作品的"揭露"特性,如揭露"美国的假民主"[6],则成为他作为一个重要作家的重要原因。值得注意的是,所谓"重要"是对"我们"而言,也就是身处与资

---

① 参见朱虹:《英美文学散论》,三联书店1984年版,第200页。

② 董衡巽等:《美国文学简史》上册,人民文学出版社1986年版,第47页。

③ 同上书,第130页。

④ 同上书,第147页。

⑤ 同上书,第180页。

⑥ 同上书,第179页。

本主义社会意识形态相对的中国的批评者而言,这也是为什么我们看到,惠特曼、杰克·伦敦、德莱塞、斯坦贝克等作家在《简史》得到了较大的重视,而亨利·詹姆斯、伊迪丝·华顿、艾米莉·狄更生等则相对来说得到的青睐就少很多,前者的作品被认为是“垄断资本发展的精神产物”①,后两位女性作家更是一笔带过(是不是与女性主义批评尚未波及80年代中期的中国有关?),对于狄更生的评述很有点意思:“艾米莉·狄更生的思想反映了美国东部地位稳固、思想保守的有产阶级的休闲心情。她闲的发慌,歌唱‘没有寂寞作伴,我更加寂寞’”②。究其原因,这些或多或少有点意识形态偏见的批评主要还是受被动反映论的影响。

如果把20年后的《新编美国文学史》与《简史》做一对比,我们会发现那种阶级的、先入为主的意识形态的批评几乎不见身影。比如在描述早期殖民地时期文学时,《简史》抓住的一条线索是北美新兴民族资产阶级与宗教界为代表的保守势力的斗争,这种不同阶级之间的斗争话语在《新编》中没有出现,相应的变化也表现在对宗教文学的评述上。《简史》中对宗教文学是谴责的态度,如认为爱德华·泰勒是受保守派清教徒青睐的诗人,在诗歌中“狂热鼓吹基督教的教义和所谓‘原始罪恶’”③;在《新编》中,对泰勒的诗歌则做了比较中肯、中性的评价,认为其诗歌的宗教沉思尽管内容艰涩,不易读懂,“但诗篇所反映的宗教热忱,深刻内省,在希望和无望之间挣扎的困惑和努力,以及诗中丰富独特的意象,都使泰勒在殖民时期文学,乃至整个美国文学中占有相应的地位”④。从简单的谴责与批判到较深入的读解与分析,变化的轨迹说明了对宗教这个主题看法的变化,以及对宗教在美国文学中自始至终扮演的独特角色的深入理解。这也是为什么《新编》专辟一节讨论殖民时期文学中的清教思想,美国文

---

① 董衡巽等:《美国文学简史》上册,人民文学出版社1986年版,第47页。

② 同上书,第254页。在董衡巽2003年修订的合订本《美国文学简史》中这些文字没有了。

③ 董衡巽等:《美国文学简史》上册,人民文学出版社1986年版,第8页。

④ 张冲主撰:《新编美国文学史》第一册,上海外语教育出版社2000年版,第111页。

学中的"美国性"或"民族特征"的体现之一应与宗教观念,尤其是早期清教思想的形成不无关联。①

上述例子不仅仅限于对早期美国文学的不同看法,我们从中可以体察到的一个更重要的信号是美国文学研究中"批判"态度的抛弃,同时这多少也意味着研究者和批评者的价值取向的改变,从主要是基于先入为主的意识形态判断以及与之相关的主观印象式的批评变化到摆脱意识形态牵制,力求客观描述的评论。前者的价值取向是政治性领先,导致的一个逻辑结果是批评者对研究对象握有"生杀予夺"大权和"座位"排列权,后者的价值取向是文学性领先(尽管文学与政治、文化、社会等因素并不是泾渭分明,一清二白),用一个通俗的说法,便是还文学的本来面貌(尽管在后现代语境中,所谓本来面貌很难言说,有"本质主义"之嫌)。《新编》之"新",正如主编在序论中所言,在经典作家名单和书目的更新、族裔文学地位的确定、文学理论的讲述等方面吸收了最新中外研究成果,在表述中美两国文学的互动以及体现中国学者的主体意识方面则给予了足够的重视;除此以外,叙述过程中"批判"态度的改变乃至弃用则也应是一种"新"的体现。当然,这样的"新"并不是在《简史》之后的20年后才出现的,其实在1986年版的《简史》中变化已经开始,上文提到的对爱伦·坡评价的改变即是一例,而在同年出版的下册中,"批判"的意识已经大大弱化,在评述20世纪的作家和作品时已经很少见到阶级的和带有比较浓厚的意识形态偏见的分析,如对艾略特的分析看不见"揭露"和"批判"等词,在评述《荒原》时,认为是反映了西方知识分子当时的一种"没落"情绪,表现了"式微"的西方文明②,《荒原》的表现手法得到了高度评价。

我们可以把这样的变化轨迹用"从批判到汇合"来描述。所谓"汇合"是指与时代观念嬗变的汇合,从70年代改革开放之初,到80年代中后期文化热兴起,90年代市场经济逐渐主导社会的走向,再到21世纪文化多

① 参见张冲主撰:《新编美国文学史》第一册,上海外语教育出版社2000年版,第7页。

② 董衡巽等:《美国文学简史》下册,人民文学出版社1986年版,第51页。

元化观念已成事实,30年中国社会政治和文化环境和观念的变化为我们理解这种“汇合”的走向提供了不可分割的时代背景;而另一方面,美国社会乃至整个世界格局本身的变化,冷战的结束,世界多极化的出现,美国社会文化多元主义的深化,与此同时,新保守思想的回潮等等,所有这一切都是在考察“从批判到汇合”这个看似简单实则复杂的轨迹时需要纳入我们的眼界的背景因素。除此以外,“汇合”还有两点含义,第一点指文学研究回归文学本身,简单来说,回到对文学文本本身的重视,包括故事内容、情节、表现手段、艺术特征等,第二点指开拓文学与文学以外的包括社会的、政治的、文化的等多领域的关系的研究,套用韦勒克和沃伦的说法,第一点是内部研究,第二点是外部研究,而用近几年流行的话语来说,则是所谓的“文化研究”,相应的是,第一点则是类似于新批评的文本“细读”研究。

就美国文学研究而言,回顾过去30年的研究经历和成果可以发现这两点构成的一个“汇合”轨迹。同样,我们也可以以《简史》作为一个主要的参照坐标做一个简单的分析。上文讨论了《简史》(主要是上册)中比较普遍存在的“批判”的批评取向,主要是想说明与时代的意识形态牵制造成的一种批评惯性及其表现,并不是要抹杀《简史》本身具有的价值,包括文学史阐释的和文本读解的价值,后一点更是值得一提。《简史》的几位撰写者都是改革开放后国内美国文学研究的开拓者,有的还是翻译家,对美国文学了解颇深,尤其是对一些经典文本烂熟于胸,比如李文俊对福克纳主要小说的介绍,简明扼要,但情节线索和人物关系又叙述得非常清楚,如果没有对原著的融通是难以做到的,在这方面他树立了一个典范,以至于此后的文学史在讲述福克纳小说的故事情节方面很难做到更好。无论是《简史》还是《新编》的作者们都提及文学史的撰写应该多多注重文本的介绍,这一方面源于中国读者的需求;而另一方面,这本身也是文学研究的一个基本要求,在近年来文学理论几乎一统天下、基于理论的阐释代替了文本本身的理解的境况下,这样的要求不仅不过时,而且还更凸显其必要性。从这个角度看,《简史》在有些经典作家的“细读”方面真正起到了坐标的作用。不仅如此，在评述作家的思想和作品的价值时，因资料有限以及上文提到的意识形态的牵制，有些时候断语比较简单，即便如此，也有很多真知灼见闪烁其间。比如在评述霍桑的思想时提到他在政治上的保守态度，对社会改革的反感和对废奴运动的不理解，由此再谈及他的清教徒意识和笔下人物的矛盾。这种看似从政治角度入手的分析一方面缘于"批判哲学"的逻辑，另一方面事实上也触及了理解霍桑的核心问题。① 美国著名批评家拉泽尔·齐夫1981年出版的名著《文学民主：美国的文化独立宣言》中论及霍桑一章的题目便是"伟大的保守主义者：霍桑和美国"，从保守的角度论及霍桑与当时的社会不合拍以及他为什么青睐历史描述的缘由②，而另一位美国文学专家萨克凡·伯克维奇一篇论及《红字》中海斯特的归来的文章中，也从霍桑的政治保守观，如对废奴运动模棱两可的态度入手分析了小说的深层意义③。《简史》的出版要先于上述两位美国批评家的著作，这并不是要证明《简史》要更出色，更"先进"，而是想说明尽管是中国学者编写的第一部美国文学史，但自有其价值所在。相对来说，《新编》中对霍桑思想的评述不及《简史》深刻，尽管提到了80年代以来批评家对《红字》的新读解，但可能是限于篇幅并没有展开。④

《简史》虽然存在着时代的政治话语评论的痕迹，但是从另一个方面看，这种"政治的关注"也让该书对美国文学的理解赋予了一种新的视角，这表现在对于黑人文学的重视上。在第二章讲述内战前文学时，专门有一节叙述黑人文学，从早先的黑人奴隶歌曲到第一个出名的女黑奴诗人惠特莱、小说家威伯、北方自由黑人诗人惠特菲尔德，再到19世纪著名黑人活动家和文学家道格拉斯，提及的黑人诗人和小说家有十位之多；第三

---

① 参见董衡巽等：《美国文学简史》上册，人民文学出版社1986年版，第85—87页。

② 参见 Larzer Ziff, *Literary Democracy: The Declaration of Cultural Independence in America*, New York: Viking, 1981, p. 121.

③ 参见 Sacvan Bercovitch, *The Rites of Assent: Transformations in the Symbolic Construction of America*, New York: Routledge, 1993, pp. 194—245.

④ 参见张冲主撰：《新编美国文学史》第一册，上海外语教育出版社2000年版，第327页。

章中也有专节介绍内战后黑人文学的发展概况，提及布克·华盛顿、邓巴、契思纳特以及杜波依斯，而且介绍和评述很是详细，如杜波依斯的生平，思想发展过程，引述其诗歌以说明其战斗的精神，同时也介绍了他的一些小说如《黑公主》《黑色的火焰三部曲》。

与国外相关的美国文学史相比，如由美国学者罗伯特·斯皮勒等编著的著名的《美国文学史》(1946 年初版，1963 年第三版)，可以发现这种对黑人文学的特别关注是这部《美国文学简史》(上)的一个突出贡献，虽然上述提到的一些黑人作家在斯皮勒的文学史中也有提及，但没有专辟一节论述作为群体的"黑人文学"现象。显然，这与《简史》作者们对待美国文学的一个基本态度相关，即把美国文学的发展看成是多民族、多元文化共同努力的结果，尽管需要说明的是在 1978 年多元文化主义的概念还尚未出现；《简史》的这种做法或许也可以看成是出于对美国社会中受压迫民族的同情，以及更多地从把文学作为反抗武器的角度的考虑，如在第一章中介绍黑人文学之前，专有一节讲述废奴文学，在第三章中有一小节介绍乔·希尔等工人歌谣，这本身可以理解为那个时期中国学者修治美国文学史的一个政治态度。有意思的是，这种政治态度多年后与在美国社会中广为传播的多元文化主义"不谋而合"，例如，《简史》(上)第一章的概述第一小节是"印第安人的生活和文化"，虽然只有短短两页，虽然也没有明确说明印第安人的文化是美国文学起源的一部分，但是这样的安排本身与之后若干年后影响很大的把印第安人文化视为美国文学来源之一的观点惊人地相似，这或许也可以看成是《简史》(上)的一个"有趣"的特色，而从现在的角度来看，这也是中国学者从自己的背景出发得到的一种阐释优势，理应作为我们研究外国文学的一种传统遗产而得到重视。

二

这种现在看来仍然很有价值的评述和文本"细读"的研究方法并不为《简史》独有。1987 年出版的董衡巽和钱满素等撰写的《美国现代小说家论》和《美国当代小说家论》无论在文本的"细读"方面，还是在内容和意义的阐释方面,不仅具有开拓之功,而且也为后来者树立了研究的榜样,至少与现在依然风行的理论套文本之路数的批评形成了一种对照。值得一提的是,钱满素撰写的长达50页的《当代美国小说概述》一文非常详细地勾勒了自二战后到80年代中期的美国历史、社会、文学的方方面面,应该说至今仍具有很好的参考价值。有意思的是,相比于1986年版的《简史》,在这篇概述里,"批判"的语言很少见到,或基本不见,主要是比较客观的叙述与阐释。可以以对马尔库塞的评论为例加以说明,《简史》的"批判"意味比较浓,认为马尔库塞的马克思主义加弗洛伊德主义的意识形态理论篡改了马克思主义的社会革命学说,在60年代的美国"掀起了性解放和无政府主义暴力革命的狂热"[①]。钱文用较多的文字阐释了马尔库塞的理论,解释了要点之一"虚假需求"以及与青年知识分子的关系,成为他们反抗现有制度的武器,但是钱文认为这种理论脱离经济基础谈上层建筑的改革,"不免颠倒了因果关系"。[②] 可以看出《简史》与钱文都是以马克思主义为指南批评了马尔库塞的理论,但是从"篡改"到"颠倒","批判的锋芒"还是弱化了很多,这或许也是表现了批评与接受态度的改变。

需要提及的文本读解方面的另一个例子是常耀信1998年出版的《美国文学史》(上册)。此书是一人独撰的文学史,有比较鲜明的风格,主要表现在对文本的分析比较细腻、周详,此外还比较注重主题学意义上的文学传统的阐释。这部文学史共分五章,从早期"北美拓殖与美国清教主义"到19世纪末、20世纪初的"自然主义文学",包括"殖民地时期文学""独立革命时期文学""浪漫主义时期文学""现实主义时期文学",从这些目录上的大标题上似乎看不出有何独异之处,但是细看各章下面的小标题可以发现作者用心的不同,如第一章第一节的标题是"开拓时代:'进入荒野的使命'",标题后半部分引自美国著名清教思想研究学者佩里·米勒的著作《进入荒野的使命》,第三章第一节的标题为"'复兴'的时代",

---

① 参见董衡巽等:《美国文学简史》上册,人民文学出版社1986年版,第359页。

② 钱满素等:《美国当代小说家论》,中国社会科学出版社1987年版,第41页。

“复兴”一词源自美国学者F.O.马西森著《美国的文艺复兴:爱默生和惠特曼时代的艺术和表达》,出版于1941年的此书奠定了内战前美国作家之美国性研究的基础,使用这些标题不仅起到醒目的目的,更重要的是表明作者论述的核心与之相关,换言之,与已有的经典研究间建立起一种关系,而这正是这部文学史表现的重要的“研究”内容。此书的另一个特点是叙述语言流畅、生动,如在评述霍桑的一些短篇故事时,这样说道:“他的许多作品在他的‘猫头鹰之巢’中写成。这是一间‘鬼魂出没’的房间。成千上万个幻境在他眼前浮现。这些故事宛如在荫庇处开放的花朵,色调浅淡;又酷似在星光下移动的鬼影,星影幽暗。”①再比如在提到霍桑的双重人格以及与其作品《福谷传奇》的主人公的关系时,有这样一段描写:“在12年独居斗室,与自杀嬉戏、与疯狂调情、与鬼魂为伴之后,务实的霍桑占了上风,终于在1836年走到波士顿当编辑去了。”②这样的融个人阅读经验与情感体验为一体的批评文字相比现在越来越走向理性化、非个性化的评论更能激起读者的文学想象,而这本应该是文学批评的一个功能。

此外,这部文学史著作在一定程度上,摆脱了背景分析时常以阶级矛盾和斗争为描述主线。19世纪后期美国现实主义文学的产生往往会与垄断资产阶级与无产阶级或者是工人阶层的矛盾和冲突联系在一起,在这部文学史里作者并没有避开相关背景的描述,但是叙述方式不同,我们看到的是作者用一些具体的数据表明内战后工业化的快速进程,提及一些具体的名字如斯坦福、卡内基、洛克菲勒等说明资本垄断的产生以及金钱力量在社会上的影响,相应的是诸如“阶级矛盾、劳资矛盾和贫富矛盾,资本主义的劣根性和腐朽性日益暴露”这样的话语的减少。当然,做这个比较不是简单地限于描述话语的变化,而是要表明对现实主义的不同理解,与通常把现实主义与“揭示”“揭露”和“批判”这样的功能绑在一起的

① 常耀信:《美国文学史》上册,南开大学出版社1998年版,第190页。

② 同上书。

做法不同,《美国文学史》(上)的作者认为,19世纪后期的美国作家“运用现实主义手法写人生,写平庸的人和事,写生活的卑贱、低微、阴暗的侧面,主张揭穿伤感主义的‘谎话’,而正视人生、讲出真话”[1]。这样的理解更让文学回到本来应有的功能上来,作为表达时代的一种话语方式,而不是过于拔高作家的作用,视其为社会本质的揭示者,在一定程度上将文学等同于哲学或社会学,而事实上,这也是理解现实主义作家如马克·吐温等的一把钥匙。

现实主义、自然主义这些重要指标性术语向来是中国外国文学研究者心目中的重中之重。改革开放后的美国文学研究也对此给予了足够的重视,并引发了一些争议,从中可以看出研究者一些视角的变化。在一些文学史类的著作中,这些方面成为突出的研究“现象”。1988年出版的毛信德著述的《美国小说史纲》是国内第一部外国文学研究中的文体史,作者对美国小说的发展有着自己独特的理解,现实主义及其变体如批判现实主义、心理现实主义、新现实主义等是整部书勾勒美国小说发展的一条重要线索,一个典型的例子是在论述19世纪的现实主义时,马克·吐温和诺里斯各被赋予单独一章,而詹姆斯和华顿与豪威尔斯以及杰克·伦敦和德莱塞被标签为温和的现实主义代表作家;此外,在论述克莱恩时,没有提及这位作家与自然主义的关系,显然是把他归属于批判的现实主义之列;1992年出版的王长荣著述《现代美国小说史》,把这杰克·伦敦和德莱塞列位自然主义小说家,德莱塞的作品还被称为是“自然主义的高峰”[2]。这个评价与《美国小说史纲》中对德莱塞现实主义创作之路的辩护形成比较强烈的对照。这多少表明美国文学研究者在一些敏感问题上的不同观点,有益于对研究对象的更广泛的理解,更重要的是,中国学者开始有了自己的观点,而不是千篇一律地用浪漫主义和现实主义来涵盖文学的发展。在一定意义上来看,这也是走向“内部”的文学研究的倾向

① 常耀信:《美国文学史》上册,南开大学出版社1998年版,第431页。

② 王长荣:《现代美国小说史》,上海外语教育出版社1992年版,第66页。

表现。

在这个方面，李野光的《惠特曼评传》(1988)可以成为典型。这是新时期惠特曼研究的集大成者，内容极为丰富，汪洋恣肆，情思交融，析评深刻，堪为鸿篇巨制。作为评传，既有传，又有评，两者有机结合；循着诗人生平活动印迹，沿着《草叶集》各版形成背景和出版顺序，讲述创作历程，思想生萌经历，接受与评价及争议，直至伟大诗人铸就成功；诗人的生平传述，在作者笔下绝无干瘪的时间与事实之罗列现象，而是生动，活泼，血肉丰满，同时又处处有心点明诗人成长过程中的点点印迹，从细节中透视从一个平常之人蜕变为一个伟大诗人间的微妙又必然的契连。如作者描述少儿时代的惠特曼情迷于大海，在日后的回忆中诗人自己说道，他第一次的写作欲望就是出自对海上帆船的观望；作者援引惠特曼自己的话说："我幻想要写篇东西，也许一首诗，关于海涛的……固态的与液态的结婚了……现实的与理想的结合在一起。"作者评述道，这是一个奇特的联想，"说明大海与性的意象在童年惠特曼的意识中差不多同时出现的，毋怪乎它们作为"现实与理想"相结合的、流动而带神秘色彩的一个主题贯穿于整个《草叶集》中"[①]。从读者角度而言，这样的生平记述对理解惠特曼具有点睛之笔之功，让读者从具体意像着手找到一条通向诗人丰富思想的途径，而正是文学研究的必经之路。此外，董衡巽1999年出版的《海明威评传》，融海明威生平介绍和作品评析于一体，对海明威的艺术风格尤为重视，注重提及其早期从庞德处学习创作，从阅读福楼拜中揣摩冷漠、含讽语调等，从这些细节中，读者可知晓海明威后来独特写作风格的一些来龙去脉；书中专设"细节与对话""冰山原理""海明威的艺术风格"等章节，按照其作品发表的时间，集中举例讲述其风格构成的要点，让读者一目了然；这也是此书的风格，轻松，简洁，生动，既能符合大众阅读习惯，又深含学术见解。很显然，这都是因为作者对海明威做过深度研究，在细节上驾轻就熟，才能从容表达。1999年12月李文俊著《福克纳评传》出版，作者

---

① 李野光：《惠特曼评传》，上海文艺出版社1988年版，第38页。

是国内福克纳作品的主要译者和最早的研究者之一,此书是作者从80年代初以来,在持之以恒地研究和翻译福克纳作品的基础上取得的杰出成果。作为评传,此书的一个显著特点是融生平介绍和作品评价于一体,以一些主要作品的出版时间为线索,之间插入生平叙述,两者平行展开,作品创作背景、动机、过程、产生影响以及各部作品间的联系,交代得非常清楚,非常有助于对福克纳及其创作过程的深入了解;在作品评述方面,作者自言"尽可能做到客观、全面,务必让事实说话,不随便做结论,让读者看到的是一个处在特定时代与环境中生活与写作的真实的福克纳"①。以上例子表明,美国文学研究者们已经开始"远离"以往的批判式话语,把文学当成文学,外部研究与内部研究融会贯通,这自然也是一种"汇合"的过程。

近年来,"文化研究"进入文学研究领域里并开始独领风骚。对于"文化研究"人们见仁见智,说法不一,但从打破文学研究的封闭性,把文学研究放到一个更大的历史和文化的语境中进行的角度看,"文化研究"还是起到了促进作用。在美国文学研究领域内,我们也可以看到这种倾向。虞建华主编的《美国文学的第二次繁荣》可以说是这个方面的一个范例。该著属于断代文学史研究范畴,研究美国20世纪20、30年代的文学,但突破了通常文学史的写法,不是按照从背景到作家再到作品的章法勾勒史的线索,而是把历史、文化和政治放在同一个平面上阐释,用主编者的话说,这种研究手段既可以打破以文本为中心的封闭的解读方式,也可以避免以理论导向为主的文本阐释成为证明理论之正确的批评。② 而更重要的是,这种方法是基于对历史的不同对待,历史在这里不是通常意义上的"背景",而是"前景",文学作品本身也参与了历史的构建。很清楚,这是一种融合新历史主义思想的偏向文化研究的切入方式,其目的是试图描绘出历史情景、社会思潮、文学活动互构而成的一个文化景观,并从而

---

① 李文俊:《福克纳评传》,浙江文艺出版社1999年版,第2页。

② 虞建华等:《美国文学的第二次繁荣》,上海外语教育出版社2004年版,第3页。

发现这两个特殊时代里文学的表达方式和表达语言。从这个角度出发,我们看到清教主义批判、弗洛伊德主义剖析与斯歌普斯审判、禁酒令、萨科一凡泽蒂事件一样具有文化意义。这种从“文化研究”的角度进行的文学史的撰写和对文学作品的解读也让我们想到了美国一些批评家的相关著作,如前面提到过的齐夫1966年出版的《1890年代美国——迷惘的一代》和莫里斯·迪克斯坦1997年出版的《伊甸园之门——六十年代的美国文化》,同样具有断代史的性质,同时也融历史、文化、政治、文学为一体的“大文学史”的表现手法。或许可以说,在一定程度上,《美国文学的第二次繁荣》这样的研究成果也表明了国内美国文学研究的某种“国际接轨”,当然这也应是“汇合”的一个表现。

“文化研究”引发了对于历史的新的看法,文学与历史已不是反映与被反映的关系,而是互相参与,共同构建场景的过程。而要描述这种过程则势必要突破单方面的线性的作家-作品-历史-意义这样的文学研究,进入跨学科的不同领域内的文本的互读和历史事件的互相阐发,从而获得对某个主题比较全面的清晰的解释。江宁康在2008年出版的《美国当代文学与美利坚民族认同》为我们提供了这方面研究的一个线索。此书讨论文学想象与民族认同的关系,通过“文学批评和文化政治之间的跨学科研究”[①],描述“美国当代文学创作中的民族叙述和美国书写”与“美利坚民族身份的建构”[②]这样一个涉及美国价值和美国观念的主题。在整个叙述过程中,各种不同领域的文本被召唤到一起,如丹尼尔·贝尔的《资本主义文化矛盾》、亨利·纳西·斯密司的《处女地》、爱伦·布鲁姆的《正在封闭的美国心灵》、S. 亨廷顿的《我们是谁》、理查德·罗蒂的《铸就我们的国家:二十世纪美国左派思想》、D. 里斯曼的《孤独的人群》、萨义德的《文化与帝国主义》等等,与当代美国作家的一些重要作品放在一起,从中探讨美国价值观念的形成与民族身份的构建。这样一种跨学科的研

① 江宁康:《美国当代文学与美利坚民族认同》,南京大学出版社2009年版,前言第1页。
② 同上书,第149页。

究显然为理解当代美国文学(包括各个族裔的文学创作)提供了比较全面的高屋建瓴的视角,同时也非常有助于从深层次上了解美国社会的特征。同样,江著也让我们想到了伯克维奇的研究方式,从他的几部代表作《美国自我的清教渊源》《美国先知》《惯于赞同:美国象征建构的转化》中,我们可以看出他对探索美国社会特征的努力,尤其是对几个重大主题的关注,如自我、意识形态一致性、自由主义的含意以及作为象征的美国的意义等,很多时候也都是以文学文本为主要分析对象,但是讨论的手段常常是跨学科的、跨文本的。江宁康提到他曾深受本尼迪克特・安德森的影响,后者对于民族和民族主义的研究视角触发了他从民族认同角度读解美国文学的"想象"。这本身就说明了跨学科思维带来的一个效应,可以看做是近年来国内美国文学研究发展的一个方向,当然也是一种"汇合"。

三

上文主要是从几部比较有影响的文学史、评传、研究文集和专著谈了过去30年来国内美国文学研究评价取向、批评手段、切入方式等方面的一些特点,试图勾勒出一条从"批判"到"汇合"的轨迹。这样一个轨迹同样也可以在已经发表的单篇论文中找到一些印迹。

我们可以从过去的二三十年间,在美国文学中为中国学者所熟悉的一些作家的研究中看到这个印迹发生的过程。19世纪大诗人惠特曼早在1949年前就已经进入中国文坛,改革开放后的新时期,一些研究者看到了惠特曼的另外一面,在继续讨论作为高擎民主大旗的奋进者的形象的同时,也论及惠特曼作品中以往不被中国学界注意的地方,如对性和人体的描述。同为诗人和作家的荒芜对惠特曼有特别的感觉,在1979年、1980年、1981年三年间撰文三篇谈论惠特曼。《漫谈惠特曼》一文[1]用笔闲散,但针对中国情况,触及惠特曼要点,有很强的现实意义;文章谈及惠特曼早年受恶评,因其写过诸如《给一个普通妓女》这样的诗,但惠特曼对

---

① 《读书》1979年第6期。

待这样的社会问题态度严肃,而更重要的是他人性和性的颂扬并没有丝毫猥亵,值得大谈特谈。在改革开放初期的中国如此谈论惠特曼实是需要一点勇气的。王佐良对惠特曼同样也是情有独钟,在《读〈草叶集〉》[①]一文中,从阅读感受出发,论及惠特曼诗作特点,如个人形象的描绘,对少数裔的生动刻画,对男女人体的歌颂,对自由诗体形式多变的分析等等;文章论述惠特曼角度全面,文字优美,感情充沛,既是富有个性的读后感,又是具有基于理性的深度研究,不见了以往的基于对资产阶级民主的批判口吻。《草叶集》中的对人的身体的赞歌以及性活动描述历来是有关惠特曼话题中最具争议的,新时期初已有论者持以肯定的态度,90年代初,洪振国在《〈草叶集〉中的人体美和性描写》[②]一文中直面这个话题,介绍诗作人体美的描述手段,认为其中的意蕴是由灵魂的纯洁引出人体和性欲的纯洁,同时也指出惠特曼的这种描述意图也在于为着美国的未来,为使他心目中的理想的美国具有更多的宽容和自由。这种阐释的接受可以讨论,但是至少表明,这样的研究态度是与中国社会的开放程度是合拍的。

福克纳是新时期以来,中国美国文学研究者最为关注的一个作家之一。他的名著《喧嚣与骚动》是被研究频率最高的一个作品,作品的社会意义和写作技巧成为讨论的核心。但也有研究者另辟蹊径,让我们从中看到了福克纳研究与文学研究整体环境变化间的关系,这也是一种与时代合拍的"与时俱进"。《死之花——论福克纳〈喧哗与骚动〉中昆丁的死亡意识》[③]一文的两位作者赵晓丽、屈长江从昆丁与凯蒂的兄妹情感关系入手,分析伦理善恶问题以及与现实的关系,"昆丁的死亡意识不仅反映了南方没落的贵族的反动的历史观,而且也反映了南方开明知识分子的痛苦和焦虑"。同时,"不仅有对历史现实痛苦的反思,也有对人类精神的

① 《美国文学丛刊》1982年第2期。

② 《外国文学研究》1993年第1期。

③ 《外国文学评论》1987年第1期。

未来的祈望"[①]。文章把对人物性格的分析放置于人类历史与神话的大背景中进行哲学思考和探索,既结合南方历史又联系到人类总体历史和精神的矛盾,昆丁死亡意识的意义由此得到了深度挖掘,给人很多启发。在《〈喧哗与骚动〉新探》[②]一文中,陶洁挑战了把这部作品看成是南方大家庭和南方社会旧秩序衰落的表现这种被普遍接受的观点,认为这种看法只是说明了作品的社会意义,并没有说明作品的主题和创作动机。文章通过介绍20世纪70年代新发现的福克纳的序言,认为小说的创作有两个目的,"一方面通过凯蒂的悲剧批判南方社会及其摧残女人的错误的妇女观,另一方面通过三兄弟的回忆倾诉自己对女人既爱又恨的矛盾心理"[③]。福克纳对女人的态度是既欣赏又蔑视,女人在其心目中既圣洁又罪恶,这种"保守的妇女观决定了小说的结构、叙述方式、情调乃至动人效果的主要因素,使这部小说成为传世杰作"[④]。文章的分析不仅涉及小说中的女性因素,而且结合了故事的叙述形式,写作动机,其结果是比较全面周全的阐释。显然,这两篇文章的写作与其时在中国文学包括外国文学研究中颇具影响的一些如神话研究、女权主义研究等理论的渗入有关,但值得注意的是,两篇文章的作者们都没有简单地套用理论,而是融合到看问题的视角之中,通过细致的文本分析,得出新颖的结论。

同样,我们也可以以大家熟知的《红字》为例做一个简单的说明。查看中国期刊网,1994—2008年期间关于《红字》的论文达600多篇,文章论及的主题范围大致包括A字的意蕴探讨、清教思想和霍桑宗教观、海斯特和丁姆斯代尔悲剧根源和性格分析、叙事策略研究、后结构主义、精神分析、象征主义解读、海斯特与女性主义等等;有相当多的文章围绕作品与清教思想关系展开,结论说明清教社会对海斯特的压迫,霍桑赋予海

---

① 赵晓丽,屈长江:《死之花——论福克纳〈喧哗与骚动〉中昆丁的死亡意识》,《外国文学评论》1987年第1期。

② 《外国文学评论》1992年第4期。

③ 陶洁:《〈喧哗与骚动〉新探》,《外国文学评论》1992年第4期。

④ 同上。

斯特反抗的性格以及产生的积极意义,也有不少文章从理论的角度如解构主义解读作品,还有的文章则把重点放在作品的叙事策略上,讨论空间叙事解构、内在与外在叙事策略。显然前者的批评出发点和落脚点都与"批判"与"揭露"有一点关联,而后者则是回到作品本体,从叙事和结构的角度探讨作品的意义。除此以外,也有的文章的批评手法表明了一定程度的融历史、文化、文学为一体的文化研究的倾向。如陈榕发表在2007年《外国文学评论》第2期上的文章《霍桑〈文字〉中阵线意象的文化读解》从"细读"海斯特擅长女工这个细节出发,分析其性别角色和阶级身份,以及海斯特身上体现的女权意识的历史的、文化的含意,说明"海斯特并不是、也不应该是女性主义政治正确的简单符号,她连同她手中的绣针,始终都有其应属的时代和文化之根"①。这种旨在历史地思考海斯特的女性特征的批评视角相比于简单地揭示清教思想的压抑性的批评文字要给读者更多的思想启迪,从中也可以看出评价观念的变化。换言之,从"批判"到"汇合"的痕迹还是依稀可见。但同时,也要看到,在这种"汇合"的过程中,免不了受到西方文化批评的过多的影响,尤其是文化批评背后隐含的政治批评,如同以往的阶级论批评,政治批评也会导致"一边倒"的问题。在这个方面,韩敏中发表于1995年的《黑奴暴动与"黑修士":在后殖民语境中读〈贝尼托·塞莱诺〉》②,通过对美国19世纪重要作家麦尔维尔的一个中篇《贝尼托·塞莱诺》的写作过程、文本细节以及批评历史的精湛研究,对近年来因受"政治正确"影响,美国学界把这个作品视为麦尔维尔为黑奴起义张目的观点提出质疑,认为那些政治敏感性很强的解读并没有看到作品的深层含义,麦尔维尔思想的深邃导致的人物塑造的复杂性才是真正应该关注的对象。这篇文章不仅是中国麦尔维尔研究取得的重要成就,更是表明中国学者对西方流行的批评样式的警惕,这是非常值得我们喝彩的,也可以看成是另一条线路的"汇合",即真正回到文学研

---

① 陈榕:《霍桑〈红字〉中针线意象的文化读解》,《外国文学评论》2007年第2期。

② 《外国文学评论》2005年第4期。

究之中去。

毋庸违言,“批判”与“汇合”只是一种粗线条的扫描,肯定不能涵盖30年来美国文学研究走过的风风雨雨,取得的杰出成就。此外,需要再次强调的是,“批判”主要是指与具体时代相关的一种受意识形态牵制的思想观念,以及由此导致的评价惯性和批评手段。从一般意义上说,文学批评当然离不开批判意识;另一方面,任何撇开意识形态的批评也是不现实的。这实际上涉及文学批评的立场问题。在谈到90年代的中国文学批评时,有人指出,在文化价值多元的名义下将价值相对性推向极致,很多平庸的作家和作品被冠以诸如“扛鼎之作”之类的响亮名字,批评失去了立场。① 早在80年代初朱虹就对《飘》这样的畅销作品进入外国文学出版之列提出了批评,认为它们只是消遣书而已,并没有多大的思想内容,“在文学史上是不入流的”。② 我们知道《飘》现在已经进入了我们的文学史,杨任敬在其撰写的《二十世纪美国文学史》中专辟一章讨论20世纪早期至30年代的畅销书和通俗小说,玛格丽特·米切尔1936年出版的《飘》赫然在目;当然即便是进入了文学史,也不能说就是“入流”了,但从现在的角度来看,至少有一点已是事实,即通俗文学也可以成为研究的对象,这多少与文化多元化观念影响文学研究有关,也是近年来文学批评的一个走向。不过,这并不等于就不要批判意识,朱虹指出《飘》的人物描写非常程式化,虽然情节扣人心弦,但始终未能交织成现实历史社会的艺术再现③。这样的评述尽管有着以批判现实主义为主要评判标准的时代痕迹,但是提出的问题不可谓不切中要害。相比之下,很长时间以来,我们的研究在走向“汇合”的过程中含有很多“复制”的内容,介绍多,跟踪多,照搬也不少。这当然是需要的,对外国文学研究而言,可能更是免不了的必要,因为首先要知道,然后才能有所研究,但是,与此同时,批评的

---

① 参见林舟:《1990年代的知识分子与文学论争》,《上海文化》2009年第4期,引自《文汇读书周报》2009年7月24日第三版。

② 朱虹:《英美文学散论》,三联书店1984年版,第324页。

③ 参见朱虹:《英美文学散论》,三联书店1984年版,第322—323页。

立场,批判的意识可以让研究更上层次,归根到底,研究的目的是既要说明问题,也要指出问题。就美国文学研究而言,在作品翻译与介绍、文学史编写、理论跟踪等方面的数量、广度、深度都已经达到一定规模和程度的今天,批评立场和批判意识会让我们在经典之争、族裔文学研究、跨学科视域、文化读解与文学性关系、美国价值观与美国文学以及美国文学史编撰、美国文学研究中中国学者的主体意识等方面做出我们自己的更有价值的判断。这或许是总结和反思从"批判"到"汇合"轨迹得出的一点教益。

参考书目

昂智慧:《文本与世界:保尔·德曼文学批评理论研究》,上海:上海人民出版社,2009年。

鲍屡平:《乔叟诗篇研究》,杭州:杭州大学出版社,1990年。

鲍晓兰:《西方女性主义研究评介》,北京:生活·读书·新知三联书店,1995年。

鲍忠明:《最辉煌的失败:福克纳对黑人群体的探索》,北京:北京理工大学出版社,2009年。

北城:《圣地灵音:泰戈尔其人其作》,合肥:安徽文艺出版社,1999年。

蔡春露:《威廉·加迪斯小说中的熵》,厦门:厦门大学出版社,2004年。

蔡毅:《日本汉诗论稿》,北京:中华书局,2007年。

曹树钧、孙福良:《莎士比亚在中国舞台上》,哈尔滨:哈尔滨出版社,1994年。

岑朗天:《村上春树与后虚无年代》,北京:新星出版社,2006年。

岑玮:《女性身份的嬗变:莉莲·海尔曼与玛莎·诺曼剧作研究》,济南:山东大学出版社,2009年。

常耀信:《美国文学史》,天津:南开大学出版社,2006年。

陈兵:《帝国与认同:鲁德亚德·吉卜林印度题材小说研究》,合肥:中国科学技术大学出版社,2007年。

陈才艺:《湖畔对歌:柯尔律治和华兹华斯交往中的诗歌研究》,成都:四川人民出版社,2007年。

陈才宇:《英国古代诗歌》,杭州:杭州大学出版社,1994年。

陈惇:《莫里哀和他的喜剧》,北京:北京出版社,1981年。

陈厚诚、王宁编:《西方当代文学批评在中国》,天津:百花文艺出版社,2000年。

陈茂林:《诗意栖居:亨利·大卫·梭罗的生态批评》,杭州:浙江大学出版社,2009年。
陈榕:《亨利·詹姆斯小说中儿童的物化现象》,开封:河南大学出版社,2004年。
陈世丹:《美国后现代主义小说艺术论》,大连:辽宁师范大学出版社,2002年。
陈许:《美国西部小说研究》,北京:北京大学出版社,2004年。
陈振尧:《法国文学》,北京:外语教学与研究出版社,2000年。
陈众议、王留栓:《西班牙文学简史》,上海:外语教育出版社,2006年。
陈众议:《博尔赫斯》,北京:华夏出版社,2001年。
陈众议:《加西亚·马尔克斯评传》,杭州:浙江文艺出版社,1999年。
陈众议:《拉美当代小说流派》,北京:社会科学文献出版社,1995年。
陈众议:《魔幻现实主义大师——加西亚·马尔克斯》,郑州:黄河文艺出版社,1988年。
陈众议:《塞万提斯学术史研究》,南京:译林出版社,2011年。
陈众议:《西班牙文学:黄金世纪研究》,南京:译林出版社,2007年。
陈众议主编:《当代中国外国文学研究(1949—2009)》,北京:中国社会科学出版社,2011年。
程爱民:《20世纪美国华裔小说研究》,南京:南京大学出版社,2009年。
程爱民:《美国华裔文学研究》,北京:北京大学出版社,2003年。
程虹:《宁静无价:英美自然文学散论》,上海:上海人民出版社,2009年。
程锡麟:《当代美国小说理论》,北京:外语教学与研究出版社,2001年。
程锡麟:《虚构与现实:二十世纪美国文学》,成都:四川人民出版社,2002年。
程正民:《巴赫金的文化诗学》,北京:北京师范大学出版社,2001年。
崔少元:《亨利·詹姆斯国际题材小说的欧美文化差异》,天津:天津社会科学院出版社,2001年。
代显梅:《传统与现代之间:亨利·詹姆斯的小说理论》,北京:社会科学文献出版社,2006年。
代显梅:《亨利·詹姆斯笔下的美国人》,北京:中国人民大学出版社,2007年。
戴桂玉:《海明威小说中的妇女及其社会性别角色》,广州:花城出版社,2002年。
戴桂玉:《后现代语境下海明威的生态观和性属观》,北京:中国社会科学出版社,2009年。
邓艳艳:《从批评到诗歌:艾略特与但丁的关系研究》,北京:中国社会科学出版社,

2009年。
丁宏为:《理念与悲曲:华兹华斯后革命之变》,北京:北京大学出版社,2002年。
丁建宁:《超越的可能:作为知识分子的乔叟》(英文),北京:北京大学出版社,2010年。
丁世忠:《哈代小说伦理思想研究》,成都:巴蜀书社,2008年。
丁子春:《法国小说与思潮流派》,北京:团结出版社,1991年。
董衡巽:《海明威评传》,杭州:浙江文艺出版社,1999年。
董衡巽:《美国现代小说风格》,北京:中国社会科学出版社,1997年。
董衡巽等:《美国文学简史》,北京:人民文学出版社,1986年。
董衡巽等:《美国现代小说家论》,北京:中国社会科学出版社,1987年。
董洪川:《"荒原"之风:T.S.艾略特在中国》,北京:北京大学出版社,2004年。
董俊峰:《英美悲剧小说研究》,海口:海南出版社,2002年。
董希文:《文学文本理论研究》,北京:社会科学文献出版社2006年。
董小英:《再登巴比伦塔:巴赫金与对话理论》,北京:生活·读书·新知三联书店,1994年。
董燕生:《西班牙文学》,北京:外语教学与研究出版社,1998年。
杜吉泽:《萨特:人的能动性思想析评》,东营:石油大学出版社,1993年。
杜家利:《迷失与折返:海明威文本"花园路径现象"研究》,北京:中国社会科学出版社,2008年。
杜隽:《乔治艾略特小说的伦理批评》,上海:学林出版社,2006年。
杜青钢:《米修与中国文化》,北京:社会科学文献出版社,2000年。
杜小真:《萨特引论》,北京:商务印书馆,2007年。
段若川:《遭贬谪的缪斯:玛利亚·路易莎·邦巴尔》,郑州:河南文艺出版社,2007年。
法胡里:《阿拉伯文学史》,郅溥浩译,银川:宁夏人民出版社,2008年。
范大灿主编:《德国文学史》五卷本,南京:译林出版社,2006—2008年。
方成:《美国自然主义文学传统的文化建构与价值传承》,上海:上海外语教育出版社,2007年。
方凡:《威廉·加斯的元小说理论与实践》,杭州:浙江大学出版社,2006年。
方厚枢、魏玉山:《中国出版通史·中华人民共和国卷》,北京:中国书籍出版社,2008年。

方克强:《文学人类学批评》,上海:上海社会科学院出版社,1992 年。

方珊:《形式主义文论》,济南:山东教育出版社,1999 年。

方文开:《人性・自然・精神家园:霍桑及其现代性研究》,上海:上海外语教育出版社,2008 年。

方瑛:《略论拉丁美洲文学》,北京:北京语言学院出版社,1994 年。

冯川:《荣格的精神:一个英雄与圣人的神话》,海口:海南出版社,2006 年。

冯茜:《英国的石楠花在中国——勃朗特姐妹作品在中国的流布及影响》,北京:中国社会科学出版社,2008 年。

冯至:《论歌德》,上海:上海文艺出版社,1988 年。

伏爱华:《想象・自由:萨特存在主义美学思想研究》,合肥:安徽大学出版社,2009 年。

付冬:《美国 19 世纪浪漫主义小说家的文体解读》,长春:吉林人民出版社,2009 年。

傅晓微:《上帝是谁:辛格创作及其对中国文坛的影响》,北京:人民文学出版社,2006 年。

傅修延:《讲故事的奥秘:文学叙述论》,南昌:百花洲文艺出版社,1993 年。

傅修延:《文本学——文本主义文论系统研究》,北京:北京大学出版社,2004 年。

甘海岚编著:《泰戈尔》,北京:中国和平出版社,1996 年。

甘文平:《论罗伯特・斯通和梯姆・奥布莱恩:有关越南战争的小说》,厦门:厦门大学出版社,2004 年。

高继海:《伊夫林・沃小说艺术》,郑州:河南大学出版社,1997 年。

高建为:《自然主义诗学及其在世界各国的传播和影响》,南昌:江西教育出版社,2004 年。

高建为:《左拉研究》,北京:中国社会出版社, 2005 年。

高万隆:《婚恋・ 女权・ 小说——哈代与劳伦斯小说的主题研究》,北京:中国社会科学出版社,2009 年。

高文汉、韩梅:《东亚汉文学关系研究》,北京:中国社会科学出版社,2010 年。

高文汉:《中日古代文学比较研究》,山东:山东教育出版社,1999 年。

葛力、姚鹏:《启蒙思想泰斗伏尔泰》,北京:世界知识出版社,1989 年。

宫宝荣:《法国戏剧百年:1880—1980》,北京:生活・读书・新知三联书店,2001 年。

宫宝荣:《梨园香飘塞纳——20 世纪法国戏剧流派研究》,上海:上海书店出版社,2008 年。

龚瀚熊:《西方文学研究》,福州:福建人民出版社,2005年。

龚觅:《佩雷克研究》,上海:上海教育出版社,2008年。

桂扬清等:《英国戏剧史》,南京:江苏教育出版社,1994年。

郭宏安:《波德莱尔诗论及其他》,上海:同济大学出版社,2006年。

郭宏安:《从蒙田到加缪:重建法国文学的阅读空间》,北京:生活·读书·新知三联书店,2007年。

郭宏安:《二十世纪西方文论研究》,北京:中国社会科学出版社,1997年。

郭宏安:《阳光与阴影的交织:郭宏安读加缪》,南京:译林出版社,2011年。

郭晖:《琼生颂诗研究》(英文),北京:中国对外翻译出版公司,2009年。

郭继德:《20世纪美国文学:梦想与现实》,北京:外语教学与研究出版社,2004年。

郭继德:《当代美国戏剧》,济南:山东大学出版社,1994年。

郝田虎:《〈缪斯的花园〉:早期现代英国札记书研究》,北京:北京大学出版社,2014年。

何乃英:《川端康成和〈雪国〉》,沈阳:辽宁大学出版社,2001年。

何乃英:《泰戈尔传略》,天津:天津人民出版社,1983年。

何乃英:《新编简明东方文学》,北京:中国人民大学出版社,2007年。

何宁:《现代性的焦虑:菲茨杰拉德与1920年代》,南京:南京大学出版社,2009年。

何其莘:《英国戏剧史》,南京:译林出版社,1999年。

何肖朗:《后现代主义视阈中的现代美英非虚构文学》,厦门:厦门大学出版社,2008年。

贺昌盛:《想象的"互塑":中美叙事文学因缘》,南京:南京大学出版社,2009年。

黑古一夫:《村上春树——转换中的迷失》,秦刚、王海蓝译,北京:中国广播电视出版社,2008年。

黑古一夫:《大江健三郎传说》,翁家慧译,北京:中国广播电视出版社,2008年。

洪增流:《美国文学中上帝形象的演变》,北京:中国社会科学出版社,2009年。

侯传文:《寂园飞鸟:泰戈尔传》,石家庄:河北人民出版社,1999年。

侯传文:《跨文化视野中的东方文学传统》,北京:中国社会科学出版社,2014年。

侯鸿勋:《孟德斯鸠及其启蒙思想》,北京:人民出版社,1992年。

胡海:《显微镜中看人生:自然主义文学》,海口:海南出版社,1993年。

胡家峦:《历史的星空:文艺复兴时期英国诗歌与西方传统宇宙论》,北京:北京大学出版社,2001年。

胡家峦:《文艺复兴时期英国诗歌与园林传统》,北京:北京大学出版社,2008 年。
胡经之、张首映:《西方二十世纪文论史》,北京:中国社会科学出版社,1988 年。
胡俊:《非裔美国人探求身份之路:对托妮·莫里森的小说研究》,北京:北京语言大学出版社,2007 年。
胡强:《康拉德政治三部曲研究》,北京:中国社会科学出版社,2008 年。
胡全生:《英美后现代主义小说叙述结构研究》,上海:复旦大学出版社,2002 年。
胡山林:《惠特曼诗歌精选评析》,开封:河南大学出版社,2006 年。
胡亚敏:《美国越南战争:从想象到幻灭:论美国越战叙事文学对越战的解读》,上海:复旦大学出版社,2009 年。
胡勇:《文化的乡愁:美国华裔文学的文化认同》,北京:中国戏剧出版社,2003 年。
户思社:《玛格丽特·杜拉斯研究》,上海:复旦大学出版社, 2007 年。
黄芙蓉:《记忆传承与重构:论汤亭亭小说中族裔身份构建》,哈尔滨:哈尔滨工业大学出版社,2009 年。
黄桂友:《全球视野下的亚裔美国文学》,北京:外语教学与研究出版社,2009 年。
黄晋凯:《巴尔扎克和〈人间喜剧〉》,北京:北京出版社, 1981 年。
黄晋凯:《尤内斯库画传——荒诞派舞台的国王》,北京:中央编译出版社,2008 年。
黄晋凯等主编:“外国文学流派研究资料丛书”之《荒诞派戏剧》,北京:中国人民大学出版社, 1996 年。
黄晋凯等主编:“外国文学流派研究资料丛书”之《未来主义·超现实主义》,北京:中国人民大学出版社, 1994 年。
黄晋凯等主编:“外国文学流派研究资料丛书”之《象征主义、意象派》,北京:中国人民大学出版社, 1989 年。
黄铁池:《当代美国小说研究》,上海:学林出版社,2000 年。
黄文贵:《存在的“启示”:萨特及其作品》,海口:海南出版社, 1993 年。
黄云明:《罗曼蒂克的歌者——让·雅克·卢梭》,保定:河北大学出版社,2005 年。
黄忠晶:《百年萨特 :一个自由精灵的历程》,北京:中央编译出版社, 2005 年。
黄忠晶:《超越第二性:百年波伏瓦》,北京:中共中央党校出版社, 2007 年。
黄宗英:《抒情史诗论:美国现当代长篇诗歌艺术管窥》,北京:北京大学出版社,2003 年。
黄宗英:《一条行人稀少的路:弗洛斯特诗歌艺术管窥》,北京:北京大学出版社,2000 年。

黄作:《不思之说——拉康主体理论研究》,北京:人民出版社,2005年。
惠敏:《当代美国大众文化的历史解读》,济南:齐鲁书社,2009年。
季羡林主编、刘安武第一副主编:《东方文学史》,长春:吉林教育出版社,1995年。
江龙:《解读存在:戏剧家萨特与萨特戏剧》,长沙:湖南大学出版社,2001年。
江宁康:《美国当代文化阐释》,沈阳:辽宁教育出版社,2005年。
江宁康:《美国当代文学与美利坚民族认同》,南京:南京大学出版社,2008年。
姜智芹:《傅满洲与陈查理——美国大众文化中的中国形象》,南京:南京大学出版社,2007年。
姜智芹:《镜像后的文化冲突与文化认同:英美文学中的中国形象》,北京:中华书局,2008年。
蒋承勇等:《欧美自然主义文学的现代阐释》,上海:复旦大学出版社,2002年。
蒋道超:《德莱塞研究》,上海:上海外语教育出版社,2003年。
蒋芳:《巴尔扎克在中国》,北京:中国社会科学出版社,2009年。
蒋洪新:《英诗新方向:庞德、艾略特诗学理论与文化批评研究》,长沙:湖南教育出版社,2001年。
蒋欣欣:《托尼·莫里森小说中黑人女性的身份认同研究》,长沙:湖南人民出版社,2008年。
焦耳、于晓丹:《贝克特:荒诞文学大师》,长春:长春出版社,1995年。
焦小婷:《多元的梦想:"百衲被"审美与托尼·莫里森的艺术诉求》,开封:河南大学出版社,2008年。
杰·鲁宾:《倾听村上春树——村上春树的艺术世界》,冯涛译,上海:上海译文出版社,2006年。
金德全、李清安编选:《西蒙娜·德·波伏瓦研究》,北京:中国社会科学出版社,1992年。
金衡山:《厄普代克与当代美国社会:厄普代克十部小说研究》,北京:北京大学出版社,2008年。
金衡山:《自我的分裂:厄普代克"兔子四部曲"中的当代美国》,北京:外文出版社,2006年。
金莉、秦亚青:《美国文学》,北京:外语教育与研究出版社,1999年。
金莉:《文学女性与女性文学:19世纪美国女性小说家及作品》,北京:外语教学与研究出版社,2004年。

金元浦:《接受反应文论》,济南:山东教育出版社,1998 年。
金元浦:《文学解释学》,长春:东北师范大学出版社,1997 年。
郎芳、汉人编著:《泰戈尔》,沈阳:辽海出版社,1998 年。
老高放:《超现实主义导论》,北京:社会科学文献出版社,1997 年。
雷世文:《相约挪威的森林——村上春树的世界》,北京:华夏出版社,2005 年。
黎跃进:《东方文学史论》,长沙:湖南人民出版社,2000 年。
李琛:《阿拉伯现代文学与神秘主义》,北京:社会科学文献出版社,2000 年。
李德恩:《拉美文学流派与文化》,上海:上海外语教育出版社,2010 年。
李枫:《诗人的神学——柯尔律治的浪漫主义思想》,北京:社会科学文献出版社,2008 年。
李凤亮:《诗·思·史:冲突与融合——米兰·昆德拉小说诗学引论》,北京:商务印书馆,2006 年。
李赋宁、何其莘编:《英国中古时期文学史》,北京:外语教学与研究出版社,2006 年。
李赋宁主编:《欧洲文学史》(第 1 卷),北京:商务印书馆,1999 年。
李赋宁主编:《欧洲文学史》(第 2 卷、第 3 卷),北京:商务印书馆,2001 年。
李赋宁:《英国文学论述文集》,北京:外语教学与研究出版社,1997 年。
李赋宁:《英语史》,北京:商务印书馆,1991 年。
李赋宁总主编:《新编欧洲文学史》(一至三卷),北京:商务印书馆,2001 年。
李公昭:《20 世纪美国文学导论》,西安:西安交通大学出版社,2000 年。
李广仓:《结构主义文学批评方法研究》,长沙:湖南大学出版社,2006 年。
李贵苍:《文化的重量:解读当代华裔美国文学》,北京:人民文学出版社,2006 年。
李家巍:《泰戈尔》,沈阳:辽海出版社,2005 年。
李杰:《荒谬人格:萨特》,武汉:长江文艺出版社,1996 年。
李钧:《存在主义文论》,济南:山东教育出版社,2000 年。
李俊清:《艾略特与〈荒原〉》,北京:人民文学出版社,2007 年。
李莉:《威拉·凯瑟的记忆书写研究》,成都:四川大学出版社,2009 年。
李美华:《琼·狄第恩作品中新新闻主义、女权主义和后现代主义的多角度展现》,厦门:厦门大学出版社,2006 年。
李萌羽:《多维视野中的沈从文和福克纳小说》,济南:齐鲁书社,2009 年。
李明滨、陈东主编:《文学史重构与名著重读》,北京:北京大学出版社,1996 年。
李平沤:《如歌的教育历程:卢梭〈爱弥儿〉如是说》,济南:山东人民出版社,2008 年。

李奇志:《自然人格——卢梭》,武汉:长江文艺出版社,2000年。

李清安编选:《圣艾克苏贝里研究》,北京:中国社会科学出版社,1992年。

李荣:《阿拉伯的中国形象》,北京:人民出版社,2010年。

李如茹:*Shashibiya: Staging Shakespeare in China*,香港:香港大学出版社,2003年。

李时学:《颠覆的力量:20世纪西方左翼戏剧研究》,厦门:厦门大学出版社,2012年。

李树果:《日本读本小说与明清小说——中日文化交流史的透视》,天津:天津人民出版社,1998年。

李树欣:《异国形象:海明威小说中的现代文化寓言》,北京:中国社会科学出版社,2009年。

李维屏:《英美现代主义文学概观》,上海:上海外语教育出版社,1998年。

李伟昉:《梁实秋莎评研究》,北京:商务印书馆,2011年。

李伟民:《中国莎士比亚批评史》,北京:中国戏剧出版社,2006年。

李文俊:《福克纳的神话》,上海:上海译文出版社,2008年。

李宪瑜:《二十世纪中国翻译文学史:三四十年代·英法美卷》,天津:百花文艺出版社,2009年。

李小均:《自由与反讽:纳博科夫的思想与创作》,南昌:百花洲文艺出版社,2007年。

李辛生等:《自由的迷惘:萨特存在主义哲学剖视》,广州:广东高等教育出版社,1991年。

李秀清:《帝国意识与吉卜林的文学写作》,北京:对外经济贸易大学出版社,2010年。

李亚凡:《波伏瓦:一位追求自由的女性》,北京:人民文学出版社,2005年。

李亚萍:《故国回望:20世纪中后期美国华文文学主题研究》,北京:中国社会科学出版社,2006年。

李杨:《美国南方文学后现代时期的嬗变》,济南:山东大学出版社,2006年。

李耀宗:《诸神的黎明与欧洲诗歌的新开始:噢西坦抒情诗》,台北:允晨文化实业股份有限公司,2008年。

李野光:《惠特曼评传》,上海:上海文艺出版社,1988年。

李应志:《解构的文化政治实践:斯皮瓦克后殖民文化批评研究》,上海:上海三联书店,2008年。

李瑜译:《文艺复兴书信集》,上海:学林出版社,2002年。

李元:《加缪的新人本主义哲学》,上海:上海社会科学院出版社,2007年。

李元:《唯美主义的浪荡子——奥斯卡·王尔德研究》,北京:外语教学与研究出版社,

2008年。
李峥:《美国早期戏剧与电影中的中国人形象》,上海:上海交通大学出版社,2009年。
李正栓:《美国诗歌研究》,北京:北京大学出版社,2007年。
李正栓:《英国文艺复兴时期诗歌研究》,保定:河北大学出版社,2006年。
李忠敏:《宗教文化视域中的卡夫卡诗学》,北京:中国社会科学出版社,2012年。
连燕堂:《二十世纪中国翻译文学史(近代卷)》,天津:百花文艺出版社,2009年。
梁实秋:《英国文学史》第一卷,台北:协志工业丛书,1985年。
梁永安:《重建总体性:与杰姆逊对话》,成都:四川人民出版社,2003年。
廖炜春:《服饰造性别:英国文艺复兴与中国明清戏剧中的换装和性别》(英文),上海:上海译文出版社,2005年。
廖星桥:《法国现当代文学论》,长沙:湖南师范大学出版社,1991年。
廖星桥:《萨特》,成都:四川人民出版社,2002年。
林斌:《精神隔绝与文本越界:卡森·麦卡勒斯四十年代小说哥特主题之后》,天津:天津人民出版社,2006年。
林丰民:《为爱而歌:科威特女诗人苏阿德·萨巴赫研究》,北京:中国华侨出版社,2000年。
林丰民:《文化转型中的阿拉伯现代文学》,北京:北京大学出版社,2007年。
林丰民等著:《中国文学与阿拉伯文学比较研究》,北京:昆仑出版社,2011年。
林和生:《犹太人卡夫卡》,兰州:敦煌文艺出版社,2003年。
林涧:《问谱系:中美文化视野下的美华文学研究》,上海:上海译文出版社,2006年。
林芊:《历史理性与理性史学:伏尔泰史学思想研究》,贵阳:贵州人民出版社,2005年。
林少华:《村上春树和他的作品》,宁夏:宁夏人民出版社,2005年。
林少华:《为了灵魂的自由——村上春树的文学世界》,北京:中国友谊出版公司,2010年。
林学锦:《萨特、卡夫卡的评价及其他》,北京:中国文联出版社,1999年。
林一安编:《加西亚·马尔克斯研究》,昆明:云南人民出版社,1993年。
林元富:《论伊什梅尔·里德后现代主义小说的戏仿艺术》,厦门:厦门大学出版社,2008年。
刘板盛:《凡尔纳:1828～1905》,沈阳:辽宁人民出版社,1985年。
刘保安:《英美浪漫主义诗歌研究》,长春:吉林人民出版社,2009年。

刘成富:《20世纪法国"反文学"研究》,南京:江苏文艺出版社,2002年。

刘登翰:《双重经验的跨域书写:20世纪美华文学史论》,上海:上海三联书店,2007年。

刘海平、王守仁主编:《新编美国文学史》,上海:上海外语教育出版社,2002年。

刘海平、朱东霖:《中美文化在戏剧中交流——奥尼尔与中国》,南京:南京大学出版社,1988年。

刘洪一:《走向文化诗学:美国犹太小说研究》,北京:北京大学出版社,2002年。

刘会新编著:《东方诗圣泰戈尔》,北京:北方妇女儿童出版社,2007年。

刘建华:《文本与他者:福克纳解读》,北京:北京大学出版社,2002年。

刘建军:《欧洲中世纪文学论稿:从公元5世纪到13世纪末》,北京:中华书局,2010年。

刘进:《弗雷德里克·詹姆逊文化诗学研究》,成都:巴蜀书社,2003年。

刘进:《乔叟梦幻诗研究:权威与经验之对话》,北京:社会科学文献出版社,2011年。

刘立辉:《生命和谐:斯宾塞〈仙后〉内在主题研究》(英文),北京:外语教学与研究出版社,2004年。

刘茂生:《王尔德创作的伦理思想研究》,武汉:华中师范大学出版社,2008年。

刘明厚:《二十世纪法国戏剧》,上海:上海文艺出版社,2000年。

刘乃银:《巴赫金的理论与〈坎特伯雷故事集〉》(英文),上海:华东师范大学出版社,1999年。

刘强:《荒诞派戏剧艺术论》,合肥:安徽文艺出版社,1997年。

刘泉、凤媛:《夜深人不静——走进弗洛伊德的〈梦的解析〉》,北京:北京师范大学出版社,2007年。

刘绍学:《理性之剑——重读伏尔泰》,成都:四川人民出版社年,1997年。

刘世衡:《难以摆脱的幻象缠绕:齐泽克意识形态理论研究》,北京:知识产权出版社,2011年。

刘守兰:《狄金森研究》,上海:上海外语教育出版社,2006年。

刘卫伟编:《泰戈尔》,呼和浩特:远方出版社,2006年。

刘文松:《索尔·贝娄小说中的权力关系及其女性表征》,厦门:厦门大学出版社,2004年。

刘小枫、陈少明主编:《卢梭的苏格拉底主义》,北京:华夏出版社,2005年。

刘心莲:《罗伯特·斯蒂文森作品导读》,武汉:武汉大学出版社,2003年。

刘须明:《约翰·罗斯金艺术美学思想研究》,南京:东南大学出版社,2010年。
刘彦君:《东西方戏剧进程》,北京:文化艺术出版社,1997年。
刘燕:《现代批评之始——T. S. 艾略特诗学研究》,桂林:广西师范大学出版社,2005年。
刘意青、罗芃主编:《经典作家作品研究》(欧美文学论丛第一辑),北京:人民文学出版社,2002年。
刘玉:《文化对抗:后殖民氛围中的三位美国当代印第安女作家》,厦门:厦门大学出版社,2008年。
刘岳、马相武:《拉丁美洲文学简史》,海口:海南出版社,1993年。
柳鸣九、罗新璋编选:《马尔罗研究》,桂林:漓江出版社,1984年。
柳鸣九、罗新璋编选:《萨特研究》,北京:中国社会科学出版社,1981年。
柳鸣九:《法国廿世纪文学散论:从普鲁斯特到“新小说”》,广州:花城出版社,1993年。
柳鸣九:《法兰西文学大师十论》,上海:复旦大学出版社,2004年。
柳鸣九:《自然主义大师左拉》,上海:上海文艺出版社,1989年。
柳鸣九编选:《新小说派研究》,北京:中国社会科学出版社,1986年。
柳鸣九编选:《尤瑟纳尔研究》,桂林:漓江出版社,1987年。
柳鸣九等:《法国文学史》(上、中、下),北京:人民文学出版社,1979、1981、1991年,2007年修订本。
柳鸣九主编:《从现代主义到后现代主义》,北京:中国社会科学出版社,1994年。
柳鸣九主编:《存在文学与文学中的存在》,北京:中国社会科学出版社,1997年。
柳鸣九主编:《二十世纪文学中的荒诞》,北京:中国社会科学出版社,1993年。
柳鸣九主编:《二十世纪现实主义》,北京:中国社会科学出版社,1992年。
柳鸣九主编:《未来主义 超现实主义 魔幻现实主义》,北京:中国社会科学出版社,1987年。
柳鸣九主编:《意识流》,北京:中国社会科学出版社,1989年。
柳鸣九主编:《自然主义》,北京:中国社会科学出版社,1988年。
龙艳:《激进而保守的女性主义:英国作家乔治艾略特研究》,北京:外语教学与研究出版社,2008年。
卢敏:《美国浪漫主义时期小说类型研究》,上海:上海人民出版社,2008年。
卢盛江:《空海与文镜秘府论》,宁夏:宁夏人民出版社,2005年。

卢盛江:《文镜秘府论汇校汇考》,北京:中华书局,2006年。

陆谷孙:《莎士比亚研究十讲》,上海:复旦大学出版社,2005年。

陆薇:《走向文化研究的华裔美国文学》,北京:中华书局,2007年。

陆扬:《精神分析文论》,济南:山东教育出版社,2005年。

陆扬:《欧洲中世纪诗学》,上海:上海社会科学院出版社,2000年。

路邈:《远藤周作——日本基督宗教文学的先驱》,北京:宗教文化出版社,2002年。

罗大冈:《论罗曼·罗兰:评资产阶级人道主义的破产》,上海:上海文艺出版社,1979年。

罗钢:《叙事学导论》,昆明:云南人民出版社,1994年。

罗经国:《狄更斯的创作》,沈阳:辽宁大学出版社,2001年。

罗芃、任光宣主编:《圣经、神话传说与文学》(欧美文学论丛第五辑),北京:人民文学出版社,2006年。

罗芃主编:《文学与艺术》(欧美文学论丛第八辑),北京:人民文学出版社,2013年。

罗小云:《美国西部文学》,合肥:安徽教育出版社,2009年。

罗新璋编选:《莫洛亚研究》,桂林:漓江出版社,1988年。

马建军:《乔治·艾略特研究》,武汉:武汉大学出版社,2007年。

马骏:《日本上代文学和习问题研究》,北京:北京大学出版社,2012年。

马衰(马文谦):《菲利浦·麦辛哲的悲剧》(英文),北京:北京大学出版社,1998年。

马兴国:《中国古典小说与日本文学》,辽宁:辽宁教育出版社,1993年。

马元龙:《精神分析:从文学到政治》,北京:人民出版社,2011年。

马征:《文化间性视野中的纪伯伦研究》,北京:中国社会科学出版社,2010年。

毛明:《跨越时空的对话:美国诗人斯奈德的生态学与中国自然审美观》,北京:光明日报出版社,2008年。

毛世昌:《印度两大史诗和泰戈尔作品中的女性人物研究》,兰州:兰州大学出版社,2009年。

毛信德:《美国黑人文学的巨星:托妮·莫里森小说创作论》,杭州:浙江大学出版社,2006年。

毛信德:《美国小说发展史》,杭州:浙江大学出版社,2004年。

孟复:《西班牙文学简史》,成都:四川人民出版社,1982年。

孟华:《伏尔泰与孔子》,北京:新华出版社,1993年。

孟庆枢、杨守森:《西方文论》,北京:高等教育出版社,2007年。

孟宪强:《马克思恩格斯与莎士比亚》,西安:陕西人民出版社,1984年。

孟宪强:《三色堇:〈哈姆莱特〉解读》,北京:商务印书馆,2007年。

孟宪强:《中国莎学简史》,长春:东北师范大学出版社,1994年。

孟宪义:《巴尔扎克的〈人间喜剧〉与美》,哈尔滨:黑龙江教育出版社,1992年。

孟昭毅、黎跃进编著:《简明东方文学史》,北京:北京大学出版社,2005年。

莫琼莎:《野间宏文学研究:以“全小说”创作为中心》,天津:南开大学出版社,2012年。

牟雷:《雾都明灯:狄更斯传》,石家庄:河北人民出版社,1999年。

南帆:《文学理论新读本》,杭州:浙江文艺出版社,2002年。

内田树:《当心村上春树》,杨伟、蒋葳译,重庆:重庆出版社,2009年。

倪正芳:《拜伦研究》,北京:中国广播电视出版社,2005年。

倪正芳:《拜伦与中国》,西宁:青海人民出版社,2008年。

聂珍钊:《悲戚而刚毅的小说家——托马斯·哈代小说研究》,武汉:华中师范大学出版社,1992年。

潘志明:《作为策略的罗曼司》,北京:外语教学与研究出版社,2008年。

庞好农:《文化移入碰撞下的三重意识:理查德·赖特的四部长篇小说研究》,上海:上海大学出版社,2007年。

彭建华:《现代中国的法国文学接受:革新的时代、人、期刊、出版社》,北京:中国书籍出版社,2008年。

彭予:《美国自白诗探索》,北京:社会科学文献出版社,2004年。

蒲若茜:《族裔经验与文化想象:华裔美国小说典型母题研究》,北京:中国社会科学出版社,2006年。

钱林森:《法国作家与中国》,福州:福建教育出版社,1995年。

钱满素:《爱默生和中国:对个人主义的反思》,上海:上海三联书店,1996年。

钱满素:《美国当代小说家论》,北京:中国社会科学出版社 ,1987年。

乔国强:《美国犹太文学》,北京:商务印书馆,2008年。

乔国强:《辛格研究》,上海:上海外语教育出版社,2008年。

秦弓:《二十世纪中国翻译文学史. 五四时期卷》,天津:百花文艺出版社,2009年。

秦海鹰主编:《法国文学与宗教》(欧美文学论丛第六辑),北京:人民文学出版社,2011年。

秦勇:《巴赫金躯体理论研究》,北京:中国社会科学出版社,2009年。

邱平壤:《海明威研究在中国》,哈尔滨:黑龙江教育出版社,1990年。

裘克安:《莎士比亚评介文集》,北京:商务印书馆,2006年。

冉云飞:《陷阱里的先锋——博尔赫斯》,成都:四川人民出版社,1998年版。

任光宣主编:《欧美文学与宗教》(欧美文学论丛第二辑),北京:人民文学出版社,2002年。

任明耀:《博马舍》,沈阳:辽宁人民出版社,1988年。

任翔:《文化危机时代的文学抉择:爱伦·坡与侦探小说探究》,北京:北京师范大学出版社,2006年。

阮珅主编:《莎士比亚新论》,武汉:武汉大学出版社,1994年。

芮渝萍:《美国成长小说研究》,北京:中国社会科学出版社,2004年。

单德兴:《故事与新生:华美文学与文化研究》,天津:南开大学出版社,2009年。

单德兴:《重建美国文学史》,北京:北京大学出版社,2006年。

尚杰:《尚杰讲狄德罗》,北京:北京大学出版社,2008年。

尚杰:《尚杰讲卢梭》,北京:北京大学出版社,2008年。

尚晓进:《走向艺术:冯内古特小说研究》,上海:上海大学出版社,2006年。

申丹、秦海鹰主编:《欧美文论研究》(欧美文学论丛第三辑),北京:人民文学出版社,2003年。

申丹、王邦维主编:《新中国60年外国文学研究》六卷七册,北京:北京大学出版社,2015年。

申丹:《叙事、文体与潜文本:重读英美经典短篇小说》,北京:北京大学出版社,2009年。

申丹:《叙述学与小说文体学研究》,北京:北京大学出版社,2004年。

申丹:《英美小说叙事理论研究》,北京:北京大学出版社,2005年。

申富英:《英美现代主义文学新视野》,济南:山东大学出版社,2007年。

沈弘:《弥尔顿的撒旦与英国文学传统》,北京:北京大学出版社,2010年。

沈洪益主编:《泰戈尔谈中国》,杭州:浙江文艺出版社,2001年。

沈华柱:《对话的妙语:巴赫金语言哲学思想研究》,上海:上海三联书店,2005年。

沈建青:《尤金·奥尼尔女性形象研究》,长沙:湖南教育出版社,2002年。

沈石岩:《西班牙文学史》,北京:北京大学出版社,2006年。

沈志明编选:《阿拉贡研究》,北京:中国社会科学出版社,1986年。

盛澄华:《纪德研究》,上海:森林出版社,1948年。

盛澄华:《盛澄华谈纪德》,桂林:广西师范大学出版社,2012 年

盛力:《阿根廷文学》,北京:外语教学与研究出版社,1999 年。

盛宁:《二十世纪美国文论》,北京:北京大学出版社,1994 年。

施咸荣:《莎士比亚和他的戏剧》,北京:北京出版社,1981 年。

施咸荣:《西风杂草》,桂林:漓江出版社,1986 年。

石坚:《似是故人来——新历史主义视角下的 20 世纪英美文学》,重庆:重庆大学出版社,2008 年。

石平萍:《当代美国少数族裔女作家研究》,成都:成都时代出版社,2007 年。

石平萍:《母女关系与性别、种族的政治:美国华裔妇女文学研究》,开封:河南大学出版社,2004 年。

宋春香:《他者文化语境中的狂欢理论》,北京:中国社会科学出版社,2009 年。

宋德发:《厄普代克中产阶级小说的宗教之维》,湘潭:湘潭大学出版社,2009 年。

宋敏生:《纪德的"那喀索斯情结"与自我追寻》,北京:中国社会科学出版社,2010 年。

宋伟杰:《中国 · 文学 · 美国:美国小说戏剧中的中国形象》,广州:花城出版社,2003 年。

宋岳礼:《20 世纪英美小说流变与选读》,咸阳:西北农林科技大学出版社,2009 年。

苏文菁:《华兹华斯诗学》,北京:社会科学文献出版社,2000 年。

苏新连:《厄普代克:"兔子"与当代美国经验》,徐州:中国矿业大学出版社,2006 年。

孙宏:《中美两国文学中的地域主题研究》,北京:外语教学与研究出版社,2007 年。

孙家琇:《论莎士比亚四大悲剧》,北京:中国戏剧出版社,1988 年。

孙家琇编:《马克思恩格斯和莎士比亚戏剧》,北京:中国戏剧出版社,1981 年。

孙胜忠:《美国成长小说艺术和文化表达研究》,合肥:安徽人民出版社,2008 年。

孙万军:《品钦小说中的混沌与秩序》,保定:河北大学出版社,2008 年。

孙艳娜:*Shakespeare in China*,开封:河南大学出版社,2010 年。

孙宜学:《凋谢的百合——王尔德画像》,上海:同济大学出版社,2009 年。

孙宜学:《泰戈尔与中国》,桂林:广西师范大学出版社,2005 年。

孙宜学编著:《泰戈尔与中国》,石家庄:河北人民出版社,2001 年。

孙宜学主编:《不欢而散的文化聚会——泰戈尔来华演讲及论争》,合肥:安徽教育出版社,2007 年。

索金梅:《庞德〈诗章〉中的儒学》,天津:南开大学出版社,2003 年。

谭少茹:《纳博科夫文学思想研究》,武汉:湖北人民出版社,2009 年。

唐红梅:《种族、性别与身份认同:美国黑人女作家艾丽丝·沃克、托尼·莫里森》,北京:民族出版社,2006年。
唐仁虎等主编:《泰戈尔文学作品研究》,北京:昆仑出版社,2003年。
唐月梅:《怪异鬼才三岛由纪夫传》,北京:作家出版社,1994年。
陶洁:《灯下西窗:美国文学和美国文化》,北京:北京大学出版社,2004年。
陶乃侃:《庞德与中国文化》,北京:首都师范大学出版社,2006年。
滕大春:《卢梭教育思想述评》,北京:人民教育出版社,1984年。
滕威:《"边境"之南——拉丁美洲文学汉译与中国当代文学(1949—1999)》,北京:北京大学出版社,2011年。
田俊武:《约翰·斯坦贝克的小说诗学追求》,北京:中国社会科学出版社,2006年。
田民:《莎士比亚与现代戏剧:从亨利克·易卜生到海纳·米勒》,北京:中国社会科学出版社,2006年。
田亚曼:《母爱与成长:托妮·莫里森小说》,北京:中国社会科学出版社,2009年。
童庆炳主编:《文学理论教程》,北京:高等教育出版社,2004年。
童真:《狄更斯与中国》,湘潭:湘潭大学出版社,2008年。
涂卫群:《从普鲁斯特出发》,北京:社会科学文献出版社,2001年。
万俊人:《萨特伦理思想研究》,北京:北京大学出版社,1988年。
万俊人:《于无深处——重读萨特》,成都:四川人民出版社,1996年。
万书辉:《文化文本的互文性书写:齐泽克对拉康理论的解释》,成都:巴蜀书社,2007年。
汪帮琼:《萨特本体论思想研究》,上海:学林出版社,2006年。
汪剑鸣、詹志和:《法国文学简史》,海口:海南出版社,1993年。
汪剑鸣:《法国文学》,海口:海南出版社,2001年。
汪小玲:《美国黑色幽默小说研究》,上海:上海外语教育出版社,2006年。
汪小玲:《纳博科夫小说艺术研究》,上海:上海外语教育出版社,2008年。
汪义群:《奥尼尔研究》,上海:上海外语教育出版社,2006年。
汪义群:《当代美国戏剧》,上海:上海外语教育出版社,1992年。
王邦维主编:《东方文学学科:建设与发展》,太原:北岳文艺出版,2007年。
王恩铭:《美国反正统文化运动》,北京:北京大学出版社,2008年。
王恩铭:《美国文化与社会》,上海:上海外语教育出版社,2009年。
王逢振:《今日西方文学批评理论》,桂林:漓江出版社,1988年。

王逢振:《意识与批评——现象学、阐释学和文学的意思》,桂林:漓江出版社,1988 年。

王富:《赛义德现象研究》,北京:中国社会科学出版社,2009 年。

王继辉:《论盎格鲁撒克逊文学和古代中国文学中的王权理念:〈贝奥武甫〉与〈宣和遗事〉的比较研究》(英文),北京:北京大学出版社,1996 年。

王建刚:《狂欢诗学:巴赫金文学思想研究》,上海:学林出版社,2001 年。

王建平:《约翰·巴斯研究》,上海:上海外语教育出版社,2008 年。

王敬民:《乔纳森·卡勒诗学研究》,青岛:中国海洋大学出版社,2008 年。

王军:《20 世纪西班牙小说》,北京:北京大学出版社,2007 年。

王军:《诗与思的激情对话》,北京:北京大学出版社,2004 年。

王军:《索莱达·普埃托拉斯的小说世界》,格拉纳达:科玛雷斯出版社,2000 年。

王军:《西班牙当代女性小说》,北京:北京大学出版社,2016 年。

王军主编:《西班牙语国家文学研究》(欧美文学论丛第七辑),北京:人民文学出版社,2011 年。

王克千、樊莘森:《存在主义述评》,上海:上海人民出版社,1981 年。

王克千、夏军:《论萨特》,福州:福建人民出版社,1985 年。

王岚:《詹姆斯一世后期英国悲剧中的女性》(英文),开封:河南大学出版社,2006 年。

王丽丽:《多丽丝·莱辛的艺术和哲学思想研究》,北京:中国社会科学出版社,2007 年。

王莉娅:《美国黑人文学史论》,哈尔滨:黑龙江人民出版社,2001 年。

王宁:《深层心理学与文学批评》,西安:陕西人民出版社,1992 年。

王诺:《欧美生态文学》,北京:北京大学出版社,2003 年。

王钦峰:《福楼拜与现代思想》,银川:宁夏人民出版社,1998 年。

王钦峰:《福楼拜与现代思想续论》,合肥:黄山书社,2008 年。

王钦峰主编:《拜伦雪莱诗歌精选评析》,开封:河南大学出版社,2006 年。

王秋生:《忧伤之花——托马斯·哈代的艾玛组诗研究》,北京:中国社会科学出版社,2009 年。

王时中:《实存与共在:萨特历史辩证法研究》,北京:中国社会科学出版社,2007 年。

王守仁:《性别·种族·文化:托妮·莫里森的小说创作》,北京:北京大学出版社,2000 年。

王松林:《康拉德小说伦理观研究》,武汉:华中师大出版社,2008 年。

王天保:《西方马克思主义文论:文本解读与中西对话》,北京:人民出版社,2013年。
王彤:《从身份游离到话语突围:智利文学的女性书写》,成都:巴蜀书社,2010年。
王霞:《越界的想象:纳博科夫文学创作中的越界现象研究》,上海:上海大学出版社,2007年。
王向远:《东方各国文学在中国》,南昌:江西教育出版社,2001年。
王向远:《二十世纪中国的日本翻译文学史》,北京:北京师范大学出版社,2001年。
王晓英:《走向完整生存的追寻——艾丽丝·沃克妇女主义文学创作研究》,苏州:苏州大学出版社,2008年。
王新新:《大江健三郎的文学世界:1957—1967》,北京:人民文学出版社,2004年。
王雅华:《走向虚无:贝克特小说的自我探索与形式实验》,北京:北京语言文化大学出版社,2005年。
王颖:《十九世纪"另类"美国作家研究》,济南:山东教育出版社,2007年。
王予霞:《苏珊·桑塔格与当代美国左翼文学研究》,北京:中国社会科学出版社,2009年。
王玉括:《莫里森研究》,北京:人民文学出版社,2005年。
王誉公:《埃米莉·迪金森诗歌的分类和声韵研究》,济南:山东大学出版社,2000年。
王岳川:《现象学与解释学文论》,济南:山东教育出版社,1999年。
王长才:《阿兰·罗伯-格里耶小说叙事话语研究》,成都:巴蜀书社,2009年。
王长荣:《现代美国小说史》,上海:上海外语教育出版社,1992年。
王志艳:《走在印度与世界的连接线上——东方诗哲泰戈尔》,延边:延边人民出版社,2006年。
王治国:《狄更斯传略》,上海:上海文化出版社,1991年。
王卓:《后现代主义视野中的美国当代诗歌》,济南:山东文艺出版社,2005年。
王卓:《投射在文本中的成长丽影:美国女性成长小说研究》,北京:中国书籍出版社,2008年。
王琢:《想象力论:大江健三郎的小说方法》,上海:上海文艺出版社,2004年。
王祖友:《后现代的怪诞:海勒小说研究》,厦门:厦门大学出版社,2009年。
王佐良、何其莘:《英国文艺复兴时期文学史》,北京:外语教学与研究出版社,1996年。
王佐良:《英国散文的流变》,北京:商务印书馆,1994年。
王佐良:《英国诗史》,南京:译林出版社,1993年。

卫景宜:《跨文化语境中的英美文学与翻译研究》,广州:暨南大学出版社,2007年。

卫岭:《奥尼尔的创伤记忆与悲剧创作》,北京:中国人民大学出版社,2009年。

魏风江:《我的老师泰戈尔》,贵州:贵州人民出版社,1998年。

魏啸飞:《美国犹太文学与犹太特性》,桂林:广西师范大学出版社,2009年。

文楚安:《"垮掉一代"及其他》,成都:四川大学出版社,2002年。

翁家慧:《通向现实之路——日本"内向的一代"研究》,北京:中国社会科学出版社,2010年。

吴冰:《华裔美国作家研究》,天津:南开大学出版社,2009年。

吴笛:《哈代新论》,杭州:浙江大学出版社,2009年。

吴笛:《哈代研究》,杭州:浙江文艺出版社,1994年。

吴刚:《王尔德艺术理论研究》,上海:上海外语教育出版社,2009年。

吴建国:《菲茨杰拉德研究》,上海:上海外语教育出版社,2002年。

吴兰香:《性别·种族·空间:伊迪斯·华顿游记作品研究》,南京:东南大学出版社,2009年。

吴立昌:《精神分析狂潮弗洛伊德在中国》,南昌:江西高校出版社,2009年。

吴玲英:《索尔·贝娄与拉尔夫·埃里森的边缘研究》,长沙:中南大学出版社,2005年。

吴其尧:《庞德与中国文化:兼论外国文学在中国文化现代化中的作用》,上海:上海外语教育出版社,2006年。

吴其尧:《唯美主义大师——王尔德》,杭州:浙江大学出版社,2006年。

吴琼:《20世纪美国马克思主义文艺理论研究》,北京:北京大学出版社,2012年。

吴琼:《雅克·拉康:阅读你的症状》,北京:中国人民大学出版社,2011年。

吴少平:《美丽与哀愁——一个真实的夏洛特·勃朗特》,北京:东方出版社,2007年。

吴守琳:《拉丁美洲文学简史》,北京:人民大学出版社,1985年。

吴文辉:《20世纪文学泰斗 泰戈尔》,成都:四川人民出版社,1999年。

吴岳添:《法国文学简史》,上海:上海外语教育出版社,2005年。

吴岳添:《法国文学流派的变迁》,北京:北京大学出版社,1995年。

吴岳添:《法国文学散论》,北京:东方出版社,2002年。

吴岳添:《法国现当代左翼文学》,湘潭:湘潭大学出版社,2007年。

吴岳添:《法国小说发展史》,杭州:浙江大学出版社,2004年。

吴岳添编选:《马丁·杜加尔研究》,北京:中国人民大学出版社,1992年。

伍厚恺:《孤独的散步者:卢梭》,成都:四川人民出版社,1997年。
仵从巨主编:《叩问存在:米兰·昆德拉的世界》,北京:华夏出版社,2005年。
奚永吉:《莎士比亚翻译比较美学》,上海:上海外语教育出版社,2007年。
习传进:《走向人类学诗学:二十世纪八九十年代非裔美国文学批评转型研》,北京:中国社会科学出版社,2007年。
夏光武:《美国生态文学》,上海:学林出版社,2009年。
夏忠宪:《巴赫金狂欢化诗学研究 俄国形式主义研究》,北京:北京师范大学出版社,2000年。
肖明翰:《大家族的没落:福克纳和巴金家庭小说比较研究》,桂林:广西师范大学出版社,1994年。
肖明翰:《威廉·福克纳:骚动的灵魂》,成都:四川人民出版社,1999年 。
肖明翰:《威廉·福克纳研究》,北京:外语教学与研究出版社,1997年。
肖明翰:《英国文学传统之形成:中世纪英语文学研究》,两册,北京:社会科学文献出版社,2009年。
肖明翰:《英语文学之父——杰弗里·乔叟》,北京:社会科学文献出版社,2005年。
肖四新:《莎士比亚戏剧与基督教文化》,成都:巴蜀书社,2007年。
肖雪慧:《理性人格:伏尔泰》,武汉:长江文艺出版社,1996年。
小森阳一:《村上春树论——精读〈海边的卡夫卡〉》,秦刚译,北京:新星出版社,2007年。
晓树主编:《震撼心灵的诗人——拜伦》,北京:中国画报出版社,2009年。
谢春平、黄莉、王树文:《卡夫卡文学世界中的罪罚与拯救主题研究》,成都:四川大学出版社,2012年。
谢世坚:《莎士比亚剧本中话语标记语的汉译》,北京:外语教学与研究出版社,2010年。
谢天振:《深插底层的笔触:狄更斯传》,上海:世界图书出版公司,1994年。
徐崇温等:《萨特及其存在主义》,北京:人民出版社,1981年。
徐岱:《小说叙事学》,北京:中国社会科学出版社,1992年。
徐枫:《探寻人的新型面貌:马尔罗〈人的境况〉解读》,昆明:云南大学出版社,2008年。
徐颖果:《跨文化视野下的美国华裔文学:赵健秀作品研究》,天津:南开大学出版社,2008年。

徐颖果:《文化研究视野中的英美文学》,北京:人民文学出版社,2008年。
徐真华、黄建华:《20世纪法国文学回顾:文学与哲学的双重品格》,上海:上海外语教育出版社,2008年。
许光华:《司汤达比较研究》,上海:华东师范大学出版社,1991年。
许钧、宋学智:《20世纪法国文学在中国的译介与接受》,武汉:湖北教育出版社,2007年。
许钧:《文字·文学·文化——〈红与黑〉汉译研究》,南京:译林出版社,2011年。
许明龙:《孟德斯鸠与中国》,北京:国际文化出版公司,1989年。
许志强:《马孔多神话与魔幻现实主义》,北京:中国社会科学出版社,2009年。
薛鸿时:《浪漫的现实主义:狄更斯评传》,北京:社会科学文献出版社,1996年。
薛小惠:《对传统的价值观念说"不":伊迪丝·沃顿六部主要小说主题研究》,西安:西北工业大学出版社,2007年。
薛玉凤:《美国华裔文学之文化研究》,北京:人民文学出版社2007年。
严平:《走向解释学的真理》,北京:东方出版社,1998年。
严绍璗:《比较文学与文化"变异体"研究》,上海:复旦大学出版社,2011年。
严绍璗:《中日古代文学关系史稿》,湖南:湖南文艺出版社,1987年。
严绍璗等:《比较文化:中国与日本》,长春:吉林大学出版社,1996年。
阎伟:《萨特的叙事之旅》,北京:中国社会科学出版社,2010年。
颜德如:《严复与西方近代思想:关于孟德斯鸠与〈法意〉的研究》,长春:吉林大学出版社,2005年。
颜学军:《哈代诗歌研究》,北京:人民文学出版社,2006年。
颜元叔:《英国文学:中古时期》,台北:尧水出版社,1983年。
杨炳菁:《后现代语境中的村上春树》,北京:中央编译出版社,2009年。
杨彩霞:《20世纪美国文学与圣经传统》,北京:中国人民大学出版社,2007年。
杨昌龙:《存在主义的艺术人学:论文学家萨特》,西安:西北大学出版社,1998年。
杨昌龙:《萨特评传》,杭州:浙江文艺出版社,1999年。
杨昌龙:《文坛上的拿破仑:巴尔扎克创作论》,西安:陕西人民出版社,1991年。
杨春:《汤亭亭小说艺术论》,北京:外语教学与研究出版社,2009年。
杨国政、赵白生主编:《传记文学研究》(欧美文学论丛第四辑),北京:人民文学出版社,2005年。
杨海燕:《重访红云镇:薇拉·凯瑟生态女性主义研究》,成都:四川大学出版社,

2006年。
杨洁:《酷儿理论与批评实践》,北京:中国社会科学出版社,2011年。
杨金才:《赫尔曼·麦尔维尔与帝国主义》,南京:南京大学出版社,2001年。
杨金才:《美国文艺复兴经典作家的政治文化阐释》,上海:上海外语教育出版社,2009年。
杨莉馨:《西方女性主义文论研究》,南京:江苏文艺出版社,2002年。
杨仁敬:《20世纪美国文学史》,青岛:青岛出版社,1999年。
杨仁敬:《海明威传》,长沙:湖南文艺出版社,1996年。
杨仁敬:《美国文学简史》,上海:上海外语教育出版社,2008年。
杨仁敬等:《美国后现代派小说论》,青岛:青岛出版社,2004年。
杨文极等:《存在主义新论》,西安:陕西人民教育出版社,1996年。
杨武能:《走近歌德》,石家庄:河北教育出版社,1999年。
杨永良:《并非自由的强盗:村上春树〈袭击面包店〉及其续篇的哲学解读》,济南:山东人民出版社,2010年。
杨永良:《并非自由的强盗:村上春树〈袭击面包店〉及其续篇的哲学解读》,济南:山东人民出版社2010年版。
杨周翰、吴达元、赵萝蕤主编:《欧洲文学史》(上、下),北京:人民文学出版社,1979年。
杨周翰:《十七世纪英国文学》,北京:北京大学出版社,1985年。
杨周翰主编:《莎士比亚评论汇编》(上、下),北京:中国社会科学出版社,1979—1981年。
姚继中:《〈源氏物语〉与中国传统文化》,北京:中央编译出版社,2004年。
姚君伟:《文化相对主义:赛珍珠的中西文化观》,南京:东南大学出版社,2001年。
叶舒宪:《探索非理性世界——原型批评的理论与方法》,成都:四川人民出版社,1988年。
叶廷芳编:《论卡夫卡》,北京:中国社会科学出版社,1988年。
叶渭渠、千叶宣一、唐纳德·金:《三岛由纪夫研究》,北京:开明出版社,1996年。
叶渭渠、唐月梅:《日本现代文学思潮史》,北京:中国华侨出版社,1991年。
伊宏:《东方冲击波——纪伯伦评传》,海口:海南出版社,1993年。
易乐湘:《马克·吐温青少年小说主题研究》,上海:东方出版中心,2009年。
易晓明:《华兹华斯》,北京:国际文化出版公司,1996年。

殷鼎:《理解的命运》,北京:生活·读书·新知三联书店,1988年。
尹锡南:《发现泰戈尔:影响世界的东方诗哲》,台北:台湾原神出版事业机构,2005年。
尹锡南:《世界文明视野中的泰戈尔》,成都:巴蜀书社,2003年。
尹晓煌:《美国华裔文学史》,天津:南开大学出版社,2006年。
于凤川:《马尔克斯》,沈阳:辽海出版社,1998年。
于凤梧:《卢梭思想概论》,北京:北京师范大学出版社,1986年。
于琦:《齐泽克文化批评研究》,北京:中国社会科学出版社,2012年。
虞建华:《20部美国小说名著评析》,上海:上海外语教育出版社,1989年。
虞建华:《杰克·伦敦研究》,上海:上海外语教育出版社,2009年。
虞建华:《美国文学的第二次繁荣:二三十年代的美国文化思潮和文学表达》,上海:上海外语教育出版社,2004年。
袁宪军:《乔叟〈特罗勒斯〉新论》(英文),北京:北京大学出版社,1995年。
岳凤梅:《艾米莉·迪金森的欲望:拉康式解读》,北京:国防工业出版社,2009年。
曾传芳:《叙事策略与历史重构:威廉·斯泰伦历史小说研究》,成都:四川大学出版社,2009年。
曾繁亭:《文学自然主义研究》,北京:中国社会科学出版社,2008年。
曾利君:《加西亚·马尔克斯作品的汉译传播与接受》,北京:中华书局,2011年。
曾利君:《马尔克斯在中国》,北京:中国社会科学出版社,2012年。
曾艳兵:《卡夫卡与中国文化》,北京:首都师范大学出版社,2006年。
曾艳钰:《走向后现代多元文化主义:从里德和罗思看美国黑人文学和犹太文学》,厦门:厦门大学出版社,2004年。
张宝林:《多棱镜中的杰克·伦敦研究》,呼和浩特:内蒙古人民出版社,2008年。
张冰:《陌生化诗学:俄国形式主义研究》,北京:北京师范大学出版社,2000年。
张秉真、章安祺、杨慧林:《西方文艺理论史》,北京:中国人民大学出版社,1994年。
张冲、张琼:《视觉时代的莎士比亚:莎士比亚电影研究》,北京:北京大学出版社,2009年。
张冲主撰:《新编美国文学史》第一册,上海:上海外语教育出版社,2000年。
张冠华、张德礼:《自然主义的美学思考》,成都:成都科技大学出版社,1999年。
张冠华:《西方自然主义与中国20世纪文学》,成都:成都科技大学出版社,1992年。
张光璘:《印度大诗人泰戈尔》,北京:蓝天出版社,1993年。

张光璘主编:《中国名家论泰戈尔》,北京:中国华侨出版社,1994年。
张广奎:《大众诗学:卡尔·桑伯格诗歌及诗学研究》,北京:中国社会科学出版社,2008年。
张国庆:《"垮掉的一代"与中国当代文学》,武汉:武汉大学出版社,2006年。
张和龙主编:《英国文学研究在中国:英国作家研究》(上卷),上海:上海外语教育出版社,2015年。
张洪仪:《全球化语境下的阿拉伯诗歌——埃及诗人法鲁克·朱维戴研究》,北京:北京语言大学出版社,2009年。
张剑:《T.S.艾略特:诗歌和戏剧的解读》,北京:外语教学与研究出版社,2006年。
张剑:《艾略特与英国浪漫主义传统》,北京:外语教学与研究出版社,1996年。
张杰、康澄:《结构文艺符号学》,北京:外语教学与研究出版社,2004年。
张杰:《复调小说理论研究》,桂林:漓江出版社,1992年版。
张介明:《唯美叙事:王尔德新论》,上海:上海社会科学院出版社,2005年。
张金凤:《乔治·艾略特:理想主义与现实主义的"调和"》,开封:河南大学出版社,2006年。
张京媛:《新历史主义与文学批评》,北京:北京大学出版社,1993年。
张京媛主编:《当代女性主义文学批评》,北京:北京大学出版社,1992年。
张玲:《哈代》,北京:华夏出版社,2002年。
张玲:《旅次的自由联想:追寻美英文学大师的脚步》,北京:中央编译出版社,2009年。
张龙海:《属性和历史:解读美国华裔文学》,厦门:厦门大学出版社,2004年。
张隆溪:《二十世纪西方文论述评》,北京:生活·读书·新知三联书店,1986年。
张铭、张桂琳:《孟德斯鸠评传》,北京:法律出版社,1999年。
张沛:《哈姆雷特的问题》,北京:北京大学出版社,2006年。
张琼:《从族裔声音到经典文学:美国华裔文学的文学性研究及主体反思》,上海:复旦大学出版社,2009年。
张琼:《矛盾情结与艺术模糊性:超越政治和族裔的美国华裔文学》,上海:复旦大学出版社,2006年。
张容:《荒诞、怪异、离奇:法国荒诞派戏剧研究》,北京:社会科学文献出版社,1995年。
张容:《加缪:西绪福斯到反抗者》,吉林:长春出版社,1995年。

张容:《形而上的反抗:加缪思想研究》,北京:社会科学文献出版社,1998 年。
张汝伦:《意义的探究——当代西方释义学》,沈阳:辽宁人民出版社,1988 年。
张若名:《纪德的态度》,北京:生活·读书·新知三联书店,1994、1997 年。
张石:《川端康成与东方古典》,上海:上海古籍出版社,2003 年。
张首映:《西方二十世纪文论史》,北京:北京大学出版社,2004 年。
张曙光:《从现代主义到后现代主义:二十世纪美国诗歌》,哈尔滨:黑龙江大学出版社,2007 年。
张泗洋、徐斌、张晓阳:《莎士比亚引论》(两册),北京:中国戏剧出版社,1989 年。
张薇:《海明威小说的叙事艺术》,上海:上海社会科学院出版社,2005 年。
张唯嘉:《罗伯-格里耶新小说研究》,长沙:湖南人民出版社,2002 年。
张绪华:《20 世纪西班牙文学》,上海:外语教育出版社,1997 年。
张岩冰:《女权主义文论》,济南:山东教育出版社,1998 年。
张寅德编选:《叙述学研究》,北京:中国社会科学出版社,1989 年。
张羽:《泰戈尔与中国现代文学》,昆明:云南人民出版社,2005 年。
张玉书、卫茂平、朱建华、魏育青、冯亚琳主编:《德语文学与文学批评》第三卷,北京:人民文学出版社,2009 年。
张源:《从"人文主义"到"保守主义":〈学衡〉中的白璧德》,上海:上海三联书店,2009 年。
张跃军:《美国性情:威廉·卡洛斯·威廉斯的实用主义诗学》,合肥:安徽文艺出版社,2006 年。
张耘:《荒原上短暂的石楠花——勃郎特姐妹传》,北京:中国文联出版社,2002 年。
张泽乾、周家树、车槿山:《20 世纪法国文学史》,青岛:青岛出版社,1998 年。
张哲俊,《杨柳的形象:物质的交流与中日古代文学》,北京:人民文学出版社,2011 年。
张哲俊:《中日古典悲剧的形式——三个母题与嬗变的研究》,上海:上海古籍出版社,2002 年。
张中载:《托马斯·哈代——思想和创作》,北京:外语教学与研究出版社,1987 年。
张祝祥:《美国自然主义小说》,上海:复旦大学出版社,2007 年。
张子清:《二十世纪美国诗歌史》,长春:吉林教育出版社,1995 年。
章国锋:《批评的魅力:二十世纪西方文论》,海口:海南出版社,1993 年。
章汝雯:《托妮·莫里森研究》,北京:外语教学与研究出版社,2006 年。

赵德明、赵振江、孙成敖:《拉丁美洲文学史》,北京:北京大学出版社,1989年。
赵德明:《巴尔加斯·略萨传》,北京:新世界出版社,2005年。
赵德明:《略萨传》,北京:中国长安出版社,2011年。
赵德明编:《我们看拉美文学》,昆明:云南人民出版社,2000年。
赵冬:《〈仙后〉与英国文艺复兴时期的释经传统》(英文),北京:外语教学与研究出版社,2008年。
赵光旭:《"化身诗学"与意义生成——华兹华斯〈序曲〉的诠释学研究》,上海:上海译文出版社,2007年。
赵立坤:《卢梭浪漫主义思想研究》,北京:中国社会科学出版社,2008年。
赵莉:《托妮·莫里森小说研究》,哈尔滨:东北林业大学出版社,2008年。
赵文书:《和声与变奏:华美文学文化取向的历史嬗变》,天津:南开大学出版社,2009年。
赵稀方:《二十世纪中国翻译文学史(新时期卷)》,天津:百花文艺出版社,2009年。
赵炎秋:《狄更斯长篇小说研究》,北京:社会科学文献出版社,1996年。
赵毅衡:《新批评——一种独特的形式主义文学理论》,北京:中国社会科学出版社,1986年。
赵毅衡:《重访新批评》,成都:四川文艺出版社,2013年。
赵勇:《法兰克福学派内外:知识分子与大众文化》,北京:北京大学出版社,2016年。
赵勇:《文坛背后的讲坛:伏尔泰与卢梭的文学创作》,海口:海南出版社,1993年。
赵振江、滕威:《中外文学交流史:中国—西班牙语国家卷》,济南:山东教育出版社,2015年。
赵宗金:《艺术的背后:荣格论艺术》,长春:吉林美术出版社,2007年。
郑克鲁:《法国诗歌史》,上海:上海外语教育出版社,1996年。
郑克鲁:《法国文学论集》,桂林:漓江出版社,1982年。
郑克鲁编:《法国文学史》(上、下),上海:上海外语教育出版社,2003年。
郑书九等:《拉丁美洲"文学爆炸"后小说研究》,北京:商务印书馆,2013年。
郑书九主编:《当代外国文学纪事(1980—2000)·拉丁美洲卷》,北京:商务印书馆,2015年。
郑体武主编:《新中国成立以来的外国文学教学与研究》,上海:上海外语教育出版社,2011年。
郅溥浩、丁淑红:《阿拉伯民间文学》,银川:宁夏人民出版社,2011年。

郅溥浩:《神话与现实——〈一千零一夜〉论》,北京:社会科学文献出版社,1997 年。
中国莎士比亚研究会编:《莎士比亚在中国》,上海:上海文艺出版社,1987 年。
中国社会科学院外国文学研究所:《东方文学专辑》(一),北京:中国社会科学出版社,1979 年。
钟玲:《美国诗与中国梦:美国现代诗里的中国文化模式》,桂林:广西师范大学出版社,2002 年。
钟玲:《中国禅与美国文学》,北京:首都师范大学出版社,2009 年。
仲跻昆:《阿拉伯文学通史》,南京:译林出版社,2010 年。
周春:《美国黑人女性主义批评研究》,成都:四川大学出版社,2007 年。
周建新:《艾米莉·狄金森诗歌文体特征研究》,南宁:广西人民出版社,2006 年。
周骏章:《莎士比亚散论》,西安:陕西人民出版社,1999 年。
周维培:《现代美国戏剧史》,南京:江苏文艺出版社,1997 年。
周小仪:《超越唯美主义:奥斯卡·王尔德与消费社会》,北京:北京大学出版社,1996 年。
周阅:《川端康成文学的文化学研究——以东方文化为中心》,北京:北京大学出版社,2008 年。
周忠厚:《狄德罗的美学和文艺学思想》,北京:文化艺术出版社,1987 年。
朱宾忠:《跨越时空的对话——福克纳与莫言比较研究》,武汉:武汉大学出版社,2006 年。
朱虹:《奥斯丁研究》,北京:中国文联出版公司,1985 年。
朱虹:《英美文学散论》,北京:生活·读书·新知三联书店,1984 年。
朱景冬、孙成敖编著:《拉丁美洲小说史》,天津:百花文艺出版社,2004 年。
朱景冬:《何塞·马蒂评传》,北京:社会科学文献出版社,2010 年。
朱景冬:《马尔克斯:魔幻现实主义巨擘》,长春:长春出版社,1995 年。
朱静、景春雨:《纪德研究》,上海:上海外语教育出版社,2005 年。
朱炯强:《哈代:跨世纪的文学巨人》,杭州:杭州大学出版社,1994 年。
朱立元:《当代西方文艺理论》,上海:华东师范大学出版社,2014 年。
朱丽田:《文学想象与文化美国:美国独立革命时期诗歌研究》,南京:东南大学出版社,2009 年。
朱荣杰:《伤痛与弥合:托妮·莫里森小说母爱主题的文化研究》,开封:河南大学出版社,2004 年。

朱维之、雷石榆、梁立基主编:《外国文学简编·亚非部分》,北京:中国人民大学出版社,1983年。

朱新福:《美国文学中的生态思想研究》,苏州:苏州大学出版社,2006年。

朱学勤:《道德理想国的覆灭:从卢梭到罗伯斯庇尔》,上海:生活·读书·新知三联书店上海分店,1994年。

朱振武:《在心理美学的平面上:威廉·福克纳小说创作论》,上海:学林出版社,2004年。

朱振武等:《美国小说本土化的多元因素》,上海:上海外语教育出版社,2006年。

祝远德:《他者的呼唤:康拉德小说他者建构研究》,北京:人民出版社,2007年。

邹建军:《"和"的正向与反向:谭恩美长篇小说中的伦理思想研究》,武汉:华中师范大学出版社,2008年。